沥川往事 上
move on

十周年纪念版

[加] 施定柔 ——— 著

浙江文艺出版社

《沥川往事·十周年纪念版》序言

编辑对我说:"定柔,出版社要出一套《沥川往事》的十周年纪念版,你给写个序吧!"我的第一反应是,哇,这么久?都已经十年了?

为了刷新记忆,我去晋江文学城找了一下当年的发文记录:2008年9月20日我发表了我的第一部现代言情小说——《沥川往事》,并于2009年和2010年先后出版了简体版和繁体版。在此之前,我只写过武侠小说,因为生孩子停笔三年,一度打算专心学术,退出网文圈,然而写作这种事是有瘾的,我的手又痒了,决定重操旧业。

当我再次登录晋江时,密码怎么也找不到了,只得临时想了个笔名"玄隐",并用它注册了新的账号。那时的想法是,如果这篇没写好,没多少人看的话,就让它淹没在茫茫的文海中吧,没人知道它是施定柔写的,于我在武侠界的声名无损。

没想到这个故事在连载时很受欢迎,一些读者认为它一定真实地发生过,纷纷向我打听沥川的原型。十年过去了,除了中文版,《沥川往事》还发行了泰语版和越南语版,先后两次录成有声书在喜马拉雅网上广播,最后又拍成了电视剧《遇见王沥川》……越来越多的人知道了这个故事,越来越多的邮件向我涌来,我被问到最多的还是那个问题:"定柔,这个故事是真的吗?"

当然不是。

小说的每个情节、每个人物都是虚构的。但虚构不等于编造。在长达半年的写作里,沥川和小秋十分真实地生活在我的脑海中,日思夜想,神魂颠倒——为之哭、为之笑、为之忧愁烦恼……当时的我虽不至于像《文心雕龙》里说的那样"寂然凝虑,思接千载",但在我心中,沥川和小秋绝对是神一般的存在,脑海中仿佛有个3D打印机，不断地将他们镂刻成型。经过剧本的改写、导演的设计和演员们的表达，他们的血肉日渐丰满、神采更加飞扬。我忽然意识到：有些人物、有些故事一旦在观众的脑海中变成了真的，就不可替代了，也收不回去了。

  这个故事在写作时也发生过很多的巧合：小秋是云南人，我没去过云南。沥川是苏黎世人，我没去过苏黎世。他们因温州工程而重逢，我没去过温州。我对这些城市一无所知。写完小说后很久才有读者告诉我，昆明与苏黎世是友好城市，苏黎世帮助昆明治理滇池的污染，昆明赠送苏黎世一座中国风情的花园，仿照的是翠湖公园的格局。小秋爱吃的老滇味就在沥川喜欢的金马碧鸡坊旁边。班赫夫大道的尽头就是苏黎世湖。一位建筑师朋友听说了沥川设计的"鹅卵石形"建筑，问我这个理念是不是来自丹麦建筑师亨宁·拉森设计的"巴统水族馆"？我说不是，纯粹是自己想出来的。他查过资料后告诉我，这本书发表时这个水族馆还没有开始设计，不禁怨念地说为什么没有早点看到……

  被深爱的人抛弃和看着深爱的人死去，哪一种更加痛苦？沥川选择了后者，宁愿背负小秋的误解和怨恨。小说出版后，我收到了很多读者的邮件，纷纷告诉我这个故事令他们想起了自己的那段没有结果的初恋或是去世已久的爱人。如果他们是沥川，也会做出同样的选择。从这些来信中我惊讶地发现，恋爱中的人是如此的敏感，记忆是如此的强大，他们能记住当时的每一句对话，事件的每一个转折，脑海中的每一次纠结，心灵的每一道折磨……十年、二十年过去了，回忆起来还是那么的栩栩如生，仿佛就在昨天。当时一定特别美好吧，不然怎会难以释怀？

  这就是爱情啊。

  为了这个故事，有人特地去昆明和苏黎世寻访"沥秋"的足迹。一位叫作"Tiffany Xie"的读者托沥川电视剧制作人周恬女士带给我她写的《遇见王沥川赏析》，全文三百多页，用几乎与小说同样的篇幅条分缕析、鞭辟入里地讲述了她对故事的理解。一位台湾朋友给我发了几十封邮件，将新版小说逐字逐句地校对了一遍。一位年过八旬的老奶奶撰写近万字的长篇微博，分析故事中爱情与死亡的意义。瑞士驻华大使馆文化处的官员听说了这个故事,特地请我和制作人吃饭,感谢我们宣传了瑞士,并说主人公沥川的个性"严谨、守时、注重隐私"都是瑞士人比较突出的特点。电视剧里有一个情节:沥川、雾川、爷爷在工作上发生了争执,大家吵了起来,最后爷爷决定投票表决。大使馆的朋友特地指出,这正是瑞士人最习惯的解决争端的方式,大家看到这里时都会心一笑。当然,这里面也有悲伤的故事,一位年轻的读者患了与沥川一模一样的病,她一直在等待电视剧的播出,但她没有等到那一天……

　　写作有时就像雾中行船,没有对岸,也看不见灯塔。指引我们的只有内心的良知和对人类的热爱。亲爱的读者,如果你在我的故事里发现了自己,我也会在你的阅读中看见另一个我。

　　如果你在故事里发现了美好,请你更加热爱生活。

　　欢迎进入我为你准备的旅途,请让我用笔与你的灵魂交谈。

施定柔

2019年11月17日

不要温和地走进那个良夜

北京时间 11 月 27 日凌晨，正是北美时间的下午，对我来说，这本来是个普通得不能再普通的日子，我坐在电脑前专心改稿，正想着再改几页就该去厨房做晚饭了。17 点 14 分，我突然收到一条友人的微信，援引微博消息说高以翔 Godfrey 出事了，向我求证真假。朋友是电视剧《遇见王沥川》的加拿大粉丝，以前做活动时相识，但也有一年多没联系了。当时我的第一反应是不可能，消息上也只是说进行了抢救，送进了医院，我觉得以 Godfrey 的体质一定能恢复如初。当时还在想，嗯，下次遇到他一定要好好问问，濒死究竟是一种什么体验？

虽是这么想，我还是第一时间上了微博，发现上面的消息早已铺天盖地。于是我问了所有我认识的与高以翔关系亲近的朋友或是家在浙江的消息灵通人士。很快就收到了确定的坏消息，但我还是不肯相信，一定要等权威新闻机构的正式通告，然而通告很快也来了。

那一刻我的头脑一片空白，除了伤心和痛惜就是不甘与愤怒。为什么是他？为什么偏偏是他？这世上有那么多的坏人都还没有死！如果身边有及时专业的医疗抢救，以他强壮的体质至少还有一两分希望吧？就这样毫无准备地离开人世，对他来说可谓残酷，对我们来说也无法接受。我一面万分难过，一面又气到想摔东西骂人。而当我漫无目的地打开维基百科去搜索 Godfrey Gao 这个关键词时，描述他的英文已经换成了过去式。在看见"was"的那一刹那，我泪如雨下。他还那么年轻，浑身上下充满了活力，有那么多未尽的心愿、未了的计划、未完成的理想，那么多的人生阶段尚未开始，为什么是他？偏偏是他！

紧接着我就收到了大量作者朋友、读者粉丝、合作同事发来的短信，大家都觉得我跟以翔很熟，纷纷托我安慰他的家人。而实际的情况是：我认识以翔七年了，和他相处的时间全部加起来只有七天，跟他说过的话不超过三十句，至今没有他的微信——我们算不上很熟。但从另一个角度说，我们又很亲近，因为以翔主演过两部由我小说改编的电视剧、背诵过我写下的近万句台词。是他把我笔中虚构的角色变成了"真人"。他演得如此惟妙惟肖，令粉丝们傻傻地分不清真假，以至于他的离去，不仅带走了自己，也带走了大家心中的沥川和季老师。

当时我是害怕见到以翔的。正如所有的编剧都害怕碰到差劲的演员，所有的演员都害怕遇到糟糕的角色。电视剧制作人周恬女士决定请以翔来演沥川时，曾经发给我很多他的照片。我的第一印象是：让这位温哥华长大的帅哥演沥川，气质、颜值绰绰有余，只是……他会不会觉得这个故事很cheesy（腻歪）？沥川不是英雄，不是警察，他有一身的病，还是个残疾人，他会不会不想演？后来经纪人阿May告诉我，她们看完沥川的人物小传，都说这个人从背景到家教、从脾气到习惯就是高以翔，太像了，举手投足都是他，根本不用去模仿。

但Godfrey仍然很紧张，因为官宣之后，很多书粉都对他的大胡子有意见，认为形象过于人高马大，不符合书中沥川苍白、消瘦、充满书卷气的人设，纷纷喊说"弃剧""心都碎了一地"。主创们也跟着被骂眼光有问题。当时我还跟周恬叹气说，唉，看来我们的审美与观众心里的沥川还有着不少距离呢！以翔后来向陈铭章导演请教，导演说不要担心，本色出演就好。饰演"小秋"的焦俊艳也以优秀的演技为他护航。尽管如此，以翔仍然做了不少功课，琢磨人物，揣度情感，把自己全身心地投入到故事的情境之中，两人的对手戏果然产生了强烈的化学反应。片花一出，粉丝们纷纷转向，夸他是"沥川本尊"。

以翔出演沥川，可以说形象上并未占到多大优势，一度还被观众唱衰，是他靠着自己的领悟塑造出了令人难忘的角色，用真诚的表演说服了大家，也深深地打动了我，直到今天，我看到他仍然觉得恍惚，觉得他就是沥川，表情、眼神、动作都是，就像书中的人物活生生地走了出来。这不是我一个人的感觉，是很多观众的感觉，也是很多作者朋友的感觉。那段时间，和我一起写言情小说的作者也纷纷向我打听他，都说要努力创作，争取吸引到高以翔来演她们的男主。

我第一次见到以翔是在2013年2月12号，沥川剧组杀青前在苏黎世拍摄最后三天的戏，邀请我去探班。听剧组里的人说，以翔是"宝宝"一样的存在，安静低调、沉默寡言、服从安排、从不找事，性子好到了让坏脾气的人在他面前都发不出火来。大家都说他是个害羞的人，一般不会主动和人攀谈，而我自己也有严重的社交障碍，所以我们之间的对话屈指可数。问他对台词和人设是否适应，他的回答很诚实，没有半点迎合我的成分，只说剧本里经常出现四字的成语，需要多花时间理解，其他都没问题。我这才意识到我写的台词可能有书面化的倾向，在之后的写作中，我都特别注意去掉不必要的连词、不必要的成语、不必要的引文——让对白更加口语化。以翔见我第一面就教了我一课，他自己并不知道。

剧组里流传着关于他的各种各样的小段子，其中之一就是反射弧特别长。比如助理给他的保温杯里倒开水，忘记兑冷水，他喝了一口，半天不作声，过了好久才慢悠悠地说："好烫。"又比如苏黎世的菜会放很多盐，那天我们一起吃工作餐，其中就有一个炒鸡蛋，里面的盐是一团一团的，被以翔不小心吃到一口，他也是怔了半天，不知道发生了什么事，过了一会儿才说："好咸。"制作人说他是一个特别害怕给别人添麻烦的人，宁肯勉强自己，也不好意思说"不"。但对朋友，他又是一个特别不计较的人，能帮的忙都帮，根本不顾自己的商业价值。我的出版社几次举办活动找他录影宣传，甚至让他拿着我的书录像做广告，他都答应。他的简单、他的真诚、他的宽容体贴也许让他在这个瞬息万变的娱乐圈显得不合时宜，甚至失去一些利益和机会，但他自己对此淡定自如，从未想要有所改变。不过也没人敢随便地欺负他，因为他充满"佛性"的同时又气场强大，往人面前一站，周围的气压都会变化。有时候他很沉稳，有时候又十分地孩子气。有一场戏是沥川和小秋一起去苏黎世的湖边喂天鹅。大家一时找不到喂的东西，我忽然想起自己曾经买过一包糖炒栗子，连忙从包里掏出来贡献给他们。一听说有糖炒栗子吃，以翔的眼睛顿时亮了，里面全是星星，欣喜地问我："那我们可以先吃一点吗？""对不起，是冷的，昨天吃剩的。"星星没了，换成一脸失落。我至今记得他可爱的神态。场间休息，他最喜欢吃的还是西餐：吃薯条，一根一根地往嘴里塞;吃汉堡、大口大口地往嘴里吞——他自己胡吃海塞,自顾自地享受生活,旁人看到都觉得很酷:"哇,高以翔吃东西都那么好看,不做美食直播可惜了!"没错,不论是静态还是动态,以翔都是帅的,如空谷幽兰,如急流飞瀑,遇见他就是遇见了美好的大自然。

我跟制作人抱怨说,唉,我和以翔都太腼腆,见面根本不好意思说话,想聊个剧本啥的就甭提了,完全找不着编剧的感觉。次日早上,妆发师给以翔做造型,我和制作人也在同一间房。制作人说,好了,定柔,抓紧时间跟以翔聊剧本吧。我看着以翔,以翔看着我,我们大眼瞪小眼地互相看了半个多小时,直到造型弄完离开,一句话也没说出来。

《遇见王沥川》的成功完全出乎意料。毕竟播出的时间离杀青已经过去了好几年,在这期间,制作人为发行四处奔走,导演将片花长期置顶,我也转向了下一个项目。你们很难想象原创团队在这段时间的心理煎熬,我们一面绝望地等待,一面又互相打气,心中只有一个愿望,能播出就好,不论是以何种方式。2016年9月7日,为了庆祝《遇见王沥川》的播出并答谢粉丝,周恬邀请我回北京参加"沥秋夫妇"的生日聚会。我们提前一天住进了酒店,当晚派去接以翔的工作人员差点被热情的粉丝挤掉了高跟鞋。接他的汽车被人跟踪,司机不得不带着他们躲进了地下停车场。这是我第二次见到以翔,他没有太大的变化,仍然那么地温和安静、喜欢小动物,看见小猫Mia,立即抱在怀里逗它玩耍。

我们在休息室坐了半个小时,其间以翔马不停蹄地接受媒体采访。采访结束后,工作人员递给他一本英文版的《追忆似水年华》,说等下上台要用它来表演节目,于是我叮嘱以翔别弄丢了,因为那本书是我很多年前买的兰登书屋的老版,后来又千里迢迢扛到剧组当作道具,丢了可惜。以翔一边点头一边问我:"定柔,想不想体验一下沥川给你读这本书是什么感觉?"没等我反应过来他就翻开第一页读了起来:"Remembrance of Things Past. Volume one. Swann's way..."写作十年,《沥川往事》是我的第一部影视改编作品,对我来说意义重大,对以翔来说又何尝不是?我们共同塑造了这个人物,虽然彼此并未多言,在宇宙的某个时空,定然神交已久。以翔知我内向,就用这种方式邀我共享他创造的"沥川世界"。那一刻我的心中十分欣慰,为这份珍贵的友情感到开心。

彩排的时候以翔忽然问我:"定柔,沥川是左腿跛,对吧?"

我怔住:"哎,你不是演沥川的吗?哪条腿跛都不记得了?"心想也不怪他,都已经过去三年了。

"那你记得吗?"他问。

"我也不记得了。"后面又写过三部小说,人物天天在脑子里打架,哪里记得?

他又笑:"我记得,我只是不记得哪只手拿手杖了。你记得不?"

"不记得,你随便吧。"

"不能随便,"他认真地说,"不能错,去查一下?"

我看着他哭笑不得,想到场外那么多的粉丝正疯狂地喊着他的名字,场内的我们居然连沥川的手杖在哪边都想不起来了。因为我们都知道这是个虚构的故事、虚构的人物,在镜头面前、在电脑面前我们会倾情演绎,活灵活现;离开它们,我们还得做回自己,继续着我们与小说、电视剧不一样的人生。

我们一起问旁边饰演沥川大哥的连凯老师,连凯说他也不记得了。我看着以翔一会儿把手杖拿在左边,一会儿拿在右边,只得掏出手机查资料,最后说:"是右手。因为左腿不能用力,重量就压在右半身了,所以右半身需要支撑。"两个男人同时点头,在我面前感叹医学考据很有道理。

剧组的人告诉我,以翔的记性极佳,虽然中文不是他的母语,但他能在短时间内抢记大段生涩的台词,尽管并不一定知道每个字的意思,偶尔还会犯点拼写错误:比如把"瞎逛"说成"逛瞎",把"花卉"说成"卉花"……弄得周围的人捧腹大笑。但以翔的忘性也大,一场台词背完,第二天可能忘得一干二净,清空大脑继续背诵下一场。作为一个生活在海外的华人,我知道精通第二语言是多么的不容易,这也正好说明以翔是有语言天分的,他是我见到的第一个不论说中文还是说英文都完全没有外国口音的人。拍摄完毕,因为时间和档期的关系,我们一度考虑过找人配音,但最终还是舍不得放弃以翔,因为他的嗓音太好听了——低沉、温柔、富有磁性——非常适合沥川。后来粉丝们也说,"沥川"的声音能让耳朵怀孕,令她们百听不厌。

  我第三次探班见到以翔是2018年10月,他主演我的另一部电视剧《彩虹的重力》。这一次他扮演的季老师是中文系教授,对白更加富有挑战,里面不但有诗歌比赛,还有激烈的学术辩论,听制片人说,他背台词很辛苦。还好我去探班时,那几场最难的戏已经拍完了。我见到他的那三天,他正和宣璐老师一起拍攀岩的戏,和王德顺老师拍拳击馆的戏,以及拍绿皮火车顶上扛着自行车远去的戏。在我看来,比起五年前的沥川,以翔还是没什么变化,只是更瘦了,也更加安静了。我见到他的第一句话是:"以翔你好,背我的台词还会崩溃吗?"他笑着说,哪里哪里,崩溃的阶段已经过去了。

  按理说,这一次是我和以翔的第三次见面,应该很熟了吧?然而并没有。拍攀岩戏的那天,以翔只有一场戏,却在片场足足等了一天。我们都坐在攀岩墙的背面休息。饰演韩清的岳以恩曾经在北美留过学,我们一见如故,聊起了剧本。以恩非常健谈,我们聊了一个小时,以翔当时就坐在我们旁边。他很安静地听着,从不插话。聊完之后我想,是不是也要跟以翔聊一会儿?弥补一下在苏黎世的遗憾?接下来我看着他,他也看着我,我们都在等对方先说话……然而我们谁也没有先说,我只好去吃午饭。次日晚上我又去片场,制作人告诉我:这是我探班这几天以翔的最后一场戏。记得那是一场夜戏,外景是一截废弃的绿皮火车,天空下着小雨,以翔在车厢的顶上拍摄,工作人员都坐在雨棚里。以翔拍完了,路过我身边,过来跟我打招呼。我告诉他过一天我要去台湾参加活动,可能见不到他了,想跟他合个影,他连忙站过来,让助理拿我的手机拍照。还问我最近有没有看多伦多的篮球比赛。我说我不看篮球,连多伦多的篮球队叫啥名都不知道。他一听就急了,连忙说:"猛龙队呀,Raptors呀!你一定要去看,很好看!"后来我回到多伦多,真的让我先生买票去看了一场,虽然没怎么看懂,但的确热闹,是很好的体验。

没想到这就是我和以翔的最后一面,最后一张合影。

对我来说,高以翔是季篁、是王沥川。

对粉丝和同行来说,高以翔是高以翔,他演过很多的电影、电视剧,演过学生、教授、总裁、巫师、建筑师、摄影师、运动员、企业家、武术高手……

对家人和亲友来说,高以翔是曹志翔,是儿子、是兄弟、是男朋友、是好哥们……

我看到的以翔只是他人生中很小的片段,却像珠宝那样精美。我希望能够了解更多,他已变成了一道远去的背影。

电影《星际穿越》中曾经反复地提到狄兰·托马斯的诗歌《不要温和地走进那个良夜》。面对离去,每个人都要顽强抗争,努力挽留属于自己的最后一道光芒。然而就算是这样的机会,以翔也没有得到。我更愿意相信他只是温和地去了另一个平行宇宙,在那里幸福地生活、愉快地旅行、天天打着他最喜欢的篮球。

以翔,谢谢你让我遇见了沥川和季老师。不论你变作天上的哪一颗星星,它将永远在我的夜空闪烁,明亮璀璨,永不消逝。

施定柔

2019年12月7日

001/ Chapter 1
说完,父亲的人影迅速消失了。消失得如此之快,没等看见我滴下的眼泪。

006/ Chapter 2
那是一张只有在时尚杂志的香水广告上才可能看见的脸,魅力四射,恍若神人。

012/ Chapter 3
我突然有一种想要陪着他走回去的冲动,但我又克制住了。

020/ Chapter 4
我本想告诉小叶那天晚上沥川送过我,或至少告诉她那个人的名字叫王沥川。我想了想,没有开口。

026/ Chapter 5
台阶很浅,沥川却走得很慢,右腿先上去,然后将不能动的左腿拖上台阶,站稳,再走下一级。

033/ Chapter 6
沥川穿着短袖T恤,下面是一条足球短裤,他有修长的右腿,像雕像里的希腊美少年那样修长而健壮。他没有左腿。左腿从根部就消失了。

040/ Chapter 7
多年以后,每次想起沥川,第一个在我脑海中闪现的,总是这个画面。而我的心就像被一只无形的手忽然捏住,酸酸的,喘不过气。

053/ Chapter 8
一生中最重大的时刻这么快地来到了。我的初吻和第一次竟然是同天、同时！激情所致，自然而然。我很愿意，一点也不后悔。

059/ Chapter 9
那一夜，整整一夜，我不能入睡。他的气息，我的激情，一幕一幕在脑中重现：沥川，我爱你，但我不想了解你。了解你越多，我会离你越远。

070/ Chapter 10
最后，我总结出导致这一切错误发生的根本原因是我不负责任的花痴，以及我年少无知的欲望。

076/ Chapter 11
在那么多次激情之后，一个多月没见了吧。他仍是那么完美，那么英俊，从任何一个角度看他的脸都令我方寸大乱。

085/ Chapter 12
我想保持镇定，但脑中一片空白，只听见自己在说："沥川，带我离开这里！"然后就什么都不知道了。

092/ Chapter 13
原本对分数锱铢必较的我，心中又多出了一个重要的牵挂：沥川。我每时每刻都强烈地思念着他。

098/ Chapter 14
我收线关机。沥川那副不把钱当回事的态度触怒了我。沥川，你有钱，什么都能办到，是不是？我偏不要你的钱！

108/ Chapter 15
沥川自尊心极强,从平日点滴小事都可看出。挨了我父亲这顿没头没脑的大骂,不知他会有多难受。

117/ Chapter 16
在三个小时中,我胡乱地做梦,次次梦见沥川。这人就睡在我身边,我还要梦见他,以至于我怀疑自己是不是太好色了。

126/ Chapter 17
我和沥川穿的是一模一样的衣服:灰色高领毛衣、牛仔裤、旅游鞋,外套是一件深蓝色的风衣。沥川说,这种打扮,走到路上一看就是一对情侣。

136/ Chapter 18
听完这话,我的脸火辣辣的,好像又挨了我爸一掌。我暗暗祈祷,沥川和我爸,最好终生不见。

146/ Chapter 19
可是,沥川,你会变吗?你不会,是不是?你是我心中永远的爱。

152/ Chapter 20
那天,沥川和我在停车场分手,只用了五分钟。我从龙璟回来,感觉已过了千年。

160/ Chapter 21
沥川是一个气泡,而我则是一条深海中的鱼。我将气泡吞入肚中,不敢吐出,一吐出来就会浮出海面。

169/ Chapter 22
我多么希望沥川就是我故事中的一个人物,我可以随意地写他,然后给我和他安排一个完美的结局。

178/ Chapter 23
等得那么久,到底还是沥川先看见我,我紧紧地抱他,长久不肯松开。那时的我,真的只想把他折成一道手帕,永远装进自己的兜里。

184/ Chapter 24
所幸他的脸,我仍然看不清。看不清倒好,此生此世,再也不受他的诱惑。

192/ Chapter 25
王沥川,我爱他没希望,恨他倒要下决心。这无间地狱,何时才能解脱!

201/ Chapter 26
那一瞬间,我的眼里有一点点湿。是的,我有一点点感动。沥川的电脑,一年至少更换一次。他还用这个密码,说明他多少还记着我。

213/ Chapter 27
沥川是我的泰坦尼克,又是我的冰山。他走着走着向天空扔去一块石子,那石子就是我。

223/ Chapter 28
我没理他,径自走到垃圾箱旁边,默默地站着,等他离开。就算我控制不住我的烟瘾,我的修养也没差到逼沥川吸二手烟的地步。

231/ Chapter 29
我凝视着他的脸,感觉有些晕眩。这是六年来我朝思暮想的笑容,此时如优昙花乍放,令我几乎有了向佛之意。

Chapter 1

说完,父亲的人影迅速消失了。消失得如此之快,没等看见我滴下的眼泪。

去上大学的那天,父亲送我到火车站。我们提着行李,坐了整整三个小时的汽车才到省城。汽车比原定的时间晚了半个小时,等我们匆匆忙忙地进入站台,离开车的时间只剩下了十五分钟。父亲不喜欢送别,尤其不喜欢在最后一刻送别。他把我所有的行李放好之后,就迅速地下了火车。

"别太想着省钱,下月初一,我会给你寄钱过去。"

我含着泪,点头。

"记得先去开个银行账户,把带着的钱存了,别一去就丢了。"

"哦。"

"好好学习。"

"嗯。"

"小秋,咱们是从穷地方去大城市,但咱们人穷志不短。记住爸爸的话,做人要有分寸,更要有气节。"

有关气节的话,从小到大,父亲不知说了几百遍,好像他生活在明代末年。其实,父亲就在我们生活的小镇中学里教书,他自己倒是城里的大学生,分配那年自愿下乡,接着又娶了我母亲,便永远地留在了乡下。如今,他看上去未老先衰的样子,胡子已经花白了。

"明白,爸爸。"

他笑了笑说:"我先走了,下午还有课呢。"

说完,父亲的人影迅速消失了。消失得如此之快,没等看见我滴下的眼泪。

我坐着拥挤的火车,整整三天后,到达北京。然后,按着"入学通知"的指点,坐了几站公共汽车,终于到达S大学。这是一个师范大学。我的成绩其实上北大有余,不知为什么北大没有录取我,录取我的是第二志愿S师大。我报的本是国际经济,国际经济系也没有录取我,录取我的是外语系。虽然我的外语很好,但我从没有想过要终生以此为业。我便是带着一分失落几分沮丧进了S大的校门。排队办完入学手续,在绿荫中穿梭了良久,找到了我的寝室。

寝室的门是开着的,六个铺位一览无余。三个下铺都堆上了行李。三个女孩子正坐在铺边谈笑,其中一个高个子转过头来看了我一眼,问道:"你是新生吗?"

我点头。

"哪个系的?"

"外语系。"

她眉毛一挑:"哪个语种?"

"英语。"

她指着其中的一个上铺说:"下铺都有人了。上铺还空着,你自己挑一个吧。"

她长得很美,高鼻梁,大眼睛,皮肤白皙,举止之中透着一股说不出的悠闲淡定。

"你叫什么名字?"她又问。

"谢小秋。"

"我叫冯静儿。这是魏海霞,这是宁安安。我们都是本地人。"她指着另外两个衣着时尚的女生,"我们是你的室友。"

"大家好。"

"等会儿还有一个上海人住进来。她已经到了,补办什么手续去了。"宁安安指着门脚的一堆行李。过了一会儿,又想起什么,她说:"还有一个铺会一直空着,那是刘萱的位子。她是刘校长的女公子,家就在学校,估计大多数时候会住在家里。"

"你们以前就认识?"我轻轻地问了一句。

"我们都是一个高中的。"

我没再说什么,以最快的速度打开行李,爬上上铺开始铺床。我的行李很简单,床很快就铺好了。

魏海霞四下一望,问道:"喂……你没带帐子?"

我摇头:"没有。冬天快到了,这里还有蚊子吗?"

魏海霞淡笑:"帐子不是用来挡蚊子的,它是一个世界,里面是你的隐私。你总得有点自己的隐私吧?"

我觉察到此言不善,脊背顿时挺直了,我看着她的眼睛,说:"我没什么隐私。"

三人目光交替,无声的语言在眼光中传递。

末了,宁安安笑道:"这屋子别看在四楼,灰尘挺大的,还是有个帐子好,睡着干净。大家都有帐子,这屋子看着也整齐。你说呢?对了,你叫什么名字来着?"

"谢小秋。"

下午的时候,我到杂货店买了蚊帐,花掉四十块。又去买这个学年的课本,花掉一百三十块。身上就只剩下了三十块钱。学校食堂奇贵,一顿饭要至少两块。

回到女生寝室,那个上海女孩子已经坐在自己挂好的帐子里了。她叫萧蕊,小个子,奶白的肌肤,黑油油的长发,盘着腿,吃着巧克力,好像一个小精灵。

"晚上学校礼堂放电影,三块钱一张门票,大家都去吧。放完电影是舞会,女士免费。静儿,你的保镖来不来?"宁安安笑道。

"好呀!"所有的人都举手,除了我。

"巧克力?"萧蕊递给我一块,"德芙的。其他的牌子我不吃。"

"谢谢,我……不大吃甜食。"

"吃嘛,客气啥。"她继续往我手里塞。

"好吧,谢谢。"

萧蕊一面吃,一面"啧"了一声,忽然说:"我觉得,这个上下铺的安排是不是应当每个学期更换一次才合理呢?比如说,上个学期住下铺的下个学期住上铺,上个学期住上铺的下个学期住下铺。大家都有机会住下铺,这样才公平。小秋,你说呢?"

我点头。

冯静儿的脸色有几分不自在,魏海霞更是不悦地看了我们一眼。宁安安笑道:"下学期还早,等下学期再仔细商量吧。也许到那个时候你住习惯了,还不肯搬下来了呢。"

萧蕊用力咬了一口巧克力:"我肯定愿意搬下来!我现在就住得不习惯!"大眼瞪着众人,几乎是怒目圆睁的。

大约抵抗不了这目光的压力,魏海霞转身问我:"你呢,小秋,你也不想住上铺吗?"

"我觉得萧蕊说得有道理。住不住上铺无所谓,重要的是公平。"

"先去看电影吧。"宁安安拿起小挎包走了出去,冯静儿紧随其后。

"小秋,你不去吗?"萧蕊问道。

"我要见一个老乡,今天晚上。"

门外传来一声嗤笑:"还没开始学外语呢,中文语法已经忘了。小姐,时间短语的位置在前面啦。"是魏海霞的声音。

其实我已经见到了我的老乡林青。她跟我来自同一个小镇,历史系四年级,眼看就要毕业了。我下午见到她,寒暄之后就问她在北京的生活之道。

"这里的消费实在太高,你必须打工,才能维持生活。"

深有同感,我连忙告诉她带来的钱已经花掉了大半。她忽然一拍大腿,想起了一件事:"我知道有个咖啡馆招人,本来我打算去的。因为离学校有些远,要坐四站路的公共汽车,所以改了主意。你想去吗?那是家星巴克,做服务生。不累,主要是早班和夜班,时间灵活。他们倒喜欢外语系的学生,因为那里外国人多。你想去现在就告诉我,我得先给人家打个电话。"

真是天上掉馅饼。我连连点头。

老乡替我写了一个简历,借了一套衣服给我,临走时,又递给我一支口红。

"我们是小城市来的,本来口音就土,再不穿时髦点,更要让人笑话了。你的普通话说得还好吧?"

"还好。口音不是太明显。"

"卷舌不卷舌就不说了,这里的人in和ing都是要分清的。"

"一定注意。"

"话里尽量多带些英文,别时时都说老实话,别乱露自己的底细。老实就会受欺负,明白吗?"

"明白,谢谢学姐提醒。"我做了一个鬼脸。

"在咖啡馆里打工的都是大学生,挣的是正经钱,所以我倒不担心你会学坏。别学你们系和音乐系那些不长进的女生,为了高消费,做鸡做二奶做小三,什么都做。"

"哦。"

林青指点完了工作,就出去给我打了电话。回来告诉我说咖啡馆有三天的试用期,今晚就开始。问我愿不愿上晚班,晚班从六点钟开始,到半夜十二点。其他的时段都没空。

我当然愿意。

Chapter 2

那是一张只有在时尚杂志的香水广告上才可能看见的脸,魅力四射,恍若神人。

到了汽车站,我才真正体会到林青不要这份工作的原因。下午五点是堵车高峰,说是六点钟上班,如果五点半才来乘车,就会迟到。

等了二十五分钟,终于挤上了公共汽车。汽车慢腾腾地向前开,一路红灯不断。我发现车里站着的人全是一副狼狈相,有座位的人也显得疲惫不堪。透过车窗,我第一次认真打量北京。其实我每天都看《新闻联播》,自己以为对北京很熟悉。可是,等我真正到了这里才发现,每一个街道都如此陌生。陌生的大楼,陌生的行人,陌生的广告,陌生的车辆,陌生的标记,每一样事物都那么陌生,悄无声息地向着陌生的方向行进。

北方的秋季,天暗得极早,四站的路程仿佛就从白天走到了黑夜。

那个叫作星巴克的咖啡馆坐落在一栋豪华大厦的底层。奇怪的是,虽是下班高峰,那条街上的行人却并不多。楼侧的停车场大致有二十个车位,全占满了。我在大门外停留片刻,理了理头发和裙子,又悄悄地照了一下镜子,还算整齐,便推门而入。

咖啡馆并不太大,很安静,只有嗡嗡的人声。里面的服务生穿着清一色的黑色T恤,无论男女,都套着一条墨绿色的围裙。一个叫童越的男生接待了我。他看上去和我的年纪相当,个子不高,笑容明朗,样子很随和。

他礼貌地伸出手:"你好,谢……小秋,是吗?我是夜班经理,人们都叫我小童。"

"你好,小童。"

"你的简历写得挺好。其实不必写英文,中文就可以了,老板不懂英语。今晚这里有四个人,包括你在内。你是S师大的?"

我点头。

"我也是,英文系二年级。你呢?"

"新生。"

"是吗?今天迎新我也在,怎么没见到你?"

"也许你见到了,只是不认得。"

"呵呵。你住哪一区?"

"北七区。"

"北七区?离校门最远,吃羊肉串和清真牛肉面会比较麻烦。买了课本了?"

"嗯,好贵。"

"要是早点碰到我就好了,我有旧课本,一模一样的。我又不爱学习,所以基本上是新的,可以全送给你。"

郁闷。想起我早上花掉的一百三十块钱,那叫一个心疼啊。

"How would you like your coffee?(您想在咖啡里放点什么?)"他站在收银机前,一面工作,一面冷不防说了一句英文。我回头一看,一个外国人微笑着站在柜台边。

"Double cream, one sugar.(两份奶,一份糖。)"

"Sure.(好的。)"

我不禁陶醉了。他的口音与我听到的"疯狂英语"相差无几。

"这里有很多说英文的机会。不过,老板不赞成我们和客人聊天。除非人不多,客人又愿意聊,你才可以陪着说几句,但不能耽误工作。"

接着,他向我介绍了正在工作的其他人,其中一个马上交班;另一个女孩叫叶静文,M大中文系。

咖啡馆的工作并不难,第一步是熟悉各种咖啡机的用法,然后就是背menu(菜单),也就是各种饮料的配方。小童说menu上的饮料虽然多,但常喝的就几种,很简单,一天绝对可以记住。此外就是咖啡杯的大小称呼,与一般咖啡馆不同,不叫大、中、小,而称Venti、Grande、Tall。

我换上了工作服。那个叫叶静文的女孩在一旁心不在焉地斜睨着窗外,个子窈窕,长得极像《过把瘾就死》里面的那个女主角。小童说她是南京人,父母都是大学老师,吃穿不愁,到这里来不过是练口语。我觉得很奇怪,她不是中文系的吗?要那么好的英文干什么?小童说,她是从一个竞争激烈的高中考进来的。原来打算考北大的,不料一试不利,只考到M大。既然进了大学,就该休息休息了,可是考试考惯了,歇不下来。于是,考完四级考六级,考完六级考托福,考完托福考GRE(Graduate Record Examination,美国研究生入学考试)。考完GRE才发现自己学的是中文系,申请学校难,签证更难,便来这里打工。一是练口语;二是看看可不可以认识一个外国人,替她担保。但老板不许员工与顾客聊天,她一直也没找着机会。

其实,叶静文打动我的正是她那双充满白日梦的眼睛。我一看见她,就想起了琼瑶小说里的人物。一双痴痴的、随时准备感动的大眼。薄薄的、等待折磨的嘴唇。披肩长发,别一只珍珠发卡。淡淡的口红,淡淡的香水,连姿态也是淡淡的,好像随时可以从空气中消失一样。我进来已工作了两个小时,她只和我说了一声"Hi"。

收银很简单,我对电子的东西本来就有兴趣,一下子就学会了。

"你可以算是我见过的上手最快的新人了。"童越很满意,呵呵直笑。一个顾客走了,留下一桌子的碟子。见叶静文还在柜台上发呆,小童只好轻叹一声,上去收拾,回来后悄悄地说:"别介意她对你冷淡。小叶人挺好,只不过今天她的心上人来了,现在是花痴时间。"说罢,指着临窗角落。

顺着他的手指方向,我只看见一个斜斜的侧影。一个穿西装的青年,坐在一张临窗的桌子旁,正专注地看着自己的笔记本电脑。

"他是个中国人。"我笑着说。

"绝对有钱。"他补上一句,"听口音可能是华裔。"

时至九点,顾客渐渐减少。穿西装的青年却没有离开的意思,好像把这里当作了他的办公室。

小童说,半年前,当这个青年第一次出现时,小叶就不顾一切地爱上了他。为了见到他,不惜打工,不惜改上晚班。不止小叶一个,咖啡馆里所有的女孩全都暗恋过这个人。只要他一出现,整个晚上,女孩子们全都神思恍惚,收银机出错率升高。只有小童一个男生可以正常工作。

"这里所有的女孩子都盼着他来,只有我不愿意。他一来,我就要干双份活儿。不过,他来有他来的好处。"小童又说,"他给很高的小费。"女孩子们如果实在花痴得不好意思了,通常会把桌上的小费让给小童,以示歉意。

咖啡馆供应简单的午餐和晚餐,主要是三明治和水果沙拉。而客人都是自己到柜台上等咖啡,所以很少有人给小费,尤其是中国人。

"这里常有人给小费吗?"我问。

"不经常。有些老先生、老太太需要我们把咖啡送到桌子上的,会留下小费,但也不多。"小童说,"只有他一个人,每次都给很高的小费,所以我们也乐意为他服务。一见他来,只要走得开,我们通常都会主动地过去问他要什么,然后替他把咖啡端过去。"

"为什么?这里不是人人都排队买咖啡吗?"

"他的腿不大方便。"

"哦。"我这才注意到他的桌边挂着一根黑色的手杖,但他的全身看上去与常人无异。

"怎么不方便?"我又问。

"也不是很不方便,只是左腿略跛而已。"

"也许只是暂时的伤。"我说。

"不是。他的车停在残障车位,宝马SUV。"

"什么是宝马SUV?"

"有钱人开的车,而且不怕烧汽油。"

"哦。"

"他一向要skinny latte(脱脂拿铁)。不过,如果你看见他来,不要主动上去打招呼,让小叶招待他。小叶是这里的老员工,这是她的特权。呵呵。"

"哪种skinny latte?latte有好多种呢。"

"香草味的。"

正说着,小叶不知什么时候闪过来,小声道:"不是香草latte,是大号咖啡——今天换口味了。"说罢闪回收银台,"小童,帮我收钱,我来送。"

收银台前站了不少人,她走不开,显然又不愿意错过给临窗青年端咖啡的机会,一脸求救的神色。

小童坏笑:"今天你表现太坏,我让小谢端咖啡。别生气,小费还是归你。"

咖啡很快就做好了。我端着咖啡走到窗边,不想打扰他,打算悄悄地把咖啡放到桌上就离开。他却已经觉察了,抬起头来看我。

那是一张只有在时尚杂志的香水广告上才可能看见的脸,魅力四射,恍若神人。一阵发呆,我忘了呼吸,突然觉得北京其实是座美丽的城市。恍惚间,我的手轻轻一抖,一股滚烫的咖啡荡了出来,洒在我的手指上。我天生怕烫,手抖得更加厉害,杯子失手而落,只听得"当"的一声,咖啡杯先掉在桌上,溅了他一身,然后滚到地上,洒了一地。

"I'm...terribly sorry!Sir!(非常对不起,先生!)"仓皇中,我说了一句英文。

我不知道为什么会突然冒出一句英文。也许是"疯狂英语"背的次数太多,也许是我不愿意说中文,以免让人觉察出我的外地口音。总之,我看见他雪白的衬衣上有一大片污渍,蓝色的领带也成了褐色。

他皱了皱眉,没说话。

"对不起,我是……实习生。您烫伤了吗?"

"我没事。"他说。声音很低沉,很动听。

我正想说话,叶静文已经冲到了我的身边:"先生,真对不起,您没烫伤吧?"

他摇头。

我低头看见咖啡仍不停地沿着他的裤腿往下滴。小童不悦地看了我一眼,拿来一张黄色的防滑告示板立在桌边,并连忙说道:"先生,十分抱歉。如果方便的话,请将清洗衣物的发票送过来,我们给您报销。"

"不必了。咖啡是我失手打翻的,与这位小姐无关。"

"是吗?"小叶和小童同时转过脸来,看着我,迷惑不解。

我愣了一下,更正:"谢谢先生的好意,咖啡的确是我打翻的。下次……一定注意。"

说这话时,我不禁看了小叶一眼,心里发愁,出了这么大的岔子,还究竟有没有"下一次"呢?但小叶显然很满意我低头认罪的态度。

我赶紧找来拖把清理现场。小叶执意要给他再倒一杯咖啡,他推辞了,合上笔记本,将它装入提包,拿出手杖站了起来。

"小心,地面很滑。"我轻轻地说了一句。

他点了一下头,走到门口,按住电动门,悄然离去。

其实他走得并不慢,只是步态有些僵硬。

我回头看桌子,桌上留下了五十块钱。小童毫不犹豫地拿走了。

第一次上班就出了这样的错,我十分惭愧,只好对小童频频道歉。

"不要紧,你不是第一个将咖啡洒到他身上的人。放心吧,我们不会告诉老板的。只是,下次见到美男一定要镇定。"然后他附耳过来,半开玩笑,"一句忠告,听不听在你——千万别在他身上浪费时间,他从不多看女孩子一眼。"

Chapter ·3·

我突然有一种想要陪着他走回去的冲动,但我又克制住了。

下班回到寝室,已经十二点半了。听说学校十点整准时熄灯,我上楼的时候,楼道上还有人走动。等我轻手轻脚地走到寝室门口,却发现门已经被反锁了。我小心翼翼地敲了敲门,无人理会。敲了近一分钟,门猛然开了,宁安安穿着睡裙,冷冷地盯着我:"为什么敲门?难道你没钥匙?"

"门反锁了。"

她依然冷着脸:"难道你没听说这楼里去年发生过强奸案?门不反锁,出了事怎么办?如果以后你非要玩到十点之后才回校,就索性第二天早上再回来。"

我自觉理亏,深更半夜的也不想大声争辩,只好实话实说:"我没贪玩。我刚找了一份工,要干到十二点才下班。"我心里有些委屈,眼泪便在眼眶里打转,但脸上仍是硬硬的,嘴也绷得紧紧的,不肯让她看出来。

她怔了一下,随即"哦"了一声,把我拉进门,问道:"钱不够用啊?"

我抿着嘴,没有回答。

"唉,"她看了我一眼,叹了一声,"去睡吧。以后我告诉她们晚上别反锁了。"

怕弄出更多声响,我不敢洗脸,不敢刷牙,悄悄爬到上铺,钻进被子。睡不着,因为即将到来的未知开销,还有存折上寥寥无几的生活费。值得庆幸的是,咖啡馆月中发薪。我只要再干两个礼拜,就可以拿到第一份工资了。

第二天清早,我起床到操场上跑步、背单词,看见冯静儿也在操场上,身边站着一个高个子男生。

跑步路过他们时,那男生向我"Hi"了一声。他穿着一件白背心,露出结实的胸肌,看上去英俊健硕,像是体育系的。

"小秋,今天的精读课你去吗?"见我过来,冯静儿没话找话。

"去啊。"

"你高考外语是多少分?"她忽然问。

"九十五。"我说。

她脸色微变,怀疑地看着我:"真的?"

"嗯。"

"听说你们那里的高中每天都有考试,从入学的第一天就开始应付高考,没有音乐课,没有美术课,也没有体育课。"

我不禁哑然。生活中常能见到这种人,不相信这世上会有人比她更聪明,只有人比她更刻苦。何必戳破?我只好点头:"我们那里的高中,就是这样。"

"我爸就在英文系。"她说,"他不教精读。四年级的时候,你可以选他的'当代英国小说'。他主要带研究生的课。"

"是吗?你爸是教授?"我瞪大眼睛。

"冯教授是博导。"男生更正。

"你叫他冯老师就行了。"

"好哦。"

"你爸是干什么的?"她忽然问。

"我爸也是老师,在中学教书。"我说。

"这位是路捷,道路的路,捷径的捷。"

"你好。请问你是哪个系的?"

"国经系。"

"他是我们高中的高考冠军。"冯静儿甜蜜蜜地看着他,"明明可以上北大,却偏要到师大来。他这人,根本不把大学当回事儿。"

"师大的国经系也很强啊。"

"他刚上高三的时候,托福就考了六百分。"

"哦!"我肃然起敬。

"不耽误你晨练,课堂上见!"看见我一脸钦佩,冯静儿心满意足地笑了。

我这学期一共选了五门课,基本上每天都有课。尤其是周二,上午一门,下午一门。上完课已经四点了,我匆匆吃过晚饭,以最快的速度赶到咖啡馆。

小童见到我,悄悄地说:"别惹小叶,她心情不好。"

"怎么了?"

"以前她的心上人天天都是五点半来,偏偏今天没有来。"

"现在还不到六点。"

"那人非常准时的,每次来的时候都正好五点半。"

他说得没错,整整一个晚上,西装青年都没有露面。小叶心不在焉,小童只好让她擦桌子、扫地、煮咖啡,不敢让她配饮料,更不敢让她收钱。小叶也不介意,便时时机械地擦桌子,把所有的桌子都擦得镜子般闪亮。

接下来的两周,西装青年还是没有出现,小叶的情绪渐渐地由魂不守舍变成焦躁不安。她成了小童夜晚的主要谈资。

我渐渐有些担心,怀疑那人的消失与我不小心将咖啡泼到他身上有关。有可能因为我的粗心,导致他不再喜欢这家咖啡馆。北京的咖啡馆成百上千,就是这附近也有十几家,价格更贵,服务更好。他大可不必每次都来这里。

周末,小叶因感冒请了一天假,次日接班时,早班的人告诉她,她们在早上的时候看见了西装青年。

他大约改变了作息,晚上不再来咖啡馆了。小叶于是便和早班的人换了班。就在她换班的那天晚上,我又看见了那个青年。他仍然穿一身纯黑色的西装,制作和裁剪都极度合体;仍然携一支黑色的手杖,斜背一个看似用了很久的褐色皮包。

七点过后是咖啡馆最忙的时段,有七八个人排队买咖啡。西装青年没有像往常那样径直走到临窗的座位坐下来,而是规规矩矩地排在了队伍的最后。他知道何时应当享受特殊服务,何时不应当——在这样繁忙的时刻,他显然不想打扰到我们。

站了几秒钟,他忽然疾步向另一道门走去。

沿着他走去的方向,我看见玻璃门外有一位精神矍铄、满面红光的老者,如他一样穿一身笔挺的西装,正健步向咖啡馆走来。西装青年及时地赶到门边,替他拉开了门。

"沥川!"老人一面笑,一面走进门来,和他握手。

"龚先生。"他的神色显得非常尊敬。

"好久不见。你父亲好吗?"

"挺好。"

"你呢?"老人打量着他,神色慈祥。

"也挺好。能请您喝杯咖啡吗?"

"好啊。"

"您的咖啡需要放牛奶吗?"

"哦,不要,无糖黑咖啡。"

"请往这边来。我知道临窗有个位置很安静。"

他将老人引到了临窗的座位,放下自己的包,又过来排队。

原来他的名字叫"沥川"。

他排了大约三分钟的队,终于来到我面前。

"你好!"我说。他的脸像一道阳光照射过来,我的嗓音不自觉地有些发颤。

"Hi. Could I have one venti ice skinny latte, whipped cream, with a touch of cinnamon on the top and one venti black coffee, no sugar?(能否给我来杯大号冰拿铁,加上生奶油,撒一点肉桂粉?此外还要一杯大号无糖黑咖啡。)"

纯正的美式英文,我傻眼了。

他的笑容中有一丝捉弄:"I thought you prefer me to speak English...(我以为你愿意让我说英语……)"

"神经!"我心中暗想,就因为泼了一次咖啡,犯得着这么整我吗?

"Of course.(当然。)"我保持镇定,"Please have a seat. I'll bring the coffee to you.(请稍等,我会把咖啡端给您。)"

"No need, take your time. I'll stay here waiting.(不必。不用麻烦,我可以在这里等着。)"他锲而不舍,一定要看到我的难堪。

"一共三十七块。"我终于改口说中文。

他递给我一百块钱。我将零钱找给他。

他将一张钱还给我："多找了十块。"

"对不起。"

小童在一旁低声问："他要的是什么？"

我大脑一片空白，红着脸说："太复杂，一时不记得了。"

"What?"小童低吼。

"I am sorry, what's your order again?（对不起，您要的是什么？再说一遍。）"

他低声复述了一遍，我终于听清："Got it, thanks.（明白了，谢谢。）"我转头对小童道："大号冰拿铁一杯，放奶油和少许肉桂粉，还要一杯大号黑咖啡，无糖。"

小童配饮料神速。我把他要的东西放在托盘上，他一手拿着托盘，一手拄着手杖，径直向自己的位置走去。我觉得他跛得比往常厉害，担心走不到一半咖啡就会全溢出来。对腿脚不方便的人来说，端饮料实在是个危险的动作。可是他总算把咖啡平安地端上了桌子。

两人在窗边低声地聊了约三十分钟，老人站起身来告辞。那个叫"沥川"的青年依旧陪他走到门口，替他拉开门，目送他离去。然后，他径直走回自己的座位，打开笔记本电脑，开始工作。

整个晚上，他吃了一份吞拿鱼三明治、一份水果沙拉、两杯latte。直到我下班，他还一动不动地坐在那里，不停地打字，好像有很多活没有干完。

我突然意识到他为什么会喜欢这里。他的生活一定很孤独，孤独的人会愿意待在有人的地方，特别是像咖啡馆这种看似人多，却和他没有任何关系的地方。

下班的时候我收好工作服，换了件寻常穿的短袖衫，走出咖啡馆。

北京的深夜寒冷干燥，我的家乡却温暖湿润。面临太多人生变化的人常常会忽略气候的转变，就像今天，北京人一定会记得带上件外套吧，而我却只能抱紧胳膊走在昏黄的街灯下。

不远处就是车站，夜班车每小时一趟，我又错过了十二点的那一班，这意味着我要在这清冷的街道上足足等待五十分钟，才会等到下一班。我曾经打算买一辆自行车。小童警告我，像我这样的女孩，深夜乘公共汽车要远比骑自行车安全。

好在我可以背单词。除了洗脸刷牙上厕所,我利用所有的时间背单词。掏出单词本,在半明半暗的灯光下,我开始念念有词。

没过几分钟,一辆车忽然停在我的面前,一个人探出头来,向我"Hi"了一声。是那个"沥川"。

"Hi。"我回了一声。

"上车,我送你一程。"他说,接着车门打开了。

我鬼使神差地坐了上去。真舒服啊!真皮的座椅,车内很宽敞。

"你住哪里?"

"S师大宿舍。"

"系上安全带。"

我系了半天,系不上去,只好问:"怎么系?"

他打开车门,拿着手杖跳下车,来到后座俯下身帮我找到衔口,"当"的一声系好,然后又走回驾驶座。

"谢谢你。"我小声说。

"不客气。"他发动车,在街上行进。

美男在侧,我只剩下了呼吸的力气。有五分钟的时间,我们都没有说话。

"你是英文系的吗?"他终于问。

"如果我回答了你这个问题,你就要回答我的问题。"我说,"你真的想知道答案吗?"

他有些诧异地看了我一眼,点头。

"英文系一年级。"我说,"该我问了。你叫什么名字?"

他吓了一跳:"我好像没问你的年龄,你为什么要问我的名字?"

"公平起见。"

"王沥川。"他说,"你是哪里人?"

"我是外乡人。我不喜欢北京人。"

他笑了起来。

"你呢?"

"我不是北京人。"

"你说的是北京话。"

"我爷爷、奶奶都是北京人。或者说,北平人。"他说,"你在北京没有一个亲戚朋友?"

"没有,祖宗八代都没有。"

"那么,你的家人放心让你一个人在外地生活吗?"

"我是成年人,可以选择自己的生活。"

"嗯,这话听上去像是美国人说的。"

我愉快地笑了:"你刚问了我两个问题,现在轮到我来问你了。"

"是吗? 我问了两个问题?"

"是啊。"

"好吧。"

"你喜欢北京吗?"

"还行。"

"为什么你特别喜欢来这个咖啡馆?"

"因为……"他想了想,"停车很方便。"

我想起了那个常常空着的残障车位,不禁打量了一下他的腿。上下车时,他的左腿的确行动不方便,但他好像已经习惯了,虽然有些笨拙,但很多动作一瞬间就完成了。

"你还有问题要问吗?"他转过头,用一种奇怪的眼光看着我。

我不能看他的脸,每看一眼都令我昏眩。他有一张既充满个性又无可挑剔的脸,即便是侧影也是那样完美,可以用来铸成金币。

"没有了。"我两手一摊。

"你对陌生人的好奇心就只有这么多吗?"

"只有这么多。对不起,"我不得不指出来,"你一直在超速。"

"你害怕高速?"

"我害怕警察。"

他笑了,放慢车速。开了不到十分钟,就到了我们学校的大门口。门口有门卫,任何车辆不能入内。

"谢谢你,停在这里就可以了。"我连忙道。

"你住的地方离门口远吗?"

"不远,走走就到了。"我不想多麻烦他。

他找了个地方停车,然后下了车,道:"不介意的话,我能送你到宿舍门口吗?现在太晚,就是学校里面也不一定安全。"这话若是别人说,便显得殷勤做作,而他却说得既诚挚又坦然,一副十足的绅士派头。

"不用不用……真的不用!"平生不曾被人如此照顾,我受宠若惊,连连摆手。

"你知道,如果我送你到这里,而你走着走着突然失踪了,从法律的意义上来说,我就是第一号嫌疑人。"

我看着他,无声地笑了。

走了几步,他又说:"我可能走得有些慢,你不介意吧?我知道你拔腿一跑,很快就到。可是这条路看上去很黑,两边都是树林,我宁愿你拿出耐心陪我慢慢走。"

为什么这个人总是这么客气呢?我大声说:"当然不介意。"

他走得其实并不慢,但显然这不是他常用的速度。

"你来过这里?"我问。

"没有。"

"可是,你一定上过大学,对吧?"我又问。

"为什么?难道我看上去很有学问?"

"嗯……也不是。你英文很好。"

"我在国外读的书。"

"哦。那为什么你又回来?据我所知,这里好多人唯恐不能出国。"

"那我就算少数人。"

我有很多问题想问,但这些问题对于一个初次相识的人来说,都不合适,所以我克制住了自己的好奇心。

我希望这条路十分漫长,能让我们不停地走下去。可惜,宿舍已经到了。

"谢谢你送我回来。"我真诚道谢。

"晚安。"他淡淡地说。

他目送我走进大门,然后转身离去。我知道他还要独自走至少半个多小时才能走到校门口。我突然有一种想要陪着他走回去的冲动,但我又克制住了。

Chapter ·4·

我本想告诉小叶那天晚上沥川送过我,或至少告诉她那个人的名字叫王沥川。

我想了想,没有开口。

我以为第二天还可以见到沥川,他却没有出现。我对他了无期待,更无非分之想。在我看来,他的好意来自一种教养,是他惯常的处事态度,并非只针对我一人。自从见他第一面,彬彬有礼就是我对他最主要的印象。不过下一次遇到他,我一定要请他喝咖啡,以示谢意。

渐渐地,一个月过去了,晚班的人再也没有见过沥川。倒是又有传闻他曾数度在早餐时间光顾,我从不上早班,对此无从可知。小叶倒是时时上早班,可是运气不佳,一次也没碰到。再老的顾客不经常光临,也会被人遗忘,何况这条街俗称金融街,俊男靓女并不少见,大款遍地都是。渐渐地,小童的谈资转向一位秃顶、开着保时捷跑车的中年男士。而门边的停车场日渐拥挤,老板终于将两个残障车位减少到了一个,且大有取消之势。小叶为此据理力争,说残障车位的存在,是星巴克管理者胸怀和文化素质的本质体现,也是本咖啡馆的特色之一。这么说,足以证明小叶对老板的商人本质太不了解。还是小童灵机一动,挽救了她。小童说,其实可以把残障车位与老年车位合并起来,因为这里还有不少开车光顾的老年人。一个位子,老年人和残疾人都可以停车,矛盾就解决了。

小叶知道,若是没有残障车位,那位叫沥川的青年肯定不会再来这个咖啡馆了。他每次来都开车,说明他工作的地方离这里很远。他的腿又不方便,绝不会为一杯咖啡不辞辛苦地走过来,更何况北京的星巴克遍地都是。

那天晚上,小叶请小童吃饭。第二天小童对我说,小叶喝了很多酒,一边喝一边哭,实在可怜。他却为小叶感到不值:这女孩陷入情网不可自拔,如痴如狂地暗恋人家半年,到头来竟连人家叫什么名字都不知道。

我本想告诉小叶那天晚上沥川送过我,或至少告诉她那个人的名字叫王沥川。我想了想,没有开口。我很同情小叶,但小叶不是我的朋友。小叶很少主动和我说话,有一次我收错了钱,正碰上她心情不好,被她狠狠地责备了一顿,弄得我很狼狈。其实这里人人皆知她收钱经常出错,大家都吓得不敢让她摸收银机。何以我错一回就那样不可饶恕吗?第二天,她知道自己过分了,又来请我喝咖啡。总之,她是个很情绪化的人。而我,母亲去世得很早,我很理智。我从小就像个男孩子,不容易动感情。

这一个月,我迎来了开学以来的三次测验。尽管我很努力地背单词,可是我花在学习上的时间比起同寝室的同学还是太少。平均分只有六十五——听力马马虎虎,精读居然不及格。六十五分,是在我的学生生涯中从未遇到过的分数。我感到羞愧,感到耻辱,情绪低落到不想见任何人,尤其是寝室里的女孩。因为她们的分数都比我高,对分数的态度却是清一色的不在乎。只有像我这种从"地区高中"考进来的人,才会对分数斤斤计较。

她们当中没有任何一个人天天上自习,倒是不停地参加舞会、看电影、逛商场。冯静儿是最轻松的一个。她所有的时间都在谈恋爱,且经常逃课。而她竟是全系最高分。她说如果保持这个优势,到了年底她可以同时拿四种奖学金,最高的要数"鸿宇基金",这种基金发给全校成绩最好的十个学生。我这么需要钱,却与奖学金无缘。

我不是个好学生,不过,是个好女儿。我终于可以寄钱回家了,还替弟弟交了学费。余下的钱,除了生活费之外,我还买了一个随身听、一支口红。星巴克的老板要求女员工化妆,我便一直用着林青的口红。等我要还给她时,她说送给我了,还不好意思地说,其实已经过期了。

"化妆品都有使用期,你一定要在使用期之前把它用完。"她还劝我不要买劣质的化妆品。

我买了一个她嗤之以鼻的牌子,十块钱,已经觉得很贵了。不过她说,颜色还行,和我的肌肤倒也搭配,足见我的审美能力不差。我只好告诉她,我父亲是上海人,自愿到云南支边,为了和我妈结婚,跟我爷爷闹翻了,从此再也没回过上海。

就在考完第三个测验的那天晚上,我轮休,没去咖啡馆。寝室里忽然来了一大群男生。我只认识其中的一个——路捷。原来路捷的寝室和我们的寝室是"友好寝室"。而我多半在晚间打工,错过了"友好寝室"的诸多活动。听宁安安的介绍,"友好寝室"的主要交流项目是男生陪女生看电影,或者女生教男生跳舞,其次便是寻找发展"友谊"的机会。经过几次友好交流,已有一位数计系的男生——人称"小高"的——获得了魏海霞的芳心。当然,追求萧蕊的人最多,且全不在"友好寝室"之内。萧蕊因此有很多方便之处,比如我每天都要从食堂旁边的热水房提至少两次开水,以备早晚洗漱之用,萧蕊从不提开水,总有人替她打好,送到寝室。此外,她口袋里总是有巧克力,也是别人送的。

那天晚上,我第一次去了东区的学生舞厅。舞池大约就有一个礼堂那么大,上面悬着彩灯,前方有乐队、歌手,有时唱抒情小曲,有时是疯狂摇滚。音乐声响起,大家纷纷入池,拉着手,起劲地跳着。教我跳舞的男生叫修岳,哲学系三年级。他说他学的专业只有考上博士才有好工作,所以他的目标是博士学位。

如果把跳舞当作一种体育的话,我觉得自己还是有天分的。我喜欢游泳,也喜欢排球,还学过一点太极拳。所以一晚上的工夫,我已经学会了基本的舞步。修岳问我愿不愿意和他一起上晚自习,因为他老听我抱怨考试成绩。

"玩就玩,学就学。你不能把这两件事混在一起,不然玩也玩不好,学也学不好。"他认真地建议。

修岳有资格这么说,是因为他是他们系的学习部长。早有教授看好他,免试入读研究生是早晚的事。

"哦。"

"听说你常常出去打工?钱大致够用就可以了,不要为了打工而牺牲学业。"他又说。

"哦。"

"我外语早已过了六级,不过口语不好,尤其发不好卷舌音。"

"真的吗?"我说。

"是啊。每天早上,我都把一颗鹅卵石放在舌头下面练习卷舌。"他看上去一副坚毅之色,"对了,周五晚上的英语角你去吗?"

"不去。在什么地方?"

"西区花园。"他面带惊奇,可能在诧异一个学外语的人怎么可以不去英语角。

"这个周五你有空吗?我们可以一起去。练完了口语我们还可以和路捷他们一起看电影,夜场票可以看通宵。"

"嗯……下次吧。下星期就是期中考试,我得好好准备。"

"别老想着学习,要劳逸结合,特别是临考的时候,要好好放松。"

"我还要打工。"

"那就下次吧。"他微微一笑,不再坚持。

跳完舞,大家一起奔到街头录像厅看录像,嗑了几斤瓜子,喝了一箱汽水,一直闹到半夜一点,"友好寝室"的活动才算结束。

我一直想着自己的成绩,心事重重。

从此之后,我每天五点钟准时起床背单词。除了打工上课,一切业余时间我都在学习。

借着深秋夜晚的路灯,我可以看见草上的白露。咖啡馆的员工每四个小时有十分钟的"Coffee break(休息时间)"。考试的前一天,我便要了一小杯咖啡坐在一个角落里,隔着窗户看飒飒秋风清扫漫长的街道。夜灯高照,点点几个行人,悠然地在街口踱步。我慢慢地喝着咖啡,忽然有个人影向我走来。

我再次看见了沥川。

这回他穿着咖啡色的外套,纯黑的高领毛衣,一条洗得发白的牛仔裤。他的肌肤很白,脸上轮廓鲜明。为了控制我的呼吸和心跳,我不敢多看他的脸。好像刚刚洗过澡,他浑身散发着一股淡淡的水汽。头发又湿又硬,可以拉去拍男士发胶的广告。我忽然想起今早背的一个单词——dashing(风度翩翩)——不知道为什么这里的人都叫他"西装青年"。穿西装的人比比皆是,更合适的一个词当是"时尚男生"。说他是男生,因为比起街上的时髦青年,他又多了一股书卷气。

"Hi!"他说,"How are you?(嗨,你好吗?)"

"I am fine.(还行。)"

"Do you mind me sitting here?(介意我坐在这里吗?)"他指了指我身旁的座位。

"No. Please sit. I'll bring the Coffee to you. What would you like for today?(不,不介意。请坐。我去端咖啡给你。你今天想要点什么?)"还没等他回答,我赶紧加了一句,"这次我请客,谢谢你那天晚上送我。"我及时地改回中文,因为我的口语仅限于咖啡馆常用语水平,越过这个范围,有可能出洋相了。

"哦……别客气。你坐着,我自己去拿咖啡。你想要点什么吗?"他一面把装着电脑的皮包放在椅子上,一面问。

"什么也不要。我是coffee break,马上就回去工作。"

他径自去买咖啡。然后,我看见他付了钱,径自走回来。

"你的咖啡呢?"我问。

"你的同事坚持要替我端过来。"

他脸上倒无异色,只是话语中带着一丝尴尬,可能小叶过分殷勤,令他不自在吧。我回头,果然看见小叶满脸通红,猛然省悟这是几个月以来她第一次见到沥川。

小叶端着咖啡走到我们面前,暗暗地向我使了一个眼色,我知趣地说:"你看,我的休息时间结束了。这位是小叶,叶静文,M大中文系高才生。她会背《长恨歌》,而且她的外语特别好,比我这外语系的还好。"

他淡笑,说:"这咖啡馆真是藏龙卧虎。叶小姐,每次都麻烦你端咖啡给我,真不好意思。"

我松了一口气。显然,他不是个无动于衷的人——他认识小叶。

我站起身来,连忙到收银机前替代小叶的工作。小叶坐了下来,和他闲聊,她的笑容无比灿烂,我为她感到欣慰。

她坐了半个小时方回到柜台,脸上桃红未释。

小童过来打趣:"这回你总算知道他叫什么名字了吧?说说看,他是哪家的公子?年纪轻轻,就这么有范儿。"

小叶说:"不知道。我没问。"

"连他姓什么都没问?"

"我问了,他说姓王……就这么多。"

"他是干什么的?"

"不知道。萍水相逢,问这些细节干什么?"

小童还想细打听,小叶忽然问我:"小秋,你认识他吗?"

"不认识。"

"别说谎。他主动过来找你,显然认识你。"

"他当然认识我,我曾把咖啡泼到他身上嘛。"

"你知道他叫什么名字吗?"

"不……不知道。"既然他自己不愿意说,我为什么要替他说?

小叶怀疑地看着我,显然不相信我的话。然后她背过身去,想了想,忽然又转过身来,冷冷地说道:"你该不会对他有意思吧?"

"什么意思?"我不动声色。

"我一直以为乡下的女孩很纯真,看来不是这样。你勾引男人挺有一套,哦?"她的声音很低、很甜,咬牙切齿般地在我耳边回旋。然后她忽然又笑了,抬起头。我看见沥川向柜台走过来。

"Hi."小叶说。

"Hi."

他迷惑地看着我们。我和小叶同时站在收银机前,他不知道应该和谁说话。

"王先生,你还要咖啡吗?"小叶甜蜜蜜地问。

"是的。不要加糖。"

我突然道:"王先生,你今晚有空吗?"

他看着我,过了一会儿,点点头。

"我能请你看电影吗?"我继续说。

他微微一愣:"看电影?什么时候?"

"十二点。"

"好。"他居然很快就答应了。

Chapter 5

台阶很浅,沥川却走得很慢,右腿先上去,然后将不能动的左腿拖上台阶,站稳,再走下一级。

因为沥川答应和我一起看电影,整整一晚上,小叶都没有理我。小童也尽量不和我多说话,省得次日要受小叶的气。僵持的气氛一直维持到小叶下班,她比我早一个小时下班。小童悄悄地对我说:"我是小叶招进来的。她在这里两年,你在这里两个月,自己掂量,万一出事,我会站在哪一边。"

"不过是请人看一场电影,会出什么事?"

小童摇头:"说你是乡下小丫头吧,你比城里人还厉害。你这是在向小叶宣战哪。这份工,你还想不想干了?"

我嗤笑:"有这么严重吗?咖啡馆又不是她开的。"

小童说:"前面被她弄走的就有三个人。有一个小女孩只干了三天,就被她打小报告了。老板的儿子在南京读大学,就在她爸的系里,她爸是系主任。你现在明白了?"

我不说话,因为我不知道该怎么办。要我向她讨好,门儿都没有。

小童说:"其实矛盾很好解决,今晚你在这里加夜班,不去看电影。第二天再请小叶喝杯咖啡,赔个不是,保证不给她搅局。这样的认罪态度,谅她也不会和你纠缠下去。"

我冷笑。

见我执迷不悟,小童叹息:"你真不像是从云南来的,脾气比北京人还大呢。"

我继续冷笑。我是从乡下来的不错,难道乡下人就不能有脾气?我顶不喜欢人家动不动就拿我的出生地来说事。云南有几百万人呢,难道几百万人都一个脾气吗?

直到十二点,沥川都坐在临窗的位子不停地敲打键盘。小童给他端过一次咖啡,他匆匆地谢了一声,目光很快就回到笔记本电脑的显示屏上。小童过来跟我说:"他在回E-mail,好像有无数个E-mail要回。"

我说:"中文E-mail?"

"法文。有一次小叶见他和一老外坐在一起,说德语,流利极了。"

我忍不住问:"你的二外是什么?"

"日语。"

"那你怎么知道他写的是法文?"

"没吃过猪肉,总见过猪跑。法文和英文的区别我还是分得出来的吧。"他假装谦虚地鞠了个躬。

"小叶也没学过德文,怎么知道他讲的是德语?"

"德语有颤音,发音的时候,整个扁桃体都得震动。"

我望着沥川的背影,遐想。

"可惜腿不好,"小童若有所思,"不然就完美了。"

我扫了他一眼,笑道:"你也感兴趣? 你不是gay(同性恋)吧?"

小童恍然,若有所悟:"没准他是gay。隔街的'狼欢',你听说过吗?"

"狼欢?"

"这附近最大的一家gay吧,厕所里都站着保安,怕人胡搞。"

"听说过。"我没听说过,也不想让人觉得我是老土。

沥川是九点钟来的,在这里已坐了三个小时。平时他很少坐这么久,显然今天是为了等我。到了十二点,我换掉工作服,穿了一件灰色的长毛衣。如果事先知道沥川会来,今天我就不会穿这件毛衣,新的时候还有款,洗了一次就变形,成了风衣,像是从地摊里买来的。我提着包走到他面前,他已经站了起来,正在收拾桌上的东西。桌上除了电脑,还有一个软皮本,旧旧的,用了很长时间的样子,摊开的那一页画着草图,凌乱得看不清形状。

我们一起走出大门,夜风很凉,我迎风打了一个喷嚏。他停住,说:"你冷吗?"

"过敏性鼻炎。"

"那就是冷。"他不由分说地脱下外套,递给我。

外套暖暖的,带着他淡淡的体香。我的心怦怦直跳,垂着头,盲目地跟着他走向停车场。走到车前,我忽然丧失了勇气,停住脚,对他说:"对不起,刚才忙昏头了,没顾得上问你晚上有没有时间,这么晚看电影介不介意。"

"有时间,不介意。"

我继续解释:"明天期中考试,我要放松。"

"其实……最好的放松是睡觉。"

"睡不着,太紧张。"

"只是期中考试,用不着这么紧张吧?"

"我希望平均成绩是九十五分。"

"九十五?这么高?"他看着我,似笑非笑,听得很有兴趣。

"前几次测验我只考了六十几分,只有期中考试分数高,平均分才会上去。"

"那你能考到九十五吗?"他问。

"我尽力。"我双手握拳做拼搏状。

"其实,考高分有很多办法的。"他替我拉开车门。

"是吗?"我滑进车里,他俯身下来替我系安全带。

"比如说:坐在一个成绩好的同学旁边,冷不防看几眼人家的卷子。"

"……"

"比如说:把难写的单词抄在袖子里。"

"……"

"比如说:把笔记本藏进厕所,然后假装上厕所。"

他一本正经地介绍开了。

"明白了,你就是这么混毕业的吧?"

"算是吧。"他面不改色,毫不惭愧。

"作弊的人呢,不过是为了混及格。我的目标不是及格,所以不可以抄别人。"我一脸严肃地纠正他,"因此,整整两个星期我都在用功学习,每天只睡三个小时。今天就是我的极限,不看电影,我会崩溃掉。"

"精神可嘉,好好学习的孩子一定要鼓励。"他启动汽车,"哪家影院?你指路。"

"平安影城,靠近我们学校。"

"哪条路上?"

我想了想:"……不知道。我寝室的同学都去那里看电影,学生八折,这一周专放奥斯卡老片。"

他于是叹息:"你来北京这么久,从来没去看过电影?"

"可以看录像嘛,学校附近到处都是录像厅,更便宜!"

他又把车开得飞快。

"拜托开慢点好吗? 像这么开车会出事的!"我叫道。

"这也叫快? 完全在限速之内啊。"他不理我,"你不是系上安全带了吗?"

"我心脏受不了。"

"你有心脏病?"他放慢了速度。

"没有。我紧张,行不行?"

"今晚是什么电影?"他又开始加速,故意换个话题引开我的注意。

"你喜欢什么电影?"

"Horror Movie.(恐怖片。)"

"运气不错哦! 今晚上是 *The Silence of the Lambs*(《沉默的羔羊》),英文台词中文字幕……沥川! 劳驾放慢车速!"

不知道为什么脱口而出就叫他"沥川",好像这样叫了十几年一样,话一出口我就有点讪讪的。

"为了看完这部电影,你的心脏需要热身一下。"

我气结,不再说话,眨眼间就到了学校。他开车围着校园附近转了一圈,很快找到了电影院。进了大厅,我对他说:"你在这里等着,我去买票、买汽水、爆米花和烤鸡翅。"

"现在是下班时间,不必再做waitress(女服务员)。你在这里等着,我去买票。你喝什么?"

"可乐。"

我看着他买了票,又去买爆米花……我飞快地跟上他。他行动依赖手杖,只有一只手能拿东西。放映厅很空,只坐着不到十个人。我们打算坐最后一排。台阶很浅,沥川却走得很慢,右腿先上去,然后将不能动的左腿拖上台阶,站稳,再走下一级。我后悔说要坐最后一排了，此时改口又怕他介意，只好老老实实地跟在他身后。

等我们坐下来，电影已经开始了，我开始吃鸡翅。坐最后一排的目的，就是为了不让别人听见我大嚼特嚼的声音。

他喝了一口矿泉水，问："你还没吃晚饭吗？"

"没有。来的时候急着赶车，忘了。"

"咖啡馆里总有东西可吃吧？你不是有coffee break吗？"

"那么贵，老板又抠门，怎么吃得起？"我飞快地啃完了一只鸡翅，又去吃另一只，"鸡翅很好吃，你要来一只吗？"

"谢谢，不要。"

"那……爆米花？"

"我不吃。"他淡淡地说，"全是你的。"

"怎么可以这样呢？看恐怖片不吃东西。"我嘀咕着。过了一会儿，又小声说："仔细听，下面一段是我最喜欢的。"

只见里面那个汉尼拔医生对朱迪·福思特说："First principles, Clarice. Simplicity. Read Marcus Aurelius. Of each particular thing ask: what is it in itself? What is its nature? What does he do, this man you seek?（第一个原则，克莱丝，是"简单"。细读马可·奥勒留的书，不放过任何一个特殊点：它里面有什么？它的天性是什么？你要找的那个人，他是干什么的？）"

"...No. We begin by coveting what we see every day. Don't you feel eyes moving over your body, Clarice? And don't your eyes seek out the things you want?（……不是。之所以如此，是因为我们垂涎每日所见的一些东西。难道你没感到过别人的目光在你的身体上移动，克莱丝？难道你自己不是也用目光来寻找你想要的东西？）"

我模仿片中人的口型，一模一样。

他转头过来看我，说："原来你的口语是从这里练来的。"

过了片刻，片中人继续说："Terns? Mmh. If I help you, Clarice, it will be 'turns' with us too. Quid pro quo. I tell you things, you tell me things. Not about this case, though. About yourself. Quid pro quo, yes or no?（燕鸥？嗯。如果我帮了你，克莱丝，那将会是一种你我之间的"交换"：一物换一物。我告诉你一些事，你告诉我一些

事。与这个案子无关。与你自己有关。一物换一物,你愿意不愿意?)"

沥川又回过头来。

"怎么了?"

"发现没有,这段押韵的。"他说。

"哪里押了?"

"Quid pro quo, yes or no?(一物换一物,你愿意不愿意?)"

我想起了我和他第一次坐车的情景:如果我回答了你这个问题,你就要回答我的问题。Quid pro quo.

剩下的时间我基本上全用双手捂着眼睛。这部片子我看过十遍,看到台词都能背下来了,却没有一次能睁着眼从头看到尾。

我没看他的脸,知道他在笑我。

看完电影出来,已是凌晨。他要送我,尽管我反复推辞,他坚持要送我到寝室楼下。

在路上,我有一搭没一搭地跟他说话:"你知道,这电影我虽然看了很多次,有一样东西我总是不明白。"

"你一直捂着眼睛,应该有很多地方看不懂吧? 不是说电影是视觉艺术吗?"

"为什么要放一只蛾子? 为什么?"

"你想听我的解释吗?"

"你有解释?"

"蛾子的意思是繁殖。蛾子产很多卵,身体也会变化。那个Bill(比尔)不是一直有identity problem(身份认同的问题)吗?"

"可是,为什么要把蛾子放到死尸的嘴里呢?"

"那是女人的尸体,对吧。女人和男人的区别是什么? 繁殖,是不是? 意象联结,这是你们学文学的人最擅长的事情啊。"

我停下步来,看着他,问:"那么,沥川同学,你是学什么的?"

"经济,后来又学过建筑。Quid pro quo. 今天在咖啡馆,你为什么心情不好?"

"和人吵架。"

"输了还是赢了?"

"表面上赢了,实际上输了。乡下人,原本活得很自在,到了城里,突然间什么都介意起来。"

"这么说,你在这里并不开心?"

"除非我期中考试得了九十五分。"

"分数对你有这么重要吗?"

"I have identity problem.(我有身份认同问题。)"

Chapter 6

沥川穿着短袖T恤,下面是一条足球短裤,他有修长的右腿,像雕像里的希腊美少年那样修长而健壮。

他没有左腿。左腿从根部就消失了。

走到女生楼,我们双双愣住。门前一把大锁。

"糟糕!"我不由得抽了一口冷气。按规定,女生楼每晚十点熄灯,十二点钟锁门。可是,据我所知,经过女生们的几次集体贿赂,守门的大爷从来都是睁一只眼闭一只眼。他睡得早,懒得起来锁门,所以常常通宵都不关大门。

门是玻璃的,我怎么敲都没人理。然后,我对沥川说:"替我拿着包好吗?你去咖啡馆时带给我就行了。"

他接过我的书包,说:"你想干什么?"

"从外面爬进去。"

"什么?"

我把外套还给他:"这楼很好爬的。为了采光,窗台又长又低,还有阳台。"说罢,我脚一蹬,踩到一楼的窗台,伸手去钩二楼阳台的栏杆。

"你住几楼?"

"不高。"

"几楼?"他伸手拽住我的腿。

"四楼。你看,寝室的窗子开着呢。"

"谢小秋,你下来!"

原来他知道我叫谢小秋。咖啡馆的服务员都佩有胸牌,人人都写英文名,只有我用中文。

我不理他,但他死死抓着我的腿。然后,他用力一拉,我站不稳,只好跳下来,他抱住我,又迅速地放开了手。

"这么高的楼你也敢爬,出了事怎么办?"他低吼。

只有一秒钟在他怀里,我顿时六神无主,遐想无数。

"那我怎么办?睡大街吗?"

"可以住旅馆。旅馆二十四小时开放。"

"好主意。"我眼睛一亮,"我知道还有一个地方二十四小时开放,还不用花钱——火车站。能麻烦你送我去火车站吗?"

"火车站那么吵,你明天还能考试吗?"

"火车站不吵,我不怕吵。"

他看着我,一副头大如斗的样子。我想了想又说:"说到安静,校外有个公园挺安静的,有不少椅子可以睡呢。"

"你当这是田里呢,想睡就睡。知道北京有多不安全吗?"

"将就一晚而已,别这么大惊小怪行不行?"我拔腿就往校外走。走到一半,他说:"如果你不介意,可以在我的公寓住一晚,我有多余的客房。"

"可是……我不认识你呀。"我停步,看着他。虽然他看上去面善,对我也很好,我还是存有戒心。

"你有手机吗?"

"没有。"

"这是我的手机,给公安局打电话,告诉他们我的车牌号,告诉他们如果你失踪了,从这个车牌可以找到我。"

我笑了,说:"沥川同学,我跟你走。你有车、有房,在北京这种地方,我觉得你比我更有可能失踪。"

"说得好。该厉害的时候厉害,该乖的时候乖,这才是聪明的孩子。"

他打开车门,做了个请的姿势,我跳上车,他替我扣上安全带。我喜欢让他扣安全带,喜欢他整个上身都俯下来,让我在最近的距离看见他的后脑勺。

已经凌晨三点了,车在黑夜中飞快地行驶,二十分钟之后,驶入一幢高楼的地下车库。夜晚空气冰凉,我还穿着他的外套。他停好车,拿着手杖和提包跳下车来,替我开门。

我说:"我自己可以开门。以后让我自己开,好吗?"

他说:"不好。"

"对我不必这么讲究吧?"

"如果你习惯有男人这么对待你,将来你会嫁个比较好的男人。"

我下了车,跟他走到一楼的大厅,面前有两排电梯门。我数了数,共有十个。我们走到离车库最近的电梯面前,他抽出电子钥匙,"嘀"的一声,电梯门自动开了。电梯的旁边放着一块古色古香的木牌:私人专用电梯,请勿擅入。

我跟他走进去,电梯显示共有五十九层,最上面一个"PH"的红灯忽然亮了。电梯无声无息地往上走。

"什么是PH?"我问。

"最高层,Penthouse。"

"你喜欢住很高吗?"

"越高越安静。"

"会打扰你的家人吗?"

"我一个人住。"

他的公寓是不动声色的豪华,浅碧的窗帘,淡白的壁纸,客厅当中是一组浅灰色的沙发,每样家具都干净得像博物馆的展品。

"需要脱鞋吗?"很干净的硬木地板,一尘不染。

"不需要。"

玄关的左壁挂着一对肘拐。我进入客厅,站在沙发旁边,发现沙发的扶手边,也放着一对同样的拐杖。然后,我就问了一个只有傻子才会问的问题:"你在家里需要用两个拐杖吗?"

他没有回答,脸上闪过一丝捉摸不透的表情,过了一会儿才说:"你想现在就睡,还是想喝点什么再睡? 冰箱里有果汁、啤酒、矿泉水、牛奶、豆奶、冰激凌。"说这些话时,他表情冷淡,好像还在为刚才的问题郁闷。

"不用,谢谢。我现在就去睡。"

"有四间客房,你喜欢哪一间?"

"别给客人那么多选择。"

"跟我来。"

他带我走进其中的一间。我问："有洗澡的地方吗?"

"里面有浴室。"他指给我浴室的方向,准备退出房间。我转过身,轻轻地叫了声:"沥川。"他看着我。"谢谢你收留我。"

"Good night.(晚安。)"

"Good night."

我飞快地洗了澡,浴室里什么都有,一切都是崭新的。我穿着睡袍钻进被子,努力地想睡,却怎么也睡不着。于是我打开书包,拿出课本,最后一遍复习单词。我很累,也很兴奋,尤其在这种陌生的环境。看完一遍单词,我又看课文和语法。就这样又过了一个小时,我终于有些困,又忽然觉得口渴,于是我偷偷溜到厨房去喝水。

夜很深,客厅的光线已暗。他睡了吧?我赤脚轻轻地走到厨房,转过一道墙,猛然发现冰箱的门开着,他正站在冰箱面前,弯腰拿里面的东西。

我怔住,几乎惊骇。沥川穿着短袖T恤,下面是一条足球短裤,他有修长的右腿,像雕像里的希腊美少年那样修长而健壮。他没有左腿。左腿从根部就消失了。

"Hi."我轻轻地打了一声招呼。

他站起来,转过身,看见我,脸上没有任何表情。

"我想……喝点水。"我的声音在颤抖,"矿……矿……"

"矿泉水?"

我点头。他把牛奶瓶放回桌上,然后弯腰替我拿矿泉水。就这么单腿独立,他居然站得很稳,没有一丝晃动,好像练过武功。

"还没睡?"他递给我矿泉水。

"睡不着。"

"我有很好的安眠药,要试试吗?"

"哦……不用,我怕睡过头。"

他开始喝牛奶。

"你很喜欢喝牛奶吗?"

"嗯。我半夜要起来喝牛奶,婴儿期的习惯,一直改不掉。"

"如果你出远门,住的地方没有牛奶怎么办?"

"我会出去买,跑多远也要买回来。"

"神经。"我轻笑,极力掩饰内心的惊异。

"能麻烦你到我的卧室把我的拐杖拿过来吗?"他说。

我这才发现他手边竟没有拐杖。厨房离他的卧室很远。

"没有拐杖,你怎么走过来的?"我忍不住好奇。

"跳过来的。"他说,"不过,当着你的面我就不好意思跳了。"

我拿来拐杖交给他,然后双手抱胸地恭维他:"你平衡能力挺强的,真的。"

"我每天都练瑜伽。"

见他空空的裤管,没来由地,我的心悄悄地抽紧,为他心痛,为他惋惜。

"是车祸吗?"我忽然问。

"很久以前的事。"

"晚安。"我说。看他脸上的表情,明显不愿多说。

"明天几点考试?"

"早上九点。"

"如果我没有醒,请叫醒我,我送你。"

"好。"

"晚安。"他说。

我呆呆地躺在床上,胡思乱想,再也没有睡着。六点半,我爬起来,洗漱完毕,背上包,不忍叫醒他,独自悄悄地离开了。

我给他留了一个纸条:沥川,我回学校去了。不用送我,昨晚已经打扰你太多,你多睡一会儿吧。考完试如果还能见到你,我请你吃饭。一定!——小秋。

早上的空气和夜晚一样冰凉。我坐电梯下来,大厅的保安用一种古怪的目光打量我。

"早!"我说。

"早!"

"小姐,需要我替你把车从车库里开出来吗?"他问。

"啊? 我没开车。"

"哦。"

"对了,请问这大厦叫什么名字?"我忽然问。

"小姐不知道?这是龙璟花园。"他一脸诡异的笑。

"如果我去S师大,怎么坐车?"

"那可有点远。不过出门往右有地铁。"

"谢谢,有地铁我就知道怎么走了。"

他继续用怀疑的眼光打量我。我猛然省悟他所说的"小姐"是什么含义。

我不知道北京还有这样清冷的大街。我迎风打了一个寒战,正打算往右拐,忽然有人从背后叫道:"小姐,你要去哪里?"

除了沥川、咖啡馆的同事、寝室的同学之外,我在北京不认识任何人。待我回过头去,我不得不承认,沥川绝不是北京唯一的美男子。

那是个时装青年,头发竖起来,眼角带着模棱两可的笑。他的食指戴着一个硕大的玉戒,脖子上还挂着一道黄灿灿的项链。

"你是……"我不认识他。

他显然也是从这座大楼里出来的。

"我看见你从沥川的电梯里出来,你一定是沥川的朋友,对吗?"

我为什么要回答他?

他伸出手来,道:"我也是沥川的朋友。纪桓,齐桓公的桓。"

沥川的朋友,那就不一样了。我和他握了手,他递给我一张名片,上面写着:神侣设计。还有他的名字、电话号码、传真号、办公室地址。

我说:"纪先生设计什么?"

"沥川设计建筑,我设计服装。"

"幸会。可惜不能多聊,我有考试,要赶车。"我挥手再见。

已经有人替他把车开了过来,递给他钥匙。

"在哪里考试?我送你。"

"谢谢,不用了,我自己走。"

"吃过早饭了吗?"

"吃过了。"怎么这么婆妈呀?

"地铁站在那边,再过一个红灯就是。"

"已经看见了,谢谢。"

"你喜欢这座大厦吗?"他指着那座大楼。从外面看形状有些怪异,层层叠叠,像一只开屏的孔雀。

"还行……我不大懂建筑。"

"是沥川设计的。"

"哦!"

"Good luck!(祝你好运!)"

"Have a good day.(祝您过得愉快。)"我说。

Chapter 7

多年以后,每次想起沥川,第一个在我脑海中闪现的,总是这个画面。而我的心就像被一只无形的手忽然捏住,酸酸的,喘不过气。

坐地铁转公交,花了一个半小时赶到寝室,因为今天考试,所有的人都早早起床。寝室里经常有人一夜不归。一来,除了我和萧蕊,剩下的都是北京人,她们常常回家;二来,萧蕊在这里也有亲戚,常常挽留她过夜。我虽然在这里没亲戚,但也从没人问过我这个问题。我夜夜晚归,大家已经习惯了。

"都快考试了,昨天也不早点下班?"宁安安过来问我。

"下班了,看通宵电影去了。"

"胸有成竹了,是不是?"

"太累,想休息一下。"

"考听力的时候能坐你旁边吗?"宁安安悄悄地问,"我的随身听坏了,最近没怎么听磁带。"

"考砸了可别怪我。"

"我给你买早点去。对了,晚上寝室有party(派对),301室的哥哥们都要过来。"又是"友好寝室"的活动。

"要买什么东西吗?需要我凑份子吗?"今晚不上班,我赶紧弥补一下一向缺席的集体活动。

"你不在,昨晚上凑好了。寝室也打扫了。冯静儿说,派你打开水。"

"好的好的。"我努力合群。

"昨天修哥哥来找你好几次呢。"

"我晚上都打工。"

"是白天。"

"哦,没碰上。"

"他给你打了开水。"

"怎么好意思呢。"我忽然想,我的脸已经洗过了。

"他问我,你是不是晚上总也来不及打开水。"

"我白天都打好了呀。"

"人家是哥哥嘛,哥哥是要照顾小妹妹的。"宁安安说个没完。

"几时喜欢当起红娘了?"

"我被贿赂了。"

"怎么贿赂的?"

"请我吃过一顿饭。"

"就这么容易?我请你吃两顿,以后不要做他的说客。"

我一夜没睡,精神不佳,一天的考试居然考得很顺利。只是一闭眼,我就看见了沥川,看见他孤零零地站在电冰箱旁边,弯下腰去,以一种类似做体操的姿势去拿牛奶。多年以后,每次想起沥川,第一个在我脑海中闪现的,总是这个画面。而我的心就像被一只无形的手忽然捏住,酸酸的,喘不过气。下午考完最后一场,我去水房提了两瓶开水,慢慢地往回走,还没走到寝室,看见宁安安飞快地向我跑来。

"什么事?"

"有美男找你。我的天啊,怎么能这么帅呢?"她做了一个夸张的姿势,"麻烦你一定请他到寝室里小坐片刻,让我们仔细品尝品尝,好不好?"

"真是找我的?"沥川不会这么闲。我还是加快了脚步。

"冯静儿她们,还有301室的哥哥们已将他团团围住了。请你告诉他,现在是打开水时间,如果他继续站在女生楼下,会出事故的。已有三个女生光顾着看他,提着热水瓶跟人撞个满怀……"

我大笑,以为她开玩笑。等我走到楼下,地上真的银光闪闪,果然碎了好几个瓶胆。看门的大爷拿着扫帚,骂骂咧咧,正在打扫战场。

那个站在门边、穿着白衬衣和牛仔裤的人,果然是沥川。

"Hi."他隔着人群向我打招呼。

"Hi."

他走过来,顺手接过我的热水瓶,问:"考完了?"

"考完了。"

"考得好吗?"

"还行。"

"小秋,请王同学上楼喝茶。"萧蕊给我使了一个眼色。才几分钟啊,她们已经知道了他的名字。萧蕊岂止是花痴,采花大盗差不多。

"不了,我们……去餐厅。"

"餐厅的菜那么贵,别去了!晚上有派对,吃的东西早准备好了。"一向对我冷淡的冯静儿口气忽然殷勤起来。

"王同学赏个面子吧。"魏海霞在一旁半笑不笑地怂恿着。这群人,不把沥川绑架到楼上绝不甘心。我们只好点头。女生楼的楼梯比电影院里的楼梯陡得多,我让大家先上楼,然后独自陪着沥川一级一级地往上走。一路上他执意替我提水:"早上为什么不叫醒我?"

"太早了,你应该多睡一会儿。"

"以后不能这样悄悄地溜了。"

"为什么?"

"万一失踪了怎么办?"

"沥川,"我看着他,说,"记着,就算我真的失踪也跟你没有关系,你对我没有任何责任。"

他的脸微微变色,刚要理论,萧蕊的半张脸从楼梯上露出来:"哎,怎么还没上来呢?人家水瓶都给你提上去了。王哥哥,快点啦。"

沥川眉头拧成一团:"王哥哥?"

"是开玩笑啦。走,上去坐会儿,晚上寝室有party。你先吃一点,别吃太多,然后去餐厅,我请你吃好的。"

他忽然伸手过来拉我。

"怎么了?"我问。他的手冰凉,像冬天的空气。

"你挡着人家的路了。"原来有人上楼。然后,哐当,上楼的女生一声尖叫,又是一个瓶胆。

他继续上楼,仍是一级一级地走,样子辛苦,我看着不忍:"可惜楼里没电梯。"

"不然你们提热水瓶会方便得多。"他说。

我又想起一件事,问:"你住得那么高,万一大楼停电了怎么办?"

"点蜡烛。"

"如果是火警呢?"

"待在房间里不出来。"

"如果是真的火警呢?"

"从来没遇到过真的火警。"

寝室里坐满了人,大家抢着给他让出最好的座位。

"一直不知道小秋有朋友,难怪夜夜回来那样晚。"萧蕊给他倒茶。

"我们只是认识。"我和沥川异口同声。

"哎,王哥哥,你这牛仔裤哪里买的?什么牌子?怎么这么有型啊。"宁安安问。

"像是李维斯的,可是——"萧蕊盯着沥川的身后,"李维斯的口袋不是这种花边啊。你这衬衣也挺好看,配条蓝色的领带就更好了。"

沥川用目光向我求救,我暗示他坦然受死。

"小王是哪个系的?"修岳问。

"我不是学生,我工作了。"

"已经工作了?"萧蕊研究他的脸,摇头,"不像,不像,像研究生!"

"王先生做哪一行?"修岳又问。

"建筑。"

"是土木工程,还是建筑设计?"

"建筑设计。"

"啊,你是建筑设计师吗?"萧蕊道。她今天看上去很亢奋,我也不知道为什么。

"算是吧。"

"我哥也是。他是同济的,你是哪里的?说不定你们是同学呢。"

"我不是同济的。"他说,"我是改行的。"

"改行?那你以前做什么?"

"大学学了几年经济。"

冯静儿眼睛一亮:"经济?路捷也是经济系呢。路捷,快过来,有同行在这里。"

路捷一直在旁边默默喝咖啡。他向来是女孩子们的中心,典型的大众情人,今天看到这幅情景,便是一副没精打采的样子:"是吗?我们大学的经济系一般般啦。我爸以前在复旦,现在在人大。王先生,你是哪个大学的?"

"芝加哥大学。"

路捷深吸一口气,目露怀疑:"芝加哥大学?据我所知,芝大经济系是全世界最好的。"

"不算最好吧,"沥川说,"麻省和哈佛都不错,耶鲁和普林斯顿也可以。英国不是还有个伦敦经济学院吗?"

"以前我爸去芝大访问,见过Becker(Gary S.Becker,加里·贝克尔)教授。他是哪一年得的诺贝尔经济学奖来着?"

"这个……不大记得。"沥川想了想,说,"九三年?不对,Fogel(Robert W. Fogel,罗伯特·福格尔)教授是九三年,Becker教授是九二年。"

"芝大的研究能力肯定是最好的。"

沥川笑而不答。

冯静儿趁机问:"那王先生你是怎么申请进去的?也是考GRE吗?"

"GRE当然很重要。"

"芝大经济系,这么好的前途,王先生为什么又转行?"

"嗯……私人原因。"

"王先生有方便联系的电子邮箱吗?将来路捷申请大学有问题,能请教你吗?"冯静儿锲而不舍地问罢,又递过一支笔。

"当然。"他拿出笔,写下一个邮箱地址。

"王哥哥没有名片吗?"萧蕊从上铺探出脑袋,问。

"没有,我没带。"

"王先生在芝大一定还有不少熟人吧?"冯静儿示意他吃盐水花生米,见他摇头,又给他剥橘子。

"谈不上有熟人……我只是个学生而已。"

"听说申请大学导师最关键,是这样吗?"

"是挺关键……也看成绩和推荐信。"

他知道保护自己,所有的回答都很短。冯静儿"夫妇"紧锣密鼓地向他咨询了一个多小时,我竟没机会插嘴。

修岳趁机和我搭腔,有一搭没一搭地问我家乡的情况。

"云南常常下雨吗?"

"是啊。"

"你们是不是天天吃蘑菇?"

"不是。"

"那你们最常吃的是什么?"

"米线。"

"对了,说到过桥米线,昨天我还上过网。北京有好几家云南馆子,离我们最近的那家在……"

他没有往下说,因为我根本心不在焉。

这时,一直默不作声的宁安安忽然插了一句:"对了,说说看,小秋,你和王哥哥是怎么认识的?"

冯静儿不悦地看了她一眼,安安嗓门太大,几乎是粗暴地打断了她与沥川的娓娓交谈。

"他常去咖啡馆。"我说。

"就这样?一点也不浪漫嘛!再加点料吧!"

"我们只是……一般的认识。"我满脸通红。

怎么说呢,的确,一般来说,不是男朋友是不会轻易被允许走进女生宿舍的。沥川知趣地站起来:"谢谢各位的热情招待。我还有点事,先告辞了。你们尽兴。"

宁安安怪叫一声:"王哥哥,常来哦!我们这里每周都有舞会!"说完话,想起他走路不方便,怕是不能跳舞,急忙做个鬼脸,"对不起,我不是故意的哦。"

我送沥川下楼。到了楼底我问他:"你真有事吗?去餐厅吃了晚饭再走,好不好？我一定要请客的。"

"没什么事，只是不想被人查户口。餐厅远吗？需要我开车吗？"

"就在前面。一楼是学生餐厅，二楼可以点菜，人们都说小炒好吃。我还从没上过二楼呢。"

"那就去二楼。"

我们到二楼找了一个靠窗的座位坐下来，服务员过来递上了菜单，眼光肆无忌惮地打量沥川："两位想要点什么喝的？"

"你喝什么？"他问我。

"可乐。"

"一杯可乐，一杯矿泉水。"

"来点什么菜？"女服务生一直看着沥川，口气亲昵，好像只有他一个顾客。

"你吃什么？"沥川看着我。

我扫一眼菜单，迅速决定："辣子鸡丁，清炒黄瓜。"

服务员记下了，又看着他："男同学，你呢？"

"西芹百合。"

"就这些吗？"

"小秋，你还要什么吗？"

我拿眼瞪他："你是本来就吃素呢，还是想替我省钱？西芹百合这种菜，不如我自己炒来给你吃。"

"我不怎么吃肉，是真的。"

"你吃鱼吗？"在咖啡馆，他老吃吞拿鱼三明治的。

"鱼挺爱吃的。"

"那我要清蒸鲈鱼。"这顿饭是谢他的，一定要有好菜。

"鲈鱼是另价，按斤数算。"

"来条中号的吧。再来两碗米饭。"

"小号就可以了。"沥川补充。

"好吧。"我叹了一口气。

离晚饭高峰时间尚早，餐厅里没什么人，菜很快就端上来了。

"早上回来的时候，遇见了你的朋友。"我说。

"我的朋友？谁？"

"他说他叫纪桓。"

"哦,对,他住在四十二层,我总在游泳池里碰到他,后来渐渐相熟。"

"你喜欢游泳？"

"挺喜欢的。"

"我也喜欢,而且还是我们那个县少年运动会四百米自由泳的冠军呢。我家就在河边,夏天的时候,天天游泳。可惜来到这里,大学的游泳池只有暑假才开放,我只好改成每天跑步了。"

"难怪你看上去精神那么好,脸色总是红红润润的。"他凝视我的脸说。

"天生爱运动。吃,你为什么不吃？多吃点啊。"

他倒是吃,只是半天才动一下筷子。

"放心,是我的那份都会吃完的。"他依然慢慢地吃,细嚼慢咽,仿佛消化功能有障碍。

"我不说话了,免得你老要答话,不吃饭。"

过了一会儿,见他实在吃得慢,我又说:"别勉强自己的胃,吃不完我可以打包带走,当明天的午饭。"

"寝室有冰箱吗?"

"没有。一晚上不会坏的。"

"一晚上肯定会坏的。"

"我把它放在窗台上凉着,夜晚气温低,没事儿。"

"又不是咸鱼。"

他吃了一会儿,我在一旁帮他吃,总算把西芹百合吃完了,然后我们一起吃鱼。

"这鱼很好吃。"他开始加快速度,"你晚上做什么？跳舞吗?"

"不跳。"

"为什么?"

"我不喜欢集体活动,虽然我总是尽量做到合群。我宁愿一个人躺在被窝里看小说、听音乐、吃零食。"

"或者,一个人去看恐怖电影。"他加上一句。

"说得不错。"

"蚊帐上贴着两张白纸的,是你的床?"

"你怎么知道?"

"其他床上都有城市女孩子的特征。"他说。

"什么特征?"

"床头至少有一个洋娃娃。"

我觉得好笑:"怎么我从来没注意到这一点?"

"白纸上写的是什么?"他问。

"一阴一阳之谓道,乐天知命故不忧。"我说,"《易经》里的话。我爸是语文老师。"

"嗯……"他夸我,"还挺有学问的。"

"《易经》用英文怎么说?"

"*Book of Changes*,也有人就叫 *I-Ching*。"

"说到《易经》,你会算命吗?"他又问。

"不会。文不会算命,武不会打米。"我用筷子戳着鱼头,研究还有哪个部位可以吃。

他无声地笑了:"那么,小秋,今天晚上你愿意到我那里去游泳吗?"

"如果你把这条鱼吃完,我就去。"

他慢条斯理地将那条鲈鱼吃得一干二净,剩下一堆凌乱的鱼骨,干净得可以用来做标本。

服务员送来账单,我掏出钱包,他眼疾手快地将两张一百元的钞票递了过去:"谢谢,不用找了。"

"喂喂,谁让你付账了?"我叫道。

"你是学生,还在打工。"

"说好了今天我请客的!服务员,麻烦你把钱还给他!"

他按住我的手:"以后只要我们在一起吃东西,永远是我付钱。Let's make it a rule,clear?(就这样,明白了吗?)"

我张大口要反驳,被他用目光制止。

"今天且不和你计较。"我说。心底暗暗欢喜,原来以后还有一起吃饭的机会。

他送我到寝室楼下,等我去取游泳衣。寝室里的派对也正如火如荼地进行着。我匆匆向宁安安打了一个招呼,冯静儿低声过来问:"晚上去跳舞吗?我们都去,男士买的票。你不去,修岳就落单了。"

"我有事。"

"那位王同学呢?来不来陪你?"

"不来……我们甚至都谈不上是朋友,只是认识而已。"我再次更正。

"说句话你别难受,到时候伤心了,别怪我没提醒你,"她的语气淡淡的,"别陷得太深。你们两个,不可能。"

我没问她为什么,提着我的书包就下楼了。

沥川还在楼下等着我。我们一起往前走,地上有人扔的橘子皮,我差点滑一跤,被他及时拉住:"小心。"

"我走路老是不看地。"我说。

"我倒是经常看地,我替你看着。"他说,"不过,你得一直牵着我的手才成。"

说完这话,他顺理成章地握住我的手,好像要时时照顾我,以防止摔倒的样子。

"今天我找了个近的位置停车,不用走到校门口。"他指着不远处的一幢红色的小楼。

我看着他,哑然。

"怎么了?"

"你把车停在那儿了?"

"嗯。有什么不对吗?那里的停车场又大又空。"

"死定了,那是校长办公室,三位校长的车都停在那里。"我说,"你慢慢走,我先去侦察一下,看你的车被拖走了没有。"

"你去,我在这里歇一会儿。"

学校是园林式设计,到处都有椅子。他找到一个木椅坐下来,脸有些发白。

他是高位截肢,戴着义肢走了这么远,怎能不辛苦?我没有离开他,陪他坐下来,从包里找出一瓶矿泉水:"要不要喝水?"

他摇头。

坐了片刻,又站起来继续走。正在这当儿,我们看见一辆黑色的奔驰驶过来。等我们一起走到停车场,那辆奔驰也驶进了停车场。我一眼看见沥川的车,然后我用力拧他的手。

"又怎么了?"

"沥川同学,你停车也不找个好地方,你停的是校长的车位。"

"那个位子应当是残障车位吧?"他说。

"这里不是美国!"

那辆奔驰车在我们面前停下来,似乎等着我们把车开走,把车位空出来。

我小声说:"沥川,快上车,我们快走。"

来不及了。车门打开了,一个银发老者走出来,手里提着一个公文包。

"他是刘校长。"我的手在发抖,开学典礼时我见过他在礼堂里作报告。

"他是校长,又不是鬼,你怕什么?"沥川牵着我的手,向老者微笑,"刘校长,您好!"

我彻底无语。

"你好,你是……"

"王沥川。这位是我的表妹,谢小秋,大学一年级。"

我红着脸,说:"刘校长,您好。"

"小同学,你找我有事?"刘校长和气地握了握沥川的手,又握了握我的手。我一阵紧张,不禁用力掐沥川的手心。

"是这样,小秋初来乍到,对学校的生活还没有完全适应。她认为我们大学的设施、制度还有不够完美的地方,想向您提点建议。"沥川侃侃而谈,完全不理会我。

天啊,我在心底哀号,沥川大哥,您这是把我往火坑里推吗?

"哦,我们很重视新生对学校的意见,谢同学,你愿意到我办公室里来详谈吗?"

"这个……她比较紧张,还是就在这里谈吧。小秋,你和校长谈,我去把车子倒出来。对不起,刘校长,我只是临时停车。"

"不着急倒车,这里有多余的车位,我的司机会把车停好的。"校长从容道来，非常有风度。

我心跳三百，结结巴巴："校长，我认为女生宿舍给水时间……太短。一天只来三次水，根本不够用。听说学校这样做是为了争当节水先进。"

"我们正在讨论这个问题。相信下个月就会有新的举措。"

"我是从偏远地区来上学的，学校食堂的就餐标准太高，饭菜价格太贵，我们负担不起。"

"嗯，"校长说，"你这表哥看上去很有钱，让他资助你一点。你努力学习争取奖学金。"

"为了承担日常开销，我们困难学生必须打工，没有时间学习，所以也拿不到奖学金。我认为……我认为……学校奖学金的体制有问题。"反正横竖说出口了，我就豁出去多说一点。

"体制有问题？"校长眯起了眼睛。

"奖学金应当分成两类，一类是助学金，是帮助生活困难的学生学习的；再一类才是奖学金，全凭竞争，以分数定高下。"

"学校一直有助学金发给困难同学。你从没申请吗？"

"申请了，没批。"

"同学，你是哪个系的？"校长问。

"英文系。"

"那你用英文写个 proposal（建议）吧。你写，我们开会讨论。讨论的结果我通知你。"校长的脸一直微笑，"我还有一个会，先告辞了。"

校长走了，沥川站在车门边，抱着胳膊看着我，浅笑。

我咬牙切齿："王沥川，看我怎么收拾你！"

"你看，你不是说得很好吗？这就叫好苗子，给一点阳光就发芽。"他继续打趣。

"那个 proposal，我根本不会写。"

"你写好，我帮你改。我只改措辞，你自己修正语法错误。"

"你会写？"

"我经常写。我们搞建筑的，投标的时候要写标书。格式差不多。"

"我觉得，中文不是你的母语。"我打击他。

"我中文说得不好?"

"那倒不是,你不会用筷子。"

"我怎么不会用筷子?我在国外就爱吃寿司,总用筷子。"

"偶尔用和常年用,有本质的区别。"

"什么本质的区别?"

"这区别就在吃鱼上。不可以一端上来就用筷子剁成两半,应当吃完一面,翻一个身,再吃一面。"

"幸好每次宴会我都不吃全鱼,只吃鱼块,嫌麻烦。"他笑了,"不然让人看见了,得有多粗野啊。下次你教我?"

"你请客才行。"

"没问题。"

Chapter 8

一生中最重大的时刻这么快地来到了。
我的初吻和第一次竟然是同天、同时!激情所致,自然而然。我很愿意,一点也不后悔。

我们回到龙璟花园。早上走得匆忙,我没认真打量这幢大厦,从车上看,它像一只开屏的孔雀,又像一朵怒放的荷花,如此飞扬跋扈的想象力,真的出自他手?

大厦内部金碧辉煌,除了水晶吊灯、壁画、喷泉,四面还环绕着棕榈树;往来人等衣冠楚楚,几位衣着时髦的少妇手里抱着穿着花衣、打着蝴蝶结的小狗,正在大厅一角的沙发里闲聊,刺眼的珠宝,刺眼的朱唇,刺眼的华贵。

我又看见了早上的那个保安,他仍然似笑非笑地打量着我。沥川说大厦结构复杂,他必须拉着我的手,以防迷路。保安见到沥川,快步走过来,神态恭敬,近乎谄媚地打招呼:"王先生。"

沥川停步,等他说话。

"您的助理苏先生来找过您。"

"哦,我把手机关掉了。"他拿起手机,对我说,"抱歉,我需要打个电话,可以吗?"我连忙说:"请便。"怕打扰他谈话,我打算避开,却被他一把拉住。

"是我,沥川。"

"我还差最后两张图。Deadline(截止期)不是下月十五日吗?"

"提前?什么提前?Deadline就是deadline,不可以提前,除非他们多付钱。"

"多付多少?我不知道,你找预算部的人去算。算好了明天告诉我。"

"晚上有会?什么时候说的?哦……对,例会,我忘记了。"

他看手表。

"人都来了?

"请他们回去。我不大舒服,来不了。"

他收了线,刚要把电话放回口袋,手机又响了。

他看了看来电显示,打开话机:

"哥。

"挺好的。

"没事。

"安排不过来,再等两个月吧。你二月份在哪里?

"我有可能去苏黎世,行程让秘书通知你。

"已经收到了,谢谢。

"我在睡觉,还没起床,昨晚熬夜了。

"再见。"

通话时间三十秒。他收线,歉意地看着我。

"每天都是这么忙吗?"我问。

"不是天天忙。"他说,"现在我们可以去游泳了。"

我们一起上楼,换了游泳衣。他穿一件黑色的游泳裤,露出紧绷的小腹和锻炼良好的胸肌。我们一人披一件浴袍,坐电梯到三楼。

游泳池共有两层。三楼的这层只有一池碧水,空无一人。我凭栏下望,二楼的泳池更大,附带一个小型的儿童水上乐园,但也只有不到十个人在水中玩耍。

"浪费资源啊,"我说,"这里游泳的人这么少。"

"你确信你会游泳,不会淹死?"看我赤着脚,大大咧咧地站在水道旁边,他忽然问。

"不会。"

"你知道吗,我认识一个人,他也说会游泳,然后他当着我的面往下跳,一秒钟后就大喊救命。"他打量我,"我只好跳下去把他捞上来。"

"如果你跳下去喊救命,我也会救你。"我扬起头,挑衅地看着他。

"那么,你的意思是,我可以完全放心你在水中活动,不必时时陪伴左右?"

"请放一百二十个心。"

"地区四百米自由泳冠军谢小秋,"他扔下浴袍,"不如我们比比看,怎么样?"

"好啊。"我接过他的双拐,将它们放在池边。

"南池高中,"他指着我泳衣上的白字,"就是你的中学?"

"是啊。怎么样,名字很好听吧?我们高中的门口有一条大街,叫西门大街。南池、西门,多么古色古香的名字!"

"什么时候你回老家,我也跟着去看看你的高中吧。"他脱口而出。我不禁失笑,这人有时候说话,傻得像一年级的学生。我站在他面前,伸手摸摸他的后脑勺,"好了,沥川同学,怀旧找你自己的老家去,别借我们云南的地盘意淫。"

"那个男生说,你们云南人吃过桥米线?"

"嗯。"

"什么是过桥米线?"

"我们滇南有个蒙自县,也就是以前西南联大的所在。传说有个秀才考试,把自己关在一个岛中读书。他的妻子怕他吃冷饭,便发明了这种热汤米粉,每次送给他时,要经过一个小桥。后来秀才中了举,便是米粉的功劳,就把这种汤粉叫作过桥米线。"

"等会儿游完泳,我们就去吃过桥米线,好吗?北京城里一定有,对不对?"

"云南菜馆都会有吧,就是不知道在哪里。"我也挺想念米线的。

"好办,我上网去找,一秒钟就能找到。"他说,"我站累了,得跳水了。"

我们同时跳水。我奋力向前,游得飞快,却能感觉到他一直在我身边,我怎么也超不过他。到了最后三十米的时候,他不见了。等我游到终点,一抬头,却发现他坐在泳池边上,正看着我笑。

"今天吃得太多了,身体沉,游不快。今晚的饭,你什么都没吃,都是我替你吃的。"我有些沮丧,只得狡辩。

"不服气?"他眉头一挑。

"不服气。"

"再来四百米?"

"再来。"

我们又同时跳水。这一次,他很快就把我甩到后面,一路领先,最后我冲刺时,居然一头撞在他的胸口上。

"噢!"我叫了一声。

"又不是正式比赛,不要游那么猛,"他要把我从水里拎起来,"我不挡着你,你就撞墙上了。"

我把他拉下水:"不行,再来一次。"

"不来了,再来一次还是你输。"他说,"小姐,面对现实就可以了。"

"No way.(没门儿。)"

"要不你先游十米,我来追你?"

"想羞辱我?"

"不敢。"

我们同时出发,他仍然一路领先,仍然比我快出好几秒。最后,他拉我上来,心平气和地看着我坐在池边喘气:"要喝水吗?"

我摇头。

"那边有躺椅,实在累了可以躺下来休息。"他指着水池对面的一排太阳椅。

"奇怪,今天怎么没有别人游泳?"我看了看四周。

"都在下面那层。"

不用说,他设计了这幢大楼,对大楼的某些设施拥有特权。

"太好了。"我说。

"什么太好了?"

"我得趁机收拾你。谁叫你让我在校长面前出洋相来着?"我跳起来,把他推到水中,在水里拧他的背。

"噢,噢,"他吃痛,"我这不是在给你争取奖学金吗?"

"你还说!你还说!"我不由分说地掐他的脖子。

他捉住我,把我的双手反扣起来。我在水里踹他的腿:"放开我!"

他反而扣得更紧,不让我动,却忽然开始吻我,从额头吻起,一寸一寸地来,故意避开嘴,从耳垂一直吻到胸口,吻到我满面绯红,再回来,凝视我的脸。

"Did I scare you?(我吓着你了吗?)"

"No."

"Can I kiss you?(能吻你吗?)"

"Yes."

他的嘴唇冰凉,气息温暖而芬芳,我迷惑地看着他。他松开手,捧着我的脸,用力地吻我,好像连我的灵魂也要吻到。

一生中最重大的时刻这么快地来到了。我的初吻和第一次竟然是同天、同时!激情所致,自然而然。我很愿意,一点也不后悔。"很痛吗?"沥川虽然比我大,却和我一样地迷惑。他不是很熟练,甚至有些笨拙。整个过程他都小心翼翼的,生怕弄痛了我。然后,他紧紧地抱着我,一点也不介意我把手放在他受伤的下身,细细捕捉上面的伤痕,抚摸受伤的肌肤。

我猜想除了医院的护士,沥川还不曾被人这样接触过。水是温热的,他却像发寒热那样战栗起来。而我却在脑中想象车祸后的他变成了一团碎片,被医护人员抬起来,在手术室里,浑身插着管子。

那一定是一场可怕的车祸,在他的下身留下了可怕的创伤。

空旷的泳池,讲话总有一种回声。沥川和我明明挨得很近,却仿佛时空远隔。

我们从水池里爬出来,披上浴衣。我的腰忽然有点痛,便猫着腰,坐在水边。

他愧疚地看着我,过了片刻,轻轻地问:"还是很痛吗?"

"还好。"我坦然一笑,不由自主地再次沉醉于他英俊的脸。

"对不起。"他说,"下次一定更加小心。"

我深呼吸:"下次?"

我们回到公寓,在玄关中默然相对,他一遍又一遍温柔地吻我。

"还痛吗?"自始至终,他好像只关心这个问题。

"不痛。"我喜欢他的手逗留在我的身上,喜欢贴近他的脸,沐浴在他的气息之中,喜欢煽动他,看见他被情欲折磨的样子。

"我得去洗个澡,"他说,"不喜欢漂白粉的味道。"

"我等你。"

"你不洗吗?"

"嗯……不怎么爱洗澡。"冬天的时候,也就三天洗一次吧,学校的澡堂太挤,蒸汽太浓。他将我拉到浴室:"不行,你也要洗。"

我看了他一眼,发现他的脸上有一种犯了罪急于洗白的神情。我点点头,悠然地晃进了浴室。等我洗完澡出来,发现他已换好了衣服,西装革履,焕然一新。

我还是学生装,羊毛衣、迷你裙,背着双肩包,包上挂了一大串钥匙,叮当作响。

他打量我:"我怎么越看你越小?"

"我不小,而且性早熟。"

"你多大?"

"十八。"

他显然没料到我的年纪这样小,吃了一惊,眼中波澜顿起,低声问道:"今天是你的安全期吗?"

"什么是安全期?"

他用眼神示意:"你上次……嗯……什么时候?"

"刚刚完。"

他松了一口气:"万一你有什么事,你爸非宰了我不可。"

"别怕。"

"What?(什么?)"

"别怕。"我镇定地重复了一次。

"这是你的第一次?"

"是啊。"

"那你……不害怕?"

"不害怕。这该不是你的第一次吧?你看上去比我大多了。"

"……"他拒绝回答。

"你很勇敢。"他的语气里有点窘。

"别想那么多好吗?也就是一男一女在一起,如此而已。我肚子饿了,去吃过桥米线吧!"

"等我一下,我有几张图纸要打印出来寄走。十分钟?"他消失在自己的书房里。

Chapter ·9·

> 那一夜,整整一夜,我不能入睡。他的气息,我的激情,一幕一幕在脑中重现:沥川,我爱你,但我不想了解你。了解你越多,我会离你越远。

趁着沥川在书房里工作,我第一次认真打量他的客厅,发现有一面墙壁挂着大大小小的相框,里面全是有关建筑的图片:足球场、剧院、机场、体育馆、博物馆、领事馆、政府办公楼,最多的是摩天大厦,还有几个式样古怪不可名状不知用途的房子。

想起来了,他是建筑设计师。我在想我背过的单词——Architect(建筑)。

实际上,我对"建筑"这个词的第一反应是砖头、独轮车、木材、石灰、上梁时放的鞭炮,还有就是我家乡那些蹲在大街旁边吃饭的泥瓦匠。我舅舅就是一个泥瓦匠,如今已经混到包工头的位置,我们家的房子还是他帮忙给盖的。

我不想看建筑,只想看他——他的照片——生活照。环视四周,我用目光寻找墙壁、桌子、窗台,一切可以放照片的地方,一路找到卧室,一张也没有。

他的卧室和客厅一样宽敞,临窗之处放着一组红色的沙发。橡木地板,一尘不染。床边有个小巧的书架,上面放着一叠建筑杂志,几本巨大的建筑画册,只有两本书看上去年深日久,可能与建筑无关。我随手拿起来,发现书很重,是那种老式的精装本,字典那样的纸,又薄又白,经年不坏,书名是法文 *À La Recherche Du Temps Perdu*。

我听见了他的脚步声。

"你喜欢这本书吗?"他的声音从我身后传来。

"我不懂法文。"

"你的第二外语是什么?"

"还没决定呢。"

"有目标吗?"

"除了英文和中文,你还会哪些语言?"我转身问道,凝视着他的眼睛。

"法语和德语。日语只能应付简单会话,'哈几美妈西德'之类。"

"我可能会选阿拉伯语。"总之,不选他熟悉的,省得今后被笑话。

他看着我的脸,猜到我的意思,狡猾地笑了。

"英文书名是 *Remembrance of Things Past*,你学文学,一定听说过。"

"中文叫作《追忆似水年华》。"

"《追忆似水年华》? 嗯,译得真美。如果哪天晚上你睡不着,让我用法语给你读这本书,读完第一页,你就想睡了。"他在我耳边絮语,声调从容低缓,头倾着,气息拂拂,扫过我的耳垂。

"是吗? 为什么?"

"因为书的第一页就讲一个人躺在床上,翻来覆去睡不着。"他的脸上带着捉弄的笑容,"头两句是这样的:Longtepms, je me suis couché de bonne heure. Parfois, à peine ma bougie éteinte, mes yeux se fermaient si vite que je n'avais pas le temps de me dire: 'Je m'endors.'"

他读给我听,法语有一种天然的、朦胧的腔调,恍如梦呓。见我一脸迷茫,他又用英文解释:"It says, I have long had the habit of going to bed early. Sometimes, when I had put out my candle, my eyes would close so quickly that I had not even time to say, 'I'm going to sleep.'(长期以来,我都有早睡的习惯。有时候,蜡烛一灭,我的眼皮随即合上,都来不及咕哝一句:'我要睡着了。')"

"行行好,要不你干脆给译成中文得了……"他的中文也很动听啊。

"我不大会中文……只认得九百五十个汉字。我爷爷说,我只要认得那么多就够用了。"

"什么? 什么?"我大声说,"中国文化博大精深,九百五十个字怎么算够?"

"所以我不敢译成中文,怕你笑话我。"

"我不笑话你,真的。"我看着他,"我们对海外华人的中文水平从来都不作太高要求。不过,你若是不这样坦白,我还真看不出你是文盲。"

"文盲?"大约这世上还没有人这样大胆地打趣过他,他不禁笑了起来。

"为什么这里没有你的照片?"我忽然问。沥川那么英俊,拍多少照片都看不够啊。

"我不喜欢拍照。"他说。

"可是……墙上有这么多的闲杂照片……"我指着那一墙的建筑图片。虽然每一张都很美,但摆在一起,还是觉得乱。

"闲杂?"他想不到我会用这个词,只好解释,"建筑也是一种艺术,小秋。"

我指着其中的一个相框,里面的建筑物有些眼熟:"听纪桓说,这幢大楼是你设计的?"

他点点头:"你喜欢吗?"

"喜欢。"我望着他,轻轻地说,"不过,相比之下,我更喜欢你的身体、你的脸。"

"我的身体是残废的。"他凝视着我,高深莫测的目光。

"残废的我也喜欢。"我用无辜的眼神看着他。

他的唇离我很近,刚洗完澡,身上雾气氤氲。我喜欢他的气息,踮起脚,想去吻他。他避开了,说:"我饿了,咱们快走吧。"

沥川不爱吃辣椒,错过了几道大厨的佳肴。不过他喜欢吃炒饵片,也喜欢"蚂蚁上树"。我们只要了三个菜,很快就吃饱了。

沥川说,他很久没有像这样痛快地吃饭了,每天都太忙,都只能吃三明治了事。

"奇怪的是,"他说,"我也不觉得饿。"

"为什么你今天就觉得饿了呢?"我问。不算在寝室里吃的零食,今天下午我们已经吃了两顿了。

"今天体力消耗比较大。"他老实承认。

我随口说:"我们没干什么呀?"

他默然地看着我,目光中充满含意,我的脸顿时羞红了。

"吃完饭想做什么?"

"我得回寝室了,要准备考试。"

他的语气有些遗憾:"好吧,我送你。"

"不要你送,又不晚,我自己坐车回去。"他送我,一定会送到寝室,那么长的路走过来,他要付出比常人多几倍的力气。

"我送你。"他付了账,拿着我的书包,口气不容置疑。

"那就送到校门口,现在还早,门口有校车,一直送学生到寝室。"

"No."

"那我宁愿你把车停到校长楼。"我长叹。

"好主意。"

他把车停到校长楼,送我到寝室门口:"你们寝室有电话吗?"

"没有。"

"这是我的号码。"他掏出圆珠笔,将号码写在我的手心上。

"再见。"我说。

"再见。"

我一回到寝室就躺了下来,下身隐隐作痛。我不愿洗澡,情愿他的气味永远留在我身上。打开随身听,换上王菲的磁带,我看见安安推门进来。

"天,你这么早就回来了?"

"嗯,累了。"

"陪白马王子到哪里去了?"她一脸八卦样。

"随便走走。"

"来来来,小秋,坦白交代。"她给我倒了一杯茶,搬一张椅子,坐在我的床下,"大家都说,还是你有能耐,上学才两个月,人生地不熟,却不声不响地钓了个金龟婿回来。"

安安是这个寝室我唯一可以求她帮忙的人。其他的人,虽然天天见,交情却浅。萧蕊也喜欢我,只是她自己特别忙,忙着交男朋友,对女生的友谊不是很放在心上。

"只是一般的认识。"我说。

"他来历不浅。"安安一副老成模样。

这句话倒是真的,我只好实话实说:"我不了解他的来历。"

"他是哪里人？"

"不知道。"

"和你相差几岁？"

"不知道。"

"父母是谁？"

"不知道。"

安安拿眼瞪我："喂，你怎么什么都不知道呀？如果这叫作谈恋爱，你连头都开错了啦！"

这人港台剧看得太多，明明是北京人，偏说一口港式普通话。

"萍水相逢，有始无终，何必打听人家出身？"

"他不是一般人家的孩子。你只看他的气质，几代人也熏陶不出这样一个来。"

这一点我完全同意。

"关于他，你还知道些什么？"

"他是建筑设计师，以前学经济，芝加哥大学毕业。"我说，"这些还是你们问出来的。"

"我们问的当然都是实质性的问题。他的收入如何？"

我失笑："不知道，我又不发他薪水。"

"请你吃过饭吗？"

"请过。"

"哪个酒家？什么级别？这很说明问题的。东街的海鲜酒楼，寻常一顿都要两千块；西街的小菜馆两百块就打发了……"

"去过云南菜馆，菜都很便宜。"

"上网Google过他吗？"

"什么是Google？"网吧那么贵，我从来不去。

"把他的名字当作关键词搜索，会出来关于他的所有信息。你没时间我帮你查。他的名字是哪三个字？年纪轻轻、相貌出众、前途远大，这样的人，应当早被人盯上了吧？"她掏出钢笔，要做记录。

"不告诉你。"

"那他住哪儿？住在哪里也很能说明问题的！"

"不知道，我们只在……咖啡馆见过。"我一想到今天在沥川公寓里做的事，就不敢说真话，以免她问个没完。

"他有车吗？什么牌子的？要知道在北京建筑师也分三六九等，大部分像他这种年纪的可不能算高薪阶层。"

我用被子蒙住头："安安，你饶了我吧。"

"知己知彼，百战不殆嘛。"

"最后一个问题。"她说，"为什么他的腿是跛的？"

"先天残疾？"

"天道忌盈，只要有性能力就行。"

"安安，别再问了，"我掀开被子，"让我睡觉，我真的困了。"

"等等，最最后一个问题！"她扒开我的被子，"他问过你的电话号码了吗？"

我点点头。

"耶！"

那一夜，整整一夜，我不能入睡。他的气息，我的激情，一幕一幕在脑中重现：沥川，我爱你，但我不想了解你。了解你越多，我会离你越远。

生活又回到了往常。我白天上课，夜晚去咖啡馆。我看见小叶，心里有些愧疚。我知道什么是爱，所以能体会她的痛；我知道我的莽撞，也就能原谅她的恼怒。

我对小叶说："Hi!"

她冷冷地看我一眼，转过身去。

小童向我打招呼："小秋，过来说话。"

我先去换了工作服，然后跟着小童进了办公室。

"从今天起，你夜班只需工作到八点。如果你想换成早班或午班，我可以和其他的经理打招呼。"

我是学生，早班午班都不可能来。这意味着我的收入会减少一半。

我猜到了原因，还是不肯罢休，忙问："为什么？"

"总经理派下的话。"

"是小叶说了什么,对吗?"

"头儿要你走人。这三个小时的工作时间还是我给你争取的。小姐,吃一堑长一智。挣一点是一点,咱们不和钱过不去。"

我知道小叶的用心。沥川一般九点钟才来咖啡馆,八点下班的话,我就不大可能见到他了。

我没说什么,继续工作,到八点准时下班。

八点半我回到寝室,看见301室的哥哥们满满地坐在屋子里。

"哟,今天怎么回来这么早?"冯静儿说。

"学习要紧,安全要紧,以后会早点下班。"我说。放下包,发觉工作服还穿在身上,当着一群男士的面,我又不好意思换掉。

"开水有人替你打好了。"安安扫了一眼修岳。

"谢谢哦。"我原本拜托安安替我打开水,不料她迅速将活儿分配给了别人。

"难得回来得早,一起去跳舞吧。"安安说,"次次都让修岳落单,多不好。"

"好啊,我也想轻松一下。"我说,"我去换衣服。"

我去洗手间换衣服,回来的时候寝室里只剩下了修岳。

"他们先去了,我得在这里等着你,男士付钱,女士免票,但要一带一。"

"再等我一下。"我化妆——浓妆,深红的嘴唇,黑色的眉,深蓝色的眼影。头发梳到顶上,露出光光的脖子,然后往脖子上喷了花露水。这种廉价花露水有一股刺鼻的香味,一般人只要持续闻上十分钟就会头晕脑涨。

"怎么像只大熊猫?"修岳吓了一跳。

"怎么样,还想和我跳舞吗?"我翻了一个白眼,要不是看在他给我提水的分上,我才不这样舍命陪君子呢。修岳跳得兴起时动作特别大,把我扔出去,又把我拉回来,还尽踩脚。

"我是四川人,最喜欢大熊猫。"他说,递给我一本书,"学校书店降价,找到一本英文小说,送你。"

我一看,是毛姆的《月亮和六便士》。

"看过吗?"他问。

"没有。"

"很好的故事。其实我们可以组织一个读书会,定期见面,一起讨论自己喜欢的书。"他语气平淡却目光灼然,我听出些许期待。修岳给我的印象就是这样,见缝插针,很有计划。我看了他一眼。在301室的哥哥中,他长得也算出众,学业更是拔尖,导师就是校长,不可谓没前途。就因为学的是哲学,又像我一样来自小城,寝室的妹妹们就只对他的憨厚感兴趣,一有重活就想起他,动不动就派他去扛箱子、接电线、打开水。他是301室的哥哥中最好说话、最甘心接受"任务"的一个。

"以后再说吧。"看着他殷切的笑容,我有点不自在。

学校的舞厅乏善可陈。我一边跳一边心事重重地想,损失了一半的收入,我的生活费怎么办,学费怎么办,弟弟高考后怎么办,爸爸的肝炎怎么办。我爸从来不让我担心他的身体,但家乡医疗条件有限。我从北京寄药给他,一瓶七十五块,都不敢说实价,只能谎报说五块钱一瓶。

我心不在焉又技艺娴熟地跳完了舞,还低着头装作专心致志认真学习的样子,乘机省掉了和修岳搭讪的时间。途中交换舞伴,我和每一个301室的哥哥都跳了一次,只有路捷打趣我:"谢姑娘今天打扮很不寻常啊。"

"是吗?怎么不寻常?"

"眼睛和嘴唇画得这么黑。"

"在唐代这叫作'啼妆',知道吗?这叫风格,这叫复古!"

"什么时候一起出去吃饭?静儿老说你一人在外不容易。"

"怎么想起请我吃饭?"

"你的那位王哥哥今天发邮件过来,答应帮我修改留学申请信。"

"还是你们能干,我都不知道他的邮件地址。"

"周六晚上七点,西街的九味轩怎么样?请沥川一起来?"

"要请自己去请,我不作陪。"我微笑,这群user(利用者)。

我和修岳他们一起跳到舞会结束,鸣金收兵。大家在门口喝了豆奶,路捷、安安他们要去看录像,只剩下修岳和我慢慢散步回来。刚刚下过一场小雨,夜华如水,花气袭人。在黑夜中,我远远看见寝室楼边有一道白色的人影,在夜雾中幽灵般地呈现出来。

我的心怦然而动,不禁加快脚步。来到门口,那个人影却是抢先举手打了个招呼:"Hi."

"Hi."

然后他礼貌地伸出手,气度不凡地对修岳说:"同学,怎么称呼?"

"修岳。"

"修岳,多谢你陪小秋跳舞,多谢你送她回来。"

两强相争勇者胜。修岳的脸瞬时苍白,不由自主地退后半步。他抬起手,看了看表:"小秋说她累了,想早点休息。"

"放心,我会照顾她的。"他沉着地笑道,同时握住我的手。

"这么晚了,你们……还出去?"修岳的语气有些颤抖。

"就在校园里走走。"他微笑。

沥川的手总是冰凉的,像冷血动物,我们漫无目的地向校园深处走去。

"很遗憾,我不能陪你跳舞,"他在我身旁轻轻地说,"但我愿意看见你快乐。"

我看着他:"沥川,你一直都在外面等我?"

"没等多久。"

路越走越黑,没有灯光,我们好像走进了一个树林。我带着他在树丛中穿梭,树叶打在脸上,好像背后有一头正在追逐的野兽。沥川紧紧地拉着我的手,看不清方向。

"我们迷路了吧?"

树丛的当中有一道草地,月光清冷地洒下来,我觉得找到了合适的位置,便在一棵树下停了下来。他一把抱住我,我背靠着干裂的树干,踩着一块大石,居高临下地吻他。树枝摇动,雨后的水滴漫天而落,滴在我的头上、他的脸上。

他专心地吻我,鼻尖在脸颊间摩挲,温暖的气息,冰凉的雨滴,宇宙在唇间交错。

我想,我得记住这个时刻,十一点四十九分——主题:"丛林激情""校园花事"。天气有些冷,肌肤贴在一起又有些热。沥川穿着件白衬衣,没穿外套。树干上的泥土把我的衣服弄脏了,沥川问我有没有手绢。

就在这当儿,我听见了脚步声。仓促间,我们各自以飞快的速度整理自己。

不料,一束电光已笔直地照在我的脸上。

"站住!校园警卫。"

沥川将我一推,小声道:"快跑。"

本来用不着跑的,可我们的样子太狼狈、太可疑,莫名其妙地产生心虚。若被警卫抓住,没干什么也说不清了。我拔腿飞奔,掉头看见有人迅速追过来,然后,沥川拦住了那人。紧接着,树叶摇晃,他们扭打起来。我想也不想,就冲了回去。沥川倒在地上,那个警卫的块头几乎赶上施瓦辛格,他正用皮靴踢沥川。我扑过去将他猛地一推:"住手!住手!你给我住手!"

警卫停住脚,一把抓住我胳膊:"小丫头胆子不小!你们是哪个系的?"

"哪个系不关你的事,我俩在这儿说话,犯你什么事了?"

"别以为我不知道你们在这干什么勾当!"

"你有证据吗?亲眼所见了?"

激动中的我声线过高,也可能是我发疯的样子吓到他了,警卫的口气软了软:"你以为我怕你这点小把戏?今天且饶了你们。看你这样的胆子,谅那小子也不敢把你怎么样。想干好事到外面开房间,这是鸳鸯林,每天晚上都有警卫巡逻。"说完这话他就走掉了。

我跪到地上,轻轻地推了推沥川:"沥川,沥川!"

他一动不动地趴在地上。

"你受伤了吗?"我的身子不自觉地发起抖来。

"没事。"他勉强坐起身来,脸色苍白得可怕。

"坐在这里别动,我去找人送你去医院!"

他一把拉住我:"不用了,我可以走。你……扶我一下就好。"

我把他扶起来,将手杖递给他。他接过手杖,问:"那人……伤了你吗?"

"就捏了几下我的胳膊。"

"我看看。"他借着月光,查看我的手臂,看了很久,没有说话。

"这里离停车场远吗?"他问。

"不远。"

沥川显然受伤不轻,步子十分缓慢,中途还不得不停下来休息两次。我们花了很长时间才走到停车场。

"沥川,我和你一起去医院。"我说。

"我没事,不用去。"

"那我和你一起回公寓,看看你的伤。"

"不用,我自己会料理。"他淡淡地看着我,"抱歉,这次得让你独自走回寝室,我不能陪你了。"

"沥川,不,带我走,我不放心!"我觉得自己的声音里已带哭腔。

"No."他说,"晚安。过几天我再来看你。"

我只得转身离去,没走几步,听见他叫我,递给我他的衬衣:"换上这件吧。你的毛衣脏了,回去同学们该取笑你了。"

他穿着一件V字领的T恤,露出修长优美的上身。

"晚安。"我泪光莹莹地看着他。

"路上小心。"

Chapter ·10·

最后,我总结出导致这一切错误发生的根本原因是我不负责任的花痴,以及我年少无知的欲望。

　　回寝室前,我先到寝室楼的卫生间里清理了一下自己,将毛衣脱下来,弄掉头发上的叶子,然后穿着沥川的衬衣溜进了寝室。

　　我本想偷偷爬上床,偷偷换掉衣服,可是,寝室点满了蜡烛,我看见安安、萧蕊和魏海霞一人一杯奶茶,正坐在床边热闹地嗑着瓜子。

　　见到我,大家一阵尖叫——我身上穿着男人的衬衣!

　　"进展神速啊……"三个人咯咯乱笑起来。

　　我忙将毛衣塞到自己的床上:"哪里,走得太热,浑身是汗,所以脱了毛衣。"我打水,洗脸,洗手,销赃灭迹。

　　"王沥川是在舞厅里找到的你,对吗?"萧蕊问,"你刚走他就来了,问我你在哪里,我给他指了舞厅的方向。"萧蕊很少去学生舞厅跳舞,嫌那里的音响效果不好。

　　"没有。我跳完舞回来才看见他。"

　　"不会吧?人家岂不是在门外等了你两个小时?"

　　真的吗?那么冷的秋天,他就只穿一件衬衣。

　　"那我可不知道。"为了不给她们八卦的资料,我只能装糊涂。但我脸上写着"疲惫"二字,她们都看见了,于是乎不再"审讯"我。我爬上床,钻进被子,翻来覆去睡不着。到了凌晨两点,我终于想通了,沥川是成年人,不会不知道照顾自己。沥川有钱,就算没时间照顾自己,也可以找到人来照顾他。我不是他的什么人,也不能替他做什么,他好像也不需要我替他做什么。总之,我的担心纯属多余。

然后,我又花了半个小时回忆我们俩的相遇,发现从我们认识的那一天起,我就一直给他制造麻烦。第一次,我将咖啡泼到他身上。第二次,我害他深夜陪我从校门口走到寝室。第三次,我先强迫他陪我看电影,之后寝室楼锁门,我不得不住在他家。今天晚上,我让他白白挨了人家一顿拳脚——我好像是他的克星!

最后,我总结出导致这一切错误发生的根本原因是我不负责任的花痴,以及我年少无知的欲望。

早上五点,我准时起床跑步、背单词。在深秋的寒风中,我忍不住跑到一家小卖部去给沥川打电话,问问他昨夜过得怎样,是不是真的没事。电话铃响了几声,便是一句电话留言:"您拨打的用户已关机,请稍后再拨。"

也许他太累,关机睡了吧?我记得曾经劝沥川买个小号的冰箱放在床头,这样他就不必夜夜起来到厨房去喝牛奶。沥川说他睡觉怕吵,尤其怕听机器的声音。

背完单词,吃完早饭,又去上了一节课,回来已经十点多钟了,我又到小卖部去打电话,还是没人接。我开始焦虑,禁不住仔细回忆昨夜的每个细节。林子太黑,看不清,但可以肯定那个校警的确踢过他。沥川行走完全依赖义肢,长时间步行对他来说绝对是一种折磨。可是,他走得那么好,几乎看不出有什么明显失衡的步态,给人一种假象好像走路完全不费力气。他会不会伤得很严重?

我继续上课。再下课,已是中午,我又去打电话,还是那个关机的留言。我坐不住了,出校门叫了一辆出租车:"劳驾师傅,龙璟花园。"

汽车里没有暖气,冷兮兮的。师傅开玩笑说道:"龙璟花园,小姐要去的是阔人住的地方呢。"

"是吗?去看一位朋友而已。"

"龙璟花园差不多算是北京最贵的住宅区吧。"师傅吐了吐舌头,"你那朋友房子挺大?"

"他住顶楼。"

"我的娘啊,顶楼?你没看错吧?"

"顶楼怎么啦?"

"你知道顶楼有多大的居住面积吗?"

"我怎么会知道?"

"我知道,前年售楼时我打它楼下过,还看过广告呢。顶层只有一个单元,好几百平米。小姐,你这朋友——身价不低吧?"

作为外乡人,我对京城的地段和房价完全没有概念,听了这番话,心里也不禁打鼓。难怪那座大楼的保安大叔用那种眼神看我。我这种打扮,这种妆容,怎么也不像是在这样的大楼里出入的人,倒像是送比萨的。

下车后,我走进大厅找到保安。还是那个保安,我说:"我想见王沥川先生。能不能麻烦您打电话请他下来一趟?"

保安打量着我,说:"你没预约吧?如果有预约,王先生会事先告诉我的。"

但他知道我与沥川认识,不敢轻易得罪,想了想后换了一种通融的口气:"好吧,我给他的房间打电话,看他在不在。"

他打了电话,没人接,说:"他不在家。要不你在这里等着?那边有沙发。"

我走到西厅的沙发上坐下来,发现旁边有一张桌子,上面竟然有免费咖啡。我倒了一杯,加糖、加奶,然后从书包里掏出精读课本。

我没有沥川工作单位的电话。如果他去上班,中午回家的可能性很小。可是,如果他真的能上班,就不会关手机。

漫长的坐,漫长的等待。我一直坐到下午三点,坐到饥肠辘辘,才看见大门外走进来一个我认识的人——纪桓。

纪桓看见我,忙走过来打招呼:"这位小姐我是见过的,只是不知道贵姓。"

"姓谢,谢小秋。"

"谢小姐。你是在这里等人吗?"

"是啊。"我觉得脸有些发烫,"纪先生,你今天见过沥川吗?"

"没有。你有他的电话吗?"

"手机关机。"

"那么,你有他的手机号码。"

纪桓重复了一句。显然,沥川轻易不留手机号。

"你打电话去他的公司问过吗？沥川是工作狂，不会轻易从工作中消失掉的。"

"我……不知道他在哪里工作。"我坦白。

纪桓怔了怔，一笑，问："他留给你手机号，却没告诉你他在哪里上班？"

"我没问。"

他又打量了我一眼，觉得不可思议，然后说："我有他办公室的电话号码，你需要我替你问一下吗？"

"不麻烦吧？"

"小事。"

他拨了一个号，将手机递给我："看你这么着急，不如你自己来问吧。"

这回电话两秒钟之内就接通了："CGP Architects，您好。"嗓音甜蜜的秘书小姐。

"我……找王沥川先生。"

"请问小姐是哪家公司的？"

"我是他的一个朋友，找他有事。"

"哦，请稍等。"

电话的那边很安静，过了十秒钟，传来一个陌生的男声，非常纯正的普通话："小姐，我是苏群，王先生的工作助理。请问小姐贵姓？"

"姓谢。"

"谢小姐找王先生有什么事吗？"

"王先生现在不能接电话？"我反问了一句。

"他身体不适，没有上班，也不方便见客。"

我猜对了，沥川应当是病了。我的声音开始发抖："我在龙璟花园，沥川……王先生他……不在家。会不会出了什么事？"我的话明显缺乏逻辑，因为我的大脑开始狂转，他会不会受了内伤，会不会昏倒在家里。

那人沉默片刻，似乎在考虑措辞，过了一会儿才说："王先生现在在医院里。"

"哪家医院？"

"对不起，无可奉告，王先生不希望被打扰。"似乎意识到自己的语气太僵硬,他又加上一句,"如果小姐有什么口信的话,我很愿意替你带给王先生。"

"无可奉告,王先生不希望被打扰。"我咀嚼着这句话,心里忽然有点不是滋味。

"没有,"我说,"没什么口信,再见。"

我低头,收线,将手机还给纪桓:"谢谢你。沥川在医院。"

"是吗?"纪桓说,"我认识他两年了,还从没见他生过病。"

纪桓一脸的疑问,但我不想多说:"下午还有课,纪先生,我先走了。"

沥川生病了,他不接我的电话,不愿意我去看他。我不禁想起保安大叔打量我的眼光,似乎印证了什么。

我心慌意乱地坐上公共汽车,一时恍惚坐错了方向,一连错了三站才跳下车,看见一个公园,就独自坐在公园的长椅上流泪,不知是担心沥川,还是为自己的愚蠢悔恨。坏情绪的闸门一下子打开了,各种阴暗的猜测、人生的恐惧呼啸而来。父亲常说,凡事三思而行,一念之差,谬以千里。我与沥川几次毫无准备的亲密一下子就被送进了冰箱。事已至此,亦无可奈何……太阳照常升起,人生照常行进。

晚上我去咖啡馆上了班,一切如旧,没人看得出我的心绪。夜里,我躺在床上,抱着沥川的衬衣,久久不能入睡。

我没再给沥川打电话。之后整整一个月,我再也没见到他。

期中考试我考得不错,平均分九十,虽然离我的目标还差五分,但成绩在寝室中,除了冯静儿之外,已遥遥领先。静儿也意识到我成了和她竞争"鸿宇基金"的强劲对手,学习更加勤奋了。寝室的同学对我的这段短暂的恋情原本都是起哄,也不怎么看好,这种结局也就在预料之中了。倒是路捷有一次向我抱怨,说发给沥川的电子邮件没有回音。我说沥川生病了,他便不再追问,显然觉得这是我找来的借口。

除了周末,我仍然每天晚上都去咖啡馆打工,可是再也没见过沥川。小叶对我的恨意似乎消减了一些。我说"一些",是因为她对我还是爱理不理,但也不怎么找我的碴了。她干完活,就独自撑着胳膊在柜台上发呆。我不怪她。沥川是多少女孩花痴的对象,也许我是这群人中最幸运的一个。

还有两周,这学期便要在一片混乱中结束了。我想起我的父亲,学习更加勤奋。我想给父亲看学校发的奖状,想告诉他自己拿到了奖学金。爸爸仍然坚持每个月给我寄钱,他知道寄得不多,一百块在北京这个城市哪里够用。但他来信说,爸爸只有这个力量,支持一点是一点,你也要尽量少打工,以学业为重。那天是周一,我收到爸爸的信,就在想,这两周我一定努力学习,然后放假回云南好好休息。结果我路过行政大楼,与校长不期而遇,正要躲开,不料他居然和我打招呼:"小同学!"

"刘校长。"

"你的proposal呢?什么时候可以看到?"他问。

当晚,我认认真真地写了一个proposal,忽然想到沥川曾经答应会帮我修改,就向路捷要了他的邮箱地址。其实我不指望他替我改proposal,只想找个借口问问他身体怎样,出院了没有。我到网吧去申请了一个邮箱,用英文给他写邮件:"沥川你好,好久不见,不知你身体如何,出院了没有。我写了一个proposal,如果方便的话,能否替我修改一下?谢小秋。"

我随手一点,信发了出去。就在那一刹那,我后悔了。这事儿本来已不了了之,我怎么又想着去找他?岂不是太轻浮了?既然是找他,就当写得客气些,怎能这样没心没肺,好像在讨人情账。他这病多少也跟我有点关系吧?对自己鄙薄了一下。

周二我有要紧的考试,因此没去网吧查看邮件。周三的晚上我去网吧,打开邮箱,看见一封回信。一打开,眼泪就开始往下掉。回信是英文写的,长长的。首先是他替我改的proposal,基本上每句都改过,改过的字数远远超过原来的字数。然后说,他还在医院——是肺炎,怕传染给我。医院屏蔽电子信号,所以不能打电话。最后说,他也不想让我看见他生病的样子,但一出院就会来看我。

我立即回信:"沥川,我现在就要见到你!!!"我打了三个感叹号。

一秒钟之后就收到了他的回信:"No."

我不甘心,又写:"告诉我你在哪家医院,我不怕传染。"

他再次回答:"No means no.(不行就是不行。)"

我在愤怒中离开了网吧。

Chapter ·11·

在那么多次激情之后,一个多月没见了吧。他仍是那么完美,那么英俊,从任何一个角度看他的脸都令我方寸大乱。

晚上五点,我准时去咖啡馆打工。晚班工作人员还是小童、小叶和我三个人。我八点钟走,小叶干到十二点,小童一直干到次日凌晨才收班。小童白天睡觉,经常逃课,居然也平稳地升到大二,真是让人瞠目。小童说,他读书之所以一路绿灯,就是因为他花很多时间调查老师们的教学习惯和声誉。比如,某师专抓作弊,号称"四大名捕",他的课就不能选。某师改卷子太严,动不动就给不及格,不选。某师爱查考勤,不选。某师没升上副教授,心情不好,不选。最好是这种老师,第一堂课就告诉大家:"同学们,我这门课想得八十五分难,想不及格也难。"

咖啡馆打工千不好万不好,有一样好,那就是练口语。虽然总说那么几句,说溜了也不容易。如果能碰到喜欢聊天的老外,又在空闲时间,只要老板不在,聊上十分钟没人管你。小童睁一只眼闭一只眼,他也喜欢聊天。

今天咖啡馆里有一群英国人,机会难得,我和小童乘机大练口语。时间很快就过去了,末了我一直在收银台前忙碌,快到八点时,小叶忽然走过来对我说:"好久没见到他了。"

我一时没反应过来:"好久没见到谁了?"

"那位王先生。"

"是啊。"我说。

自从那天争执之后,小叶从不主动和我说话。小童说,她在等着我主动示好。言下之意,我当在合适的时候给她一个台阶下,不然会很失面子。可是,我从没有给过她这个台阶。小叶并不想理我,她的脑子里全是单相思,没有心情理会这个咖啡馆里的任何一个打工仔。如果她真的来理我,那就只有一个原因,她要知道沥川的消息。

"你近来见过他吗?"她问。

"没有。"我说,"听说他生病了。"

她失声道:"哦!什么病?"

"肺炎。"自己心情不好,懒得防范别人。

"你是怎么知道的?"

"他告诉我的。"

"你不是说没见过他吗?"

"E-mail。"

"能给我吗?"她眼睛直勾勾地盯着我。我想,如果说不,她一定会掐死我的。

我写给了她。我不介意,是因为我想小叶是书香门第,不会这样莫名其妙地去给陌生人写信。

"谢谢哦。上次喝咖啡时他把一个笔记本忘在这里了。我问问他什么时候方便来取。"

无语。恋爱中的女人是充满智慧的。

收工后我换了衣服出来,夜风寒冷刺骨,已是入冬天气,地上结着薄冰。我穿着件鸭鸭牌羽绒服,又厚又大,原本是用来对付三九天气的。来北京前我买了这件袄子御寒,商店里没有小号,也没有中号,只剩这一件大号,五折,我就买了。现在我第一次穿,空空荡荡把整个人都埋了进去,就算把书包背在大衣里面也没人看得出来。

我依然到车站等车,车不来,我依然坐在那个冰冷的铁板凳上背单词。坐了不到五分钟,一辆车嘎的一声刹住了,一个熟悉的声音叫我:"小秋。"

我抬头,看见了沥川的SUV。我从没认真地打量过沥川的车,一来,我对车的知识有限;二来,他的车总在黑夜出现,不是那么容易看清楚。隔着候车亭的玻璃,我迷惑地探了探脑袋,逡巡不前。一切都是那样的不真实。我怀疑我在做梦,生怕一道风吹来,这个情景就消失不见。真的是沥川吗?沥川不是在医院吗?他跳下车,拄着手杖,替我打开车门。仿佛刚从某个宴会回来,他穿着一件纯黑的风衣,里面是笔挺的炭色西装,考究的绿纹领带,身上散发着淡淡的古龙香水味。他习惯性地替我系上安全带,问:"冷吗?"

"不冷。"

他关上车门,开足暖气,发动汽车。

在那么多次激情之后,一个多月没见了吧。他仍是那么完美,那么英俊,从任何一个角度看他的脸都令我方寸大乱。

"生我的气了?"他问。

我不吭声。

"就算生气也不能这么在 E-mail 里骂我吧?"他冷笑,"好歹我也替你改了 proposal。英文真是越学越地道了,从小到大都没人这么骂过我。"

在他说"no means no"的时候,我回了他两个字,骂人的。

"停车,让我下去。"我恼羞成怒。

"脾气还挺大。"他在一旁笑了,眼神充满了捉弄。然后不理我,把车开得飞快。

"停车!不然我报警了!"

"手机在这,打110吧。"他把手机扔给我,继续往前开。我郁闷地看着他,只得作罢。不到十五分钟,车开到了学校。沥川跳下车,打开我的车门。虽然他有很强的平衡能力,可是残疾的身躯看上去十分无助。我的心一下子软掉了,轻声说:"怎么这就出院了,是给我骂出来的吧?"

"没出院,我溜出来的。"他把书包扔给我。

"唉,不过就骂你一句,犯不着气得从医院里出来找我算账吧?"

"说得不错,我就是来找你算账的。"他猛地一把将我拉到他面前。

我紧紧地抱住他,将脸埋在他的怀中,喃喃地说:"知不知道人家多么担心你……"

"对不起,"他用力地搂了我一下,"其实你不用担心,我会照顾自己,再说还有护士。"

"我再也不胡闹了,我发誓!"我吻他,像吸血鬼那样寻找他颈上的动脉,然后用力地吻过去。他垂下头来吻我的脸,清冷甜美的气息交错在我面前:"干吗穿这么大的一件袍子?大得可以装下两个你。"

"就喜欢大,大的舒服。"我手伸进他的风衣,去抚摸他的背,"这里有伤吗?痛吗?"

"没事。"他低声说,"别乱摸,好不好?"我想起刚才发的誓,抽回手,替他系好风衣的带子。

"晚上做什么?"他问。

"到图书馆去研究你改的proposal。改了那么多,好些地方我都不明白。"

"什么地方不明白?"他说,"趁我在这儿讲给你听,不是更好吗?"

"那你陪我去图书馆,好不好?"我挽着他的手臂,低声央求。其实我知道沥川不爱去人多的公共场所,不喜欢别人盯着他看,可是他好不容易现身,我可不想他立即离开我。

果然,他迟疑一下:"我走路跛得厉害,你不介意吧?"

"不介意。用义肢走路那么辛苦,你最好天天都不要用。"我脱口而出,随即又不安地看了他一眼。沥川非常讲究仪容,在正式场合从来都打扮得一丝不苟。他又是个完美主义者,可想而知,失去一条腿,终生残废,对他来说是多么大的打击。

他看着我,欲言又止。

图书馆的二楼和三楼都是自习室,几百张桌子放在一个大厅里,几百个人坐在里面看书。沥川若是进去,绝对会引起关注。我带着他去了一楼的报刊阅览室,那里人少,比较冷清。

我们找到一个位子,沥川接过我脱下的羽绒衣,挂在一边,然后脱下风衣。我从书包里拿出打印好的proposal、词典和笔记本,和他一起坐下来。他看看我准备的一大摞资料,忽然想起了什么,说:"对了,期中考试考得怎样?"

天,他还记得这个。

"平均分九十,离目标还差五分。再努一把力,奖学金有望。"

"孺子可教。先谈谈你用的Article吧。Article中文怎么说?"

"冠词。"

"在概念的前面不用加冠词。比如你说space(空间),你说time(时间),你指的是concept（概念），就不必加冠词。"

"哦。"

"还有这里，朝代前面要有冠词。"

"都学过，怎么就是不记得。"

"还有，写proposal的一个原则，不要说这么做对你会有何好处，要说这么做对别人、对学校、对学校的声誉会有什么好处。"接下来，他给我讲为什么他要那么改，一处一处地讲，讲了整整两个小时。沥川的记忆力真强，很复杂很长的单词，从来不拼错。

最后，我觉得他再这么讲下去，会疲惫不堪，便说："太晚了，我们走吧。"

"还有什么问题要问吗？"

"没了，彻底听明白了。哥哥你太强大了。这就是母语的好处。"

他忍俊不禁："英语不是我的母语。我在瑞士长大，在法语区度过童年，在德语区上中学，我的母语是法语和德语。"

我赶紧奉承："沥川，我对你的崇拜如滔滔江水，绵绵不绝。"

他站起来，替我拿来羽绒衣，看着我穿好，然后才穿上风衣。我们一起走出图书馆，又回到校长楼——他停车的地方。

"你想出去吃夜宵吗？"他问。

"不去，你累了。我陪你回医院好吗？哪里不舒服我帮你按摩，好不好？我抵抗力特强，不怕传染，真的。"我涎皮赖脸地说。

"不用了，"他递给我一个粉红色的小盒子，"我给你买了一个手机，有空给我打电话。"

"医院里不是屏蔽信号吗？"

"我明天出院。"

"好的。快上车吧。"我说。

"我先送你回寝室。"

地上到处是薄冰，他若不小心摔跤，把剩下的那条腿摔坏了，可怎么办。

"下次，好不好？等你完全康复了再送我，算我求你了。"

"No."他说，"地上这么滑，你又不看路，我怕你摔跤。"

回到寝室,我喜滋滋的。所有的人都看着我,觉得我今天神色飞扬,不比寻常。

"哎,你终于从失恋的阴影中走出来了?"安安观察我的脸,"可喜可贺!"

我洗了把脸,溜到门外的楼梯口给沥川打电话,三秒之内他就接了:"Hi."

"到医院了?"

"快到了。"

"为什么是粉红色的?"

"什么粉红色?"

"手机的颜色。"

"我以为女孩子都喜欢粉色。"

"我已经不是'孩子'了。"

"你只有十八岁。"

"你多大?"

"二十五。是不是太老了?"

"不老不老,一点也不老。谢谢哦,我好喜欢的!"我甜蜜蜜地叫他,欢欢喜喜地收线。

第二天是个大好的晴天。课程已经结束了,大家都在备考,我也不例外,七点一到就起床,泡一杯浓茶就去图书馆。笔直的长窗,温暖的阳光,我摊开书本,复习课本和笔记,忙得不亦乐乎。

到了中午,我走出图书馆吃饭,手机响了,传来熟悉的声音:"是我,沥川。"

"沥川?你出院了?"

"总算出来了。这医生是我父亲的老朋友,快整死我了。"他说,"今天下午你能帮我个忙吗?"

"帮什么忙,说吧。"

"我有个朋友今天开画廊,你能陪我一起去吗?"

"去没问题,只是我不懂绘画,站在那里会不会显得很白痴?"

"不不不,是这样,我也不想去,但和他关系不错,推不掉。画廊四点钟开张,新闻界的人也会来。他要我准时去捧场,七点钟有酒会,他希望我参加酒会。"

"也就是说,咱们要在那里待至少四个小时。"

"如果你来帮忙,我就不用待四个小时了。"

"是吗?怎么个帮法?"

"咱们四点钟去,一个小时之后,你说你头昏,咱们就出来了。"

"头昏?是不是太假了?"

"假不假就看你演得像不像了。"

"没问题,沥川。画展有着装要求吗?晚礼服之类。"

"有,要正式晚装。"

"那好,演戏的事儿我干,道具的钱你出。"

"吃饭了吗?"

"没有。"

"等着我,我来接你。先吃饭,然后去买衣服。"

"我在校门口等你吧,正好要去校门口寄信呢。"

二十分钟后,沥川开车来接我。他身着一套纯黑的西装,黑色衬衣,紫色领带,显得身段修长,优雅得体,再配上他那张迷人的脸,简直是无懈可击的完美。我想,这样一个人,只有一条腿,又刚从医院出来,都不能打动那个画家让他在画廊里少待一会儿。我肩上的担子实在很重。

沥川问我想不想去吃云南菜。我说,我愿意陪他吃寿司。他带我去了一家日本料理店。他爱吃生鱼片,我爱吃照烧鸡块。我问他忙不。他说忙的事情都在医院做完了,还提前交了工。之后我们去了一家服装店,名字不知是法文还是意大利文。沥川坐在一旁看杂志,我去试晚装,试了七八件都大了。

我问沥川:"怎么办?"

沥川作势要带我走,女老板说:"这位小姐的身材实在太小,如果你们不介意,我可以带你们去二楼'青少部'看看。"

沥川眉头一挑,说:"您怎么不早说呢。"

昏倒。

女老板给我选了一件纯黑的连衣裙,有一圈紫色的蕾丝,露出半胸。我穿上一试,合身不说,竟还显出几分性感。沥川半笑不笑地看着我,做了个OK的手势,女老板趁势给我配好文胸、手袋、鞋子。末了,沥川拿出信用卡,对我说:"知道我最喜欢你什么吗?"

我说:"什么?"

"你做决定特别快。换上别的女人,挑一下午也挑不好一件衣服。"

"你是不是给别的女人挑过衣服?"趁女老板去刷卡时,我小声说。

"我看上去很像处男吗?"

我在车上化好妆,自己在镜子里欣赏自己。汽车驶入一个窄巷,沥川在抄近路。出了道口,眼前一亮,出现一座豪华的大楼。我们在大门口下车,他把钥匙交给保安,保安替他将汽车开入车库。

"你朋友的画是什么风格?"又不是奥斯卡颁奖大会,我怎么觉得有些紧张。

"哦,他是 Pomo。"见我不解,他又说:"Postmodern,后现代风格。"

我对前现代都一无所知,又何况后现代乎。

"你什么也不用说。"他安慰我,"只管假装看画,无聊了就吃牛肉干。"

上车前,他给我买了一袋牛肉干——我最喜欢的零食,塞在新买的手袋里。一路上沥川都说我还是小女孩子,因为我喜欢一切闪闪发光的东西。那只手袋上饰有不少光片,挎在手中,果然亮晶晶的。

"这不合适吧。"我说。

"怕什么,这是后现代画廊。"他挂着手杖,专心走路。我则把头抬得笔直,跟在他身边。

画廊的门口已站着一排人,其中一个长发披肩的青年快步迎过来:"沥川!"

"没迟到吧?"沥川上去和他握手,介绍我,"这位是谢小秋小姐,大学生。这位是江横溪先生,知名画家。"

我们握手,问好。

江横溪的身边站着他的太太,一位年轻的女士,面孔惊艳,头发高高绾起,一丝不乱,神态高贵。

"季连,"沥川伸手过去,"好久不见。"

两人握了手,沥川介绍说:"这位是叶季连女士,国画家。"

"幸会。"我说。

"幸会。"叶季连笑着过来拉我的手,"小秋,你在哪里上大学?"

"S师大。"

沥川咳嗽了一声,连忙说"抱歉"。叶季连立即说:"沥川,我们给你准备了休息室,你现在需要休息一下吗?"

"谢谢,不用。"

这时又来了一个中年人,穿着灰色的西服,表情神秘而倨傲。叶季连忙说:"我来介绍,这位是韩子虚先生,紫草画廊的老板,知名画家,古玉专家。"

这是什么年头,怎么这里出入的都是"家"啊!

然后叶季连介绍沥川:"这位是王沥川先生,CGP Architects 总裁,建筑设计师,哈佛建筑系高才生,去年法国 AS-4 建筑设计大奖得主。他手上现有二十多个在中国的设计项目。沥川,需要我顺便介绍一下令尊和令兄吗?"

沥川摇头:"不用了。"

Chapter ·12·

我想保持镇定,但脑中一片空白,只听见自己在说:"沥川,带我离开这里!"然后就什么都不知道了。

我挽着沥川的手臂,走向画廊左侧的来宾签到处。沥川龙飞凤舞地签上自己的名字。我细看了几眼,一个字母也没认出来,只得签上我的"小名",小得像蚂蚁,紧紧贴在他名字的下端。

他扭头看我:"字写得那么小。"

"你是大人物我是小人物嘛。"

"再签一次行吗? 不知底细的人还以为我名字有后缀。"

我又签了一个大的,帽子一般盖在上面:"这样可以吗?"

他莞尔:"可以了。"

"王先生,画廊后厅有专门为您安排的休息室。"负责接待的女生细声细气地说,显然有人事先交代过她,"出这道门往左就是。"

"谢谢。"沥川把我手上的签字笔一放,问,"挂衣间在哪儿?"

"哦,就在这里。"女生笑吟吟地说,她不敢看沥川,却是满面通红。

沥川替我脱下大衣,连同他的风衣一并交给她。女生似乎陷入花痴,拿着风衣半天没动,蓦地,不好意思地笑了,递给沥川一个纸牌:"凭这个取衣服,请拿好。"

画廊的灯光不明不暗,幽幽地从天花板上洒下来。四壁悬着油画。当中是几个古典风格的隔窗。后现代的绘画,摆放在纯粹古典园林风格的画廊里,显得很别致。

"喜欢这些画吗？"沥川在一旁问。

"不大喜欢，也看不懂。"我说，"不过这画廊的设计倒挺别致，我很喜欢。"

我看见他脸上有得意的笑容。

"是你设计的？"

"不然人家为什么请我来？"

"那么，王大建筑师，你是属于什么风格？"

"自然主义。尽可能超越时代的局限。"

我想起一位我熟悉的先哲："是不是就像庄子那样？"

"哦，你也知道庄子？"他有点吃惊，"庄子是我最喜欢的哲学家。"

"沥川，你只认得九百五十个汉字，"我笑，"跟我谈庄子，是不是有点奢侈？"

"庄子在国外也很有名，各种语言的译本都有。我读过法文本，上大学还特地选过这门课呢。可惜教授是华人，口音太重，弄到最后我还是一知半解。不过，你也不是中文系的，关于庄子的知识，咱们应当是半斤对八两吧？"

"我父亲热爱古典文学，是庄子哲学的实践者。他向往自然，所以从城市来到农村。我们家不用电话，不装电视，连自行车都不买。我爸从小就告诉我，走路、跑步比什么都好。不过，我和我弟都背叛了他。没有自行车，我们求外公掏腰包；没有电视机，我们攒零花钱逛录像厅。"

他很吃惊："是吗？你父亲拒绝现代文明？"

"我父亲说，现代和古代没有本质的区别。"

"嗯，发人深省。"沥川看着我，脸上有笑，意味深长。除了长着一张华人的脸，沥川从很多方面可以说是个十足的外国人。我们之间居然还有相同的兴趣，真是令人惊讶。

画廊的人渐渐多了起来，进来了很多美院的学生。叶季连几次忙里偷闲地过来和我们搭话，还说以后有空约我去逛街。我以为女画家都很高傲，想不到她竟如此随和，不禁有点喜欢她。

我偷偷看表，才过了十分钟，问沥川："站了那么久，累不累？"

"不累。"他虽带着手杖，其实站立的时候很少真正依赖它。

"哎，我觉得，其实这个画廊里还是有那么一两个人，不大像画家。"我看着人群中的一个人说。

"是吗?"随着我的目光,沥川看见一个穿着灰色西服,国字脸,胸口别着一支钢笔的中年男人。他好像一直在找人,然后,他好像找到了他想找的人,然后,笔直地向我们走来。

　　彼时,我们正和一群美院的学生站在一起,想尽快把时间耗掉。他们在那里大谈康定斯基,我们假装在听。

　　"请问,您是王总吗?"那个中年男子说。

　　沥川微怔,继而说:"先生您找哪位?"

　　"CGP Architects 的王沥川先生。"

　　"我是。"

　　那人递上一张名片:"东风第三玻璃厂厂长,姓许。"

　　我纳闷,怎么玻璃厂的厂长也到后现代画廊里来了?

　　"许先生,找我有什么事吗?"

　　"王总是香榭大厦、万科鑫城和龙岗酒店的主设计师,对吗?"

　　沥川迟疑了一下,点头:"嗯。"

　　"我们厂是资深的国有大型企业,可以生产这三个项目所需的双层呼吸式玻璃幕墙。"

　　"这个……我只负责建筑和园林景观设计。您应当和施工部门打交道。"

　　"我们查过先生您的背景。您是 A&E,意味着您既是建筑师也是工程师。如果您说为达到设计效果需要某种建材,施工单位非买不可。"

　　沥川不动声色地说道:"这种玻璃幕墙目前国内的确有几家工厂生产,不过我们一般是从欧洲进口。"

　　"王总,我们厂能够生产出达标的幕墙,在价格、安装方面,您可以替房产商省下不少钱。此外,还可获得支持本地工业的美名。何乐而不为?"

　　"外层玻璃的生产贵厂可能不成问题,可是,内层玻璃的 Low-E 涂料只怕不容易过关吧。此外,幕墙的安装技术难度也很大,要和暖通系统对接良好,我们通常是请瑞士专业安装咨询公司来负责。"

　　"事在人为。我们厂具备建筑幕墙专项设计甲级资质和建筑幕墙工程专业承包一级资质,且有两年以上呼吸式玻璃幕墙施工业绩。此外,我们特地重金从瑞士请来了安装顾问。"

"哪一位顾问?"沥川问。

"密林公司的安鲁斯先生。"

"您等等,我打个电话。"沥川掏出手机拨号,然后他说了近五分钟的法语才收线。

"是安鲁斯让你来找我的?"沥川说,"这算走后门吧?"

"我有三千职工,有足够的生产能力,只是没有足够的订单。三千职工,外加家属,一万多人,嗷嗷待哺。"

沥川没听懂那个成语,看着我,我用英文说:"就是等您救命的意思。"

"许先生,您对您的工人负责,我对我的项目负责,各司其职,您说呢?这不是演电视剧,别跟我来苦情戏好吗?"

我傻眼了。说这人不会中文吧,该叫板的时候一点儿也不含糊。

"王总,您不大了解中国文化。中国文化和西方文化的最大不同就是,我们的文化讲感情,讲人情,讲交情。"许厂长不卑不亢。

沥川用英文问我:"这是你们的文化吗?"

我说:"算是一面吧。这位厂长显然很有和资本家斗争的经验。"

"资本家?"沥川眉头不自觉地挑了起来。

"也就是你的阶级本质。"我补充,仍用英文,旗帜鲜明、坚定不移地站在祖国同胞的一边。沥川愣了一下,思索片刻,忽然问道:"许厂长,你们的玻璃幕墙对应的是什么空调系统?"

"AVA系统,节能、环保、健康、舒适。王总,我不指望您现在拍板,只希望您能抽空到我们厂来看一看生产情况和样品。"

"您的工厂在哪里?"

"沈阳。"

沥川想了想,说:"这样吧,您明天到我的办公室来细谈,好吗?这是我的电话,具体时间请您先和秘书小姐预约一下。"沥川写给他一个电话号码。

那位厂长接过纸条,很严肃地握了握他的手:"好的,谢谢您给我们厂这个机会。"

"不客气。"

厂长迅速告辞了。

趁这个机会,我去了一趟洗手间,回来时看见沥川正与江横溪及其夫人说话。我没有过去打扰,独自站在画廊的一角假装看画。学校明天考听力和口语,我在心中默诵单词。

过了一会儿,有人站到我的身边,问:"小姐很喜欢这幅画吗?我看你在它面前站了很久。"

我转身,说话的是一个文质彬彬的青年,很古典的书生面容,清秀,优雅,只是发型有点怪,有点放荡不羁。

"姓李。"他递上名片。

我扫了一眼,是位画家,我笑了笑,抬头寻找沥川,希望他过来救我。沥川倒是离我很近,只是背对着我,和江横溪夫妇谈得正欢。

"是啊,"我做深沉状,"挺喜欢的。"

"那么,依小姐看,这画的主题是什么?"他继续问,显得很感兴趣,很想听我谈一谈的样子。

我连忙仔细看那幅画,充满了复杂散乱的线条,隐约看去是一张人脸,不过,脸上的五官是女人的下身。我一向自诩想象力丰富,但奇怪的构图还是让我的大脑一片空白。

我咽了咽唾沫,沉默片刻:"这是一张人的脸。"废话。

画家迷惑地看着我,等着我说下去。

我只好继续说:"人的脸……是公共的,每个人都可以看见。可是吧,这脸又和身体重合……嗯……身体……是隐藏的,有欲望的,不可见的……这张和身体重合的脸,意味着……欲望由隐藏变成了……公开?"

"很有意思,请说下去。"画家饶有兴致地看着我。

可我觉得,再这么忽悠下去我要露馅了,于是只好反问:"这些由文字组成的杂乱线条象征着什么呢?文字的象征是什么呢?"

"语言?"他试探地回答,"声音、符号、文本、口头、非正式传播……"

"所以……后现代的欲望要通过文本来获得满足,而不是感官。"我说。

"比如?"

"比如短信、博客、电子邮件……你不觉得承载它们的手机、电脑正在逐渐变成我们身上的一个不可或缺的器官吗?"

画家恍然而笑："有道理！其实……我是这幅画的作者,您的理解对我有诸多启发。我已经有好长一段时间没听过这么大胆的分析了。请问您有电话号码吗？有空的时候,可以请您喝咖啡聊聊绘画吗？"

一只手扳过我的肩,沥川施施然挤进来说："没有,她还是学生,没有电话号码。"

画家不满地看了沥川一眼,觉得他过来打断我们的谈话很没礼貌。他不理睬沥川,继续指着旁边的一幅画说："小姐,那幅画也是我画的,可以听听你的高见吗？"

我将目光移过去,只看见一团鲜红夺目的油彩,红得像血。中间几条枝状细线,深红色的,像血管一样扩张着。

我赶紧低下头,手不由自主地抓住了沥川。

我想保持镇定,但脑中一片空白,只听见自己在说："沥川,带我离开这里！"然后就什么都不知道了。

我醒过来的时候发觉自己躺在一张很舒服的沙发上,嘴里甜甜的,好像喝了糖水一般。沥川坐在身边握着我的手。

"想喝水吗？"他问。

我摇头。

"怎么不告诉我,"他的脸绷得紧紧的,"你有晕血症？"

"不严重。"我缓缓地呼吸。

"可是,你还看恐怖片……"

"我以为那样可以治好。"

"不是你自己的血,你也晕吗？"他好奇起来。

"我专晕人家的血,看见自己的血反而不晕。"

我想坐起来,他按住我："再躺一会儿。"然后继续好奇："你是天生就这样,还是有什么心理因素？"

"我妈生我弟时,大出血而死。"我说,"当时我在她身边。"

"你们医院生孩子允许小孩在现场观看？"

"没在医院,是在我家。我弟早产,乡下医疗条件差,等送到医院一切都来不及了。我妈自己还不知道会有这么严重,临死前还问我喜不喜欢我弟弟。"

沥川没有说话,一直摸着我的脸和头发:"我也没有妈妈。我妈很早就去世了,车祸。"

"你妈妈是做什么的?"

"这样和你说吧,"他自己喝了一口水,"我是建筑设计师,对不对?"

"对啊。"

"再往下听你就得嫌烦了。"他说,"我哥也是,我爸也是,我妈也是,我叔叔也是,我爷爷也是。"

"你奶奶也是?"

"也是。你还想继续听我家人的职业吗?"

"你堂姐是不是?你有堂姐吗?"

"也是。"

"沥川,这个,你们家的历史,也太乏味了吧。"

"就是这样。嘿嘿。"

Chapter ·13·

原本对分数锱铢必较的我,心中又多出了一个重要的牵挂:沥川。我每时每刻都强烈地思念着他。

沥川说,我刚晕倒的时候他还以为我是装的,打算让江横溪把我送到他的汽车上,然后按原定计划溜之大吉。不料一摸我的脉搏不对,赶紧把我送到休息室,给我喂糖水。那座大楼是高档住宅区,二楼有好几个诊所。他请了一位医生来看我,问了原因,就说可能是晕血症。通常情况是,躺下来,十分钟就好了。

他看了看自己的手表:"你都躺了二十分钟了,为什么脸还是那么白?"

我坐起来,哈哈大笑:"我的脸白是因为我涂了粉。我化妆了,知道吗?"

"你皮肤那么好,小小年纪的,化什么妆嘛。"

"成熟和性感,是我毕生的追求。"我大话刚说完,发现他一直凝视着我,一言不发,好像某个言情片里的画面定格。

"小秋,你是神仙,你是活宝,你四处放电,我如临深渊。"他站起来,把大衣递给我,"穿上大衣回家去吧。"

我们一阵风似的回到龙璟花园,进了他的公寓,他把我按在门上,迫不及待地吻我:"今晚留下来陪我,好不好?"

"明天有考试,口语和听力。"

"只差一天了,现在准备管用吗?"

"临阵磨枪,不快也光。"

"我明天下午出差,厦门有个设计方案入围,要竞标。"

"要待多久?"

"三周。"

"哦!"我说,"好不容易见一次面,又要走。"

"所以,要争朝夕,是不是?"他替我脱下大衣,低头下来,吻我的胸膛。双手绕过我的背,解开我的拉链。我有点羞怯地往后靠了靠,因为我的身体还停留在少女时代,骨骼细小,胸部平坦,像一只爬在他身上的蜥蜴。我挽住他的腰,扔掉他的手杖,迫使他倚在我身上。

"嗨,我很重吗?"见到我几乎被他压垮,他连忙将双肘抵在门边。

"不重……"的确不重,相反,我的身体正在变轻……

沥川说,他的浴室里全是残障设施,正常人进去会以为是进了影片中出现的刑讯室。其实浴室并非像他说的那样阴暗,里面宽敞舒适,还有一个沙发,只是四处都安装着扶手、支架。地板也铺着防滑材料。然后,有一张小巧的轮椅,一旁的柜子里放满了白色的浴巾。

"能窥浴吗? 就五分钟。"我嬉皮笑脸地看着他。

"No。"他拎着我的耳朵,把我拎出了浴室。

洗完澡出来,我看见沥川坐在沙发上喝啤酒。他站起来问我:"想喝点什么?"

"冰冻啤酒?"

"不行,你不能喝酒!"他走到厨房,打开冰箱,张望了一番,"我给你泡杯奶茶吧?"

"好啊。"我跟他来到厨房,发现厨具是崭新的,一尘不染。显然,他极少做饭。

"这电磁炉你用过吗?"我抚摸着电磁炉光滑的表面,上面不见半滴油渍。

"没有。"

"那为什么要设计一个厨房? 干脆不要好啦。"

"的确是个设计错误。"他说,"作为建筑师,我们只愿把心思花在客厅上。"

"其实,我可以在这里炖汤啊。"我说,随手打开橱柜,发现里面锅碗瓢盆一应俱全,分类摆放整齐,"下次我买点菜给你炖骨头汤喝吧,清清淡淡的那种。还有鱼头豆腐汤,也挺滋补的。"

"说得我馋了,不如现在就去买菜吧。"他找房门钥匙,"这附近正好有个商场。不远,走着去就可以了。"

沥川说不远,结果我们走了半个多小时,才到他说的那个商场。没找到骨头,就到鱼市里买了一条鲈鱼,又买了炖汤用的葱和姜,还买了豆腐、西芹和百合,以及一些卤菜。沥川买了他要吃的东西,又叮嘱我多买些半成品的菜,这样我可以专心复习,不必为一日三餐发愁。结果我又买了火腿、香肠和干菇。

"多买点吃的放着,面包、饮料之类的。我那里还有咖啡和茶,全在冰箱里。"也不知是什么东西,他抓起来就往购物车里扔。我一看,是豆奶,便扔回货架:"寝室里没冰箱,买多了也是浪费。"

"考试期间你就住在我的公寓里好吗?"他说,"比较安静,你可以专心学习。我在厦门,不会打扰到你。"

"不不不……"我一迭声地说了十个"不"字,最后又加了三个字,"不方便。"

"嗯,这里离你的学校有点远,不过,我可以叫司机专门送你。"

"你不是一向自己开车吗?"

"我有一个司机,不过我喜欢自己开车,所以他一直很闲。现在正好给他找点儿事干。"他掏出手机就要打电话。

我一把夺过他的手机:"免了吧!我只有在寝室里才自在。考试很关键,你总不想让我复习的时候不自在吧?"

沥川有一点好,对我来说特别受用——他从不勉强我。

"好吧,随你。"他淡笑,不再坚持。

尽管如此,我们还是买了一大堆吃的。我提两包,他提两包,坐出租车回来。

在龙璟花园大厅的门口,我们碰到了纪桓。

"嗨,沥川,小谢!"

"嗨!"我有点不好意思。沥川牵着我的手不放,一副甜甜蜜蜜的情侣状。

纪桓心知肚明地笑了:"沥川,病了也不和谢小姐汇报,害人家在这里苦苦等你三个小时。"

"是吗?"沥川歉意地看了我一眼。

我低头看自己的脚。

"我一定好好认罪。"沥川说。

我们回到公寓,像模像样地一人穿了一条围裙,沥川杀鱼我炖汤,沥川切菜我炒菜。我一直以为沥川是公子哥儿,想不到他做起这些活儿又快又好,简直是训练有素。沥川说,虽然他家不缺钱,但他和他哥上大学都是自己打工挣生活费,很少向家里要资助。

"当然,我爸付了我们学习最贵的那部分钱,学费。"

我看见他在剥洋葱。我说:"菜已经很多了,别切了。"

"你给我做好喝的汤,我也给你做一种好喝的汤。"他去洗蛤蜊,"Clam Chowder(蛤蜊汤),喝过吗?"

我一头雾水:"没有,听都没听过。"

"这汤我从小爱喝,菜谱还是我外婆传给我的呢。"

"那你教我,好不好?"我挤到他身边,仔细看他洗蛤蜊。

"不教。这是秘方,专门讨好心上人用的。"他将锅加热,放上牛油,哧的一声,将一小碗洋葱粒倒进去翻炒。之后他又放鸡汤,放全脂奶,放土豆粒,放蛤蜊,慢慢熬。

炖好了鱼,我炒了两个小菜,将卤菜分成四碟,我喝他的Clam Chowder,他喝我的鲈鱼汤,我们喝了很多啤酒。

那天晚上,我偎依在沥川的怀里睡得很早。沥川的床上堆了不少枕头。他说他习惯用右侧睡觉,如果翻一个身到左边,就像突然掉进了一个坑里,所以他需要枕头垫腰。他用法语给我读《追忆似水年华》,还没读过一页,我就睡着了。

次日沥川开车送我去学校,我们在校门口吻别。沥川说我面色红润,精力充沛,斗志昂扬,也许是鲈鱼、蛤蜊起到的作用吧!

"祝你好运!"

"祝你中标!"

我的口语和听力本是强项,自我感觉考得不错,但与训练有素、家学渊博的冯静儿相比就很难说。期中考试之后,寝室里有一股竞争的气氛,人人默默地为着奖学金努力,不再互相通报成绩。原本对分数锱铢必较的我,心中又多出了一个重要的牵挂:沥川。我每时每刻都强烈地思念着他。

中午我考试回来想去打开水,发现开水瓶已经满了。

"修岳替你打的。"安安说。

"修岳？在哪？我要谢他！"

"刚出去，你没碰到？"

我赶紧追下去，在楼下见到修岳向他致谢。他说不客气。

"你看了我给你买的书吗？"

"还……没呢，最近都在准备考试，没时间。我想我会很喜欢这个小说的。对了，为什么书名要叫《月亮和六便士》？"

"人人都想要天上的月亮，就是看不见自己脚边的一枚六便士硬币。"

我惶恐，觉得他话中有话，意在讥讽。然后又安慰自己，沥川只有一条腿，走路需要手杖，脱光衣服的他上身完美，长腿性感，上下合一，惨不忍睹。总之，沥川绝对不是月亮。而修岳倒是相貌端正，仪表堂堂，走在路上很像唱《义勇军进行曲》的爱国青年。他外语过了六级，位列研究生保送名单；他成绩拔尖，得过我和冯静儿艳羡的所有奖学金；他是学生干部，校长的得意弟子……总之，修岳也绝对不是六便士。

结论，我要沥川，不要修岳。坚定了信念，我便铁了心地对修岳说："谢谢你总帮我提水，以后请不要再提了。"

他很诧异地看了我一眼，嗫嚅："我……反正每天都要替自己提水，多提两瓶……并不麻烦呀。"

"请不要再替我提水了。"说这话时，我不得不板起脸，口气也变得冰冷僵硬。我不爱他，就不能给他任何希望，更不能利用他的热情来占便宜。这不是我谢小秋做事的一贯态度。

回到寝室，手机响了，是沥川。

"考得怎样？"

"感觉挺好的。你在哪里？"

"去机场的路上。"

"沥川，你一个人去吗？有人照顾你吗？"我担心他。出差在外，设施不全，这人半夜还要起来喝牛奶。

"怎么是一个人？八个人，全力以赴！明天、后天我做两个presentation（报告）。你呢，明天干什么？"

"明天考精读,后天考泛读。然后,买车票,回家过年。"

"你的意思是,等我回来就见不到你啦?"他在那边,语气明显地着急了。

"是啊。我有半年没见我爸和我弟了,怪想念的。"

"你光想他们啊,那我呢?"他说,"我到昆明找你去。"沥川对云南的知识仅限于昆明。

"沥川,我的家不在昆明,是在一座大山背后的小城里。"我说,"你好生开车,过完年我回学校,一下火车马上来找你,总行了吧?"

"过完年?那不是又一个半月过去了?"他沮丧地说。

"王沥川,"我连名带姓地叫他,恶狠狠地说,"现在你知道一个半月有多长了吧!"

我收了线,看见萧蕊从帐子里探出头来:"哎呀,一直以为你失恋呢,原来不是失恋是热恋呀。"

"闭嘴啦。"

"哇,沥川挺大方的,给你买这么好的大衣。"萧蕊对服装有直觉,一直嚷嚷说要改行做服装设计。

那件纯黑的羊绒大衣还是昨天去画展的道具之一。其他的衣服我不好意思穿回来,就放在沥川的公寓里。就这一件,因为又合身又漂亮又暖和,好像量身定做的一样,便喜滋滋地穿到学校里来了。

"是很好的牌子吗?"我翻了翻大衣的领子,商标上是陌生的外文。

"这是意大利名牌,怎么也得几千块一件吧。"萧蕊老练地说。

"不会啊!"我摇头。我身上穿过的任何一件衣服都没有超过五十块的。

"这种店通常不会把价格牌放在衣服外面,而是放在口袋里。"她说。

记得当时挑衣服,试完了就买了,我没问过价,沥川好像也没砍价。

我掏了掏口袋,里面果然有张卡片,拿出来一看吓了一跳——八千八百块。

萧蕊点点头:"我估摸着也是这么多,你算是碰上钻石王老五了!"她摸了摸我的脸,用猫一样敏捷的眼睛盯着我,"嗨,求你一件事儿,下回认得他的朋友,介绍一个给我。或者他们家开派对,你带我去?"

"干脆把沥川介绍给你好了。"我阴阴地笑。

"真的吗?你舍得?"

"休想。"

Chapter ·14·

我收线关机。沥川那副不把钱当回事的态度触怒了我。沥川,你有钱,什么都能办到,是不是？我偏不要你的钱!

我把所有的精力都投入到最后的两次考试中,其间照样到咖啡馆打工。每天晚上回到寝室,等待着我的,仍然是两瓶灌得满满的开水。我以为又是安安偷懒,让修岳代劳。不料安安说,水是冯静儿替我提的。

我知道冯静儿很少亲自提水,她的水一向是路捷提的。

趁她晚自习还没走,我去谢她,她看上去一脸疲倦:"哎,客气什么。你每天回来得这么晚,天也冷了,没热水怎么行。"我说,那就替我谢谢路捷。

"可别谢错了人! 路捷参加了个GRE提高班,哪里有空,他的水还是我提的呢。"她笑道。在我的心中,冯静儿一向是志得意满的,不知怎么,今天的笑却有点苍凉的意味。

"我们一直想请沥川吃饭,偏他不肯赏脸。他替路捷改的申请信挺管用的,好几个学校来函。我们选了芝加哥大学,人家答应免一部分学费。你知道,像芝大这种学校,很少给本科生免学费的。路捷在国外有亲戚,可以替他担保。现在,一切就绪,只差录取通知书了。"

"这不是天遂人愿,皆大欢喜吗?"我替她高兴。

"是啊。"她的语气淡淡的。

"你呢,打算怎么办?"

"也打算考托福吧。只是我没有靠得住的亲戚在外国,专业又是英文,不可能有路捷那样的竞争力,估计不容易出国。"

"可以让路捷想办法,如果他已经在国外了,再把你办出去,应当不难吧。"其实我根本不知道出国是怎么一回事,这种事对我来说,遥远得像梦,所以只能胡乱建议。

"我们又没结婚,没名没分的,他帮不上太多忙……再说吧。"

这就是和没有交情的人谈话的感觉,吞吞吐吐,藏头露尾,言不由衷。我和冯静儿素无交情,承蒙她亲自替我提水,十分惶恐。再说,是沥川帮的忙,和我没什么关系,让我来承她的情,真是不敢当。所以和她一说完话,我立即出门到小卖部买了两个热水瓶,以后中午一次提四瓶水,这样就用不着欠人情了。

沥川给我买大衣的事,经过萧蕊绘声绘色的解说,传遍了这一层楼的寝室。我成了某种童话故事的女主角。最流行的两个版本:A是我不过是被某富家公子包养的小蜜,自己当了真,其实人家只是贪新鲜,玩玩罢了;B是我课余在某娱乐城做小姐,为赚外快,泡上了大款。似乎这样的解释很合理,因为有一次警察突然行动,在一家歌舞厅就抓了二十多个出台小姐,其中有七个是大学生,全部被学校勒令退学。

这是什么世道,闻人善则疑之,闻人恶则信之,闲言如虎,人人满腔杀机。

我只有十八岁没错,可是我并不认为我要等到三十八岁,才能真正了解男人,了解沥川。

除了考试的那两天外,沥川每隔一天给我打一次电话。看得出他很忙,要去看工地,要陪人吃饭,要准备资料,要修改图纸,日程以分计,排得满满的。手机打长途,效果不好,说得断断续续,我们俩说得最多的一句话是:"你刚才说什么?再说一遍,我没听清。"此外我还担心电话费太贵,不肯多说,彼此问候几句就收线了。

考完试后,我在寝室好好地睡了几天觉,便到火车站排队买回云南的车票。时至春运,卖票的窗口排起了长队。火车站每天八点开始售票,一直到下午五点。通常的情况是,窗口的门一打开,不到十分钟,当天的票就卖完了。第一天,我不知底细,上午九点去就没买着。一打听,买到票的都是昨晚排了一通宵的。车站滚滚人潮,勾起了我的思乡之念。我立即回寝室拿了足够的水和干粮,带上修岳送我的那本《月亮和六便士》,加入到排队的热潮当中。

我排了一个通宵,好不容易熬到天亮售票口开门,排在我前面的人都是一人要买好几张的,眼看还差十个就要轮到我了,小窗"咔"的一声关掉了。一张白纸挂出来:今日票已售完。我忙向一位买到票的大叔取经。他说:"排一天怎么够?我都排三天了。今天还差一点没买上呢!"

我属于这种人:以苦为乐,越战越勇。我到小卖部买了一杯雀巢速溶咖啡,一口气喝干,掏出毛巾和牙刷到厕所洗漱,然后精神抖擞地杀回售票口,开始了新一轮的排队。就是去厕所的那十分钟,我的前面又站了二十几个老乡。

就在排队这当儿,我已经看完了那本《月亮和六便士》。在书的最后几页,夹着一个书签,抄着一段歌词:

  这些年　一个人

  风也过　雨也走

  有过泪　有过错

  还记得坚持什么

  真爱过　才会懂

  会寂寞　会回首

  终有梦　终有你　在心中

修岳写得一手好书法,是我们大学书法竞赛的第一名。他也打过工,打工的时候也想去咖啡馆,可惜没人要,只好去老年大学教书法。唉,他叹气,说老年人的学习热情真高,他希望自己能有那么一天,去学一样学问,不为钱,不为生计,什么也不为。

除了王菲,我就喜欢周华健。《朋友》这首歌我其实是很喜欢的,但修岳这么一本正经地用小楷抄给我,让我觉得用心良苦。我虽小小年纪,但对遮遮掩掩的学生式恋爱不感兴趣。记得有一次和301室的哥哥们一起看日剧《情书》,所有的人都看得潸然泪下、不胜唏嘘,只有我无动于衷。没胆色的男人才做这种处心积虑的事。爱情是进行时,不是过去式;是祈使句,不是感叹句。

火车站里强烈的白炽灯二十四小时普照大厅,使我好像到了太空,失去了昼夜。下午我吃了一个馒头,托身后的大叔替我盯着位子,自己在旁边的一张椅子上打了一个盹。到了晚上,我的精神非常不济,只好拼命地喝咖啡。那个大叔看我一身学生打扮,问:"小同学,你的家在哪里?昆明吗?"

"个旧。"

"那不是下了火车还要转汽车?"

"嗯。"

"来回一趟,怎么算也要大几百块吧?"

"是啊。"

"为什么跑那么远上学?"

"没办法,成绩太好!"我开玩笑。

他正要往下聊,我的手机响了。一看时间,已经是晚上九点半,又一天过去了。

"嗨,小秋,"沥川说,"你睡了吗?"

"没有,在上晚自习。"我不想告诉他买票的事儿,省得他担心。偏偏这时车站广播:"成都到北京的1394次列车已到,停车五站台,停车五站台。"

"这么吵,这是晚自习的地方吗?"他在那一端果然怀疑了。

我赶紧岔开话题:"哎,你还好吗?今天忙吗?"

"还行。今天交了最后一批图纸,结果小张的电脑上有病毒,一下午就耗在给他恢复数据上去了。现在基本上喘了一口气。"

广播又响起来了,是寻人启事:"陶小华的父母,请听到广播后到车站保安处等候。你们的儿子正在寻找你们。"

我赶紧问:"谁是小张?"

"我的户型顾问。"

"哎,沥川,你住的地方有牛奶吗?"

"没有,不过不远就有商场。我已经买了好几瓶放在冰箱里了。"

"不要一次买太多,注意看出厂日期。过期牛奶不能喝。"

"知道了。"

这时车站的广播又响了。他终于说:"小秋,你究竟在哪里?"

"火车站。排队买票。"

"这么晚还售票吗?"

"不售票,但我必须要排队,不然明天早上再去就买不到了。"

"什么?"他说,"要排一个通宵?"

"怕什么? 我经常看通宵电影。我手上还有一本挺好看的小说,时间一下子就打发了。"

"小秋,"他说,"你现在回学校。我马上给秘书打电话,给你订机票。"

"别!"我大叫,"我已经排了两个通宵了,眼看就要轮到我了,谁让我功亏一篑我跟谁急!"

"如果你坚持要坐火车,我让秘书给你订火车票。"

"现在哪里订得着,连站票都没了。"

"订不着? 我不相信。"他说,"你让我试试,好不好? 是去昆明,对吗?"

"OK,"我烦了,"沥川同学,打住。我不想你替我花钱,买票是我自己的事情。还有,"我想起了那件八千八百块钱的大衣,又加上一句,"以后不许你给我买超过五十块钱的东西!"

"去昆明的火车要三十九个小时,飞机只要三个半小时。"他根本不理我,边打电话边上网。

"No."

"你知道火车站里有多少人贩子吗? 女研究生都给他们卖到山沟里去了。"

"No means no."

我收线关机。沥川那副不把钱当回事的态度触怒了我。沥川,你有钱,什么都能办到,是不是? 我偏不要你的钱!

我在随身听里挑了一首王菲的歌。我特别喜欢王菲,她那样闲适,那样慵懒,那样好整以暇,那样随心所欲,点点滴滴,吐露的全是女人的心绪和情欲。我在王菲的歌声中无聊地等待着。无事可做,只好把《月亮和六便士》又看了一遍,一直看到天亮。然后我发现我对毛姆——这本书的作者——越来越讨厌。那个昆明的大叔打着哈欠对我说:"小丫头,在看什么好书,说给我听听。大叔我实在困得不行了。"

"大叔,您看这段,说得对不对?"我解释给他听,"要是一个女人爱上了你,除非连你的灵魂也叫她占有了,否则她是不会感到满足的。因为女人是软弱的,所以她们具有非常强烈的统治欲,不把你完全控制就不甘心。女人心胸狭隘,对那些她理解不了的抽象东西非常反感。她们满脑子想的都是物质的东西,所以对于精神和理想非常妒忌。男人的灵魂在宇宙的最遥远的地方遨游,女人却想把它禁锢在家庭收支的账簿里……作为坠入情网的人来说,男人同女人的区别是:女人能够整天整夜谈恋爱,而男人却只能有时有晌儿地干这种事。"

"妈呀,说得太在理了,我老婆就是这个样子的。这什么书啊,都说到我心坎儿里去了! 你看完了吗,借我看看?"大叔流着哈喇子说。

"这是性别歧视好吗?"我愤怒地看着他,郁闷。

火车站这点挺好,二十四小时提供热水。天一亮我就去厕所洗脸刷牙,又给自己泡了一杯咖啡。在厕所里,我照镜子,看见自己蓬头垢面,皮肤毫无光泽而且隐隐泛蓝,好像《聊斋》里的女鬼。

回来时已经七点半了。打开手机,上面显示六个未接电话,全是一个人的号码——沥川。

那个大叔也强提着精神,看今天的《人民日报》。

"丫头,再说点什么给大叔提神吧。对了,你不是英文系的吗? 给我念句英文诗吧。"

我吓一跳,看他拎着一大包行李:"大叔喜欢诗歌啊?"

"看不出来吧,其实我是会计!"

"那我给您背两首诗吧。"我先说英文,然后又将一位名家的译文背给他听:

> 情人佳节就在明天,我要一早起身,
> 梳洗齐整到你窗前,来做你的恋人。
> 他下了床披了衣裳,他开开了房门。
> 她进去时是个女郎,出来变了妇人。

大叔哈哈大笑,说:"丫头真有你的,挺逗的嘛。"

我来劲儿了,又给他背了一段:

> 张三李四满街走,
> 谁是你情郎?
> 毡帽在头杖在手,

草鞋穿一双。

大叔笑得更厉害了，说："丫头你真神，能吟诗呢。你吟的是他吧？"

他指着我的背后。

我一回头，看见一个英俊的男人，站在离我不远的地方，戴着帽子，拿着手杖，只是没穿草鞋。

大叔说："哎，丫头，给大叔长长知识，那诗是谁写的？这么有情趣。就听你说一遍我就记下了。下回我把它当荤段子说给人听。"

我没张口，听见一个熟悉的声音替我回答。

"莎士比亚。"

沥川。

看着沥川的样子，我觉得有些心虚。他穿着休闲衫，戴着草帽，一副刚从夏威夷度假回来的样子。不知是不是我的错觉，沥川虽有残障，看上去却总是光鲜明亮、神采奕奕。我呆呆地看着他，半天没说话，好像走进了另一个时空。

"怎么……这么快就回来了？"我问。他显然坐了今天的早班飞机。

"打你电话，关机。"他冷声说，"知道我有多着急吗？"

"不会吧……"

"这两天你就睡这里？"他扫了一眼四周，乱糟糟的一群人挤在一起。一个农村大嫂正对着镜子剔牙，另一个媳妇则袒露胸脯奶孩子，毫无顾忌。

"打了几个盹而已。"我说，"排队比考试可轻松多了。"

"你等着，我去给你买早饭。"他放下包，抽身要走。

"哎哎，要不你替我排队，我去买。这里地形复杂着呢。"我拦住他。车站这么乱，又没有残障设施，人人拖着行李赶路，万一撞伤了他就麻烦了。

"要不我们一起去吃？"他走到我前边一个排队的大嫂面前，请求她替我照看一下。那个大嫂拿眼一眨不眨地盯着他，拼命点头，花痴得几乎快晕过去。

我在心中苦笑，沥川哥哥，拜托你不要放电，好不好？

他拉着我，坐电梯到二楼，找了一家咖啡馆，点了一份甜点。我对服务员说："劳驾，最苦的咖啡。"

他看着我,良久,叹了一口气:"小秋,我服了你了。"

"我的队快排到了,真的！今天我一定能买到票。特有成就感！"

"如果你今天还是买不到票,就得听我的,坐飞机回去。"他板着脸说。

"No!"我光嘴硬,浑身却软得像一根面条,倚在他身上。他搂着我,小声说:"公共场合,咱们是不是要注意点影响?"

"为什么你全身总是香喷喷的?"他的下巴抵着我的额头,一股淡淡的香味从衣领间溢出。

"是刮胡子水的气味吧。"

"究竟是什么香味呢?"我迷迷糊糊地说。

"Lavender.(薰衣草。)中文怎么说?"

"有个特古典的名字:杜若。是不是特别美?"

"嗯,又学了一个生词。跟你在一起长学问啊!"他刮了刮我的鼻子。

"你也读莎士比亚吗?"

"我连《追忆似水年华》那种书都读,可见我的文学素养是很深的。"他怪腔怪调地说道。

"那我再说一段给你听,瞧瞧你知不知道出处。"我故弄玄虚,捏着京腔,"你听着啊,'我见他着急,初意还打算再急他一急。当不得他眉清目秀的一个笑脸儿,只管偎来;软软款款的香甜话儿,只管说来;怜怜惜惜的温柔情儿,只管贴来。心火先动了几分,爱欲已沾成一片'。"

暖洋洋的气息吹在他颈子上,他有些脸红:"这是黄色小说里的句子吧。"

"才子佳人小说,和莎士比亚是不是有得一比?"

"说得不错,要不咱们今晚就照这意思'云雨'一番?"他终于不顾影响,轻轻地吻了我一下。"云雨"这词是我教他的,想不到他记得这样快。

"臭美吧,你。"

早饭吃完我们一起回到排队的地方。这一回终于轮到我买票了:"小姐,请给我一张到昆明的K471。"

"K471卖完了,只有T61,空调特快。"

"好吧,我要一张硬座。"

"没有硬座。"窗子里面是一张毫无表情的脸,"有硬卧,中铺,558块;软卧,下铺,890块。"

比硬座生生地贵了两百块呢,我犹豫不决。

"要不要啊,你?"售票员不耐烦了,"不要就给下一个了。"

"要,要。"我去掏钱包,一摸,冷汗下来了。

"我的钱包!"我几乎要哭了,"我钱包不见啦!"

想起来了。早上去洗脸时,被一个小个子男人撞了一下,那人也不道歉,匆匆忙忙地走了。

沥川看着我笑,笑容中带有报复的意味:"谢小姐,您是不是丢了钱包?"

"人家偷的啦!"我向他怒目而视。

"那么,这张票是不是要我来买?"

"你借我钱,我还你。"

沥川走到窗口,对服务员小姐说:"对不起,小姐,耽误您的时间,真不好意思。是这样的,她掉了钱包,没法买票。"

那小姐竟然对他展颜一笑:"不要紧,这样吧,排队不容易,让她回家取钱再来。我给她留一张,您看怎么样?"

"您太好了,谢谢,不过不必了,我们另外想办法。"他把我从队伍中拽出来,掏出手机,拨号,"苏群?是我,王沥川。我需要去昆明的来回机票。明天出发。

"不是我,名字是谢小秋,谢谢的'谢',大小的'小',秋天的'秋'。

"我坐什么舱她坐什么舱。

"回程时间,两个月内自定。

"身份证号?"

我报给他身份证号,他在电话中重复了一遍。

"劳驾你下午派人把机票送到我家里,好吗?

"不必上去,交给保安就行了。

"是的,我暂时回来办点事,明天下午回厦门。再见。"

他收线,看着我。

我还在找钱包,东摸西摸,一直摸到我确信钱包丢失已属实为止。

"你丢了多少钱?"他问。

"不告诉你。"

"钱财乃身外之物,人没丢就行了。"他用力搂了搂我的肩,算是安慰。

我们打出租车回学校,我拿银行卡重新取了钱,以最快的速度收拾了行李和他一起回龙璟花园。

在出租车上,我就睡着了。到了龙璟花园,我勉强醒过来,被沥川拖进电梯,然后迫不及待地倒在了他的床上。

"沥川,我困了。若想云雨你就自己来吧。"我撑着眼皮说。

他替我脱鞋子,一件一件地脱衣服,然后把我塞进被子里。

"好好睡,明天送你去机场。"他的声音无限温柔。

Chapter ·15·

> 沥川自尊心极强,从平日点滴小事都可看出。挨了我父亲这顿没头没脑的大骂,不知他会有多难受。

我是在睡梦中被沥川叫醒的。他让我洗个澡提提神,故意把水弄冷。可是,我坐在澡盆里,坐着坐着,又睡着了。我带了三个旅行包,外加一个书包,都不大,没有一个更大的包把它们全装在一起。沥川说,一看我就不是一个习惯出门的人。出门在外,包的数量越少越好。他把其中三个包的东西全拿出来,放到自己出差用的大箱子里,锁上密码锁。我在箱子里装了很多没用的东西:密封的烤鸭、咸水鸭、牛肉干、鱼片、咸水花生、新书包、新笔盒……都是我弟弟喜欢的东西。五瓶药和一件上等羊毛衫,是送给我爸爸的。各式各样包装的果脯、果干和糖果,是送亲戚朋友同学的。

我带着崇敬的目光看着沥川替我收拾箱子,分门别类摆放停当。

"为什么你的箱子上有个白色的'十'字?为什么不是红色的'十'字?"我指着一个商标问。

"我来自瑞士。"

我看着他,不明白的样子。

"你见过瑞士军刀吗?"

"没见过。"

"如果我批评你缺乏国际常识,你会不会生气?"

"肯定会。"

"那就算了,"他叹了一口气,"反正瞧你这状态,说了也不会记得。"

"哦,谢谢你替我收拾行李,我得再睡一会儿。"我靠在沙发上打盹。

"不能睡了,马上要走了。"

"就十分钟,行不?"

他想了想,无奈地看着我:"睡吧。早知你这么困,我就该买明后天的机票。"

我不知道我是怎么出的龙璟花园。总之,在沥川的车上,我又睡着了。到了机场,他再次叫醒我:"小秋,一上飞机什么也别管,倒头就睡。到了会有人叫醒你。"

"哦。"我蒙蒙眬眬地打了一个哈欠,"沥川,给我买杯咖啡吧,我困。"

"别喝咖啡了。"他说,"你就是没睡够,喝什么也没用。"

"真是的,以前也不是没熬过夜……"

迷迷糊糊中,我不记得我跟他说了些什么话,怎么跟他告的别。总之,我进了机舱,找到座位,第一件事,就是系上安全扣,然后拉上毯子。

隔壁坐的是一个中年大叔,讲究的西装,很胖很富态。

"小姐第一次坐飞机吧?"他想找我搭讪。

"嗯。"他很热情,可是我很困,所以不接茬。第一次坐飞机坐的就是头等舱,对很多人来说可能是件值得记住的事儿,可惜我偏偏对环境不敏感。无论是条件好还是条件差,对我来说都差不多。机舱里有很宽大的椅子,可以睡觉,这就够了。

"一个人啊?"中年大叔又说。

"是啊。"

"等会儿中餐的时候,会有哈根达斯,别忘了向空姐要哦。"

"好的好的,谢谢大叔。"

我本来想问什么是哈根达斯,想了想,不问了,省得话越说越多。这时正好飞机起飞,大家都沉默。趁这当儿,我连忙戴上眼罩。等我醒来,大叔告诉我,还有五分钟就到昆明。其间,我错过了如下的美食:

——精品冷荤、各种水果、什锦甜品、多款芝士、花样面包。

——文昌鸡、椰香鱼片、干果鸡丁、卤水鸡、椰子饭、扬州炒饭。

——牛排类、海鲜类、家禽类的热菜。

——特色粤菜:老火靓汤、北菇炖老鸽、香螺炖水鸭。

——广东云吞面、番薯粉。

——全套西餐,洋酒。

——哈根达斯。

大叔说,他和空姐曾努力想叫醒我,没成功。现在飞机正在降落。不过,大叔又说,他请空姐替我把中餐打了个包。他尽量选凉菜和点心,这样我下了飞机也可以吃。

我感激涕零,对他谢了又谢。

下了飞机,取了行李,我坐机场大巴直奔长途汽车站,坐了三个半小时的汽车,终于回家了!

家里没电话,爸爸只知道我大概会在这个星期回家,具体哪一天,也不十分清楚。弟弟小冬上高中,现在学校也放假了。弟弟见到我,马上告状:"姐,你可回来了!爸爸做的饭难吃死了!"

得,白和这小子一起长大,就记得我这个优点啊。为了省钱,小冬每天骑车二十分钟回家吃午饭。以前都是我早起提前做三份午餐,一份给爸,一份给弟,一份给我自己,大家带到学校去热了吃。后来我要参加高考,我爸坚决夺过这个岗位。他的菜,我觉得勉强可吃,小冬就受不了了,天天叫唤。我只好在周末的时候做一大碗熏鱼和五香豆干,让他一次带一小碗。我一走,弟弟说,爸爸带高三,责任大,担子重,总忘记提前做午饭。教完课,轻松下来,他才赶回家里下厨,所以饥一顿饱一顿之事时有发生。

"爸爸呢?"我问。

"改卷子去了。说是五点回来换煤气。"

我一听这话儿就不干了,踢了他一脚:"你也老大不小了吧,爸有病,你还让他换煤气?"

"我说要换他不让,说年纪轻轻怕闪了腰。"

"爸不是不在家吗?"我去搬煤气瓶子,"这样吧,我不怕闪腰,我去换得了。"

"你的腰更闪不得!"小冬大叫一声,冲过来夺过瓶子,眨眼工夫就骑车不见了。

"唉,总算长大了,还知道疼你姐。"我很欣慰,冲他的背影夸了一句。

我换了件衣服,提着菜篮去菜场。

"小秋回来啦?"

"唉,是啊。"

"小秋回来了哟!"

"唉,钱叔叔好。"

"小秋回来了,明天到你芬嫂家来吃饭!我做板栗鸡、柠檬鸭,你得顺便和我那不长进的老二谈谈,他今年高考。拜托了啦!"

"一定一定!"

这就是小城的好处,我住的那条街,所有的叔叔阿姨都认得我。

买好菜,我走进一家小卖部打长途。我没有带手机,因为回到家后就发现手机一直在寻找信号,在"寻找"的过程中,电很快就用光了。

"沥川,我到了!"

"是吗?挺快的嘛。"他在另一端说。

"你还在北京吗?"

"在厦门,我比你先到。"

"沥川,谢谢你替我买机票,还有收拾行李,还有借箱子给我,还有……"沥川帮我太多,谢都谢不过来了。

"别客气,你的手机能用吗?"

"不能,找不到信号。我这是在小卖部里给你打电话呢。"

"贵吗?"

"挺贵的,我不多说了。"

"等等,"他说,"我在行李箱内的一个口袋里给你放了一张银行卡,密码是××0907。我知道你不肯要我的钱,但这钱不是很多,只是以防万一。"

"不不不,真的,我不需要!"

"小秋,听话。"

"嗯。"我的嗓音有些哽咽,"我想你!"

"我也想你。"

"为什么是××0907,有什么意义吗?"

"我的生日。还记不记得,那天你泼了我一身的咖啡?"

"怎么会是那一天呢?有那么巧吗?"不知为什么,我的嘴里咸咸的,眼泪悄悄地流下来。

"巧什么?"

"那一天也是我的生日。"

"你骗我。"

"是真的。回来我给你看身份证。"

我以为,自从我妈去世之后,这世上不会再有人照顾我了。就算是我爸爸和弟弟,我也一直认为,与其说我是他们的女儿和姐姐,不如说我是这两个人的母亲。我只过过三次生日,都是我妈妈在世的时候。妈妈的死,给爸爸很大的打击,有那么十几年,他活得浑浑噩噩,都不知道自己是谁。我和小冬也因此从来没过过生日,甚至有些忌讳谈自己的生日。因为,小冬的生日就是妈妈的忌日。

"小秋……我怎么联系你?"

"我会时时给你打电话的,只有这一个办法了。"我忍着眼泪,因为小卖部的张阿姨跟爸爸很熟,我不敢在她的店里感情用事。

"祝你春节愉快。再见。"

"好好照顾自己。再见。"

我躲到一棵小树下,擦干眼泪恢复情绪,这才提着满满一篮子菜往家走。快到家门时,我远远地看见了爸爸,他一个人孤零零地站在门口,斜晖耀眼,看不清他的脸。

"爸!"

"回来了。"很奇怪,他没有笑。

"爸,我买了好多菜,今晚我做好吃的给你们!"我上去拥抱他,感觉他的身体很僵硬。

"爸!怎么了?"

"你坐飞机回来的?"他的口气寒冷。

我的心一下子凉到冰点。

"头等舱?"他打量我,好像不认得我,"哪来的钱?"

我不说话。我不怎么会撒谎,尤其是在爸爸面前。

"……嗯……一个朋友借的。我买不到火车票。"

"什么朋友?男朋友?"他冷冷地看我,"他那么帮你,你付过什么代价吗?"

"我……我没有……"

"跟我走。"他的手像铁钳一般地抓着我,几乎是拖着我,将我拖往街的东头。

很多人都用奇怪的目光打量着我们父女。我假装笑,假装不痛,假装在和我父亲散步。走着走着,我的腿开始发抖,因为我知道我爸要带我去哪里。

我们进了小区的卫生所,里面的赵医生是父亲的知交。我进去,看见赵医生正要出门,我父亲上去和他耳语了几句。

赵医生的脸色变了变,吃惊地看了我一眼,摇了摇头,一脸的为难:"老谢,这个不好办,也不好查……"说罢将我和父亲推进他自己的办公室,"孩子还小,在外地读书不容易,你先听她怎么说,父女之间没有什么不可以原谅的。有话好好说哟!"

他掩上门,悄悄地离开了。

我父亲一直不说话,过了片刻才冷冷地、一字一字地道:"你在北京,究竟都干了些什么?!"紧接着,他从口袋里掏出另一样东西,"这是他买给你的,对吗?"——粉红色的手机。他搜查过我的包。

我以为爸爸不懂手机,不料才几秒钟的工夫他就找到了沥川的电话。其实也容易,这手机里只有他一个人的号码。

他拨那个号码,信号不好,打不通。他随手拿起办公室的电话拨号,不一会儿,我听见他问道:"请问,xxxxxxxxxx,是不是你的号码?"

"我是谢小秋的父亲。你认得谢小秋,对不对?你是谁?叫什么名字?"爸爸的口气十分严厉。

"你听好,王沥川,"他冲着电话大吼,"我女儿只有十八岁,虽然年轻不懂事,但也不需要你的关照。请你高抬贵手放过她。如果我知道你敢继续和她联系,我上天入地,哪怕是玉石俱焚也决不饶你,听见了吗?你这畜生、混账、王八蛋!"

他把手机摔在地上,踩个粉碎,然后,踢桌子,踢椅子。

我从来没见过我父亲这个样子,除了妈妈去世的那几天。

爸收走了我所有的钱。

我的箱子,他费好大的气力砸开,细细搜索蛛丝马迹。他找到了那张银行卡,用剪刀剪碎,扔到火里烧了。整整半个月,他不和我说话,我也不理他。

我们终日怒目相对。

弟弟说,爸是看见我箱子上面绑着的一个行李托运牌产生的怀疑。继而搜查我的随身小包,找到了机票。

大年三十那天早上,我们还是不讲话。弟弟受不了,对我说:"姐,你还是主动和爸道个歉吧。爸爸气得肝疼,天天到卫生所打针呢。"

我想了想,看看站在油锅旁炸丸子的爸爸,走过去说:"爸,我给您带的药,您吃了吗?"

过了好一会儿,他才说:"没吃。"

我说:"爸,您以为我只有十八岁吗?我有五十八岁还差不多。就冲家里两个不知道照顾自己的男人,爸,您好意思说我十八岁,年轻不懂事?"

他看着我,无语。

"爸,沥川是我喜欢的人。我爱他,谁也拦不住。"

"啪!"我挨了他一巴掌。

"爸,我是您的女儿,您的血流在我身上。当年,为了娶我妈,您付出了什么代价!"我继续说,"我为了追求我喜欢的男人,也会付出同样的代价。您好好保重!"

说完这话,我骑上弟的自行车,头也不回地走了。

我骑了有半里地,我弟骑车追上了我。

"姐,你到哪里去?"

我下来,抱着他哭:"我去昆明找姨妈。"

"你、你就这么骑到昆明啊?"

"怕什么?记不记得小时候,咱们还一起骑过一次呢,也就是两天的路程吧。"

"姐,现在不比以前,路上乱着呢。"

"我不怕。"

"我和你一起去!我也挺烦爸爸的,姐夫对你好才给你买头等舱,对吧?换上别人,何必花那个冤枉钱?"

我本来一脸的眼泪,给他说得差点笑起来:"什么姐夫,胡说八道!"

"姐,你知道我一直想报医科,爸非让我学计算机,还说师范好。我不想听他的。"

"医科学费高,还是师范便宜点,咱家没钱交学费,唉!你放心,姐替你挣这个钱。"

"姐,其实……有一件事爸一直瞒着你。"小冬握着拳头说,"你高考的志愿,是爸在学校给偷偷改的。"

"我猜到了。名校太贵,我们负担不起。他一个人挣钱,要供两个孩子读书,不容易。"我苦笑,"我不怪他。爸年轻时一表人才,又是大学生,当年怕咱们受后妈欺侮,硬是一个人过了这十几年。他也挺难的。你别跟着我了,回家看着爸爸。告诉他,我去姨妈家待一阵子,然后就回学校了。"

小冬看着我,终于点点头,从怀里掏出两张五十的钱给我:"这五十块是上次你寄给我的;还有这五十,是我自己赚的。"

"好吧,算你借给姐的,姐一回学校就还你。"

我把一百块钱装在兜里,告别了小冬,独自一人向昆明进发。

一路山路崎岖,幸得一位好心的卡车司机载了我一段,尽管如此,我仍然骑了十个小时才骑到昆明,中间只下来吃了一个包子,上了一次厕所。

我在长途汽车客运站的门口停了下来,在附近的小商场找地方打电话。

沥川自尊心极强,从平日点滴小事都可看出。挨了我父亲这顿没头没脑的大骂,不知他会有多难受。

电话很快就接通了。

"沥川!"

"小秋!"他的声音很吃惊,"你怎么样?还好吗?"

"还好。你呢?好不好?"

"没事儿。"

"听我说,我爸脾气不好……"

"我其实挺想向他解释,不过他显然也听不进去。"

"那你……嗯,厦门的事儿完了?"

"完了,就等结果了。"

"你现在在北京?"

"不在。"

我想起来了,沥川说过他每年到了圣诞节都会回瑞士和家人团聚。

"你在瑞士吗?"听他的声音这么清楚,我觉得有些奇怪。

"我在昆明。"他说。

"什么?什么?"

"我在昆明。"他又说了一遍,"我着急,想离你近一点儿,真出了什么事也好帮你想办法,但等了这么久也没你的电话。"

"我刚到昆明。"我眼睛又湿湿的了。

"什么?现在?现在不是大年三十吗?"他着急了,"你和你爸闹翻了?"

"差不多,我骑车到昆明投奔我姨妈来了。"我还在喘气,喘粗气。

"什么?骑车?昆明到个旧不是有三百公里吗?"很少听见沥川吼人,但这声音,绝对是吼。

"有位卡车司机捎了我一段路,可我还是骑了十个小时。厉害吧?哈哈!佩服我吧!"我大笑,觉得自己很神经。

"你在哪里?待在那里别动,我来接你。"他说。

"哦,汽车客运站,快点哦!沥川,外面好冷。"

"唉!别说你爸,我都想说你,"他在那头长吁短叹,"你胆子真大,真能胡闹!"

Chapter · 16 ·

在三个小时中,我胡乱地做梦,次次梦见沥川。这人就睡在我身边,我还要梦见他,以至于我怀疑自己是不是太好色了。

汽车客运站是一幢白色的大楼,不高,平日拥挤不堪,现在车马冷落。荧光照着青壁,零星的小贩,滞留的行客,还有一个头发苍白的老人正一点一点地清扫地上的垃圾。我等了十五分钟,一辆漆黑的奔驰骤然而至,后门打开,走出一个穿风衣的男人。

除了地井盖子不冒烟之外,我怀疑自己走进了《黑客帝国》的某个场景。

我永远可以在人群中一眼认出沥川。他是那么出众,那么独特,不属于这个城市,也不属于我生活的这个世界。

大年三十的夜晚,万家灯火,街道上人迹萧条。我们相对无言,紧紧拥抱。他捧着我的脸,在灯光下细看,说:"你的脸怎么是肿的?"

我爸的手特别重,但这是他第一次打我。他倒是偶尔拿皮带抽过弟弟,抽得他嗷嗷叫。如果我是家长,我觉得打孩子绝对是一种罪恶。可是凡是我认得的人,小时候或多或少都被家长揍过。我只好说,这是一种文化。

"肿了吗?没觉得痛啊。哦,哦,是这样的,路上有个小子想抢我的包,我打了他一拳,他打了我一拳,然后我骑车跑了。"我赶紧用手遮住脸。

"青天白日的,演什么武打片嘛。"沥川哼了一声,他不是个容易受骗的人。所幸他不再纠结这个话题,拉开门,让我上车。

"自行车怎么办?这是我弟的。"虽然自行车看上去和奔驰太不合拍,但我也不能就这么扔了吧。

"我来放。"他将满是泥泞的自行车放到汽车的后备厢里,然后钻进后座,递给我手机,"给你姨妈打个电话吧。离家出走,担心你的人一定很多。"

我看了看表,七点刚过,犹豫了一下,拨通了姨妈家的电话。

姨妈大我母亲四岁,她不喜欢小地方,便通过熟人介绍嫁给了我姨父——昆明市机床厂的工人,劳动模范。姨妈年轻的时候,工厂的劳模都是抢手货,嫁给他们除了努力,还需要一些运气。现在国企不景气,劳模也被迫下岗。姨父先养过一阵子狐狸,指望能卖几个钱,没成功。又摆地摊卖皮带和杂志,也没成功。于是干脆提前退休,给一家商场当了保安。他尽职尽责,边干边学,节假日跟着一位大哥跑服装,到广州进货,打了一阵下手之后,就在那家商场租了一个铺面卖衣服。虽没有发财,但维持一家大小的吃穿没问题。何况两个表姐都大了。大表姐敏敏嫁到上海,一年也就回来一两次;二表姐珠珠高中毕业读了夜大,现在在一家房地产公司做销售小姐。以前我在个旧的时候,每年姨妈都会回来拜年,看望我们一家,还有舅舅、外公、外婆。每年寒暑假,我和弟弟也常去姨妈家过周末。爸爸说,姨妈家里挺困难的,房子小,所以不让我们多打扰。每次去,送上诸多礼物,最多只待一天就走。

电话响了一声,就听见姨妈的声音:"喂,哪位?"

"姨妈,我是小秋。"

"哎!你这妮子!大年三十跟你爸闹什么,你爸都来好几个电话了。"姨妈劈头盖脸地训我,我都能感到她乱飞的唾沫。

"我刚到昆明。敏敏姐回来了?"电话里一片喧闹。

"一家人都来了,还带着豆豆呢。珠珠和她男朋友也在这里。你快过来吧,年饭还没开始吃呢。"

姨妈家就是一室一厅,要挤三家人,怎么睡?我说:"姨妈,还记得明明吗?崔明明。"

"怎么不记得,你的死党嘛。"

崔明明是我的高中同学,死党之一。她爸妈离婚后,妈妈嫁给了昆明市的一个商人,明明也就搬到了昆明。她家房子大,继父跑生意总不在家,我以前每次去姨妈家,都会顺便在她家住几天。

"我这几天住她家里,明天上午来给您拜年。"我平平静静地撒了一个谎,姨妈不知道明明家的电话,"爸要问起我,就说我一切都好,初六回北京。"

"去什么明明家,就在姨妈家住!跟珠珠挤一挤就可以了。"

"已经和明明说好了。我明天过来给您拜年。姨妈,我挂了啊!"

姨妈属于这种人,当事时很糊涂,你只要多给她五秒钟去想,她就会变得格外聪明。我知道我再多说一句话,姨妈就会问明明家的电话号码,那时我就穿帮了。

然后,我拨电话找明明。听见老友的声音,明明一阵尖叫。我面授机宜,三言两语,求她帮我圆谎。一切交代完毕,我收线,转过头去看沥川。

"也许你该在你姨妈家吃年饭。"他的神情有些落寞,"如果你爸打电话过来,至少可以和他缓和一下。"

"沥川,"我轻轻抚摸他的脸,"这是大年三十。爸爸不要我,姨妈不需要我,而你孤身到异乡,为了我,从厦门飞北京,从北京飞昆明,我最应该陪的那个人,是你!今晚,就算我爸找到这里,把我大卸八块,我也要和你在一起。你的,明白?"

他幽然地笑了,倚身过来吻我的脸和额头。

"嗯,你喝酒了?"我嗅到一丝酒气,还有他一向冰凉的手,是烫的。

"一点点,啤酒。"

我摸了摸他的额头,滚烫。

"你在发烧?多少度?"

"可能有一点,没量过。"他拿开我的手。

我正想说话,汽车驶过一个月亮形的小湖,缓缓地停在一座华灯四射的大厦面前。招牌上四个大字:翠湖宾馆。

宾馆的大厅有足球场那么大,四面放着考究的沙发,沙发背后种着竹子。我一路跟着他上电梯,进了他的房间。那是一个套间,中西合璧,极尽奢华舒适。他替我脱下外套,挂进衣柜。

"是秘书给你订的这家宾馆?"我问。

"是她订的。不过,我也是慕名而来,听说这里的套间设计出自 I. M. Pei 之手。"

"I. M. Pei?"

"贝聿铭老前辈,"他说,"我格外喜欢他的内庭采光,而且我也喜欢玻璃。"

显然,这句话我听得半懂不懂,他笑了笑,解释:"城市的摩天大楼像一只只空间巨兽,只有玻璃可以把它们藏起来。"

他的办公室里摆着三个21英寸的苹果显示屏,另一张桌子上有一幅巨大的设计草图,旁边是几个空空的啤酒瓶。桌下是他的轮椅,碳纤维框架,非常轻便,折叠起来不到十三磅。沥川绘图有时需要坐很长时间,只有坐在这张轮椅上,才不会太累。

我不禁想,每次旅行,他一个人走路都够难的,还要带上这些东西出入机场,是不是格外不方便?

"你的笔记本电脑不够用吗?"我问,"为什么还要这么多的显示器?宾馆连这个都提供?"

"不提供,"他说,"我不喜欢看小的显示屏,这些都是我在这里买的。"

"可是,要是带走的话,岂不是很麻烦?"

"不带走,用完了就捐给宾馆。"

我哑然:"这个……太浪费了吧?"

"不算浪费,如果能用它弄出好的效果图的话。"他眨眨眼,"有句话叫什么来着,工什么,器什么。"

"工欲善其事,必先利其器。"

"就是这句。"他斜倚墙边,看着我。

"什么时候到的昆明?"

"你爸一骂我,听那架势好像你遇到了麻烦,我第二天就来了。"

"那么,"我说,"你一个人,孤孤单单地在这里,有半个月了?"

"反正我也有很多事要做,很多图要画,住哪里都差不多。"他耸耸肩,表示没什么大不了。

我去洗澡,出来,没衣服换了,只好穿他的衬衣和短裤。趁这当儿他去订了一份晚餐,我狼吞虎咽,一扫而光,都不知道吃的是些什么菜。

"三十晚上,你通常会做些什么?嗯?"他从身后圈手过来吻我。

"吃完年饭,到我外婆家看春节联欢晚会。"

"我不喜欢看电视,电视太吵。我们一起读书,好不好?"他文绉绉地说,"我的包里有一本《哈姆雷特》。"

沥川一向不这么酸的啊。这是怎么了？我觉得他的脸很烫,呼吸也很烫,手更烫。于是我说:"什么《哈姆雷特》,瞧你胡言乱语的,一定是发烧了。我带你去看医生吧。"

"不看医生,医生有什么看头。你洗完澡好香,我就要看你。"他让我坐在床上,自己拿着毛巾,一缕一缕地替我擦干头发。

我抬手去解他的衣扣:"站了那么久,累不累？坐下来吧。"

他按住了我的手。

"怎么了？"

"我身上过敏,长了不少大包。你别看了。"他终于说。

我吓了一跳:"过敏？"

我推开他的手,掀开衬衣。然后,我深深地吸了一口气。他身上长了很多红色的包,个个有铜钱那么大。除了上身,手臂和腿上也有。

"这么多啊！看过医生了吗？吃过药了吗？"我着急了。

"宾馆里有医生,还是名医呢。我对很多药物过敏,不敢随便吃药。他给了我一种软膏,让我每天擦三次。刚开始的时候我还以为是床上有虫子,他们给我换了一间房,还是长包。我想这五星级的饭店床上用品应当是严格消毒过了的,所以也就不再找他们理论了,也许就是水土不服。"

"这种包你以前长过吗？"

"我是过敏性皮肤。不过,"他说,"我确定长过类似的大包。突然间,一夜长了一身,持续了几天,又突然消失了,一个也不见。那时我还在上大学,懒得看医生。"

我让他坐下来,坐到被子里:"那么,你还记不记得,那次你干了什么,引起了这样的过敏？"

他想了想,摇头:"那次我参加了一个莎士比亚的reading club(读者俱乐部)。我们几个同学经常一起朗诵诗歌。后来,学校搞了个文化节,club里面的人踊跃报名要表演一段戏剧。那天我不在,他们把我的名字也报了上去。后来我才知道,那是个很大的学生文化节,戏剧表演定在学校大礼堂,我演哈姆雷特,观众有一千多人。我紧张得要命,第二天就长了一身这样的大包。"

我忍不住想笑："沥川，从我认识你的第一天起，你就是个很自信的人，人长得好看，声音也好听。我不相信你会紧张。"

说完这个，我想起了什么，连忙问："对了，那个时候你是一条腿，还是两条腿？"

他看着我，气不打一处来："这还用问，要是有两条腿，我还会紧张吗？那时我还很不习惯用义肢走路。他们说，我可以一条腿滑雪，平衡肯定没问题。"

"What!（什么！）你……你可以滑雪？"

"Trust me.（相信我。）"他说，"跳舞可能需要两条腿，滑雪一条腿就够了。以前我每年冬天都回瑞士滑雪。去年还滑过呢，高山大雪坡，感觉特豪放。"

"沥川同学，你……你不要命啦！"我听得心咚咚地跳，又是羡慕，又是崇拜。

"要不，你跟我回瑞士，我教你滑雪。"他搂着我，搂得紧紧的，"在这里，我要等你到二十岁才可以结婚；在瑞士，十八岁就可以了。"

他自个儿说着说着，美滋滋地笑起来了。

我拧他的手说："明白了。我爸骂了你一顿，你紧张了，就长出这一身的大包来。这就是压力呀。沥川，我给你泡柠檬茶，我给你涂药，我给你按摩，我给你解压，好不好？"

他低声说："咱们还是来点实质性的吧。"

沥川拒绝脱掉衬衣，说一身红包影响美感，其实我何尝会介意。我们紧紧相拥，用一种近乎虔诚的心态在彼此的身体里书写着自己……

我们洗了澡，沥川老老实实地趴在床上，让我给他涂药。全部涂完后我汇报成绩："前面十三个，背后十五个，一共二十八个大包。还有，"我看了看耳温计，"你在发烧，三十九度五。这种时候还做爱，王先生，你当真欲火焚心。"

我独自到楼下的医务间给他拿了退烧片和一包消毒用的棉签。吃了药，他沉沉地睡了。到了夜半，他要爬起来，我一把按住他："我去拿。"

我找到冰箱，拿出一瓶牛奶，检查上面的有效日期，已经过期了。我只好穿上自己的衣服，到一楼服务台去打听哪里可以买到牛奶。

"小姐，我能帮您什么吗？"服务员忙着接听电话，一个保安走过来说，一脸严肃，神色警惕。

我猛然想起我身上穿的还是白天骑自行车时的衣服,一条被尘土染成黄色的牛仔裤,一件紧身的黑色羊毛衫。头发没梳,乱糟糟的,一副失足少女模样。自己被这金碧辉煌的大厅一衬,在那保安的眼里,就像一只灰溜溜的过街老鼠。

可是,我是谁?我爱学习、爱劳动、爱生活、爱沥川,我是祖国美丽的花朵!想到这里,我的胸挺得笔直,拿出"指点江山激扬文字"的目光,睥睨他:"请问,哪里可以买到脱脂鲜奶?"

保安根本不理这茬,反而问:"小姐住哪间房?"

"709。"

"宾馆提供二十四小时全职服务。想要什么,一个电话就可以了。"他打量我,口气中有一丝怀疑。住在这里的客人,不会连这个也不知道。

"是吗?那我回去打电话好了。"我转身想走,他拦住了我。

"小姐,可以看一下你的身份证吗?"

"没带。"

"跟我来一下。"他不客气了,连"请"字都不说了。

我心里暗暗紧张。自己未满婚龄,和沥川也不是夫妇,怎么能同住一房呢?给人抓住,说也说不清啊。我只好跟着他来到前台。

他问一个工作人员:"小秦,709号房住的是哪一位?"

那人查了一下电脑,答案出乎我的意料:"是一位小姐,谢小秋。"

保安打量我:"你是谢小秋?"

"是。"

另一个人正在旁边打电话,听见我的名字,连忙走过来圆场:"不要误会,不要误会。小姐,对不起。老蔡,我来解释一下,是这样,几个小时前,709号房的王先生打电话过来,说他的女朋友今晚会住进来。他则搬到隔壁的708号,已经办过了手续。"

保安怔了一下,怀疑:"怎么来了新客人,反而要住旧房间?"

工作人员说:"是这样。王先生说,他希望把临湖的那间房让给他的女朋友。"

"对不起,谢小姐。"保安很拘谨地给我道歉。然后他让我等着,很殷勤地跑到二楼餐厅替我拿来了一大盒脱脂鲜奶。

我回到房间,地灯暗幽幽地亮着。沥川在黑暗中瞪着大眼看着我。

"怎么去了那么久?"他说,"忘了告诉你,打个电话就可以了。"

喝完牛奶,我继续给他量耳温。三十九度五,烧一点也没退。床单、衣裳都汗湿了。

我帮他换了衣裳和床单,然后去冰箱拿了几个冰块包在毛巾里给他降温。

"去睡吧,我没事。"他在黑暗中说,嗓子哑哑的。但他的手紧紧地抓着我,生怕我会溜走。

"沥川,你可别生病,一病就是一个半月。"我坐在床头,用毛巾压住他的额头。他在床上翻来覆去,呓语连连。

不知道过了多久,他迷迷糊糊地问我:"怎么没听见新年的钟声?"

"钟你个头啦,现在都凌晨四点了!"

"那我先给你拜个早年吧,小秋同学。"说完这话,他又翻了一个身,我赶紧在他的腰边垫了一个枕头。他终于熟睡过去。

沥川一直睡到十点才睁开眼。而我,在他体温下降之后,睡了三个小时。在三个小时中,我胡乱地做梦,次次梦见沥川。这人就睡在我身边,我还要梦见他,以至于我怀疑自己是不是太好色了。

最后,我完全醒了,一睁眼,看见沥川已经洗了澡,披着浴衣坐在床上看我。

"梦见什么了,脸笑得跟一团花似的?"他笑眯眯地说,"报告你两个好消息:第一,我的烧完全退了,体温正常;第二,那些可怕的大包不见了,来无影去无踪,就像从没长过一样。"

还用他来报告,我临睡前已经把他的全身检查了一遍。我坐起来,补充道:"第三,为防止感染,建议你今天不要用义肢。"

"不要哪壶不开提哪壶好吗?"他轻轻地说,"对不起,弄得你一夜没睡。我发誓,我很注意保养,也很注意锻炼,其实很少生病的。"

"我也是。"我得意扬扬地说,"能吃、能喝、能睡、能玩儿,充实幸福地度过每一天。"

吃过早餐,沥川陪我到附近的商场买了换洗的衣服和鞋子。我给姨父姨妈买了他们最爱喝的糯米茶,给豆豆买了玩具,给珠珠姐买了化妆品。沥川将我送到姨父工厂的宿舍区门口,他挂着双拐,跳下车,替我开门。

我拉着他的手不放:"跟我去见姨妈吧。姨妈比我爸好说话,她一定会喜欢你的。"

他想了想,说:"下次吧。"

沥川一直很在意自己的形象,我想,他不愿意让姨妈看见他一条腿的样子。他把我送进大门,站在一棵树下,把我买的那些礼物交给我:"别待得太久,吃完饭就赶紧回来好吗?我带你好好逛昆明。"

"哎,是我带你逛,还是你带我逛?我才是云南人呀!"

"当然是我带你。你是云南人,到了昆明,让你给司机指个路,你东南西北都分不清。"他说。

我依偎在他怀里,将脸埋在他胸口,半天不舍得走。

"走吧,早去早回。"他伸手过来,帮我系紧风衣的带子。

"好吧。"我恋恋不舍地抬起头,依然在他怀中磨蹭。他低头在我的额上轻吻了一下,然后推了推我,说:"我觉得,我们好像被围观了。"

我转过头,看见七个人,整整齐齐地站在离大门不远处瞪大眼睛看着我们。为首的是一个中年妇女,拿着一个大菜篮子,里面装着一条大鱼。

沥川的车就停在他们身边。

我举起手,向众人"嗨"了一声,叫道:"姨妈!"

Chapter 17

> 我和沥川穿的是一模一样的衣服：灰色高领毛衣、牛仔裤、旅游鞋，外套是一件深蓝色的风衣。沥川说，这种打扮，走到路上一看就是一对情侣。

昆明号称春城，其实冬天还是很冷，不是北方的那种冷，是湿冷。

我和沥川穿的是一模一样的衣服：灰色高领毛衣、牛仔裤、旅游鞋，外套是一件深蓝色的风衣。沥川说，这种打扮，走到路上一看就是一对情侣。其实，除去手中那根无法离开的手杖，沥川穿任何衣服都像香水广告的模特。而我，走在大街上，对着玻璃孤芳自赏，自诩有两分姿色，但和沥川相比，就太普通了。我都不大好意思和他走在一起。

因为担心过敏会引起皮肤感染，在我的苦苦哀求下，沥川没有戴义肢。他在自己的blackberry（黑莓手机）上计划了我们一天的日程：早上去官渡古镇吃小锅米线、购物，从姨妈家回来去大观楼、莲花公园，有力气的话爬一下西山；晚上去金马坊，到驼峰酒吧喝酒，去LDW吃米线。这是沥川的一大特色：每天早起洗漱完毕，要做的第一件事就是写一个"To do list（办事清单）"，并时时检查自己的各种计划——周计划、月计划、年计划、五年计划，自认为是个很会安排时间的人。他还有一个特色就是学中文喜欢偷懒。比如在路上，如果看见什么招牌是英文的，哪怕是拼音，他就不记中文了。我问他，什么是LDW？

"老滇味啊！"他得意地说，觉得比我更云南，我一时无语。

姨妈挎着大菜篮看着我，脸上的表情很复杂。姨父只是笑了笑，我知道他比较好对付。剩下表姐和姐夫两个人，袖手旁观。小男孩豆豆，东张西望。

"姨妈，这是王沥川。我的……"我舔了舔嘴唇，"朋友。"

沥川微微颔首:"姨妈,您好。"

不得不说,此时的沥川目光深邃,神态矜持,气质清贵,言语坦荡,给人一种摄人的魄力和压力。

姨妈打量他半天,点了个头,没有答话。倒是姨父开了口:"明白了,你这丫头就是为了他和你爸大闹了一场。大年三十,离家出走。"

我脸皮挺厚地点点头:"姨父,我买了您喜欢的糯米茶。"先找软的捏,逐个攻破。

"哎呀,又要你破费。"姨父不顾姨妈铁青着脸,笑呵呵地说。看样子他还想再说两句缓和气氛,刚要张口,姨妈生生地打断他:"小秋,外面挺冷的,到家里坐去吧。"她指示表姐夫:"小高,你帮小秋提一下东西。"

她的话里,完全没有邀请沥川的意思。我的脖子立时有些发硬,伸手将沥川一挽道:"不了,姨妈。我和沥川还有点事,改天再来。"

自从我妈去世,姨妈在我们家就有特殊的权威。爸常常把她看作是我妈的一道影子,对她是又亲又敬。可是,我骑了十个小时的自行车从个旧跑出来,不是为了让沥川站在我姨妈面前忍受耻辱!

沥川将我的手轻轻一捻,淡淡地说:"小秋,好不容易来一趟昆明,应当看看姨妈。我下午再来接你。"然后,他平静地对所有的人都笑了笑,说:"新年快乐。"说罢,放开我的手,走向自己的汽车。司机不知何时已经悄悄地站了出来,为他拉开车门。

就在这时,我姨父忽然大声道:"等等,王先生,难得来一趟昆明,请和小秋一起上来喝杯茶吧。"

珠珠姐趁机说:"是啊是啊,我们买了很多菜,一起吃个便饭吧!"

我姨妈对这两个吃里扒外的人怒目而视。敏敏姐更是拉着我的手,将我和沥川往家里拽。

大家一起走到宿舍门口,姨妈看着沥川,说:"王先生,楼上不好走,需要人帮吗?"

"不需要,姨妈。"沥川说,"您先请。"

除掉话音里的挑衅,姨妈其实说的是实话。她家住七楼,楼梯又窄又陡,每层楼的转弯处还堆满了杂物。就是常人上楼都要不停地变换身子才得通过。就是这种房子,当年我姨父若不是凭劳动模范的资格,还分不到呢。

自家人熟门熟路,只听见噔噔噔几声,姨妈他们都不见了。剩下我陪着沥川,一步一级,慢慢往上走。到了三楼,沥川倚着墙壁,稍稍休息了一下。他说:"你别老站在我后面。万一我摔倒,你岂不是要跟着跌下去?"

我说:"我就是要跟在你后头,万一跌倒了,还可以拦着你。"

他没再多说,用拐杖点了点楼梯,示意我先上去。没办法,我只好走到他前面去,继续陪他往上走。走到六楼,我一眼瞥见他的鞋带有些松动,正打算弯腰下去替他系好。他拦住我:"不要紧,我自己来。"

"这个也跟我抢?"我白了他一眼,三下五除二,把绳结拉得死死的。

"上次你这么一系,害得我只好用剪刀剪开。"他嘀咕了一句。

我站起身,问:"你该不会连那双鞋也扔了吧?"

"可不是。"

得,这人从来不拿钱当钱,我跟他较什么劲呢。

到了七楼,姨妈家的人早已进了屋,只有姨父还守在门边替我们拉着弹簧门。沥川连忙上前将门拉住,我从他胸前挤进屋去。然后,他进门,替我脱了风衣,连同他自己的那件一起交到敏敏手中。他残疾的样子在众人面前一览无余。我看见敏敏的身子微微一怔。其他的人,则都在极力掩饰惊奇的目光。

"坐这里吧,沥川。"我指着客厅里唯一的一个有扶手的单人沙发,不由分说就把他往那边引。其实那是姨妈的专座,她老喜欢坐在那儿打毛衣看电视。想不到沥川迅速地觉察到了那个座位的特殊性,不肯坐:"我坐那张椅子上就可以了。"说完,径自走到一个木椅子旁边,坐下来。

表姐一个一个地派茶。

姨妈喝了一口茶,问道:"王先生什么时候来的昆明?"

"今天早上的飞机。"我替他说。

"王先生今年多大?"她横了我一眼,又问。

"二十五。"

"你追我家小秋,追得还挺紧的呢。"

"不敢当,笨鸟先飞。"说这个人不懂中文,反应倒挺快。

"扑哧",我和表姐一起笑,差点把茶喷出来。

"王先生……沥川,是吗?你在哪里读书?和小秋是同学吗?"姨父问。

"哎,你这老糊涂,一个十八,一个二十五,人家大我们家小秋七岁,怎么可能是同学?"姨妈数落他。

"我不是也大你七岁吗?年纪大点挺好,会照顾人。"姨父不服气地争道。

沥川说:"我已经毕业了,现在北京做建筑设计。"

姨妈点头:"建筑设计倒是个好职业。王先生,你家在哪里?"

开始查户口了。

"嗯……北京。"

"北京?北京房子很贵啊!小燕她妈上次探亲回来说,一个简单的两室一厅,就卖一百万。你说,北京人一个月得挣多少钱才不当房奴?"

"姨妈,沥川在北京收入不错。"我三言两语,堵住了她的嘴。

"你知道,两个人在一起,钱不是最重要的。"姨妈话锋一转,"重要的是,一个男人,要懂得负责。"

话里有话,沥川保持沉默,一副虚心接受组织教育的样子。

"王先生,你二十五岁,应当找和你年纪相仿的女孩子做朋友。小秋刚上大学,什么都还没开始,样子和心智还像个高中生。她自己没有判断力,王先生,你倒要帮帮她。"

"姨妈——"

"大人说话,小孩别插嘴。"姨妈板起脸。

沥川避重就轻地说:"姨妈,小秋既能干又有主见,独立生活的能力很强,我不觉得我需要帮她什么。"

可惜他不知道姨妈和我爸是死党。我爸的意志,她一向是坚定不移的执行者。不然,我爸那么倔的一个老头,不会对她尊敬有加。当年我弟想到姨妈家过暑假,其实是想看《神雕侠侣》。我爸一声叮嘱,那个暑假,弟弟不但没看着《神雕侠侣》,连《新闻联播》都没看着。

"说到独立生活的能力,"姨妈拿出撒手锏,"王先生的身体状况,自己还需要人照顾。我们这些做家长的,怎能放心将一个十八岁的女孩子交给你?"

我从小到大,从来没恨过姨妈。因为这句话,我有点恨她。我开始烦躁地啃起了指甲——每当愤怒而无处发泄的时候,我就下意识地要咬自己。

沥川拿开我的手,沉默片刻,说:"姨妈,人生之中,旦夕祸福,难以预料。我不需要小秋照顾我,我会好好照顾小秋。请您放心。"

他说得面不改色,不卑不亢。姨妈张了张口,无话可说,便向姨父使了一个眼色,让他说话。

姨父沉吟片刻,说:"沥川,你爱吃饺子吗?我们今天包饺子。珠珠她妈,快去切菜吧。"

趁着姨妈怒气冲冲走向厨房,姨父拍了拍沥川的肩膀:"别介意,你姨妈平时还是挺慈祥的。"

沥川淡淡一笑:"哪里,姨妈说的也是实话。"

从进门的那一刻起,我一直在想找什么理由才可以带着沥川溜之大吉。可我上海的表姐夫一听说沥川做的是建筑,顿时就和他聊上了:"王先生做的是建筑设计?我在宏都地产,对这行里的人挺熟的,你在哪家公司供职?"

"是一家瑞士公司,CGP Architects。"

"听说过,听说过。王先生外语一定很好吧?北京的情况我不熟,上海有它的分部,行业声誉非常棒,外观和园林设计格外有名。就是生意太忙,我们拿钱请人还排不上队。上海分部有两位外国设计师特别牛,可惜都不会中文,和他们讲话要请专业翻译,一小时五百块。"姨夫转头看着我,说:"当时小秋发现自己的专业是英文,还老大不乐意。你看看,学好英文一样挣大钱!"

"现在北京总部倒请了几位来自中国本土的设计师,相当优秀,沟通会方便很多。对了,姐夫在地产界具体做什么?"

"规划,规划部经理。"他递过去一张名片,"以后我们在上海找设计师困难,可不可以来北京找你?"

"没问题。对不起,我没带名片,这是我的电话。你们公司的方先生,我在北京见过一面,还一起吃过饭呢。"

"哪个方先生?"

"方远华。"

"那是总经理。"

"对,对。"

"原来王先生有这么多人脉。"姐夫笑容满面地看着他,脸上已经明显地写着"喜欢"两个字。

珠珠姐的男朋友也姓王,叫王裕民,他和珠珠同在一家房地产公司。裕民和珠珠一样,只读过夜大,后来有工作挣了钱,又在云南大学读了一个研究生学位班。这种班入学容易学费也高,可是毕业后没有学历证,只有一个学位证,所以也不是太正规的文凭。姨妈便不高兴,一直不同意他们来往。姨妈当初极力想把她同事的一个清华大学毕业的儿子介绍给珠珠,两人处了一段时间,珠珠不喜欢,主动和人家吹了,把姨妈气个半死。这是裕民第一次上门,拎了一大堆贵重的礼物,看上去挺紧张的。不料半路杀出个王沥川,成了姨妈的主攻对象,分散了她的注意力,裕民正好松一口气。

"王先生,说来也巧,我在佳华·宏景,也是房地产公司。我搞的是销售,业余还卖人身保险。"

"是吗?"沥川说,"要不我在你这儿给小秋买份保险吧。她在大街上走,老迷路。"

"这种蒙人的生意,哪敢往自家人身上揽。王先生真要买,还是去平安保险吧。"裕民笑道,"因为刚才大姐夫说王先生的公司总部在瑞士,我们公司有个大股东来自瑞士的一家跨国投资公司,也叫CGP,不知和你们公司有没有关系。"

沥川说:"有关系。我们的事务所隶属于这家投资公司。"

裕民叹了一口气,说:"我们公司这两年受政策影响,业绩不佳,听说CGP有撤股的意向。传言已经过来了,不知是否属实。王先生在北京,可有听说?如果真是如此,我和珠珠还是趁早溜比较好。"

沥川摇头:"没听说。CGP在国内有不少投资,具体哪家我不清楚。这样吧,如果传言属实,你给我打个电话,我来替你想办法,行吗?"

"那就真的拜托了。"裕民要了沥川的电话号码。

"小事。"

正说着,姨妈沉着脸从厨房里回来,姨父看见了,抬高嗓门对我们说:"沥川,我们小秋可是个旧市的高考冠军,总分在云南省也是前几名。她爸对她寄予了厚望。你们年轻人,不可以因为谈恋爱影响了学业。"

"姨父,沥川经常帮我补习外语,还帮我改作业呢。"我连忙辩解,"我在北京举目无亲,有困难都是他帮我,随叫随到。"

我说这番话的目的,就是为了打动姨妈。当年姨妈从个旧嫁到昆明,姨父虽然是工人,姨父的父母却都是厂里的干部。她的婆婆对这门婚事极力反对,直到婚礼都不露面。姨妈孤立无援,着实过了很长一段郁闷时光。

果然,姨妈脸上神态稍缓,她看了我一眼说:"王先生,听说小秋这次回昆明,你给她买了机票?"

"……是。"

"小小年纪坐这么贵的飞机,不怕折杀了她?"

"姨妈,小秋排了两天两夜的队,买不到火车票,我看她太累,想让她坐得舒服点。"

"嘿,你还真心疼我家小秋呢。"姨妈递给我一个围裙,叫我,"小秋,过来帮我切菜。"平日有两个女儿在,这种事儿姨妈才不会叫我干。我知道她又要借机教育我。

沥川连忙把围裙抢过来:"姨妈,我帮您切菜吧。我切菜的功夫比小秋好。"

"哎哟,"姨妈笑了,"看你这身打扮,就知道从小是娇生惯养的,还会切菜呢。"

"我厨艺真的不错,不信你问小秋。"

"是啊,如果拌沙拉煮土豆汤也叫厨艺的话。"我抱着胳膊说。

沥川倾身过来,在我耳边低语:"我正一个个击破呢,你得配合我。"

"不过,姨妈,沥川切菜的功夫,那可真叫一个棒。今天的菜您全交给他切好啦。"

"唉,你这孩子真不懂事,人家是客呀。"姨妈说了我一句,一转身,发现沥川已经进了厨房。

沥川和我一起替姨妈切好了所有的原料,又帮姨妈调好了馅,大家便一起坐在客厅里包饺子。原来表姐夫是沈阳人,王裕民是河南人,都爱吃饺子。大家一边包,一边聊。

过了一会儿,大表姐的小儿子豆豆举了举手,问了一个问题:"王叔叔,为什么人人都有两条腿,你却只有一条腿?你的另外一条腿在哪里?"

相信在座所有的人,包括我在内,都想知道答案,可拘于礼貌谁都不好意思问。现在终于有人问了,每个人脸上却都露出了尴尬之色。

我连忙替他回答:"嗯,豆豆,这问题问得好。是这样的,有一次王叔叔在海里游泳,越游越远,不料碰到了一条大鲨鱼。啊呜一口,就将他的一条腿咬下来,吞进肚子里去了。所以,现在他只剩下了一条腿。"

我觉得这个答案挺好,带有童话色彩。

豆豆抓耳挠腮地想了想,问:"王叔叔,这是真的吗?"

沥川摇了摇头:"当然不是。豆豆,她开你玩笑呢。情况是这样的,小时候,王叔叔和爸爸妈妈一起到森林里玩。爸爸对王叔叔说,出门在外,得时时跟着父母不能离开半步。可是王叔叔太顽皮,不听爸妈的话,擅自离开他们去爬山。结果,迷了路,遇到一只大灰熊。这只大灰熊张开血盆大口,咔嚓一下,就将王叔叔的腿咬了下来。所以,你王叔叔就只有一条腿。豆豆,说说看,从这个故事,你要吸取什么教训?"

豆豆可怜巴巴地说:"出门在外要听爸妈的话,不可以擅自行动,不然就会有大灰熊来咬掉你的腿。"

"对了。"沥川摸摸他的头,夸道,"真是个聪明的孩子!"

大家都松了一口气,然后一起笑了。

饺子已经包了有两锅的量,我拉着沥川站起来:"大家继续包,我和沥川负责煮饺子。"

沥川跟着我进了厨房,弯腰下去找煮饺子的大锅。等他站起来,我伸开双臂轻轻环住他,低声说:"对不起,不该让你陪我上来的,看你累的。"

"没事。"看我一脸愧疚,他摸了摸我的脸,"还是你心疼我,知道我站着比坐着要舒服。"

我们花了一个多小时,煮好了所有的饺子。姨妈挺高兴,又做了五道菜,包括一条大鱼。最后,大家杯盘交错,宾主尽欢,其乐融融地共进午餐。其间沥川非常卖力地吃饺子,又使出浑身解数陪豆豆打游戏。我们在众人的欢送中离开了姨妈家。临行前,姨妈竟心疼起沥川来,硬是塞给我一包西洋参。说这孩子倒生得俊,教养也没的说,钱也挣得不少,就是怎么看怎么体弱,是不是要经常喝点参汤补一补。

出了小区的大门,我们上车刚刚坐好,沥川的手机就响了。

"哥。

"还行。

"还行。

"还行。

"我给爸寄了贺年片,他没收到?

"好吧。

"不是说二月份回苏黎世吗?二月之前没空。

"奶奶住院了?

"那好。我最近十天实在抽不出空来。有三幅图要due(截止),要去一趟沈阳。还有,厦门那个标已经中了,要和投资方开会,一大堆事儿。完工之后我马上回来,争取回来三天吧。

"一个星期?嗯,一个星期比较困难。我争取吧。

"对了,问你一件事,你在佳华·宏景有投资?

"听说,你们要撤股?

"没有的事儿?好吧。如果真是这样,你提前给我打电话。我在那里有两个人,需要安排去处。

"谁?陈盛林?不认识。你的总经理不是姓孟吗?

"换了?你爱换谁是谁。我都不认识。你让他跟我联系好了。

"体育馆的设计图上个星期就交了,Jim(吉姆)没告诉你?要得这么急,害我吐血给你画。这个月别再给我找事儿了。

"谢什么。替我问候爷爷奶奶。"

收线。他看着我,我抿嘴一笑:"你们哥俩感情真好。"

"你和你弟不也一样?"

"你哥大你几岁?"

"两岁。"

"我在想,你哥长什么样?会不会和你一模一样?"

"嗯,我们很相似。此外,他还比我多一条腿,更加英俊。"

"结婚了吗?"

"他是Gay。我爸还不知道,知道了肯定气死过去。"

"你们外国人反正开放。"

"刚在你姨妈家吃完饺子,现在你说我是外国人。"他怒了。

"好吧,你是云南人。"我握住他的手,放在自己的手心里。车子缓缓向前开,我问:"咱们现在去哪里?"

"一下午都过去了。按原定计划,去金马坊,先到驼峰酒吧喝酒,然后去LDW。"

"受不了啦。麻烦你说老滇味好吗?人家半天没反应过来!"

"就是LDW。人家广告上这么说,LDW,滋味饮食。"

说完这话,他忽然用力地抱住了我。

"怎么啦?"

"对不起,"他轻轻地在我耳边说,"如果我没有残疾,你也不会为我受那么多委屈。"停了停,他又说:"我不喜欢你爸。他怎么骂我无所谓,但他不可以打你——别告诉我你的脸不是他打的。"

Chapter 18

听完这话,我的脸火辣辣的,好像又挨了我爸一掌。我暗暗祈祷,沥川和我爸,最好终生不见。

听完这话,我的脸火辣辣的,好像又挨了我爸一掌。我暗暗祈祷,沥川和我爸,最好终生不见。

下车时,我在脖子上挂上一个尼康相机——这是沥川拍风景用的。他经常拍照,但从来不拍自己。可今天,我谎称要替他拍金马坊的牌楼,其实心中暗暗打算,要留下一张我与沥川的合影。

我们先去驼峰酒吧喝酒,里面灯红酒绿,沥川要了啤酒,却不许我喝。说我未满二十岁,只能喝果汁。我选了菠萝汁,他又说菠萝汁太甜,不健康,橙汁最好。等我们喝完出来,天已经黑了。回到了牌楼,我抓住一个行人,请他给我们拍合照。

"他又不会拍,"沥川小声说,"不如我来拍,保证质量。"

"你已经给我拍了很多了,我现在要合影。"我强调,"合影。"

"能不能就拍你和这个楼的合影?"他皱眉,"我不喜欢拍照。"

"不行。就要我们的合影。我们——你和我——在一起。"我阴着脸,一个字一个字地说。

"好吧。"他无奈地点头。

那个行人摆出专业姿势,要我们彼此靠得近些,然后,咔咔咔地闪光,一连拍了五六张。

我说:"劳驾,大哥,拍一张远点儿的,我要这个牌楼的全部。"

他拿着相机往后退,退着退着,忽然转身就跑。

沥川的相机价格不菲。那人多半是见财起心,又见沥川行动不便,于是趁机下手。

"站住!"我大叫一声,拔腿就追。

那人在人群间穿梭,很快走入一个窄巷。看来他也不是很熟悉这个路段,每过一个路口都犹豫一下要不要转弯。我一路狂追过去,穿过窄巷,进入一条安静的小街,那人始终在我前面百步左右。我大约跑了有两站路,那人数次回头,以为已经甩下我,却不知我一直跟着他,而且越来越近。他转身又进入一道小巷。小巷不断地有出口通向马路。渐渐地,小巷越来越窄,似乎到了尽头,却突然间又出现一条岔道。他犹豫了一下,正要转身,我已经追上了他。他只得站住,手里拿着相机说:"别过来!这里只有你一个人,信不信我能拧断你的脖子!"

我说:"怎么只有一个人,你身后就有两个警察。"

他的身后是有行人,两个男人,且有很大的脚步声。我大叫一声:"抓小偷!"两个男人便疾步向我奔来,其中一人跑得太急,一脚踏破一个花盆,那小偷忍不住往后一望。

就在这当儿,我想起了以前体育课学散打时的一个重要动作,一脚踢向他的裤裆!

他"噢"的一声,跪在地上,疼昏过去。我夺过相机拔腿就跑。这才发现我自己因为刚才一番长跑,早已汗流浃背,气喘吁吁,心脏激烈地跳动着。没跑几步,就到了路口,一辆黑色的汽车骤然而至,停在我面前,车门打开,传来沥川的声音:"上车!"

我跳进去,汽车疾驰而去。

"受伤了没有?嗯?"沥川抓着我,急切地问道。

"没有。"

"你怎么把相机抢回来的?"他拿手绢给我擦汗,继续问。

"我踢了他一脚,他昏过去了。"

"不会吧?这么容易?踢一脚就昏了?这是昆明市职业小偷的水平吗?"他说,"这么没用,连个相机都抢不到?"

"哎哎,你帮谁说话呢?"

"我变相夸你是女英雄。"

"这还差不多。"

我们回到金马坊的牌坊——刚才拍照的地方,一起下了车。

沥川看着我,说:"你跑累了吗?跑了多远?有两千米吧?"

"差不多。"我还在喘气。

"能再跑一趟不?"他说,"刚才,就在这儿,有人偷了我的钱包。"

"啊!什么?你?丢了钱包?"我大叫,"这是什么破地方呀!怎么这么多小偷?在哪里丢的?人往哪个方向跑了?他还偷了些什么?"

我看着他,发现他在幽幽地笑。

"沥川,我知道你不在乎丢现金,可是信用卡人家是可以刷到爆的!"

"开你玩笑呢,瞧你急的。"他帮我把跑散的头发捋到耳后,"以后再出现这种事情,你宁可丢下相机,也不能丢下我。"

"是,是,我错了。千金之子,坐不垂堂。我得先保护你。"

"这就对了。"他看着我,目光与月光一样宁静。

我抱着相机,沉浸在胜利的喜悦中:"沥川,里面有我们的合影。我才不让人家偷了呢。"

"如果没有合影呢?"他问。

"这是你的相机,又不是我的,偷就偷了呗。就算值钱,你也不是丢不起,是不是?再说,我的命也很珍贵,对不对?"我振振有词。

"说你不明白、不会算账吧,你又挺明白,算得挺清。"他叹气,"我只求上帝保佑我,以后千万不要得罪你,不然也会挨你一脚。"

我双手圈住他的腰:"嗯,人家一直都很温柔嘛,就凶了这一回,给你看见了。"

"一直温柔?不会吧?第一次见你,你泼了我一身咖啡;第二次,你当着我的面爬墙;第三次,你袭击校警。我觉得你是一个暴力女,又暴又色,实在很怕人。"

沥川虽时时谦逊说他不懂中文。其实,他的词汇量蛮大的,也蛮实用的,一番话听得我哑口无言。

为了不让他继续说下去,我连忙打断:"沥川,我饿了,想吃米线。"

"你不是刚吃完饺子吗？怎么这么快就饿了？"

"人家担心姨妈给你难受嘛，急得都没胃口吃了。以前我可是挺喜欢吃饺子的。"

"那就去LDW吧。"

"老滇味。"

"LDW。"

老滇味看上去是国有企业的派头，吃饭要先到门边的小柜台买票。

我问沥川："你来这里吃过？"

"没有。我看过广告，人家说味道很正宗。"

"过桥米线在二楼，楼梯滑，我们不要上去了。"

"上面人少，你先去找位子吧。"他到柜台门口排队。长长的队，大约有十个人。排队的人看见他拄着拐杖，都说："不用排了，直接去窗口买就得了。"

不知是谁还加了一句："残疾人优先。"

那些人说的是昆明话，我相信沥川听了个半懂。他摆出一副漠然的姿态，一动不动地排在最后。拿了票，我们一起上楼，找了个靠边的位子坐下来。不一会儿，服务员端来了米线，还附送一小盅汽锅鸡。我问沥川："只买了一碗，你不想吃吗？"

"已经在姨妈家吃饱了。"

"要不，你吃点凉菜？"

"太辣。"

其实，一路上和沥川一起走，男的女的都回头看他。看得他很不自在。就算现在他坐了下来，我还是能感到背后有许多打量他的目光。我不顾那汤滚烫，想快点吃完米线。

"别吃这么急，当心烫嘴。咱们今晚也没什么事儿。"他劝道。

本地人都知道，鉴别过桥米线的好坏有三条，一要汤好，二要料新鲜，三要米线滑劲。果然是上好的鸡汤，我一口气喝了大半碗，然后说："不成，喝不下了。"

"那就放在这儿吧，没人逼你喝完。"

"浪费多不好,我先去一趟厕所,回来再喝。"说着,我站起来找厕所。沥川一把拉住我:"别去了,我帮你喝完吧。"

他把巨大的汤碗拖到自己面前,很斯文地用瓷勺一点一点地喝,喝得一干二净。

我看着他笑:"早说就给你留几根米线,现在尽剩汤了。"

"小秋,你去过厦门吗?"他突然说。

"没有。"

"春节一过完我得回厦门,投资方有一个重要的会,非去不可。你和我一起去,好不好?"

"要在厦门待多久?"

"两天。然后你回北京,我去沈阳。沈阳太冷,你别去了。"

"干吗一定要带上我,又不是你的秘书。"

"我有秘书,是绝代佳人,想不想认识?"他神秘兮兮地笑道。

"骗人!你的秘书是男的!"我想起那一次,是他的男秘向我报告了他住院的消息。

"那是工作助理。我有女秘书,同时兼任我的翻译。"

"你还需要翻译?"

"真正谈业务的时候我会说很多英文,让我的秘书翻译。一字千金,不能出错。"

"行,反正我也是放假没事干。"

一个星期之后,我跟着沥川飞往厦门。这一星期,他病了三天,发烧感冒,天天在宾馆里躺着。病好之后,他拼命地干活,画完了三张设计图。

沥川带我去看了工地,在海边的一大片空地。

"在这里,要建一个很大的度假区,碧水金城,投资十几个亿。CGP包揽了所有的建筑设计——外观、室内、园林。"

"嗯,看上去是个好地方,空旷而且开阔。"

"再过三年你来看,这里面满满的,是我设计的大楼和别墅。"

"沥川,我好崇拜你!"

"我也是。"

我愕然:"我只是个学生,事业都没起步,没什么值得你崇拜的!"

"你给过我好多灵感。设计和恋爱一样,都需要有激情。"

海风很冷,他用力地搂着我,我们面朝大海,紧紧偎依。

从工地回来,在宾馆的大厅里,我看见一个高挑的女子静静地坐在沙发上,开司米的上衣,深蓝色的羊毛裙,小巧的耳朵,戴一对小巧的珍珠耳环,绝美的侧面。

那女子看见我们,站了起来:"王总。"

她面容细腻姣好,有一种说不出的古典庄重之美。看见她,会令人想起《诗经》或宋词里的句子。

"介绍一下,"沥川说,"这是我的秘书朱碧瑄小姐。这位是谢小秋小姐。"

我们握了手,互相微笑。

朱碧瑄的眉色中隐隐有一丝疑惑。沥川说话的时候,一直牵着我的手。

"有什么事吗?"沥川问。

"有几个文件需要您签字。还有,标书最后的翻译件,需要您过目。"

"英文的你看过就行了,法文和德文的留给我。"

他接过笔,坐下来,飞快地看文件,飞快地签字。

我和朱碧瑄对视而笑,很礼貌。

"朱小姐是英文系的吗?"我问。

"北外英文系。谢小姐呢?也学英文?"

"是啊。师大一年级。"

"你们系的冯介良教授是劳伦斯专家,我写论文时曾用心研读过他的专著。"

"嗯,他的教学声望非常好。我明年打算选他的课。"

"谢小姐喜欢厦门吗?"

"很喜欢。朱小姐是第一次来厦门吗?"

"不是,因为这个项目,我跟着王总来过好几次。"

我觉得朱碧瑄说话的样子,自始至终带着一股阅人无数的职业风范。她浅浅地聊,其实很谨慎,不痛不痒,生怕说错一个字。而我,一边说一边用脚磨蹭着地毯,像个被罚站的小学生。

沥川签完了字,站起来说:"迅达集团的晚宴,何总会替我出席。"

"这个……那边的柯总一再说,王总一定要到,他要与你对饮三百杯,不醉不归。"

"就因为这话,我才让何总去,他的酒量大。"想了想,他叹了一声,"算了,上次那顿饭我没去,人家没有介意。这次再不去,会怀疑我的诚意。我还是去吧。几点钟?"

"七点。"

沥川十点钟醉醺醺地回来,进门直奔卫生间,趴在马桶边狂吐。

我担心地看着:"你怎么这么实心眼儿,真跟人家喝三百杯呢!"

他吐了有足足十分钟,这才爬起来去洗澡,走路歪斜,手扶着拐杖都站不稳。

"坐下来,我帮你洗。"我心疼坏了。

"不用,我自己可以。"不知哪来的力气,他把我推出门外,"砰"的一声,关上门。

一会儿,水哗啦啦地响起来。一刻钟的工夫,他洗完了,人也清醒了,穿上睡衣钻进被子里,一个劲儿地叹气:"唉,和这里的人做生意可真不容易。为了一个合同,陪烟、陪酒、陪饭,就差牺牲色相了。酒店的包房里明明写着'无烟区',里面的人却好像没看见,个个都抽,整间房像是起了大雾一般。怎么可以这样呢!"

"有钱挣还抱怨,想想贫困山区的孩子们。"

"我每年都向希望工程捐款。"

他把我拉进被子里:"我每喝一杯心里都在想,快点结束吧,让我早点回去陪小秋吧。"

"不会吧,这么肉麻?"

"我不忍心让你一人孤零零地待在宾馆里。"

"我没有孤零零,"我说,"我吃完晚饭,下去游泳,又去打电子游戏,然后还上街看了一场电影,贺岁片,葛优演的,真好看。刚到屋不久,你就回来了。"

他从背后抱住我,用遥控器打开电视:"上次那个《牵手》,放到第几集了?"

沥川有一点跟我认识的男人大不相同。他不怎么喜欢看球,或者看体育频道。他喜欢看电视连续剧,言情剧、武打剧、历史剧都可以,哭哭啼啼的那种,越长越好,来者不拒。他的理由是,电视剧可以帮他熟悉汉语,尤其是日常对话。而体育台则用不着看,自己记得坚持锻炼身体就好了。

他找来找去,换了几十个频道,都没找到《牵手》。最后落在一个没头没尾的日本电视剧上。片中有插曲,是日文,他一听就说:"我换了啊,是悲剧,不看。"

"不是说你不怎么懂日语吗?"

"再怎么不懂,比你还是懂得多。"

"我二外是日语。"我用日语说。

然后,他说了一句日语,我大眼瞪着他,居然听不懂。

"松尾芭蕉的俳句。"他说,"你心服口服了没有?"

"你这人谦虚有没有底线?"

"没有。如果我是你,在这种水平,我干脆不告诉人家我有学二外。"

我跳起来,作势要掐他。他举手投降:"下回有不懂的日语作业,我帮你做,不收工钱。真的。你饶了我吧!"

第二天,我们在机场告别。我回北京,沥川去沈阳。等他从沈阳回来,寒假已经结束了。我仍在老地方打工。爸仍然给我寄钱,比以往多了一倍。他不给我写信。我写给他的信,他也不回。我觉得,爸对我有深刻的洞察力,他好像知道我在干什么,而且知道我会像他那样,无论走上哪条路,都会越走越远,永不回头。所以,他根本不想浪费时间来劝我。

沥川回来之后,我在龙璟花园的公寓里陪他住了十天。这十天,我们如胶似漆,日子过得犹如一对夫妇。我们的合影挂在墙上。那小偷虽然偷了相机,照相的技术还真不坏。我最喜欢其中的一张,背景是远远的街灯,沥川回首,帮我撩过一缕飘在脸上的头发。那一刻,他侧对着我,关爱之意流露无余。之后,他回苏黎世老家,看望生病的奶奶。

沥川去了一周,隔天给我打一个电话。然后他说家里还有别的事,需要多待一些时候。过了一个月,他说,他要陪他哥去滑雪,那里不通电话。他在瑞士待了整整两个月。

星期一,我到机场接他,发现他突然间消瘦了很多,脸上的棱角更分明了。

"嗨!"他在人群中看见我,我们紧紧拥抱。

"怎么瘦了?"

"没觉得啊,你倒是胖了。"

"我吃得好嘛。"

在厦门临行前,沥川一定要给我钱,我没要。我又到咖啡馆打工。这个学期我选的课不多,可以多干几个小时,所以收入相当不错。

"耳朵好了?"

他走到路边,检查我新打的耳洞。我上次看见朱碧瑄的珍珠耳环十分喜欢,在龙璟花园住着没事的时候,沥川就带我到楼下的珠宝店去打了耳洞。他说我的皮肤白,戴珍珠不好看,红宝石才好看,玫瑰红的那种。所以我的耳朵上戴着一对红宝石耳环。沥川走之前,一天三次用酒精给我擦耳朵,怕我感染。结果,我的耳朵还是肿。

"好啦。"

"不疼了?"

"一点也不疼了。我自己都取下来好几次了。"

"不是说六个礼拜才能取下来吗?"

"沥川,你回去两个月,六个礼拜早已经过去了啊。"我敲敲他的额头。

他笑了笑,笑容中藏着一丝忧虑。

"今天我请客。"我说,"吃寿司——就是上次那家店。"

我们坐上出租车,他说:"既然是你请,还是米线吧,寿司太贵了。"

一路上,他都不怎么说话。吃饭的时候,他也不怎么说话。吃完饭,他开车直接送我回寝室。

"出什么事了,沥川?"我的心沉甸甸的。

"家里有点事,挺麻烦的,是生意上的。此外,我爷爷身体不大好……病危。"

我很少听沥川提起家人,但我知道他在家里非常受宠。只要提起自己的家人,他的脸上都充满了感情。

"不是说奶奶病了吗?原来爷爷也病了?"

"对不起说错了,是我奶奶病危。"他说,"我可能最近还要回一趟瑞士……我在等电话。"

他避开了我的眼光,脸上写满了心事。

"那么,"我轻轻地握住他的手,"你是专程回来看我的?"

在寝室外面的树荫下,他捧起我的脸,悄悄地亲了一下:"是的。"

Chapter ·19·

可是,沥川,你会变吗?

你不会,是不是? 你是我心中永远的爱。

第二天,沥川没给我打电话。到了晚上,我打电话给他,没人接。我一夜未眠,心中充满不祥的预感。

第三天一大早,他打电话过来解释:"对不起,这两天公司里有不少事,太忙,没来得及回你的电话。今天中午我接你出来吃饭,好吗?"说是道歉,在我听来更像搪塞。他的声音淡定得如一潭死水,而我的心中已蒙上深深的寒意。

我以为他会像往常那样,带我去某个餐馆吃饭。不料,他却把我带回龙璟花园。公寓的落地窗敞开着,阳光明媚,春风徐徐,吹拂着碧色的窗帘。

"你坐着休息。"他到厨房里拿出一条围裙,"今天我当大厨,给你烤三文鱼。"显然,菜他已事先买好了。他做了最擅长的蛤蜊汤,拌了一个瑞士沙拉。然后,在锅里滴了一点橄榄油,将三文鱼煎得三分熟,又放到烤箱里烤。沥川极少下厨,但只要他来做菜,样样都是精品。

我望着窗外的春光,视线投向远方。过了片刻,回过神来,发现窗外绿树成荫,竟是一个花园。

"哎,在这里住了这么久,怎么没有发现,原来你还有一个蛮大的屋顶花园,还种满了花。"在他的房子里,我们除了做爱,基本上不做别的事。我有点恐高,沥川从来不开窗户。

"我不在的时候你别出去,小心从楼顶掉下去。"他说。

菜很快就做好了,他将三文鱼分成两份,浇上调料汁,堆上沙拉,红红绿绿的,在碟子里很好看。

我用刀叉将三文鱼切开,一片一片地往嘴里送。

"近来功课忙吗?"

"还好,不忙。"

"期末考试考得好吗?"

"全年级第二,所以没拿到奖学金。鸿宇基金只发给年级的第一名。"第一名是冯静儿,我跟她还有差距。其实也不是太遗憾,我的确尽力了。

沥川没说什么。他知道,我在学业上很好强。然后,他便一直沉默地吃饭。我也是。

过了一会儿,我终于问:"你收到那个电话了?"

他微微一怔:"什么电话?"

"你要等的那个电话。"

"嗯。"

"是很麻烦的事情,对吗?"我坐到他身边,握住他的手,将它放在我的唇边,轻轻地吻着。

"嗯。"

"一切都会解决的。你高兴一点,好不好?"

"嗯。"

我们一起进了卧室。他不让我开灯。于是我在床头点了两支蜡烛。他解开我的衣裳,温柔地吻我。我们每次欢爱都很愉悦,因为沥川会十分谨慎地讨好我。可是今天他却动作猛烈,胆大异常,几乎要将我揉成碎片。整个过程,他很专心,什么也不说。

有一滴水掉到我的脸上,我睁开眼看他,他却将头埋在我的怀里。那滴水慢慢流下来,流到我的唇边,我轻轻地舔了一下。咸的。

沥川的身体其实非常柔弱。有时候,他需要花常人几倍的力气来做一些在我们看来很简单的事情。我在黑暗中抚摸他残疾的身躯,心中只有怜惜。烛光下,他用双臂支撑自己,样子非常无助。激情之后,他一直紧抱着我,显得十分留恋。终于,他放开我,轻轻地说:"我去洗个澡。"

等我梳洗完毕,他已打扮一新,手里拿着车钥匙:"你下午有课,对吗?我送你回去。"

从下午到晚上,我一直拿着他新买给我的手机,把音量和振动都调到最大。可是,我没有收到他的电话。

直到次日下午,手机终于响了。我连忙接听:"Hi."

"是我,沥川。你在哪里?"

"我在寝室。"

"下来一趟,好吗?"他的声音格外地淡定,不含一丝情绪,"我在老地方,停车场。"

去校长楼的那一条路我走过千遍,今天觉得阴风阵阵。远远地,我看见了沥川,纯黑的西装,浅灰色的衬衣,蓝色带着荧光的领带,苍白而修长的手,黝黑的手杖。他一直看着我,没有任何表情。

停车场很空旷,迎春花开满了小坡。

我深吸一口气,故作轻松,向他"嗨"了一声。

他看着我,垂下头,仿佛下定了一个决心,然后又抬起头说:"小秋,我来向你告别。"

我的心隐隐作痛,但我打起精神,强笑地点点头:"几点的飞机?"

"五点一刻。"

"我送你。"我看了看表,离起飞只有两个小时。从这里赶到机场,至少需要一个小时。沥川做任何事情都会提前准备,从来不忙到最后一刻。这绝对不是他的作风。

"不用,就在这里告别吧。"我的长发被风拂乱。他抬起手,替我将额头上的一缕头发捋到耳后。

我笑了笑,极力掩饰心底的焦虑:"也好。什么时候回来?我去接你。"

他看着我,沉默。过了片刻,他说:"小秋,我不会再回来了。请你原谅我。"

我呆呆地站着,脑中一片空白,眼泪开始止不住地往外涌。

沥川从不知道我哭起来会是一种什么样子,因为我从未在他面前哭过。他深深地吸了一口气,默默地看着我,目光空洞,近乎冷酷,恢复到我第一次见他时的样子。那时的沥川很少笑,一个人坐在窗边喝咖啡,拒人千里,冷若冰山。

我大声地问他:"为什么?究竟出了什么事?是我做错了什么吗?"

刹那间,他目光闪烁,掠过一缕复杂的心绪,仿佛想说什么,却欲言又止。他恢复静如止水的声调:"你什么也没错。"顿了顿,他又加了一句,"你不知道……更好。"

"不!你告诉我!我要知道!我有权利知道!"我愤怒地对他大吼。

他紧紧抓住我的手,在我的额头上,用力地一吻:"我在公寓里给你留了一封信。读完那封信,请你,以最快的速度,忘掉我。"然后,他放开我,拉开车门,态度是那样毅然决然。可是,就在上车的那一刻,他忽然回过头,目光里终于有一丝痛楚。他说:"再见,小秋,好好保重。"

"不!沥川!我爱你!别丢下我!求你!别丢下我!"我痛哭失声。

他的车疾驰而去。

我一动不动地站在那里,不知道是天在下雨,还是我在哭,是树叶摇动,还是我在发抖。

我打出租车去了龙璟花园,拿着钥匙,刷卡,上电梯,进了屋。

里面一切都在,家具、电器、厨具、陈列的古董和工艺品。里面一切都不在,所有属于沥川的东西,全部消失,他的衣服、图纸、轮椅、牙刷、图书,甚至他绘图用的铅笔、橡皮、洗澡用的洗发水、涂药用的棉签、刮脸的剃须刀和鞋柜里的拖鞋。消失的还有墙上挂着的照片——我们的合影。

那么干净,那么彻底,就好像他不曾在这里住过。

茶几上,静静地躺着一个白色的信封,很薄。我打开它,更加失望。一张白纸,上面写着一个名字"陈东村"以及一个电话号码。

我用手机打过去,电话那边传来一个男人的声音:"你好。"

"我找陈东村先生。"

"我就是。请问您是哪位?"

"我姓谢,谢小秋。"

那人立即说:"谢小姐,这里是陈东村律师事务所,我是陈东村律师。王沥川先生有两件事情委托我们办理。谢小姐,您现在方便吗?可不可来我们这里一趟?或者,您告诉我您的地址,我带着文件亲自过来给您过目。"

我语气冷冷地问道："什么事情？什么文件？你能不能在电话里先告诉我一个大概？"

"是这样。王先生将他在龙璟花园的两处公寓，5001号和4901号全部过户到您的名下，他已经签署了所有的过户文件。您只需要带着您的身份证过来签几个字，就可以接收这两处房产。王先生说，这两处房产是他的赠品，您可以随意处置，可以自己居住，也可以出售他人。此外，王先生还说，任何时候，如果您需要用钱，也请给我们打电话。"

我暗暗苦笑。这倒是沥川的作风，无论在与不在，他永远会"照顾"我。

"谢小姐，您还在听电话吗？"那一端，陈律师等着我的回答。

"嗯。"

"那么，谢小姐您什么时候方便过来办理过户手续？"

"陈先生，请您转告王沥川，"我说，"谢谢他的好意，我不会要他的任何东西！"

"谢小姐，请听我说……"

我挂掉了电话，以最快的速度离开了龙璟花园。

四月一日，今天，是愚人节。

Hi 沥川：

期中考试的成绩出来了。我考得不错，连最差的精读都考了八十六分。你喜欢吗？中午我和安安去北门的小店吃牛肉拉面。我放了很多的香菜，味道真好。晚上我去晚自习，带上一杯浓茶。我在那里看完了最后一本《天龙八部》。是的，我不好好学习，想休息一下。小秋。

Hi 沥川：

我几乎每天都给你发邮件，你有看吗？学校的日子很无聊。我仍然在那家咖啡馆打工。还记得叶静文吗？有一次，你把一本笔记本忘在她那儿了。现在我向她要她不给。我有点嫉妒她哦。你什么也没有留给我。今天我在系里碰到了冯介良教授，他是冯静儿的爸爸。我不怎么喜欢冯静儿，不过，她的爸爸很慈祥，还很风趣。可能是因为研究劳伦斯的缘故吧。

晚饭是我自己解决的，一根黄瓜，两个五香茶叶蛋。网吧里抽烟的人真多。我要去上自习了。小秋。

Hi沥川：

已经过去整整四个月了，没有你的任何音讯。你真有定力啊。我天天夜里做梦，梦见收件箱里有新邮件。没关系，我想，我只用把"Hi沥川"当成"My dear diary(亲爱的日记)"就可以了。记日记是个好习惯，不是吗？没准儿将来我成了名人，人家还要用这个来研究我呢。这个学期我选了七门课。同学们都说我疯了。我没疯，因为我终于拿到了鸿宇奖学金，再也不用去打工了，那就花更多的时间在学习上吧。糟糕的是，我们隔壁寝室搬进来了一个音乐系的，天天晚上打开窗户练声。我们都快被她弄疯了。这夜半歌声，什么时候结束？小秋。

Hi沥川：

又是四月一日，愚人节。还记得我们是在那天分手的吗？你瞒不了我，因为你的眼睛里分明是痛苦。你从没有伤害过我，如果不得不伤害，一定是出于更深的善意。好啦，伤心的事情回忆到此。有一天，我做了一个可怕的噩梦，梦见你在受苦。那天晚上，我半夜跑到网吧，第一次用Google查你的名字。还好，没有任何关于知名建筑设计师王沥川的坏消息。显然，你也没有参加过任何的公开活动。我在想，你突然离开北京，你那些在中国的项目怎么办？不过，好像你的公司仍在北京，仍在继续做生意。呵呵，这些都不是我能操心的事。我只希望你一切都好。小秋。

另，别以为你在E-mail中读到的小秋，就是现实中的小秋哦，现实中的小秋变了很多，你可能都不认得了。可是，沥川，你会变吗？你不会，是不是？你是我心中永远的爱。

Chapter ·20·

那天,沥川和我在停车场分手,只用了五分钟。我从龙璟回来,感觉已过了千年。

从沥川和我分手的那天开始,我一天至少给他发一个 E-mail,从未收到过任何回音。他走之后的第二天,我在绝望中给他打过一次电话,却被告知是空号。我打电话找纪桓,纪桓对此事一无所知。他帮我问过沥川的公司,得到的回答是,沥川被紧急调回 CGP 欧洲总部,他手上的设计图将会在欧洲继续完成。所以他仍然是 CGP 的首席设计师,虽然从很大程度上来说只是挂名。CGP 需要他的名望招揽业务。

纪桓说,由于沥川极度保护自己的隐私,他对沥川的所有了解主要来源于 CGP 网站上的几句简单介绍。和我 Google 出来的信息相差无几。王沥川,著名青年建筑设计师,出生于瑞士伯尔尼,××××年毕业于哈佛大学建筑系,曾获得过以下奖项:××××年瑞士青年设计师大赛一等奖;××××年美国 P/A 金奖;××××年法国 AS-4 建筑设计大奖。代表作品:C 城体育馆、M 省皇家博物馆,各种名目的度假村、商业中心、音乐厅、会展中心,等等。

这些金光闪闪的履历不是我熟悉的沥川。我所熟悉的沥川,是那个深夜送我回家、陪我买火车票、因为被我爸骂而长了一身大包的沥川。沥川处处呵护我,没有半点架子。还有,沥川拄着手杖陪我散步,走得远了,会喊累;生病了起不来,夜里会求我替他倒牛奶。有天晚上我写一篇论文,写到一半没思路了,痛苦地喝咖啡,他居然问我,要不要他的"性服务"。我们很浪漫地做爱,然后,我一鼓作气,写到凌晨,论文得到最高分。

那天，沥川和我在停车场分手，只用了五分钟。我从龙璟回来，感觉已过了千年。

我失魂落魄地回到寝室，在门口遇到了修岳。两天后，宿舍里传遍了我与沥川分手的消息。修岳问我，月亮没了，还要不要那枚六便士？我坚决地摇头。

两年内我不闻不问，疯狂地学习、选课。到了大三的期末，我突然发现自己已经修完了所有的课。我问辅导员该怎么办。他说，你为什么不考研？他向我推荐了冯介良——冯静儿的父亲，英文系最资深的教授，劳伦斯专家。当年，若不是学校在他夫人那里苦苦做文章，他早已被北大挖走了。我修过冯教授的"现代英国文学"。他挺喜欢我，给了我一个最高分。我于是去办公室找他，问他考研的事儿。老头拍拍我的脑袋说："别考了。英文你很好，政治你肯定不想背。我替你省了这一关吧。"我很快收到通知，由于成绩突出，我被保送研究生云云。

研究生不交学费，不过一个月的补助费只有两百多块。就算有奖学金，我照样还得打工。爸不再给我寄钱了。因为我弟与他大吵一顿之后，考上了中山医科大学临床系，学费比我贵两倍。父亲在经济上越来越捉襟见肘。小冬学习很刻苦，课余和我一样，四处打工挣学费，挣生活费。我爸一个月寄给他一百块，肯定不够。我节衣缩食，打算每月寄给他三百块，被他退了回来。寒假的时候我去广州看他，小伙子长得又黑又壮，骑着车替花店送花。我看着心疼，强行留给他两千块钱。可是在我到北京的第二天，就收到小冬的汇款，两千块，一分不少地寄回来："姐，我的钱够用，你留着自己花吧。"

我的日子过得很单调，早上五点起床背单词，除了上课、打工就是去图书馆。每个周一，我都下定决心不再给沥川写信。到了周末，我又故态复萌，忍不住去网吧查看信箱。看到那个"0"字，我又受到刺激，忍不住又写去一封信。头两年，我还在信里问他"你好吗，你在干什么"。渐渐地，我的信只写我自己，有时候是学习汇报，比如："这学期我选了四门课，精读、口语、写作、莎士比亚。上学期那篇劳伦斯的论文我得了最高分。我在课堂上发言，说查泰莱夫人怎么可以这样虐待克里福。把我的老师气得半死。"有时候是读书报告，比如："今天我去图书馆借了一本特深奥的书——《莲花经》。我花了一个星期看完，回头想想，一句没看懂。"有时候是饮食或气象记录，比如："北京今年风尘真大，我买了一条大围巾。"或是："还记得我们学校的鸳鸯林吗？现在林子的当中，修了一个水池，旁边开了一家湘菜馆,里面的红烧肉真好吃。"

我觉得,我不是在写信,而是在电子信箱里种下一丛春草。"离恨恰如春草,更行更远还生。"

三年中,因为学习的缘故,我很少回家,只在每年的春节回去过几天。我和我爸大约冷战了一年,我最终告诉了他我和沥川分手的消息。爸听后半天没说话,最后问我,那你难不难过?我说,已经过去了。正好借此东风,化悲痛为力量,年年拿奖学金回来。

就在我刚刚上研究生的那一年夏季,学校还没有放假,我收到了小冬的一个电话:"姐,回家看看爸吧。爸爸病危。"

爸得的是扩张性心肌病。送到市医院,学校的同事不知底细,以为小冬学医,就先给他打了电话。其实小冬只是医学院一年级的学生,除了着急,什么也不会。我爸昏倒在教室里,送到医院的当天就发了病危通知书。之后的几天,他一直靠药物维持生命。学校在开始的几天,还不断地送去支票。渐渐地,他们派人向小冬解释,学校无法承担父亲的医疗费。主治医生说,这种病希望很小,除了心脏移植,基本上没治。

我问小冬,心脏移植的费用会是多少。

"二十万元的手术费。手术风险很大。就算成功,每个月大概还要几千元的抗排斥药费。"小冬一筹莫展。

"爸……他还能说话吗?"在这种时候,我连哭是什么都忘记了。

"倒是醒过来一次,"小冬说,"我没告诉他实情。他一直胸闷,心慌,喘不过气,多半猜到自己情况不好,说想见你。"

"小冬,你马上去调查谁是云南最好的心脏手术专家,我去弄钱,替爸做心脏移植。"我放下电话,打车直奔龙璟花园,沥川的公寓。

我的手上,还有那个公寓的钥匙。打开房门,一切依旧,一尘不染。公寓的物业管理费十分昂贵,所以每天都有人来打扫,所有的陈设,还是沥川离开时候的样子。我的心堵得满满的,来不及悲伤,也来不及回忆。

我在茶几上找到了那个信封,用手机拨号。电话响了两声,传来一个男人的声音:

"你好,陈东村律师事务所。"

"我找陈东村律师。"

"我就是。"

"您好。我姓谢,谢小秋。"

"哦,谢小姐。好久没联系,"他居然还记得我,"找我有事?"

"我需要钱。"我说得直截了当。

"能否请您到律师事务所来一趟?钱的事情,电话里谈不方便。"

"请问律师事务所在哪里?"

"您知道龙璟花园吧?我们的事务所在二层,204室。"

我松了一口气,真是方便,居然就在楼下。我下楼,找到那个房间,一个中年男士迎了出来,将我请进他自己的办公室。他显然在业界资历颇深,龙璟花园地段优良,租金昂贵,在这里办公需不小的花费。

"谢小姐,我需要看一下您的证件,以便确认您的身份。"他是北京人,好像是语言学院毕业的,说一口标准的普通话。

我给他看了我的身份证和学生证。他点点头,去隔壁保险柜拿出来一个木盒子。然后,他从里面拿出一本支票本,问:"谢小姐需要多少钱?"

"你能开多少?"我心里没底。

"随您说。"他看了我一眼,"或者,您把支票本拿去,自己留着慢慢开也可以。"

"二十五万。"二十万元的手术费,五万元的药费。

他在支票上写上钱数,让我签个名,复印存档,然后将原件交给我。我看了看,沥川已经在上面事先签好了名。

我把支票放进钱包。陈东村又问:"那两处房产的过户手续,谢小姐不想一并办了吗?"

我说:"我不要房产。就是这二十五万元,也是我向他借的。以后一定设法归还。"说着,我写了一张借据,强行塞到他的手中。

陈东村笑了笑,接过,放入盒中:"谢小姐,任何时候,如果您还需要钱,请来电话。"

果然是沙场老手,说话知道分寸。

我爸的心脏移植手术是在昆明做的。他的病情太重,已不能乘飞机去别的城市更好的医院。那天,好几位专家在他的身边工作了四个多小时。手术相当成功。可是,紧接着,爸的身体便有了严重的排斥反应。我们怀着一线希望,竭尽所能地照料父亲。他挣扎着活了二十五天,还是离开了我们。其实,手术风险之大,我们早已知道。但直至办完了丧事,我们还不敢相信,爸竟这么快就走了。

那年暑假,万木丛生,骄阳似火。突然间,这世界就剩下了我和小冬。

"姐,我们现在,是不是算孤儿了?"小冬问我。

"不是还有我和你吗?幸亏当年妈妈将你超生了出来。"

我弟是超生,因为爸不愿意让我妈打胎。而爸也因此失去了他在这个普通中学所有的提升机会,连弟上户口都大费周章。我们在爸的抽屉里找到几个存折,里面的钱全部加起来,有两万块。这大概是我们家的全部积蓄。我们用这笔钱给爸选了一个比较好的墓地。

漫长的暑假,小冬只住了半个月就回学校了。我觉得精疲力竭,于是继续留在个旧,想稍作休整,以应付未知的人生。七月的时候,高中同学过来约我到以前的学校去聚餐,顺便看望一下老师。我心情不好,推三阻四,同学硬劝:"别人都可以不去,你这个全校最高分不去,老师会伤心的。"

无奈,傍晚时分,我骑着自行车来到南池中学的大门。守门的张大婶认得我,更认得我爸。我爸原来就是南池中学的老师,因为超生被降职,发配到更低一级的小镇中学。张大婶远远地向我招手:"小秋!暑假来这里玩儿?"

"是啊,同学聚会。"

"听说谢老师……"她摸了摸我的脸,"唉,好好的一个人,怎么说走就走了呢。"

她不提则已,一提,我的眼泪就在眼眶里打转。我低下头,眼泪掉在地上。

"哎哎,是我不好,好不容易过去了,又提这事儿。"她拉着我的手,硬塞给我一个苹果。

我于是边吃苹果,边在大门口等我的同学。

过了一会儿,张大婶忽然又问:"对了,几年前曾经有个人到学校来找你,我告诉了他你的住址,他找到你了吗?"

我的手一抖,问道:"什么人找我?大婶您还记得他长什么样吗?"

"怎么不记得。小伙子生得可俊了,直把刚进门的几个年轻女老师看痴了过去。不过,他好像腿不大方便,走路有点跛。"

我强装镇定,又问:"您还记得那是什么时候的事儿吗?"

"嗯……三年前吧,春节之前,寒假之后。他还问我这里有没有地方卖南池中学的纪念品。我说,你当这是北京故宫呢,什么纪念品!门口就有个文具店,卖些纸笔之类的东西。然后,他还问我,门口的大街,是不是叫作西门大街。"

真是不能对伤心人提伤心事,我的泪又往外涌。原来,沥川来过这里,我的家乡。

"他问我记不记得你。我说,怎么不记得,他们一家人我都记得。小秋上小学就调皮,动不动被老师罚站。哪里想到她后来成绩那么好,成了我们这里的状元。"她还以为我是为爸的事伤心,赶紧把话往轻松处说。

我擦干泪,向她笑笑:"他是我的一位朋友,北京来的。"

"也许是我说的话让他高兴了,那时我孙子正在地上爬,他给了我三百块钱,说是给我的孙子买糖吃。"因此,张大婶牢牢地记住了沥川。

这没来由的一番话,勾起了我的一腔心事,那一晚的聚餐,自始至终,我一言不发,只顾喝酒,喝得酩酊大醉。醒来的时候,我发现自己睡在一大堆呕吐的余沥中。

沥川不理我,已过了整整三年。我为什么还想着他?为什么还要给他发邮件?明眼的人都知道我在自作多情。我真是又笨又傻,无可救药。

爱一个人,没运气;恨一个人,没理由。

想逃避,没地方;想堕落,没胆子。

我居然一直是好学生。

父亲去世之后,我身心俱疲,整整一个月我都没有给沥川写信。回到学校,我忍不住又去了网吧。收件箱上还是一个"0"字。我于是写了一封极短的E-mail:

Hi 沥川,我爸爸去世了。为了给他手术,我借了你二十五万块钱,等我一开始工作就会逐渐还你。也许你早已不用这个信箱了,但我还是要说,谢谢你,在这要紧的关头帮助我。我很感激。小秋。

    这封邮件发出后的两个礼拜,有一天,我接到导师冯教授的一个电话。他说他手里有一封信,是寄给我的,但地址上写的是"师大英文系办公室",所以就寄到了系里。问我什么时候方便去他的办公室拿。
    我有点怕见冯老师,他特别喜欢我,多次暗示我要考他的博士生。而我对学习已产生了厌倦,暗暗打算以最快的速度读完硕士,毕业找工作。
    沥川能说很流利的中文,也认识很多汉字,但会写的汉字并不多。他说是因为他爷爷教的是繁体,他嫌笔画太多、太复杂,就没用心学。所以我从没见过他写中文。信封上的字果然是繁体,果然不流畅,所幸笔画还全,大小相当,所以也不算太难看。
    信封上面虽没有回邮的地址,贴的却是一张瑞士的邮票。我满怀希望地打开它,发现里面是一张很精致的卡,微微地带着薰衣草的气息,淡紫色的背景,当中手绘着一丛白色的百合。没有字,没有落款,什么也没有。
    那么,我所有的E-mail,他全部收到了。
    我拿着那张卡,心事重重。系里的女秘书笑着问我:"小秋,你集邮吗?这邮票还要不要?"
    我还沉浸在自己的思绪里:"哦,什么?邮票?"
    "是啊。我儿子集邮。小孩子什么都不懂,就喜欢外国的东西。"
    "喏,给你,我不要邮票。"我把信封连卡一起递给她。
    "哎,这信封里面的卡香喷喷的,你也不要了?"
    "不要了。"我笑了笑,"如果你儿子喜欢,就一起送给他吧。"
    那一天,我去了一家首饰店,在自己的耳朵上打了五个耳洞,加上原来的两个,一共七个,左边三个,右边四个。那个给我打洞的小伙子说:"咦,好端端的美女变成了太妹。"然后我去了另一家店,在肚脐上穿了一个金环。
    我把自己原来喜欢的衣服都扔了,去买了一大堆长统袜,网状的那种。每天早上起来,我花一个多小时化妆,用紫色和黑色的眼影,把眼圈画得深不见底。平日我要么穿皮夹克,要么穿小马甲,露出肚脐上的那个小金环,觉得自己很性感。我喜欢料子很厚、样子很夸张的裙子。我学会了抽烟,瘾越来越大,我周末去酒吧喝酒,常常醉倒。扶我的男人趁机在我的身上摸一把,我笑笑,和他打趣,无所谓。

自从收到了沥川的"慰问"卡,我再也没有给他写过信。

两年之后,我成绩优秀,提前一年硕士毕业。我的导师看着我,一脸的惋惜。

我将自己的简历递给五家翻译公司。五家都请我去面试。我自然选了本市最大、待遇最好、资历最强的那一家:九通翻译公司。

Chapter ·21·

> 沥川是一个气泡,而我则是一条深海中的鱼。我将气泡吞入肚中,不敢吐出,一吐出来就会浮出海面。

七月一日,我参加了九通翻译的第一次笔试。九通公司坐落在东城区的永康大厦里,占了十一层和十二层的全部。大厦的背面有个巨大的高尔夫球场,空气清新,环境优美,车马稀少,是我心目中理想的工作场所。显然,这不是我一个人的看法,和我一起参加笔试的有五十人之多。听说报名人数上百,这是人事部根据履历第一轮筛选的结果。其实他们只要两个英文翻译,竞争之激烈,可想而知。笔试挺难,考完出来,很多人抱怨做不完。我勉强做完,不敢保证质量。出来时,有个北师大的女生问我:"那个'霜皮溜雨四十围,黛色参天二千尺',你是怎么译的?"

"The rimy bark, slippery with rain, is forty spans around. And kingfish-blue hues, high up into the sky, two thousand feet above."

她看着我,抿嘴笑:"为什么用kingfish-blue? 不就是blackness吗?"

"黛色不完全是黑色吧。黛色其实是青黑色,也就是blue black。"

"那你为什么不用blue black,而用kingfish-blue?"

我没回答,淡笑。

"明白了,"她叹了一口气,"炫技,是不是? 嗯,我倒和你译得差不多,不过我没有完全遵守原诗的词位。"

"古诗好就好在对仗,所以我尽量不改动词位。我比较喜欢直译。"

我们一起走过长廊,她忽然低声说:"你觉不觉得这次的题出得很怪? 前面要我们译标书,后面要我们译那么难的古文。又不是考博,犯不着吧?"

我举手:"同意。出题的人肯定是虐待狂,我从没见过这么郁闷的试题。"

说完这话,我看见她悄悄地向我递了一个眼色,低低地咳嗽了一声。我一回头,看见一个西装笔挺、打着黄色领带的年轻人站在我身后,手里拿着一个文件夹,正用一种奇怪的目光打量我。

我嚼着口香糖,对他说:"这位同学,你也是来考试的吗?"

他冷冷地说:"不是。"

然后,他不理我,径直走进电梯,消失了。

目送他离开,那女生很夸张地"哇"了一声,做花痴状:"刚才那位先生,好酷哦!"

我笑笑。和沥川相处的时日虽然不多,但已令我对所有的俊男免疫。我爱他如此痴狂,经常半夜打开台灯,悄悄地看他熟睡的脸。

第二天,公司来电,通知我和另外九个人参加一对一的口试。

我的口语成绩不是最好的,但九通对我的笔试很满意。两天之后,我和最后三位竞争者去见了他们的总经理——萧观。

我对翻译界的情况并不太熟,但萧观这个名字还是听说过。他出身于学术世家,父母都是北大英文系的教授。父亲毕业于牛津大学,母亲是冯介良教授的师姐。夫妻俩的名字常双双出现在英文教材上。萧观早年在国家通讯社的驻外分社干了很长一段时间的翻译。之后,他从商建立了这个公司,听说商运亨通,没几年就发了。当然,除了翻译,在他叔父——一位香港巨商的支持下,他还涉足房地产等其他投资。目前九通在全国各地有十七家分公司,业绩非常突出,他是去年本市十大优秀"青年企业家"之一。

我第一次见到萧观,心中暗暗气馁。原来他就是那天站在我身后打量我的人。他看上去二十八九岁,清俊、沉稳、神态闲雅,一脸书生气,不大像是企业家。正如冯老师所说,是个做文化生意的。

"你就是谢小秋?"他坐在大班椅上,缓缓地说,"冯教授打过两次电话推荐你。"

这我可不知道。我只是在一次闲聊中告诉过冯老师我想进九通,他就不声不响地替我张罗开了。

我看着他,知道笔试的考卷肯定出自他手,便在心底盘算自己还有几分希望,连忙辩解:"我无意走后门。"

"冯教授说了你很多好话,但也提醒我,你的专业过硬,但有些个人的小毛病。究竟是什么毛病,他不说。不过他说,我一看见你就知道了。"

我知道萧、冯两家是世交,父辈们携手历经了"文化大革命"。冯静儿从小就赶着萧观叫哥哥。

"我没什么毛病,"我说,"我的毛病您绝对可以容忍。"

他从办公椅上站起来,打量我:"有没有人告诉你,面试的时候应当穿什么衣服?"

我穿的是一套便装。其实也是我最近买的最贵的一套衣服。颜色鲜艳了点,和下面的毛料长裙一配,很像当年写《梦里花落知多少》的三毛。我觉得这身打扮是我喜欢的波西米亚风格。其实前几次我都穿着一本正经的西装,就这一次,因为要和最后几位名校的高才生竞争,我的资历、水平和他们相比都不是特别突出,故而出此险策,想以奇制胜。

"人事部的王主任说,这个职位的主要工作是笔译,一切都在电脑上完成,基本上不用和客户当面打交道。再说,"我咬咬嘴唇,"我只有一套西装,次次都穿它,你们天天看,难道不厌吗?"

大概觉得我的解释特实在,他放下了这个话题。

"还有,为什么你的耳朵需要那么多耳环?我看着都麻烦,难道你戴着不麻烦?"

你是选才还是选美?那话冲到喉咙,被我咽了下去。我的回答简短扼要:"我这几年时运不济,命途多舛,找人算了命,说是五行缺金。"

他沉默片刻。我以为他终于可以饶了我了,不料他又说:"谁告诉你,面试的时候可以嚼口香糖?"

"我紧张。"

"你,紧张?"他不冷不热地说,"你第一个交卷,对吧?"

这话又戳到我的痛处。那天试卷上明明写着考试时间一百二十分钟,我到时交卷,尽管心里知道有不少答案不完善。不料,剩下的人都叫没做完,都按卷不交,结果,真正交卷的时间往后拖了十几分钟。

"我只是按时交卷。"我在心里恨自己,真是有病,为什么每一句都要顶他一下?

"好吧,"他看了看表,说,"除了这些,你还有什么毛病?"

"没了。"

"你知道,"他顿了顿,说,"剩下的最后四个人,学历和水平相差无几。对我们来说选谁都可以,我们当然会选一个比较好相处的人。"

"我特好相处,"我说,"我向您发誓。除了衣着古怪之外,我人见人爱。"

"嗯。"他点点头,踱回椅子坐下来,用笔在我的文件夹上画了一下,"你明天就来上班吧,我们最近刚接了几笔合同,英文部特别缺人。你有英文名字吗?"

"没有。"

"在这里工作的所有英文翻译,必须要有英文名字,尤其是拼音里有'X'和'Q'的。"

我是XXQ。

"小秋这两个字,对老外来说,发音不是很难吧?"我不喜欢弄什么英文名字,话音里含着一点乞求。

"不行。"他斩钉截铁。

"那就请您给起一个?"

"安妮,怎么样?"

"行。"

我的办公室在十一楼1107室,英文部。和我共一间房的是与我同时进公司的另一名女生,唐玉莲。虽说这间房里只有我们两个人,临窗,且隔音效果良好,但房子有一整面墙是透明玻璃的。所以,无论你干什么,外面的人都看得见。

唐玉莲的个子不高,五官长得很精致。我觉得,有点伊能静的味道。

我打趣她:"嗨,你是不是伊能静的妹妹?"

她笑起来,露出洁白的牙齿,脸上有两个浅浅的小酒窝:"恨死伊能静了,每个人都说我像她。K歌的时候都逼我唱她的歌。"

"你长得不比伊能静差,"我打开电脑,"真的。"

"上午的培训真累啊。咱们的萧总真能说！我早就想上厕所了,看他一脸严肃吓得不敢去,真真折磨死我了。"她一个劲儿地抱怨。

"我也是。我有点想戴耳机听歌,想了想,不敢。对了,那个英文部的主任,真是个美女！"

"她是萧观的现任女友。你要表现好哟,不然人家会吹枕头风的。"

"现任女友？"我问,"你刚来,怎么知道？"

"我有同学在法文部,经常八卦。萧观同学年少多金、风流倜傥,前后有N届女友,多是投怀送抱。就是现在这位陶心如陶主任,也是追他追得好不辛苦。前些时萧总胃病住院,陶姐不是广东人,天天为他学煲汤,唉,希望不是落花有意,流水无情。"

"难怪中午吃饭都没见到你,敢情听八卦去了。"想到读书人都有午睡的习惯,可是九通规定,中午只有一个小时的午餐时间,我于是又说,"我有雀巢咖啡,来一杯提提神？"

"好啊好啊,咱们快点开始干活。"她把怀里抱着的一叠文稿递给我,"这是分给你的,得按期交稿,赶不完就算违约。"

我没坐下来,径直去冲了两杯咖啡。

回来时,看见唐玉莲已经在电脑里飞快地打起字来。我从包里掏出一本巨大的《韦伯斯特词典》,问她："你不要词典吗？"

"我有最新版金山词霸,电脑里装满了各种翻译软件。"

我想求她给我也拷一份。想了想,没张口。初次相识,不知底细,还是不要随便求人帮忙吧。岂料她指着桌上的一个U盘说："喏,全在这,你拿去装吧。信不信由你,蛮管用的。"

"谢谢。"

她有一台非常小巧的索尼笔记本。我没有笔记本,从来都是去学校的机房或网吧上网。我的作业都是手写的。是的,我还停留在手工作坊时代。一进九通,看见每人都配有一个台式电脑,心中窃喜不已。

打开文件夹,我才终于明白为什么那个萧观会出这些令人抓狂的古文试题。我的主要工作是翻译拍卖行的拍卖手册。上面全是中国古董:书法、绘画、瓷器、印章、家具、玉器、青铜器等。每件拍品都附有一段关于此物来源和价值的详细说明。在说明中大量引用奇崛古奥的文言,是免不了的事儿。

我禁不住抬头问:"哎,玉莲,你翻的都是些什么?"

她狂打字,头也不抬:"标书,工程标书。你呢?"

"拍卖行的手册,严重郁闷。"

翻译标书其实是这里比较常见的工作,我事先也有打听,在申请工作时,特意狂补了一大堆工程词汇。

"幸亏这活儿没分配给我。"她说,"我的古文不好。中文这头就不懂,英文那边怎么译?听说这些手册以前都是先由底下人译过,部主任审阅,再交萧总三审。可见他有多么不放心。其他的文件、标书什么的,部主任审阅之后就可以交稿了。"

我呷完半杯咖啡,着手译第一本手册。一共十件古董,八大山人的画、宋徽宗的花鸟画之类。头一件就是乾隆帝的一套石田玉印章,每个印章的四面都有铭文。我译了一上午,把《辞源》《汉语大字典》《汉语典故大辞典》和林语堂的"在线辞典"翻了个遍,才译出来其中的一条。

合同上写着,十五天译完。我必须在十天内交出初稿待审。

这十天,我平均每天只睡四个小时,紧张得连澡都没时间洗。第十天的早上,我把电子稿和打印稿交给了英文部的主任陶心如。她花了一天时间替我改,让我更正之后,交萧观终审。

陶心如改得不算多。她把我的一些形容词改得更加古雅。不愧为主任,果然有功力。

我把更正稿传给萧观。一个小时后,他电邮打回来了第一页,词语、句式改动多多。

萧观打电话过来说:"我只改第一页,你自己研究有哪些毛病。然后,把后面的一一改过,再传来我看。"

我花了一晚上的时间研究他的路数,又花了一天的时间修改,然后传给他第三稿。第三稿很快又打了回来,我译的第二页,他又做了不少改动。然后说,照此法修改后面的几十页。我一直改到合约到期的倒数第一天,前前后后改了五次,才算通过。

第二天吃午饭时见到他,我的脸都是绿的。

"现在你明白我的标准是什么了吧?"他闲闲地看着我。

"您的标准是perfect。"我没精打采地答道。

"你的古文基础不错,读过中文系?"

"我父亲毕业于复旦大学中文系。"

"这么说是家学?"

"谈不上,有一点点吧。"

他终于说了一句比较温暖的话:"给你一天假,回去休息一下。"

"工资照发吗?"

"还有奖金。"他居然很大方地拍了拍我的肩,"安妮,Well done(干得不错)。"

我译了整整两个月的拍卖手册,每次都要改好几稿,觉得自己快要疯掉了。最难译的是陶瓷,里面居然长篇大论地介绍宋代瓷器的烧制过程。我不敢当面拒绝,私底下叫苦连天。每碰到一个难点,我都郁闷得跑到楼下后门放垃圾的地方吸烟解愁。

回头过来看玉莲,她得心应手地译着标书与合同,轻车熟路,又快又好。手在键盘上畅快地敲打,声声入耳。

两个月过后,我终于时来运转,也开始译标书与合同。这些文件都有法律效用,对准确性有极高的要求。译了两个月,我对里面的词汇已相当熟悉了。有一天,陶心如突然打电话叫我到她的办公室去一趟。

"安妮,"她示意我坐下来,"你工作表现不错,萧总昨天亲自提议,将你提前转正。从现在开始,你不再拿试用期的工资,而是享受这里正式员工的所有待遇。"

我说:"谢谢主任的关照。"

她迟疑了一下,又说:"萧总近来在谈一笔大单。有公司需要从我们这里雇用几个常驻翻译,人事关系留在九通,薪水由那边来发。他们急需用人,给我们开了很好的价码。当然,他们对译员的要求也很高,给的报酬也相当可观。我们这边本来不想放人,所以提出来一周五天,三天在那边工作,两天回总部工作,他们不同意。理由是这中间牵涉到所译文件的商业机密,所以他们提出来常驻两年,还需要译员签订保密协议。"

"英文这边,萧总推荐了你。"她淡淡地说,"我挺舍不得,但公司不想砸牌子。你愿意去吗?"

"嗯——"

"那边出的工资,是这里的一点七倍。你享受那边正式员工的所有待遇——免费中餐、打出租车报销、医疗保险等,一年还有十五天的带薪年假。"

对于刚入门的年轻人来说,九通的待遇已经很好了。这是多么诱人的条件啊!

我刚要说话,陶心如又说:"当然,我们也希望你有时间的话,能照应一下这边的业务。我们可能会有些要紧的文件麻烦你,不会很多,我们付双倍译酬。毕竟你还是我们的人。两年之后,你不用担心去向,可以随时回来。"

我心想:我刚来,业务再怎么出色也不至于强到可以代表公司的地步。这是肥差,又不是道旁苦李,人人会争。为什么派出去的人非要是我?

"你愿意去吗?"

我当然点头:"愿意。"然后,我突然想起了一个关键的问题,"对了,是一家什么公司?"

"一家瑞士建筑设计公司,CGP Architects,他们原来的英文翻译嫁人出国了,现在等人补空。"

不知道我的脸上还有没有血色,我想笑,却虚弱得笑不出来:"CGP Architects?"

"你大约应该听说过,CGP和另外四家建筑设计公司,目前正在竞投温州市一个巨大的C城区改建项目,里面涉及三个度假村、十个住宅区和五个别墅群落的总体规划。"

"CGP的老总是瑞士人吗?"明知沥川已多半不在CGP,我还是想问个清楚。毕竟我与他整整五年没有任何联系。随着时间的流逝,那道伤痕没有淡忘,却被我埋藏得很深很深。沥川是一个气泡,而我则是一条深海中的鱼。我将气泡吞入肚中,不敢吐出,一吐出来就会浮出海面。

陶心如的目中隐含不悦,这样一个馅饼落到我的手中,我居然不高兴,不感激,真是不识抬举。

"不是。老总姓江,江浩天,北京人。"

谢天谢地!

"那么,就这样定了。等我汇报了萧总,你就过来签协议。"她忽然意味深长地看了我一眼,又说道,"听说,上个周末,萧总请你到富贵山庄吃晚饭?"

"是。"

"为什么?"

"因为拍卖手册的事情,他说我做得不错,开了个好头,拍卖行因此和九通签订了长期合作的合同,希望我以后将精力集中在拍卖行这一块。"

那一天,萧观单独邀饭,几杯酒下肚,说了几句不大收敛的话,被我装聋作哑地搪塞了过去。所以,肯定没有萧观"力荐"我入CGP一说。

"嗯。"她看了看手表说,"你可以走了。"

Chapter · 22 ·

> 我多么希望沥川就是我故事中的一个人物,我可以随意地写他,然后给我和他安排一个完美的结局。

如果交通费不报销的话,按照我节约的本性,肯定天天挤公交,而不是打出租车上班。自从发现翻译是这样一门大费脑力的工作之后,我便养成了和沥川一模一样的习惯,宁愿花钱,也不肯在细节上消耗自己。

我坐着出租车来到香籁大厦的十九层——CGP中国总部,接待我的是人事部主任陈静菲。她带我参观了各个部门的办公室、会议室、休息室、咖啡厅。我发现CGP的工作人员并不多,全部加起来,有一百三十人左右。其中,有三位外籍设计师:两位讲法语,一位讲德语。尽管带着浓重的口音,但他们都能说非常流利的英文。陈静菲说,这三位外国设计师都不大懂中文。如果他们要和客户打交道,必须通过翻译。此外,公司里所有的重要文件,尤其是标书和设计案,都必须用中、英、法三国文字抄送苏黎世总部备档。还有,这里的中国设计师们,多半不精通英文、法文或德文。所以总部过来的重要通知、简报和邮件需要译成中文向下传达。同时,中国设计师如需和总部联系,也需要翻译的参与。翻译组的工作非常重要,也相当忙碌。

我当然知道香籁大厦是沥川工作的地方。和沥川在一起的时候,他不止一次向我提过。不过沥川是个公私极度分明的人,不愿外人打扰他的个人生活。所以CGP的工作人员我只认得一个,就是沥川的秘书朱碧瑄。

听完了陈静菲的介绍,我忽然省悟,那个出国的翻译就是在CGP工作了近七年的朱碧瑄。

介绍完十九层的办公区,陈静菲说:"总裁、副总裁、首席设计师,以及他们秘书的办公室在第二十层。请往这边走。江总今天本来要见你,他有急事出去了。我们去见副总。"

上电梯到二十层,迎面一溜装修异常豪华的办公室。我在第二间办公室的门上,霍然看见了"L.C.Wong"字样。刹那间,我的心脏好像被一只手捏住,不能呼吸。

"你不舒服?"觉察到我的步子忽然加快,陈静菲问道。

是的,我不舒服,我急于逃走。

"没有。可能是要见副总,心里有点紧张吧。"我故作轻松地笑笑。

陈静菲说:"刚才那间是我们公司的首席设计师王沥川先生的办公室。他是瑞士华人,能说流利的中文。"

我问:"王先生今天也不在吗?"办公室的门是毛玻璃的。如果里面有灯光,外面的人可以看出来。

"王先生以前是CGP的总裁兼主设计师,现已调回苏黎世总部当副总,是我们的顶头上司。不过他手上仍有很多中国的设计项目,所以我们保留了他的办公室,他偶尔会来北京公干,次数不多。"

"原来是升职了。"

"应当说,是工作需要吧。CGP Architects隶属于CGP国际投资,是王总的家族企业。我们这里的老总和副总,以前都是他的手下爱将。"她的崇拜之情,溢于言表。

"哦。"

"王总不喜欢人家叫他王总,如果你遇到他,叫他王先生就可以了。他虽出身富贵,为人异常温和,也非常低调。以前,中午都是和大家一起在餐厅里吃饭的。"

"哦。"

"王先生才华横溢,是建筑界的传奇人物。调走的时候,我们这里的人都很伤心。"

"哦。"我觉得陈静菲的话中充满了感情。

不知不觉,我跟着她走进了第三间办公室。进门的第一间房是秘书办公的地方，里面有纵深的套间。

"小田，这是新来的安妮，翻译组的英文翻译。现在见张总方便吗？我昨天有预约。"

"请进，张总正在等着你们。"

CGP副总张少华是个精干的中年人，黑皮肤，小个子，鹰钩鼻，有南方人的某种特征。他的话音果然带着浓重的川味。他和我热情地握手。我们三人简单地寒暄了几句，算是认识，他有电话接，我们借机出来了。

我的办公室在1902室，电梯的斜对面。办公室有很好的台式电脑，此外，公司还发给我一部又轻又薄的索尼笔记本电脑。我做梦也不会想到我能这么快就拥有一台这样昂贵的办公设备。

打开电脑，我开始用annie.xie@cgp.com——我在公司的专属账号——收发邮件。我的任务是翻译一切从CGP专门转发或抄送给我的邮件。将中文译成英文，或将英文译成中文。法文和德文则由其他的翻译负责。

北京与苏黎世的通信非常繁忙，邮件的列表不知尽头。我粗略地扫了一下，里面夹杂着一封沥川的邮件——"欢迎索斯先生进入法国分部工作！索斯先生将接替调往奥地利分部的来诺先生，出任巴黎分部的首席设计师。"一本正经的公文，通过他的秘书露丝向CGP全球所有的分部发送。

我只用了三分钟的时间将它译成中文，向公司全体成员转发。同时很高兴地发现，这份工作相当轻松。我在两个小时内完成了所有邮件的翻译，然后去餐厅吃午饭。

餐厅在十八层，不用坐电梯，步行一层，很快就到了。餐厅以自助餐的形式同时供应西餐和中餐。我拿了一份炒饭、一碟香辣鱼块和一杯咖啡，在一张桌子上独自吃了起来。不一会儿，一位打扮入时的女士端着一碟沙拉十分礼貌地问我，可不可以与我分享一张桌子。我连忙点头。

"我是法文组的艾玛。你一定是新来的翻译安妮，对吗？"

"是的。"我站起来，帮她接过手中的茶杯，"我在1902室，请多多关照。"

"我在1904室，我们的办公室挨着呢。你看上去很年轻，刚刚毕业吗？"

"是。我是从九通过来的。"

"碧瑄上周刚走,走得突然。公司急着要人,又不肯花工夫招聘,就直接从九通挖了你过来。"她向我一笑,明眸若水,百媚丛生,"听说付了不少代价。"

"哪里,"我说,"九通那边近来接了很多单子,很忙,其实也缺人。"

"我们都在猜,来的人会是谁。而且天天祈祷,希望九通不会派一个老头子过来。"她说,"可是你这么年轻,我们也是大吃一惊。你有二十岁吗?"

"二十三岁。你呢?"我觉得她看上去也不大。

"三十二。"

我吓了一跳:"不会吧?我觉得你至多二十五岁的样子。"

"第一,我没结婚;第二,我天天吃沙拉和维生素。"她用叉子叉了几片菜叶,就着意大利的沙拉酱,吃得津津有味。

"艾姐……"

"请叫我艾玛。"

"艾玛,你在这里多久了?"

"我是公司最老的一批员工,有十年了吧。来的时候我也就你那么大。"

我在心里暗暗地想,十年前沥川还不到二十岁,大学还没毕业。这个公司显然不是他来的时候才创立的。

"看来你很喜欢这里呀。"

"是啊。知道为什么我直到现在还是单身吗?"她忽然神秘地笑了起来。

我摇头。

她附耳过来,低声说:"我企图引诱这里的每一任总裁,从来没有成功过。"

见我一脸惊愕,她呵呵乱笑:"果然是小姑娘,这就当真了。当然是开玩笑!你下班喜欢逛商场吗?我知道有几家店的衣服相当好。还有,你去不去SPA(水疗)?我手里有几张年卡,人家送的。丽莎那家面膜做得不错,我有两张卡,用不了,送你一张。"说罢,她从包里拿出一张卡,硬塞到我手中。

"谢谢艾玛姐!"

"艾玛。"

"是,艾玛。"

她撕开一个小面包,很斯文地吃着,又说:"你手中的这个包真别致。"

这个Gucci(古驰)的包,是沥川买给我的。

"是吗？人家送的。"

"男朋友？"

"以前的。早分手了。"

"他挣不少钱吧？"

"你怎么知道？"

"这包五年前我看上过，太贵，斗争了很久也没舍得买。真货卖好几万呢！配上你这条牛仔裤，时尚而且低调。你的前男友很有品味哟！"

牛仔裤也是沥川买的。他不喜欢逛店，但买衣服的眼光绝对一流。我看了看手中的包，连忙打马虎眼："这个肯定不是真货。"

"我若连真假都分不出还在外企混个什么？陈姐今天介绍你的时候，法语组和德语组的女孩子们全看见了这个包，都说你肯定是萧观的新一任女朋友。"

我拼命摇头："不是不是，萧总的女朋友姓陶。"

"陶心如吗？我很熟啊！她充其量不过是单相思而已。萧观虽然花心，但在业界的名声相当好，他是兔子不吃窝边草，从来不和公司内部的人谈恋爱。陶心如明知故犯，指望用自己的诚心让萧观破戒，到头来还不是落得个妾心如水、郎心如铁！"

我再次否认："总之，我绝对、绝对不是萧观的女朋友。"

"是吗？"艾玛的目光掠过我的头顶，停留在餐厅的入口处。她呵呵地笑了一声，居然用她那双香喷喷、白嫩嫩的手拧了拧我的脸蛋。

我抬起头，看见萧观不知何时走了进来，径直走到我的面前。

"萧总。"我连忙站起来。

"安妮，"他淡淡地向我和艾玛各打了一声招呼，"艾玛。"

"萧总和艾玛认识？"

"嗯，我和艾玛是校友。她高我一届，校友会时常见面的。"

"萧观，今天怎么有空到CGP来？"艾玛仰头看他，脸上尽是调侃。

"我来和江总谈些事。你知道，我也做房地产，想请他们的设计师帮个忙。"他坐下来，对我说："怎么样，安妮，第一天工作习惯吗？"

"挺好。觉得比九通轻松。"

"不要大意轻敌。等投标一开始，你会有很多口译的工作。最近他们在忙温州的那个标,你对温州人的口音熟吗?"

我顿时开始紧张:"怎么?我要译温州话吗?温州话我一句也不懂啊。"

"别紧张,"他笑笑,"你要打交道的绝大部分人是政府官员,他们会和你说普通话的。"

"哦。"我松了一口气,"那么,那些拍卖行的手册您都交给谁了?"

"陶心如呗。"他说,"陶主任天天骂我。"

"萧总,您吃午饭了吗?"我问。

"没有。隔壁开了一家蒙古烤肉,人人都说好吃。有没有兴趣尝一下?我请客。"

"谢谢。"我指着餐盘,"我已经吃了不少,而且,今天的胃有点不舒服……"其实餐盘里菜我还没有开始动。

"没关系,下次吧。"他的表情有点尴尬。显然,他的自尊心大受打击。

我们又客套了几句,他很礼貌地告辞了。

回过头,我看见艾玛拿眼瞪我,目光很奇怪。

"怎么啦?"

"你,安妮,居然公开拒绝萧观?哪根神经不对?"

"不是说过嘛,我不是他的女朋友,为什么要陪他吃饭,让人误解?"

"你知道吗,萧观眼高于顶、目中无人,对女孩子极少主动。有不少花痴愿意掏钱请他吃饭,他还不去呢。"

"好吧,我承认我有病,不会见竿爬……"

"瞧你傻的!想当初,我就是七挑八拣,到现在一事无成。你呀,一定要熬到我这岁数才知道什么是后悔。"她掏出手机递给我,"赶紧给人家打电话,说胃不疼了。"

我笑着摇头,将手机还给她:"我看你俩挺合适,不如你自己打吧。"

午饭后我回到办公室继续工作。工作了一个小时,电话响了。

"是我,萧观。"

"萧总,您好。"

"胃好些了吗?"

还记得这个呢,我吓得一头冷汗:"好……好了。"

"晚上可以去吃蒙古烤肉吗?"

"晚上?对不起,我晚上……有瑜伽课。"

"几点开始?"

"七点。"

"几点结束?"

"八点。"

"我八点来接你,告诉我瑜伽课的地址。"

没办法,我报了地址。

"那么,安妮,给你十分钟换衣服,八点十分见。"

我还想说点什么,电话已经挂了。

我练完瑜伽,也不换衣服,满头大汗地站在体育馆的门口。八点十分,萧观开车准时到达。

我自己拉开车门坐了进去。

他缓缓地开车,半天不说话。我坐在他身边,也不吭声。

过了一会儿,路上有红灯,他忽然说:"也许你不知道,上大学时我曾经追求过艾玛。那时追她的人很多,我勉强排上号。有一次,她看中了一件大衣,很贵,我没钱买给她。当然还有别的事,我们分手了。"

我等他说下去。

"后来我们都毕业了。我下海挣了些钱,她听说了,主动过来找我。我没理睬她,她很生气。"

"这些和我有关系吗?"

"今天,你当着她的面拒绝我,我很难堪。她看着我的样子,心里一定特别开心。"

"我不知道……"

"知不知道无所谓,"他说,"总之,今晚你得好好陪我吃一顿蒙古烤肉。"

我被他霸道的语气惹怒了,何况他的逻辑我也没搞清楚。

"萧先生,麻烦你把车子停一下。"我冷冷地说。

他的脸一白,汽车戛然而止。

"请问,你是不是独生子?"

"是,那又怎样?"

"因为你是独生子,有个道理恐怕你会比我们这些有兄弟有姐妹的人明白得晚一些。"我推开车门,对他说,"这个世界,不是一切都围着你在转。你和哪个女人玩得开心不开心,我没有任何责任,也不关我的事。再见!"

我把门一甩,扬长而去。

我以为一怒之下的萧观会因为这个解雇我,因为我的人事关系仍然隶属于九通。岂知过了整整一个月也没有任何动静。我没听到萧观的任何消息,也没收到过他的任何电话或邮件。我认认真真地工作,累了就站在楼底下的垃圾箱旁边吸烟,没有任何人为难我,也没有任何事打扰我。我拥有自己的办公室,翻译的时候放点轻音乐。有时工作提前做完了,我就到隔壁艾玛或者其他翻译那里去聊聊天。她们工作累了,或者午饭时间,也常常到我这里来,或者,拉我一起逛商店。CGP的女员工屈指可数,大家互相照应,非常团结。

有一天,我做完了活儿在网上闲逛,想找一本亦舒的小说看看,亦舒没找到,找到了一个绿色的网站——××文学城。我发现,上面不仅有不少言情小说,而且任何人都可以去注册一个笔名,成为一名网络写手。

我用半个小时注册了一个笔名,然后就挂在网上看杜若的《天舞》,共有三部。我把窗口开得很小,有人进来,我就关掉。《天舞》使得我工作的效率大大提高。我每天都想尽快把工作干完,可以早一点看《天舞》的下一章。可惜不到一个礼拜,我就看完了所有的《天舞》。然后我又继续看明晓溪、顾漫和晴川的小说……等发现没故事可看了,我就用注册的笔名在上面写故事。

我决定给我的故事起名叫作《沥川往事》。我写了第一章,发现只有五个点击,一个读者评论,两个字:"加油!"

好吧,我就为那个替我喊加油的读者而写。我迅速地写了第二章、第三章。我觉得我和沥川的故事,除掉最后一幕,其实异常美丽。有些地方,我写得很收敛;有些地方,我写得很大胆。相信我,真实的沥川绝对比我笔下的沥川更加美好。我一面写,一面流泪,沉浸在美好的回忆中不可自拔,顺带着把我的读者也感动得一塌糊涂。

我多么希望沥川就是我故事中的一个人物，我可以随意地写他，然后给我和他安排一个完美的结局。

　　当然，这不是真实的。可是，故事中的沥川可以让我渐渐忘掉现实中的沥川。那些痛，一遍又一遍地描述，渐渐稀释；那些爱，一遍又一遍地回忆，变得乏味。我看见另一个沥川在我的脑中越来越真实，越来越近。而真实的沥川越来越暗淡，越来越小，最后变成一个点，渐渐离我远去。

　　那么多的烟，那么多的酒，那么多失眠的夜晚。还有那次我独自站在龙璟的屋顶花园上，在夜风中凝视楼下的点点车流，如果没有想到爸爸和弟弟，也许我会跳下去。

　　我终于找到一种方法，将爱情埋葬，把痛苦变成快乐。

　　每天早上，我起床的第一件事，就是打开电脑，查看我的故事下面又多了几条新的跟帖。我白天认真工作，下班埋头创作。练瑜伽、泡酒吧、看电影、跳迪斯科……玩累了回来倒头就睡。

　　我过上了一种充实的生活。

Chapter 23

等得那么久,到底还是沥川先看见我,我紧紧地抱他,长久不肯松开。那时的我,真的只想把他折成一道手帕,永远装进自己的兜里。

晃眼间便到了年末。CGP每年圣诞之前都有一个正式派对,邀请员工和家属参加。我从衣柜里找出几件很久没用过的东西:一件黑色连衣裙,一个银灰色面料镶着绿色蕾丝的手袋,一双蓝色牛仔布带着闪石的平底鞋。后面两件都是六年前沥川从瑞士回来时买给我的。此外,他还送给我一只小巧玲珑的手表,上面镶着三圈小粒的钻石。一看就知价格不菲,我怕弄丢了,只有重要的场合才会佩戴。其实,所谓的重要场合,我没遇到过几次,好像只在一个同学的订婚宴上戴过一次。

和沥川分手后,我的身体就停止了生长。整整一年,月事紊乱。我吃了无数瓶乌鸡白凤丸,才渐渐恢复。说来奇怪,我身上变化最大的地方竟是我的视力,由六年前的完美视觉变成了现在的左眼4.5,右眼4.0。我平日戴一副隐形眼镜,睡觉时常常忘记取出。上班时爱揉眼睛,又常常把它弄掉。所以我有一副玛瑙色的树脂眼镜,放在包里备用。

圣诞那天,我化了淡妆,而我的女同事们个个鲜艳夺目、花枝招展。我躲在一个沙发上喝酒,喝了三杯,烟瘾犯了,又偷偷溜到了阳台上吸烟。等我回来的时候,正餐已经开始了。我匆匆找了个座位,艾玛笑眯眯地走过来,特地坐到我的旁边。

"你看,今天除了张总——人家夫人出差——只有你我是孤家寡人。怎么,和萧观吵架了?"

"没有。"

"刚才你一进门,知不知道翻译组里有多少人在心底悄悄地尖叫。"

我吓了一跳,连忙掏出镜子,左照右照:"怎么了?我脸上有什么地方不对吗?"

她用手托着腮,审视着我,半天不说话,过了一会儿,才慢慢地说:"坦白地告诉你的艾玛姐,你的背后是什么来头?"

"什么来头?我没来头。你看我这样子,中午吃快餐,晚上泡酒吧,手机从来不响,这是有来头的样子吗?"

她指了指我的手袋:"这个包是你自己买的吗?"

我对时尚没有研究,但知道沥川送的东西不会便宜,只得摇头:"人家送的。"

"又是那个'前男友'?"

我没吭声,心里有点烦她。艾玛每天最大的兴趣就是看时尚杂志、买名牌衣服。见我不想回应,艾玛将红红的嘴唇拧成一个圆圈儿,目光迷离,充满八卦:"你的'前男友',是谁?"

"说了你也不认得。"

"Try me.(说来听听。)"

艾玛是情场老手,交游广泛。我继续沉默,想她知难而退,不料她又盯着我的鞋子猛看:"这双鞋也是好货啊!你姐姐我的收入,早在入门的时候就是同行里最高的,但我从来消费不起这些东西。"她抿了一口酒,紫红的酒浆在她杯中摇荡:"九通是什么眼光?CGP是什么眼光?为什么来的人是你?嗯?就凭你这二类大学的文凭?北大、北外的学生,出了校也是一方神圣,到这里就如过江之鲫,削尖脑袋都钻不进来。说你没有后台,谁信?"

我"哗"的一声笑了:"艾玛姐你呢,你是什么大学毕业的?"

"我十四岁进北大少年班,北大法语系硕士。我拿过全国比赛的一等奖。"

"我是个旧市的高考冠军,不进北大不是我分数不够,而是家里没钱。我也是硕士,我也拿过全国比赛的一等奖。艾玛姐,英雄惜英雄,何必计较出处?"

见我着恼,她又赔笑:"艾玛姐是关心你。看你没男朋友,想给你介绍一个,自然得先打听打听上一任的情况。俗话说,曾经沧海难为水。你以前的男友把价码也弄得忒高了,让我们这些有心帮你的人,难以下手啊。"

原来是这样。我一听就泄气,将身子缩进沙发里继续喝酒:"艾玛姐,我被人伤过心,此生此世,不谈恋爱。"

"哎哟喂,小小年纪,"她失笑,"发这么毒的誓干吗?这世上的男人有几个是好东西?对他们不能太认真。一认真准吃亏。我这个月见过几次萧观,人家可是次次都问起你哟。"

其实萧观一直都很关照我,特别是在帮我改进英文这一点上,让我心存感激。此外,他才貌双全、事业有成,就算不完美也谈不上令人厌恶。怪只怪我早已习惯了沥川待我时的温柔谦让,对萧观身上的那股"霸"气实在产生不出好感。

我假装饿了,要了一块烤得七分熟的黑椒牛肉用力地切割着,趁机转移话题:"对了,艾玛,向你打听一个事儿。昨天工程部派了一个软件工程师过来,把我电脑的文件全部拷贝了一份,你知道是为什么吗?"

她悄声说:"听说是温州的标出了事。有人将我们的设计方案透露给了迦园国际。"

迦园国际建筑设计集团是CGP目前在温州项目的最大竞争对手。我听罢暗暗心惊。

"头儿们全都急了,派人追查设计图有哪些人看过。"她斜眼看我,"你负责翻译设计说明,有机会接触图纸,自然也会查到你。"

我的确译过不少设计方案和设计说明,附件上当然会有图纸。可我只顾着找图纸里的英文字,根本不记得哪一张属于哪个项目。我倒不担心是我不慎泄密。CGP在图纸管理方面有严格的操作程序,我每次都认真执行,不可能有纰漏。我担心的是我利用上班时间访问过的小说网站,会不会留下记录,虽然每次关机之前,我都记得清除浏览器里的历史。所幸我的原稿一直存在U盘里,在办公室的机子里没有备份。即便如此,我还是很害怕,有点做贼心虚。

我正胡思乱想,蓦地听见艾玛说:"其实现在查已经太晚了,离投标的截止期只剩下了十二天。现在又是年底又要过节,想从头再来,既没时间也没心思。那个C城改建,投资三十几个亿,外观和园林由江总和张总亲自设计,本来是胜算在握的。CGP这回的损失可是不小。这年终晚会,以前江总必来。你难道没发现,江总这几天都不在公司?"

我一个小小的翻译，只做我分内的事情。哪个老总来不来公司，我从不关心。我加快速度吃完饭，发现不少人还留在大厅里闲聊。我假装去洗手间，其实是想溜回家去写小说。走到门边，忽然听见有人叫我："安妮！"

我忙回头，见是CGP的副总张少华。

"张总。"

"安妮，公司最近有点事情，你能在圣诞期间出趟差吗？"他的神色很严肃。

"当然可以。"我看着他，多少有点心虚，琢磨是不是我上班时间写小说事发。

"抱歉，按理说，这个时候不该来找你。"他说，"可是公司里的英文翻译，单身的只有你一个。其他人都有老公和孩子。"

"没关系。去哪里？什么时候动身？"

"温州。今晚十一点的飞机。我们已经订好了宾馆。"

我看看表，刚刚七点。

"那我先回去收拾一下行李。"

"给你一个小时的准备时间，够吗？我派司机送你回去，然后八点整接你去机场。"

"好的。"

"也许你听说了，公司的设计方案出了点事，时间所剩无几，所以才会有此非常行动。"

"完全理解。"

"那么，机场见。"

我赶回公寓换了一套日常穿的衣服，然后以最快的速度收拾好行李。因为多喝了酒，头有点晕，就在冷水里洗了一把脸。等我走出公寓，张总的车已经到了，他正站在车外抽烟，显然已经等了我一段时间。

"对不起，不知道今晚会出差，我可能多喝了几杯。"进车门的时候，我的头在车窗上碰了一下，显得很傻。

"没关系。"他笑了笑，"以前翻译部的朱小姐，酒量也很好的。"

一路无话。

汽车到了机场,我走出车门,被冷风一吹,酒醒了大半。然后,我突然发现眼前一片模糊。

我居然没戴隐形眼镜! 可能就是在洗脸的时候弄丢了。

我下意识地摸了摸手袋,备用眼镜不在,放在沥川给我的小包里了。我现在背着的是平日上班用的帆布双肩包。因为轻且有很多夹层,我很喜欢用。

我暗暗安慰自己,不要紧。温州那么大,不会没有眼镜卖,明早第一件事就是找个商场配眼镜。然后我拖着行李箱,如影随形地跟着张少华。

不一会儿,我们在入口处碰到了另外几个人。我只看得见一群模糊的人影。张少华叫了声:"江总。"

这些人在我不远处停下,辨不清相貌,依稀认得出是江总和CGP的几位建筑师和制图师。每人手中都提着一个笔记本电脑。

"飞机已经到了?"张少华问道。

"到了,他们可能正在拿行李。"江浩天回答。

原来,他们还要等另外一拨人。

接机口十分嘈杂。我忍着喉中隐隐上涌的酒味,跟着众人在围栏外默默等待。过了约半个小时,江浩天和张少华忽然疾步上前,余下的人也都跟了上去。显然,他们接到了要等的人,正在那里握手、寒暄。我什么也看不清,只觉眼前有很多人头在晃动,有很多牌子在挥舞,有人拥抱,有人尖叫,影影绰绰,似真似幻。

这场景让我想起点什么。六年前,我在这里等过沥川。他的飞机下午一点到,我生怕误了,上午九点就赶到了机场。等得那么久,到底还是沥川先看见我,我紧紧地抱他,长久不肯松开。那时的我,真的只想把他折成一道手帕,永远装进自己的兜里。

现在,多少日子过去了? 一切都茫然了。

我默然地想着,面前的人群忽然分开。

我抬起头,看见一个身影向我走来。

其实,那只是一个穿着大衣的黑影。我认得他,是因为那走路的姿势我再熟悉不过了。

然后我就看见了一张脸,离我很近,却看不甚清。

我突然意识到,今天没戴眼镜是一件多么幸运的事。

我听见江浩天向这个人介绍:"王先生,这位是我们新来的翻译安妮小姐,英文系的高才生,来接替以前朱小姐的工作。安妮,这位是CGP苏黎世总部的王沥川先生。"

　　一只手向我伸过来,我亦伸手过去。手,仍然是冰凉的;淡淡的气息,依然是薰衣草的味道。

　　"你好,"他迟疑了一下,"安妮。"

　　我觉得我的体温刹那间降到了零度,涌到头顶的血,凝固了。

　　我听见自己的回答无比淡定:"你好,王先生。"

　　然后,他身后的一个人推着行李,也腾出手来和我握手:"你好,安妮,我是王先生的助理苏群。"

Chapter ·24·

所幸他的脸,我仍然看不清。

看不清倒好,此生此世,再也不受他的诱惑。

苏群这个名字,我仿佛在哪里听过,却怎么也想不起来。

离登机只剩下一个小时了。沥川走得比较慢,大家都陪着他慢慢地走。只有苏群推着堆得高高的行李车赶着去办托运。

过了安检,我们在登机口等了一会儿,就听见了准备登机的通告。透过航站楼巨大的玻璃窗,我看见停在登机口外的是一架波音737-900。一路上,两位老总一左一右,一直和沥川窃窃私语。剩下的人都识相地与他们保持着一段距离。我们的机票是清一色的商务舱。大家都知道,这趟差的主要任务就是亡羊补牢。只要公司中标,花什么代价都值得。乘客们已经开始陆续登机,CGP的人却按兵不动,只因江总仍垂头和沥川说话。外企和国企一样有着严格的等级制,一般工作人员不会越过老总先行登机。觉察到这一点,江总向我们挥挥手,示意我们可以先走。于是众人鱼贯而入。我拖着行李箱,埋头走向检票口,路过沥川时,箱子忽然一抖,好像从某个人的脚背上拖了过去。

我抬头一看,"某个人"似乎是沥川。然后我低下头,想看清我的箱子究竟压的是他的哪一只脚背。如果是右脚,我需要道歉。如果是左脚就用不着,反正义肢没感觉。我一句道歉的话也不想说。

什么也看不清。我这一迟疑,路人都看见了。碰到人家,还是残疾人,连个sorry都不肯说,像话吗?两个音的词,难道会噎死我?犹犹豫豫,正待张口,他竟先说了两个字:"不是。"

我松了一口气,然后昂首挺胸,拖着行李,孔雀般从他面前扬长而去。

到了机舱口,我又被拦住:"小姐,行李箱超标。请留在这里,我们给你托运。"

"谢谢。"

机舱里的空气暖洋洋的,有些窒闷。我坐在后排,临着过道,身边是设计部的小黄。我虽到CGP有三个多月,却只和几个翻译有往来,其他的人基本上视而不见。那个小黄,我只和他说过不到三句话,连全名都叫不齐。所以我对他笑了笑,然后拿出MP3播放机,塞住耳朵。

从起飞开始,我的胃就一阵一阵地翻涌。其实我并不晕机,可能是酒喝多了,也可能是和艾玛聊天的时候吃多了不好消化的牛肉。总之,我先是坐在位子上对着纸口袋呕吐,接着便躲在厕所里吐,翻江倒海,胆水吐尽。然后,我也懒得出来,就坐在马桶盖上喘气,像一条死鱼。两个小时的飞行,我吐了足足一个小时,回到座位,我才省悟我为什么会吐——居然是来了月事。

十八岁的时候我月事正常,一月四天,不多不少,比认得的女性同龄人都轻松愉快。十八岁以后,我月事紊乱,不但日头不准,且来势汹涌,特别是头两天,头昏、恶心、呕吐、小腹痉挛——教科书上说的不良反应——我一应俱全。一个月总有七八天的日子一蹶不振。

这当然不是最恐怖的事。最最恐怖的是,我没带卫生巾,却鬼使神差地穿了一件米色的筒裙,紧紧包住臀部的那种。先头我光顾着呕吐,不觉下身已红红地湿了一片。现在坐着,就能感觉血块一团一团地往下掉。我吓得不敢动,更不敢起身,只得在心里默念我的逃生咒:OK、OK、OK。每当遇到窘事时,我都要把我的"OK经"念上十遍,期待天神赐福,化凶为吉。

到底,飞机降落了。到底,什么也没OK。整整一个机舱,都是我不大认识的男人。我想求小黄把他的西装借我,打量他的个子,那衣服就算我披了也遮挡不住。就在这吞吞吐吐、难以启齿之际,商务舱的客人们纷纷走光了,只有我还坐在原地不动。门口站着的一排向乘客道别的空中小姐都用异样的目光看着我。

然后,我模模糊糊地看见沥川和另一个人——大约是苏群——走在最后,亦将离开舱室。

走着走着,沥川忽然停下来回头看了我一眼。然后,便径直走到我面前。正要张口,却被我抢了先:"沥川。"

"嗯?"

"把衣服脱了。"

"哪件?"

"外套。"

他二话没说脱下外套递给我。先前没看清,我以为是大衣,其实是件黑色的风衣,中等长度,质料很轻。我站起来穿上风衣,低头默默地跟着他走出机舱。他不问,我也不解释。

他身上的气息,再一次将我团团围住,先是衣领上的薰衣草,再是袖口里淡淡的树香,那是一种他喜欢用的绘图铅笔的气味。记忆的触须便在这瞬间爬满了全身。原来,他还用着那种铅笔。所幸他的脸,我仍然看不清。看不清倒好,此生此世,再也不受他的诱惑。

出飞机场来到宾馆,我一进房间先痛痛快快地洗了个澡,将惨不忍睹的裙子泡在水里搓了半天才把血迹搓掉。沥川的风衣只能干洗,我交到楼下服务台,填上他的房间号。

然后,我瘫倒在床,全身的骨头好像被抽掉那样累。关了灯,一个人默默地对着月光辗转,折腾了几个小时,睡不着。于是起来吃了一颗安眠药,这下倒是睡稳了,醒来时已经是中午,两只眼眶黑黑的,好像一只熊猫。

错过了早饭,又错过了中饭,更重要的是,错过了早上的会议。

在走廊里遇到小黄,他特意问:"安妮,感冒好了?"

"什么感冒?"

"早上开会你没来,张总问怎么回事。王先生说你在飞机上感冒了,所以他借衣服给你。"

"也不是感冒,就是……发寒热。张总不会生气吧?"

"哪会,大家都看见你晕机,知道你不舒服。"

"会上都说了些什么?"

"嗯……由于方案泄露,设计图的大部分需要推倒重来。最重要的两个建筑由王先生主持设计。楼型和室内设计也要大改。不过,室内设计的关键部分已经请王先生的哥哥画好了草图。"

"哥哥?"

"也就是王霁川,著名的室内设计师。兄弟俩都是大忙人,若不是出了娄子,才请不动他们呢。"

我想了想,问:"那我呢?我干什么?"

一直奇怪,沥川的中文那么好,江总和张总的英文也不差,他们在一起工作,为什么还需要翻译?但想着以前有朱碧瑄,好像也是惯例。

"竞标之后,会有一些和当地资方的会谈。王先生对温州人的口音没把握,到那时只说英文,一切由你来翻译。还有,王先生需要一些温州市的历史文化及生态方面的资料,这个由你去查来,然后翻译给他听。"

错过会议,我已心虚,连忙在第一时间去见张总。他给我的任务果然和小黄说的一模一样。

"那我是不是需要马上见王总?"我问。

"他到工地拍照去了,估计会去一天。时间有点紧,你吃完晚饭后带着温州市的资料去找他,行吗?"

"好的,我这就去图书馆找资料。"

"王总目前只需要这两本书。"张少华递给我一个纸条。纸条上是他的字,繁体——《温州市志》《永嘉郡记》。

我突然想,沥川虽是建筑师,但我对他从事的专业所知甚少。作为男人的沥川,他的每一寸肌肤我都了解。可是,作为设计师的沥川呢?会不会有不一样的脾气、不一样的性格?

急于将功补过,我以最快的速度去配了一副眼镜,故意要了紫红色的外框,让我的脸显得更加严肃、更加专业,也更加老气。《温州市志》新华书店里就有,厚厚三大本,我不管三七二十一地买下来。《永嘉郡记》在图书馆里找到,我借出来,从头到尾全部复印。

难怪沥川只要这两本书,它们加起来已经超过三千页了。

整整一下午,我都在查词典。《温州市志》的生词已经不少,《永嘉郡记》是道光年间的文言文,我查得焦头烂额。

到了傍晚,我的脑子已经有些转不动了,便到楼下的花园里抽烟。抽了一根,不过瘾,又抽一根。天渐渐地黑了。

我看见一辆车驶到宾馆的门口,沥川和苏群从车里走出来。

他看见了我,低头向苏群耳语一句,然后,向我走来。

我假装没看见他,继续埋头抽烟。直到他站在我面前不动,这才抬起头。

六年了吧。沥川没什么大的变化,除了更加消瘦。他甚至连发型都没变。问题是,沥川的那张模特脸是越瘦越酷。在我看来,他比六年前还要好看。这一想不打紧,我目光中的恨意渐渐变软。

我赶紧更正自己的情绪:"王总。"

"张少华有没有告诉你,今晚我要见你?"他的口气很是不悦,甚至蛮横。

"不是说晚饭之后吗?"

"我已经吃过晚饭了。"

"我还没吃。"

"几时学会的抽烟?"

"关你什么事?"

原来他为这个生气。他看着我,目色幽深。我看着他,面无表情。

"给你一个小时吃饭。八点钟,带着你的资料来见我!"最后一句话,是恶狠狠的。

我冷笑,抱着胳膊,向空中点了点烟灰:"好的,王总。"

我把头发绾起来,在脑后打了一个髻,插上一只涂了花漆的发簪,抱着三本《温州市志》和一叠复印资料,"咚咚咚"敲开了沥川的门。

从开门见我的第一秒开始,沥川就皱着眉头。只因为我再次叫他"王总"。

"王总,您要的资料我都找到了,不知您想具体了解哪方面的内容?"我的话语充满了服务精神。

他将我领到会客室,那里有一圈沙发,他指着其中的一个,让我坐下来:"你可以把书放到茶几上。"他的声音总算柔和了一点,却立即被我的下一句话激怒了。

"是!王总!"

他忍住气,和声道:"我买了可乐,你要喝吗?"

以前,可乐是我最喜欢的饮料。可是我摇摇头,偏说:"谢谢,我不喝。"

"那你想喝什么?我这里有咖啡、牛奶和茶。"

"不麻烦的话,我想喝咖啡奶茶。"

他一怔:"咖啡奶茶?"

"就是把这几样全放在一起,加糖,两块。"

他去做咖啡,他去煮茶,他去找牛奶和糖……

王沥川,这一回,我要你好好认识认识我谢小秋!

终于,他给我端来了一杯黑乎乎的东西。

"对不起,牛奶喝光了;糖,我没有。你将就着喝吧。"

黑乎乎的东西里泡着两片黄黄的东西。我指着那东西说:"这是什么?"

"柠檬,"他施施然坐在我对面,将手杖放到茶几上,"听说可以戒烟,还可以瘦身。"

我知道这是讥讽。我的体重比六年前还要轻得多。除了皮肤枯涩、面色无光、胸部扁平、外加两道明显的黑眼圈之外,六年来,我的发育一直在倒行线上。这充分说明失恋对人身的伤害。此外,我还怀疑自己吃乌鸡白凤丸吃上了瘾。因为月事不调,我吃了一瓶又一瓶。现在只要看见黑色的小豆子,就想立即倒进口里。

"谢谢。"我喝了一口,差点吐出来,又苦,又涩,还酸,比中药还难喝。

他从桌边拿出一个包着软皮的笔记本,一支铅笔,问:"现在开始工作,可以吗?"

"可以。"

"请把《温州市志》的目录给我念一遍,好吗?"

我打开书,念道:"总目录,上册。序言,凡例,总述,大事记。"

他打断我:"抱歉,我好久没来中国了,中文已经忘掉大半,麻烦你译成英文。"

他的中文比起六年前是有些生硬,句子倒还连贯,只是遇到不确定的发音会显得迟疑,但情况也没有他说的那样严重。

我改说英语:"上册的主要内容是建置地理、社会、人物、城市建设、交通邮电;中册是区域经济、工业、农业、商业、财政金融、经济管理;下册是党派社团、政权政务、军事政法、教科文、丛录、索引。每册还有细目。"

他在笔记本上记了几行字,说:"上册最重要。你找找看,有没有讲自然环境的内容。"

我哗哗地翻书:"有。地质、地貌、气候、水文、土壤、自然资源、自然灾害。"

"一章一章地说。"

我看着他,气结。真是哪壶不开提哪壶。我一下午的时间就是耗在查这几章的生词上! 我抽两根烟,让我早死两天,也是因为查这几章的单词!

"温州市的地质构造基底由上古生界鹤溪群和侏罗系下统枫坪组的变质岩系组成。根据多旋回槽台学说的基本观点,其基底构造的一级构造单元为华南加里东褶皱系;二级为浙东南褶皱带;三级为温州—临海拗陷……

"温州市是由晚侏罗世——早白垩世火山——侵入岩组成的刚性地质体,断裂构造是主要构造形迹。……温州地处欧亚大陆的东南沿海,属中亚热带湿润季风气候,夏季较长,冬季较短,年平均降水量为1500至1800毫米。"

……

我对着原文口译了近一个小时,眼冒金星,经血不断,小腹坠痛难忍。

而他,悠然地坐着,轻快地记着笔记。

我忍不住问道:"我的翻译,你听不听得懂?"

"还行。不懂的地方,我也可以猜。"

"你……怎么猜?"

"我是干这一行的,给我几个关键词就可以了。"他抬头看我,目光炯炯。

我吞了吞口水:"我需要去一下洗手间。"

"出这个门往左。"

"我是说,我自己房里的洗手间。"

"这里有洗手间。"他说,"一去一来岂不是太麻烦?"

"我不大会用残疾人的洗手间。"我开始抬杠。怎么可以把女人的东西扔在他的洗手间里呢?

"残疾人的洗手间,是天下最方便的洗手间。"他嗓音安静,不动声色。

我怒火中烧地从沙发上跳起来,却看见他的眼光落在我刚才坐过的地方

——纯白的沙发布有一团血污。

我又羞又怒:"王沥川!你!你说,你为什么偏要我坐这个沙发!你有病!你神经啊!"我满脸通红地冲回自己的房间,拿出一本巨大的《远东汉英大辞典》,噔噔噔,又冲到他房里,扔到他面前:"我不干了!你自己查吧!"

我回房,给自己冲了一个热水袋,抱着它,服下一颗安眠药,睡觉。

Chapter ·25·

王沥川,我爱他没希望,恨他倒要下决心。
这无间地狱,何时才能解脱!

我的下身从没有像这次这样流血,也从没像这次这样地痛。一觉醒来,又过了中午。起身一看,床单上又有一团湿漉漉的红色,赶紧到浴室冲澡,洗掉浑身的腥味。

洗完澡,换上衣服,拿毛巾在雾蒙蒙的镜子上擦了擦,里面浮出一张黄黄的脸,黄得好像得了黄疸,黑眼圈还在老地方。我抹上一层玉兰油,又掏出香喷喷的粉扑子把脸弄白。然后三下五除二,抹口红、涂眼影、喷发胶,头发梳得又光又亮。

我对着镜子忏悔。是的,我,谢小秋,对昨晚的举止十分羞愧。沥川明明不要我,我还撒什么娇?不是他神经,是我神经!不是他有病,是我有病!我荷尔蒙紊乱,我无原则花痴!我对自己说,谢小秋,你别明知山有虎,偏向虎山行;明知草有蛇,偏打草里过!你的爱不过是冬天里的一把火,却烧了整整六年,烧掉了你的青春,烧毁了你的感觉,烧坏了你的内分泌,难道还没烧成灰?难道要等着被烧死?

想到这里,我冲回卧室,从行李箱里找出我的救生符———一瓶满满的乌鸡白凤丸,认准商标"同仁堂",就着昨天的剩茶,仰头吞掉六十粒。我又问自己,为什么不能恨沥川?是的,我恨不了他,因为我还欠他的钱,一共二十五万!虽然从工作的头一天起我就省吃俭用,每月都寄给那个陈东村律师两千块,细算下来,还清这笔钱也需要十年!就连陈东村都打电话来笑我:"谢小姐你这是何必呢？王先生在乎这个钱吗？他买龙璟花园的公寓，一买就是两套，上面自己住，下面空一层，就因为怕吵。"不论陈东村怎么说，我硬是把钱塞给他，还逼着他打收据。无论如何，那笔钱让我爸多活了一个月，让我多享受了一个月的亲情。王沥川，我爱他没希望，恨他倒要下决心。这无间地狱，何时才能解脱！

我打扮妥当，戴上眼镜，到走廊上走了一圈。沥川的套房就在我的斜对面。他房间的左边是江总，右边是苏群，再过一间，是张总。

每天早上八点，CGP都有一个三十分钟的碰头会，各部人马汇报自己的工作进展。不过张少华说我可以不去。因为我是翻译，实际上只为沥川一人工作。怎样工作，由沥川和我协商着办就可以了。既然老总发了话，我这个懒散的人乐得清闲，索性一个会也不参加。

我溜到餐厅，要了一碟辣椒鱼块和一碗红米稀饭。

正是午饭时间，我四下看了看，餐厅里却没几个CGP的人。我只看见了两个绘图员，小丁和小宋。其他的人好像都到项目现场去了。我找了一张桌子坐下来慢慢地吃。吃着吃着，眼前忽现一道阴影。我抬起头，看见了苏群。

乍一看去，苏群长得有点像刘德华，只是皮肤比刘德华黑，鼻子没有刘德华高，个子倒是差不多。CGP里的北方人多于南方人，所以他的个子算是矮的。听说他也是建筑师出身，不知为什么又很快改行做起了行政。苏群的职务是总裁助理，级别上与张总同级，因与沥川关系密切，大家和他讲话都十分客气，拿他当上司看。他整日地跟在沥川身后，和沥川一样寡于谈笑，不像助理，倒像保镖。

我以为他也是来吃饭，不料他只要了一杯茶，坐到我身边。

"安妮。"

"苏先生。"

"别那么客气，叫我苏群吧。"

"哦。"

他喝了一口茶，看着我吃饭，忽然问："安妮，你以前认识王先生？"

"不认识。"我坚决地摇头。

"可是——"他沉吟片刻说，"你好像……嗯，和王先生有矛盾？"

"没有。他是上司，我是下属。他说什么我听什么，没矛盾。"我的语气斩钉截铁。

他冷眼看我,面如寒冰。过了片刻,他说:"昨天晚上我有事找他,正好看见你怒气冲冲地从他的房间里跑出来……"

得,我做了那么多好事没人看见,一作恶就给人盯上了。

我知道昨晚的事是我又情绪太冲动,只好厚着脸皮狡辩:"没有的事!王先生说他需要一本词典,我就到我的房间里去拿给他。"

他继续冷冷地看着我。

"就是这样。"我唇干舌燥,双手一摊,没词了。

"你是翻译,查词典这种事应当由你来干,对吧?"他不动声色地反问。

"我们对一个词的翻译有争执,所以要查词典。你知道,王先生也认得不少汉字的。"谁说我不能说谎。

他的语气骤然变硬,声调微微上扬:"你确信,你是拿词典给他,而不是用词典砸他?"

"什么?砸他?我?我哪敢啊?"这话我说得有点心虚。我的确不记得自己在盛怒之下都做了些什么。我只记得我把那本词典往他身上一扔,扭头就走了。想到这里,我的手心不由得冒出冷汗。那本词典挺厚,怎么说也有两三斤吧。如果不提防地扔一下,效果就跟扔一块砖头差不多。

我的嗓音顿时降低了五分贝:"没有,我没有……砸他。"

"还说没砸,他痛得半天站不起来!那词典上还写着你的名字。谢小秋,是不是你?"

这一说我更郁闷了。那词典是沥川以前送我的。有一次逛新华书店,看见了这本词典,我嫌贵,拿在手上想了半天舍不得买,还是沥川掏的钱。我于是在扉页上还写了"沥川赠"三个字。后来沥川走了,我还得用这本词典,一看见"沥川"两字就来气,便又用黑色的记号笔在上面打了一个大叉,又粗又黑,将原字基本覆盖了。估计苏群没看出来。

我小心翼翼地问:"那他……受伤了?"

"受伤?他上个月滑雪,腰受了伤还没好。今天他本来要去现场,取消了。早上的会也没来。我刚才去看他,他还躺在床上。"

"那怎么办?还不快送他去医院?"

"他最讨厌医院。'医院'这两个字,谁都不能在他面前提!"

这倒是不假,沥川一贯如此。

"这份工作,你是不是不想干了?"他幽幽地说。

"……不是。"一个月六千,还有丰厚的年终奖。让我辞职,我喝西北风去?我倒不怕丢工作,这"暴力袭击上司"的罪名我可不能沾上。沾上以后谁还敢用我?

"那你去跟他道歉。"

我想了想,人又蔫了:"不去。"

他站起来说:"那我去找张总。"——张总管人事。

"等等,"我拦住他,"我去。"

我磨磨蹭蹭地来到沥川的房间,敲了敲门。半天,里面才应了一声:"进来,门没锁。"

我推门而入,穿过客厅,越过书房,到他卧室门口,门没关,可我还是敲了敲门。

"是我,安妮。"

"我暂时不能起床,你若不介意,就进来说话;你若介意,有什么话就在外面说吧。"他的声音很低,倒看不出有何虚弱的征兆。

完了,伤得不轻。我也傻眼了。往年和沥川在街上走,我总替他挡着人流。人家碰他一下我还要找人吵架,现在发展到拿词典砸他,真是进步了。"不介意。那我进来了。"

他果然盖着毯子半躺在床上,身边堆了好几卷图纸。当中有个矮几,放着他的笔记本电脑。从床头的一左一右,伸出两个可移动支架。上面是两个三十英寸的苹果超薄显示器,里面是花花绿绿的设计图片,各种角度,平面,立面,三维,鸟瞰。

他的脸色有些苍白,双眉微蹙,唇线笔直,甚至有些硬。他穿着一件黑色的带着条纹的衬衣,烫得硬硬的领子,衬得他脸上的轮廓也是硬硬的。

他看着我,显然出乎意料:"什么事?"

我板着脸,话音却没底气:"把昨天的资料还给我。你很忙,我是翻译,还是我来干吧。"

他的目光回到屏幕上，手在电子感应器上飞快地画图："不用了。我自己可以查词典。"

过了一会儿，他点了一个键，我听见隔壁的书房里激光绘图仪籁籁地响了起来。他把屏幕从床边推开，看着我说："你还有事吗？"

我想了想，说道："如果你现在有空，我想把昨天晚上的翻译做完。我不想耽误你的工作。"这话的语气显得好像我在求他，大大削弱了我一贯强硬的立场，我的脸不由自主地红了。

"现在没空。"他冷冷地说。

"那就麻烦你告诉苏先生，是你没空，不是我不想工作。"

"苏群？"他眉头一皱，"他跟你说了些什么？"

我不吭声。我才不告状呢。

对峙。

过了一会儿，他说："你有电子翻译软件吧？手查词典太麻烦。"

我一听愣住。先头还以为他赌气，看样子他还真要自己翻译。他就认得九百五十个汉字，我打赌这六年他至少忘掉一半，能不能看懂《读者》都成问题。

"有！我有最新版的金山词霸。"

"拿来给我装一份。"

U盘就在我的钥匙链上，我摘下来递给他，看见他把它插入USB端口。

"文件名是JSCB，在my software的文件夹里。"

我看见他的鼠标就动了两下，过了一会儿，他把U盘抽出来还给我："现在没时间找文件，先把整个U盘拷下来。晚上再慢慢找。"

什么？这下轮到我抓狂了。别的文件我都不怕，可是，U盘里有《沥川往事》的原稿。我不可以告诉他，更不可以显出着急的样子。不然，他一好奇，非要找出来看不可。有金山词霸，不怕他看不懂。

"好吧。"我按兵不动，暗暗祈祷上苍，千万不要让他发现了我的秘密。

他的样子好像在等着我离开。我偏不走。

"还有什么事吗？"

"有！既然你要自己翻译这些资料，请问，我做什么？"

他想了想,说:"你休息。"

我张大嘴:"我?休息?"

"嗯,你休息。"

"工资照付吗?"

"照付。"

"那我这就买机票回北京。"

"不行。"

我瞪他:"你不是说我休息吗?"

"你在这里休息,随时待命。如果我要见什么人,你得过来当翻译。"

"那好吧,"我看见他孤零零地躺在床上,心又软了,"反正我也没事,今晚开始译《永嘉郡记》,译好了发给你。"

"《永嘉郡记》我也可以自己看,我有金山词霸。"

我淡笑:"《永嘉郡记》是道光年间的文言文,你能看懂吗?"

他冷冷地瞄了我一眼:"看样子,道光年间的文言文对你来说,是小事一桩。既是这样,能不能快点?明天下午三点之前把译稿交给我。若是晚了,别怪我到江总那里complain(投诉)。"说罢,他掀开被子,那条唯一的长腿在地毯上找拖鞋。然后,俯身下去,要从地毯上拾起拐杖。我看着他,蓦然想起N年前的某个夜晚,他开冰箱拿牛奶的情景,一阵没来由心痛。我抢着拾起地上的拐杖递给他。

他站起来,穿着一条黑色的瑜伽裤。行动迟缓,似乎还隐隐地咬牙忍痛。他随我走到门口,替我拉开门。他低头我抬头,额头正好撞着他的下巴,我迅速地往旁边一闪。

他说:"慢走。"

我正打算走,忽然想起一件事:"对了,我的词典呢?词典还我。"

他进屋,找到那本词典搁到我手上。如果说,他替我开门动作还算客气,把这本词典交到我手中,却是明显的不客气。

词典的头一页,夹着一个象牙书签。是我爸送我的,现在不见了。

我怒目而视,正要发难。他说:"在后面。昨晚我查了几个单词。"

"什么在后面?"

"你的书签。"

我生气不只为这个。

"第一页呢?怎么没了?"

"撕了。"

"为什么?"

"你说呢?"

我扭头就走。

那本《永嘉郡记》并不厚。加上我在九通两个月训练出来的底子,加上沥川想看的重点只有文化和地理,我抽烟、喝茶、喝咖啡,不眠不休地干了一个通宵,到了第二天早上十点,已经大致译完。词句不是很讲究,但对错肯定没问题。我又花了三个小时润色,然后见沥川的头像在CGP的MSN上显身,一封word文件从MSN上传了过去。

一会儿,弹出一条回信:"Thanks.Could I also have a hard copy?(谢谢,不过,我还需要一份打印件。)"

我打字回答:"Don't you have a printer in your office?(难道你办公室里没有打印机吗?)"

没回音,不理我了。

过了半个小时,床头的电话铃响了,是他的声音:"安妮,请到我这里来一下!"

我一阵小跑地来到沥川的房间。这回他不在床上,而是坐在轮椅上,手里拿着我的译稿。他示意我坐,我只好又坐在那个白沙发上。前天的那块红色还留在原地,朗朗在目。

"谢灵运是谁?"

"东晋①大诗人。"

"东晋?"

这个词,对中国人来说应该不生疏吧?

---

① 严格来讲,谢灵运是南朝诗人。——编者注

"陶渊明,你认不认得?"

"不认得。"

"谢灵运和陶渊明,是中国山水诗和田园诗的创始人。"

"我问谢灵运,你提陶渊明干什么?"

"他们都是东晋时期人。"

"东晋是什么时期?"

无语!郁闷!王沥川,我真是高估了你的汉语水平!

我花了十五分钟,跟这个人讲东晋的历史。

"现在,你明白了?"

"明白了。"态度倒老实,"这么说,谢灵运在温州——那时的永嘉——待过?"

"他是永嘉太守。"

"这句话,'Pond grows with spring grasses; Garden willows vary the birds that there chirp.'就是他的千古名句?"

"嗯,中文读作:池塘生春草,园柳变鸣禽。"

"我看写得不怎么样。"他说,"要不,就是你没译好。你说说看,'池塘生春草,园柳变鸣禽',究竟好在哪里?"

"谢灵运被贬永嘉,心情不好,整个冬天卧床不起。有一天,他打开厚厚的窗帘,看见窗外的池塘,已长满了春草,园子里柳树发芽,鸟的叫声也大不一样。于是,整个冬季的心灰意懒,一扫而空。"

看他听得不太懂,我又用英文给他解释了一遍。

"你明白了没有?"

"意思我懂,可我还是不明白,这句诗究竟好在哪里。"

"这句诗好就好在,它用了倒装句。"我在心里检讨,我不该译太多谢灵运的诗。谢灵运是温州的文化名人,所有的方志都会提到他,提到他的诗。可是,我没有必要译那么多啊,如果沥川把每句诗都像这样问我,我非完蛋不可。现在,我只好拿古代语法来为难他了。

"什么是倒装句?"

"Dislocation. 这句的语法,原本是'池塘春草生,园柳鸣禽变'。谓语'生'跑到了主语'春草'的前面,这叫主谓倒装。在唐诗中,倒装句的主要功能,是要将意象从语法中孤立出来,直接带给你视觉冲击。"

"嗯,视觉冲击——我喜欢这个词。"

看样子他还要问,再问我就露底了,赶紧拦住:"这跟建筑有什么关系?"

"没关系就不能听听,顺便长长知识?"

我闭嘴。

"谢灵运姓谢,你也姓谢,你是不是和谢灵运有什么关系?"

"有关系。"我没有好气,"我爸说,我们谢家是陈郡谢氏的一支,和谢灵运同宗。"

"我爷爷说,我们是琅邪的王氏,也是古老的大族。"

"所以,唐诗里说,'旧时王谢堂前燕,飞入寻常百姓家',指的就是这两家人。我们的祖先,以前就同住在金陵城外,朱雀桥边,乌衣巷里,大家彼此都认识。金陵,就是现在的南京。明白了吗?"

他老实地点头:"明白了。"

过了一会儿他又说:"安妮,我发现你的学问越来越深了。前天晚上,你说的很多单词,我从来没听说过。比如说,什么是 Actinidia Chinensis?"

"猕猴桃。"

"如果你说 Kiwifruit,也许我能明白得更快一些。"

"Kiwi 是新西兰的一种鸟,而猕猴桃的原生地在中国,千万年来就在这里土生土长。唐诗里都说'中庭井栏上,一架猕猴桃'。直到1904年才由传教士传入新西兰。你爱叫它什么随你便,总之,我就不叫它 Kiwi。"

"嗯,佩服。一直没发现你这么爱国,都爱到水果上了。"

Chapter 26

> 那一瞬间,我的眼里有一点点湿。是的,我有一点点感动。沥川的电脑,一年至少更换一次。他还用这个密码,说明他多少还记着我。

我在沥川的屋里坐了足足两个半小时,给他详细解释谢灵运的每首诗。开始,我还以为是工作需要,渐渐地有些怀疑他不过是拿我消遣。最后,我又困又饿,当着他的面打起了哈欠。

他一直不停地用铅笔在我的译稿上做记号,很少抬头。听见我打哈欠,终于问了一句:"怎么,昨晚没睡觉?"

"睡了。"我这样的天才,用得着拼命求上进吗?用得着为工作熬通宵吗?

他又问:"那你,吃过午饭了吗?"我进来的时候,已经是下午一点了。

"……还没。"我实在饿得不行了。

"今天就工作到这里。"他收起笔,站起来,走到门口替我开门。

我跑到门外的小吃店,胡乱地吃了个葱油饼,然后回房间洗了个澡,倒头就睡。一觉睡到第二天下午,没人找我。

我起来出门散步,在走廊上遇到了制图部的小丁,其实也不怎么认识,便约着一起到餐厅吃饭。吃完饭我问他:"小丁,我很少去制图部里玩,不好意思,你叫丁什么?"

"丁春秋。"他说完,研究我的表情,"你是不是觉得这个名字有些古怪?"

"丁春秋,挺好的名字呀!《左传》不是就叫《左氏春秋》吗?"

"你不看金庸?"

"不看。"

他和我握手:"安妮,你是我见过的唯一的一个不被武侠小说腐蚀的女孩。我向你表示崇高的敬意。"

我捂嘴偷笑。原来,是怕人家说他是"星宿老怪"。

"其他的人都到哪里去了?"我的眼光越过他的身子,扫了一眼餐厅,看不见几个CGP的人,也不见沥川。

"大多数人都在自己的房间里工作,几位老总跟着沥川先生去了现场。我们很紧张啊,截止期很快就到了。现在是把两个月前的工作全部推倒重来一遍,却必须在十天之内完成,还要夺标,大家都忙疯了。"

我发现CGP的人喜欢称沥川为沥川先生,而不是王先生。因为公司里有五个人姓王。不过,说实话,我没觉得沥川很忙。都什么时候了,他还在研究谢灵运。

"那么,到现在为止,方案可有眉目?"

"沥川先生要画的图已经出来了好几张,重要景观的效果图、主要视点透视图的手绘稿已经出来了一些。交通和景观的分析图由江总和张总来做。总平面图、鸟瞰图、空间竖向设计、空间构成剖面图这几样还没出来。最后他还要写文字案——创意说明、功能说明、经济指标说明等等。我们这些人要做的不过是些后期的渲染工作。"他顿了顿,又说,"不过,这事儿真说到救场,也只能找沥川。他是出名的快手,从不拖延时间,还经常提前完成设计。有他在,我们的心放下了一半——只看他身体受不受得了这么繁重的工作。"

我脸上的笑容僵住了:"身体?他身体看上去挺好的啊。"

"听说是滑雪受了伤,加上他严重贫血,本来就难得好。江总打电话去请他的时候,他还住在医院里。这两天一忙好像又加重了。本来他说,设计完成之后要和大家一起做建筑模型,现在江总说什么也不敢让他干了。"

"为什么?"

"做模型要用裁纸刀,万一他不小心划伤自己,止不住血,就麻烦了。"

我从没听说沥川贫血。我和他相处的那段时间,他就只生过两次病。一次是肺炎,住院了,不过听他的口气,是医生小题大做。一次是发烧,吃了几颗银翘片,还是我逼他的。他平日看上去精力充沛,脸色不算红润也绝不苍白,没有半点贫血的样子。

我还想继续询问,小丁却在看表:"不能和你聊了,我得忙我的去了。"

我回到房间,继续躺在床上,心头涌起一阵莫名的焦虑。紧接着,我的手机响了,一看号码,是张总。

"安妮,你还在宾馆吗?"

"在。"

"能去机场接两个人吗?外国人。"

"能。"我尽量让自己的声音显得很踊跃。我是这里唯一的翻译,又是最闲的,我不去谁去?

"是这样,来的人是王先生的哥哥王霁川和一位法国设计师,名字叫René(热内)。王先生本来打算亲自去接机的,可我们现在还在现场勘测,赶不回来,所以麻烦你去接一下。房间我们已经安排好了。"

"航班号和到港时间是……"

"王先生说,他把班次和时间打印在一张纸上,就在他的办公桌上,走的时候忘记拿了。只记得好像是六七点钟到温州。我刚给保安打了电话。你可以到服务台去领一个备用房卡,把那张纸拿出来看清楚,再去接人。"

我一看手表,五点四十。时间紧迫。我关掉手机,到服务台拿房卡,打开沥川的房门,找到那张纸,回屋匆匆忙忙地换了一套像样的衣服,化了妆,拿了我的手袋,就打出租车去了机场。

冬季的温州,天黑得很早。

机场十分忙碌。

我在巨大的电子公告栏里找到了接机的航班号,因为天气原因,飞机在北京推迟起飞。所以我至少要在这里等两个小时。

我买了一本杂志,找了一个咖啡馆坐下来,打发时间。

等了一个小时,我又去看告示牌,飞机还没起飞,不过,预计起飞时间变成了十点,意味着十二点才到温州。我有些后悔出来的时候没带电脑,里面有不少电子书。这么长的时间怎么打发?

烟瘾发作了,我去商店买了一包烟,跑到大门外的一棵树下抽了一支。再回来,又买了一本杂志,一边看一边等。

九点钟的时候,我跑到门外抽第二支烟,手机忽然响了,是一个陌生的号码。

"喂?"

"安妮。"

听见这个声音,我的心开始怦怦乱跳。

"王总?"

"飞机晚点了?"

"嗯。"

"预计什么时候到港?"

"十二点。"

"不用等了,先回来吧。"

"不回来,这是张总交给我的任务。"

"我是张总的上司。"

"如果我回来,客人到了谁接?"

"不用接,可以坐机场巴士。"

"机场巴士?王总,我们中华民族是友好热情的民族,作为中华民族的一员,我不能让莅临CGP检查工作的外国专家受此冷遇。我,谢安妮,要把公司领导交给我的任务执行到底。"我公事公办地答道。

电话那一端,沉默。过了一会儿,他说:"你在哪里?"

"候机厅的咖啡馆。"

"为什么我没看见你?"

"……我在洗手间。"

"把烟掐了,过来见我!"

沥川的声音,无论说什么话都好听。嗯,这么凶的口气,真是少见。

为了防止他闻到烟味,我在身上喷了浓浓的香水。沥川坐在轮椅上,瘦削的脸,纯黑的西服,浅蓝的衬衣,条纹领带。咖啡馆里所有的女人,无论老少,都在偷偷地看他。

沥川不喜欢轮椅,不到万不得已的时候决不会用,我从没在任何公共场合见过沥川坐轮椅。

我"Hi"了一声，走到他面前的沙发上，坐了下来。

他的面前有一杯柠檬茶。显然是我的香水呛着他了，他背过身去，轻轻咳嗽，然后说了一声"Excuse me（对不起）"。

我在心中暗笑。沥川还是老毛病，无论是咳嗽、打喷嚏或借道，都会说"Excuse me"。有时候他去提款机提款，点错了一个键，都会对着机器说"sorry"。

"想喝点什么？"他问。

"咖啡。"

"两份奶两份糖？"

六年前，我喜欢的咖啡带着浓重的奶香，很甜，很腻。

"黑咖啡，无糖。"

"Irish cream（爱尔兰奶油）or Noisette（榛子味）？"这是沥川和我在一起时，我最喜欢喝的两种味道。沥川不说"Hazelnut"，非要用法语说"Noisette"。

"Columbian, please.（请给我哥伦比亚咖啡。）"我现在改喝味道最浓、最本色的那种。

真是样样都变了。

他转动轮椅，去买咖啡。付了钱，请服务小姐给我端过来。

我没戴眼镜，瞪大眼睛看着他。他的脸离我很近，反正也看不清，我毫无顾忌地凝视着他，好像他是外星人。

"So,"他说，"你很近视？"

"有一点，不严重。"

"好久不见，小秋，"他说，声音是虚幻的，"你好吗？"

"挺好。你呢？"

"也挺好。"

"难得来中国，没顺便带夫人一起过来？"我问。

"一向单身。"他看着我的脸，"你呢？"

"个人隐私，无可奉告。"

屏蔽。

显然被我这句话打击了。接下来，他一动不动地坐在那里，一言不发。

我也一言不发。

他不开口,我也不开口,就这么僵着。

整整一个小时,我们好像两个陌生人,各喝各的饮料,谁也不说话。

终于,我先开了口:"沥川,你为什么要回来?"

他怔了怔,想不到我会有此一问。过了好久才说:"公干。"

"那你,什么时候离开北京?"

他又想了好久,敷衍:"公干结束。"

他的样子很不自在,握着茶杯的那只手几乎要把茶杯捏破。而且,脸绷得紧紧的,很局促,很紧张。我觉得,看他的样子,若再问几个他答不上来的问题,他就会立时昏倒在我面前。

也罢,不为难他了。我笑了笑,继续说:"那么,请问公干期间,你和我是什么关系?"

朋友?熟人?同事?上下级?总之,肯定不是恋人。

"我们之间,是工作关系。"

我深吸一口气。工作关系。

就在这时,我的手机响了。我心烦意乱不想接,直接打开挂掉。

过了半分钟,手机又响了。

我只好打开:"喂?"

"我是萧观。"

"萧总?"

"今天我去了CGP,艾玛说你去温州了?"

"是啊。"

"有个拍卖行要出一本手册,偏巧心如病了,活我已经接下来了。能不能帮个忙?我出双倍译酬。"

"什么时候要?"我掏出我的记事本,看时间。

"月底行吗?"他说,"你先办完温州的事。"

"多少页?"

"五十页。"

"很多古文?"

"全是。"

"好吧。"

"谢谢。"

我打算收线,不料他又说:"安妮,上次是我唐突了。请你不要介意。我和艾玛以前有很深的过节。"

"不介意。"

"什么时候回北京?"

"十天之后吧。不确定。"

"记得事先通知我,我去机场接你,顺便请你吃饭,算是谢罪。"

"不用不用,你太客气了。"

"安妮,你以前可曾被男人追过?"

我一愣,说:"不曾。"我在想,我和沥川,究竟是我追他,还是他追我?想不明白。开始的时候,肯定是我先追的,是我先请他看电影嘛。这么说来还真是始乱终弃,我还对他怨而不怒。

"你先试试我,就当热身吧。"

我没来得及回答,电话挂了。

我端起咖啡,喝了一口,看见自己的手指在不停地发抖,决定出去抽烟。

"我出去一下。"

"出去干什么?"

"不关你的事。"

我真的很看不起自己,看不起自己过了这么多年还放不下,看不起自己沉不住气地要生气。

我快步走到门外,找到一个僻静之处,一根接着一根地抽烟。外面很冷,我虽然穿着大衣,手还是冻得冰凉。但我不愿意回到咖啡馆,不愿意见那个坐在轮椅上的人,宁愿待在自己制造的一团乌烟瘴气之中。我在外面站了足有一个小时,直到抽完最后一根烟,才回到候机厅。我去洗手间洗了个脸,透过镜子,我看见自己的容貌在口红、面霜和眼影的遮掩下没什么变化。只是我抽烟那会儿,曾不争气地流了几滴眼泪,那睫毛膏说是防水,也没防好,给我一揉,油彩溢了出来,待要我拿纸巾来拭,它又防水了,怎么也擦不掉。

离接机时间只剩下了半个小时,我却是这么一副样子,悲悲戚戚,失魂落魄,好像刚受过一场巨大的打击。

我不能让沥川看见我。我拨他的手机。手机只响一下就接了。

"小秋……"

"叫我安妮。"

那端沉默。

"我有点不舒服。既然你来了,那我就先回宾馆了。"

"你是不是又在抽烟?"

"抽烟怎么了?"我冷冷地说,"抽烟是我存在的方式!"

电话那头,只剩下了他的呼吸声。

过了一会儿,他才说:"那好,你先回去。到大门等着,我叫司机送你。"

"不用,我打出租车走。"我冷冰冰地回了一句,不管他答不答,收线。

回到宾馆,路过服务台,我忽然想起自己的手中还有沥川房间的备用房卡,应当还给服务台。可是,我想起了一件事,我的《沥川往事》还在他的电脑里。机会难得,我得赶紧去把它找出来,删掉。

诸位看官,如果下面的情节让你们想起了《碟中谍》的第一部或第二部,那不是我的发明,也不是我的模仿,那只能说明,再纯洁的人,如果看多了动作片,都会在心灵上留下可怕的烙印。

走廊里没有人。

门卡一插,一秒钟,红灯变绿,门开了。我闪身而入。

他的笔记本电脑在床上。

卧室开着一盏小小的台灯。我爬上床,打开笔记本电脑,几秒钟时间,出现了蓝色的视窗。

接着,画面上出现了一个小小的窗口,向我要进入桌面的密码。

我傻眼了。我知道,这肯定是个很简单的密码。沥川绝不会用烦琐难记的密码为难自己。

我先试:××0907,我们俩共同的生日。

密码错误。

我想了想，又试：xiaoqiu。

是的，我自恋了。错误。

我开始想还有哪些东西可以让他当作密码的。我试了他喜欢的歌星：roxette。

没戏。

他哥哥的名字：jichuan。

没戏。

他在瑞士养的猫：mia。

不是。

他喜欢的作家：proust。

也不是。

到这里，我想说，诸位看官，如果你爱一个人，却猜不到他可能用的密码。作为爱人，你很失败。

我在床上冥思苦想，想了有半个多小时。因为我知道试的次数有限，我不可能无止境地试下去。

最后，我想起了三个字母：ldw。

老滇味，还记得吗？他非说LDW。

蓝光一闪，桌面悄悄地打开了。

那一瞬间，我的眼里有一点点湿。是的，我有一点点感动。沥川的电脑，一年至少更换一次。他还用这个密码，说明他多少还记着我。

桌面上满满的图标。我直接进入"我的文件箱"。文件箱也塞得满满的。显然，他的工作项目很多，每个都有建档。路径连着路径，文件夹连着文件夹。金山词霸已经装上。我检查它的路径，发现它已被移到一个陌生的文件夹内。

我在文件的迷宫里转来转去，反复浏览，却怎么也找不到我熟悉的那些文件名。

然后，我一拍脑袋，连忙打开"我的桌面"，用关键词搜索："lcws.doc"，这是小说名字的拼音缩写，藏在我的一大堆电子书中。

很快，文件找到了。我大喜，左键锁定，右键打开，忙点"删除"。

半秒钟，弹出一个窗口："删除文件错误"。

No!

我再试一次,仍然是"删除文件错误"。

我检查文件属性,原来是"只读文件"。我明明记得,自己从没有把这个文件改成过"只读"。会不会是沥川动了什么手脚?

哼,难不倒我! 不就是"只读文件"吗? 我打开它,再改成"非只读"不就行了? 我打开文件,进入"属性",修改"只读"项。

改完了,再删。又是"删除文件错误"!

还是删不掉! 超级郁闷啊! 我用沥川的枕头,使劲地砸自己的脑袋。

革命尚未成功,同志仍须努力。我坐在床上使劲地想,还有什么别的办法。就在此时,门忽然一响,接着,几个人走了进来,同时传来很热闹的说话声。一句也听不懂,因为是法语。

沥川回来啦!

不会吧? 怎么会这么快!

我眼疾手快地关文件、关电脑、合上电脑盖。果然,几个人停在客厅,热情地说话。

我听不懂法语。只听得出是三个人,当中有沥川。然后,我听见沥川去了厨房,好像是去煮咖啡。接着,天啊,我听见他的轮椅驶向卧室。

我迅速躲进卫生间。浴帘是拉着的,我跳进浴缸,躲在浴帘背后。紧接着,卫生间的灯就亮了。

沥川啊沥川,拜托你千万不要在这种时候上厕所!

洗手池里的水哗哗地响,大约是他洗了个脸。然后,好像是嫌热,他到卧室打开窗子,冷风嗖嗖地吹进来,几乎令我打了一个喷嚏。接着,他回到客厅,继续和客人说话。

沥川特别喜欢洗澡,早晚必洗。浴室绝不是久留之地。我赶紧逃出来,四处张望。如同所有的宾馆,沥川的卧室很宽敞,家具很少,根本无处藏身。我只好躲进他的衣橱。里面挂着西服和衬衣,我四下一摸,还好,除了衣服还是衣服,没有骷髅。

外面传来愉快的谈笑声,依然是法语。我坐在壁橱中,都快被憋出幽闭恐惧症了。都什么时候了,这群人还聊天! 快点结束好不好!

过了片刻,终于,其中的一个人离开了。

屋子顿时安静下来。留下来的那个人陪着沥川到了卧室。

只听见沥川说:"这几幅图要拜托你替我画一下。草图我画了个大概,细节你照我写的添上就可以了。"

那人笑道:"好嘛,把你哥当绘图员使唤。"——我猜得没错,那人是沥川的哥哥霁川。

"模型是你做还是René做?"

"当然是他。我要替你画图,哪里忙得过来?"

"你不是说要带他游雁荡山吗?"

"你的主图一出来,模型两三天就可以做完。剩下的时间还是可以去玩。"

"那你去和他说吧。"

"有什么好说的,上次你也帮过他,他本来就欠你人情。"

"……好吧。"

过了一会儿,估计是霁川看见了桌上的几个空啤酒瓶,听他说道:"你又喝酒了?"

"啤酒而已。"

"什么酒也不能喝。"

"行了,哥,有完没完?"沥川嘀咕了一声。

"太晚了,快睡吧。"霁川叹了一口气,"我对苏群说,你每天最多只能工作五个小时,看来你根本不听他的。"

"忙完这一阵子就好了。总部那边的事,麻烦你替我挡一下。"

"我也忙,就爸闲着。爸陪着爷爷奶奶在香港度假,我一个电话把他们仨全招回来了。"

"什么?什么?"

"所以现在,不是我挡着,是爸在替你挡着。你若是心疼他,就早点回去吧。"

"早知道是求爸,那还用得着你去求吗?"沥川说,"你说说看,上次你和René去罗马,谁给你挡着来着?"

"我这不是实在分不了身嘛。哎,这么一说就扯远了。你在温州,一个电话打过来要我帮忙,我是不是二话不说就来了?不仅我来了,还给你多找了一个帮手。很够意思吧?"

"够意思。"无奈的声音。

"对了,你的伤好点没?"

"差不多了。"

"那你快睡吧,我走了,明天再聊。"

我听见沥川将霁川送到门口,关上了门。

我悄悄地松了一口气。随手将一件衬衣从衣架上摘下来,抱在怀里,轻轻地闻了闻。不要笑我,我受了六年的委屈,难道不可以悄悄地花痴一下?

我在壁橱里美美地想,接下来,沥川该去洗澡了。我呢,趁这当儿赶紧逃走。

可是,我等了半天没动静,也没听见浴室传来水声。

从门缝中张望,我看见沥川回到卧室,径直来到床边,脱衣服、换睡衣,然后上了床。接着,不知从哪里传来了音乐声,很低,却很吵:

I see you comb your hair

and gimme me that grin.

It's making me spin now,

spinning within.

Before I melt like snow,

I say Hello.

How do you do!

又是他的Roxette(罗克塞特乐队),以前那首歌他就常听,以至于连我都熟到可以背下来。沥川的长相看起来略显忧郁,其实他很容易高兴。他喜欢轻松热闹的音乐,还喜欢哭哭啼啼的连续剧。相比之下,我反而故作深沉地喜欢听小提琴、钢琴奏鸣曲之类。和他在一起的时候,总是嫌他闹得慌。

我现在关心的问题不是Roxette,也不是吵闹,而是他什么时候才能睡着。睡着了我好逃之夭夭。我缩在壁橱里,忍不住偷偷地打了个大哈欠,在机场等了五个小时的机,我也累了呀!沥川哥哥,不要听音乐了,拜托你快些睡吧!

Chapter 27

沥川是我的泰坦尼克,又是我的冰山。
他走着走着向天空扔去一块石子,那石子就是我。

我蜷缩在壁橱里,有一搭没一搭地听着Roxette,听了三遍多,昏昏欲睡。从门缝里看去,沥川坐在床上,开着电脑,开着两个巨大的显示屏,一面听音乐,一面聚精会神地画图。

整间房,除了Roxette,就是鼠标的点击声。渐渐地,Roxette没了,换成了轻音乐,SPA风格,带着天然鸟叫和瀑布水声的那种。

倦意袭人。怎么办啊!这人没有一点想睡的意思啊。可是我自己,却困得睁不开眼睛了。

我打算先打个盹,养养精神,等到半夜他睡了,再起来溜之大吉。我靠墙坐着,抱着他的衬衣,很快就睡着了。

我睡着,是因为我相信沥川临睡之前一定会洗个澡,洗澡的水声,一定会吵醒我。可是,那个水声没有吵醒我。我睡得很沉,还美美地做了一个梦。梦见沥川把我抱到床上,然后轻轻地吻了我一下。我抓住他的领子说:"不算,再来一次!"他先是不肯,然后又说:"你答应我戒烟,我就再来一次。"我很豪爽地拍了拍胸脯:"我答应你!"

他俯身下来,柔情蜜意地吻我,十指冰凉,触摸在我的脸上,很缠绵,很专注,很长时间也不放开。之后他问:"够不够?"我禁不住伸手去抱他,他却一把握住我的手,把它塞进毯子里,说:"好好睡吧。"我说:"我正睡着呢,我在做梦。"他笑了,笑容淡淡的,带着一丝无奈:"那就做个好梦吧。"

记忆里的沥川,充满活力,任何时候都会在我的脑中跳出来,干扰我正常的生活。这是我六年来难以克服的困难。我没有研究过弗洛伊德,不明白为什么有些记忆可以是死的,可以埋藏几十年不浮出表面;有些记忆却是活的,像油一样浮在水面,怎么搅动也沉不下去。沥川是我的泰坦尼克,又是我的冰山。他走着走着向天空扔去一块石子,那石子就是我。

嘀嘀嘀,嘀嘀嘀,嘀嘀嘀,我被一阵闹钟铃吵醒。看手表:七点四十五。

人物:谢小秋。

地点……地点……

王沥川先生的床。

我揉眼睛、揉眼睛、再揉眼睛,不敢相信这是真的!

不行,再来一次!

时间:七点四十六。

人物:谢小秋。

地点……

沥川的床。

肯定是他的床。虽然宾馆里的每个卧室看上去都差不多,但沥川的房间规格很高。里面的家具虽少,但每样都很奢侈。床的两边有两个移动支架,一左一右,各有一个巨大的苹果显示器,这足以说明问题。

我的身上还穿着昨天的衣服,手里还拿着他的那件衬衣——被揉皱了的白色衬衣上有我的口红和眼影。我在床脚找到了我的袜子,翻身下床,四处侦察。房间里空无一人,很安静。我寻找沥川的电脑,想完成昨日未竟的事业,却发现它已经不在了,沥川把它带走了。

我长长地吁了一口气,到洗手间用热水认真地洗了一把脸。沥川走得并不久,他的牙刷还在往下滴水。浴室里的雾气还没散尽。我整理好衣服和头发,弄出一副正在工作的样子,又故意将两本《温州市志》抱在怀中,看看时间:八点过五分。

这个时候,所有CGP的人都在会议室里开会。除了我,没人敢晚到。

我听了听门外,没有动静。The coast is clear.(附近无人。)于是我坦然开门,坦然走回自己的房间。我干干净净地洗了个澡，重新打扮，换了件淡紫色的羊毛衫、一条灰格子短裙。然后去餐厅吃我到温州来的第一次早餐。

会议刚刚结束，CGP的每个人都在餐厅里。

沥川和两位老总以及昨晚到的两位客人正端着咖啡在吧台边说话。

去取咖啡必然路过吧台。我礼貌地向客人们笑了笑，也不上去寒暄。倒好咖啡，正准备到旁边的桌上取蛋糕，江总突然叫住我："安妮，过来一下！"

我停步，转身，然后，缓步向前。孟子曰："说大人，则藐之，勿视其巍巍然。"

"这位是王霁川先生，王先生的哥哥。"

我和他握手："您好，王先生。我是安妮，是沥川先生的翻译。"

"你好，安妮。"他的手心很热，握手的时候很用力。

哥儿俩长得像。不过，霁川的轮廓比沥川要柔和，个子也比沥川略高。相比之下，我还是觉得沥川更好看，轮廓更分明，线条更刚硬。他比霁川多出了一点桀骜。

霁川的身边站着一个栗发深眸的外国人，年纪和他相仿。我觉得，他长得不像法国人，倒像英国人，脸很瘦，很长，任何时候，胸挺得高高的，有点像《英国病人》里面的那位毁容以前的伯爵。

"这位是René Dubois先生。"霁川介绍说。

"您好，迪……布瓦先生。我是安妮。"

迪布瓦，这名字很拗口。霁川的法文发音又快又轻，我有些紧张。

令我紧张的还不是这个。我怕法国人的吻面礼。我是中国女人，不传统，也不保守，但坚持原则，只对自己中意的男人大方。有一次我到同学家玩，她的男朋友是法国人，见面就在我的脸上啵啵了两下，闹了我一个大红脸。

"啊……安妮，你好！请叫我René，来自巴黎。所以，第二个e上面是第二声。"他握手的样子很亲热，不过手背上有很长的毛。他居然也能讲中文，结结巴巴，怪腔怪调。

"记住了。"

中文他就能应付到这里。接下来，René跟我说英文。他的英文流利自如，句法也很优雅，就是带着明显的法国口音。

"Alex(亚历克斯)说你会带我去雁荡山。"

"Alex?"

我没听说过这个名字。

他愣了愣,转头看沥川。沥川低头喝咖啡,然后抬头看我,半天,嘴里吐出两个字:"Middle name.(中间名。)"

沥川骨子里很传统,不知出于什么原因,也许是在中国待久了,他不喜欢用英文名字,总是自称"沥川"。所以我没想到他还有个中间名。

我保持职业的笑容:"雁荡山我也没去过,很乐意和你一起去。听说坐车的话,一个小时就能到。"

"你会骑自行车吗?"

"会呀。"

"骑自行车去怎么样?可以减少大气污染。"

"没问题。"

"安妮,早饭在那边,需要我替你端咖啡吗?"法国人好殷勤。

"谢谢,不需要。"

René将我送到桌边,拉开椅子,我坐下来。其实,每次外出吃饭,沥川都帮我推门、脱外套、拉椅子,做了无数次我也不习惯。

桌上的早点以西式为主,蛋糕、面包之类。很多东西的名字我都叫不出来。René又对沥川说:"Alex,Leo(利奥)马上要去现场,你们要不要先吃点草莓松饼垫垫肚子?"

兄弟俩也坐了过来,各人端了一个盘子。

"当然得吃点。松饼太甜,沥川就不要吃了。"霁川说着,就把沥川盘子里的一个松饼拿到自己那边,随手扔给他一片黑乎乎的面包,"吃这个粗麦的,有营养。"

沥川的口味其实很挑剔,粗麦面包肯定不想吃。他果然皱了皱眉,站起来,到旁边沙拉台去盛了半碟水果。刚坐回来,René就拿着叉子,把头探过来,一面观察盘子里的水果,一面摇头:"嗯……这个不好,这个不好,这个你不要吃,还有这个葡萄,太甜。这个不行。这个kiwi好,维生素多。"他把沥川碟子里的水果叉了一半到自己口里去了。

……这都是一群什么人啊。我替沥川郁闷。

接下来,沥川从旁边的盘子里拿出一个小包子,刚要张口,被René眼疾手快地一把夺下:"上帝啊,这肯定是猪肉的!我检查检查。"说罢,将包子掰开,闻了闻,点头:"果然是。Alex,你从来不吃猪肉的,对不对?你喜欢吃包子,我去问问服务生,看有没有蔬菜的那种。"

看这两人一左一右地"围剿"沥川,我都要替他抓狂。第一,沥川不是婴儿;第二,沥川能吃猪肉。那次他在我姨妈家吃了那么多的猪肉饺子,还一个劲儿地说好吃呢。

"不用了,"沥川拦住他,拿起那片粗麦面包,"我就吃这个,行了吧?"

René笑眯眯地看着我:"安妮,你吃什么?"

我赶紧说:"粗麦面包。"

席间,为了照顾我,大家都讲英文。沥川一声不响地吃面包。倒是霁川和René非常热情,不停地和我说话,问雁荡山,问温州的气候,问人情风土,问地方新闻。法国人真是搭讪的高手。

我无所谓,陪着他们聊,全当练口语。聊了半个多小时,意犹未尽,沥川先站了起来,掏出自己的blackberry,检查"to do list":"霁川,陪我去现场。René,我已派人买了做模型的材料,裁纸刀、蜡烛、各种胶水和各种厚度的纸都是现成的。你有一个下手。对了,我的设计里,有几道弧形墙,做起来可能有些麻烦,你打算怎么做?"

"能不能不是弧形的?"René在旁边调侃。

"不能。"

"有厚度超过1.5厘米的纸吗?"

"有。"

"交给我,我有办法。上次Leo设计了一个瓜形的椅子都被我做出来了,是不是,Leo?"

"你是天才。就比沥川笨一点点。"

"哎,我是PhD好吗?"

"搞建筑的人,笨蛋才读PhD。"这回,兄弟俩异口同声。

"那是因为我不差钱!这样不好吧,你俩在一起就对付我,很不厚道哟。"

Leo不去现场了,留下来帮我吧。"

"不行,Leo要帮我画图。你一个人干,我给你找了下手。"

"那么说好了,Alex,你欠我一个人情。"

"欠你什么？上次……还有……去年……还有……三年前……"

"好吧,Alex,你不欠我人情。下回我去拉斯维加斯赌输了,你借我钱就可以了。"

"说到这事儿……你上次借我的钱还没还呢。都几年了啊？"

"Leo说他替我还了。Leo,是不是？"

"嗯……我们兄弟之间的事好说。对吧,沥川？"霁川笑眯眯地拍了拍沥川的肩。

René忽然把头转过来对我说："安妮,你喜不喜欢玩纸头？你来替我当下手,好不好？"

"你的下手是绘图部的小丁。"沥川说,"安妮今天要翻译我写的设计说明。"

"那你记得把说明给我。"我公事公办地说。

"已经发到你的邮箱了。"

"我打不开CAD软件,能给我打印件吗？"

"这样吧,把你的电脑拿来,我给你装上CAD。"

"不好吧,盯着屏幕看太久会眼睛疼。"我的电脑藏有太多秘密,担心沥川会不会趁这当儿又把我的硬盘拷贝了。

"是这样啊。那好,图就放在我的办公桌上,蓝色的纸筒。我现在去现场,你自己去取吧。"

我两手一摊："怎么取？我没房卡。"

他本已打算离开,又停下来,双眉一挑："没有房卡？怎么会？"

我只好耍赖："我怎么会有你的房卡？"

沥川瞪了我一眼："备用房卡也没有？"

"已经还了……"

"跟我来。"他的脸已经阴沉得不能再阴沉了。

餐厅的门外就是小卖部。一想到今日工作繁重,我的烟瘾又来了。

"等等,我去下小卖部。"

"我陪你去。"

沥川硬跟着我,一直跟到小卖部的柜台前。那服务员每次都卖烟给我,跟我挺熟。

"早!还是老牌子吗?一包还是两包?"

我想了想,又想了想。然后,我终于问:"你有没有戒烟糖?"

"没有。药店才有卖。"

我没说话,准备作罢。不料站在一边的沥川问道:"请问最近的药店在哪里?"

"出门往右,过了公园再往左转,沿着那条'怀旧小街'走十五分钟,有个很大的同济堂。"

我连忙说:"太远了,明天再说吧。要不,你先给我一包——"

某人向我怒目而视。

"卫生巾。"我赶紧把话说完。

出了小卖部,沥川对我说:"有没有兴趣陪我散步?"

我吃惊地看着他,盛情相邀啊!难道天上掉馅饼了?这不是沥川的风格啊!

我扫了一眼他的腿,问:"你能散步吗?"

"不是很远的路。"

"请问……这散步是什么性质?工作性质?"

"是的。你愿意吗?"

"挺愿意的。谁不愿意和老总套近乎?走哪边?"

"往右。过了公园再往左,'怀旧小街'。"

出门往右就是公园。我们从公园中心穿过。公园里面很热闹,有人舞剑,有人打拳,有人跳舞,有人练功,有人喝茶,有人遛鸟。大家都在享受生活。

"设计说明很长吗?"我问。既然是工作性的散步,我就只好谈工作。

"不长,十几页吧。"

"若是要得急,我下午译完,晚上给你。"

"不是很急,明天给我就可以了。"

"那,你看我什么时候陪René去雁荡山?"

"等他的模型做得差不多了,你们就可以出发了。乘车去,两天时间,够了吧?"

"不是说骑自行车吗?"

"别听他的。山路不安全,我让司机送你们。"

"你自己不想去?"

"没时间。"

我还想没话找话,他却不再开口,手杖点地,专心走路。

我心中苦笑。其实我的要求不高,沥川陪我散步,哪怕一句话不说,我已心满意足。

走过公园的草地,我们向左。左边那条街因为有很多商铺卖二手唱碟,成天放老歌,所以叫"怀旧小街"。

"为什么来这里?想买唱碟?"

"随便看看,有好的就买几张。"

"那我给你挑了啊。"

"好啊。"

我们路过一间小铺,我选了一张邓丽君:"老板,这一张放放看,没刮伤吧?"

CD放进机子里,邓丽君靡靡地唱道:"我一见你就笑,你那翩翩风采太美妙。跟你在一起,永远没烦恼……"

"老板,还要这一张,郑钧。"

唱机里又热热闹闹地唱起来:"她似乎冷若冰霜,她让你摸不着方向,其实她心里寂寞难当,充满欢乐梦想……"

无论唱机里放什么歌,沥川的表情都像是正在参加葬礼。对这种人,只好下杀手锏。我搬出了极度煽情的Trisha Yearwood(特丽莎·耶尔伍德):

> Without you
> There'd be no sun in my sky
> There would be no love in my life
> There would be no world left for me
> ……

这回,某人终于发话了,不冷不热的英文:"Could you stop it?(你有完没完?)"

真是木头人,没戏!失败!买单!一叠CD放进塑料袋里,自己拎着。然后,我跟着他茫然地向前走。不到五分钟,他忽然在一家店铺的门口停下来。我抬头一看,上面写着"同济堂"三个字。

"沥川你买药啊?买什么药?告诉我我去买,你别认错字了哦。"我拎起一个购物篮,发现这里的药店有点像超市,药一排一排地码整齐放在货架上,居然还有化妆品。

"你买你的,我买我的。"

我们各拎着一个篮子,进去,消失在人群中。我找到了想要的乌鸡白凤丸,外加一瓶润肤霜、一瓶洗面奶,到前台交钱。沥川跟在我身后,他的篮子里装着好多黑盒子,每个盒子上都写了一个大大的"NO"字。

我结完账,回头看他:"这是什么?"

"戒烟糖。"他加了一句,"吉祥通宝牌。"

"别吓我哈,这么多盒?"

"一个疗程六盒,八个星期之内你不用再来买了。一次两颗,想抽烟了你就吃糖,然后,多喝水。"

"是你关心我的健康,还是工作需要?"

"跟你的健康没关系。你爱不爱抽烟不关我的事。"

我愣住。

"可是,我不想闻到烟味,因为我不想得肺癌。"他冷冰冰地说,"为我工作,你必须戒烟。这是工作需要。"

我不吭声。

他结账出来,招来出租车:"我们坐车回去。"

"可以继续散步嘛!"

"我累了。"

一路无语,到了宾馆,我看见霁川在门口和服务员聊天,见我们进来,笑道:

"你们去哪儿了？说是去现场,害我在这里白白地等。"

我礼貌地笑笑。

沥川把一袋子戒烟糖交到我手中。

我当着他们的面,随手将整个塑料袋扔到旁边的垃圾箱内。然后,我心平气和地说:"王沥川,你尽管开除我,看我会不会饿死。"说完话,我两眼一翻,扬长而去。

Chapter ·28·

我没理他,径自走到垃圾箱旁边,默默地站着,等他离开。就算我控制不住我的烟瘾,我的修养也没差到逼沥川吸二手烟的地步。

我在房间里脱了个精光,把衣服一件一件地拿到鼻子跟前嗅,看有没有尼古丁的气味。然后,我又彻彻底底地洗了一个澡,一遍又一遍地涂肥皂。清理完毕,我换了件白色的绣花衬衣,是新的,还没有穿过。我将换下来的衣物装在塑料袋里,拿到洗衣店干洗。

干洗店就在门外不远处。我和老板娘搭腔,问她吸烟的人会不会在衣服上留下烟味。

"当然啰,"她说,"如果你吸烟,或者你周围的人吸烟,你衣服上的每根纤维都含着烟味,怎么洗也洗不掉的。自己半点闻不出来,敏感的人一闻就知道。我们这里收二手衣的人都会事先打招呼,抽烟人的二手衣,不要。"

我一听,头大得要炸掉了:"老板娘,衣服我不要了,麻烦您帮我捐了吧。算了,还给我,我扔垃圾桶里得了。"

我去商场,从里到外地买了换洗的衣服——心情不好,只好用购物疗法。我在几个商场里闲逛,大包小包,拎了一手。回到宾馆,已经是中饭时间。我折回自己的房间,鬼使神差地又洗了一个澡。我在水中观察自己的手指。是的……有一点点黄色,是尼古丁浸的。心情最差的那几天,我曾经一天一包,省吃俭用也要抽。要不是每个月要交两千块给陈律师,致使日子过得有些拮据,只怕抽得更狠。唉,以前也不觉得严重,反正是自暴自弃。可是现在,沥川回来了,一切都不一样了。

就这么想着,烟瘾又犯了。我的手指开始不由自主地发抖,头痛,烦躁,精神涣散,唇焦口干,坐立不安。我想到下午我还要翻译文件,需要烟来帮我集中精力,便下意识地去摸我的手袋。还好,还好,谢天谢地,还有一包,所剩不多,还有两支。我拿着手袋出大门往后,大门背后有两个巨大的垃圾箱,一人多高。没人愿意在那里逗留呼吸垃圾的气味,那才是吸烟的理想之地。

后门有一片空地,其实是个废弃的停车场。我沿着宾馆的大墙向左转,听见空地上传来一个男孩子的笑声:"叔叔,往这里扔吧!这里!这里!"

"你过来一点,眼看着球,别看我的手。"磁性的男声,低缓却清晰。

男孩子欢快地尖叫:"啊哈!我接到了!我接到了!叔叔,再来,再来!"

还是那个男声:"这回我可扔得远了。你得快些跑才行。"

"扔吧!扔吧!"

是沥川半跪在地上,陪一个三岁的小男孩玩球。孩子的妈妈站在一边,微笑地看。

"阿吉乖,咱们回家吃饭吧,不玩啦。叔叔都陪你玩了一个小时了。"

"不嘛,不嘛,我要玩!我不吃饭!"

"嗯,不可以不吃饭,不吃饭怎么长大呢?这样吧,咱们回家吃饭,吃完饭妈妈带你去公园,好不好?"

"不……不……不……"

"宋小吉!回家去!我都说多少遍了!"妈妈不耐烦地叫了一声。

小男孩总算磨磨蹭蹭地牵着妈妈的手走了。

沥川拾起地上的手杖,慢腾腾地站起来,看见我,"Hi"了一声。

我没理他,径自走到垃圾箱旁边,默默地站着,等他离开。就算我控制不住我的烟瘾,我的修养也没差到逼沥川吸二手烟的地步。

他偏偏不走,反而跟了过来。

"生气了?"他说。

不理。

"越是生气,越是要到空气好的地方站着。这里全是垃圾,空气多不好。"

不理。

"哎,要吃糖吗?我这里有好吃的糖。要不要?"

不理。

他从口袋里掏出了一个黑色的盒子递给我。我一看,是那个吉祥通宝牌戒烟糖。

"我试过,薄荷味的,挺不错哟……不喜欢吃糖?"

我夺过吉祥通宝,直接扔进垃圾箱。

他又掏出一个盒子,从里面拿出一张薄薄的好像创可贴一样的东西:"这是戒烟贴,叫作'花样年华',你试试?"

我又一把夺过,扔垃圾箱,并恶狠狠地说:"还有什么?全拿出来,我好一次扔光!"

垃圾箱边有一道水泥石台,几级台阶走上去,便站在了和垃圾箱顶一样的高度。这垃圾箱居然有一间房子那么大,需要专门的卡车来拖,一般的人扔垃圾时如果觉得太高,可以爬到水泥台上去扔。

沥川从地上拾起一根长长的树枝,拉着我,一起走到水泥台上:"来,小秋,我们看看垃圾箱里有些什么。"

搞什么鬼啊!我们一起探头往下看。

垃圾箱里会有什么?垃圾。对不对?

鸡蛋壳、剩菜、剩茶叶、破塑料袋、煤球、鱼骨头、猪骨头、死猫子、鸡毛、鸭毛、烂菜叶子、空罐头、破玩具、断了腿的家具、划伤的CD、玻璃碴、带钉子的木条、塑料花、发霉的米饭、土豆皮、黄瓜皮、烂西瓜、烂橘子、电线、木工手套、蛆、苍蝇……

垃圾箱不是很满,只装了不到一半的东西。沥川拿着树枝在里面扒拉。扒拉了半天,用树枝挑起一片很大的包菜叶子,上面烂得千疮百孔,放在我的眼前晃荡。

"这是什么?"

"如果你继续抽烟,几年以后,你的肺就会变成这种样子。怕不怕?"

"怕什么?这样子挺好看的。"我说,"有什么不妥?"

某人气结。半晌,他盯着我的脸,目光很有杀伤力:"谢小秋,看来你是要逼我走绝路。要么,你戒烟;要么,我从这里跳下去!"

我眨眨眼:"跳,你尽管跳——这垃圾箱正好没盖子!"

沥川有洁癖,不是一般的洁癖。他一天要洗好几次澡,不喜欢碰任何脏东西。垃圾箱这么脏,我才不信他会跳呢。

我正这么想着,就听见"扑通"一声,这人真的跳下去了!

"哎!沥川!"

沥川戴着义肢,他绝对不可以做"跳"这种动作。我看着他,已经吓得说不出话来。他倒没事,翻身坐起来,坐在垃圾里,捡起一样东西扔给我。

"接着!"

我连忙接住,仔细一看,是我刚才扔下去的那包戒烟糖。

"一次两颗。现在就吃!"

盒子是崭新的,塑封包装。我撕开塑封,将糖吃了下去。

"喂,你摔伤了没有?我拉你上来!"

"不上来!"

"糖我已经吃了!"

"你发誓!发誓戒烟!"

"我……发誓。"

"口说不算!你都说过了!说过了又反悔!"

"我没说过!"

"昨晚上你说过!"

"那是做梦。梦话不算!"

"请问,某人把脚丫子伸到我面前,说:'沥川,脱袜子!'这是不是梦话?"

昏倒……无语……有这么香艳吗?

"我投降,我戒烟。我发誓:苍天在上,我,谢小秋,终生戒烟,如果做不到,就让我恶虎掏心、五雷轰顶!"

"把围巾扔下来!"

要围巾做什么?我解下丝绸围巾,扔下去。他用围巾绕住自己的手腕。围巾是深蓝色的,我看见一团湿湿的东西沁出来。我的心开始咚咚乱跳:"沥川……你的手,在流血?"

"没有。你走吧。"

"我拉你上来。"

"你拉不动，去叫René来帮我。"

我悄悄地溜回宾馆，假装镇定，不敢惊动别人。我敲开René的门，发现霁川也在里面，两人正在说话。

"安妮？"

"迪布瓦先生，我需要你帮个忙。"

"没问题。"

"请跟我来。"

我拉着他，悄悄走到门后，爬上水泥台，沥川镇定自若地坐在原处。

"上帝啊！"René叫道，"发生了什么事？"

"沥川先生不小心掉到垃圾箱里了，你快拉他上来吧。"

René二话不说，跳了下去，站在垃圾箱里将沥川推了上来。他自己则留在箱内东张西望，然后得意扬扬地捡起了一个纸盒子："哎，你们看，这块纸板不错，用它做个假山怎么样？"

René人高马大，身手敏捷，很快就从垃圾箱里爬了出来："Alex，你没事吧？嗨，这衣服太脏，上面全是鸡蛋黄，别要了。等会儿进门人家要笑你啦。来，穿我的外套。"他不由分说地将沥川的西装脱下来，扔到垃圾箱里，又脱下自己的西装递给他。然后他看见沥川的手腕，脸色突变："你的手怎么啦？"

"没事，一点小伤。"沥川看着我，用命令的口气说，"小秋，你先回去。"

但是，他手上的丝巾越来越湿了，有一滴液体滴出来，滴到地上。我瞪大眼睛看着他，背后冒出丝丝冷汗。沥川跟René说了一句法语。我猜他是在说我有晕血症。因为法文的hémophobie（恐血症）与英文的hemophobia发音类似。

René过来拉我："安妮，你现在必须离开这里。"

我没动，说："René，别管我。你先带沥川去医院！"

"也好。虽然不严重，也需要处理一下。那我们先走了。"他过去，带着沥川离开了我。

我的心还在怦怦地乱跳，眼前金星直冒。这么多年过去，我对红色已有了一些抵抗能力，可沥川的血令我坐立不安。我在地上坐了一分钟，调节呼吸，觉得好些了就站起来，从水泥台上下来，迎面又碰上了René。

"René，你不陪沥川了？"

"Alex自己去医院，他不要我陪。"

"可是……万一……"

"安妮，Alex不是小孩子。他不放心你，让我过来看你有没有事。"

"没事。刚才有点头昏，现在已经好了。"

René将怀里的一个长长的蓝色纸筒交给我："这是Alex让我交给你的文件。他让你尽快把它们译出来。"

我和René一起往宾馆里走，半途中我突然停下来，问他："René，沥川为什么贫血？"

"他以前就贫血。"

"很严重吗？是先天的吗？"

"Alex让我告诉你，如果你问我这样一类问题，会严重触犯他的个人隐私。"

"那沥川的车祸是怎么回事？"

"车祸？什么车祸？"他鼓着蓝汪汪的眼睛看着我。

"他的腿……"

"哦……那个车祸。嗯，你看见了，挺严重的，差点死掉。"

"那是哪一年的事？"

"那年他十七岁。"

"后来呢？"

"什么后来？"

"他说他先学经济又学建筑，两样加起来要八年，他二十一岁大学就毕业了。"

"Alex十五岁上大学，学了两年经济，出了事，改学建筑。少年天才，就是这样。"

"那么……六年前，他忽然从北京调走，又是怎么回事？家庭危机？经济危机？"

他想了想，将刚才的话又重复了一遍："Alex让我告诉你，如果你问这样一类问题，会严重触犯他的个人隐私。"

"那么，沥川现在去的是哪家医院？"

"不知道。"

说完这话,我知道不能再从René口里套出任何有用的信息了。何况我们也走到了宾馆的大门,René说他要去做模型。我径自回屋,拨沥川的手机号。

没人接。我放心不下,去服务台要了就近医院的地址,叫了出租车,去找沥川。

我在第三人民医院的门口再次给沥川打手机,这回铃一响他就接了。

"沥川!"

"嗯?"

"你在哪家医院?是三医院吗?"

"是。我已经看过医生了。"

"这么快?不会吧!"这医院很大,病人很多,在我的印象中好像应当排很久的队。

"那个……我说我是外国人,给他们看护照,说我有急事不能等。所以他们就让我优先了。"沥川不紧不慢地说。

还挺聪明的。

"你在哪一楼,我来找你。"

"你在哪里?"

"三医院的门口。"

"嗯,已经看见你了。"

我展目一看,沥川远远地坐在等候室的沙发上向我招手。我走到他身边,看见他换了一套西装,手腕上包着一层白纱,显然去医院前已经洗了一个澡。

"医生说严重吗?"

"不严重,很小的伤口。"

"血止住了?"

他迟疑了一下,说:"嗯。"

"那你为什么还在这里坐着?"我观察他的脸,脸色苍白,"不舒服吗?"

"外科在三楼,我没找到电梯,走上去又走下来,有点头昏。"

我坐下来,轻轻问道:"你要不要喝水?"

"不用。"

"下次再不跳了,好吗?"我凝视着他,心痛地说。

"你还抽烟吗?"

"不抽了,打死我也不抽了。彻底老实了,行不?"

他淡淡地笑了,脸色却越来越白,甚至隐隐发青。

"你别的地方没受伤吗?"

"没有。"

"沥川,你脸色不好,咱们再去看医生吧?"他越是平静我越是担心,不由得紧紧握住他的手。

"我没事。"

"反正都已经在医院里了,看一次也是看,看两次也是看。"我继续苦劝。

他却假装去拿一张报纸,把手从我的手中抽了出来:"不看,我没事,休息休息就好。"

这当儿,他的手机响了。显然是霁川打来的。他先说了几句中文,紧接着,两个人就用法语吵了起来。不得不说,法语即使用来诅咒听起来也是美的。但他们吵什么,我却摸不着头脑。然后,我看见沥川猛然收线,精疲力竭地往沙发背上一靠。没过五分钟,霁川向我快步走来。两个人一见面,继续吵。仍旧是法语。吵了半天,沥川没力气理他了,霁川还在说:"Stupide!(傻瓜!)"

"Abruti!(蠢货!)"沥川低吼。

"Débile!(笨蛋!)"霁川又骂。

"Idiot!(白痴!)"沥川又吼。

虽然兄弟俩的声音都很低,但看表情看架势两人快要打起来了,我愣在一旁,不知应当劝谁。所幸霁川很快就偃旗息鼓,过来对我说:"安妮,你先回去,好不好?我有话要和沥川说。"

我点点头,出门招出租车。接下来,我有整整三天,没看见沥川。

这三天分别是十二月二十八、二十九、三十日,真正的年尾。

Chapter 29

> 我凝视着他的脸,感觉有些晕眩。这是六年来我朝思暮想的笑容,此时如优昙花乍放,令我几乎有了向佛之意。

除了CGP,这个城市里所有的人都已开始过节。街道上"大清仓、大甩卖"的喇叭一声高过一声。每个门面都张灯结彩。路上的行人是悠闲的,穿着亮眼的服装。

我忽然意识到,那天去机场接机竟是圣诞的夜晚。没有任何人提醒我,所有的人都忘记了。是的,来温州出差的都是CGP的中年骨干,在他们年轻的时候,圣诞还不是一个中国的节日。他们唯一的愿望就是在春节前结束这场战役,拿到丰厚的年终奖,回到妻儿的怀抱。为此,所有的人都猫在这个孤零零的高级宾馆里,隔离尘世,忘我工作。

我自然也不例外。这三天我都在房间里翻译各种图纸和文件,每天平均睡眠不到四个小时。时至今日,百分之八十的图纸和设计说明都已出来,成卷成卷地堆在我的床上。沥川的设计任务最重,速度却最快。当然,最后几张是霁川根据他的草图重新画过的,毕竟是兄弟,配合得天衣无缝。甚至于两人的英文书写体,都看似出自一人之手。

C城改造的主体建筑是坐落于西城区山脚下的C城大剧院,属于清涟山庄的主建筑之一,也是总投资中耗资最大的建筑。江浩天的原设计是开放式的玻璃结构,远远看去,像自由女神的头冠,或者说像一朵怒放的葵花。就连我这个外行一看,都觉得十分醒目亮眼。而沥川的设计却是封闭式的钢结构壳体,很简单,看不出什么具体的形状,有点像一颗巨大的鹅卵石,带着天然的水纹。上面是异常光滑的玻璃表面，浅灰色，像一面镜子倒映出天上的云彩。而剧院周围的一大圈附属建筑，也是类似"小卵石"般的设计，从鸟瞰图上看，就像一排散落在海滩的鹅卵石，又像银河中的行星，自然而神秘，典雅而恢宏，与周围的山水融成一体，遥相呼应，体现了他一向倡导的生态、环保和节能理念。我十分喜欢，觉得虽不如江总的设计那么打眼，却有一种返璞归真之趣。

可是，不看好这个"鹅卵石"的大有人在。人们在背后给剧院起了个外号叫"石头"。吃饭时我听见几位设计师悄悄地嘀咕，说沥川从来不是Pomo（Postmodern的简称，后现代），为什么这一次变得这么后现代？又说招投标办的负责人谢鹤阳固执而古板，相当不好打交道。他会接受后现代方案吗？此外，CGP最强的竞争对手是迦园国际的首席设计师田小刚，著名的古典园林设计专家。他其实是江浩天的师兄，出道早，名声大，对江浩天的风格了如指掌。上次厦门工程，他的设计以一票之差输给了CGP，这回铆足了劲要来报仇，不惜花大价钱偷情报。

标书要求所有的文件必须是中英文两份。直到三十一日的早上，我才完成了手中所有的翻译。之后，我花了一上午的时间检查、修改、润色，然后交给江总复查，再由江总交到绘图部打印。

交接了手上的工作，终于可以松一口气。我到餐厅里好好地吃了碗敲鱼汤，薄薄的黄鱼片，就着切成细丝的香菇和火腿，一碗下肚，脸上的汗气就出来了。我想起了沥川。沥川喜欢吃鱼，也喜欢喝汤。广东人的鱼片粥他也很喜欢，不知道他尝过敲鱼汤没有。我跑到厨房去问厨师敲鱼汤的做法，才知道要做得好吃非常麻烦。最好一次做一批。管他呢，我拿一支笔把食谱记下来，准备带回北京后好好研究，把它变成我的拿手菜。

可惜沥川还住在医院里。因为霁川怕他的伤口止不住血，又怕感染，硬要他留在医院里"观察"。病房屏蔽一切手机信号，但有专线可以上网。我知道沥川非常忙，估计像我一样，一天只睡几个小时。我给他发过一封简单的邮件，问他好一点没有。对于这个问题，他只字不答，回给我的只有三个附件，点开一看，是三张图纸。这是他来温州之后对我的一贯态度，公事公办。尽管如此，我这颗被冷落的心却有了一丝甜蜜。为了让我戒烟，他肯跳垃圾箱，我幸福都幸福不过来，还抱怨什么！

接下来,我美美地睡了一个午觉。五点钟时,张少华忽然打电话过来:"安妮,晚上资方的新年酒会,你参加一下。你能喝点酒吗?"

"能啊。"我除了烟瘾,还有酒瘾、辣椒瘾、孜然瘾,算得上五毒俱全。沥川不过是只发现了一样而已。再说,朱碧瑄的酒量那么好,作为她的下一任,我不能比她差太多吧。

"你守在王总身边,他不能喝酒,一滴也不能。盛情难却的时候,你替他挡一下,行吗?"

"没问题。"

"其中有位谢主任,是关键人物。他有浓重的温州口音,王总可能听不懂。你翻译的时候小心点。"

我的脸一下就白了。我也听不懂温州话,不光我听不懂,听说在这里住了三年的外地人也多半听不懂。

"他的口音有多重?"

"他毕业于清华大学建筑系,你说会有多重?"张少华在那一头说,"他是行内人,王总的名字他听说过。"

"行!酒会几点开始?"

"六点整。我们上午才接到通知。你准备一下。我们这边就去四个人,江总、王总、我和你。你坐江总的车子,我去医院接王总。我们在酒店门口见。"

为了配合这次行动,我绾了一个小小的发髻,上面插了一根紫色的木簪,穿了一件白底蓝花的旗袍。除了胸之外,我的曲线尚可,胸的问题也好办,文胸一垫就高了。那旗袍紧紧地包着我,显得我瘦骨嶙峋。我想把自己打扮成楚楚动人的林黛玉,好让那些逼我喝酒的人于心不忍。

坐在江总的车子里我还在复习《温州方言大全》:"了了滞滞"就是"清洁干净","云淡风轻"就是"轻佻","勿俨三四"就是"不正派",等等,等等。到了酒店的大门,我发现CGP的"头粒珠儿(温州话:老大)"——沥川和张少华已经等在那里了。

在正式场合,沥川习惯穿纯黑的西装,手拿一根赤色手杖。黑色衬衣、黑白相间的领带,衬着他那张瘦长的脸、高高的额头、挺直的鼻梁和倔强的下颚,看上去十分硬派。其实沥川最吸引我的是他的眼睛。无论外表看上去多么刚毅冷酷,他的目光非常纯净,不含一丝杂念。在他的眼眸深处,隐藏着一股近乎教徒似的虔诚和深情。

在这次参加竞标的设计师中,三十一岁的沥川最年轻、最知名。他在公共场合是著名的冷面郎君,寡言少语,非常矜持。所以我看见沥川的时候,他的情绪和表现都已进入到了"公共状态"。他看见我,眼波微动,迅速恢复原状。

"二位没有久等吧?"江浩天说。

"没有。"

"王先生的身体好些了吗?"江浩天上去和沥川握手。

"已经好了。"

在大厅的接待处,沥川在众目睽睽之下帮我脱下大衣,连同自己的风衣一起交给服务员。我有点不自在,觉得在场的很多人会误会我是沥川的太太。所以,沥川每次和人握手,我都不忘记上前解释:"我是安妮,王先生的翻译。"毕竟来的人都是业界同行,大家彼此相识。所以,很多人都笑着反问:"王先生中文那么好,还需要翻译吗?"

当然,也有几个人误会我是朱碧瑄,握手的时候叫我朱小姐。这回轮到沥川一个一个地解释:"这位是谢小姐,我的新任翻译。"

我们一路寒暄下去,一直走到靠近酒桌的地方,才看见一位六十岁左右的方脸男士,被一群设计师如众星捧月般围在当中。江浩天不知什么时候过来了,向沥川耳语:"那位就是招标办的主任谢鹤阳。"

谢鹤阳因为长得一张又黑又方的脸,外号"鞋盒"。当然,没人敢当面这样叫他。沥川拿着一杯水,在旁边慢慢地喝,见谢鹤阳身边的人散了几个,腾出点空位,才带着我快步而上,自我介绍:"谢主任您好。我是王沥川,CGP的设计师。"

"哦!王先生!"谢鹤阳从容而不失热情地和他握手,"久闻大名,缘悭一面。"他说的还算是普通话,只是话音里果然含着浓重的方音。沥川的脸上是客气的笑容,他略微迟疑了一下,我马上将这话译成英文。

"不敢当。"沥川回答,"外邦设计师,才疏学浅,对博大精深的中华文化十分仰慕。"

我默默地看了沥川一眼,有些惊奇。不敢相信这极度斯文得体的句子,竟出自只认得九百五十个汉字的沥川之口。

果然,谢鹤阳的脸上露出更多笑容:"王先生过谦了。我年轻的时候,建筑界的泰斗王宇航博士曾应邀到清华讲学,陪同人员中,我忝在其末。听说他也是瑞士华人,不知王先生可否认识?"

"那是家祖父。"

"我记得那时,陪着王先生一起来的还有他的长子王楚宁先生,我们年纪相当,相谈甚欢。楚宁先生说一口流利的中文,非常古雅,也是知名建筑师。"

沥川微微颔首:"那是家父。"

"王先生的一家是什么时候到的海外?"

"大约在清朝末年吧。"

"该不会是前清遗老吧?"一直站在谢鹤阳旁边的一个中年男子忽然插嘴说。

沥川淡淡地道:"不是。从宗谱上说,我们属于琅邪王氏,是纯正的中原血统。"

谢鹤阳道:"对了,我来介绍,这位是迦园国际的总设计师田小刚先生。"

"小刚,好久不见。"

"确切地说,是六年没见了吧。沥川,你怎么好像从中国消失了?"

"哪里,我的公司还在这里,需要的时候会过来照应。"沥川顿了顿,又说,"谢主任,小刚是温州建筑师,占着天时地利人和。CGP虽是海外兵团,却同出自中华一脉。评审的时候,谢主任不会厚此薄彼吧?"

谢鹤阳哈哈一笑,连连摆手:"哪里,哪里!CGP有非常雄厚的设计实力,C城区改造将会成为温州对外开放的模范工程。我们非常欢迎海外公司参加竞标。放心放心,竞争绝对公平。"

三人在一起寒暄了十分钟,谢鹤阳便被另一群人围住了。我在一旁翻译,只觉得唇焦舌燥,便到一旁的酒台上找饮料。沥川一路跟过来。

"纯正的中原血统?"我调侃,"现在,还有什么血统是纯正的?"

"吓唬人而已,纯正是真谈不上,"沥川说,"比如我外婆就是地道的法国人。"我看着沥川的脸,心中释然。难怪沥川既有一副十足的国人长相,又有异常分明的面目轮廓。

"那个田小刚来意不善。我怕他与谢鹤阳有什么暗箱交易,听说这里不少官僚挺腐败的。"沥川又说。

"别担心,政府现在对违法乱纪查得很严。这么大的工程,多少人拿眼盯着。真有什么腐败查出来肯定全军覆没、满门抄斩。"沥川看着我,一脸疑惑:"什么是'全军覆没'?什么是'满门抄斩'?还有……什么是'天灾人祸'?"

"天灾人祸?"

"那个谢主任不是说陪同的人员中有天灾人祸吗?那句话我没听懂。"

"我不是翻译给你听了吗?"

"你的翻译我也听不懂。"

什么?怎么可能?我几乎要跳起来:"为什么听不懂?难道我译得不对?词不达意?"

"不是不是……你这旗袍真好看,我吧……有点走神。"

我叹了一声,说:"不是'天灾人祸',是'忝在其末'。这是谦辞,他说他自己虽不够资格,但也在陪同之列。"

"好吧。回去记得把这四个字写给我认。"

难怪沥川需要翻译。我一直以为是多此一举,看来他不要翻译还真不行。

我们一人端了一杯红酒站在酒台旁边。

建筑界真是个男人的世界。放眼望去,整个大厅人头攒动,却没看见一个女设计师。我正想就此发表一番感言,沥川却问了我另一个话题:"小秋,你的毕业论文做的是什么?D.H.Lawrence(戴维·赫伯特·劳伦斯)吗?"

"不是。你对这个感兴趣?"

"我对英国文学一直感兴趣。"

"我做的是西苏,西苏和乔伊斯。"

"乔伊斯我知道。西苏是谁?"

"Hélène Cixous.(埃莱娜·西苏。)"这是个法语名字。看来是我的发音有问题,他显然也听说过西苏:"Cixous是法国人。你不是英文系的吗?"

"Cixous自己是英文系的,和我同行。著名的乔伊斯专家。"

他点点头,接着说:"那么,你做的是法国女权主义?"

"嗯。是不是很吓人?很前卫?"

"不吓人。你看,你是女人,我是残疾人。我们都算 Vunerable groups(弱势群体),是同一战壕的战友。"

我笑了,觉得这话挺逗。沥川的文学趣味甚高,自称喜欢读很前卫的现代小说。我不禁又问:"你读过西苏?"

"只读过 *Le rire de la méduse*,也就是 *The Laugh of the Medusa*(《美杜莎的笑声》)。"

"我做的就是那一篇。"

他不相信地看着我:"不会吧?西苏是最提倡女性解放的。六年过去了,你怎么看上去思想一点也没解放呢?"他连连摇头:"我觉得你根本没有弄懂女权主义的精髓,学问都白做了。"

"我怎么不解放了?我挺解放的!"我的嗓门高了,受到挑战了。

他不说话了,低头叹气。

"那你说说看,我要怎样做才是解放的?"

"我若说了,你会不会把酒泼在我脸上?"

"不会。"

"六年前,我已经说了再见,为什么还要给我发邮件?"

"我……我又没发多少。"我喃喃地嘀咕,有点气短。

"一千五百封,算少吗?最短的三十个字,最长的一万两千字。全部加起来,相当于三部长篇小说。我不敢相信你在写这些信的同时居然还在研究女权主义!如果我是 Cixous,听说了你的举动,非羞愧死不可。"他看着我的眼睛,一个字一个字地说,语气十分认真。

我深吸一口气,觉得有点奇怪。沥川对我一向体贴,也很注意说话的场合和方式。我不明白他为什么选择在今天,也就是新年酒会之夜,在这种公共场合羞辱我。

"嗨,沥川,说说看,"我不动声色,"你喜欢读我的信吗?"

"还行……借助词典。"

"那不就得了。"我抿了一口酒,"我对你的感情超越了任何主义,包括女权主义。其实在中国,像我这样的人有一个专有名词。"

"什么专有名词?"

"情圣。"

他张了张嘴,又闭上,终于没话说了,只得转移火力:"讨论暂时结束。我想,那位老太太需要我的帮助。"说着,他转身去帮一位企图要拿一大瓶可乐的老太太:"老太太,这个瓶子很沉,您放着,我来替您倒。"

老太太有八十岁的样子,头发稀疏,穿着件手绣的唐装,很齐楚,像是富贵人家的老人。沥川给她倒了一杯可乐,问她还要什么。老太太说:"年轻人,劳驾你给我拿那块蛋糕。"

远处一个高脚盘子上放着一个两层的蛋糕。没有人吃,因为大多数人以为这是饭后的甜点。沥川伸出长臂,拿出餐刀,毫不客气地切下一块,放到小碟子上递给她。又问:"您要不要水果?这里有西瓜和葡萄。"

"西瓜来几片,葡萄也来几粒。"老太太看他的眼神有点怪,一副异常疼爱的样子。

沥川给她端了一盘子的东西,带着她,给她找了一个座位。

"年轻人,你的腿为什么是跛的?是受了什么伤吗?"老太太笑眯眯地问。沥川在很多人的眼里都是完美的,除了他的腿。所以我觉得老太太明显是在利用自己的年纪和沥川套近乎,她的目光很不纯洁。

"是……车祸。"沥川的神态略微有些尴尬。然后,他又很认真地伸手过去和老太太握了握说,"我叫王沥川,是CGP的设计师。"

老太太很爽朗地笑了,她的假牙看上去又白又整齐。我生怕她笑了一半假牙会掉出来。正这么想着,只听得"叮当"一声,她的假牙真的掉了!

我和沥川同时伸手下去,沥川手长,眼疾手快地从地上拾起来,轻声道:"太太,您在这里稍等,我去去就来。"他从旁边拿了个一次性的纸杯,去了洗手间。

老太太倒是无所谓,瘪着嘴对我说:"小姑娘,他是不是你的男朋友?"

"不是。老奶奶,我是他的翻译。"

没有假牙,她说话尽漏风:"怎么,他是外国人吗?"

"瑞士华人。"

"哦。他很可爱呀!"

"是啊。"

"难道你没看出来,他很喜欢你?他身体这么不方便,没有手杖都站不稳,你明明就在旁边,他也不让你代劳,自己那么辛苦地替我拿东西。"

我觉得,老太太这是在变相地批评我,于是赶紧解释:"王先生非常自信,也非常能干。如果他需要帮忙的话,会和我说的。"

"你奶奶我阅人无数,好人坏人、不好不坏的人都见过。相信你奶奶的眼光,这绝对是个好男人。"

我心花怒放,笑得阳光灿烂。

沥川走过来,将洗干净的假牙放在杯子里递给老太太,顺手还递给她一张餐巾纸。老太太用纸掩了面,戴上假牙,向我们回首一笑,灿如白雪。

她和沥川握了握手,说:"我姓花,叫花箫。我是画画的。"每一个字都以"H"开头,我很紧张地看着她,担心她的假牙会再次掉下来。结果,她说的话我没听清,以为她叫花椒,想笑又不敢笑。

沥川很有兴趣地问:"太太,您画国画还是油画?"

"我这么老派,当然是国画。"

"评委里有一位画家,叫龙溪先生,也是画国画的,您老认识吗?"

"认识,他是我的学生。"

我的心一沉。评审团里的确有位大名鼎鼎的龙溪先生,浙派传人,在画界非常有声望。那么,这老太太一定大有来头。

然后,沥川忽然轻轻地咳嗽了一声,忙说:"对不起。"

在和老太太谈话时,他随手拿了个点心吃了一口。大约是吃快了,接着,他又咳嗽了一声,这次来得太急,竟来不及转身避开。

"I am so sorry. It happened before I could stop it.(对不起,我实在来不及回避。)"

绅士作风又来了。我花了一分钟的时间才弄明白,他是在为刚才的咳嗽再次道歉。我在心中暗笑:那老太太和沥川真是一对儿。一个太粗心,假牙掉了也不在乎,照样说话;一个太小心,咳嗽一声,道歉半天。

"老太太您慢坐,我陪王先生去一下休息室。"我拉着沥川,一阵风似的走了。

我们一起走到餐厅外的偏厅。沥川用手绢捂着口,还在不停地咳嗽。我看着他,叹了一口气,说:"那碟子里的东西有芥末,你一向不吃的。这回怎么忘了?"

"我怎么知道那是芥末?"

"那你好些没有?"我有些担心了,"不如我们现在就回去吧。"

"回去?酒会还没有开始。"

"说到底,竞标靠的是实力和设计,酒会上表现得再好也没用。"

"这话在国外说没错,在这里说我可没底。何况,这回是江浩天来找我帮忙,我现在走,无论是什么原因,都太不给他面子了。"

沥川是被江浩天一个电话叫来力挽狂澜的。可是,那个田小刚和谢鹤阳一直站在一起,态度显得比一般人亲密,不得不让人感到气馁。沥川在近十天的工夫里又是考察现场,又是勘测工地,还大搞文化研究,真可谓全力以赴、志在夺标。作为主设计师,他身上的压力其实最大。

"回到瑞士,也许你应当写一篇论文,题目是《一个外国建筑师在中国的困惑》。"

他抬头看着我,忽然笑了。

我凝视着他的脸,感觉有些晕眩。这是六年来我朝思暮想的笑容,此时如优昙花乍放,令我几乎有了向佛之意。

他站起身来,我忽然发现他的手腕上还缠着纱布。难道,那道伤很深吗?三天了,还没有好?

"沥川,你的手……"

他打断我的话说:"小秋,明天就是新年。你能不能新年有新的气象?"

"这是啥意思?"

"你能不能将女权主义进行到底?"

"不能。"

刚才的一番调侃和玩笑让我仿佛回到六年前的时光,可是沥川一句话又让我感到突然来临的幸福正在急转直下。

"Just let it go, please.(让这一切都过去吧。)"他凝视着我的脸,"我求你。"

"No!"我断然拒绝。

他的目光渐渐有了寒意,表情突然间变得冷酷,和六年前我们分手的那天一模一样。

就在这一刻,我忽然明白了他为什么要来中国。

就算CGP拿到了这个标,就算挣来的钱一分不少地交给沥川,对他来说,这也是个不值一提的数目。他犯不着为了这笔钱放弃手头的工作,放弃在医院的疗养,不远万里地来到这里。

他来这里,只因为二十天前,我在一次大醉之中又给他的老地址发了一封邮件。上面写了五个字,后面跟着一串惊叹号:

"沥川,你回来!!!"

那是在我们中断通信三年之后,我发给他的第一封邮件。发完了我就后悔了。实际上那封信在三秒钟后就弹了回来。系统显示说,对方地址拒绝接收这个邮件,系统将继续尝试投递云云。

所以,他回来了。因为我居然还没有忘情,所以他有责任,要在这个夜晚向我做个彻底的了断。

我的笑容消失了,脸在瞬间变得惨白。

"我已经订好了回苏黎世的机票。Presentation之后,马上就走。"

我冷笑,向他伸手:"我不信!机票在哪?给我瞧瞧。"

他真的从口袋里掏出一张机票递给我。

我三下五除二地将它撕了个粉碎:"机票没了。"

我承认,我是疯了,我绝望了,我暴力了。这一次,我不能再让沥川离开我!

"是电子票。"他说。

"那么,这一次又是一个永别?"我垂下眼,颤声地说。

"You need a closure.(你需要一个了断。)"

"告诉我上次你离开的原因。"

"……"坚固的沉默。

"沥川,你是不是得了很重的病?"我眼泪汪汪地看着他,"你知道,无论你得了什么病,我都不会在乎。我不在乎你只有一条腿,也不会在乎你有什么病。"

"我没什么病,不必为我担心。"

"那么,我要你看着我的眼睛,"我凝视着他的脸,"看着我的眼睛,然后对我说,你,王沥川,不爱我。"

他低头沉默,片刻间,又抬起头,看着我的眼睛,一个字一个字地对我说:

"是的,小秋,我不再爱你了。我希望你我之间的一切,在新年到来之前完全结束。我希望你彻底地忘记我,对我不寄予任何希望,再也不要给我发邮件。你……能做到这一点吗?"

我的心在一点一点地缩小,顷刻之间,变成了一个硬核。

我说:"我能做到。不过,我有一个条件。"

"什么条件?"

"我可以结束一切。不过,你得留在北京,留在CGP。"

他看着我,研究我的表情,然后说:"留多久?"

"留到我说你可以走为止。"

他想了一下,轻轻地叹气:"也许你需要一个过渡期。在此期间,你能否保证我们只是普通同事的关系?"

"我保证。"

"那好,我答应你。"他说,"But you must move on.(但你必须翻篇。)"

我没有回答他的话,只是冷冷地站起来说:"对不起,我需要去一下洗手间。"

我快步走进洗手间,关上门,坐在马桶上,眼泪哗哗地往下流。搞什么女权主义啊,我对自己说。对于沥川,我除了哭,就没有别的办法了。我在马桶上抽噎,神魂皆断、万念俱灰,以为一个小时可以止住。等我终于哭完,摇摇晃晃地从马桶上站起来,已经过了五个小时。我用光了马桶旁边所有的卫生纸,等我来到洗手池跟前,看见镜子里面的我满脸是水、披头散发,双眼肿成了两个巨大的核桃。而我的眼泪,还没有止住,还在不停地往外流。我抱了一大卷草纸,不知怎的,悲从中来,呜呜咽咽又在门边哭了二十分钟,终于不再哭了,便用围巾包住脸,低头走出宾馆的大门。

有人走过来,帮我穿上了大衣。

我们默默地走到汽车旁边,他拉开车门,我迅速地坐了进去。

我翻滚的心绪在深夜冰凉的空气中渐渐平静。那人轻叹一声,俯身下来,替我系好安全带。

那一瞬间,我忽然说:"沥川,我要摸摸你的后脑勺。"

不管他同意不同意,我像考古学家那样,用手按住他的头,将他的头盖骨细细地摸了一遍。

他关上车门,坐到我身边,问:"为什么要摸我的头?"

"想知道你的脑袋是什么材料做的。"

沥川往事 下
move on
十周年纪念版

[加] 施定柔 著

浙江文艺出版社

目录 CONTENTS

001/ Chapter 30
以前我们住在一起的时候,沥川经常干这个事来逗我,用中世纪腔的英文来读牛黄解毒丸的说明书,笑得我满地打滚。

007/ Chapter 31
一别多年,每当我路过一个星巴克,或者闻到熟悉的咖啡味时,都会心头忽乱,莫名地紧张,以为会再次遇见沥川。

017/ Chapter 32
这个世界,不是只有一个沥川,还有濒危的动物、枯竭的资源、污染的大气……我要保护动物,我要关心地球,我要成为一个白水素人!

029/ Chapter 33
我们在黑暗中无声无息地做爱。沥川的身体非常柔弱,而我却因愤怒而变得粗暴。

041/ Chapter 34
好不容易和沥川在一起,除了争吵还是争吵。沥川说什么也不肯告诉我实情。也许,真的是缘分尽了吧。

048/ Chapter 35
我和沥川的战争,正规战场已全军覆没,现在转入游击状态。所以,得坚持毛爷爷的十六字方针:敌进我退,敌驻我扰,敌疲我打,敌退我追。

目 录 CONTENTS 2

060/ Chapter 36
在我面前的沥川一贯极度要强,从来不愿意让我看见他虚弱的一面。如果能够,他会极力遮掩;如果不能,他会逃得无影无踪。

067/ Chapter 37
我反复问自己:没有沥川,我可不可以过下去?没有沥川,生活还有没有意义?答案很简单:没有沥川,我不是也过了六年吗?

079/ Chapter 38
我知道,我又做过头了。因为从此之后,沥川再也不接我的电话了,连René和霁川都不敢和我多说话。

086/ Chapter 39
我们有多少天没见了?八十天了吧?每次分别都那么长,长到足以淡忘了他的容貌,长到所有的恨都消失了,所有的伤都愈合了,转眼间又变成了爱。

105/ Chapter 40
他自然而然地又挽住了我,继续牵着我在湖边上漫步。我紧紧地跟着他,感觉有点不真实。我和沥川,有多少年没像一对情侣那样走在大街上了?

112/ Chapter 41
甚至我想,如果今夜沥川死在我的身边,他会快乐,我会满足,也许这是个美好的结局。

121/ Chapter 42
那声音好像一颗子弹击穿了我的心脏,我的身子猛然一震。直起腰来,转过身去,看见沥川站在阴影之中。

127/ Chapter 43

毕竟,沥川回来了,就像太阳回到了太阳系。
一向只有自转的我,顿时滑入了公转的轨道,有风有雨有引力,一切回归正常。

141/ Chapter 44

我回味沥川说过的每一句话,回味René看我的眼神。我知道,沥川日近一日地病入膏肓,他说不能再给我五年,是真的。

153/ Chapter 45

沥川,我给你最后一次机会。最后一次!
只要你要我回来,哪怕只是一个眼神,我就回来!

167/ Chapter 46

霁川与沥川相貌很相似,可从没有像今天这么相似过,以至于一眼看见他,一直保持镇定的我立即泪流满面,痛哭失声。

183/ Chapter 47

我感到幸福,也深深感谢上苍。
毕竟,我所爱的人还活着。

目录 CONTENTS 4

187/ 番外一：你好,《沥川往事》

191/ 番外二：缘起初识

196/ 番外三："沥秋夫妇"日常

207/ 番外四：生命的延续

228/ 番外五：真爱永恒

237/ 编辑后记

Chapter 30

> 以前我们住在一起的时候,沥川经常干这个事来逗我,用中世纪腔的英文来读牛黄解毒丸的说明书,笑得我满地打滚。

我双眼肿成大核桃这一现象一直持续了一个礼拜。不管人家信不信,我的官方解释是我的眼睛被某种有毒的虫子蜇了。我从来不去餐厅吃饭,免得成为好事之徒的笑柄。如果不得不出门,我就戴上墨镜,用围巾包头,将自己裹得严严实实。如果不得不讲话,我尽量显得充满热情:"嗨!小丁,我刚出去吃了碗鲥鱼汤,隔壁那家馆子的。想不想下次一起去?"——他当然不会去。有家有口有老人,放着高级宾馆里的免费三餐不吃,自己掏钱下小灶?No way(没门)。在走廊上碰到苏群,我叫他,故做亲热状:"苏先生,想不想去逛商场?买点土特产回去给太太?我路熟,我陪你!"他看一眼自己的结婚戒指,摆手:"谢谢关心,太忙不去了。"若在走廊上遇到沥川,我扭头就走。不见他少生气,我多活几年。

在这一星期,CGP的工作人员终于在截止期前递交了所有的文件。René的模型也全部完工了。本来,他还指望我能带他去雁荡山,看见沥川那张阴森森的脸,再看见我的大核桃,吓得不敢提了。还是霁川带他去玩了两天,回来时给我带了几包冻米糖。当天晚上,René敲我的房门,送给我一个放在玻璃罩子里的小模型。我一看,是沥川的"鹅卵石",用玻璃和钢丝做的,里面镶着个小灯泡,光线透出来,朦朦胧胧,非常逼真,非常漂亮。

"安妮,这个送给你,喜欢吗?"

"挺喜欢的,谢谢。"

"安妮,听我说,Alex不是故意要得罪你的。"——原来,是替沥川圆场子来了。

"René,看来你是知情的,对不对？你告诉我,他为什么要得罪我？"

"你问他自己啰。快些问,明天presentation一完他就走了。"

"他不走,他会留在北京。"

René看着我,一脸的不相信:"怎么会呢？机票都买好了。"

"不信你去问他。"

René的神情忽然变得很严肃:"是你让他留下来的？"

"是的。"

"你能改变主意吗？沥川必须回瑞士！"

"为什么？"

他欲言又止:"如果你为Alex好,就让他回瑞士。你可以去瑞士看他,机票我出,住在我家里,无论你想住多久都成。"

我在猜测他的话,过了一会儿,我点头:"行,我可以劝沥川回瑞士。不过,你得告诉我他究竟出了什么事。"

"我没法告诉你。"他沮丧地垂下头,"你若是为Alex好,就让他回去。我只能说到这里了。"

"René,"我说,"你来温州之前就认得我？"

"我认得Leo,Leo是Alex的哥哥——是的,我认得你,还看过你的照片,大大的,挂在Alex的卧室里。你是Alex的第一个女朋友嘛。Alex在认识你之前都是Virgin（处男）。我们天天笑他。安妮,我邀请你来苏黎世玩好不好？我住的地方和Alex很近。冬天可以一起去滑雪。你看过Alex滑雪没有？他一条腿滑得比两条腿的人都棒。"

不行了,感动了。呜……

"可是沥川说了,他不要我了。"我的眼泪又在眼眶里打转,"我不去瑞士了。不过,我可以帮你劝他回去。反正……在这里每天看见他,他又不理我,我更伤心。"

"不要！不要伤心！没事的,一切都会好起来的。相信上帝吧！"René张开双臂拥抱我,安慰我。

我抬起头,看见沥川正好从房间走出来。

我从René的怀里抽出手,小声说:"René,沥川在看着我们。"

René吐吐舌头,对我做了一个鬼脸:"完蛋了,Alex要找我算账了。"

我接过模型关上房门。果然听见沥川和René在走廊上用法语争执了起来。超级郁闷啊,当年为什么就是赌了那口气,二外没选法语呢?不过,如果我真的学了法语,沥川该用德语吵架了,我还是听不懂。

我缩在房间里准备明天的翻译资料。经过一周的专家审评,相信C城区改建的方案已达成诸多共识。入围的最后四家谁能夺标,很大程度上取决于明天上午十点的评标会议。会议上,将由每个设计公司的代表先作最后三十分钟的陈述和答疑。然后,退席,由专家团进行最后评议,确定此标的最终人选。

那三十分钟的陈述是沥川自己用英文写的,然后我又译成了中文。我修改了一些词句,让全文读起来更加接近口语、更有诗意,也更符合中国人的审美习惯。沥川曾经受过专门的朗诵训练,声称自己做过学校广播台的播音员。他最擅长朗诵的是莎士比亚,能将手头上的无论什么东西,产品说明书也罢,新闻头条也罢,业务报告也罢,读得声情并茂,催人泪下。以前我们住在一起的时候,沥川经常干这个事来逗我,用中世纪腔的英文来读牛黄解毒丸的说明书,笑得我满地打滚。我们交流工作全在E-mail中进行,我信守承诺与他保持"同事"关系。沥川的邮件落款有时还加个"take care",企图显示点人情味,而我的E-mail则既无落款,亦无署名,就事论事,无一余字。

Final presentation(最后陈述)说来就来。

沥川的陈述排在最后。在此之前,很多人被田小刚炫目的"帝王式"设计弄得动容,印象深刻。作为专职翻译,我被安排坐在沥川的身边,以防评委提问时会有他听不懂的问题。我听见沥川用冷静清晰的嗓音说:"……CGP一贯推崇持久、保值的现代建筑风格。我们的设计忠实于结构的合理与多样化,并与当地特色鲜明地结合在一起,不在装饰性的部位表现短寿的后现代口味,亦不靠营造激情来打动观众。在设计理念中,我们融入了道家返璞归真的思想,并在山水诗的意境中寻求中华古典精神的再现……"

沥川把我写的中文一字不漏地背了下来,相信在座的人都被他抑扬顿挫的声调、声情并茂的解说给打动了。我坐在台上,一直注意观察田小刚的表情。实际上,外行如我的人都听出了田小刚设计的主要问题。他在剧院的外观效果上下了太多功夫,使剧院在日光下看上去灿烂而惊艳。可是沥川却把主要的用心放在灯光上。剧院的活动毕竟是夜间的。沥川一面讲解,一面调暗室内灯光。René的模型在几十个小型射灯的照耀下熠熠生辉、恍如仙境,充分地体现了沥川想要的夜间效果。

接下来是答疑时间。开始的几个问题很简单。我几乎用不着翻译,沥川用简洁的中文一一解释。紧接着,有一位评委问道:"王先生,请问你的C城剧院,也就是这个鹅卵形的建筑,究竟体现了怎样的道家思想和山水精神?"

这个评委在建筑界人称"杀手"。他在本行业有很高的声望,却一向以刻薄尖锐闻名。他曾给第一个陈述人——也就是迦园国际的田小刚——出了一个大难题,弄得他当场沉默两分钟,然后才开始回应,答案还不尽人意。

我听见沥川说道:"评委先生,这个鹅卵形的方案是我在细读中国山水诗人谢灵运的诗歌中找到的灵感。"

他的表情完全镇定,可我却从他的话音中听出了一丝忧虑。他显然担心这个人会在这个问题上做过多纠缠。毕竟沥川长在国外。谁都知道,他不大可能懂太多的中国古诗,尤其是以语言清雅、用典多而著称的谢诗。

"那么请问王先生,究竟是哪一首谢灵运的诗给你带来了灵感呢?"那个"杀手"似笑非笑地看着他,追问。

只听见沥川答道:"诸位不要见笑。我是外邦人,虽然我努力学习中文,我的中文水平还没有达到足够的深度,可以全部领会中国古典诗歌的精妙。所以,为了更好地完成这次设计,我请我的翻译谢小姐将谢灵运的诗歌译成了英文。相信我,谢灵运的诗,即使是用英文来读,也很优美。我记得我是在这样两句诗中得到的灵感:Cliffs are steep, mountain ridges crowded together, Islands wind around, sandbars are joined one after another. White clouds embrace the secluded rocks, Green bamboos charm the clear ripples.①我觉得,前面两句的描述很适合C城区在温州的地理实况,而后一句则直接启发了我的设计。"

说罢,他转身向我,说:"谢小姐对中国古诗造诣很深,我请她来告诉大家中文的原文。"

---

① 此处谢灵运诗歌的精美英译均选用美国汉学名家Stephen Owen(汉名:宇文所安)先生的译文。

奶奶的,一块烫手的热山芋就这样扔到了我的手上!

我站起来,鼓着两个核桃眼,向众人微微一笑:"王先生朗诵的这首诗,出自谢灵运的《过始宁墅》。原句是:'岩峭岭稠叠,洲萦渚连绵。白云抱幽石,绿筱媚清涟。'"

沥川接过我的话头,继续说:"谢谢谢小姐。我所设计的正是一块这样的幽石,灰色光滑的表面,可以倒映天空的云彩,既体现了'白云抱幽石'的诗境,又与'清涟山庄'的名称相呼应。同时也是对谢灵运这位在温州写出了'池塘生春草,园柳变鸣禽'这样绝世名句的山水诗人表示敬意。"

他话音刚落,众人居然鼓起掌来!我看见田小刚的脸变成了黑色。

所有的陈述人全部讲完之后,大家都退到偏厅等待最后结果。

过了十五分钟,评审团的主席谢鹤阳从大门中走出来,径直握住沥川的手:"王先生,评委一致投票同意了CGP的设计方案。祝贺你们。"

结果在大家的预料之中。沥川笑着和他握手。我一直紧紧地跟着沥川,生怕那个谢主任说的"温州"普通话沥川听不懂。

寒暄了一阵,谢鹤阳将沥川一路送出大门。在大门口,他忽然说:"王先生,你去过楠溪吗?"

"没去过。"

"我出生于楠溪的鹤阳古镇,是谢灵运的后人,所以对你的方案备感亲切。当然,我个人的意见不能左右专家的投票。不过,你的陈述让我们重新体会到了中华文明永恒的魅力。"

"谢主任,我也是中华的后人,我对祖先的文化备感骄傲。"

接下来的话,我们更想不到了。谢鹤阳说:"那天的晚宴,谢谢你照顾我的母亲。她到现在还念叨着你。"

"您……的母亲?"

"家母姓花,是美院的退休教授。"那个戴假牙的老太太!

沥川在车上接受了众人的祝贺,谦逊地说这是大家共同努力的结果。

回到宾馆的时候,他又特地来谢我,说我的翻译帮了他的大忙。要给我发特别的奖金。我想了想,忽然问:"我译了那么多首谢诗,怎么你偏偏对这一首印象深刻?"

他微微一怔,说:"因为你很少有拼写错误,只有这一首,有个单词你拼错了。"

我是用word来自动进行拼写检查的,没有红线了才会把文档发给他。因此,我不服气,抱着胳膊,鼓着眼睛说:"是吗?不大可能吧。哪个词拼错了?"

"'Ripples(涟漪)'你写成了'Nipples(奶头)'。害我琢磨半天,那个竹子和Nipple是什么关系。"

我大窘:"不可能!绝对不可能!"我岂能犯这种低级错误?

"怎么不可能?"他说,"你一向心术不正。"

Chapter ·31·

一别多年,每当我路过一个星巴克,或者闻到熟悉的咖啡味时,都会心头忽乱,莫名地紧张,以为会再次遇见沥川。

我是南方人,不习惯干冷的北方。因为认识沥川,我喜欢上了北京。毕业的时候有去上海的机会——其实上海才是我真正的老家——我都放弃了。有时候,我甚至觉得整个北京城都弥漫着沥川的气息。一别多年,每当我路过一个星巴克,或者闻到熟悉的咖啡味时,都会心头忽乱,莫名地紧张,以为会再次遇见沥川。现在,我即将离开温州,因为见到了沥川,我又对温州恋恋不舍。

René说,在瑞士小镇的街头散步,会有老人上来和你说话,听不懂的语言,请人翻译了才明白,老人只是想和你握握手,并祝你度过愉快的一天。过十字路口,为让一个不识路标的行人,汽车会猛然刹车,停在离你十英尺的地方。在美国,同样的情况司机早就破口大骂了,而瑞士人却会好脾气地向你笑一笑,挥挥手,给你让路。"Swiss people are freaky nice!(瑞士人民非常友善!)"

除了沥川,我唯一认得的瑞士人就是网球明星罗杰·费德勒。我觉得沥川的笑容和费德勒非常相似:很温和,很善意,很谦逊,没有狂喜的姿态,有一点点保留,有一点点羞涩。

中标的当晚,大家去了这个城市最豪华的酒楼庆贺。很多人都喝高了,René喝了半瓶五粮液,喝趴下的有包括张总在内的五六个。只有沥川在霁川的严格监督下滴酒未沾。除了服务员,我是这群男人当中唯一的女人,大家动不动就把我当秘书用。据说以前的朱碧瑄也是这样。我得提前到场安排菜单,和经理谈酒水的价格等。虽然我也爱喝酒,但在这种场合下发酒疯是不合适的。我只喝了一杯干红,非常节制。

吃完饭,喝趴下的人全被出租车送回了宾馆。没喝趴下的留在KTV包房K歌。我可不想挤在一大群半醉的男人当中给他们当免费"三陪",于是就说有点犯困,担心明天会晕机,想早点休息,和江总打了个招呼后溜之大吉。

我从洗手间出来,在门口碰见了沥川。

"你回宾馆吗?"他问。

"……不回。"

"要不要叫辆出租车送你?"

"不用,我散步回去。"我穿着一件羊毛短裙,裹着一件很厚的披肩。温州的冬天其实并不太冷。

我的眼睛依然是两个核桃,看他的表情也还是一副一触即发的样子。

他没有坚持。

酒店的门是那种金色的不锈钢"十"字大转门,推起来非常沉重。我悄悄地想,沥川的腿不方便,走这种转门会很吃力。所以走到门口时我突然说:"等等,还有别的门吗?我不喜欢走这种门。"

"Claustrophobia(幽闭恐惧症)?"他转身问我。

"不是……"

目光一个来回,他就猜到了我的用意,策杖径直地走进门去。我尾随而至,将转门轻轻拉住,不让它转得太快。他的行动在转门中果然有些迟缓。不过,他很快就出来了,我也很快跟了出来。走到露天的台阶,他对我说:"以后像这种情况,让我走在前面,行吗?我是男士,门很重,理当由我来推门。"

"不是说女士优先吗?"我反问一句。

"如果门已经转动了,你可以先走,我来殿后。"

"不会吧,这都是哪个年代的规矩啊?"看他一本正经地嘱咐我,我只想笑。

"不是什么规矩,只是让你更加方便,如此而已。"

"说到方便,我倒觉得,应当是行动方便的人照顾行动不方便的人。"

"谢谢提醒,我行动很方便。"沥川毫不示弱,一句话顶过来,我愣了半天,居然没法回嘴。

说罢,他挥手叫出租车。看见他坐进去,我也钻了进去。

"不是说要散步回去吗?"他问。

"前面有个关公庙,一直想去看看。今天正好顺路,你陪我去吧。"他冷冷地坐在那儿,弄不懂我的意思,干脆一路都不说话。我对司机说:"劳驾,关公庙前停一下。"

车开了不到十分钟,关公庙就到了。我和沥川一起下车。

很小的庙,却有很盛的香火。门前一排大红灯笼。当中立一丈许木人,手拿一杆大刀,面如重枣,长髯飘拂,气概威武,头顶有四个大字:"义炳乾坤"。

齐膝高的门槛,沥川进去的时候,有些麻烦。他不得不用手将戴义肢的那条腿抬起来,才能越过去。我们一起来到关公面前。

我点了三炷香,对空遥拜,念念有词,然后说:"沥川,听说过《三国演义》吗?"

"听说过。"

"知道刘关张结拜的事吧?"

"知道。"

"沥川,我要和你结拜。"

"什么?"他不相信自己的耳朵,"什么?"

"我,谢小秋,要和你,王沥川,结拜成兄弟。"

他的目光转向迷惑:"为什么?"

"你知道,以我们现在的情况,兄弟关系要好过同事关系。"

他摇头:"不明白。"

"道理很简单。如果是同事关系,同事可以在任何时候发展成恋人。你肯定不希望我们的关系朝这个方向发展,对不对?"

他点头:"对。"

"所以同事关系不是解决问题的最佳方案。"我看着他的眼睛,不让他移开目光,"可是,兄弟就不同了,兄弟是不能发展成恋人的。如果那样的话,就成了乱伦。乱伦的事,你我肯定不会做,对不对?"

他冷眼看我,不吭声,不接话,猜想我在耍滑头。

我继续说,声情并茂:"想当年,刘关张三人义结桃园,以乌牛白马为祭,发誓此生不求同年同月同日生,只愿同年同月同日死——每次看到这一段,我都特别激动。"

沥川皱眉,好像我是个外星人。

不管那些,三炷香塞到他手上,我对着木人朗声发誓:"苍天在上,黄土在下,我谢小秋与王沥川,于今日此时,关帝面前,结成兄弟。从此之后,有福同享,有难同当,皇天后土,实鉴此心,背义忘恩,天人共戮。"

是的,诸位看官,我在重复某个武侠小说的情节。武侠小说我看得太多,究竟本出何处,一时想不出来。我觉得,我和沥川的问题现代方法解决不了,只能换成古代的。所以我选择了这个地方——古庙、古像、古老的线香、古老的香炉。在充满古意的蜡烛烛光中短暂地穿越一把。从古到今,多少人是演着戏来谈爱,而我却是为爱演戏。想想看吧,我有多累。

我慷慨激昂地念完誓词,却发现沥川侧身看我,连连冷笑:"我是男的,你是女的,请问,我们怎么会是兄弟?"说罢将手头的线香掐了,扔进香炉,掏出手绢擦手,打算要走。

沥川这人外表温和内心倔强,一旦打定了主意,就休想回头。

"等等!"我拉住他,"这正是今天要你来的目的。只要你和我结拜了,我发誓从今往后我在你面前,只是男人,不是女人。我跟你,是雄性之间的关系。"

面前人的眉头已经皱成了一个大大的"V"字:"雄性?"

"你当然知道,人与人之间,有很多种关系,恋爱只是其中的一种。对我们来说,它可以变得重要,也可以变得不重要。如果把这一层关系砍了,我们之间就会很轻松。所谓忍一时风平浪静,进一步粉身碎骨,倒不如退一步海阔天空。你说呢?"

我舔了舔嘴唇,都不知道这些话是怎么冒出来的,其实我一点也不想这么快就升华了。可是,沥川显然被我这一大串排比句搞糊涂了。我继续苦口婆心:"如果你和我结拜了,一切就了结了。我向你保证,我马上走向新生活,马上开始找男朋友。然后恋爱、结婚、买房、生子、孝敬公婆、购买养老保险,过上幸福的家庭生活。"

他听得有点发呆,看着我,半天才说:"你保证?你真的能保证?"

"当然了!关爷爷是什么人?关爷爷是三界伏魔大帝,神威远镇天尊。我在他老人家面前撒谎,不怕天打雷轰啊?"我用力拍了拍沥川的肩膀,"沥川,你们瑞士人一向豪爽,你爽快点,别给你们的文化抹黑,好不好?"

老实了。沥川以为这是中华民族的一个古老传统,老老实实地跟着我在关爷爷面前发了誓。

"哎,"我拍了他一下,"从今往后,你就是我的老大,你得罩着我哈。"

"不论我是你的老几,"沥川瞪着大眼睛,很真诚地对我说,"我永远都会罩着你。You can always count on me.(你总可以指望上我。)"

沥川有所有喜爱中国文化的老外都改不了的毛病:对咱们的文化热爱到五迷三道的地步。比如,沥川对我们的佛教建筑赞不绝口;见有什么宗教仪式,就虔诚礼拜,生怕别人拿他当外国人。

这话他说得出自肺腑,我听得心潮澎湃。要知道,不论是恋人、朋友,还是兄弟,谁对你说这句话,都不容易。

下面这句话,是从我口中激动地蹦出来的,绝对不是月亮,绝对不能代表我的心:"沥川,你还是回瑞士吧,不必惦记我了。俗话说,四海之内皆兄弟。你只要记得不时地给我发个E-mail就行了。"

他看着我,神态很有些吃惊:"你——让我回瑞士?"

"嗯。"我吸着冰凉的空气,鼻子酸酸的,心中的那根弦就要断掉了。索性爽他一回:好人做到底,送佛送到西。

"新年新气象。你说的,对吧?"

他站在那里,半天没吭声。过了一会儿,才"嗯"了一声说:"走吧。"

过门槛时,我扶了他一把,他没有拒绝。

临上车时,他忽然说:"小秋,你变雄性别变得那么快好不好?好歹给我个过渡期。"

我幽幽地看着他,心很痛很痛:"沥川,现在你是不是轻松了一点?"

他没有回答。

一夜稳睡。

第二天,收拾行李,大家坐飞机,两个小时之后到达北京。

亲人们早已挤在人群之中,一阵拥抱后各自回家。René和霁川直接转机回瑞士,沥川说温州项目刚刚开始,还有许多跟进的设计点名要他负责,他会留在北京一段时间。

我们一直走在一起,约好一起叫出租车。可是,刚走出人群,我就听见有人叫我。

"安妮。"循声一看,是萧观。好久不见,我有点不敢确信站在我面前的那个人就是萧观。麦色皮肤,大冬天穿着短袖,露出粗壮有力的双臂。我对萧观的印象一直都是成功的儒商,没想到他穿衣显瘦,脱衣显肉,浑身上下洋溢着节日的喜气和过人的精力。他穿着一套白色的网球衫,背着一个巨大的网球包,好整以暇地等在一边。

"萧总?"

"刚打完球回来,顺便来接你。这位想必是大名鼎鼎的王沥川先生。"他伸出手,和沥川握了握,很热情,很老练。

"您是……"

"萧观,来自九通翻译。安妮现在的人事关系还在九通,所以我和你都算是她的上司。"

"萧先生,您好。"

"我和贵公司的江总、张总非常熟,除了翻译,我们还有其他的业务联系。我也做一点房地产。这是我的名片。"

为了双手接这张名片,沥川放下行李,又放下手杖:"对不起,我没带名片,下次一定补上。"

"听说温州的项目CGP已经中标了?"

"是的。萧先生是消息灵通人士。"

"以前在国家通讯社工作。恭喜恭喜!怎么样,我的干将安妮表现不错吧?"

"非常好。谢谢你们推荐她来CGP。"

萧观摆摆手,笑着说:"九通和CGP是什么关系?当然是给你们挑最好的。王总有车接吗?我可以开车送你。"

"谢谢,不用。我自己坐出租车就可以了。"

"那我就不客气把安妮拐走了。"萧观大大咧咧地抢过我的行李,提在手中。

"没问题。安妮需要好好放松一下。"沥川淡淡地说,"再见。"

"再见。"

在去停车场的路上,萧观说:"你受什么打击了,两只眼睛肿成这样?"

"马蜂蜇的。"

"撒谎也要讲科学,冬天哪里有马蜂?不是哭鼻子哭的吧?什么事那么严重,让你哭成这样?"

"不关你的事。"心情不好,讨厌他穷追猛打地问。

"给你发了邮件也不见你回,对我这个上司也太怠慢了吧?"他打开车门,示意我坐进去,"发现没,我换了一辆新车。"——是一辆奥迪的小跑车,车里散发着真皮的气味。

"是吗?"我对汽车没研究,也不记得他以前开的是什么牌子。

"才买一星期就吃了两张单子。"

"为什么?"

"超速。"

然后,他讲了足足十五分钟的奥迪各项性能、各项指标和其他同档车的比较,我听得索然无味。

"那个王沥川,你跟他熟吗?"

"一般,工作关系。"

"他这人好说话吗?"

"还行吧,不太了解。"

"我看上了一个项目,钱凑得差不多了,想拉他进来做个投资,主建筑也想找他设计。"

"那你得自己去约他谈。"

"先不着急。"他说。

汽车一拐驶入一道小街。

"这里新开了一家苏菜馆子,听说师傅手艺不错,一直想来尝一尝——我老家在苏州。你感兴趣吗?"

"怎么好意思让你请客?"

"跟我客气啥?"

停了车,我没精打采地跟着他进了饭馆。放眼一看,门面虽然不大,里面装修异常考究,服务小姐穿着清一色的缎面旗袍。

其实,除了沥川,萧观是第二个单独带我出来吃饭的男人。不得不说,这个世界的男人和女人一样千姿百态。我不禁想起了沥川要我 move on 的那些话。然后,我在心里不停地对自己说:move on,move on,move on……

菜单来了,萧观问我要点什么。我对苏菜没什么印象,就让他替我点。他三下五除二地点好菜,点了酒。我本来没胃口,苏菜又带点甜味,于是向服务员要了辣椒酱。

萧观这才意识到我可能不习惯苏菜:"对不起,忘记问了,你是哪里人?"

"云南人。"

"难怪喜欢辣椒。我是半点辣椒不能碰,一吃就呛着。上次去一朋友家,他太太是四川人,空气里有很重的辣椒味,我一进门就呛住了,到楼梯口里咳了半天才把气喘过来。"

"那你得离我远点儿,我无辣不欢。"我看着他,笑了。

"辣椒酱是个好东西,以后带你下馆子,我要记得随身带上一瓶辣椒酱。"

自我感觉真好,也不问问人家愿不愿意将就你。我在心里嘀咕着。对吃辣椒的人来说,"辣椒酱"这仨字简直是羞辱。我对辣椒可不是一般的爱吃,最爱秋天最后一季的辣椒,味重、劲大,辣起来嘴不疼,胃疼。

接下来,他开始谈这一年的国际新闻,美国股市、巴以冲突、原油价格、朝鲜核试验、泰国军变、欧盟对华政策。然后又开始谈体育新闻,意大利足球、NBA、一级方程式、温布尔登公开赛。我一个劲地听,一个劲地点头。真是好,省得看报纸了。怎么考研的时候没遇到这个人,时事题都不用复习了。

"你平日主要以什么为消遣?"见我半天不吭声,一个劲地点头吃饭,他终于将话题转到我的身上。

"看电视、看书、睡觉……"

"你看《新闻联播》吗?"

"从来不看。"

他的下巴好像要掉下来了,说:"从来不看?你从来不关心世界大事?"

"不关心,我特狭隘。"

"那你怎么考上的研究生?"

"保送的。"

"那你都看些什么电视?"

"八点档的婚姻剧《牵手》《不谈爱情》之类,也爱看武打片,最喜欢周星驰。"他唏嘘。

"那你每天看报纸吗?"

"看啊。娱乐、家居、城市生活——就看这三版,其余到手就扔掉。"

"杂志呢?"

"最喜欢《读者》,也看《家庭》和《知音》。有时看一下《今古传奇》,不是期期看。"

"谁是你最喜欢的作家?"

"杜若、蓝莲花。"

"这些名字我怎么好像没听说过。"

"她们都是非常有名的网络写手。杜若的《天舞》,强烈推荐。"

"我觉得……你的文学趣味……嗯……怎么说呢,有待提高。我喜欢苏童,推荐他的《妻妾成群》,张爱玲也很不错。艾玛喜欢亦舒和梁凤仪。"

我赶紧说:"对了,你和艾玛怎样了? 有没有再续前缘?"

"前缘? 怎么可能? 好马不吃回头草。"

"艾玛挺不错的,年轻、貌美、有才、时尚,和你在一起特般配。真的。"

他喝下一口酒,笑:"你晓得,有一本书里说过,恋爱中的人分成两类,一种是抒情型,这种人在恋爱中只寻求一个理想身影,哪怕次次碰壁,也百折不回;一种是叙事型,喜欢芸芸众生的种种色相。艾玛属于后者,我已经被她叙事过一回了。你呢? 是抒情的,还是叙事的?"

"不知道,没研究过。"我擦擦嘴,说,"我吃完了。"

他的脸有些不好看。因为刚才他光顾着说话,没怎么动筷子。我倒是边听边吃,很快就结束了战斗。

"没想到你的话那么少。"他说,"对了,那个手册,能不能麻烦你抓紧点,人家等着要了。"

"我需要一个礼拜的时间,不过分吧?"

"当然不过分。晚上有空吗? 到我家听音乐吧? 有个朋友从国外带回来几张新碟,我有一套很好的音响……"

"今天有点晕机,改天吧。"我指了指自己的脑袋,做昏厥状。

他打量我,苦笑:"我就这么没吸引力吗？安妮,我从未在其他女人面前有如此的挫败感。"

"人生总不能事事花团锦簇。"

他叫来服务小姐结账,不死心地又问:"你是不喜欢和所有的男人交往呢,还是独独不喜欢和我在一起？"

"你是在暗示我是Lesbian(女同)吗？"

"怎么会呢？"他看着我,说,"你是吗？"

彻底无语了！我翻着白眼站了起来。

萧观送我回家,一路上闷头不语,一副饱受打击的样子。

下车的时候,他摇下车窗对我说:"安妮,我也是抒情型。当抒情型遇到抒情型时,擦出火花是早晚的事。"

他用火辣辣的眼光看着我,令我大感愧疚:"萧观,今天我心情不大好,眼睛肿着你也看见了,刚才说的话你别往心里去。"

"心情不好,不如晚上来我家听音乐？多聊聊心情就好了。"他不死心,做最后的努力。

"谢谢,我不去了。"

我回到屋内,倒在床上,想起了沥川以前说过的话:"如果你习惯有男人这么对待你,将来你会嫁个比较好的男人。"

沥川,你害死我啦！

Chapter 32

> 这个世界,不是只有一个沥川,还有濒危的动物、枯竭的资源、污染的大气……我要保护动物,我要关心地球,我要成为一个白水素人!

我在九通附近租了一套一室一厅的公寓,每月租金两千块,是我工资的三分之一。那是个研究所的宿舍,房东有两套房子,原本打算留给儿子结婚的,儿子去了上海,所以租给我。很小,但是新房,很干净,有设施齐全的厨房和卫生间。

每天打开信箱,我都会收到一些奇怪的广告。以前,这些广告我都是看也不看就直接扔进垃圾桶。可是最近生活颇为郁闷,无聊到连进商场都拿购物广告回来研究,然后不管用不用得着,四处抢购打折商品。

从温州回来,我花了两周的时间替萧观翻译那个拍卖行的手册。完稿后寄给他,他汇给我一万元,我不客气地收下了。我忽然觉得钱很重要,我也很需要钱。以前我把心思都放在想念沥川上,没把生活当回事,自然也就没把钱当回事。现在,沥川要我move on,没钱怎么move on?

除了需要钱,我还需要一种活法。

这几年我活得一塌糊涂。日常生活既井井有条,又十分紊乱。井井有条,是因为我仍然很上进很敬业,企图证明自己没有失败。十分紊乱,是因为只要不工作不学习,我就立即陷入恍惚,陷入到回忆这个无边无际的漩涡中。所以我的日常生活必须安排得满满的,把自己搞得累累的,时间分割成一个个的小块,每个小块间隔半小时。这样,我就没有多余的时间胡思乱想。

我的瑜伽课一周三次,每次一个小时,里面多是来减肥的妈妈们。做完瑜伽大家有时一起找地方喝茶吃点心,然后我去桑拿,桑拿二十分钟再去游泳——体育中心的年票很贵,尽量利用。回到家里八九点,很累,很快就入睡了。如果睡不着,我就喝啤酒,啃鸡翅,或者到门外的小馆子去吃羊肉串,和陌生人聊天。周末我泡吧。不是什么吧都去,我最喜欢去的那个叫"波西米亚",半沙龙性质,很多搞艺术、搞诗歌的人在里面混。我在那里活动了三年,所有的人都面熟,一个深交也无。我爱去那里,因为那里可以抽烟,有很好的咖啡、很好的酒,装修是我喜欢的波西米亚风格。整个大厅又暗又嘈杂,弥漫着一股广藿香油的气息。女人的眼眶涂得黑乎乎的,烫着波浪卷的长发,手和颈上,挂着亮晶晶的银饰。谈吐也很高雅,从雨果到左拉,从波德莱尔到兰波,从凯鲁亚克到金斯伯格……当然,也不一定非谈这些,也可以是男人谈女人,女人谈男人,或者朗诵诗歌。不过,这些我都不参加,我只是坐在那里闷闷地抽烟、喝咖啡、喝酒,像一位痛苦的作家。如果碰见了面熟的人,我也会随心所欲地聊一会儿,一个小时之内只要提到《知音》和《读者》,准能立即结束战斗。

不知为什么,沥川离开我之后,我失去了和男人交往的兴趣。我和周围的人,无论是邻居还是同事,都保持很远的距离。我会参加一些集体活动,也会礼尚往来。除此之外,不多说一句,不多走一步。我的宗旨是守残抱缺,固本培元,不欠人情,没有牵累。

尽管如此,一周之中我还是有那么一两天的晚上很空闲,令我觉得生活既无质量也无意义。沥川,难道我就是为了你而活吗?为情所困、以泪洗面——难道这就是我的状态吗?不!我需要摆脱一切纠结,为一种更高尚的目的而存在。我一直想不出什么才是我人生更高尚的目的,直到我看见了这则广告。

您是否知道:

1)生产1卡路里的牛肉蛋白,需要消耗78卡路里的石油;而种植1卡路里的大豆,只需消耗1卡路里的石油。如果您坚持素食,而不是肉食,您在为保存世界日益减少的不可再生性资源作贡献。

2)您是否知道:制造动物蛋白比制造植物蛋白要多消耗3到15倍的水?如果坚持素食,您为人类保存了珍贵的水资源。

3)如果您知道为了制造一磅牛肉,需要喂养16磅的大豆和谷物,您何必不直接吃大豆和谷类?这样可以节省为了生产牛肉而花去的人工和包装。为保护环境作贡献。

4)如果您知道,为了拥有更多的牧场以扩大畜牧,人们砍伐森林或热带雨林。地球的二氧化碳是靠树木来过滤的,如果坚持吃素,我们就保护了森林,净化了空气。

5)素食者不会营养不良。植物可以提供任何我们所需的养分。

6)您是否知道,在食物链中,动物比植物处于更高的位置,因此,肉食品含有比植物高得多的农药残余:比如杀虫剂,比如除草剂。

7)您是否知道,为了更好地饲养动物,人们使用超过两万种的药物来维持它们的健康和高产,包括胆固醇、抗生素、荷尔蒙。想想看,如果您爱吃肉,等于您天天都在吃抗生素。

8)想想各种动物身上那些危害人类健康的寄生虫(见过猪肉绦虫吧?)以及致病的微生物吧。大大超过植物所拥有的数量。

9)把一个萝卜和一条鸡腿同时放在室外一整天,看看吃了哪样会让您先病?

10)医学研究证明,吃肉会增加患心脏病的概率。

11)素食可以预防癌症。目前所能找到的所有抗癌元素:维生素C、维生素B_{17}、β-胡萝卜素、NDGA都出自植物而非动物。而烹调肉制品会释放各种苯和致癌物质。

12)素食可以减少以下病症:骨质疏松、肾结石、胆结石、糖尿病、各种硬化症、关节炎、痤疮、肥胖、血毒症。

13)所以,您将长寿。长寿,所以您可以省下不少医疗费。

14)素食者省钱。植物食品的价格普遍低于动物食品。

15)科学研究表明:素食者的IQ高于肉食者。古人都说:"肉食者鄙,未能远谋。"

16)道德考量:保护动物,永不杀生。

白水素人俱乐部:关心身体、关心动物、关心环境、关心地球。北京市朝阳区N街32号,每周一聚,电话:××××××××,请找南宫先生。

这个世界,不是只有一个沥川,还有濒危的动物、枯竭的资源、污染的大气……我要保护动物,我要关心地球,我要成为一个白水素人!

按图索骥,我打电话找到了那个叫"南宫"的男人。电话里是很好听的男中音:"欢迎你来'白水素人'。我们是免费俱乐部,大家都是素食爱好者,聚在一起聊聊天,每周碰一次头,交流素食经验,就是这样。一次一两个小时,长短不限。"

"对,我们有自己的活动室,还有自己的厨房。不少时候我们是在交流烹调经验。"

"你来吧,今晚就有活动。"

那个南宫真叫南宫,先前我还以为是化名。

"我是南宫六如。"接待我的是一个中等个子的男人,相貌平凡,三十来岁,气色红润,身体健康,精力充沛,声如洪钟。

"我是谢小秋。"

"请问,你是素食者吗?"

"不是……正打算向这个方向发展。"

"没问题,我们帮助你。"

"我挺喜欢吃肉,看了您的传单,我有罪恶感。"

"传单是宣传用的,没有那么严重。呵呵。"他说,"我们的会员很多,但小组活动一般就是十个人,大家一起聊天,什么都聊。我们在一起只因为我们都吃素食,其他情况各不相同,所以你不要以为我们成天谈吃素,好像我们是一群草食类恐龙。"

他请我坐沙发,递给我一杯白开水:"先介绍一下我自己,我是Vegan,最严格意义上的素食者。我不吃肉,不吃鱼,不吃鱼子,不吃鸡蛋,不喝酒,不喝牛奶,不吃蜂蜜,不吃任何用动物的身体做成或提炼成的东西,不穿皮衣。"

他看了我一眼,目光落在我的丝绸围巾上,说:"我也不用任何丝制品。蚕也是动物。"

我赶紧把围巾摘了。

"当然,我们当中有些人不是很严格,有些人吃鱼,有些人吃蛋,有些人喝牛奶,但绝对没有人吃肉。"

"我向您学习。您不吃的东西,我也不吃。"

"你养过宠物吗?猫或狗之类。"

"没有。不过我喜欢小动物,《动物世界》是我最喜欢的节目。"

"现在离活动开始还有半个小时,对于素食,你有什么具体的问题需要我回答吗?"

"我想知道怎样变成一个素食者?具体步骤是什么?"

"首先,你打算从哪天开始?"

"今天。"我看着他,"现在,此时,此刻。"

"一般我会推荐一个循序渐进的过程,"他说,"考虑到你长期食肉,对肉食会有强烈的依赖性。你可以在头一周不吃红肉,第二周不吃白肉,慢慢来。"

依赖性。我觉得这词很重要。

"您说对了,我就是要克服这个依赖性。我希望果断地进入素食阶段。"

"那你需要做的第一件事,是发邮件给你所有的朋友,尤其是那些会经常和你一起出去吃饭的朋友,告诉他们你从今日起决定成为一个素食者。"

"好的。"

"你自己在家做饭吗?"

"偶尔做做。大部分时间吃盒饭。单位包午餐。"

"盒饭我建议你不要吃,没营养,不论是荤是素,都用一个锅炒。你可试着自己做些素菜,我们这里有不少食谱,学起来很容易。还有,这个单子里列了北京城里所有的素菜馆,不是很多,味道都不错,也不贵。尤其是寺院开的几家,我们常去那里聚餐。"他递给我一本绿色的小册子。

"谢谢。"

"平时,最令我们烦恼的事情是同事、朋友突然决定聚餐。我们不能要求别人将就我们的口味,所以最常遇到的尴尬事是到了一家餐馆,发现没有我们能吃的东西,只能饿着。因此,我建议你在自己的小包里永远放一盒零食以备不虞,花生、杏仁、核桃都可以。"

"好的。"我掏出笔记本记下来。

"吃素菜的时候,要缓慢咀嚼,仔细聆听你身体的反应,体会绿色食品的原味。时时刻刻,想着自己的健康,想着你挽救的动物,想着人类,想着地球,天人合一,你在以实际行动改善世界、促进和平,你应当感到自豪。"

"明白。"我想了想,忽然问,"为什么您一直不问我要成为素食者的原因?"

"我们从来不问这些。这是你的选择,不需要我来批准。每个人都有每个人的原因,我们只是有共同的兴趣,所以走到了一起,就像读书会、下棋协会、扑克协会、钓鱼协会那样。"

真是一个理想的俱乐部。

"所有的活动我必须要参加吗?"

"我们的组织非常松散,想来就来,不想来就不来。有些人参加头几次活动,发现坚持下来太难,又消失了。"

"南宫先生,我能问您一个私人问题吗?"

"问吧。"

"您为什么是素食者?"

"是这样,我是农村人,以前什么都吃的。我有一个弟弟,从小感情非常好,就是很淘气,我逼着他参军,他去了。结果他在军事演习中出了事,被炸死了——粉碎的那种。自从听到这个消息的那一秒钟起,我不能看见任何肉类。"

"对不起,我不该问这事儿。"我喃喃地说。

"没关系,已经过去很多年了。"说到这里,他突然背过身去,声音有些哽咽,"我需要安静一下。"然后,他就走到另一间屋子里去了。

我没参加那一次活动——很羞愧地逃走了。

回到家里,我一本正经地给我的几个当翻译的同事发了邮件,宣告我成为一个素食者,请她们多多关照。然后,我清理冰箱,扔掉了所有的肉和鸡蛋;清理零食,扔掉了所有的牛肉干、鱼片、肉松。我拎着菜篮去市场,买了一大堆青菜、水果、豆腐、豆浆。我吃了一天的素,没觉得很难,只是晚上闻到街头的羊肉串和烤鸡翅味,非常心动,我赶紧回家上床,把头捂在被子里。后来我忍不住,跑回街上观察,惊喜地发现,其实烧烤中也有素的,比如烤豆腐、烤土豆片、烤玉米、烤生菜、烤藕、烤蘑菇,除了不是肉,味道都一样! 我的神啊! 太好啦! 晚餐就在这里了,一下子吃了个饱。

第二天上班,没喷香水,身上散发着蔬菜的气息。

回北京两个礼拜,我都没怎么见到沥川。沥川的办公室在楼上,他每天上班不定时。我只有在开会,或者午饭的时间可以见到他。沥川总是刻意拉开我们的距离，不怎么主动找我说话，我也不到他那里去套近乎。大多时候，我们双目对视，互相点个头，各自拿菜，各自归座，连寒暄都没有。沥川从不给我打电话，除了工作需要，也从不给我发 E-mail。

我很伤心，但我不在乎。只要知道沥川和我在一座大楼，只要每天能见他一面，哪怕是一句话不说，我都心满意足。没有这个先决条件，我没法 move on，就是这样没出息。

CGP 的中餐对素食者绝对是一个巨大的考验。因为这里的工作人员有百分之九十是精力旺盛的男人，无肉不欢；剩下的女人又全是海鲜爱好者。我发现，我能吃的素食只有面包、米饭、水果和沙拉。而且，吃完之后很快又饿了。

所幸我有同伴。为了保持体形，艾玛基本上也吃素。她偶尔吃点鱼，次数不多。她喜欢用很多的沙拉酱，其实是含有很多成分的奶制品。我连沙拉酱也不吃，只吃菜叶子。我们几个女翻译通常坐在一起八卦，我边吃边听，有时偷偷瞄一眼在远处另一张桌子上独自吃饭的沥川。沥川还是那么好看，只是有一点点瘦，穿着合身的西装，很神秘，很迷人。他从来不看我。

"哎，你们看了今天从总部发来的通知了吗？"艾玛小声说，"沥川辞去 CGP 副总的职务，改任北京分部的主设计师，连降两级，不知出了什么事。"

另一个叫阿倩的翻译笑着说："我也觉得奇怪。那现在江总岂不成了他的上司？"

"什么上司，江总是 CEO，他是 Owner（老板）好不好？江总不过是替他家打工的。他不做总裁多半是嫌累。听说最近身体不大好，每天只能工作五个小时。"艾玛说。

"我看他身体挺好的。对了，他的那条腿究竟为什么是跛的？小儿麻痹吗？"德语组的明明问道。

"我猜是风湿性关节炎。"

"我猜是先天畸形。"

"我还是坚持帕金森症。安妮，你猜是什么？我们一人赌十块钱吧。"

"我不知道。"我想了想，说，"车祸？截肢？"

"义肢？No，No，No！沥川的腿不可以是义肢，不可想象他只有一条腿，那太让人伤心了。我宁肯他是帕金森。"

大家一致反对这个选项。我无语了。

"拿着人家的残疾来赌钱,不大厚道吧?"我嘀咕了一句。

没有人理睬我,她们继续讨论:"艾玛,你去故意把一杯水泼到他脚上,然后假装替他擦鞋子,顺便摸一把,不就明白了。"

"摸?怎么摸?我在这里快十年了,沥川在这里也快七八年了,没看见他和任何女人勾搭。那个走了的朱碧瑄,追他追得要死,沥川调走了,她还在这里苦苦守了六年,不是最后也放弃了?"

"要说追,我们都追过他,对吧?艾玛,你不是也追过吗?"

"我连'沥川 I love you!'那样赤裸裸的 E-mail 都写过。哪次情人节我不送他巧克力?不管用啊。人家从来不理我!"

"那是以前,他风光得意,故弄玄虚。现在,我觉得他看上去有点消沉啊。正是你再次发起进攻的时候哦,抓紧时间,乘虚而入。说到底,艾玛,你年纪也不小了,你和沥川差不多一样大吧?"

"大他一岁呢。"

"可能他更喜欢成熟一点的。抓紧了,艾玛,我们还指望你当了王太太给我们提工资呢。他一个人坐在那里,很孤独哦,你去找他说话嘛。"

"你以为我不敢去吗?"艾玛笑着说,"一听说沥川回来了,我乐得睡着了都笑醒了。"

说罢,她真的端起碟子,扭着腰肢,向沥川的桌子走去。

"记得我们的赌约哟!"

"哎,安妮,你手怎么啦?怎么在发抖?植物神经紊乱?"

我用叉子用力叉了一块苹果,塞进嘴里:"没事。第一天素食,还不习惯。"

"搞什么素食嘛,你又不胖,还神经兮兮地给每个人发了通知,至于吗?"

"我加入了动物权益保障者协会。"

她们看着我,一阵乱笑。

我迅速将盘中水果一扫而光,埋头回办公室。

我命令自己将注意力集中到素食这个方向来,不要去想艾玛,更不要去想沥川,我不断地对自己说:It's over! Over!

打开电脑,我看见有人从 MSN 上找我。图像是一只笑眯眯的橘子,居然是

René。

"安妮,你好吗?"

"挺好的。你呢?"

"还行。你喜欢猫吗?"

"喜欢,怎么了?"

"是这样,沥川本来说和我们一起回来,现在他留在北京了,于是他把他的Mia送给我们了。"

"Mia不是沥川的猫吗?"

"看,你连这个都知道。这个Mia是以前那个Mia的孙女儿。以前那个老Mia在死之前特能生,搞得他们家亲戚每人都被迫收养了一只。安妮,这个Mia自从沥川走后脾气特大,天天咬我的模型。我辛辛苦苦做的模型,半个小时就给她咬成一团碎纸。我托人带它来北京送给你,好不好?我知道,你会好好对待Mia的。"

"沥川会同意吗?"

"Mia现在是我的猫。我有处置权。"

"行呀。什么时候来给我发邮件吧,我去接机。"

"我正好有个熟人来北京公干,今天走,明天到。我现在急着去办手续。再见。"

他的MSN头像匆匆地消失了。我长长地叹了一口气。沥川走的时候,走得那么彻底,什么也没有给我留下。现在,我居然拥有了他的Mia!

我请假,提前下班去宠物店买猫食、猫罐头、猫窝、猫砂和养猫教科书,还买了一些备用药。晚上一边啃玉米棒子,一边捧着书钻研。

第二天请假接机,接到的是一个漂亮的高个子男人,提着一个灰色的宠物笼子,我们各报了姓名。他显然也是华裔,但中文就实在不敢恭维了。

"我是谢小秋。"

"我系(是)Allen Wong(王艾伦)。"

"怎么您也姓王?"

"我系(是)沥川的汤熊(堂兄)。"

"您……也是建筑师吗?"

"Yes,你九么鸡(怎么知)……岛(道)?"

"猜的。您不去见沥川吗?他就在北京。"

"Oh……No,我恨(很)忙乱,命(明)天就周(走)了。我会给他……大(打)……电娃(话)。"

他又给我一个包:"里面……René给你的有冻(东)西。"

"除了猫还有别的东西?"

"有有。这个……盒……chocolate(巧克力)系(是)我松(送)你的。"他给我一个漂亮的金属盒子。

"谢谢,真是太客气了。我什么也没准备呢。"

"不客起(气)不客起(气)。René说了,包里有个……条……围巾你受(收)着,见了沥川千万……千万别呆(戴),他会……生气。"

我吓了一跳:"为什么?"

他笑了笑,擦了擦头上的汗,估计会的中文已经用光了,改成英语:"You will know it later.(你以后便知。)"

我看着Allen,他不比沥川大多少,没准儿是同岁,眉眼有些相似。不过,看得出,他和沥川一样,见了女人有些羞涩。

我乐滋滋地抱着Mia回到家。Mia是一只短毛的小花猫,圆圆的脸,眼睛很大,总是困困的样子。我给它换了个名字叫"Amy"。Amy很温顺,怕冷,晚上和我睡在一起。

打开René送我的包,发现里面有一条手织的围巾,五彩的条纹,很鲜艳,很大,戴在脖子上很暖和,两头还点缀着很多小小的银饰。有点奇怪哟,难道René会织围巾吗?然后,还有一只很大肚子的天蓝色咖啡杯,漂亮的陶瓷,白色的花纹,上面印着一排字:

No dreamer is ever too small; no dreamer is ever too big.

Practice reandom beauty and senseless acts of love.

Happiness is not given but exchanged.

Truth fears no questions.

Dare to be wise.

Laugh.

杯子很旧,仿佛用了很多年。

第二天我就把这个杯子带到办公室,吃饭的时候就捧着它喝咖啡。我看见了沥川,沥川也看见了我,照样不理我。瞧他这兄弟当的。回到办公室刚坐下不久,有人敲门——居然是沥川。

是沥川,不过脸色阴沉:"Allen说,Mia在你这里?"

"你是指我的猫Amy?"

"Amy?"

"Mia在我这里叫Amy。"

"Mia是我的猫,你还给我。"他说。

气势很大,我怕你啊。

"No way.我已经办好了宠物证,物主姓名是谢小秋。"

"那么……能不能借我一个月?我挺想它的。"为了猫,他倒妥协得挺快。

"No way。"大活人不见要见猫,我吃醋!

"借我三天?"

"No。"

"一天?"

"一分钟也不借。"

他沉默,暗自生气。过了一会儿终于说:"有一种牌子的鱼罐头,它专吃那种。"

"Amy和我一样是素食者,它目前主要的食品是菠菜。"

"什么?菠菜?"沥川的脸气得发红,"你虐待Mia?"

"怎么是虐待?Amy挺爱吃菠菜的。昨晚上它还吃煎豆腐呢。"

他气得没话说,瞪了我一眼,目光落在我的杯子上,又来气了:"谁给你的这个杯子?"

"这又不是你的杯子!"

"当然是我的!"

"怎么是你的?上面又没你的名字。"

"看看杯底上的字,难道你也是哈佛毕业的?"

我急着翻过杯子看清楚,没想到里面还有半杯咖啡,一下子全泼到笔记本电脑上,屏幕顿时就黑了。

"王沥川,赔我电脑!"

"不关我的事,谁知道你有这么笨。"他人一闪,走了。

Chapter ·33·

> 我们在黑暗中无声无息地做爱。沥川的身体非常柔弱,而我却因愤怒而变得粗暴。

上网随便一查,我那台笔记本电脑的报价在一万以上,这是今年最新的型号,二手价都不低。我那两周苦苦翻译挣来的钱一下子就这么泡汤了。我最担心的还不是这个。电脑里存着我所有的文件,百分之九十是公司的策划案、标书以及我所有翻译的底稿;我自己做的索引、词库;我喜欢的电子书;从网络上辗转下载的翻译软件;等等。

中午吃饭时,我在餐厅的门口碰见沥川,他居然问:"电脑怎么样?还能用吗?"

"没戏了,彻底坏了。"

"那你打算怎么办?"

"想买个二手的。只是不知道里面的文件怎么办。"

"你去帮我买个三明治,我去帮你把文件弄出来。"

我一路小跑地进了自己的办公室,把还在往外滴水的电脑交给他:"拜托了。"

我买了一盒沙拉、一个吞拿鱼三明治、两瓶矿泉水,敲门进沥川的办公室。

这是我第一次来沥川的办公室。进门的那间屋坐着沥川的秘书唐小薇。唐小薇本来是江总的秘书,总部关于沥川的任命一来,江浩天当天就把自己的秘书让了出来。唐小薇原本是北京行政机关里的机要秘书,长相特可爱,办事特利索,为人特沉默。我们翻译组的八卦午餐,她从来不参加。为了避开我们,每次午饭都特地晚到半小时。

"嗨,小秋!"

"我找王先生。我的电脑坏了,麻烦他帮忙把文件弄出来。"

"去吧,他正在拆电脑。我刚出去给他买了好几把螺丝刀呢。"

"麻烦你了。"

"别客气。"

我进了里屋。沥川的办公室和艾玛描述的一模一样,很宽敞,当中一组白色沙发,垫在一道菱形的工艺地毯上;里面还有几间房,是专门为他装修的休息室、浴室和洗手间。

我的电脑已经给他全部拆开了,零件分门别类地摆在巨大的办公桌上。沥川正用一把螺丝刀在拧某一个部件。看见我,他放下手中的工具,站起身来,从我手中接过三明治,道了谢。然后,他指着沙发说:"请坐。"

接着,他按了电话机的一个键,说:"小薇,我还需要一把菲利浦T6的螺丝刀。T6找不到的话就要PH000,三个'0'的那种。制图部的小丁那里可能有。能不能帮我借一下?"

我愣愣地看着他,不记得沥川还懂得修电脑。

"文件能弄出来吗?"

"都在硬盘上,我把硬盘拆下来,再装到另一个电脑上就可以了。"

听起来挺简单。我咽了咽口水,有点着急:"需要另一个电脑吗? 我还没买。有个稿子译了一大半了,今天就要交出去。"

"你的电脑里装了什么特殊的不常见的软件吗?"

"我用EndNote(一款著名的参考文献管理软件)做了大量的笔记,是8.0的老版本。"

"OK,现在我告诉你我要怎么做。"

我瞪大眼睛看着他。

"第一,我把你的硬盘拆下来。"

"第二,我把我自己的硬盘拆下来。"

"第三,把你的硬盘装到我的电脑上,把我的硬盘装入一个外接硬盘。"

"第四,打开我的电脑,用Linux启动,读你硬盘的文件。"

"第五,我把我的硬盘的某些文件拷贝到你的硬盘里面去。如果一切顺利,我拔掉我的硬盘重新启动,你就可以在我的电脑里使用你自己的文件了。"

我咬了一口菠菜,说:"我不会用Linux。"

"硬盘只能用Linux启动。等你用的时候,已经变成Windows了。"

"可是,如果我用了你的电脑,你用什么?"

"我买新的。已经order(订购)了,明天就寄来。"

他三口两口地吃完了三明治。小薇送来了螺丝刀。他干了一个多小时,重新启动电脑,一片蓝屏。

"Oops(哎哟),"他说,"还得下载一些程序。"

我坐在一旁安静地吃沙拉,看他聚精会神地又弄了两个多小时,终于在屏幕上看见了我的全部文件,而且全都可以打开了。

"现在可以用了。"他合上电脑,交给我。

沥川的电脑是功能强大的那种,有点沉。

"太好啦!谢谢哟!"我捧着电脑就要走。

"等等。"他拦住我,"把Mia还给我。"

还记得那只猫!

"既然你这么喜欢Mia,为什么要把它送给René?"

"谁说我送给他了?只是暂时寄养而已!"

"Ok,给你看一个小时的Mia。"

"一个小时,开玩笑!我给你修了三个小时的电脑。一个小时不行,至少一星期。"

"两个小时。"

"三个小时。"

"Deal(成交)。你周末来看咯。Mia在我家里。"

他迟疑了一下,说:"你带来给我不行吗?"

"不行,给了你就拿不回来了。"

"……好吧。"

我给了他地址:"你九点钟来吧。"

下班的时候艾玛来找我,给我三张粉红色的卡片。

"周末有空吧?"

"上午没空。"

"不是上午,下午两点,让你见三个人。头两个是我介绍的,男的;后一个是明明介绍的,女的。你见一下吧,条件都不错。"

我打开卡片:

第一张:

姓名:陈九洲

年纪:32

职业:飞星企业总经理

学历:硕士

第二张:

姓名:艾松

年纪:29

职业:某科学院副研究员

学历:博士

第三张:

姓名:苏欣

年纪:24

职业:职业撰稿人

学历:本科

艾玛一直说要"关心"我。作为大姐,她把给我介绍对象当成了她义不容辞的责任。虽然她和我提过数次,我都没当真。一眼扫完卡片,我嗅到一股恶作剧的气味。

"怎么还有女的?"

"大好一个人,不谈恋爱,明明怀疑你有性向问题。说让你试试这个,长得不错,人也蛮有情趣的。另外两个人,一个是我的熟人,一个是我的弟弟,人品都没话说。怎么样,姐姐我对你好吧?"

"下次再说吧……"

"哎哎,这都第几个下次了?好歹给你姐一个面子。只求你把我弟当成重点。说好啦,周六下午两点,一人半个小时。反正你也是泡吧,权当找人聊天,累不着你的。K街星巴克你知道吧,就在那儿。我跟他们说,你头上插一支红色的筷子。"

"发簪。"

"Whatever(什么都行)。别放我的鸽子就行!"

我点头,把卡片放进小包。对自己说,Move on,move on,move on。然后,我的手机响了。目送艾玛进了电梯,我打开手机看号码,是萧观。

"Hi."

"Hi."

"好久没听到你的消息。你好吗?"

"不是不久前刚给你发过E-mail吗?"

"你是指'汇款收到'那四个字吗?"

"找我有事?"

"周六有空吗?我请你吃饭。"

"没空。"

"公司附近开了一家云南菜馆,米线做得挺好吃的,我去吃过几次了。"

"对不起,我现在改素食了,只吃素菜。"

"没问题,旁边就是灵宝寺,那里有位苦瓜大师的素菜做得不错。"

"可是……"

"晚上六点,灵宝寺门口,不见不散。"

我还想说什么,电话已经挂了——这就是萧观的风格。他安排一切,从来不听别人说什么。

我看了看表,刚才我和所有的人约时间都约在周六,好像周六离现在还差几天。

今天就是周五。

我取消了周五夜晚的所有活动,包括瑜伽和白水素人的聚餐。

我找到艾玛给我的美容卡,去SPA做面膜。SPA小姐给我修了眉。我去发廊焗油,花了两个多小时,总算把长发弄得又黑又亮,品质赶得上飘柔的广告。回到家,我点上数个香蜡烛,把卫生间刷得雪白,把家里收拾得一尘不染。不要黑眼圈,我早早就睡了。然后,我又早早地醒了。洗完了澡,窗外还是黑的。看了看钟,五点刚到。

我坐在床上练瑜伽。六点吃早饭。早饭吃完,没事,我给Mia洗了一个澡,又用吹风机给它吹干。七点我抱着Mia到外面遛了一圈。真是的,从来没觉得早晨有这么长。

六年了,这是我第一次认真地看黎明的晨曦。浅红的朝霞弥漫天际,红日在云层中浮荡,阳光照射深冬的寒气,城市蒸腾在白雾之中。

沥川从来都准时。

开门的时候他送给我一盒巧克力。然后,看见我只穿着袜子,他脱下大衣,弯下腰来脱鞋。刚俯身下去,想起什么,又直起身子,人就往下栽,我一把扶住他:"怎么啦?"

他一只手扶着墙,低头微微地喘气:"有点头晕。"

"是贫血吗?"

他点头。

"别脱鞋了,站着别动,我去给你找一张椅子。"

我赶到客厅拿了一把椅子,他坐下来:"我没事。外面雪刚化,地上泥挺多的。"仍旧要弯腰。

我按住他:"我来吧。"

"不用。"他轻轻推开我的手,自己脱了鞋子。

玄关很短,客厅也很小。

"Hi Mia!"

Mia真灵,听着声音就跟跑过来,弓起腰来蹭他的腿,一副亲热的样子。

我把Mia抱起来递给沥川。他举着它的一双小爪子,逗它,抚摸它,又开心又深情,我在一旁看着,有点嫉妒。

"介意我跟它说法语吗?"

"介意。"

"好吧。反正只怕它现在也能听懂中文了。"他笑得很开朗,真的,从温州回来没见他在我面前这样笑过。

"你看,这样挠它,它最喜欢。"他用手指挠猫的额头,Mia享受得把头往后仰,趁机打了一个哈欠。

"它最长的一个哈欠打了五十七秒!"

"……"

"它还会翻跟头,最多一次可以连翻二十四个。就是这样的。Mia,翻给小秋看!"他吹了一声口哨,Mia真的就地翻了几个滚。我又生气又想笑。

"嗯……Mia真懒,一定是小秋喂你吃太多了,怎么才翻这么几个呢?"他坐在沙发上,皱着眉头数落它。

"你要喝点什么吗?"我趁机问。

"水就可以了。谢谢。"

超级郁闷中,貌似沥川此番前来目的明确,只想看望Mia,只想和Mia说话。旁边明明站着我这么个大活人,柳叶眉、杏仁眼、长发垂肩,貌似天仙,他却好像根本没看见。

拿了水给他,我说:"大建筑师,看看我的房子布置得怎么样?"

其实我的家具很简陋,值钱的大约就是沥川坐的那个沙发了,真皮的,绿的,有点硬,又有点高,是沥川喜欢的那种。

他站起来,走到门边,从一个角度看过去,点头:"嗯,不错。我猜猜看,是Bohemian(波西米亚),对吗?"沥川还有一个习惯。他很少挑我的错,除非我让他挑。比如我的翻译,每次交给他,他就收着,很少有改动,也从不打回来。比如,我以前和他说英语,不少单词发音发得不对,他也不更正。倒是我在别的场合说了,被师哥们劈头盖脸地一顿骂这才醒悟过来。记得有一次,有个单词的重音发错了,他也只在私下里悄悄地和我说:"这个词的重音应当在第二个音节。不过没关系,你这样念,我也听得懂。"——这是他最严厉的批评。所以跟他在一起说话,其实比较自在。

"你看得出?"

"我是搞这个的。"

"你不是做建筑设计的吗?"

"我也做室内设计,做得不多,也没有我哥有名。"

"给点建议好吗,我想摆得好看点。"

"真的要听吗?"

"是啊!"

"沙发转九十度,往这边靠。这张桌子,往右边移,靠墙。花瓶摆在桌子上。这个落地灯,可以放在这里。书架里有这么多书,单人沙发应当放在书架边上,你任何时候都可以坐着拿书看了,不是方便些吗?还有,天花板的四个灯笼,隔着太远了,彼此没有照应,不如两个一组,光线集中,也不凌乱。"

我用皮筋把头发一扎,对他说:"你到卧室里坐,陪着Mia,我来搬家具。"

他吓了一跳:"你,现在就要搬吗?"

我点头:"是呀。"

"为什么这么急?"

"不急。反正你也不跟我说话,再说,也没多少家具。"我愣愣地看着他,挖苦的意思就在脸上。

他明白我的话,有点不好意思了:"你搬吧,我来帮你。"

"不要你帮。"低个身子都要昏倒的人,我还敢让他搬东西?

不过,没人帮搬东西真是慢呢。门外倒是有很多民工大叔坐在街边等活儿,我不好意思去请人家,免得沥川以为我嫌弃他身体不好。咬咬牙,拖沙发、移桌子、挪电线、挂灯笼,沥川就坐在椅子上,终于不看Mia了,很紧张地看着我。

"小秋,能关掉电闸吗?"

"要关吗?"

"关掉比较安全。"

"关掉了屋子会很黑。"

"现在是白天。"

"这里是一楼。"

不关。就是不关。就让电电死我吧,看你王沥川还看不看我一眼!

"为什么要住一楼呢?"他忽然又说,"你以前说你最不喜欢一楼,楼越高越好。"

"这楼又没电梯,上下楼多不方便。"

"你又不是残疾人。"

无语……我承认,我好莱坞影片看多了,老是做梦有一天沥川会捧着一团鲜花来敲我的门,然后当着我的面跪下来,满怀深情地对我说:"谢小秋,你愿意嫁给我吗?"我当然不能让他拄着手杖爬几层楼,爬得快要昏倒了再来下跪。

我一个人在客厅里上蹿下跳地折腾了近两个小时,终于按照他的意思将房间重新摆放了一遍。然后,坐下来欣赏自己的劳动成果。嗯,真不错。果然是大师。随便指导一下,客厅现在看起来疏密有致,色彩和谐,完全改观了。

"哎,沥川,这是什么风格?很东方呢,不像是波西米亚!"

"波西米亚有很多种,有Dandy,有Nouveau,有Gyspsy,有Beat,你这种就是Zen。把你床边的那几串珠子挂到灯笼上面,就更像了。"

那珠子正是那个叫"波西米亚"酒吧的纪念品,逢年过节发几串给老顾客。我都攒了一大盒。我把珠子挂在灯笼上,珠子是陶瓷的,人从下面走,走快了,风一吹,嘀嘀作响。

他又指着墙角的一个巨大的长颈花瓶,问我:"这花瓶挺好看,你没什么东西放进去吗?"

花瓶是我一个朋友送的,半人多高,太大太深,我实在想不出有什么花放进去之后,还可以露出头来,所以就一直这么空着。

"没有。"

"可以到外面去捡一点枯树枝,把树皮剥了,修理一下,摆起来很好看的。"

"真的吗?"

"真的。"

小区的后面就是一个树林,我穿大衣出去,捡回来一大把枯枝。沥川帮我挑了几枝,到厨房找来一把小刀要替我削掉树皮。我怕他受伤,没让他干,自己用刀将树枝剥得光溜溜的,再用剪刀剪去余枝,放到花瓶里。果然,挺有枯藤老树昏鸦的味道。

移完家具,我一脸灰尘;修完树枝,指甲全黑了。昨晚的精心打扮全泡了汤。我正打算去洗个脸,发现沥川已经站了起来,他摸了摸小猫,看了看表,说:"三个小时到了,我得告辞了。谢谢你让我看Mia。"

三个小时?三个小时这么快就过了吗?怎么一点感觉也没有呢?转念一

想,可不是吗?打扫房间用掉两个小时,捡树枝半小时,剥树枝半小时。我这个猪头,加起来,不就是三个小时了?

可是,沥川已经放下Mia,向门口走去,一副不敢多打搅我的样子。

我突然大叫一声:"等等!"

我没想到我有这么大的嗓门,头顶上的珠子都被我的声音震得哗哗乱响。

他回头过来看我。

我的脸憋得通红,我说:"你……你……"我想说,你就来看Mia吗?就不能陪我多坐一会儿吗?可我支吾了半天说不出口。

我听见自己恶狠狠地骂他:"You killed everything in me!How could you do that?(你毁掉了我的一切!你怎么能这么做?)"

他站住了,凝神看我,欲言又止。然后,他向我走来,正要开口,却被我气势汹汹地打断:"现在!不许你说话!王沥川,Kiss me right now!(立马亲我!)"

他看着我,神色很震惊。我只听得见自己急促的呼吸声。

"对不起,小秋。"他向我张开双臂,用力地拥抱我,在我耳边喃喃地说,"是我对不起你。"

"不要你说对不起,我们之间没有对不起。Kiss me!Please!"

可是,他只在我的眼皮上轻轻地吻了一下,温柔地,象征性地,安慰地。他的爱曾经那么慷慨,如今却如此吝啬。我的心再度破碎。

"You must move on."

"No!"

"记住你发的誓。"

"No!"我大声说,"你走!你回瑞士!永远也不要回来!我永远也不要再见到你!"

"是你要我回来的!"

"是的,我要你回来,我要的是你的人,活生生的人,不是你的幽灵!"

每当受到伤害时,他都会沉默。我看见一道星光从他眼眸的深处闪过,又迅速消失了。

他的眼神很深很深,像瀑布下的深潭,深不见底,连他自己的灵魂也深深地埋藏了进去。而我的影子却幽灵般地从他黝黑的瞳孔中浮现出来,带着几许疯狂、几许仇恨。

此时此刻，真的，我很想掐死他，又想掐死自己。

"如果明天我就会死掉，今天你还会像现在这样对待我吗？"

他没有说话，只是抓过我的手，将它放在自己身体的左侧。

我舒展五指，海星般附在那个原本是他的腿，现在却是一条冰凉、坚硬的义肢上。

"我不是活生生，从来都不是。小秋，你爱得有这么深吗？六年都不够你走出来吗？"

"不够，一千年也不够！我不走出来，我为什么要走出来？"

"你能长大一点吗？在你的一生中，有些东西是必定要离开，必定要失去的，let it go（放手吧）！"

"我不要失去你！"

"是的，你害怕失去我，但你已经失去了。你要面对这个结局。"他说，"当你读到一本最好的书，见到一个最英俊的男人，或者到达了一座最美丽的城市，你就对自己说，你已经见到了这世上最好的东西，你将让这些东西陪伴你走过余生。可是，过不了多久，新的事情发生了，你又读到了一本更好的书，遇到了一个更英俊的男人，走进了一座更美丽的城市。新的生活开始了。"

他继续说，嘴角带着残忍的笑意："不要害怕结局。结局只是一道幻影。一切结局，都意味着一个新的开始。"

"不！别和我狡辩！我和你，只有开始，没有结束，永远也没有结局。如果非要有结局，结局只有一个，那就是我们幸福地生活在一起了！"

"You are so damaged（你真是被毁了）！"他拧着我的肩，低吼，"你这傻女人！为什么不听我的劝。你的脑子里是些什么？水吗？稻草吗？Stupid（笨蛋）！Stupid!Stupid!"

"我就是傻的，你才知道！"

他一直在喘气，很生气，脸气得通红。

"OK，"他放开手，"只要你答应我move on，让我做什么都成。"

"Kiss me,make love with me!Now!（吻我，和我做爱！马上！）"

他深深地吸了一口气，又长长地叹了出来。

我们相顾无言,目光紧张地对峙着。

几乎过了一个世纪,他说:"关掉灯。Stupid Woman(傻女人)!"

我们在黑暗中无声无息地做爱。沥川的身体非常柔弱,而我却因愤怒而变得粗暴。我死死地拧着他的手,不许他动,稍有反抗,就把他抓得伤痕累累。他用法语骂我,我用云南话骂他。我们像两只困兽在床上扑打。我不无愧疚地觉得,这是我第一次欺负沥川,欺负他是个残疾人。末了,我听见沥川在黑暗中长叹一声,他抓住我的手,企图制止我:"Are you making love with me? Or are you killing me?(你这是在跟我做爱,还是在谋杀我?)"

"Both(都是)!"

"Stupid(傻瓜)!"

"You are stupid(你才傻)!"

最后,我们精疲力竭地躺在床上,嘴里发出凌乱的呓语。

一切都成了碎片。我不知道自己是胜利了,还是彻底被他击败了。我只知道自己满脸是泪,泪水和汗水混合在一起,全滴在他的身上。他翻身过来,轻轻地抚摸我的脸,像以前那样,温柔而缠绵地吻我,一遍又一遍地叫我的名字,小秋,小秋,小秋……

然后,他说:"You must move on."

Chapter 34

好不容易和沥川在一起,除了争吵还是争吵。沥川说什么也不肯告诉我实情。

也许,真的是缘分尽了吧。

将沥川送到门口时,天空下着小雨。他的脖子上有几道抓痕,是我愤怒时留下的印记。想到沥川贫血,伤口不容易好,我心里有些后悔,又暗自狡辩。也许这是最后一次对他放肆,狠就狠点吧。

我像往常那样对着穿衣镜帮他整理好领带,假惺惺地叮嘱道:"上班的时候记得穿高领毛衣,不然人家要笑你啦。"

"……"拒绝回答。

我假装观察他的伤口,趁机转移话题:"你的贫血很严重吗?为什么每次流血,你哥会那样紧张?"

"不严重,他是怕我感染。"

"你很容易感染吗?"

"不容易。"他双唇紧闭,话题到此为止。关于他的身体、他的病,沥川的回答永远是似是而非,不得要领。

出了门,他站在台阶上,又说:"以后不要每月寄钱给那个律师了,你知道我不缺这个钱。"

"我也不缺这个钱。"

"北京的消费水平很高,你的工资也不算高。"

"同行里我算高的,我很满足。"

"小秋,"他握着我的手,看着我的眼睛,很认真地对我说,"如果我能让你幸福,我会努力,不放过任何机会。可是,我不能,所以……我退出。没想到我竟然耽误了你那么久……很对不起。"

我在心里抓狂了。沥川回来不到一个月,居然三番五次地和我慎重分手,最煽情的言情剧也就搞一回两回,受不了,真是受不了!

"你什么地方不能了?刚才不是挺正常的吗?"我瞪大眼睛看着他,"再说,就算你不能了,我也不在乎,大不了以后改邪归正做良家妇女。"

某人悚然,一脸黑线。

我趁机又问:"沥川,究竟出了什么事?"

他的眼中浮出淡淡的雾,迷蒙的,湿润的,像雨中的远山。他将视线从我的脸上移开,看手表:"没事,我得走了。"

每次看见沥川这样的眼神,我的心就彻底软掉了。和沥川一起工作的同事都把他当作常人看,只有我知道他活得多么不容易。需要花掉常人三倍的体力来走路这事儿就不说了,为了增强骨质,每天早上醒来,沥川还要吃一种白色的药丸。为了防止刺激食道,吃药的同时,必须喝下满满一大杯白水。吃完药后,必须保持站立三十分钟,不能躺下来,不然就会有严重的副作用。除了熬夜画图之外,沥川大多时候起得比我早,所以我也没怎么见过他吃药的样子。只有一次,他吃完药后,立即头痛恶心,人已经摇摇欲坠了,却说什么也不肯躺下来。我只好扶着他,陪他一起老老实实地靠墙站了三十分钟。站完了沥川还向我道歉,说不该为这事麻烦我。

Google告诉我,沥川在离开我的头三年里,没有参加任何公开活动。甚至他的设计得了奖,都不出席颁奖大会。之后,网络上偶有他的消息,比如主持设计了几个欧洲的项目,多半集中在瑞士,和他往日的工作量无法相比。沥川开始全面恢复工作是最近一年的事情。而我见到他时,除了看上去有些消瘦之外,他没有显著变化,不像是大病一场的样子。

空气很冷,我抽了一下鼻子,将涌到眼里的委屈吸了回去。

好不容易和沥川在一起,除了争吵还是争吵。沥川说什么也不肯告诉我实情。

也许,真的是缘分尽了吧。

去K街的咖啡馆是沥川开的车。

在车上，我告诉他，我的确move on了。我在这里有三个约会。

路上沥川一直不发表评论，快到的时候，终于忍不住说："你男的女的都date（约会）吗？"

"试试看呗。也许我的性向有问题。艾玛怀疑我是拉拉。"

"你……你怎么会是？"他窘到了。

"或者，双性恋？"我加了一句。

"别胡闹，你的性向没问题。"

"那就是你的性向有问题，你是Gay。你哥哥是，你也是。"——有好长一段时间，对于沥川的离开，我唯一可以接受的理由是沥川是Gay，因为霁川是Gay。而且在认识我之前，沥川是"狼欢"的常客，那其实是个著名的Gay吧。沥川一点也不避讳和我聊起狼欢的事，说那里的咖啡上等，酒好喝，艺术界的人士很多，和他谈得来的有好几个，他对Gay的团体有一种亲切的同情心。

"我的性向没问题，"他再次声明，"你知道我没问题。"

"既然我们都没问题，为什么不能在一起？"又来了，是的，我老调重弹。不是病，不是Gay，不是性无能，又没有别的女人，可能性一点一点地被排除。还剩下什么？父母不同意（貌似他的家人全怕他）？是安全局里备了案的间谍（就凭他的中文水平）？被外星人劫持过（不能挑健康点的品种吗）？或者，我们不能结婚，因为我们是兄妹（血型完全不同）？都不像啊！想破脑袋也想不通啊。

沥川的嘴角抽搐了一下，正待发作。汽车"吱"的一声刹住了，差点闯了红灯。

然后，剩下的路，无论我怎么胡搅蛮缠，他都专心开车，一言不发。

到了咖啡馆，他下来，表情漠然地替我拉开车门。我穿上大衣，从包里拿出那条René送我的围巾，戴在脖子上。我好奇心太强，想知道René为什么不让我在沥川面前戴这条围巾。

果然，沥川眼波微动，问道："这围巾哪来的？"

"双安商场，三楼专卖部。"

他"哗"的一下，把围巾从我的脖子上解下来："不许戴，没收了。"

"这么冷的天，不让我戴围巾，想冻死我？"

"不许你戴这一条。"

"为什么？碍你什么事儿了？"

"这是——"话到嘴边，他及时地刹住。然后，神情古怪地看着我。

我恍然大悟："这……该不是 Pride（同性恋游行）时候用的吧？"我把围巾拿到手中翻看，寻找彩虹标记。

"噗——"看着我慌张的样子，他忍不住笑了，"不是。你愿意戴就戴着吧，我去找 René 算账。"说完，他开车，一溜烟地走掉了。

咖啡馆里飘着熟悉的香味。一位服务小姐在门口端着一盘咖啡的样品请路人品尝。

我推门而入，要了杯中号咖啡，在窗边找到一个座位。

收音机里放着田震的歌："眼前又发生了许多个问题，有开心也有不如意。心情的好坏总是因为有你，从没有考虑过自己……"正唱到高潮，有个人向我走来。乍一看，我还以为我见到了朱时茂。那人目如朗星，双眉如剑，身材高大，神情和春节联欢晚会上的朱时茂一样严肃。我却觉得他的严肃有点搞笑的意味。

我继续喝咖啡。

"朱时茂"走到桌前，微笑着说："请问，是谢小姐吗？"

"是。请问你是——陈先生？"

收音机里的歌似乎暗示着什么："摇摇摆摆的花呀它也需要你的抚慰，别让它在等待中老去枯萎。"

"陈九洲。"

他坐下，又站起来，问我要不要甜点。我说不要，他自己去买了一杯拿铁。

"艾玛说，谢小姐的英文很棒。"一听见他以这么亲热的口吻来称呼艾玛，我就怀疑他是艾玛 dump（扔弃）掉的某个恋人。艾玛和很多男人谈过恋爱，恋爱完毕，又成功地将这些男人全都变成了她的朋友。艾玛说男人是资源，不可以随便浪费，总有用到他们的时候。所以艾玛的业余生活很丰富，要和这么多暧昧的男友周旋。

"凑合。"

"谢小姐是北京人吗？"他的普通话倒是挺动听，就是过于字正腔圆，且有浓重的鼻音,有一股话剧的味道。

我们的对话正朝着传统征婚启事的叙事方向发展。各人自报家门学历、经济状况,往下就该谈婚否不限、房车齐全、工资NK、诚觅×岁以下,五官端正之有爱心人士……

"不是。"

"那么,谢小姐是哪里人?"

"这个重要吗?"

陈九洲总算说了一句很搞笑的话:"不重要,不过谈话总得继续下去,是吧?"

虽然相亲的时间定在三十分钟以内,陈九洲却和我谈了快一个小时。这期间我一共说了不到十句话,有一半都是"嗯""哈""是吗"之类。陈先生气势磅礴地介绍了他的工作、公司的运营计划、炒股心得,他在海南岛的度假别墅,京城里的豪华俱乐部,还说可以带我去国外旅游。我说不感兴趣,他就摇头叹气:"你是学英文的,居然没去过英语国家,没见识过那里的文化,实在是有点可惜!"

我一面默默地听他说话,一面闲看门外的风景,一面抚摸指甲。过了一会儿,他礼貌地告辞,没问我的电话。

然后,我四下张望,等待二号选手。邻桌上有个高个子男生,懒洋洋地举了举手说:"是我。"

我这人比较容易被美貌击中。高个子男生有一副酷似金城武的长相,非常帅,而且清纯。他应当不算男生了,但他的身上有一股很重的学生气。

"金城武"的手上有一大沓白纸,上面写满了算式,那种长长的复杂的公式,各式各样奇怪的符号。真是好学生,约会不忘带着作业本。

可是我还是表达了我的惊奇:"你用手算?不用电脑吗?"

"电脑?"他摇摇头,"太慢。"

"你算得比电脑还快吗?"不会吧?我国的物理学博士,不会还处在手工算术的阶段吧?

"第一,我在推导公式,不是在做算数。"他说,"第二,是的。如果我把这个公式扔给电脑,再给它一些数据,要算好几天才有结果。"

"那么说,《终结者》里机器人统治地球的事情是错的?"

"当然,电脑怎么能够赛过人脑?"

"你是学什么的?"

"物理。你呢?"

"英国文学。"

然后,这个人也不坐过来,居然就低下头,继续推导他的公式。轮到我一脸的黑线了。会不会是认错了人? 这人很帅,可是长得一点也不像艾玛。

"请问,你是艾松吗?"

他点头。

我小心翼翼地又问:"请问,你到这里来,是不是……"

"是。"他看了看手表,"给我的时间是从两点半到三点。现在三点十分,所以我们还没开始就该结束了,对吧? 我姐说,你还有下一个,我让给他了。"

"下一个是女的。"

"男的女的都是粒子组成的。"

我的手机响了,艾玛打来的,通知我苏欣有事不能来,改日再约。

我收了线,对他说:"你姐说,下一位取消了。现在你有三十分钟,想谈就快点,不想谈咱们都撤。回去汇报时别忘了对你姐说,你没看上我。"

"千万别误会,我不是没看上你,我只是个坚定的独身主义者。"

我松了一口气。这人总算还有基本的礼貌,没有彻底歼灭掉我的自尊心。

"那你,为什么今天又要来?"

"我姐逼我,我爸妈逼我,我们所把大龄青年的婚姻问题当作今年的行政重点来抓。"

"不要这样说,人家这是关心你嘛。"

"我就特烦这个。这世界上总有那么一群人,唯恐你的生活过得和他们不一样。罗素不是说,'参差多态才是幸福的本源'吗?"

有点感动了,物理学博士也关心幸福的本源问题。沥川同学,你的脑子在哪里!

"嗨,这样吧,我也有人逼着。不如咱们假装谈恋爱,逼急了的时候互相支援一下,你说怎么样?"

他笑了,笑得天真烂漫,像邻居家的小弟:"行呀! 你有手机号吗?"

我们互留了号码,还在一起喝完了咖啡。窗外下起了瓢泼大雨。我问艾松怎么过来的,他说,他骑自行车来的,打算在这里坐到雨停。我说我先走了,出门打出租车。

咖啡馆倒是在大街上,可是雨下得很大,我在道边挥了半天的手,没有一辆出租车停下来。

大约等了十分钟,有一辆车忽然停在我面前,正好挡住我。我越过那车往前走,继续挥手拦出租车。然后,我听见有人叫我的名字,转过身去,看见沥川冒着大雨向我招手。

Chapter 35

我和沥川的战争,正规战场已全军覆没,现在转入游击状态。所以,得坚持毛爷爷的十六字方针:敌进我退,敌驻我扰,敌疲我打,敌退我追。

我站在屋檐下,隔着大雨叫他:"沥川!沥川!你怎么还在这儿?"

"你先上车。"

他打开车门,替我系好安全带。我看见他整个身子都湿了,头发往下滴水,不由得有些担心。这么冷的天,他就穿件羊毛大衣,四处漏风的那种,肯定不能防水。

他湿漉漉地回到驾驶座,关上门,开足暖气,问道:"你没淋着吧?"

我的包是防水的,很大。我一直把它举在头上。

"没。你怎么还在这儿?没走吗?"

"我去商店买了几盒猫食,回来正好路过这里,看见你招手,不知道你在招出租车,还以为你有事找我。"说着,冷不防地打了一个喷嚏。在他说Excuse me之前,我赶紧递给他纸巾。

雨大得看不清路,雨刷有节奏地刮着。

"快把湿衣服脱了。"我拿出一旁的毛巾,给他擦头,"别感冒了。"

"没事。"他说,"怎么样?要见的人都来了?相中了一个没?"

"呃……这么关心我的幸福和未来呀?"我的声音顿时有点幽怨了。

"是啊,赶紧汇报吧。"

"……有一个看上去还行。"

"那个博士,对吧?"

"你怎么知道？"

"猜的。"

"他长得不错，"我说，"当然，这不重要。重要的是，我觉得他说话挺诚实、挺坦白。"

被刺到了，某人很窘地沉默片刻，迅速转移话题："你是想让我送你回家，还是你有别的什么地方要去？"

"能送我去饭馆吗？我肚子饿了。"

他放慢车速，转头看我："你和两个男人约会，没一个人请你吃饭？"

"没有。"

"请你喝咖啡没？"

"没。"

我等待沥川发表评论，他却直视前方的茫茫大雨："前面有一家云南菜馆，你去不去？"

肚子不是一般的饿啊，我赶紧点头。

停好车，沥川将我送到餐馆门口，然后居然说："你自己进去吃吧。"

我望着他，愣愣地，彻底傻掉了。不会吧？一向绅士的沥川，不会这么急于撇清吧？沥川陪我去饭馆，从来没有过把人送到大门口转身走人的啊……何况，我已经很听话很配合，对不对？我都以实际行动 move on 了，对不对？

虽然我很明白他的意思，可是还是要厚脸皮地确认一下："你——不陪我进去吗？"

"不了，"他说，"你自己慢慢吃。"

"我请客，行不？"我的话完全没底气，嗓音发颤，脸上的绝望表露无遗。

"我还有事。"他一脸漠然。

在这种时刻，我若是再说什么挽留的话就太没风度了。沥川已经一而再、再而三地和我分手了，做出这种依依不舍的样子给谁看呢？连我自己都看不起自己。

就在这一瞬间，我已失掉了所有的胃口，甚至有一种想吐的感觉。

我强笑："那你快回去吧。"

"再见。"我听见他按了手中的钥匙，汽车在不远处遥控启动。

"再见。"

街对面就是公共汽车站,坐几站路就可以回家了。看见沥川转身上车,我没进餐馆,而是向雨中大步走去。

那一刻,我的脑中一片空白,只想往前走,不停地往前走,希望大雨能浇灭我一身的怒火。

走到街的尽头,感觉有些茫然,汽车来来回回地在雨水中穿梭,沥川的话犹在耳边:"不了,你自己慢慢吃……我还有事……"

我看了看天空,雨中天色发白。为什么现在还是冬天呢?昨天还下了一夜的雪,今天都变成了雨,地上脏兮兮的,污水横流。如果是雪多好,白茫茫的,一切都干净了。

我继续向前走,听见几道猛然的刹车声。然后,我的手臂忽然被人死死抓住了,身子被强迫拧转了方向。

在大雨中,我看见了一张脸,有点熟悉,又有点陌生,我被脸上那道惊恐的目光吓住了。

"小秋,你要去哪里?"

沥川不能走很快,更不能跑,我不知道他是怎么追上我的。

见我毫无反应,他摇晃我的身子,几乎在吼:"前面是红灯,你想干什么?"

"放开我!"我用力甩掉他的手,"放开我!我要回家!"

他的手像铁钳,怎么也甩不掉。我反而被他一把抱住:"别干傻事!你要回家,我送你回家。"

"别碰我!别碰我!"我用力挣脱,却发现自己无法动弹,他越抱越紧,几乎令我窒息。

"你要我说多少遍?嗯?小秋?It's over!Let it go!(一切已经结束,就让它过去吧!)"

"It's not over!(没结束!)全世界的人都可以对我说over,我妈已经over了,我爸也over了。你!王沥川!我把我所有的都掏给你了,你不可以,不可以……这样轻易地把我over掉!"

"I know it's not easy.Please, work on it!(我知道这很不容易,请你,请你尽力去做!)"

"不！为什么？为什么这么多年,你都不肯告诉我真相？在你的心里,我就那么脆弱吗？知道真相我就会昏倒吗？有什么真相比我六年的青春还重要？你说啊！你说啊！为什么？为什么？"

他不肯放开我,我踢他,我捶他,我拧他,我用包砸他,然后,我在大雨中跑掉了。

Over is over.(结束就结束吧。)

我请了整整一个星期的假,没去上班,独自躺在家里,不吃不喝,像个死人。我拔掉电话,关掉手机,白日昏睡,夜晚失眠,感觉天昏地暗、心灰意懒。Mia在我身边走来走去,房间里弥散着腐朽的气息。到了周六,猫食光了,我没精打采地爬起来去购物,自己去商场小卖部吃了盒饭,有了点力气,一看贴在墙上的schedule(安排),去了体育馆。瑜伽班里的人见我来了,热情打招呼,妈妈们纷纷问我减肥心得。

"减什么肥？我又不肥!"说话都没好心情。

"别骗我啦,下巴都这样尖了。小秋,对自己不要这么狠。上次小马吃番茄瘦身餐,五天减掉八磅,结果第六天就病了,养了一个月,体重全回来不说,还多出了五磅。你听姐姐的话,不带这样的,减肥慢慢来。"

我哂笑,一周不见,这群人欺负我年纪小,拿我使劲开涮了。于是,我便在众目睽睽之下称了体重,然后就不吭声了。实在小觑了爱情的杀伤力,果然轻了十磅,难怪身轻如燕。

到了周一我准时上班,同事们纷纷问候我。我说得了感冒,不严重,怕传染给大家,所以没来。大家也没多问,因为我一向有很多加班,调休一下很正常。

中午吃饭,没看见沥川。

然后,我发现一向不八卦的唐小薇加入了翻译组八卦的队伍。

"哎,小秋,几天不见你怎么瘦成这样了？"艾玛笑着说,"吃素吃的吧？周一碰到了萧观,特意在他面前提起你,他一副气得要死的样子。我赶紧说你病了。"

我愕然,既而暗暗地抽了一口冷气。周六那天萧观约过我,灵宝寺六点,不见不散。我居然把这事忘得一干二净。赶紧解释:"嗯,他有事找我,我感冒了没去,也忘了通知他,估计是为这个生气了。"

"什么？你居然敢放萧观的鸽子？"艾玛爽到了，"哈哈哈哈！萧大公子心高气傲，你多忽悠他几趟，给咱们解解气。"

我苦笑，自顾自地吃沙拉。其实，也不算忽悠吧，我不是跟他说了没空吗？他都不让我讲完话就把电话挂了。这哪里是约人？约自己还差不多。

我问小薇："今天怎么这么有空参加我们的八卦？"

没等小薇张口，艾玛替她回答："小薇这周才轻闲呢。沥川和你一样，整整一星期没来。小薇没事做，天天在网上打扑克。我们刚才还劝她，江总虽然有新秘书，就算沥川回瑞士她也不会被开掉。远的不说，咱翻译组就需要一个，不如你申请调过来，咱们内部消化一下。"

我的心微微一抖，说："沥川没来？为什么？"

"不知道。"小薇皱紧眉头，"你说可笑不可笑？我是秘书，Boss（老板）一周不上班，我居然不知道为什么。"

"难道一点迹象也没有吗？"我问，"不大可能吧？"

"迹象……当然有！"小薇说，"周四那天，王先生的哥哥突然来了，到他的办公室里拿走了好几卷图纸。然后，我听小唐说，江总和张总周五一起去了瑞士，现在还没有回来。所以……不知道瑞士总部那边出了什么事。相信王先生一定和他们一起去瑞士了。"

"不会吧？难道沥川先生一个E-mail也不发给你吗？"明明在旁边说，"Boss有事拔腿就走，没留下半点吩咐给秘书，都过了好几天了呢，这很不合常理嘛！"

"没有，真的一个也没有！倒是发给他的E-mail已经把我邮箱挤爆掉了。我向江总汇报，江总说，凡是发给王总的E-mail，海外的全都forward（转发）给王霁川，中国的全都forward给他。估计现在他的邮箱也爆掉了。"

"爆掉？哪有那么多啊？小薇你太夸张了吧？"艾玛惊悚了。

"怎么不爆掉？每天发过来的E-mail至少有两百封，英、法、德、中都有。有好长一段时间我都以为王总在办公室的主要工作就是回E-mail。"

……

后面的话，我都没听进去，听见的只是自己咚咚的心跳。

回到办公室，打开MSN，我看见无论是沥川还是René，都不在线上。我立即给René发了一条信息："René，听说沥川回瑞士了？他没出什么事吧？"

整整一下午我魂不守舍,一直在等René的回信。可是,他的头像——那只调皮的橘子——始终灰暗。

下班回到家,我呆呆地坐在屏幕面前,打开MSN,打开网上音乐频道,上文学网站,打开一本无厘头的言情小说,眼睛盯着屏幕,等待René的回音。

这期间,我就上了一次厕所。

一直守到深夜两点,没人理我。我隐身继续等,艾玛、明明、萧观,他们的头像倒是时时有亮,不知忙着陪谁聊天。

其实想想这六年我的生活过得真没什么趣味。我不是买不起电脑,也不是装不起宽带,这些搞翻译人所必备的装置,我省省开销也能办到。可是,我就是提不起和人聊天的劲头。和任何人在网上说话,只要超过半个小时,别人不烦,我自己就要烦掉。

到了凌晨三点,没有任何消息。我躺在床上,终于睡着了。

这天夜里,我做了有生以来最恐怖的梦。我梦见沥川躺在急救室里,全身插满了管子,他不停地吐血,枕头被子上全是血。而一群穿着白大褂的大夫,拿着手术刀,漠然地站在他的床边,一动不动。我被隔在玻璃门外,透过灯影,看见鲜血沿着沥川的手指往下滴,他的身体痛苦地痉挛着,挣扎着要坐起来,被人强按下去,然后,他忽然抬起头,一脸血污地向我大喊:"Help me!(救我!)"

醒来是清晨五点,窗外是宁静的月光。我摸了摸额头,发现自己出了一身冷汗。然后,我长长地嘘了一口气!真好!真好!只是一个梦!……一切都不是真的!

细细思量之下,我发觉梦里的情境不过是电视剧《急诊室的故事》中的一些组合,又像某个医学恐怖片的翻版。可是,这都是些什么兆头啊!

我爬回书桌打开电脑,终于看见一道橙黄色的提示,在屏幕的下方闪烁。

亲爱的René!

我迫不及待地打开了显示框:"Yes, and No."

蒙了半晌,我才明白这是对我提问的简单回答:是的,沥川回了瑞士。不,他没事。

奇怪了,在我的印象中,René一向很多话的。为什么这次他的回答这么简单呢?是不是沥川因为Mia和围巾的事,跟他闹翻了?是不是沥川威胁他不让他和我多讲话了?

还想继续问他,橘子的头像暗淡无光,René早已下线了。

我忽然想起周六遇到沥川的时候,他交给我几个猫食罐头,说那是Mia最喜欢吃的牌子。我翻开购物袋,找到发票。开票的时间是下午三点三十二分。

我三点四十从咖啡馆里出来,以为沥川见雨越下越大,便一直就在外面等我。

那么说,在雨中,真的是一次"偶遇"了。

沥川的身体一直不弱。我认识他时,车祸已经过了七八年了,除了给他的行动造成不便之外,除了令他不得不吃增强骨质的药丸之外,沥川很注意锻炼身体。他每天都练习瑜伽、游泳,在自家的健身房里举重、引体向上。只要有空,每天黄昏他都带着我去楼下公园散步,走很远,走到我都觉得累了,他还要往前走。我觉得,沥川的体质没问题。而且,René不是也说他没事吗?沥川回瑞士,肯定是公事,很紧急很重要的那种。再说,江总和张总,不是也跟着去了吗?

太阳出来了。

我觉得,我还是不要太担心了吧。

出门吃了早点,我沿着小街散步。清晨的空气很冷,零散的行人,一个个都裹在大衣里。我路过一个小小的道观,门口坐着几个算命的老头。其中一个穿着长袍,双目紧闭,长发垂肩,脸很脏,头抬得很高,像一个前清的贵族。

我一向不信神灵,不过每逢重要关头,考试或面试,也会进去烧一炷香,临时抱抱佛脚。其实只是给紧张的心灵减减压而已。可是,当我从那个老头的身边走过时,他忽然开口了:"姑娘,留步。"

我的脚步,莫名其妙地停住了。

"算个命怎么样?只要十块钱。"

"不了,我不怎么信这些。"

"你有血光之灾。不想听听吗?"

他缓缓地把脸转向我,蓦然睁开眼,眨了眨,又吃力地看了看天顶。眼球是白色的,原来,他是个瞎子。

我给了他五十块钱:"我的就不算了。有一个人的命,麻烦你算一下。"

"我算手相,也推四柱,卜卦也行。你要哪一种?"

"他不在这里,给你四柱吧。"

我报了沥川的生辰,他是凌晨生的。我也报了我的生辰。

"他和你,有什么关系吗?"

"男朋友。"

"想问什么？婚姻？财禄？健康？子孙？"

"一切。你知道什么都告诉我吧。"

"我先说一条,不灵,五十块钱你拿走。"

"说吧。"

"这个人,十七岁的时候,有血光大灾。"

我怔怔地盯着他,感觉腿有些发软。

"说对了,是吗?"老头摸索着,将五十块钱收进了口袋。

"那他……现在呢?"

"现在也不好。"他说。

"什么……叫作'不好'?"我很紧张地看着他。

"姑娘你还是不要和他在一起了,徒增烦恼。"他慢慢地说。

"为什么?"

"你们八字相克,克得很厉害,杀伤性的那种。"

我不禁失声:"什么？相克？谁克谁呀?"

"他是水命,你是土命。土克水。今年是土年,土星照命,白虎发动,是他的灾年,他根基太弱而你命相强旺,不要去找他的事儿。"

傻眼了。原来是八字不合。难怪第一次见他,我就把咖啡泼在他身上了。上个礼拜我们俩先在床上打架,又在雨中打架。受伤的肯定是沥川。

不敢再问下去了,我忙说:"那大爷您看,有办法避免吗?"

"办法？我不是说了吗？不要和他在一起。在一起,你就会伤害他。"

"……哦,就这一个办法吗?"

"你去买一块玉辟邪吧,白的那种,上面最好有血痕。"他说,"买回来之后,你自己先戴着,三十天后取下来,给他戴上。"

"这样我就可以和他在一起了,是吗?"我锲而不舍地问。

"不是不是,辟邪只可以化解掉一些。但为了他的将来和安全,你们还是不要在一起,不会有好结果的。"老头不停地摇头,"姑娘你年纪还小,再找别人吧,你实在克他克得太凶了。"

"是吗?不会吧?我一点也不凶啊……我很愿意服侍他呀。"我哀哀地叫起来了。

老头双目一合,坐了回去。

我拔足狂奔,被打击到了!一整个上午我都没去上班,到古玉市场去逛。终于,在一个古玉专卖店看见一只小小的清代白玉辟邪,形态圆润,晶莹剔透,最重要的是,在辟邪的胸部和尾部,有几道细细的红沁。开价六千三,我想都没想直接刷卡。

我从没给自己买过太值钱的首饰。除了手表之外,我身上最贵的一件首饰就是沥川六年前送给我的一对红宝石耳环。我好像从来没给过沥川什么东西。真的。一直都是沥川在给予:给我钱、给我书、给我衣服、给我手袋、帮我写作业、帮我改论文,一切的一切,从来都是他付出。难怪同学们说我傍大款。我连一条围巾也没给他织过。真是很羞愧啊。辟邪一拿到手,我立即将它戴上。然后,我对自己说,我一向不迷信,所以,坚决不相信八字!坚决不相信我会克掉沥川!此外,我还在两元店里买了两只木头的大镯子。不是木克土,土克水吗?我先用木头把自己克掉总行了吧!

三十七天过去了,我没听见关于沥川的任何消息。

René再也没给我发过任何短信。

倒是CGP针对此事发了一个公告:因有两个欧洲设计项目需要完结,王沥川先生暂回苏黎世工作数月。温州C城改造的后续设计将由江浩天暂时主持。

沥川的秘书唐小薇被暂调到翻译组,每天中午和我们一起吃饭,终于和我们打成了一片。

对于我来说,没有沥川的日子反而平静。我利用这个时间按揭买了一辆东风标致206,首付只要一万五千元。我的驾照还是在九通与唐玉莲同一间办公室的时候考的。有一次译完了一本巨难的拍卖简介,我想换个脑筋休息休息。玉莲就说,不如和她上驾校,两人一起学,学费有折扣。那时我还没想过买车,只是觉得每天挤公交有点烦,就交了钱。我对机械的东西天生有兴趣,路考一次通过。

我是翻译组最后一个买车的人,而且买的是最便宜最大众的牌子。艾玛笑得要死,说开这种车太掉价,还不如坐公共汽车。艾玛的丰田是她某个男友送的,她半推半就地要了。后来那个男友又看上了别的女人,送人家更好的车子,还把艾玛气病了一个月。之后也没见她换车,仍旧开着。艾玛说等下一个男人送奔驰再换吧。

我把我的业余生活投入到练车的热情之中。每天下班,我都驾车四处游逛,走遍京城的大街小巷。转眼到了二月中旬,CGP又中标了几个项目,我的工作忽然间变得格外忙碌,有大批的文件需要翻译。我不分昼夜地工作着。有一天,我刚刚回家打开电脑,发现MSN上有一条橘黄色的消息。

点开一看,是René。

"安妮,你好吗?"

"挺好的。你呢?"

"很好,谢谢。今天你能给Alex打个电话吗?"

我一直有预感,沥川这次回瑞士,是有意想避开我。所以,我很自觉,四十多天来从不跟他联络。

"René,我和他已经Over了。"

"××××××××××,这是他的电话,打不打随便你。我有事下了。"

小橘子一闪,变灰了。

我的大脑还没完全清醒,可我的手已经在动——在拨号。

电话响了三声,有人接了,是一个女人的声音,德语。除了那句尽人皆知的"古藤塔克"之外,我一句不懂。

我只好说英文,很慢很慢:"请问,我能和王沥川先生说话吗?"

对方回答了一个很生硬的英语:"稍等。"

接着,过了十秒钟,传来另一个女人的声音,英文还是很生硬,不过说得比较明白:"王先生不方便接电话,请问您是哪位?"

"我……安妮,从中国打来的。"

"稍等一下,王先生醒了。我去问问他可不可以接电话。"

大约过了两分钟，电话那头传来一声很轻很轻的招呼："Hi."

"Hi，沥川，是我。"

不知为什么，一听见他的声音，我的眼泪就止不住地往下流。

"你好，小秋。"他的声音很虚弱，没什么力气，几乎微不可闻。

"沥川——你怎么了？是不是病了？"我哽咽，"别骗我了，这里肯定是医院。"

"是急性肺炎。"他说，"已经好多了。"

"对不起——是我害你淋的雨……对不起……"我呜咽着，在电话里，语无伦次，反反复复地说着"对不起"。

"别胡说，跟下雨没关系。"他好像还说了别的安慰的话。可是，我的哭声太大，把他的声音完全淹没了。

"沥川你还回来吗？"

"……当然，我答应了你的。"

"那我每天给你打电话，一直打到你回来为止。"

"饶了我吧……小秋。"

"我move on了，真的。我每周都和那个博士吃饭。"

"嗯——这还差不多。"他低低地咳嗽。

"医院里有人照顾你吗？吃得好吗？有人帮你洗澡更衣吗？"

"除了医院里的人，我身边还有三个特别护士、一个营养师、一个厨师、一个理疗师，都是我爸雇的。"他轻笑，"放心吧。"

"Mia喜欢吃你买的罐头，那么贵，怎么办？回来了，还是让它跟着你吧。"

"你喜欢就留着吧。罐头我提供。"

他又开始咳嗽，然后，他把电话移开了，过了一会儿，说："回来我给你带巧克力，要哪种？"

"Truffino。"

"这是巧克力饼干，不是纯粹的巧克力。"

"我喜欢饼干。"

"好的。"

"沥川，我爱你！"

"你——咳咳，又来了。"那头传来他的长吁短叹。

"沥川,我爱你!好好休息!再见!"

看了看日历,今天是情人节。耶!

我和沥川的战争,正规战场已全军覆没,现在转入游击状态。所以,得坚持毛爷爷的十六字方针:敌进我退,敌驻我扰,敌疲我打,敌退我追。

Chapter 36

> 在我面前的沥川一贯极度要强,从来不愿意让我看见他虚弱的一面。如果能够,他会极力遮掩;如果不能,他会逃得无影无踪。

作为失恋者,我有一个所有失恋者喜欢犯的毛病:喜欢孤独地待在人多的地方,在嘈杂的众声中哀愁。难怪在非洲的部落里,一个即将死去的人,会被人围着,在火圈中跳舞。在哄乱的人声中,死亡肯定好过独自面对恐惧和哀伤。所以,情人节的晚上,我独自出去看了一场电影。

这些年来,虽然没有沥川陪伴,我仍然喜欢看电影。为此特意订了电影院的简报,有了片子就去看,新的老的无所谓。电影院里有一排一排的情侣座,我独自坐在后排,抱着一大筒爆米花。是成龙的喜剧片,很搞笑,电影院里时时爆发出开心的笑声。我独自藏在一群群情侣中,在笑声里悄悄流泪。

我不知道什么是急性肺炎,也不知道会严重到什么地步,可是,在我面前的沥川一贯极度要强,从来不愿意让我看见他虚弱的一面。如果能够,他会极力遮掩;如果不能,他会逃得无影无踪。可是今天,他的话音那样虚弱,口气却又故作轻松。我疑心他的真实状况只怕比我听到的还要糟糕十倍。

回到家里,看见René居然在MSN上,我大喜,连忙把他敲出来:

"René!谢谢你给我电话号码,我已经给沥川打了电话了。"

René打出英文:"怎么样?聊得好吗?"

我说:"挺好的。René,沥川的急性肺炎很严重吗?他都没力气说话。"

René:"嗯嗯。他能接电话已经很不错了。前一阵子他都没法说话。"

这样吗?怎么是这样的呢?我赶紧问:"只是感冒引起的吗?为什么不能说

话？喉咙肿了吗？"

那头停顿片刻，似乎在斟酌词句。

然后René似乎说了实话："……在严重的时候，Alex需要依赖呼吸机。他的免疫能力很差，所以要很小心自己的身体，不能受寒，不能感冒，不能发烧，更不能感染。"

我打出一个大大的问号："什么是呼吸机？"

"……就是他呼吸有困难，需要机器来帮助。"

我的脑海里，迅速闪出《急诊室的故事》。在抢救室里，眼看着病人窒息了，一旁的医生眼疾手快，用一把小刀割开气管，插入一个透明的管子。

这么一想，我顿时出了一身冷汗，连忙忏悔："下次我一定很小心！不让沥川淋到雨！"

那边停顿一下，接着，跳出一张愤怒的红脸："什么？你让Alex淋雨？在这种时候？冬季？"

"对不起，我不知道他不能淋雨……"

真的，那天我一身也湿透了，回家就往床上一躺，心情烦闷，连一杯板蓝根都懒得喝，也没感冒也没发烧，好好的。我怎么就这么健康，抵抗力这么强呢？真是有点惭愧了！

René在那边仍然不依不饶："安妮，你为什么让Alex淋雨？"

"我们……在雨里……打架……"

屏幕震动了一下，René再次愤怒："什么？什么？你们都多大了，还打架？对了，沥川颈上的伤，是不是你弄的？我送Mia过来前，刚给它剪了指甲的。"

我小心翼翼地赔罪："嗯……那个……已经一个多月了，还没好吗？"

画框停止闪烁，半天没有一行字。

然后，René似乎在叹息："我一直以为，中国女人比法国女人要温柔……"

我飞快地敲字："我真不是故意的，沥川老要和我over，我很生气才这样的！这是个案，你千万不要因此对中华民族的全体女生产生偏见哈。"

橙黄的消息框闪了闪，René说："不会的啦。Alex总说你是最温柔最热情的女人啦。还有你写给Alex的E-mail，也很温柔，好让人感动！"

什么？沥川……居然……

昏了,我气昏了,不用照镜子就知道我满脸都是黑线。

"沥川给你看我写的信?我找他算账去!"

印象中沥川没有那么坏啊!不会像电影那样,一个男生收到女生的情书,在寝室里怪腔怪调地念出来,众人听了,哈哈大笑。

屏幕上闪出长长一段英文,René说:"不是不是,你别往坏处想……那段时间Alex病得不轻嘛,你的E-mail都是我念给他听的。"

这下轮到我抓狂了:"病得不轻?怎么病得不轻了?连动都不能动吗?"

"也不是啦。就是没力气,整天得躺着。"René避重就轻地说,"不过,安妮,你为什么不写英文呢?那些E-mail太考验我的中文了!知道我们这些老外读你的E-mail有多难吗?你动不动就写得老长,还都是意识流,连个标点符号也没有,我都不知道在哪里断句。然后,我只好硬着头皮往下念,一边念一边被沥川骂,说你的中文肯定没写错,为什么他就听不懂……"

我哭笑不得:"我没让你读呀!也不是写给你的嘛!"

René打出痛苦的表情:"安妮,我的博士论文做的可是《鲁班经》呀,我能读懂文言文,也认得繁体字,但我读不懂白话文。"

说这话时,我正在喝茶,"噗"的一下,喷了一屏的水。

"不会吧?一般大家都觉得白话文比文言文要容易呀。"

René说:"那是你们中国人吧。信不信由你,文言文在句法结构上更像英文。总之,你写的是白话文,简体字。我只能读文言文,繁体字。所以,我老要查词典。每次你的E-mail一来,我得先用一个软件把简体变成繁体,然后又去查不认得的字,弄明白拼音,再念给Alex听,Alex还老埋怨我念错了!有时候,你写的词我们两个人都不懂,词典里也没有,Alex命令我去图书馆查更大的词典。可怜啊,外面下雹子我也得出门!有时候,简繁转换出了问题,成了一堆乱码。我又挨骂,沥川命令我找人恢复,得花钱请人。总之……那段时间我也很辛苦,你们的爱情我也出了力,你得谢谢我!"

我怀疑自己耽美小说看多了,怎么看怎么觉得René像个极品小受,忍不住我也趁机欺负他一把:"谢你个头呀!又不是我让你查词典的!"

René也不介意:"不过,你们俩真是一对呀,那么地心心相印!每当Alex病重,你的E-mail就写得特别长,特别sunny(阳光)。Alex那几年就是靠读你的Email撑过来的。嘿嘿,你们俩还是绝配,一个硬撑着不回信,一个硬撑着就要写。互相撑了三年多。最后是我坏的事,沥川从此骂死我了。"

我突然明白了:"那个卡是你寄的!"

René打出一个羞愧的表情:"我一冲动就寄了。寄了告诉Alex,Alex说,完了,你肯定不会再写信了。我还和他争,我坚决不相信。安妮,你说说看,你都写了三年了,我们等你的信都等习惯了,一周至少两封嘛,你父亲快去世时,每一封信都黑压压地长!结果,突然有一天,你再也不写了。Alex那一个月就瘦了二十多磅,差点没死掉。当然,我不能怪你,你也不知情。可是,既然决定不写了,几个月前,为什么你又神经兮兮地给Alex发E-mail?真是风乍起,吹皱一池春水。当时Alex滑雪受伤还躺在医院里,不顾医生的劝,说什么都要来中国。才来几天呀,又病得快要死掉了!"

René一直打的是英文,在密密麻麻的英文字母中,忽然跳出一行中文,居然还是古词,真是把我吓着了。

我把字打得飞快:"唉!这说明,我离天使还有一段距离!René,沥川究竟得了什么病?看在上帝的分上你告诉我吧!"

René说:"不行不行,这是底线。Alex知道了要掐死我的。"

我不敢太逼René,逼急了就断线了,René好不容易打开话匣子,我赶紧把话往远处扯:"那René,沥川病了一直是你在身边照顾他吗?你和沥川很早就认识吗?"

René说:"嗯嗯,我和Alex是大学同学,我们还同寝室,是哥儿们。我先认得的Alex才认识了Leo。Alex病的那阵子我在大学教书,比较清闲。再说,Leo根本忙不过来,只能是我了。照顾倒谈不上,他身边都有护士。我就是去跟他聊天,读E-mail。"

我问:"那么,沥川他病了很久吗?"

René顿时警惕了:"嗯嗯。你别再想从我这里套话了。"

沥川真幸运啊,有René这样好的朋友,我赶紧谢他:"René,谢谢你替沥川读E-mail。我知道不容易,看我学英文学得那么辛苦就知道你不容易。"

René打出一个腼腆的笑:"不谢啦。想当年,若不是为了Leo,我也不去学汉语。现在倒好,我的设计风格全成东方的了。Leo自己会中文,却抛弃祖先文化,搞后现代,没天理呀!对了,Alex淋雨的事儿你可不要跟Leo说哦。Leo是暴君,很bossy(专横)的。现在Alex病了,王家的事情都是Leo说了算,他更加bossy了。"

怎么会呢?其实我对霁川的印象很好,甚至觉得他比沥川还要温和。而且,他们在一起的时候,霁川非常照顾沥川,虽然有时也吵架,但都是好意。

我赶紧问:"René,那你告诉我,以后和沥川在一起,要注意些什么。我很怕沥川再生病!"

René这回很高兴,屏幕上字母欢快地闪着:"真是好丫头!嗯……不要让他着凉,不要让他受伤出血,不要让他摔跤,不要让他和病人接触,不要让他去人多的地方。吃饭前要仔细洗手,刮胡子不能用剃须刀……"

长长的一段吩咐,看来René和沥川待在一起的时间真是不短,居然知道得这样详细。

我把他的话copy+paste(复制粘贴)到文本文件:"记下了。那吃的东西呢,有没有要注意的?"

René在那头说:"我想想……为摄入足够的维生素,他一天至少要吃两种水果、三种蔬菜,少吃盐,少吃油,少食多餐,可以吃少量的瘦肉和鱼。还有,多吃新鲜的菠萝——其实这些都不用你操心啦,Alex有自己的厨师,按营养师的配方给他做一日三餐。最最重要的一点,绝对不能碰酒,一滴也不行。"

冷不防我嘲弄一句:"哎呀,真是公子哥儿,这么多人伺候着。"

"没办法,自从Alex生了病,他们全家人都小心翼翼的。其实Alex自己倒是蛮独立的,一回家就不行了,有爷爷奶奶的叮嘱,一群人围着转,生怕有闪失。Alex自然是有空就往中国跑……在北京,他自由嘛。"

岂止是自由,简直颠倒过来了。在北京的时候,一直是沥川照顾我,住在一起时都是他起来弄早饭。我很小就开始做家务,因为我爸生活能力特差,碗可以几天不洗,被子从来不叠,家里总是乱得跟狗窝似的。我姥姥说,我爸在上海的家里有保姆,他自己除了读书和教书什么也不会,连借个榔头都要我妈去敲门。我因此郁闷地以为将来我嫁出去了,也逃不过当煮饭婆的命。想不到还能过上被人照顾的日子,顿时幸福得找不着北了。把这些告诉沥川,沥川还心疼了半天,说我从小太受苦,上帝都难过了,特意派他来照顾我,他一定会好好地照顾我一辈子。我当时没把这话往心里去。自从我妈去世,我就悄悄地相信了这样一条真理,哪怕是你最亲近的人,最终也会离开你,一去不复返。

果然,沥川这话说了刚刚两个月,他也从我面前消失了。

那一年的上半年,我的情绪就像坐了过山车,忽上忽下,被喜悦和悲愤轮番折磨。

这个世界,只有沥川有能力让我最幸福,也只有沥川有能力让我最痛苦。没有任何其他人可以同时做到这两点。

想到这里,我忽然问René:"René,你说,我和沥川应不应该在一起?"

René立即回答:"当然应该啦!不过安妮,我得告诉你,Alex这小子从小就格外倔,拿定了主意就不回头。连他爸那样的倔老头儿,见了他都避让三分。好啦,我得去看一下我煮的汤,等会儿过来。"

我坐在椅子上,盯着空空的屏幕,想着René先头的一番话,心明明是空的,又觉得有几千斤重,坠在那里,无处着落。只觉自己仿佛坐在某个时间的入口处,背后是个深而无底的黑洞。而我的任务,就是要挡住这个洞口,不让沥川从中间滑走,从我面前彻底消失。

我能挡住吗?

那五年沥川一定病得很重,一定卧床了很久,他都不能自己用电脑,还需要旁人念给他听。那会儿是什么病,我已经没有勇气猜测了。也许,他已经到鬼门关里走了好几圈了……所以,他不肯告诉我,因为他不肯拖累我。

森森然,我浑身冰凉,不得不跑到厨房去,倒一杯热水暖和一下。

回来时,橙黄色的消息框又闪了,René回来了:"刚才说到哪儿了?"

"说到沥川很倔,霁川很bossy。"

"也不是bossy啦。霁川只是主意比较多,往往也比别人的好,所以老想让别人听他的。"大概意识到说多了霁川的坏话,René连忙补救。

"是啊,霁川挺好的,我挺喜欢他的。"

"那你,安妮,为什么不来瑞士?"René问,"沥川出院了你就来瑞士好不好?我调你来瑞士总部,发给你和沥川一样多的工资。"

我禁不住笑了。几年前我和沥川在一起的时候,沥川多次问我愿不愿意跟他一起去瑞士度假,长假短假都可以。我一次也没答应,有点不好意思见沥川的家人。其实沥川有自己单独的住处。但听他平日聊起来,好像走亲戚,逢年过节去爷爷奶奶家、外公外婆家、伯父家、叔叔家、舅舅家、姨妈家,和一大堆堂兄堂姐表弟表妹们出去泡吧、旅行、滑雪,在他的生活当中是件很重要的事……我有点吓到了。

"我……外国人嘛……不习惯。再说,我又不会说法语和德语。"

"他们家所有的人都会说英语呀,而且老一辈的也全能说中文。"

"嗯……我也有点怕见老一辈的。"我的脑子,不时闪出《孔雀东南飞》里的句子。

"别怕别怕,王家女孩子少,老一辈的都很慈爱,尤其是对女孩子。你又是沥川喜欢的女孩子,他们疼你还来不及呢。"

René这样说,好像我是沥川家的儿媳妇似的,我不禁又郁闷了:"别说了René,沥川和我已经over了。现在他身体不好,我不想让他难受,他让我over我就over吧。"

那边急忙打出一个磕头如捣蒜的动画小人:"安妮,你千万别和沥川over,我们全家人都求你了!"

我忽然觉得对方的语气有点不对头:"哎,你是René吗?"

停顿几秒,对话框里跳出一行字:"我是霁川,René在洗碗。有洗碗机他不用,真是个Helpless DIY(自己动手无能者)。对这种人,岂能不霸道点?"

霁川大哥呀!我的口张得大大的,震住了:"你……你几时上来的?"

"我逗你玩的呢。René让我过来看一眼有没有新的消息。我刚上来。小秋,你加我的MSN。"

头像换成了一只猫头鹰,个人签名上有一行字:"I'm not bossy. I just have better ideas.(我不是专横,我只是比别人有更好的点子。)"

我飞快地敲字,直入主题:"霁川哥哥,我可不可以现在去瑞士,看看沥川?"

那边,停了很久。接着,显示出一行字:"我们都盼着你来。可是,沥川绝对不会同意。他不愿意在这种时候见你。"

见我长久不说话,霁川又敲来一行字:"如果沥川愿意见你,六年前他就不会离开你。"

Chapter 37

> 我反复问自己:没有沥川,我可不可以过下去?没有沥川,生活还有没有意义?答案很简单:没有沥川,我不是也过了六年吗?

霁川不愧是沥川的兄弟。

和René聊了一个小时,知道了很多沥川的往事。和霁川聊了半个小时,凡是沥川不想让我知道的,霁川一丁点也不透露。我们一直在谈瑞士的气候和风光。

霁川劝我一周给沥川打一次电话。他说,沥川肯定很想听见我的声音,可是他的病情还不是很稳定,人也很虚弱,不能长时间说话,严重的时候还要依赖呼吸机。

坦白地说,经历过两个亲人的死亡,我对恐惧比较有抵抗力。沥川的情形让我想起父亲去世前的那个月。那时我一天能拿到三张病危通知单,每次抢救,我和小冬都守在手术室的门外,盯着墙上的挂钟,看时间和生命分分秒秒流逝。一个月下来,我们的心灵已被折磨得疲惫不堪,对恐惧已经完全麻木,只知道听从医嘱,照顾病人,努力配合一道又一道的治疗程序。有时看见我爸在病床上苦苦地挣扎,生不如死,我甚至悄悄地想,如果我是他不如干脆去了,也许还是个解脱。

和René聊完天的那一周,我夜夜都做噩梦,醒来了便不能入睡。我开始天天吃安眠药。然后,用剧烈的体育运动来转移注意力。

周六我去了体育馆,因为老师突然请假,这个学期的瑜伽课已提前结束,取而代之的是拉丁舞。瑜伽班的原班人马全部进了拉丁舞班,跟着一个从体育学院来的英俊男教练学恰恰。据说这次变动没有引起任何人的不快。大家的劲头反而更足了,锻炼之余还可以花痴一把,何乐而不为。

大四的时候,我曾学过一阵拉丁舞。那时我们学校搞拉丁舞大赛,我因为是学生会的体育部长,被指定和另外的一个男生代表英文系参赛。为了拿到名次,我们找了一个资深的拉丁舞老师替我们编舞,昼夜不息地练习,最后拿了亚军。冠军是体育系的两个高手,我们甘拜下风。过了这么些年,舞步已有些忘记了,可是因为常去舞厅,偶尔也捡起来秀一把。

我所在的体育馆是我们这个区最大的体育馆,拉丁舞班的人数比瑜伽班多了三倍不止,涌进了很多大学生,也涌进了很多男人。

周六那天,我换好运动服走进教室,看见一个人,高高的个子,双手插在裤子口袋里,低着头,有点不自在地站在墙角处——艾松。

开始,我怀疑我走错了教室。可那些妈妈都在教室的一角聊天,我肯定没走错。然后,我又怀疑艾松走错了教室。物理学博士跳拉丁舞,有点搞笑哦。

"嗨,艾松!"我上去打招呼。

他看见我,有点窘:"你好,小秋。"

"怎么有空来这里?"

"我跟着我的教练来的。"

"你的教练?谁是你的教练?"

"就是那位——"

我顺着他手指的方向看去。

"那位就是我们的拉丁舞教练。"艾松解释说。他原来跟着丁老师在海淀区体育馆,现在这边要丁老师过来,那边的班刚上了一个月,他不想换老师,就跟着来了。

我大跌眼镜:"你……喜欢拉丁舞?"

"很奇怪吗?"他知道我怎么想,表情倒很镇定。

"有点。"

他舔了舔嘴唇,解释:"我们学物理的,总被人说成是头脑发达四肢简单。我想来平衡平衡……"

"平衡的办法应当有很多种吧?比如散打班、武术班、网球班、健美班、游泳班、高尔夫班、保龄球班……"

这么多"阳刚"的班他不去,要来这里?

他淡笑:"嗯,这些班我也有去。不过,我也喜欢拉丁舞。"

我没话了,过了一会儿,我没话找话:"拉丁舞挺好的。"

"是啊,"他说,"教练刚才吩咐大家找舞伴。难得我们认识,你能不能做我的舞伴?"

"嗯……嗯……"我在找借口。

"放心,我不会踩到你的脚的。"他很真诚地看着我,"我以前学过,不是初级水平。"

"哦……好吧。"盛情难却。

音乐响起,很煽情的拉丁情歌。教练说,先让大家听听音乐,跟着音乐随便跳跳,热热身。

我问艾松:"你说,你不是初级水平,那你是什么水平?"

"我曾经代表学校参加过比赛。"

我倒抽了一口冷气:"那你至少应当上中级班吧。"

"教练说,根据报名的情况看,有不少人有中级水平。所以现在大家随便跳,他先观察观察,马上就分班。从下次开始,这个时间是中级班,下一节课才是初级班。"他慢慢地说,看样子和那个丁老师混得很熟。

"哦……是这样啊。"

我只好和艾松跳上了。刚跳几步我就傻眼了,艾松的水平虽然赶不上当年我们学校的那对冠军,但和我也是旗鼓相当的。非常复杂的动作他都会,腰和胯别提扭得多到位了。

问题不在这里。问题是跳的过程中,他一直似笑非笑地看着我,眼神有点暧昧。不光我看傻了,全场的女生都傻掉了。

我们没有任何准备,却配合得相当默契。跳到高潮的时候,他甚至把我举起来,又抛出去,玩出一套危险的芭蕾动作。音乐还在响,腰也还在扭,我手表上的定时器忽然尖叫了起来。

今天,这个时刻,约好要给沥川打电话。

我说了声"对不起",扔下艾松,跑出体育馆,掏出电话卡,在手机上按出长长一串数字。

"Hi."电话那头传来很动听的男声。

"沥川!"

"小秋,你好吗?"他的声音还是很轻,甚至有一点点嘶哑,不过听起来精神比上次好些了。

我顿时感到一阵轻松。

"很好,你呢?"

"挺好的。"

"你还需要呼吸机吗?沥川。"

那端沉默片刻,话音明显地不悦:"是谁告诉你我要用呼吸机?"

我的头"嗡"一下就大了十倍。这都什么时候了,这人病得连说话的力气都没了,还要瞒着我?还是不肯让我知道?他究竟要瞒我到什么时候?

没来由地火了,我的嗓音顿时飙高了好几度:"沥川,看在我们认识这么多年的分上,看在我从来不对你撒谎的分上,麻烦你对我说真话,行不行?"

话音未落,我已被自己咄咄逼人的口气吓着了。

果然,电话那头,沥川发出了很含糊的音节,好像要说什么,却什么也说不出来,只传来费力的呼吸声。紧接着便是一阵忙音。

八字不合,真是大大的不合!沥川遇到我,不是天灾人祸是什么?我这乌鸦嘴,我又克到他了!

我的大脑一片空白,手忙脚乱地拨电话。便宜的国际卡,要输入三十几个数字,混乱中我一连拨错了三次,才把号码拨对。这一回,是护士接的,仍旧是生硬的英文:"王先生需要休息,请过些时候再打来吧。"

"等等!"我大叫,"王先生刚才没事吧?"

"他在电话机前等了很久,估计有点累。我们正在给他吸氧,他不会有事的。"

"可是——"

电话已经挂掉了。

我颓然地坐倒在台阶上。

月亮在树梢间浮动。夜风很暖,已经是春天了吧。

我抱着腿,坐着冰凉的石板上,漫无头绪地想着一年年逝去的时光,又纠结又郁闷。

惆怅啊……惆怅……

无奈啊……无奈……

我反复问自己:没有沥川,我可不可以过下去?没有沥川,生活还有没有意义?答案很简单:没有沥川,我不是也过了六年吗?没有沥川,我的生活不是也很充实吗?为什么我还是一副心事重重、很不开心的样子呢?整整六年,我都没有尽情地笑过。真的,就算是去看最热闹的喜剧,我也会哭,会觉得我其实就是天底下最可笑的人:痴心妄想,贼心不死,明知是镜花水月,也要破釜沉舟。

街灯忽明忽暗,飘满孜然的香味。

我双眼噙泪,坐在台阶上,长久地发呆,腿渐渐有些发麻。正想站起来,忽然有人拍了拍我的肩膀。回头看,是艾松。

"嗨,这是你的衣服、你的包。已经下课了。"

我站起来,接过我的东西,道了谢。

"你愿意让我骑自行车送你吗?"他问,目光很柔和。

"这里离我家不远,"我吸了吸鼻子,向他微笑,"我自己走回去就好了。"

"我陪你吧,反正也顺路。"他坚持,顺手拿过我的包,挂在自行车上。

我们默默地走,一路上,我心情不好,一句话也不说。

转过一道街,艾松忽然开口:"我姐说,你是个怪人。"

"怪人?为什么?"

"她说,你在CGP没有一个朋友,男的女的都没有。不是说你不招人喜欢,而是你,嗯,好像不需要朋友,好像对外面的世界不感兴趣。"

我看着他,愕然。这就是艾玛对我的印象吗?这么消极?

"不感兴趣?"我申辩,"不会吧!我参加素食协会,我有瑜伽课,我泡吧、我跳舞、我游泳、我跑步——我一直和外面的世界打成一片。"

在内心深处,我知道我在撒谎、在狡辩。如果说沥川的离开导致了我心灵的死亡,这有点过分;如果说导致了我的灵魂进入冬眠状态,导致我感官失灵、社交退化、信仰危机,绝对没错。

他转身看了我一眼,目光莫测:"我指的是心灵,不是身体。"然后,他又说:"你看上去笑眯眯的,可是真要笑了,又皱着眉头,好像你刚喝了一杯胆汁……"

艾松说得很来劲,却忘记了一条真理,那就是:烦恼重重的人是不愿意被人分析她的烦恼的。

我很不客气地打断他:"Stop(停),艾松同学!我知道你是搞研究的。不过,我希望你不要对我产生研究的兴趣,我不想当粒子,我不喜欢被人研究。我快不快乐和你没关系!"

这话说完我有点后悔,其实平日我从不无缘无故地攻击别人,谁让他碰上了这恼人的时刻。我的脑子里全是沥川。可是,这人面不改色,不急不怒:"你知道'蝴蝶效应'吗?"

"……"

"一只南美洲的蝴蝶在热带轻轻扇动一下翅膀,会引起美国得克萨斯州的一场龙卷风。你今天掉下的一滴眼泪,可能会导致巴西的一场洪水,也可能会导致明年冬天的一场暴雪。你的快乐与世界有关,当然也就与我有关。我们都是相关的。"

"艾松同学,第一,我不想被你'物理化';第二,请你讨论问题时,背景不要老是与全球气候或者宇宙相关。相关不相关,不由你来说。比如,我和你就是不相关,因为是我定义的。我和另外的某人,就是相关的,也是我定义的。他不来和我相关,我也要和他相关……"

这话没说完,我的眼睛就酸了,忍不住哽咽:"我上辈子招谁惹谁了?我怎么就倒了八辈子的霉呀……"

六年了,我从没有和任何人讨论过我和沥川的事,自己捂得严严的,好像是个什么机密。我不告诉小冬,怕他为我难过;我不告诉同学,怕她们取笑我;我更不敢告诉同事,怕她们直接说我惨:"看,这人真是命苦,年纪轻轻的,爸爸死了,妈妈死了,又被男朋友无情地甩了。"宁安安是我唯一可以倾诉的闺蜜,毕业去了上海,打算嫁给修岳。在她面前,我也不好意思多提……今天,我居然在一个不大认识的陌生人面前发泄了,足以说明我的意志已经被沥川消耗得差不多了。

见我脸上有泪,艾松掏纸巾给我,问了我一个不相干的问题:"对了,你吃羊肉串吗?"

满街烧烤味,很诱人啊——

"……不吃,我吃素。"

"有素的呀。他们也烤豆腐、菠菜、土豆片。"

"吃可以,我请客。"

"行呀。反正我们搞物理的也穷,软饭都吃习惯了……"

"噗——"我忍不住笑了。

我们随便找了一个摊位,板凳有点脏,我刚要坐下,艾松拦住我,用餐巾纸擦了擦凳子。他要了一瓶啤酒,点了十串羊肉串。我点了一碟子的烤素食——豆干、玉米、土豆、菠菜。我们都强调要"加辣"。

艾松和我一样,无辣不欢,越辣越好。

"你不是北京人吗?"我问。

艾松长得不大像北方人,他的口音倒是标准的普通话。

"我是成都人,在北京上大学。我爸妈都是成都人。成都人聚在一起,就喜欢干四件事儿——"

"哪四件事儿?"

"吃点麻辣烫,搓点小麻将,看点歪录像,谈点花姑娘。"他用成都话说,软软的,怪搞笑。

"难怪你坚持独身主义,一辈子没人管你,可以一辈子玩下去。"

"是啊。这是个很好的生活方式,建议你试试。"

"可是,"我咬了一口豆腐,问了一个实质性的问题,"生理问题怎么解决?"

他正喝啤酒,差点喷掉:"生理问题?"

"就是……嗯,那个?"

"那个?哦——那个。为了坚守这种生活方式,只好牺牲掉啦。就像你为了吃素,就得牺牲掉肉菜一样啊。"

轮到我噎住了:"这个……容易吗?"

"不容易……但可以克服。凡是困难,克服克服就没了,对吧?"

"是不是因为你们学物理的,没什么机会遇到合适的女生?"

"这倒是真话。物理系的女生不多,如果有的话都特别横,就是横,也早被人抢光了。"

"像你这样杰出的也没抢到一个?"

"我在高中的时候就被女生抢走了。"

"奇怪了。"我说,"这么说来,你有过女朋友?"

"嗯。"他说,"我是和我的女朋友一起出国的,我学物理,她学生物,我们都是博士。过了一年,她爱上了别人。为了嫁给他,把我们的孩子都打掉了。"

他的表情很淡,好像在开玩笑,我愣了愣,说:"怎么会这样?你们谈了多久?"

"八年,从高中开始。"他喝了一大口啤酒,"八年抗战,毁于一旦。"

"那你还这么乐?"我有点佩服他了。

"我不乐怎么办,跳楼啊?投江啊?"

"唉,艾松,我觉得咱们得握握手。"我真的伸出手跟他握了握。

"怎么,你也被人甩了吗?"

"到目前为止,算是吧。正在over中。"

"吃东西吧。"他说,"感情的事儿没法劝,你尽量把感觉器官转移到嘴上就可以了。"

"你是说饮食疗法?"

"对。推荐你一种食品,专治失恋的。"

"什么食品?"

"牛肉干。"他说,"真的,那东西吃起来特别咬牙切齿——有一种'壮志饥餐胡虏肉'的感觉。不信你试试,我向很多人推荐过。"

我大笑。

吃了近一个小时,艾松送我到公寓的门口。我对他说:"谢谢你送我回来。"

"不客气。"

我掏钥匙,转身开门,艾松忽然说:"周六我们所有个聚餐会,不少专家要来,很多家属也参加。为了不让工会主席关心我,你能不能替我cover(遮挡)一下?"

我觉得这个要求挺合理,也许将来我也需要他的cover。

"行啊。"

我住的公寓旁边有一棵巨大的梧桐树。每天进门之前,我都要沿着梧桐的树干往上看,一直看到天上,再从天上看下来,一直看到树根。这是我每天唯一的一次眼保健操。

然后我打开门,看见Mia在床上打盹。我到厨房洗了昨天的碗,一个。找到茶杯,倒掉昨天的茶,一杯。帮Mia洗澡,又用吹风机给它吹干。然后打开电脑加班做翻译。这一周我天天担心沥川,精神难以集中,耽误了不少工作。我在屏幕前埋头苦干了两个小时,精疲力竭。洗澡上床,听着收音机的古典音乐,睁眼望着天花板,心绪纷乱,无法入睡。

时钟渐渐地指向凌晨三点。我爬下床找安眠药,瓶子是空的,全部吃光忘了买。我在客厅里做瑜伽,越做越精神,干脆穿上运动服和跑鞋出门到大街上跑步。跑累了就睡得着了。

我所住的小区临着一条大街,街灯明亮,偶尔有车辆穿梭而过,两边都有通宵的舞厅和网吧,相当安全。跑步是治疗失眠的有效方法。我围着小区跑了一圈,气喘吁吁,口袋里的手机忽然响了。

是个陌生的号码,很长。

神经病,是谁半夜三更地找我?恶作剧还是恶意骚扰!直接按红键挂掉。

过了一分钟,电话又响起来了。这回我不耐烦了,打开手机就冲着里面的人吼:"喂,你谁啊,拨号码认真点行吗?麻烦你看一下时间,现在是凌晨三点半!"

那边的人显然郁闷了,过了半天,才传来一个幽幽的声音:"对不起,是我,沥川。"

我还在跑步,正在通过一个很小的十字路口,听见沥川的声音,忘了看灯,一辆车从后面驶来,戛然而止,里面的司机冲我破口大骂:"龟儿瓜婆娘,男人死了嘛啷个嘛!"

我赶紧退回人行道,乖乖等红灯。

"这么晚,你还在外面?"司机的"川骂",沥川显然听见了。

"我……"咽了咽口水,"跑步来着。"

"看见你还在网上,以为你没睡。"他说,"安眠药吃光了?"

"嗯。"

"深更半夜你还在外面跑步?知道外面有多乱吗?马上回家,听见没?"这人一定是喘过气来了,口气顿时就横了。

我想说,要你管啊,你是我什么人啊,关你屁事啊。转念一想,阿弥陀佛,我谢小秋不跟病人一般见识:"我正往家里跑呢。"

温州回来之后,沥川铁了心地要和我了断,从不给我打手机。现在突然来电,我顿觉受宠若惊、三生有幸,大有戚戚然不胜感佩之意。

一溜烟跑回公寓,打开铁门,顾不上喝水,我坐在床上对手机说:"沥川,找我啥事儿?"

"没什么事……"

"你好些了吗?"我还在喘气,"可以多说话了?"

"好多了。"他顿了顿,说,"我只是偶尔地需要一下呼吸机,一两次而已,你别听人家乱说,别想得那么严重。"

我承认,呼吸机的事儿,上网看多了图片。

"沥川……"我问,"那你,是不是很痛?"

"哪里很痛?"

"他们……是不是将一根管子——"

他迅速打断我:"不是。呼吸机有不同的种类,你的想象力不要那么丰富好不好?"

"那你的全身,还有哪里不舒服?"

"没有了。"他说,"现在挺舒服的。"

"你挺舒服地……躺在医院里?嗯?沥川,这就是你要告诉我的话吗?"

"嗯。平时我很忙,没时间休息,现在正好趁机休息一下。所以,你不要担心。"他在那头,轻描淡写。

"对不起,今天我发脾气了。我声音是不是很大?说话是不是很粗暴?你是不是很生气?"完蛋了,彻底琼瑶了,真是一点脾气也没了。

"小秋,"他一字一字地说,"永远不要对我说对不起,你没有任何对不起我的地方。"

"那你现在——为什么又要打电话过来?安慰我吗?"

"我只想告诉你我一切平安,让你放心。"

"什么时候可以出院?"

"还有一段时间。"

"那就是说,你还病着。"

"小秋,不要老是纠缠这个话题,好不好? 想点开心的事。"

"你都病了,还要我开心,你以为我不是人啊!"嗓门又高了。

"……"那头不说话了。

"沥川,你说话!"

"……继续move on,听见没?"

我觉得,他的病一定是好多了,不然口气也不会那么凶,而且,还有点不耐烦。我在想,我要不要又跟他吵? 还是不要了吧。

"行啊,今晚我就找男人去。"我生气,"那个物理学博士刚送我回来,我这就打电话,问他今晚想不想要我。反正跟你在一起,就俩瘦人儿,我还嫌碜呢。"

"要你move on,不是要你乱来。你想得艾滋病啊?"他又数落我。

"沥川,"我认真地说,"给我五年好不好? 让我好好照顾你。我只要五年。五年之后你若还要我走,我一定走,决不和你闹了。"

很久很久,他没有说话。

"沥川——"

"对不起,"他的声音淡淡的,"很对不起——我没有五年可以给你。"

我的眼泪簌簌往下落,带着哭腔对他嚷嚷:"那你就别管我了,我还得出去跑步!"

"等等,别去!"他说,"我有办法让你睡着。你先躺下,钻到被子里。"

"……"抽泣。

"别哭了,躺下了没?"

"躺下了……"

"我给你念一段 *Á La Recherche Du Temps Perdu*(《追忆似水年华》)吧。"

"沥川,我要sex(性生活)……"

"我在苏黎世,你在北京,怎么sex(性生活)啊? 小姐。"

"精神上的……不如你给我念一段黄色小说吧。"

"不行,那你只会越听越兴奋……"

"那你等我睡着再挂……"

"行啊。你闭上眼睛,我开念了。"那头传来沥川性感的低音,"Longtepms, je me suis couché de bonne heure..."

奇效啊!我一分钟就入睡了。

Chapter 38

> 我知道,我又做过头了。因为从此之后,沥川再也不接我的电话了,连René和霁川都不敢和我多说话。

星期六一早,艾松打电话过来确认我是否参加研究所的聚餐。

反正是要move on的嘛。虽然艾松是独身主义者,拿他做一下练习也未尝不可。

我在电话里很爽快,很配合:"行呀!没问题!你对我的形象有什么要求吗?你是喜欢淑女型、清纯型、干练型,还是太妹型?"

"……能弄出这么多形象吗?"

"当然啦。我配合你嘛!"

"那就——淑女型吧。对付中老年人,暂时传统一点。"

"要哪种风格?大家闺秀还是小家碧玉?现代还是古典?"

"大家闺秀,古典。"

决定真快,真有品味。

"几点钟?"

"晚上七点,行吗?"

"一定准时到。"

"你怎么过来?我可以报销的士费用。"

"我自己开车。"

"你有车啊?"

"是啊。"

鉴于以往的经验,沥川买给我的衣服、手袋、鞋子、手表我一件没穿戴,免得在喜爱时尚的女士中引起不必要的轰动。我穿了色彩平淡的毛衣,一本正经的西服裙,梳着马尾辫,手上戴着一只鸡血玉的镯子。

艾松在研究所的门口等我,见我踩着八厘米的高跟鞋,向他摇摇晃晃地走去,神色悚然。

他从头到脚地打量我,脸居然有点发红。我问他:"晚会在哪里?"

"研究所的二楼舞厅。"

"什么?你们研究所还有舞厅?"

"我们也是人,我们也需要娱乐,对吧?"他的神情恢复了,于是又说,"你要不要在我的办公室里休息一下?把大衣脱了?"

"你有单独的办公室?你不是博士生吗?"

"我是研究员,我带学生的。"

"那么,你是科学家?"

"是搞科学的,'家'什么的谈不上。"他很谦逊,将我引到他的办公室,我脱掉大衣,跟着他去了二楼。楼道上的告示栏里,贴着最近的科学报告:"无穷空间量子场的时间对称性……暗能量……原子核中的手征对称性……超对称和弦理论……场论方法与临界现象……"

我忍不住驻足。

"你对这个感兴趣吗?报告是免费的,你可以来听听。"

我摇头:"我对物理学不感兴趣,只是觉得这些题目读起来都很有感觉。"

他看着我,奇怪地道:"什么感觉?"

"你觉不觉得这些题目都很性感?超对称……和弦……暗能量……场……临界……"

"噗——"某人喷了。

二楼的舞厅其实是由某个会议室改装的,所以有一面墙是黑板。好像会议刚结束不久,黑板上居然还有一大堆的公式。我想起CGP要搞娱乐节目的时候,都是租用专人专场,行政部的小秘书们忙得死去活来。相比之下,科学家们真是不怎么讲求细节的。艾松悄悄地吩咐我:"如果有人问,就说我们已经谈了三个月了。如果追问结婚的事,就说还年轻,玩够了再考虑。"

"好的。"

"那个穿蓝格子衣服的大婶是我们的办公室主任兼工会主席,她最关心我的'幸福'。"

"放心,我帮你搞定。"

"那个穿灰夹克的老头子是有名的前辈,蒙他不是很容易,离他远点。"

"没问题。"

"你喝酒吗?"

"喝啊。我就是冲着酒呀、菜呀、蛋糕呀、甜点呀这些东西来的。除了陪你之外,我来这里的主要目的是吃东西。"

他以为我在开玩笑,不料我真的端起碟子,到餐台上给自己装了满满一碟子的各式小吃,津津有味地吃了起来。没办法,艾松倒了一杯酒,站在我的身边陪我。见我只顾着吃,他忍不住说:"小秋,咱们俩得稍微交谈一下。"

"哦!对不起,光想着吃了。嗯,交谈一下,谈什么?"

"就算你不想谈,也得假装做出跟我很熟的样子。"

我抓狂地看着他,问:"跟你很熟是什么样子?我怎么知道呢?"

"来不及了,工会主席来了。"

果然,那个办公室主任兼工会主席径直向我们走来,一脸关怀的微笑。

"洪主任,我来介绍一下,这位是谢小秋,我的朋友。小秋,这位是洪主任,我们的工会主席。"

我优雅地上前,和她握手:"洪主任,您好。"

主任打量着我,又看了看艾松,笑着说:"小艾,你保密工作做得真好,原来早就有这么大方漂亮的女朋友,害我们同个办公室的人都替你着急。小秋,你在哪里工作?"

"我在一家建筑设计公司做翻译。"

"翻译?多么好的工作啊!我们小艾可是咱们所唯一的美男子。小艾,你刚来这里的时候,所里给你多少启动基金来着?小秋啊,小艾可是我们所引进的高级人才,人还没到,房子都分好了。你跟着他绝对没错儿。"主任就差没把自己的话打印下来,贴到报社的征婚栏里。

这话我不好回答,只能腼腆地一笑,表示认可。回头看一眼艾松,他的神情有些窘。

"小秋,你去过小艾的家吗?"

"……还没呢。"

"小艾的父亲老艾人称'艾公',是位院士,早年留学德国,说一口流利的德文。"她指了指那个穿灰夹克的老头,努了努嘴,"他就在那里。小艾,你不带小秋去见你爸吗?"

"嗯,我们吃完东西就去。"

艾松悄悄把我拉到一边,低声说:"我爸我妈都在那儿,本来我想趁人多避开他们,看样子避不了。等会儿你过去把他们一起给忽悠了,行不?"

"忽悠别人没事,忽悠你爸妈,是不是不太好?"

"逼我最厉害的就是他们,他们才是你主要的忽悠对象。我只是没想到他们今天会来。"

"既然你发了话,我就去忽悠呗。"我乐呵呵地说。

"我爸特严,他的学生全怕他,你小心点。"

我第一次忽悠的大人物是我们大学的刘校长。还记得沥川是始作俑者,我为此特地写了一篇十分正式的英文提议。后来学校真的增加了自来水的供水时间,我未深究,也不知道是否与我这提议有关。我第二次的主要忽悠对象是我的硕士生导师,老先生喜欢开玩笑,见我就忽悠一下,我上课尽提怪问题忽悠他,有时能把他烦得不行,恨不能拿着黑板刷子敲我。我第三次的忽悠对象是萧观,不是什么大人物,也是一个行业颇有成就的年轻企业家,面试的时候,我觉得我有点忽悠他的意味,说一句顶一句,不把村长当干部。

只有一个人,我也试图忽悠过,可惜百战百败输得一塌糊涂,那个人就是沥川。

我面带微笑,跟着艾松在人群里穿梭,来到他的父母面前。

"爸、妈,这位是谢小秋。"

两位老人看上去都过了六十岁。艾松的爸爸比较严肃,妈妈倒是挺和气。她说:"你是小秋?艾玛的同事,对吧?"

我吓了一跳,想不到他们居然知道我。

"是啊。艾玛姐就在我隔壁的办公室。"

"艾玛说起过你,说你英文特别棒,是他们公司老总特地挖来的人才。"

"那个……艾玛姐吹嘘了。"

老太太笑眯眯地说:"我们家艾松挺可怜,在国外折腾了七八年,这才稳定下来。小秋,什么时候有空到我们家来玩,我做好菜给你吃。"

"哎……这个……"我低下头,用手指捅了捅艾松。

艾松说:"不着急。小秋工作忙,经常出差,过一段时间吧。爸妈,我们去和我导师说话了。"艾松拉着我,穿过密集的人群,溜出大门。

"这么快就走了?"我不乐意了,"我还什么都没吃呢!"

"净想着吃!这有什么好吃的?不如去吃羊肉串。回去再吃吧,你的任务完成了!"艾松牵着我的袖子,加快脚步去办公室,一面走,一面嘀咕,"我最讨厌这种场合!我最不喜欢应酬!今天要不是得跟这群人有个交代,我才不来呢!"

回到他的办公室,穿好大衣,准备走人。见我一脸的遗憾,艾松忽然提议:"楼上有个天文望远镜,你想看看吗?今天清晰度不错,可以看到一些漂亮的星云。"

这个我感兴趣:"能看见月亮吗?环形山什么的。"

"那个啊……我们都看腻了。"

我们一起来到楼顶。艾松调好望远镜,找好位置:"那就是月球啦!直径八十厘米以上的环形山都可以看见。"

嗯……不是很亮啊,很孤独的环形山,一个接着一个,没有一点点生气,没有白兔,也没有嫦娥。我的脑海中想起了一首首关于月亮的古诗词:"露从今夜白,月是故乡明""人有悲欢离合,月有阴晴圆缺""杨柳岸晓风残月"之类,但面对真正的月球……实在找不到感觉!

转头看艾松。他问我:"好看吗?"

"好看,就是没有我想象的鲜艳。我一直以为天空是彩色的。大概是看多了凡·高的画吧——天空原来是黑白的。"

"天空是彩色的。"他说。然后,他去调望远镜。

"这是金牛座的昴星团,非常明亮,距离我们四百光年,用肉眼都可以看见。"

"巨蟹座蜂巢星团,主要由红巨星和白矮星构成。"

"这是武仙座的M13,北半球最明亮的球状星团,距离我们两万五千光年。"

M13是紫色的,看去像一团焰火,真美。

我不由得问道:"这么说,我们现在看见的M13,是两万五千光年远的M13?"

"嗯……是这样。"他解释,"七十年代的时候,康奈尔大学用世界上最大的射电望远镜对着这个M13发出了一份长达三分钟的星际电报。电波所含的能量是全球总发电功率的十倍,在电波的方向上看,其信号比太阳亮一千万倍。"

昏掉了,和科学家在一起就是这样,天天听数字!

"为什么要发电报,发给谁看呢?"

"科学家们想探求外太空生物的反应。这其实是一张'地球名片'。我记得上面有十来句话,最后一句是:我们生活在太阳系的第三颗行星上,用三百零五米的射电望远镜向你们致意。"

"天啊,这束电波要走多远才能到达M13呢?"

"两万五千一百光年。呵呵,到那时,我们都已经作古了。"

回到家里我给沥川打电话:"哎,沥川,今天我看见球状星团啦!"

"是吗?"他的精神也很好,"一直不知道你也喜欢天文。"

"距离咱们两万五千一百光年呢!那么远!"

"可不是!"

"星星真好看,看见它们,我就知道,人类原来是那么渺小,人生的时光,原来是那么短促!"

"嗯,你今天很多感想啊。"沥川积极地开始引导我,"你应当多看看夜空的星光,这样你就不会被儿女情长所困扰。"

我却得出了相反的结论:"沥川,我爱你!如果你是一道消逝的电波,我就是M13!我在那头等着你!"

"……"某人立时无语。

"沥川,你说话呀。"

"你这么白痴没脑子的女人,要我说什么?"

"总而言之,我这辈子跟你泡上了、耗上了,阴魂不散,死缠到底。就算你病得只剩下了一把头发,你也得跟我在一起!"话一出口,我就觉得,这话怎么这么熟悉啊?好像是……好像是……韦小宝说过的。

那边，停顿了很久，传来一声叹息："小秋，早知你这么死心眼，不如六年前我就死掉算了……"

"王沥川！你敢威胁我！不许你提'死'字！只要你敢死，我立即去跳楼！看我们谁先死！"

我还在大声嚷嚷，发现电话已经变成了一阵忙音。

某人挂了。

我知道，我又做过头了。因为从此之后，沥川再也不接我的电话了，连René和霁川都不敢和我多说话。我真不是一般的彪悍啊。

Chapter 39

> 我们有多少天没见了?八十天了吧?每次分别都那么长,长到足以淡忘了他的容貌,长到所有的恨都消失了,所有的伤都愈合了,转眼间又变成了爱。

每天夜里,厨房的老式冰箱都发出枯燥的嗡嗡声。某个部件破损了,压缩机每隔十分钟启动一次。我向房东报告多次,他拒绝派人修理,原因是启动频繁并不说明冰箱不能工作;恰恰相反,这个冰箱照常制冷。另外,修理冰箱的费用太高,不如买个新的,他也不富裕,不准备花这笔钱。

我在嗡嗡声中无法入睡,只好研究天花板上的图案。夜半时分,我频频地去开冰箱找东西。以为肚子填饱了人会困,实际上不是这样。我觉得烧心、胃疼、胸口堵得慌,在床上辗转反侧,直到天亮。

连续四周,我没收到沥川的任何电话。打给他的电话都是护士接的,回答千篇一律:"王先生正在治疗,不方便接电话。"我给René发短信,René告诉我,沥川的病情不稳定,时好时坏,经常发烧,药物反应也很大,所以不能出院。René的一大优点是他很诚实,如果有一件事他认为不应当说,他会隐瞒,但他不会故意骗人。

连续失眠四周,我得了偏头痛。这个毛病以前我通宵写论文或做翻译时也会有,但压力一解,症状就会立即消失。这一次不这样,发作起来半个脑袋都麻木了,跟抽了筋似的。周二下班时,我头痛欲裂,买了一瓶阿司匹林,顺路去了小区里的一家盲人按摩店。

按摩先生姓徐,在这一带从事这个行业已经有七年的历史了。小区里的人,特别是老爷爷老太太们都认得他。徐先生是从湖南的一个小镇来北京打工的,除了双目失明之外,长得人高马大、一表人才。凭着这一手按摩的功夫,在小区里租了间一楼的房子,做起了生意。他干得不温不火,累了就关门几天,出去喝茶休息,没有想把生意做大的野心。所以,钱挣得不是很多。但他手艺高超、服务周到,回头客常来,一天十几个小时,也都安排得满满的。其实小区周围的按摩店不少,大家也不觉得他很特别,因为收费低廉,才有很多人光顾。可是去年小区里却爆出一条关于他的新闻,他娶了一个住在这个小区里的女人当太太。那女人虽然离过婚,但长相不错,年纪比他小,而且是个大学老师。大家都觉得徐先生艳福不浅。

"放松,肩部放松。我先按肩,再按颈,再按头……整个过程你都可以闭眼睛。"徐先生用催眠式的湖南普通话对我说。

"我最近老是失眠、头痛。"

"吃了药吗?"

"安眠药、阿司匹林算吗?"

"也行,严重了得看医生。"他说,"你好久没来了,快半年了吧?"原来,他听得出我的声音。

我看见他的双肘上各磨出了一个鸡蛋那么大的黑色茧子。这几年他大约按过上万人吧。

他的指根柔软,有时又很坚硬,顺着我的经络慢慢揉捏。我正打算闭上眼睛,忽然看见他窗台上放着的一个狗屋,里面居然养着一只小狗——吉娃娃。

我对狗不是很感兴趣,不过我知道艾玛喜欢狗,她也养了一条吉娃娃,说是价格不菲,每个月的打理也很贵。她倒不是养不起,但中午吃饭时候也常常抱怨,说这种狗娇贵、难伺候。

我忍不住问他:"啊,你有一只吉娃娃。"

"是啊。"他很得意,"它是不是很可爱?"

"很贵吧?"

"有一点啰,几千块呢。"

天啊,我在心里算,几千块,他要按多少人才挣得回来啊。

"是你太太买的?"

"我买的。她喜欢,我就买了。每天我们一起散步都带着它。这狗太小,上次还差一点弄丢了呢。"

他的脸上洋溢着幸福。

我重重地叹了一口气,问:"徐大哥,当初谈恋爱的时候,是你追的你太太,还是你太太追的你?"

"是她追的我,追得紧紧的。"他两嘴一弯,用一种打趣的语气。

"那你,追过她一点点没有?"

"没,压根儿没有。我是外地人,又是个瞎子,靠自己的手艺挣点钱,够生活就满足了。老婆孩子什么的,想都不敢想。"

"这么说,你一直拒绝她?"

"嗯……差不多是这样吧。后来我们就好上了,也就不分谁追谁了。"

"大哥,我也追一人,他死活不答应。"

"那人家也许是不愿意……"

"不是,他有病,不想连累我。"

"那你用力追嘛。"

"我用力了,什么法子都想过了,人家还是不理我。"

徐先生停住手,站到我面前,用茫然的眸子空洞洞地盯着我:"人家不理你,难道你就不会去理他?我觉得,你一定还是没尽力。"

我对沥川,要怎样才算尽力?

出了按摩店,我直奔自己的屋子,从抽屉里翻出一本护照。

几个月前,还是在九通的时候,爱挣外快的唐玉莲帮我办过一本护照。她说,她私下里和几个旅行社有联系,问我业余时间愿不愿做导游,挣外快之余,还可以逛一下新马泰。外快我倒是挣过几次,新马泰却一次也没去过,护照就一直没用上。我打电话给唐玉莲,求她给我办个瑞士的旅游签证。

当天下午,照她的指点,我填了几张表,又买了到苏黎世的来回机票,过了不到一周,签证就批下来了。

"你去瑞士干什么?欧洲好玩的地方多了去了,我给你介绍一个旅游团,三万块钱玩七个国家,怎么样?"唐玉莲在电话里劝我。

"去看一位朋友。"

"就住两天一夜？太短了吧？来回机票都去掉七千块呢！"

"工作紧张，不能多待，回来还有几个翻译要due(截止)。"

"行，记得到银行去换点瑞士法郎，不要欧元，有些店不收欧元的。要我顺便帮你订旅店吗？"

"麻烦你给我几个地址吧，要便宜的，靠近机场。如果我找不到别的住处就住旅店。"

出国对很多人来说都是大事，但出国两天，对我而言不过是去了一趟九寨沟。我简单地收拾了几件换洗的衣服，坐上了北京去苏黎世的飞机。周三下午五点半出发，苏黎世时间早上六点十分到。临行前，我给René的MSN发了一条信息，告诉他我的起飞时间和航班号，如果方便的话，麻烦他到机场接我一下。虽然这段时间沥川和René都在回避我，可是我每次发信息René都会回复，尽管可能回答得很短。如果René没收到信息也不要紧，我就把这趟出行当成是自助旅行。

其实我根本不指望能见到沥川，只想看一眼沥川生活的城市，我就满足了。

黎明时分，飞机越过清晨的薄雾和一道道森林、山丘，准时到达苏黎世机场。我没有大件行李，只有一个随身带着的小号旅行箱，便跟着大队人马坐着快捷电车从第二航站驶到第一航站出关。

机场里没有太多旅客，显得很空旷，方形的座椅、冰凉的大理石地板、黑色的现代雕塑都给人一种疏离的味道。高高的钢架天顶，充满未来感的灰色主调让人好像走进了太空世界。所幸上下电梯时能看见巨大的红色墙壁、酒吧里点着的温暖灯光，还有几道种着绿藤的玻璃幕墙，让我感觉又回到了东方。

关检非常顺利，出站口里站满了接机的人，不少人高高地举着牌子。

我没有看见René。

在出站口等了三个多小时，仍然没见René的影子。我开始责备自己太鲁莽，以为给René发了信息就一定会收到。René有可能很忙，也有可能忘记打开MSN，何况他还是夜猫子，白天会睡到中午才起来。

中午很快就到了，我饥肠辘辘，跑到不远处的一个小吧买吃的。招牌上的菜名我一个不认得，索性胡乱地点了一个。贼贵且不说，拿到手上的竟是一个不到巴掌大的三明治。我三口就吃完了，不敢在小吧久留，怕René来了找不着我，仍旧等在出站口。

一直等到下午一点,终于坐不住了,跑到电话亭给沥川打电话。

电话响了两声就接通了。

"古藤塔克。"优美低沉的男声。

有点不寻常哦,不是护士,居然是沥川直接接电话。

"沥川!"

"小秋?"尾音高高上扬,很吃惊的语气。

"嗯,是我。我有点事想找René,你有他的手机号吗?"

"有,"他说,"René和霁川在意大利,你找他有急事吗?"

我傻掉了:"René在意大利? 我……没什么急事……是翻译上的事儿。"

"他昨天刚走,"他顿了顿,说,"如果是翻译上的事,你找我也一样。"

"跟你没关系,再见,下次聊。"我准备挂掉电话。

"等等!"那边传来一声大喝。

"啥事?"

"你在哪里?"他阴森森地问。

"还能在哪里,北京呗,CGP办公室。"

"为什么电话ID上写着苏黎世机场?"

完了,穿帮了! 呜! 我矢口否认:"不可能,我明明在北京。你的电话机有问题,我挂——"

"谢小秋,不许挂!"沥川在那头不耐烦地打断我,粗着嗓门问,"你是不是在苏黎世机场?"

"……嗯,我是来观光的,明天就走。"我的声音不由自主地低了几度,"我、我不是来找你的。"

"你身上有笔吗?"他说,语气忽然变得出奇地冷静。

"有……"

"记下来:××××××××,这是我的手机号。"接着,他又报了一串德文,把字母一个一个地拼给我,"这是我的门牌号,有一把备用钥匙放在门口右边花盆的垫子里。万一我没有找到你,你通过手机来找我,或者直接去我家,记住了吗?"

"沥川……你别来找我啦。我——"

"我问你,刚才我说的话,你记下了没有?"

"记下了。"

"怎么去我家,你知道吗?"

"坐……坐公共汽车?"

"笨!"

"坐……地铁?"

"笨!"

"坐……坐出租车?"

"这还差不多,你身上有瑞士法郎吗?"

"有。"

"把地址给司机看,对他说:'Fahren Sie mich bitte zu dieser Adresse!(请把我送到这个地址!)'他会把你带到我家门口。"

"说得太快记不住。再重复一遍。"

"算了,别坐出租车了,当心遇到骗子。三十分钟之后你若是还没看见我,就每隔五分钟给我打个电话,行吗?"

"行。"

"现在,你是在出站口,对吗?"

"嗯。"

"哪儿也别去,我来接你,估计需要三十分钟。"沥川在那头威胁我,"我若是没接到你,又没收到你的电话,我会报警的你知道吗? 若是你失踪了或者有个三长两短,我就马上跳楼,你听明白了吗?"

"听、听明白了。"

电话挂掉了。我松了一口气,去那个小吧买了一个冰激凌,这才想起来我已在出站口翘首以待地等了六个小时,两条腿都酸掉了。

三十分钟之后,沥川果然出现在机场。他坐着一个小巧轻便的轮椅,正要从电动玻璃门外进来。

机场大厅里或走或坐,有着数不清的穿西装的男人。而我却能在沥川出现的第一秒认出他,脑海中同时闪出诗人庞德的名句:

> 人群中这些面孔幽灵一般显现，
> 湿漉漉的黑色枝条上花瓣数点。

对我来说，沥川便是湿漉漉的人群中唯一的光芒。我目不转睛地看着他，心浪如潮，爱恨交加。我们有多少天没见了？八十天了吧？每次分别都那么长，长到足以淡忘了他的容貌，长到所有的恨都消失了，所有的伤都愈合了，转眼间又变成了爱。

沥川仍然是那样引人注目。所行之处，行人纷纷侧目。他穿着件休闲的西装，头发用发胶抹得竖了起来，衬着他那张眉宇分明的脸，更加瘦硬迷人。沥川看见我，冷峻的脸上忽然有了一丝笑意。

"Hi！沥川！"我拎起箱子，向他奔去。

到了面前，我忽然停顿，在和他隔着一臂的距离站住了。

有四个星期没理我，不知道沥川的气消了没有。我贸然前来，肯定又让他心烦。在这种情况下见面，哪种礼仪更为合适？拥抱，还是握手？

犹犹豫豫之间，沥川向我伸开双臂："过来，冒失的小丫头，欢迎你来苏黎世。"

我扑到他的怀里。沥川用力地拥抱我，用他长了胡茬儿的下颚在我的脸上狠狠地扎着。我摸着他的瘦脸，呵呵傻笑："胡子长了哦。"

"怕接不到你，来不及刮了。"他再一次搂住我，搂得紧紧的。我有点喘不过气，同时也弄不清是因为他站不稳才需要搂着我，还是他就是想搂着我。总之，他几乎有三分之一的重量压在我身上。我圈着他的腰，一动不动地支撑着他。

沥川太轻了，瘦得也很厉害。不过，看上去倒很精神，只是行动远不如健康的时候敏捷，手腕上还戴着住院病人的塑料手环。

我打量着他，心头隐隐作痛。

"你坐的是早上六点十分到的那一班吗？"他问我。

"嗯。"

"那么，你在这里已经等了足足七个小时？"

"没有那么长吧……"

"饿了没?"

"吃了一个三明治。"

"还行,没傻到家。"

他带着我走出航站,车就停在路边。一个司机模样的外国人跟我说了一句德语。沥川介绍:"这位是我爷爷的司机费恩,他问你好。"我用英语问候他。显然,司机听得懂,向我笑了笑,很腼腆。

沥川拉开车门,伸手挡住我的头顶,将我送进车内。他紧接着坐进来。我找到安全带,沥川一把接过来,说道:"我来。"一手抓着车顶的扶手,一手找到衔口替我扣好。我怔怔地看着他为我忙来忙去。都病成这样了,还这么绅士。

车内很宽敞,沥川的长腿居然可以伸直。

我有点讪讪的,不好意思说话,心里一个劲儿地后悔不该给沥川打电话,把他从医院里招出来。他的家人若是知道了,不知会怎样埋怨我。

见我一言不发,沥川问道:"在机场里等了这么久,累不累?"

"不累。"

"为什么不早点给我打电话?"

"我……无意打扰你,一直在等René。"生怕他不相信,我掏出一张五颜六色的车票,"你看,我还买了观光车的车票呢。"

他接过车票,在手里研究:"我在这里住了这么久,都不知道观光车的车票是这样子的。"

"别掉了,明天我还得用它呢。"我把票收回来,放进口袋里,又掏出一张卡片递给他,"我朋友给我介绍了几家旅馆,都离机场挺近的。你帮我参谋参谋,看看哪家好。"

他看了看卡片,问我:"什么叫作'好'?"

"包早餐、有洗澡间,一天最好不要超过两百瑞士法郎。对了,你们这儿的电压是多少伏?"

"二百二十伏。"

"谢天谢地。我可以安全打开电脑。"

他莞尔:"计划得还挺周到。我若不叫住你,你也就苏黎世一日游了,对吧?"

"人家艾玛洪都拉斯自助游都去过了。"

他忽然掏出手绢捂住嘴,轻轻地咳嗽。

"要喝水吗?"我从包里掏出一瓶飞机上发的矿泉水,塞到他手中。

"不用,谢谢。"

过了一会儿,他说:"既然来了,就多住些时候吧。"

再大条的人都听得出,这不是很热情的邀请,淡淡的语气,不冷不热。

"买好了回程机票,明天下午回北京。"

"机票可以改。"

"明天肯定回去,单位里有不能耽误的事儿。"

"不可改变了?"

"嗯。"

不知道是松了一口气还是叹了一口气,他换了一个话题:"那这两天你不吃素,行不? 这里好吃的东西都不素,素的都不好吃,都不如北京的素菜馆好吃。"

"你怎么知道我爱吃? 我就不能爱点别的?"

不得不承认,和沥川在一起最愉快的时光就是一起做菜,或者下馆子,我的嘴刁,他的嘴挑,我们俩在饭馆里点菜、折磨厨师都有一套。

"你有两大爱好,这一个比较容易满足,我要尽量满足你。"

我转头看他,觉得莫名其妙:"我有两大爱好,怎么我自己不知道?"

他眼视前方,似笑非笑:"你知道,只是没意识到。"

我茫然地看着他,思索,一低头,发现自己的手不知何时已经悄悄地放在了他的腿上。汗……狂汗……庐山瀑布汗……真是花痴成习惯了。我连忙抽回手。

"现在意识到了?"

"我以为那是扶手。"我面不改色,镇定自若。

很快就到了苏黎世市区。沥川对司机交代了一句,汽车停下来。他带着我走到大街上。街对面有一家极大的热狗店,卖的是各式各样的煎香肠,烤烟四散,令人垂涎。

沥川一面排队一面说:"这个店叫Sternen Grill,以前我还是高中生的时候就喜欢来吃。我爸说不健康,我就偷偷地吃,一天两个,晚上不肯吃饭。"

顾客挺多,长长的柜台,几个穿白衣服的厨师不停地忙碌。队只排了两分钟就轮到了。沥川给我买了一根烤得发黑的香肠和一块小面包。师傅用纸卷起来递给我。

"要芥末吗?"沥川指着一旁搁着的一杯杯黄色的芥末酱。

"要的。"

他同时给我买了一听啤酒,带着我沿街慢慢走回停车处。

香肠又香又辣,真不是一般的美味。何况我也饿了,走到汽车里,还没坐稳,就吃光了,意犹未尽,一个劲儿地吮指头。

推荐得到了肯定,沥川笑得很得意:"够吗?还要不要?——看来你真是饿坏了。"

"饱了。"我乐滋滋地拍了拍肚子,开始喝啤酒,很惬意又很茫然地看着汽车沿着一条林荫大道向南行驶。大道的两头挤满了精品店、百货公司和咖啡馆。尽头是个大湖,湖边有码头,有船,两岸有很多拥挤的白房子,湖上绿油油的丘陵也点缀着各式各样的民居。远处可以看到隐隐的森林和雪山。

"沥川,咱们去哪里?"

"回家。"

回家。我的心怦然一动。哪个家?沥川的家吗?

沥川在苏黎世当然有自己的住处。只是,和沥川认识这么久,他很少谈自己的事,也很少提起苏黎世。不知情的人还以为他从小受过虐待,留下了心灵的创伤。其实,沥川只是不怎么健谈,和他大哥打电话,也最多一分钟。而且,我父母双亡,他尽量回避此类话题,以免引起我的伤感。

"你已经出院了?"

"没有。我溜出来的。既然你来了,机会难得,总不能让你在医院里陪着我。"

"我愿意在医院里陪着你。"我担心地看着他,"你的病没全好,我不要你花精力陪我,会很累的。"

"不累,"他说,"一切有司机。"

汽车驶向湖边的丘陵,停在一个橡树环绕的宁静院落里。迎面一个巨大的草坪,两旁的春花怒放。车道穿过草坪,通向一幢两层楼的白色别墅,底层的长度几乎是上层的三倍,远看上去好像一个大写的"L"字。

果然是沥川的屋子,正门的两侧都有残疾人专用通道。沥川对费恩说了几句话,他开车走了。我拎着行李箱,跟着沥川进了房间。

室内的设计非常现代,宽敞明亮,色调简洁,没有层层叠叠的门框和柜子,只有一些最必需的家具。墙上错落着几排壁龛,放着从四处搜集来的艺术品,以东方的居多——佛像、青花瓷罐、青铜酒杯、木雕……每个角落,纤尘不染。

"这么干净?"我不禁想起了自己厨房瓷砖上的黑色积垢,房东交房子的时候就有,怎么刷也刷不掉。沥川有洁癖,但绝不是天天打扫卫生的人。这一阵子他住院,房子应当空了几个月吧。

"每天有人过来打扫。"他说,"只要和清洁公司签个合同就行了。"

我点点头,又说:"这房子不是你设计的吧?"沥川没有那么张扬,不会在自己姓名的字母上大做文章。

"室内主要是我哥设计的,卫生间和厨房是我堂兄设计的,二楼是外婆设计的,花园是奶奶设计的,游泳池是爷爷设计的。这个L形是我爸的杰作——他说这样人家容易找到我。"

虽然不是沥川的作品,别墅的设计还是充分照顾到了沥川的口味,混合着法国的浪漫、德国的严谨和意大利的创意。沥川喜欢大而高的空间,喜欢玻璃,喜欢木地板,喜欢彩色的沙发和黑白色的家具。一层楼的面积挺大,有好几个厅,我觉得,把整个CGP的人全塞进来办公都有余。他引着我一个厅一个厅地参观,然后到沙发上坐下来,用遥控器打开落地窗帘。

"那么,哪一部分是你设计的?"我问。

"大家都抢着设计,没轮上我。"他耸耸肩,"你若想看我的作品,就得去看我哥的房子,我觉得比我自己的要好看。我还替他们设计了一个酒窖。他们住的地方离这里不远,走着就到了。想去吗?我有钥匙。"

我淡笑着摇头,有点嫉妒。如果我有一个姐姐或者妹妹,或许能有这样亲密的关系。父亲去世后,小冬忽然长大了,变成了一个男人了,他还是很关心我,只是话越来越少,见面的时间也短,打起电话来,都被这样那样的事占住了。人长大了,各自有各自的生活,那种亲昵和友爱里含着分寸了。

"那你想喝点什么?"

"有咖啡吗?"我有点犯困。

"要不要Cappuccino(卡布奇诺)?"

"你会做?"

"有机器。要不要来看?"

他带我去了厨房,拿出一个精致的咖啡杯,放到咖啡机的顶上预热。冰箱里有新鲜的咖啡豆,他拿出一包,磨了一小碗,先做了一小杯Espresso(浓缩咖啡)。我嫌太苦。他用蒸汽将牛奶加热,给我做了一杯地道的Cappuccino。倒上一层厚厚的奶沫,他用一只筷子轻轻一划,泡沫分开了,变成一片叶子。又用筷子蘸着咖啡在当中点了几下,叶子又变成了一只兔子。

"这个你也会?"我瞪大眼睛,吃惊地看着他。

"我爷爷教我的。他最拿手了,会画好多种,当年的情书都写在泡沫上。"

"你教我,好不好?"

"先学简单的。关键是倒牛奶。"

他又做了两杯Cappuccino,把着我的手,将浓浓的牛奶往咖啡里倒,倒满之后,骤然地停住。又将筷子递给我,手臂从背后环上来,捉住我的右手,一步一步地教我。

"这样的……左边一划,右边一划,再微微往下一点,成了。"

一股淡淡的咖啡味从身后漾过来,有意无意间,他的脸从我的额边划过,那么熟悉的亲昵,顷刻间就有了。我禁不住回头,仰起脸,他的唇在那里等着我。可是,等我靠近时,他却往后一退,避开了。这么多年过去了,沥川对于我还是充满了诱惑,他总有让我惊奇的地方,我似乎永远不知道他还会些什么。

我一共画了三个娃娃,自己喝一杯,沥川喝一杯,剩下的他要倒掉,被我勒令做成冻咖啡放冰箱里了。我捧着杯子,坐在厨房的吧凳上,看着沥川仔细地将流理台收拾干净。进屋的时候他脱下了义肢,在厨房里忙碌时懒得用拐杖,一条腿跳着,我看得头晕,对他说:"你歇一会儿,行不?"

他拾起拐杖,问我:"后面有花园,想看看吗?"

我指了指天花板:"楼上是什么?"

沥川的书房、绘图室和卧室都在楼上。楼梯又宽又长,上面铺着防滑的地毯,当中有一道专门为他设计的扶手。我有点奇怪沥川为什么要建一个有楼梯的房子,他上下楼又不方便。可是到了二楼我却明白了。二楼正对着大湖,湖上白帆点点，野鸭群群，远处云烟缭绕，青山隐隐。从沙发上展目，那大湖潋滟潋滟、浮天无岸、天光云影，尽收眼底。

"这么好的Lakeview（湖景），后面又是山，房价一定吓人吧？"

"是挺贵的，不过我没花钱。"他眨眨眼，"我爷爷送的，生日礼物。"

我吐了吐舌头："那你……好意思要啊？"

"不好意思，"他说，"也推辞不掉。嘿嘿。"

"哪间是你的卧室？"我问。

"卧室谢绝参观。"他赶紧走到一个房间，把门关掉了。

"为什么不能参观？莫非里面还睡着一个女人？"我抢过去，将门拧开了一道缝，探头进去。

沥川的卧室黑白分明，黑色的床架，白色的衣柜。紫色的被子，白色的床单，上面堆着七八个浅灰色的枕头。

床对面的墙上挂着一张十二英寸的照片，紫色的相框。背景是远远的街灯，后面是昆明的金马坊。里面的沥川侧对着我，帮我捋过一缕飘在脸上的头发，眼眸尽是关爱之意。这是沥川和我唯一的合影。走的时候居然没留给我，连底片也带走了。为此，我怨念了很久。

那六年我苦苦回忆沥川，他的身影却像一把抓不住的沙子从指间流逝，他的容貌在记忆中日益模糊，只因我的手中没有一张他的照片。我在网上只Google出一张邮票大小的头像，很低的清晰度，却一直保存在电脑里。这个小而模糊的头像便是过去六年来我回忆沥川的全部线索。

我默然凝视着那张合影，往事一幕幕地闪现。那么多年的折磨，突然间都变成了甜蜜。

床头柜上放着一个白色的台灯，旁边摆着三个手掌大小的相框，鲜艳的色彩，活泼的外景，是六年前沥川给我拍的独影，十八岁的我，穿着各式各样的裙子。那时的我真小，一脸的稚气，看上去果然像高中生。以为自己是天下最幸福的人，一脸阳光，笑容灿烂，在镜头面前毫不扭捏。

紧接着，我的心就抽紧了。

大床右侧有一个不锈钢的点滴架，架上装着静脉输液仪。地上还有两个氧气瓶。旁边的矮柜里放着几瓶药、一个血压计。床头上方，还悬着一个供病人起身用的三角形吊环。

看来,这里不仅是沥川的卧室,也是他的病房。沥川长期卧床的那几年,大约是在这里度过的。

掩上门,回到二楼的客厅。沥川不知何时已坐在沙发上,透过玻璃长窗,默视远方浩渺的湖水沉思。

"沥川——"

我叫了他一声,坐到他的身边。他抬头看我,目光复杂,心事沉重,欲言又止。"我知道你病了,而且病得不轻。"我在他耳边轻轻地说,"你不愿意告诉我,因为你不想让我担心。"

他没说话,默默地用手摸了摸我的脸。

我找到他的唇,专心地吻他。他不回应,倔强地扭着下巴,想避开我。

"可是,你知不知道,如果你对自己残忍,其实也是对我残忍。你不告诉我,难道我就不担心了?我宁可知道真相也不要像现在这样夜夜失眠,天天噩梦。沥川,我求你告诉我!告诉我你究竟得了什么病!"我抱着他,摇晃他的身躯,失声呜咽。

"小秋,我宁愿你不知道。而且,一切也于事无补。"他平静地说,话音很冷,"回去后,别再来苏黎世了。"

"不!"

"我求你。"

我放开他,冷笑了一声,说:"那你,是不是打算永远躲在这里,不回北京了?"

"……"

"是不是,我这一趟,又成永别了?"

"……"

"如果告诉你,我也挺不住了,你会发点慈悲吗?"

仿佛思索了很久,他安慰我:"……我会回北京。答应过你的事,我会做到。"

"然后呢?"

他摇头:"没有然后。你得记住你在关公庙前的誓言。"

我蔫掉了。双手抱膝,一言不发,沮丧地流泪。

他不来安慰我,身体一直僵直着。

过了一会儿,我抹干眼泪,突然跳起来,大声说道:"不行!沥川!我不干!我就不履行誓言!让关公见鬼去吧!让天雷劈我吧!让洪水淹我吧!"他急忙掩住我的嘴,目中仿佛燃烧着一团火:"你一定要我说伤害你的话吗?小秋!"

"伤害我的话你还说少了吗?说呀!继续说!"

"谢小秋,拜托你,"他凝视着我的脸,一字一字地道,"停止纠缠我。"

我的呼吸瞬间停止了,血全部涌到头上。我怔怔地看了他三秒,蓦然转身,大步向门外走去,走得太急,一脚绊在沙发上。他眼疾手快地站起来,死死地拉住我。

"去哪里?"

"你关心啊?"我冷笑,用力甩开他的手。他拉住我不放,手像铁钳一样扣住我的手腕。

"哪也不许去!"他一把将我扯到他怀里,"听见了吗?谢小秋!你跑掉了,我……追不上你。"

他嗓音暗哑,额上青筋暴现,生怕我跑了,另一只手还紧紧拽着我的衣服。其实,岂止是追不上,他站都站不稳。刚才我用力一挣,他几乎一个踉跄,若不是有我挡着,就摔倒了。

我看着他的眼睛,扬起脸,颤声说:"沥川,别以为我可以被人轻易侮辱。你给我一巴掌,骂我是贱人,我马上就走。真的,永远也不回来。你要不要试试?"

他一动不动地站着,目中暗涛汹涌,思绪云影般纷至沓来。

"对不起……"他喃喃地说,"对不起……"

我的心仿佛被针刺了一下,他的样子很可怜,神色比我还绝望。

"沥川,你要什么,我都给你。如果你坚持要我离开,我也会答应。"我柔声地说,"但离开之前我得确信,没有我,你会过得更好。你是这样的吗?你病得这样厉害,又瘦成这样,离我们相识的那阵子,差了十万八千里。沥川,你让我怎么放心地离开你?你说啊!"

我捧着他的脸,热烈地吻他。他无奈而又顽固地抵抗着。我放过他的嘴,沿着耳根吻下去,吻过干燥的喉结,舌尖在锁骨上逗留。他忽然叹息了一声,揽住我的肩,鼻尖在我后颈上轻轻地摩挲。温暖发烫的呼吸,痒痒地吹过来,有一股淡淡的咖啡味。我伸手环住他的腰。他闷哼了一声,小腹骤然绷紧,想要挣脱,被我牢牢地挽住,须臾间,索性偎依过来。

"No!"他仍在躲闪,欲望却被撩拨了,企图制止,却虚弱无力。

"No!"他板着脸又说了一句,恼怒的模样。我想放开手,已经迟了。他的脸上浮出细密的汗珠,半身发烫,被欲望激发得十分僵硬。

"好吧。"我抽出手,离开了他,乖乖地坐了下来。

他狠狠地看着我,目光灼热,喉咙枯涩,强烈地压抑着:"你、你就这样啊。"

"那还能怎样?"我瞪着他,双手一摊,"送上门了你都不要。"

他拾起拐杖,掉头去卧室:"我去换件衣服。"

室温不到二十二摄氏度,沥川看上去却像是跑了一个八百米,大汗淋漓。

他前脚进门,我后脚跟入。他一个转身又看见了我,气不打一处来:"我换衣服,你进来干什么?"

"看着你换。"

他愣了一秒钟,问:"有什么好看的?"

"就是想看。"

"贼心不死?"

"人家是一片好心,看你需不需要帮忙。"我很真诚。

"哦,帮忙?"他怪怪地看了我一眼,拿腔拿调地说,"我很需要帮忙。"说罢走进一个开放式的U形衣橱,里面挂着一排排的西服和衬衣。他随手拿出一件白色T恤和一条洗得发白的牛仔短裤,塞到我手里:"拿着。"

接着,他当着我的面,一件一件地脱衣服,最后,只剩下了一件背心、一条短裤。

"看够了没?"

"没,"我把T恤交给他,笑容灿烂,"继续。"

他不理睬我,坐到沙发上,开始穿裤子。然后,摘下手表递给我:"麻烦拿一下手表。"

我把手表套在手腕上,他又脱下袜子塞给我。

"哎,干吗让我拿你的脏袜子?"

"扔进那边的洗衣篮。"

把袜子扔到洗衣篮时,他已经穿好了裤子,却将皮带扯下来递给我:"换一条皮带。在那边,咖啡色的。"

我找到皮带,帮他扣好,他又说:"对了,钱包忘在西装里了。"我找钱包来给他塞到裤兜里:"还要什么?少爷。"

"手机和钥匙。"

"哦……在哪里?"

"那个柜子上。"

"离你就一尺远,不能自己拿呀?"

"我是残疾人。"

我没好气地拿过来给他:"使唤完了吗?"

他指着地上:"拐杖。"

最后,我从头到尾地打量他:"衣服换好了?"

"换好了。你别老盯着我的腿看,行不?"

"我看的是健康的那条。"

"都不许看。"

"一会儿外面有风,穿这么少,不会着凉吧?"这几天苏黎世气候异常,虽说才是四月中旬,竟和三伏天一样热。沥川不仅穿着短袖、短裤,还赤着脚。笔直修长的腿、微微拱起的脚背、白皙的脚踝裸露着,深蓝色的人字拖鞋上绕着红色的带子。勾魂摄魄啊。我立即大脑短路,双眼发直,"腰痛不?晚上帮你按摩,免费服务,上乘享受。"

"少来,"他冷笑,还在为刚才的事情懊恼,"别动不动就和我起腻。这么些年的书是怎么读的?一见你就跟进了蜘蛛洞似的。"

"是盘丝洞。"我更正。跟这人讲过整本的《西游记》,到头来就这记性。

不等他回答,我又说:"我也去换件衣服。我虽长得不如你好看,不过我有好看的裙子,可以把你比下去。"蹦蹦跳跳地来到楼下,我从行李箱里拎出一条镂花的白色上衣,一件浅紫色的长裙。见沥川从楼上下来,我说:"沥川,帮扣一下后面。"

上衣的一排鸳鸯扣全在背面,密密麻麻有十几粒。扣到一半,肩头忽地一沉,沥川的头倒在我的颈边。他开始从背后吻我,下颚顶着锁骨,温润的气息扑面而来。他一面吻一面说:"不成,这么多扣子没法扣……太香艳了。"

说罢,不顾一切地将我的身子拧过来,双手捧着我的脸,一时间,意乱情迷:"小秋,你究竟想把我折磨到什么时候?嗯?"

"这话我正要问你。"我仰头直视,不屈不挠。

他凝视着我的眼睛,爱恨交加:"你有完没完?"

"没完。"

"停止勾引我!"

"不停止。"

"以后不许给我打电话!"

"偏要打,有空就打。"

"我不接!"

"不接就飞苏黎世……"

他堵住了我的嘴,舌尖挑开齿关,用力地吸吮。顷刻间便把我的衣裳全脱了,扔到地上。我微微地挣扎了一下,被他扣住双腕,用力地按到墙上。他的整个身躯抵过来,胸膛欺压着,我的头不由得一仰,撞在身后的壁龛上。里面一块白里透光的玉碗掉出来,"叮当"一声,摔成几块。

"不会是真玉吧!"我惶恐地看着地面的碎片。

"康熙年间的玉器。"

"呜!"我哀鸣了一声。耳垂被他轻咬了一口,耳畔传来诱惑的声音:"哪有你价值连城?"

惊魂未定,他突然长驱直入,我很痛,大口地喘气:"你轻点,行不?"

"让你记得痛,下次别来找我啦。"他冷酷地说,下手很重,一反常态地凶狠。

"噢!噢!沥川你饶了我吧!"

"不饶!"他拧着我的手,不让我挣扎,坚硬的手指扣得我的手腕一阵生疼。我抵抗着,用力地抓他,手心手背都是他的汗,心里又有点喜欢。他的手松了一下,我迅速逃开,却被他一把拽到沙发上继续,我瞪大眼睛,茫然地承受着。

"恨我不?"他悻悻地问,鼻尖的汗,滴到我的脸上。

"不。喜欢你!"

他被激怒了,用力按住我,粗暴地吻我,隔着肌肤都能感到他猛烈的心跳。喘息越来越快,他的身体几乎不能自持地颤抖起来,我忍不住有些担心:"沥川,别这样,你会伤到自己。"

"那你答应我,别再来找我啦!"

"不答应,我要你的孩子。"

这话比什么都灵,他在高峰中猝然停顿,飞快地退了出来,倒在我身上,一动不动。

"沥川,"我紧紧地抱住他,腾出手来摸了摸他的头发,"沥川。"

他大汗淋漓,脸一直贴着我胸口,闷闷地"嗯"了一声,没说话,便这样精疲力竭地倒在我怀里,过了很久才爬起来,拉着我到浴室里冲了一个澡。出来时我拾起地上被他拉坏的衣服,忍不住埋怨:"看,人家最好的衣服和裙子都被你弄坏了。"我只好找了一件普通的T恤穿上,也是白色的,当中印了一个京剧的花脸。

"刚才痛不?"他问。例行的关照,脸上漠无表情。

"晚上再来?"

"你受虐狂啊。"

我静静地看着他,忽然说:"沥川,给我一天好日子,行吗?哪怕它只是个气泡,我也要。"

他的腮帮子紧了紧,没有回答。

Chapter ·40·

> 他自然而然地又挽住了我,继续牵着我在湖边上漫步。我紧紧地跟着他,感觉有点不真实。我和沥川,有多少年没像一对情侣那样走在大街上了?

沥川说,我们不能待在屋里,太容易胡作非为。他带我出了门。

其实我们都有些累,沥川肯定更累。在门口时,我忽然说:"沥川,把头低下来,有一样东西要送给你。"

我解开胸前的辟邪玉,给他戴上。那块玉温暖而光润,带着我的体温。我想刚才沥川早就看到了这块玉,但我一向都有把各种玻璃珠子、有色石头戴在身上的习惯,他也就没太在意。

"这是什么?"他把玉拿到眼前,对着日光观察。

"辟邪。知道吗?今年是你的灾年,戴着这个辟辟邪吧。"

他眉头微挑:"几时信起这个来了?"

"你不觉得你最近挺倒霉的吗?"

"嗯,有点。"

"告诉你吧,因为你被我克上啦!"

"克上了?"

"你属水,我属土。土克水嘛!"

他失笑:"这都什么年代了,你还信这个?"

"你信不?"

"压根儿不信。"

算了,不信就不要和他谈了,自己小心点不要克到他就好了。

沥川说带我去湖边。

我跟着他沿着一条碎石小道,逐级而下。沥川走得很慢,几乎是一步一挪地向前蹭,每隔几步还要休息一下。开始是他牵着我,后来几乎变成我扶着他了。湖边明明就在眼前,我们却走了半个多小时。

正是旅游旺季,湖边上全是酒吧,有人在露天里唱歌、弹吉他,还有艺人的表演,不少人赤脚走在木板桥上,大家都很开心。

"冰激凌!哈根达斯!沥川,那边!"

刚才在机场吃了一根哈根达斯,意犹未尽。远远地看见一个冰激凌店,我就嚷嚷了。

他随着我往前走,不紧不慢地说:"什么哈根达斯,到了这里要吃瑞士冰激凌,Movenpick(莫凡比)。"

进了冰激凌店,沥川给我买了一大杯,一半是巧克力,一半是菠萝。

"这是黑巧克力,可能有点苦,不过,吃惯了会上瘾。"

"好吃。"我美滋滋地吃了一大勺。低头看见旁边有两个七八岁的小女孩,每人都捧着一个和我一模一样的杯子,在那里贪婪地舔着,不禁有点发窘,转身问沥川:"你自己不吃吗?"

他摇头:"以前很爱吃。现在……不能吃太多甜食,一吃就会被查出来。不过,看你吃也是一样。"

不远处忽然有个人高叫:"Alex! Hello! Alex!"

我们循声望去,对面的露天酒吧里,有位金发美女隔着栏杆向我们挥手,紧接着,她和一个栗发男人携手向我们奔来。

沥川和他们分别拥抱,叽里咕噜地说着德语。

"小秋,这两位是萨宾娜和奥本。他们都是我的中学同学,上个月刚结婚。"沥川一一向我介绍,"我送了礼物,可惜错过了婚礼。"

他向他们介绍我,我和他们分别握手,用英语祝他们新婚快乐。

"他们不懂英文,刚才问我你是不是我的堂妹。我以前倒是经常带Colette(科莱特)来吃冰激凌。"

晕。难道我看上去真的很小吗?

不知沥川说了些什么,听罢介绍,这两个人用一种既甜蜜又感动的目光看着我。说话时,沥川的手臂一直揽着我的腰,自然而又流露出亲密的态度。为了让我听懂他们的谈话,他柔声细气地把他们说的每一句德语译成英文,又把自己的德语用中文再向我解释一遍。三种语言在他的舌尖里弹来弹去,居然互不撞车。

"他们问你,想不想一起去喝一杯?不喝啤酒,喝 Apfelschorle 也行。Apfelschorle 是一种苹果汽水。"

我小声说:"沥川,你不能喝酒。酒吧里人多,你也不要去。"

沥川点头,悄悄地说:"有病的人就是方便,推辞什么都容易。我去告诉他们我不能喝酒,你在倒时差,需要休息。"

他说了一大堆德语,又和两个人分别拥抱,他们方依依不舍地离去。

我问沥川:"为什么你的德语也那么好听?好像法语一样。"

"我又不是希特勒。而且,德语也不难听啊。"

他自然而然地又挽住了我,继续牵着我在湖边上漫步。我紧紧地跟着他,感觉有点不真实。我和沥川,有多少年没像一对情侣那样走在大街上了?

宁静的湖面上游着一群群天鹅和野鸭。

我们在一棵大树下絮语。一阵风吹来,有点冷,我忍不住打了一个喷嚏。沥川站过来,将身子贴近我,一只手臂撑着树干,替我挡着风。

"冷吗?"

"不冷。"

"到太阳下面去吧,暖和点。"他说。

"等我把冰激凌吃完哦。"

他淡淡地笑:"瞧你,吃得一嘴都是黑的。"

"啊?"我惶恐,"刚才也是这样?在你同学面前?"

"嗯。不然人家怎么会问你是不是我的堂妹?"

窘啊。我低头到小包里找餐巾纸,一张也没有。

"我来。"他说。

没等我弄清是怎么回事,就被某人捧着嘴,将上面的冰激凌舔得一干二净。

"好了吗?"我窘到家了,心怦怦地乱跳。

"还有这里。"

吮我的指头,一根一根地吮。

"干什么嘛,大庭广众的。"

"以后还吃冰激凌不?"

"吃呀。专挑你在身边的时候吃。嘿嘿。"

沥川给我买了块面包,和我一起趴在湖边的栏杆上,看着我一点一点地掰开喂鸭子。

陪着我站了一阵儿,他指了指树荫下的一张长椅,说:"你慢慢喂,我去那边坐一下。"

我回头看他,他的精神倒是愉悦的,只是脸色苍白得可怕,双眸微低,有点疲惫。我不由得想起在机场上他就神态虚弱,刚才却陪我排队买香肠,又陪我从山上走到山下,步行了这么远。

"你累了,"我警惕地说,"我们回家吧。"

"不不,"他摇头,"我只需要歇会儿。"

"椅子那么硬,你坐着会不舒服的……"

"行了,别争了。"

我不敢离开沥川,陪着他一起到长椅上坐下来。他的脸苍白如纸,在刺眼的阳光下,甚至有点隐隐发青。我握住他的手,问道:"你没事吧? 需要吃药吗?"

"没事。"他的手机忽然响了。他看了一眼号码,打开话机。

"哥。

"嗯,别担心,我接到她了。

"今天不回医院了。我陪着小秋四处走走,她只住一天。

"当然签了字。Herman(赫尔曼)不在。

"不累,费恩会跟着我。

"我说今天不回医院,当然包括今天晚上。

"No.

"小秋不在,喂鸭子去了。

"你烦不烦啊。不要护士过来,少输一天液不会死人的。

"别告诉爸,更别告诉爷爷奶奶。不然,你欠我的钱明天全得还给我。

"嗯。我会小心的。

"对了,我想带小秋去 Kunststuben 吃饭,你不是认识那里的老板吗? 帮我打个电话吧。我怕订不到位子……今天晚上七点。然后我们去 Valmann Bar。是的,是的,不喝酒。

"再见。问候 René。"

他收线,对我说:"René 刚刚打开 MSN,在那头大呼小叫地问你失踪了没有。"

为了这一次的鲁莽,我已经后悔到家了。沥川需要住院,为了陪我,宁可中断治疗。就算他自己不在意,他的家人肯定不会答应。

我舔了舔嘴唇,说:"沥川,你还是回——"

他打断我:"放心,我真的不会有事。"

就这当儿,手机又响了。他掏出来,溜了一眼号码,没接,塞回兜里。

响了五下,铃声停止。过了十秒,又响了起来。

"沥川,接电话。"

他叹了一口气,打开话机:

"爸。

"我在家里。

"Herman 给您打的电话?

"我有个朋友从中国过来,就住一天,我得陪陪她。

"我签了字。不要紧,您不要这么紧张好不好?

"不会有事的。

"那您想要我怎么样?

"No.

"No.

"No.我说了不会有事,明晚就回医院。不,您不用回来。我现在不需要护士。

"爸,您又来了!

"爸!

"我累了,要挂电话了,再见。"

说着,他就把电话挂了。我紧张地看着他。不料过了一分钟手机又响了。

沥川的脸色顿时变得很阴沉。

随即,空中划过一道漂亮的弧线。沉闷的水声,黑色的手机消失在湖中。

"沥川,听我说,"我急切地恳求,"别让你爸担心。我陪你一起回医院,好吗?"

"不。"他很镇定地坐着,态度坚决。

娄子越捅越大。我闷头闷脑地坐在他的身旁,默默地看着一池碧水,深吸了一口气,不让眼泪掉出来。

一只手臂搭在我的肩上,沥川用力地搂了搂我:"不用担心我爸,我爸在香港。鞭长……什么的。"

"鞭长不及马腹。"

"对,就这意思。"

"沥川,这湖叫什么名字?"

他笑了一声,低头看我:"傻姑娘,这就是我常和你说的苏黎世湖啊。"

"哦!难怪这么大!"我问,"是不是你家的人都住在这一带?"

"嗯。也有住在别处的。我叔叔他们在另外一个镇。我爷爷以前住伯尔尼法语区,后来为了生意方便搬过来的。"

我假装打了一个哈欠,心生一计:"沥川,我困了,想睡觉。"

"别睡了,就来一天,还睡午觉,我带你去咖啡馆喝 Espresso 吧。这附近有一家小咖啡馆,味道非常好,喝两杯你就精神了。"他不为所动。

"真的困得不行了,你陪我回去嘛。"

他站起身来,带我到大街上招出租车:"不是说衣服坏了吗?咱们买去。你喜欢裙子,春夏季正好卖裙子。"得,一物降一物,这人就是不让睡觉。

在飞机上看到旅行小册子,都说班赫夫大道是购物者的天堂,四月夏装上市,我可以买几条裙子,运气好的话还可以碰上打折。可是苏黎世本身也是欧洲著名的高消费区,就算打折也便宜不到哪去。如果身边没有沥川,我可能会逛一整天,兴许能淘到价廉物美的好东西。可是……今天……就算了吧。

出租车出乎意料地停在了一个不大不小的巷子里。

"这就是班赫夫大街吗?"

"刚才我们路过的那个有很多银行和商店的,是班赫夫。这里不是,不过也很近。好的服装店都在巷子里。这家 Salvatore Schito 里的男装女装都不错,我曾经在这里买过皮鞋。"

我们走进去,沥川在沙发上坐下来。一个温柔漂亮的女店员耐心地陪着我选衣服,她能说一口流利的英语。我以令人吃惊的速度试了两件连衣裙,在沥川的暗示下,又试了两双皮鞋和一只手袋。不到三十分钟,大包小包地出来了。

"为什么每次你买衣服都这么快?"

"因为你付钱。"

"为什么在北京的时候,几毛钱一把的菜你却要讨价还价半小时?"

"因为我喜欢。"

某人无语。

"别急着上车,前面还有几家店,跟我来。"沥川牵着我,要继续往前走。

"要买的都买到了,我不想逛了。"

把沥川拽回出租车时,他脸上的疲劳已经怎么也藏不住了。可是他的计划却是满满当当的:先去咖啡馆喝咖啡,接着参观美术馆、大教堂、莱特博格博物馆,晚上吃饭,完了去酒吧喝酒、听爵士乐……岂料车一开动,在路上晃了几晃,他就靠着我睡着了。我趁机拿出他先头写给我的地址,让司机将我们送回家。

半梦半醒的沥川被我和司机连扶带拉地拖到寝室,他一头栽倒在床上,沉睡过去。看他睡得那么香,我也困了,索性躺在他身边打盹。

沥川像往日那样紧紧地偎依着我。睡梦中,我听见他呻吟了一下,身子弓起来,伸手按住受伤的腿部微微地喘气。手术后沥川一直有严重的骨痛,靠服用镇痛剂疏解。十来年过去了,疼痛转成慢性,虽不如当初那样频繁剧烈,发作起来,仍是半身痉挛痛苦不堪。这种情况在我和沥川相处的日子里遇到过几次。通常他会在半夜起来吃止痛药和安眠药,然后去别的房间休息。止痛药不怎么管用,热敷效果良好。可是每次发作,沥川都不想让我知道。直到我被在床上翻来覆去、冷汗淋漓的他折腾醒了,才能帮他一把。

我去洗手间热了毛巾,敷在他微微发抖的身上。见他眼皮轻动似乎想醒过来,奈何睡意太浓,在床上翻腾了几下,又沉沉地睡了过去。蒙眬中,迷失了我的所在,他含糊地叫了一声:"小秋……"

"睡吧,我在这儿。"我摸了摸他的脸。

他平静地睡着了。

Chapter ·41·

甚至我想,如果今夜沥川死在我的身边,他会快乐,我会满足,也许这是个美好的结局。

夕阳下的苏黎世湖是蓝色的,地平线的尽头一片红光。

屋子里开着暗暗的台灯。四周很安静,可以听见远处的涛声。

在这样一个陌生的地方,身边又是这样再熟悉不过的人,我睡不着,思绪万千地看着沥川,想着他的病,想着我们没有结局的未来。明天又将是别离。

睡梦中的沥川紧紧地依偎着我,自始至终抓着我的手。我知道他多么渴望和我在一起。恍恍惚惚中,几个小时过去了,楼下忽然传来门铃声。

我脱下睡衣,套上那件京剧脸谱的T恤,马马虎虎地扎了一条马尾辫,到楼下开门。

门廊上站着一位瘦高的老人,手里拿着一根绅士手杖,满头银发,精神矍铄,穿着考究,气度不凡。我不由自主地想,他年轻的时候一定很帅,即使老了也是风度翩翩。老人的身边,站着一位年轻的外国女郎,栗色的长发高高绾起,手里提着一个箱子。

一定是沥川的某位重要的亲戚。我有点紧张,嗓音不由得发颤:"请问——两位是找沥川的吗?"我说英语。

"是啊。"老先生的态度挺和蔼,"他在家吗?"

"他睡着了。请进来,我去叫醒他。"

两人进了屋,屋子却是黑的。我四下里找电灯开关。

"在这里。"老人替我打开灯。屋子顿时亮如白昼。

我举步上楼叫沥川,老人忽然拦住我:"既然睡了,就不要叫醒他。"

我觉得很不自在,又有点冤,自己是客,还要招待客人。

"那……你们请坐。"

老人很随意地在沙发上坐了下来,跷起二郎腿,用眼示意那个女郎也跟着坐下。我瞟了一眼楼上,一点动静也没有,也不知沥川什么时候能醒。

"老先生,"我正襟危坐,"请问您怎么称呼?"

"我姓王,"他说,"我是沥川的爷爷。这位是爱莲娜小姐。请问你是……"

沥川的爷爷!我的心脏顿时停跳五秒。

"我叫安妮,是沥川在中国的同事。"

"哦!"老先生很高兴,改说中文,"你是从中国来的?"

"是啊,这是我第一次来瑞士。"我恭恭敬敬地回答。

"什么时候到的?"

"刚到不久。"

"嗯,"老先生说,"沥川真不像话,怎么客人来了他倒跑去睡了?这样吧,我来替他招待你。安妮,你想喝点什么?沥川这里应当有很好的茶和咖啡。"

大约是为了照顾一旁不懂中文的爱莲娜,老先生又改说英文。

"不用忙了,我已经喝过了。"

"爱莲娜,要不,趁着他睡着,你现在就给他挂上点滴?"老先生对那个女郎吩咐,"他有客人,能不能滴快点?给他一点陪客的时间。"

原来她是沥川的护士。果然,她脱下外套,里面露出标准的护士服。

"不行,王先生。"那个护士用不流利的英文答道,"Alex的心肺功能不是很好,不但不能加快滴速,还要酌情减慢。今天晚上他只能躺在床上。"

老先生皱眉:"大概要多长时间?"

"一共是两瓶药,总计需要十个小时。"

"好吧。麻烦你轻点,别把他弄醒了。弄醒了他要来找我算账的。"老先生向我眨了眨眼,歉意地笑了笑。

护士提着药箱轻手轻脚地上楼去了。

老先生回头过来和我说中文:"小姑娘,你是中国哪个分公司的?"

"我是北京总部的。"

"那你是做哪一行的？室内？园林？外观？"

"王老先生，我是沥川的翻译。"

"啊，沥川的翻译，那你姓朱，对不对？"

"您说的是朱碧瑄小姐吧？她嫁到美国去了。我是沥川的新任翻译。"

"唉，"他叹了一口气，"这孩子真是的，明明说了生病期间不能办公，怎么又把翻译叫来了？"

"您别误会，我只是过来观光旅游的，明天就走。"我赶紧解释。有点后悔自己穿得太随便——T恤、牛仔短裤，光着脚，很休闲地住在"上司"家里，多少有点暧昧的嫌疑。

"是沥川去机场接的你？"他问。

果然起疑心了。话中有话，含着玄机。

正思忖着应当怎么回答，爱莲娜忽然沮丧地从楼梯上走下来。

老先生连忙问道："怎么啦？出什么事了？"

"我刚刚装好点滴，消毒完毕，正要扎针，Alex醒了。"她颤声说，"他很生气，不让我扎针。说他已经签了知情同意书。还说如果我再擅自这样做，他要找律师告医院。"

老先生猛地站起来，用手杖敲了敲地板，对着楼梯吼道："王沥川，你给我下来！"

想不到温文尔雅的老先生发起火来，会有这么高的嗓门。

一分钟之后，沥川出现在楼梯口。

"爷爷。"他扶着拐杖，慢慢下楼，走到老先生面前，"今天我有客人，您连一天的时间都不给我吗？"

"今天你必须输液！"老先生毫不让步，"客人想怎么玩我来安排，包她满意。"

"今晚我们要出去，她还没吃晚饭。"

"我不饿。"我赶紧说。

沥川凶狠地盯了我一眼。

"想吃什么？西餐？中餐？我打电话叫大厨来家里做。"

"爷爷，我都跟爸说了我明晚回医院，何苦逼我？"

"不是我存心为难，Dr.Herman给我打了电话，你今天必须输液。"

"No."沥川拉着我的手,径直走到门口取车钥匙。

"沥川!你给我站住!"

"爷爷,"沥川转身过来,慢慢地说,"今天我非出门不可,您别拦我。"

空气凝滞得仿佛可以滴出油来。

老先生一动不动地看着沥川,一脸怒容:"今天你哪儿也不许去,给我在家里老实地待着!"

沥川张了张嘴,半天没说一个字。沉默片刻,忽然小声对我说:"小秋,到楼上去等着我。我和爷爷要说几句话。"

我紧张地看了他一眼,轻步上楼,到沥川的卧室里坐了下来。

过了十分钟,沥川上楼来叫我:"小秋,换上花裙子,咱们去吃大餐。"

"你爷爷呢?"我惊慌地问,"爷爷不会生气吗?"

"他走了。"

"护……护士呢?"

"也走了。"

"你和爷爷都说了些什么?他会同意让你走?"

"这个你别管。"沥川说,"对付他我有办法。"

"要去你自己去,我哪儿也不去。"我闷声不响地坐在床上。

"来嘛,小秋。"

沥川把我拉到更衣室,见我不肯动,就帮我换衣服。他用剪刀剪掉商标,将下午买的花裙子给我套上,还替我选了一条无带的文胸。见我一点也不配合,他只好坐下来,帮我换上高跟鞋。最后,拿着一把大梳子将我的头发重新梳了一遍,喷上摩丝,高高地扎了一个马尾辫。我被他郑重其事的样子逗乐了。

"好看吗?"我摆了个姿势,问他。

"人好看,穿什么都好看。"他微笑。

我看着他,发现他仍然穿着下午的T恤,就问:"那你呢?"

"到外面等着,我换件衣服马上出来。"

不一会儿,打扮一新的沥川出现在我面前。纯白色的亚麻衬衣,深灰色的休闲裤,裤腿熨得笔直,浑身上下散发着淡淡的香味,很随意,很贵族。

我在心中暗暗叹息,沥川在床上躺了几个月,闷煞了吧?于是轻轻地抚摸他的背,问道:"这样走路会不会累?实在想玩,就早点回来吧。"

"不累。下午我已经美美地睡了一大觉,还有某人的按摩服务。"他拍拍我的脸,"所以,我休息好了。"

"知不知道,床头的电话机上有四十三个留言?"

"我把铃声关掉了,太吵。"

"也许有要紧的事儿,要不要听一听再走?"

"不听。难得有一份闲心。再说,该交的图纸我全交了。"

"行,我跟你出门,不过,得早点回来打点滴。"

"别煞风景了,今晚没点滴。"

他把我从沙发上拉起来,指着窗外:"看见没?今天是月圆之夜,花好月圆,百事吉祥。还记不记得你给我讲的那个和尚的故事?"

"什么和尚?"

"文偃禅师。"他点了点我的鼻子,"有一天,文偃禅师问弟子:'我不问你们十五月圆以前如何,我只问十五以后如何。'弟子们都说不知道。文偃禅师替他们答道:'日日是好日。'"

"日日是好日……"我喃喃地说。六年前我讲给沥川的故事,自己早已忘记了。

"所以,咱们得去寻欢作乐,不可辜负了好时光。"

日日是好日。我在心中咀嚼着这句话,望着沥川,默然无语。

春花秋月,夏风冬雪。我在无穷的苦恼中错过了一个个美好时节。

蓦然间,我已开悟。从手袋里拿出口红和眼影,向他微笑:"那好,我先化一下妆。"

沥川点点头,坐在窗前等我。

湖面灯光闪烁,与天上的星辰连成一片。灯光和星光,仿佛全都汇集到他的眼中。

甚至我想,如果今夜沥川死在我的身边,他会快乐,我会满足,也许这是个美好的结局。

沥川开车带我去了Kunststuben餐馆,声称那里有苏黎世最好吃的菜。其实对我来说,世界上最好吃的菜就是我自己炒的香辣鱼块,连从来不吃辣椒的沥川都说好吃。我们在Kunststuben从开胃菜吃起,然后是汤、主菜、甜点、水果,一道一道地上,一直到饭后咖啡。可惜,自始至终,都是我一个人大快朵颐。沥川只吃了一点沙拉和水果,估计还吃坏了,中途去了一趟洗手间。回来之后再也不见他动刀动叉,干坐在我对面陪我说话。

饭后我们去了酒吧。我喝酒,喝得醉醺醺的,沥川喝苹果汽水陪我。在酒吧里听完了一场本地歌手的演唱,沥川一定要带我去隔壁的舞厅跳舞。他说他从来没看过我跳舞,一直想看。我在舞厅给他跳了一段迪斯科,拿出我多年混舞厅的经验,跳得很High(热烈),很劲爆。沥川坐在一边给我鼓掌。过了半个小时,音乐忽然变缓,我把沥川拉进舞池跳慢四。沥川的腿不是很灵活,跳舞时又不能拿手杖。我们便抛开节奏,相互拥抱,踩着碎步,随着音乐慢慢移动。

零零碎碎的灯光下,沥川的脸色竟有一丝少见的红润。步子慢,躲闪不及,老是被我踩到脚。我担心他累了,一直吵着要回家。沥川拉着我,磨磨蹭蹭地跳了好几曲,直到舞厅里又放起了迪斯科才罢休。走的时候,还有些恋恋不舍。

回到家中已是凌晨三点。我们洗了澡,换了睡衣。沥川意犹未尽,还惦记着跳舞。

"别跳了,要不我给你唱支歌吧!"我将他按在沙发上。

"唱什么歌?我有吉他,我给你伴奏吧。"他从隔壁房间拿来一把西班牙式吉他。

"唱我以前经常唱的那个,劲歌。"

"Oh...No."他呻吟了一声,"换一首吧,我求你啦。"

"不行,这是我最拿手的,非唱不可!"

"等等,我先想想是什么旋律来着。"

"我唱了哈。你愿意伴奏就伴奏,不愿意我可就清唱了。"

我清了清喉咙,到洗手间里拿了一支牙膏当作话筒,扯着嗓门唱开了:

我的热情好像一把火,
燃烧了整个沙漠。
太阳见了我,也会躲着我,

它也会怕我这把爱情的火。
沙漠有了我，永远不寂寞。
开满了青春的花朵！
我在高声唱，你在轻声和。
陶醉在沙漠里的小爱河！
……

沥川从头到尾都皱着眉，十分忍耐地给我伴完了奏。然后，他死活不让我唱第二段了，说再唱他的听觉也要残疾了。他给我弹了一段他喜欢的，自称这是他的保留曲目，前奏弹得与Eagles（老鹰乐队）们不相上下。沥川的嗓音很动听，柔中带着硬，可以很高，也可以很低。我妒火中烧，偏要进去捣乱，他每唱一段，我就在高潮处吼一嗓子："This could be heaven or this could be hell!（这里可能是天堂也可能是地狱！）"唱到最后，我又逼他把过门弹一遍，把第二段搬出来，让我用秦腔独唱：

Her mind is tiffany-twisted, she got the mercedes bends.
She got a lot of pretty, pretty boys, that she calls friends.
How they dance in the courtyard, sweet summer sweat.
Some dance to remember, some dance to forget.

因为最后一句提到了"dance"，一唱完，沥川拉着我站起来又要跳舞。在我的印象中，沥川很少有这样高的兴致。拗不过他，我到楼下找了一张CD，打开了音响，放起了舞曲。

我搂着沥川的腰，让他用双臂圈着我，随着音乐慢慢起伏，他那条唯一修长的腿跟着我的脚步轻轻滑动。

"这样哦，一后、一前；一步、两步、三步、一靠。再来——"

"这么简单？"他说，"你教点难的吧。不是还有旋转吗？"

我抓狂了："摔了怎么办？"

"爬起来继续跳呗。"

"不成,得慢慢来,先把基本的弄会了再说。"

我以为挂在我身上的沥川会很重,其实他却是轻飘飘的,像一团雾那样没有重量。

"沥川你太轻了,得多吃一点啊。"我心酸地说。

"对不起,把你当拐杖了,累不累?"

"不累,难得你喜欢。"我细语柔声地说。

他低头往下看,我们的腿纠缠在一起。这回是他动不动就踩我。我们都光着脚。

"噢!沥川你老是踩我!你故意的吧。"

"柔若无骨的纤足,踩着挺舒服……"他居然挺开心。

"我踩你!踩你!"

"哎,哎,两只脚踩一只脚,轮着来也好呀,太欺负人了吧。"

"我还踢呢。"

"我闪,你背着我。"他向我压过来。

我们同时倒在地板上。我正要坐起来,被他一把按住:"小秋,再来点高峰体验……你下午都说你晚上要的,对吧?"

上午十点,我就醒了,沥川还在我身边沉睡。下午一点半的飞机,至少要提前三个小时进机场,办理登机和入关的手续。我洗澡、更衣,到厨房里找到一盒昨晚的甜点当作早饭吃掉了。卧室的地板一片狼藉,葡萄、蜂蜜、蜡烛、红酒和四处散落的枕头……是我们昨晚嬉戏的痕迹。我悄悄地将一切打扫干净,然后下楼整理好我的行李箱。

楼下传来门铃声。打开门,是沥川的爷爷和另一个中年女护士。

"早上好!"老先生和颜悦色地说。

"早上好!"

"沥川在吗?"

"他还没醒。"我轻轻地说,"而且睡得很沉,现在输液肯定没问题。"

见我这么说,他反而迟疑了:"你们今天不出去?"

"我是一点半的飞机,现在马上要去机场。"

"嗯……"他打量着我,寻思着,忽然问,"小姑娘,你来过这里吗?"

"没有。"

"为什么我觉得我好像在哪里见过你?"

我淡淡地笑了笑:"不会。"

"可惜沥川还在生病,不然他会好好地招待你。"老先生显然看出了我们的关系不寻常,有点歉意地说,"趁他睡着,我们会先给他打一针镇静剂,所以你恐怕没什么告别的机会了。"

"没关系,治病要紧。我也希望他早点好。"

"那么,沥川给你安排车了吗?"

"不要紧,拦出租车就可以了。"

"那怎么行,"他说,"我让司机送你吧。"

在沥川爷爷的坚持下,司机费恩将我送到机场。

将一切手续办完,只剩下了一个小时。我坐在候机厅里,戴着耳机,看着玻璃窗外的飞机。

没有伤感,也没有欢乐,我的脑中一片空白。只记得沥川叮嘱我的一句话:日日是好日。

Chapter ·42·

> 那声音好像一颗子弹击穿了我的心脏,我的身子猛然一震。直起腰来,转过身去,看见沥川站在阴影之中。

回到北京之后,我只接到过沥川一次电话,几分钟,问我是否平安到达。此后,我再也没接到过沥川的任何电话。我也再没有打过电话找他。

我仍然思念他,又觉得无可奈何,还是顺其自然吧。

从瑞士回来,我忽然一切都想开了。沥川的生活很重要,我自己的生活也很重要。总而言之,我要过充实的生活,不要行尸走肉。

我又开始了"小块分割",恢复了一周一次的"素人"活动,跟着南宫六如学做素食。我每天上网打印各种菜谱,买来蔬菜按照配方做一遍,觉得好吃了,就现场献艺,推荐给大家。参加这种协会的最大好处就是你可以遇到一些人,这些人因为同样的爱好走到一起,他们对你的私生活不感兴趣,也无意在其他时间与你联系。换句话说,这些人跟网友一样,只有遇到了才存在,其他时候等于零。

不知不觉又过了一个月,艾松悄悄地走进我的生活。意识到这一点时,已经有点晚了。比如我一周跳三次恰恰,每次一小时,艾松是我的舞伴。在丁教练的指导下,我们俩配合默契,进步神速,成了这个班的示范学生。

拉丁舞节奏多变、刚柔并济,多用微妙的切分带动激情。跳舞的时候我会忘掉一切,大脑在音乐的敲击下由空白变成兴奋。然后,开始想象我的对手是沥川,脸上出现挑逗的神情。我笑得很妩媚,也跳得很陶醉。跳完了,就把什么都忘记了。

艾松是个可爱的男生,可是,他不是我的这杯茶。他不像沥川,骨子里没有

"浪漫"二字。比如,某日黄昏,我在体育馆门口遇到艾松,刚说了句"今天的落日真美",他就这样纠正开了:"从物理学的角度来讲,其实没有日升日落这一说……这只是地球自转带给我们的一个幻觉。"

听完这话,我就愣住了,一天的好心情都没了。然后,他又递给我一个细长的纸筒:"这是我做的望远镜,可以看见月球,送你一个。"

"哦……谢谢!"我接过那个沉沉的纸筒,左右翻看,"你会自己做呀?哪里买的镜片?"

"自己磨的。"

"自己……磨的?哪来的玻璃?"

"不要的眼镜片、玻璃瓶底、电灯泡,用细砂纸打磨,然后用牙膏抛光。"

挺有耐心。不过,是个傻子也知道做这个要花多长时间。然后,我就有点紧张:"那个……你送我这个,没别的什么意思吧?"

"没。这一周我踩你太多次脚,算是小小的赔偿,也算趁机做一下科普工作。"他低着头看地板。

我咧嘴一笑:"那我就却之不恭,不如受之有愧了。"

"别客气。"

接下来的三个星期,为捞外快,我接了一本急需翻译的小册子,所以没去拉丁舞班。到了公司,艾玛就来挤对我:"哎哟,我家小弟托我问你,为什么不去体育馆?"

"接了点活儿,在家天天做翻译。"

"我家大博士可是从没有对谁这么积极过,一周三趟骑车过大半座城池地来见你。"

"嗯嗯。"

"明明说,她有打电话给你,你没接,你家又没留言机。有几个男士想介绍给你,问你要不要去见见?"

"啊……这个……嗯,暂时不了。最近太忙了,下次再说。"

话说这同事关系真不好办,人家太热情,你不能不识抬举,更不能不待见人家。再说,我的年纪不是很大啊,还算不上是剩女吧?艾玛自己都没结婚,干吗苦苦地逼我呢?

艾玛这回一把捧住我的脸,睫毛几乎扫到我的额头上:"小秋,听姐一句话,趁年轻赶快选,过了这个村就没那个店了。你姐的教训摆在眼前!"

"不是这么着急吧?艾玛姐!"

"你不肯去我家,我妈知道你们不认真。又给我弟张罗了几个,你加紧吧!我知道你以前认得大款。大款有什么好?人品素质差、道德底线低,不然也挣不来那钱,对不?他能给你钱,也能给别人钱。小蜜二奶一大堆,跟了他就是个烦恼人生。像我弟那样的读书人,清清白白、前途远大,虽不是大富大贵,也什么都不缺。何况人家就守着你一人过,举案齐眉、白头到老,多好!怎么样,这个周五的party叫他来吧?如果你不叫他,我也把他当家属叫过来。明明说,她会带两个朋友过来,都是有背景的,平日千挑万拣的那种。不是你相他们,是他们相你。明明有没有搞错?我们的谢小秋,也不是一般的人物。"

"举案齐眉"能这么用吗?我承认,我有点被艾玛说蒙了。

回到办公室,我赶紧给艾松打电话:"SOS!这个周五我们公司有个大party,前面吃喝,后面舞会,你快过来救我!"

他在那边,居然迟疑了:"不成啊,周五我的学生答辩。"

"是晚上六点!"

"答完辩是谢师宴,你说,我能不去吗?"

我吼开了:"艾松,上次你要我去,我有二话吗?我配合得不好吗?轮到我了你就这样啊!"

他想了想,说:"好吧。你有什么要求吗?"

"人来了就行!先陪我吃饭,然后陪我跳舞,亲密点!"

"……怎么亲密?当众kiss?"

"Kiss个头啦。到时听我的指令。"

星期五晚上是我开车去接的艾松。艾松说,那个谢师宴他不能不参加,不过可以早退。我去接他时,晚会已经开始了,艾松喝了一点酒,脸上有些发红。不过,看得出他是在努力配合我。他穿得非常正式,纯黑的西装,配一条有古典图案的领带,显得潇洒从容、英姿勃勃。我特意穿了件绣花衬衣,格子短裙,其实与晚会的气氛不搭调。不过,我挺怀念我的少女时光,对格子短裙有深深的眷恋。

晚会就在餐厅里举行。西餐,从大饭店里请了专门的厨师烤牛肉。公司专为我一个人订了灵宝寺的素食。我和艾松同时在大厅门口出现,大家都用异样的眼光打量我们,只有艾玛远远地对我做一个"V"字手势。我们端着碟子取食物,跟着人群走,艾松显得如鱼得水,自在从容。不停地有人向他搭话,他很自如地介绍自己,说和我是朋友。说完"朋友"两个字,他又神秘地一笑,让所有的人都明白那个"朋友"是什么意思。

有艾松应付一切,我就专心吃菜、喝酒,和闲杂人等聊天。我们本来就来得晚,晚饭一会儿就吃完了,余下的时间是舞会。

艾松和我跳了第一支舞,慢四的那种。艾松的舞确实跳得不错,各种舞步都很娴熟。然后,我就不断地被别的男同事邀请,快三、快四很快就跳过了。中场休息完毕,音乐再度响起时,居然是恰恰。

艾松说:"这个我一定要跟你跳,给你看看这几周我加强训练的成绩。"

"那就别怪我踩你的脚啦,因为这次我是不会让着你的啦。"

我们在舞池中跳了起来。艾松的动作很到位,甚至有点过分奔放。在这种半公半私的场合,我一向很低调。不像艾玛,我从来不主动和公司的领导搭腔、套近乎。不是因为我知道CGP是沥川的公司,所以不把头儿们放在眼里,而是我一向认为我和沥川干的是完全不同的行业。作为翻译,我遵守自己的行规和行为准则,注意维持我的职业形象。艾松这样跳,我觉得有点尴尬,一直缩手缩脚地应付他。过了两分钟,节奏越变越快,艾松忽然变得激情四射,对我又追又锁,嘴里还不停地说:"Come on!"

在车上,我就闻到了酒气,审问艾松,他说只喝了一点,现在出洋相了吧?我们之间一个错身,他在我耳边说:"小秋,你该不会只和我跳扇子舞吧?"我不理睬他,继续应付,座中的看客们纷纷鼓掌。

天啊,那是什么曲子,怎么这么长啊!

艾松紧紧地跟着我,使出浑身解数,目露乞求和挑逗。

我想起每天早上去公园跑步,看见老太太们摇摇摆摆地跳着扇子舞。在他眼里,我就这形象啊。

豁出去了,跳吧。我也开始扭腰,把在学校里表演的那一套都拿了出来。大家看我终于来了精神,掌声顿时就高了一倍。

跳着跳着,舞池里就剩下了我们一对。大家都停下来,将我们围成一个圈,一起鼓掌替我们打点子。音乐师也很配合,舞曲放完一遍,从头又来,没有半秒停顿。

我踩着急促的舞步,身边一切都在高速地移动。五彩的灯光,雨点般洒下来。恍惚间,我的目光越过人群,停留在远处的一个角落里。

我不能确信,不过,那里静静地坐着一个人。

那个人静静地看着我,目光专注而忧伤。脸上有淡淡的笑容,漂亮而凄凉。

我的呼吸顿时停止。

就在这一刹那,我被艾松重重地撞了一下,一个趔趄,几乎摔倒。

艾松一把拉住我,惊慌地问:"你没事吧?"

"没……没事。"我惊魂未定,跟着节拍敷衍,回首再看时,那个人影已被人群挡住了。

又过了一个回合,我再次越过几个人的肩膀向角落看去,人影已经不见了。

我扔下艾松,追了出去。

电梯的门已然关闭。只看得见门上闪动的数字:

十六、十五、十四……

到了底层,电梯会慢慢地爬回来。如果里面有人,会有更多的停顿。我没有耐心,冲向安全楼梯,三步并作两步,飞快地往下跑。

自从我来到CGP,就没有响过火警,所以我从没走过这个灰灰的、大理石块砌成的安全楼梯。

显然有人天天打扫,木质的扶手一尘不染。开始时,我只是飞快地往下走,好像要跟电梯赛跑似的。后来我干脆一只手扶着扶梯,眼看离下一层还剩几级台阶了,一步跳下去。这正好证明,经过多年坚持不懈的体育锻炼,我的身手异常敏捷。可是跑到最后一层,我还是大意了。想多跳一级台阶,结果没站稳,"咣当"一声,头磕在墙上。磕得我头昏眼花,金星乱冒。顾不了这些,我拉开沉重的铁门,冲出大厅,四处寻找那个身影。

门前只有明亮的街灯和穿梭的汽车。

我站在台阶上,累得弯下腰去,双臂撑着膝盖,大口地喘气。

突然间,一个声音从我的身后传来:

"Hi,小秋。"

那声音好像一颗子弹击穿了我的心脏,我的身子猛然一震。直起腰来,转过身去,看见沥川站在阴影之中。

Chapter ·43·

毕竟,沥川回来了,就像太阳回到了太阳系。一向只有自转的我,顿时滑入了公转的轨道,有风有雨有引力,一切回归正常。

"Hi——"

我气喘吁吁地打了一个招呼,胸口剧烈起伏着,半天接不上话。

沥川很耐心地等着我的呼吸慢慢变成平稳,目光移到我的额上,皱眉:"出了什么事?你的头出血了。"

"哦?"我拂开刘海,摸了摸额头,果然鼓出了一个大包,手上有几滴黏黏的血迹。

"别动,"他说,"我看看。"

薄荷的气息打在我脸上,冰凉的指尖,在我的额头上摸来摸去。我刚刚平静的心又以双倍的速度跳了起来。

"撞哪儿了?"

"撞墙上了。"

他的神情本来很严肃,听了这话,忍不住笑了,"撞墙上?为什么?"一面说,一面从钱包里掏出一只薄薄的密封小袋,撕开,从里面拿出一团湿湿的棉花,"这个是用来清洁伤口的,会有一点痛。"

"噢!"我叫了一声,他的手一抖,棉花掉在地上。然后,他紧张地看着我:"很痛吗?"

"有一点……"

"那我轻点儿。"他又去掏钱包,拿出第二团棉花,给我擦干净了伤口,又找出一张创可贴,给我贴好。沥川很会照顾自己,身上总是准备着创可贴。我认识他的时候就是这样。

然后,沥川想弯腰下去拾起掉在地上的棉花,我眼疾手快地替他捡起来,扔到垃圾桶里。

"撞得重不重?要不要看医生?"他细长的手指,继续抚摸我的头顶,试探其他的伤处,好像一位主持受戒仪式的老僧,"别是脑震荡。"

我很想回答说,撞得很重,你陪我看医生吧。转念一想,才几滴血呀,太夸张了。

"没事。"我理了理头发,歪着脑袋看他,"几时回来的?"

"今天上午。"

沥川看上去比我在瑞士见到他的时候还要瘦,脸上没什么血色。奇怪,一般说来,人的病都是越养越好。沥川住院三个月,什么也不干,天天养病,家里那么有钱,什么营养品买不起,怎么还是一日瘦似一日,颧骨越变越高呢?

"一个人回来的?"

"René 也来了。他最近在写一本关于中国古代建筑的书,要来北京查资料。"

"René 在大学教书?"

"嗯。"

我们一起在台阶上站着,都不说话,各人想各人的心事。过了一会儿,我问:"沥川,你没开车来吗?"

"没有。"他说,"我在等我的司机,估计是堵车了。"

"我有车,不如我送你回家吧。"

"不了,谢谢。"

"来嘛,跟我还客气啊?"

"对不起,还有别的事。"他说,"下次吧。"

"没别的事,你就是不愿和我在一起,对吗?"我轻声地说了一句,目光幽怨。

他穿件纯黑色的风衣,修长而合体。头发又硬又黑,还有点湿湿的,配着他那张瘦削而轮廓分明的脸,很酷,也很神气。

他没回答,算是默认。

这么快,一切又回到了起点。沥川的作风,想不习惯也不行啊!
我扭头就走。

毕竟,沥川回来了,就像太阳回到了太阳系。
一向只有自转的我,顿时滑入了公转的轨道,有风有雨有引力,一切回归正常。
次日上班,我精神抖擞。因为要翻译一份重要的合同,怕浪费精力我没开车,打车去了公司。
一到大厅里便有不大熟识的同事踊跃地跟我打招呼。昨夜一舞,虽不至于倾城倾国,至少让我成了明星。
"哎,小秋,早!恰恰!"
"恰恰!小秋,昨天很劲爆,怎么跳到High就跑了?害得你男朋友四处找你。"
"噢……我有点急事,回家去了。"到办公室把包一放,我连忙给艾松打电话。
那边响了一声就接了:"小秋。"
"对不起,很对不起,昨天我有急事,等不到跟你告辞就走了。"
"没出什么事吧?"他的声音听起来一点也不介意。
"没有。"
"那就好。"他说,"下下个星期五我们所组织春游,你能不能来cover一下?"
"春游?很远吗?"
"就在香山公园。"他叹气,"工会主席的老公在报社,还约了一群女记者、女编辑,说是要和所里的年轻人大搞联谊活动,游山玩水、吃吃喝喝,还有游戏猜谜什么的。"
"猜谜?那也叫游戏吗?"
"怎么不是游戏?我特能猜谜。"
"那个……好吧……我尽量配合。"昨天晚上我求他cover,后来又不辞而别,实在很不好意思。
"谢谢,改日我请你吃素火锅。"他很高兴,又说,"今晚的拉丁舞班,你去吗?"
"去呀,怎么不去。"

"那么,晚上见。"

"好的。"

我收了线,跑到行政办公室的邮箱里查邮件,发现里面塞着一个沉沉的包裹,外面一大堆德文,我掂了掂,是沥川答应给我带的巧克力饼干。拿了正准备走,遇到艾玛。

"啊,这是什么好东西呀?"

"巧克力饼干。"

"见面分一半。"

"行。"

我打开包裹,里面有好几包。我塞给艾玛两包。她看了看包装,笑着说:"哎,你面子不小啊,这是沥川送的吧?"

我吓了一跳:"你怎么知道?"

"这是苏黎世的饼干嘛,我二外是德文。"

"是我求他的,我特爱吃这种饼干。"我心有余悸地看着她。艾玛特能八卦,无事都能瞧出端倪,有事更要究根问底。

果然,艾玛反复打量我:"看你平日一声不吭的,居然能开口托他带东西。我那么爱吃巧克力,和他认识这么多年,都没敢张口。"

"这不过是他关怀下属、笼络人心的伎俩,如此而已。"我面不改色地诋毁开了。

"哎,你不要这么说,破坏沥川在我心中的美感。"艾玛双手捧心,做花痴状,"我刚才还在大门口看见他,真是帅呆了。我一激动,忘了打招呼。想追着他进电梯,不但没赶上,一只脚还差点卡住。结果,我关在门外,鞋子留电梯里了!我那叫一个窘呀。在下面等了几分钟,沥川居然跟着电梯又下来了,给我送鞋子。还说对不起,没来得及替我挡住门。真是彬彬有礼、风度翩翩。"

我叹了一口气,心里想,你要是真爱上了他,那岂止是窘,整个一自虐,比白毛女还苦呢。

十点钟开例会,果然看见沥川坐在江总的旁边。江总代表公司全体人员欢迎沥川先生回北京主持温州工程的后续设计。由于健康原因,沥川先生每日只能工作三个小时,希望大家有问题尽量在他工作时间内解决,不要在非工作时间

打扰他的休息。轮到沥川时,沥川只说了一句话:

"谢谢。今晚六点半,会仙楼海鲜食府,我请大家吃饭,欢迎带家属。"

翻译组的女生们全部疯狂了。

香籁大厦的第十八层餐厅中午十二点准时开饭。我取了一碟沙拉、一碗茄子炖豆腐,加入了翻译组的八卦圆桌。

不出所料,今天的议题就是沥川。

"沥川今天的领带真好看,明明是暗红色的,为什么远远看去,闪闪发光呢?"

"我觉得,他今天的那套灯芯绒西装看上去才帅呢,研究了半天都不知是什么料子。"

"哎哎,我在想今晚上点什么。会仙楼的鲍鱼最好吃,我去过两次都舍不得点。"

只有艾玛一个人说:"沥川这回病得不轻呢,走路都费劲了。"

最高兴的还是小薇,因为她又调回到沥川的办公室。

"我也觉得王先生的身体没完全恢复,"小薇说,"开完例会他回到自己的办公室,就再也没有出来过。我给他打了几次电话,他都不接。你看,现在也没见他出来吃午饭。"

我脸色微变:"会不会出了什么事?"

"不知道。"小薇摇头,"如果不征得同意,他的办公室我是不能随便进去的。"

我站起来说:"我正好有个合同的翻译要找他,我去看看吧。"

大家都奇怪地盯着我。

"怎么啦?"我说,"你们也看见了,他病得不轻,万一在自己房间里昏倒了怎么办?"

"你去?不合适吧?也许他就是在自己的卧室里休息。还是通知一下江总比较好。"

"是啊。当年朱碧瑄和沥川配合得那么好,也不见沥川对她多一分颜色,你就不要去了吧。"

"我去看一下,没事的。"我拔腿就走。

去了第二十层楼,敲了敲沥川办公室的门。敲了十几下,没人回答。不管三七二十一，我推门而入。

办公室里没有人，空空的，空气里飘浮着一丝酸味。

然后，我听见呕吐的声音，那种很痛苦、很可怕的呕吐。

我冲到洗手间，看见沥川双腿跪着，趴在马桶上吐得天翻地覆。他的脸铁青，嘴唇没有一丝颜色。

我跪下来，从后面抱住他："沥川……"

他无暇顾及我，持续地干呕，身子不断地痉挛。我不知道他已经吐了多久，只知道他戴着义肢来维持这种跪姿会十分难受。

"喝口水，漱漱口吧。"我尽量让自己显得镇定。

他一直埋着头，接过我递来的矿泉水，喝了半口，不知引发了哪根神经，又开始吐。胃早已吐空了，只吐出一些黏液。我用力扶住他，用手拍他的背，大声地问："好些了吗？现在你别站起来，猛地站起来会头昏的。咱们就在地上坐一会儿。"

沥川无助地靠着我，半身软绵绵的。开始，他还企图用手支撑自己，最后所有的力气都丧失殆尽。

我抱着他，在洗手间的地板上坐了近十五分钟。有点害怕沥川会为这个生气。沥川从来不想让我看见他狼狈的样子。过了一会儿，他终于有力气说话了："麻烦拿一下手杖——"

我拾起手杖，递给他。

他费力地站了起来，到洗手池边洗了一把脸。又拿出一个药瓶，吞了一片药，坐到对面的单人沙发上问道："找我有事吗？"

"没……没什么事……就是担心……"我吓着了，不由得吞吞吐吐，"你没吃坏什么东西吧？"

"没有。"

"我带你去看医生。"我伸手到口袋摸车钥匙，猛地想起今早没开车。

"不去，哪儿都不去。"他不耐烦地看着我，"你别在我面前站着！"

我对自己说，不生气，我不生气，我不生气，我决不生气。

我找了一张椅子坐下来，轻声说："不去医院也行，我就在这儿陪着你，万一有什么事我好叫救护车。"

他冷冷地看了我一眼,说:"既然这样,不如你到楼下去替我买杯果汁吧。"

"好,好,我马上就去。"我忙不迭地跑下楼,买了杯沥川一向喜欢喝的热带果汁,回到办公室时发现小薇已经坐在那儿了。她拦住我说:"王先生正在休息,谁也不见。"

"是这样,他让我替他买杯果汁。"

"果汁交给我吧,"小薇很客气地重复了一遍,"王先生特地吩咐了,谁也不见。"

在小薇充满猜疑的目光下,我颜面顿失地回到自己的办公室,一边吃饼干,一边生闷气,一边还得做手头的翻译。

六点一到,我准时下班。电梯的门叮的一声开了。

冤家路窄,里面站着西装革履、打扮光鲜、身上飘着淡淡CK香水的沥川。除了脸色有点苍白之外,他看上去悠然自得、形神潇洒,好像一位要赴琼林宴的探花郎。

我冷面朝天,走进电梯。

"下班了?"他居然开口搭讪。

"……"我看墙壁。

"等会儿去会仙楼吃饭,你去吗?"

"……"我看地板。

"当"的一声,电梯忽然停了,他按了"紧急停止键"。

我向他怒目而视。

"对不起,下午是我的态度不好,请原谅。"沥川特别会道歉,每次道歉都显得特诚恳。可是我还是很生气,还是不理他。

"……"

"你买的果汁我都喝了。不信你看,还剩下一小半,我留着晚上喝。"他松开手杖,从挎包里掏出一个玻璃瓶,在我面前晃了晃。

红红的果汁,果然只剩下了小半。我看着他,哭笑不得,终于说:"你中午吐成那样,晚上还吃得下海鲜吗?"

"就是吐了才要吃啊。晚上我要加倍地吃,把吐出去的东西都吃回来。"他嘴角微微上扬,带着一丝逗趣的笑。

"沥川,看来你的病还没有完全好,你该多休息几天再来上班。"

"我睡了整整一下午,"他说,"上班也是可以休息的。"

我不禁仰头看他。沥川的心理真是强大啊,中午吐得死去活来,一副末日临头的模样,到了晚上,精神、脾气就全回来了。

"我没开车过来,坐你的车去会仙楼行吗?"

"行。"可能是觉得下午那番以怨报德的行为太过分,他的口气变得舒缓了。

"能给我René的电话吗?"我趁火打劫。

"为什么?"

"我想请他吃饭。"

"拿你的手机过来,我输给你。"他知道我记性不好,一秒之内记不住五位以上的号码。

我递给他手机,他存下号码。

我趁机说:"把你的号码也输进去,万一有事找你也方便。"

他把手机还给我:"我的就算了,你不会有事找我的。"

我气结,看着他,翻了半天白眼说不出话来。

他按了一个键,电梯缓缓下落。

我陪着沥川慢慢地走到大门口,司机已经在那里等着他了。

非常宽敞的德国车,沥川替我开门,让我先坐进去,然后他自己坐了进去,将手杖搁到一边。他的全身焕发着清冷的香气。

"我让小薇单独给你订了素菜。"他说,"你又改回吃素了?"

"为世界环境作贡献。"

他轻笑。

"笑什么?"

"我一直以为,这些年你什么都可能变,唯独吃饭的习惯是肯定不会变的。"

"我变了很多吗?"

他回过头来看我:"不,你什么也没变。我多么希望你能变一点。"

"你呢?你变了吗?"

"你觉得呢?"

"你也什么都没变,除了变得离我越来越远。"

我们陷入沉默,会仙楼很快就到了。

除了制图部和行政部的个别职员,CGP几乎人人有车。没有车的几个秘书都跟着江总和张总的车过来了。可能是有鲍鱼吃的缘故,几乎所有的人都通知了家属。一到门口,沥川就被守候在那里的两位老总拦住说话。我在酒楼的内厅看见了艾松和艾玛,赶紧上前打招呼。

"哎,有点后悔,早知道有鲍鱼吃,我晚几个月再改素食也好呀。"我笑着说。

"沥川就是会照顾女人,知道我们翻译组的小姐们都是海鲜狂。如果按他自己的口味,大约吃意粉就可以了。小秋,你跟我们一桌吧!"因为早上沥川给艾玛拾了一次鞋,艾玛今天不遗余力地赞美他。

"当然,我去问问素菜放在哪里。"

"我来问吧,小姐们请坐,跑腿的事儿让男生去干吧。"艾松彬彬有礼地替我们张罗。

翻译组的翻译们,要么带着老公孩子,要么带着男朋友,艾玛带来了一位苏先生,据说谈了有一个月了。艾松吩咐好了服务员,径直就坐在了我的旁边。

我喝了一口茶,看见沥川坐在离我有点远的另一桌上。

上了菜后,服务员给每个人端来一盅龙井鲍鱼,放到我身边的则是冬瓜炖豆腐。小薇给我点的素菜又香又辣,我有滋有味地吃着,偶尔看这一群海鲜狂津津有味地吃着鲍鱼龙虾,连艾松也不例外。然后,德语组丽莎的先生率先讲起了黄段子:

"话说我留学M国的时候,流行裸奔。七十岁高龄的老妇也想试试。一群老头正在下棋,老妇从他们身边裸跑而过。一老头说:'真不像话!这么皱的衣服也不烫一下,两个口袋还翻在外面。'"

小姐们笑得花枝乱颤,我则心不在焉,意兴阑珊。

艾松默默地观察我,似乎觉察到了我的情绪低落,问我最近想不想去天文台看星星。我说翻译的活儿太多,一时抽不出时间。

觥筹交错中,我看见沥川一直在很斯文地吃饭,好像胃口恢复了。大家都在喝酒,却没人向他劝酒。我的心渐渐放下来,觉得冷落了艾松,便起劲地向他请教科普知识。艾松给我讲了一大堆粒子、量子的故事之后,又向我介绍他最喜欢的一本科普小说《物理世界奇遇记》,说他小时候看那本书,看了不下一百遍,终于奠定了他将来要做科学家的梦想。

"你最喜欢看的书是什么?"他问。

"《红楼梦》。"

我是文科生,本来书是我最喜欢聊的话题,以前我和沥川躺在床上聊起我们共同喜欢的书:《在路上》《荒原狼》、莎士比亚的悲喜剧……话多得不肯睡觉。唉,卧床太久,硬把一个理工科的沥川熬成一前卫的文艺男青年。

"我没读过《红楼梦》。"

"《三国演义》你读过吗?"

"没。看过电视剧。"

"除了物理书之外,你还看过哪些厚一点的书呢?"

"《爱因斯坦传》算不算? 挺厚的,有六百多页。"

我看着他,差点被喉咙里的茄子噎住。人和人怎么能这么不一样呢?

眼角余光扫到远处的沥川,他正起身,很客气地和周围的人说了句什么,慢慢地向后门走去。

入座之前我去过一次洗手间。一流的食府,洗手间也是一流的,大理石的台面上摆着鲜花,香烛幽幽,一尘不染,有残疾人专用的卫生间和更衣室。

过了近三十分钟,沥川都没有回来。

我借口要上洗手间,走到后厅,那里正好站着一个服务生。

"对不起,先生,能不能麻烦你一下?"

"小姐,有什么事需要帮忙吗?"服务生非常礼貌地问我。

"我的一个同事最近身体不好,经常容易昏倒。他去了洗手间,有三十分钟没回来,能不能麻烦你进去替我看看,是不是出了什么事?"

"您等着。"

我告诉了他沥川的相貌特征。他推门进去,很快就出来了:"那位先生可能是喝多了,吐得很厉害呢。我问他要不要帮忙,他说不要。"

看来餐厅里经常有人醉吐,服务生一脸见怪不怪的神情。

"卫生间里还有别的人吗?"我又问。

"没有。"

"能不能帮个忙?"我递给他五十块钱,"请你替我看着他。如果他不能走路,麻烦你扶他一把。如果事态严重,我得送他去医院。"

"好的。"

我一直守在洗手间的门外,想起在苏黎世的那天我们去Kunststuben吃饭,吃到一半他也去了洗手间,很长时间。回来之后,再也不动刀叉了。估计那时他就在吐,只是不肯让我知道。

又过了二十分钟,门终于开了,沥川低着头走出来。

看见我,没说话,径直坐在我身边的沙发上。

"沥川,你得回去休息,或者去医院。"

"能替我弄杯水吗?"他惨兮兮地说。

我拿来一瓶矿泉水,给他倒了一小杯。他从怀里掏出止吐的药片,努力吞了一口水,还没吞完就"哇"地连药片一起吐了,我正好站在他面前,就吐了我一身。

我闭上眼。虽然这是沥川的余沥。余沥就是余沥,一点也不美。

"对不起……"他到口袋里摸手绢。我拦住他,把他按在沙发上,又递给他一杯水:"吃药,坐着别动。"

我脱掉外套,去餐厅找到他的司机,又悄悄向江总解释了一下。司机从后座拿出轮椅,将沥川送到车上。

我在路上给René打电话,问需不需要送沥川去医院。他说不需要,让我们送他回宾馆。汽车停在了东二环路的港澳中心瑞士酒店,René已在楼下等着我们了。

我们一起把昏睡的沥川送回卧室。René帮他换上睡衣。沥川迷迷糊糊地睡着了。

"不是说一天只工作三个小时吗?"回到客厅,René问我,"Alex怎么去了一整天?"

"也许今天是第一天,他不想走太早。"

René端着咖啡,心烦意乱地在客厅里踱来踱去。

"René,沥川为什么老想吐?今天他都吐了两次了。"

"Alex每天都要吃一种药,那药对胃刺激挺大,所以老想吐。此外,他还很容易疲劳,动不动就犯困。"

我想起了以前他每天早上吃的那种白色的药丸:"是那个增强骨质的药吗?"

"不是。"

"那药能不吃吗？"

"不能。不过他可以再吃Phernergan。"

"Phernergan？"

"一种止吐的药。也有副作用，会降低血压，容易昏倒。"

我抽了一口凉气："那他岂不是天天都想吐？天天吃不下饭？"

René苦笑："你说得没错。Alex挺顽强的，吐了吃，吃了吐，一天吃无数次饭，所以他看上去还不是很瘦，是不是？不然早成白骨精了。"

"René，"我说，"沥川这样子我挺不放心的，今天晚上我得在这里陪着他。"

"这……Alex不会同意的。"

"Alex睡着了。"

René想了想，说："那好，我就把他交给你了。我回隔壁读资料，有事你来敲门吧。"

送他到门口，我又问："看样子沥川的病根本没好多少，为什么你们又要回北京？留在瑞士不是更好吗？在北京事儿多，他不得休息，医疗条件估计也跟不上。"

"一家子人都反对他来，是沥川坚持要来的。"

罪过。沥川回来，是为了坚守自己的诺言。可是，这个傻子，诺言不应该比许诺的人更重要啊！

我急忙说："那我劝他吧。"

他看着我，忽然叹了一口气："不用劝了，安妮，沥川不打算回瑞士了。他说他喜欢北京，会永远留在这里。"

说这话时，他的嗓音微微发颤。还想说什么，终于什么也没说，把门关上了。

沥川睡着了，蹙着眉，身子蜷成一团，很安静。

我看了看手表，还不到八点，他以前一般十二点才睡。我到洗手间洗了一条热毛巾，帮他擦了擦脸。他动了一下，翻了一个身，又睡了过去。

沥川极爱干净，不洗澡就睡觉，对他来说简直是不可想象的事情，何况今天他还吐了两次。我去洗手间换了一条毛巾，解开他的睡衣，轻轻地替他擦身子。他一动不动地躺着，一直蹙着眉，很疲劳，很虚弱，缓缓地呼吸着。有时候，他的手指会忽然抖动几下；有时候，抖动的是睫毛，好像要醒过来的样子，终究气力不济，双眼沉沉地闭了回去。他的小腿一直是冷的，我用热毛巾敷了很久才热起来。

做完这一切,我把床头的台灯调到最暗,握着他的手,在一点幽光中,默默地凝视着他。沥川睡得更沉了,蹙起的眉头舒展了。他的脸异常平静,带着一丝微笑,好像正在做一个好梦。

凌晨三点的时候沥川开始在床上翻来翻去。我跑到客厅去倒牛奶,回来的时候,他已经睁开了眼。

他看了看我,又看了看钟,接过牛奶,诧异地问:"小秋,你怎么还在这里?"

"我怕你还吐,在这里陪着你。"

他抬头四处地看:"我……又吐了?"

"没有,你一直睡着,睡得挺好。牛奶别喝得太急,小心又吐了。"

他坐了起来,坐不稳,得一只手臂撑着。我找了一只枕头垫在他的腰下。

"你……一直都在这里吗?"

"嗯。"

然后,他就问了一句令我哭笑不得的话:"在这里干什么?"

"没干什么,坐着呗。"

"我们是几点钟回来的?"

"八点。"

"现在半夜三点。你干坐了七个小时?"

"当然也干了点别的事。"我狡黠地笑了笑。

他赶紧把手伸到被子里,发现自己穿着衣服,松了一口气。

我望着他笑,不说话。他发现内衣已经换过了,窘着脸说:"你乘虚而入啊。"

"你今天吐了两次,一定想换一套干净的衣服睡觉,对不对?"我将脸凑到他面前,摇头晃脑。

他三口两口地喝完牛奶,精神好了,掀开被子起来穿衣服,边穿边问:"后来你吃了晚饭没?"

"没。现在肚子正饿着呢。"

"我也饿了。"

他穿好衣服,戴上手表:"我们到楼下吃夜宵,吃完了我送你回家。"

"行呀。"

我们坐电梯出门,找了一家二十四小时营业的餐厅。

沥川只能喝粥,要了一份鱼片粥。我点了一个素食套餐,外加土豆汤。

我们都饿了,各自吃了十分钟,不说话。看得出沥川的胃口不好,吃一口要吞咽半天。可是他吃得很努力,一勺接着一勺地往嘴里送。过了一会儿,他终于吃下了半碗,拿着餐巾擦擦嘴,准备说话了。我连忙拦住他:"别说了,沥川,我知道你想说啥。"

"我想说啥,你说说看。"

"你想说,"我学着他的语气,"小秋啊,你得move on。今天那个和你坐在一起的小伙子,我看不错,你和他挺有戏,你们好好发展。"

"……"

"我现在病成这样子,你也看见了。不是我不要你,我实在没办法。"

"……"

"和你说过多少次啦,人生不能为一时美色所惑。"

"……"

"以后别来找我啦。就算看见我死了,你也别管我。我跟你,没关系了。"我咬了一口水果,说,"你想说的,是不是就是这些?"

沥川看着我,淡淡地说:"既然你都知道,我就不说了。"

"沥川,如果你现在身体很健康,什么事也没有,你让我走,我会放手。我已经过了一个六年,难道我过不了另外一个六年吗?可是,你病了。虽然我不知道你得了什么病,但只要你还病着,我决不走,决不会袖手旁观。因为你对我来说太重要了。你要是不嫌累,那些话你尽管反复地说。总之,我是左耳朵进,右耳朵出。"我舔舔嘴唇,微笑,"对我来说,爱,是一种礼物。不是你能给,才表示你有,而是你给了,你就有了。"

听这话时,沥川一直垂着头,他的手,微微地发抖。

之后,他送我回家,路上一个字也不说。

到了公寓,我深吸一口气,说:"沥川,你回瑞士吧,别在这儿待着了。"

"嗯?"

"你的病根本没好。这里人多,你免疫力低,感染的机会更大。"

"不是说,我跟你没关系了吗?"他讥讽,"你关心我的病和去向干什么?"

Chapter ·44·

> 我回味沥川说过的每一句话，回味René看我的眼神。我知道，沥川日近一日地病入膏肓，他说不能再给我五年，是真的。

看着沥川的样子，我忽然领悟到了生命的珍贵。

我决定认认真真地度过每一天，认真上班、认真跳拉丁舞、认真注意自己的饮食。每天早上，我都早起，沿着大街认真地跑步。

二十多年来，我从没有这样认真地关注过我的身体、我的健康。

一连两周，我都没见到沥川。我知道他是故意避开我。他倒是经常来CGP，或者开会，或者讨论图纸。匆匆地来，匆匆地走，中午从不到餐厅吃饭。打电话找René，René对我敬而远之，大约是被沥川警告了，连我请他吃饭都找理由推托。

每当遇到这些明里暗里的拒绝时，我的自尊都会大受打击。不过我的内心却被一种更深的恐惧占满，被自己盲目的猜测啃噬着。我回味沥川说过的每一句话，回味René看我的眼神。我知道，沥川日近一日地病入膏肓，他说不能再给我五年，是真的。

周五的早晨，我按时上班。其实那天我请了假，要陪艾松去香山春游。可是临走前，我接到公司的电话，有几份译稿需要提前交给江总审阅，于是我就约好艾松到香籁大厦的门口见面。我交了文件，从电梯上下来，迎面碰上正从自己轿车里出来的沥川。沥川还是那么dashing（风度翩翩），只是在阳光的照耀下，他的脸没有一丝血色。他站在车门旁边，司机拿过一个轻巧的轮椅，他坐了上去。

"早！沥川！"我主动打招呼。

"早。"

因为要去春游,我打扮一新,头发长长地披在肩上,穿着皮夹克、长统靴、超短裙。艾松在电话里说他新买了一辆摩托,今天天气温暖、阳光普照,要带我去香山兜风。

大约从没见过我这种太妹装,沥川怔怔地看了我一眼,问:"有事要出门?"

"嗯。已经请了假,和朋友去春游。"

他的脸上没有任何表情:"好好玩。"

不远处,摩托车嘀了一声。艾松已经到了,戴着头盔,穿着皮夹克皮裤,活脱脱一飞车党。

"再见,沥川!"

"再见。"

我飞奔了过去,接过艾松递来的头盔,坐到他的后座。

艾松说:"为安全起见,你得抱紧我!"

我说:"行啊!"

其实,我不想做出亲密的样子让沥川误会。可是,我被他那副冷漠的样子刺激了。加之这是我第一次坐摩托,心里有点紧张,于是紧紧地抱着艾松。他一踩油门,摩托车风驰电掣般蹿了出去。

"不是说,四环之内不让骑摩托吗?"我在后头大声问。

"京A的牌子没事儿,给钱都能弄到。"

"艾松,你别开那么快好不好?"

"我已经开得很慢了!"

我们由四海桥出口下四环,向西北方向行驶,路过又直又平整的闵庄路,艾松开得得心应手。

然后,我指着远处的一处风景,感叹:"嗨,艾松,你看那里!"

估计没听清我说什么,他回头朝我看了一眼。

就在这当儿,摩托车突然失控,我尖叫了一声,人跟着飞了出去。然后,我就什么也不知道了。

醒来的时候我浑身都很痛,胸口也很闷,好像很多地方都肿了。

我的右腿很痛,胸口包着厚厚的绷带。我看见艾松站在我的床边,一副极度歉疚的样子。

他的额头上包了一圈绷带,上面看得出隐隐的血迹。

"对不起,是我害你受伤了!"艾松说。

其实只是身上很痛,但我没有什么极度难受或者濒死的感觉。

"究竟出了什么事?"我哑着嗓门问。

"地上有个坑,我大意了。"

"不怪你,是我说话你才回头的。"我说。

"你的伤势挺重,一条肋骨骨折,右腿股骨干骨折,已经手术了,里面钉着一颗钢钉和一块钢板。现在在查你有没有脑震荡。你还有哪里不舒服吗?我去告诉医生。"

"就是你说的这些地方不舒服,其他地方还行。"我找手机,要打电话,"我得向单位请假。"

"这里不让打手机。我姐已经给CGP打电话了。你昏迷了四个小时。要不要通知你的父母?"

"我爸妈都去世了。"

"对不起。"他连忙说,"你还有兄弟姐妹吗?"

"有个弟弟在中山医科大学,学业紧张,你不要让他知道。"

他坐到我的面前,双手轻轻地按住我:"你放心,这事儿是我弄的,所以你归我全权护理。我向单位请了一个月的假,而且我本来就不坐班。我天天都来照顾你!"

听见"一个月"三个字,我吓了一跳,我要躺一个月吗?

然后,医生就进来了,简要地介绍完我的病情之后,要我补办住院手续,说看骨头愈合的情况,估计要住一个月。

艾松听着就要去二楼收费处办手续。我一把拉住了他:"不用急着交钱,CGP有很好的医保。给我电话,我打电话问人事部。"

人事部主任在第一时间接了电话,回答令我吃惊:"老总们非常重视此事,已经派专人来办理你的转院手续。"

"转院?"我说,"用得着转院吗?"

"你现在的这家医院住院部很小,非常拥挤,会影响你的休息。我们正把你转到积水潭医院,那里有一流的骨科大夫。"

我告诉艾松转院的事,艾松叹道:"反应这么快,这么周到。我真要对外企刮目相看了。"

我笑而不答。

第二天我就被转到了积水潭医院住院部。人事部的小赵已预先替我登记,交好了押金。艾松要去买饭票,小赵说:"安妮吃素。我们已经在附近的一家餐馆给她订了专门的营养素餐,一天三顿都有人送饭。"

我说:"我……可能需要另外请人照顾。"这种涉及隐私、肌肤相亲的事儿,我绝对不想麻烦艾松。

小赵马上回答:"嗯,怕护士们忙不过来,我们还请了一个护工,是刚退休的护士,家里困难,需要多挣点钱。"

艾松张大嘴:"这个,护工的费用……你们也报销吗?"

"报啊。"小赵说。

我没再多问,我知道是谁在背后操纵的这一切。

小赵刚走不久,公司里的同事开始一拨一拨地来看我。我决定幽他们一默,给他们准备了一个签到簿。翻译组的小姐们最先到,给我带来了鲜花和热带水果,艾玛答应暂时替我照顾Mia。男同事们多半送花或保养品。

第二天,连和我不太熟的制图部和预算部的人都来看我了。有几个我根本没说过话,不过他们都说认得我,对我的"劲舞"印象深刻。

第三天来看我的竟是公司的清洁工林大嫂。大嫂是农村人,不过和我挺投缘。每次到我的房间打扫卫生,我都和她聊几句。有一次她问我有没有不用的衣服,她的女儿上高中,个子和我差不多。我就把我不穿的牛仔衣、牛仔裤、毛衣、裙子之类给她找了一大包。还有一次她说她女儿生病住院,我当时正好发工资,就硬塞给她两百块钱。就为这个,大嫂带着一篮子水果来看我,还给我做了一大碟素菜包子,把我感动得眼泪汪汪的。

CGP一共有三十三个人。签到簿上,除了大嫂,有三十二个签名。

所有的人都来了,除了沥川。

周三的一大早,萧观带着九通的几个同事来看我,其中有陶心如和唐玉莲。

自从那次爽约之后,我好久没和萧观联系了。听艾玛说,萧观被陶心如缠得越来越紧,已大有无可奈何之势。但萧观对我的拒绝怨恨颇深。所以,我有点不想见到他,特别是在我狼狈的时候。

"哎,安妮,怎么你一进CGP就出事儿,要不你考虑调回九通?我们到现在还缺翻译呢。"萧观说。

"谢谢,不了。每次你有紧急任务,不都记得叫上我吗?"我笑着推辞。

"说到这个,我手头上有三本小册子要劳驾你。"他居然大言不惭地将三大本拍卖行的册子塞到我的手中,"反正你现在闲着也是闲着,挣点钱也好,对吧?"

我看着他,欲哭无泪。

我想说,萧观,你知道我有多惨吗?打着钢钉,全身肿痛,还要替你翻译啊!人家CGP正经的资本家都不像你!

萧观一群人和我嘻嘻哈哈了一阵,约好出院后请我吃饭为我消灾,就走了。

喧哗之后,一切回归宁静。我的心像点滴架上的点滴,一点一点地往下落。窗外春光无限,我的心里却是酸酸的。

萧观都来了,沥川,你在哪里?

护工李阿姨进来替我洗澡。

说是洗澡,其实不过是擦身子。她用毛巾蘸着温水,一点一点地擦。手在绷带间小心翼翼地移动,好像考古人员在研究一具汉代女尸。洗完澡,又替我洗头,用水盆接着一趟一趟地洗。最后给我换上一件干净的住院服。

从此之后,每天都是这样。李阿姨每隔两个小时替我翻一次身,一天三次按摩我的脚,保持血液循环。我则日日埋首于金庸的小说。偶尔也拿笔做一下翻译,做不了几页就累了。艾松天天来看我,中饭晚饭都和我一起吃。有护士料理一切,他其实帮不上什么忙。主要工作,就是"伺候"我吃饭。我因此在他的逼迫下,每天都喝了一碗他妈妈熬的骨头汤。虽然我吃素的决心坚定不移,可是艾松妈妈的骨头汤实在是太香了。而且,我也想快点好。

从第二周开始,我的住院生活出现了九十度的逆转。

首先是受伤的大腿异常肿痛,痛到坐立不安、饮食难进、彻夜难眠的地步。

我得了骨髓炎,一种常见的手术并发症。紧接着,我就开始不断地发高烧,腿部化脓,疼痛难忍,需要杜冷丁止痛。

生病原来是这样的啊。我从小身体健康、身手敏捷,什么运动都热衷,却从没有受过皮肉大伤。这一回的骨髓炎算是把我给痛惨了。

我每天都要静点抗生素,还要定期引流、排脓。我不敢看我的腿,上面落下了可怕的伤疤。过来检查伤口的医生总是绷着脸,我很怀疑过不了多久他会说,这条腿不能留了,要锯掉。然后我的脑子里就闪出电影《白求恩大夫》的某些场面和沥川身上的那些伤疤。

尽管我多次请求艾松不必每天来医院,但在他请假的那个月,他还是每天必到,有时甚至待一整天。好几次他想帮我换衣服,被我拒绝了。我不许他碰我,也不许他看我的身体。最后,见他实在没事干,又实在想干点什么,我说:"艾松,你替我剪个头吧,越短越好。我的头发太多,李阿姨洗头不方便。"

艾松乐滋滋地拿着剪刀,给我剪了个巨难看的头,令我一连几天都不好意思见人,又不敢责怪他。

我拿了一个挂历,一天一天地算日子,将在医院过的每一天都打一个大叉。

一个月过去了,沥川还是没来看我。

我的心,一点一点地变冷。夜半痛醒过来,想到沥川的绝情,泪水湿透了枕头。

开始的时候,我安慰自己,沥川不知道我病了。可是,他不可能不知道,连做清洁的大嫂都知道了,所有CGP的员工都来看我了,他不知道我出了事,这可能吗?

然后,我又安慰自己,沥川大约自己也病了,说不准回瑞士了。可是翻译组的小姐们每周来看我时都会八卦,听她们说,沥川在我住院后几乎每天都去CGP上班,还召开过几次会议。不过她们又说,沥川的身体并不见好,大多数时候都坐在轮椅上。她们几乎都快忘掉沥川站起来是什么样子了。

绝望的时候我又想,就算沥川铁了心地不肯来,至少会派René来。或者,让René给我打个电话。

我也没看见René,也没接到过电话。

想起以前和沥川在一起的日子,我倒真的不曾生过病,连发烧都不曾有过。不过,每次月事来临,我都会很不舒服。沥川会让我躺在床上不动,然后会为我煮汤。肚子痛得厉害时,他会把双手按在我的肚子上,学气功大师的样子,向我"发气"。沥川一直很会关心人啊!

　　车祸之后的第二个月,艾松不得不回研究所工作。虽然不是坐班,他要上课,要做研究,不可能像头一个月那样长时间地陪着我了。其实他对我的情谊已让我觉得很愧疚了。我反复要求他不要再来陪我,因为有李阿姨照顾我,又专业、又细致、又周到、又耐心,我实在不需要另一个人在旁边。艾松不同意,仍然是每天都来,虽然停留的时间比以前短,但他到书店给我买小说、买DVD、买电视剧,变着法子替我打发光阴。有一次他居然一口气陪我看了八集的《雍正王朝》。见我昏昏欲睡,他就趴在我的床边改学生的论文,有一搭没一搭地和我讲话。

　　可是,我的情绪还是渐渐地低落到了零点。每天晚上,艾松一走,我就开始流泪,一直悄悄地哭到深夜。虽然我知道沥川有难言之隐,可是我绝对料不到,他就住在我身边,听到我出事的消息,居然不来看我一眼。

　　我深深地迷惑了。沥川真的还爱我吗?

　　如果爱与不爱没有区别,为什么要爱?

　　这样辛苦、这样没有结果的爱情,我还要坚持下去吗?

　　由于不能动弹,骨折的那条腿肌肉开始萎缩。训练有素的李阿姨加强了按摩的力度。可是,我内心里的某一处,同样也在萎缩,而且……越缩越小。

　　每天躺在病床上,我都痴痴地对着门口做白日梦,梦见沥川捧着一把鲜花来看我。楼道的脚步、轻微的咳嗽,和门前忽隐忽现的人影,都让我怀疑是他。

　　然后,当一切都证实不是沥川的时候,我木然了。

　　我在期待和失望中反复摧残自己。

　　渐渐地,我开始长时间地对着窗外发呆,不想理睬任何人,也不想说话。我的腿肿得大大的,以至于我都感觉不到它的存在,疼痛都变得陌生了。

　　有一次,实在太心烦,我擅自把点滴的针头拔了。艾松知道了,严词劝我。我忍不住对他大吼大叫。之后,我又向他道歉。然后我借题发挥,命令他最多一周来看我一次。

　　艾松坚决不同意:"不行!你的伤是我造成的,我将一直照顾你到出院!"

在严重的情绪失控中,我度过了黑暗的第二个月。腿瘦了一大圈,上面还有很大的疤。我被转入一家康复医院进行为期一个月的功能训练。

翻译组的姐妹们来看我时,都说我瘦得跟面条似的了。

"可能是吃素吃的。"艾玛说,"你现在病着,更需要营养,还是别吃素了,我让我妈给你炖红烧肉吧。"

"不成不成,我的意志本来就薄弱,喝了艾妈妈的骨头汤已经很享受了,不能再出格了。我要坚持信仰啊!"

"嗯……喝了我们家的汤,接下来,是不是就该做我们家的媳妇了?"艾玛笑眯眯地暗示,"告诉你吧,那汤头几次是我妈做的,后来艾松自己就学会了,现在你喝的都是他做的了,我都能趁机蹭上一碗。怎么样?艾家大少不错吧?人家为了你,一连放弃了两次去美国开会的机会呢。那边和他一起做课题的,都骂死他了。"

"真是挺感谢他的。"我真心地说,"你们家艾松人真好。"

我没有问起沥川,可是大家总是谈起他来。

"沥川今天穿了一件黑皮夹克,那种柔软紧身的面料,有没有搞错!"明明说,"我早上一见到他,差点被迷昏过去。他最多穿西装,一本正经的,我还能抵抗得住呀。"

"是啊,早就说了他穿皮夹克最性感,从来没见他穿过一次呢。"丽莎附和,"我虽和他错过了电梯,不过电梯里还留着他的香水,淡淡的CK,令人遐想。"

"其实王先生的病还是没有彻底地好。"小薇悄悄地补充,"你们看到的都是他光鲜时的样子。"

"怎么没有好?他都不怎么坐轮椅了。"

"有几次他上班不到一个小时,那个René就来接他了。"小薇说,"沥川在办公室里吐得一塌糊涂,René几乎是把他抱到轮椅上推走的。那一周我们给他换了两次地毯。"

"哦……沥川太可怜了,也不是靠这钱吃饭,病成这样,犯得着天天来上班吗?"

"就是啊!看来找男人还是得找个健康的。就这一病,看着多心疼。"

"你们能不能不要每天都这样无原则地花痴?"我苦笑,"CGP的美男也不止沥川一个。"

"美男倒是有,极品的也不是没见过。"众人齐齐地反驳,"沥川那样的,是仙品。"

是啊,沥川是仙品。哪是我这个凡人可以得到的呢?

那天晚上,艾松来看我,很认真地扶着我走路,末了,我忽然说:"艾松,以后你不要再来了。你照顾了我这么久,你的心意我已深深地领会了。"

"好好的你怎么又说这话呢?喝汤吧。"

他端给我一大碗香喷喷的骨头汤。我的眼泪忽然簌簌往下落。

"艾松,我不会爱上任何人的。"

"我和你也就是肇事者和受害者的关系,你别乱想,好不好?你若出院了,看我还来不来看你,我忙着呢。"

我想和他提沥川的事儿,可是我说不出口。我正渐渐地在往负面的方向想沥川。越想越多,已到了觉得他不可饶恕的地步了。甚至,当翻译组的姐妹们提起沥川的时候,我都觉得他是个很遥远的人,跟我已经没什么相干了。我曾经那么五内俱伤地挂念他,这种担心、这种关爱,已经悄悄地变了。

我对着艾松,默默地流泪。他问我为什么伤心,我一字不说。

他叹了一口气,说:"你想听我的故事吗?我以前的女朋友,我叫她小雪。她从高中时开始追我,追得我喘不过气来。那种穷追猛打的爱,如狂风暴雨般激烈。那时我很年轻,不把她的感情当一回事,还对她开玩笑,说:'大雪压青松,青松挺且直,要知松高洁,待到雪化时。'那是一场轰轰烈烈的大雪,将我全部掩埋了。我被她的爱包围着,八年,觉得很幸福、很轻松,也觉得一切理所当然。忘了告诉你,我是个工作狂,十年来从未休过任何一个周末。每天我都去实验室工作到深夜。如果论文进展得不顺利,我还会向她发脾气。甚至她告诉我她怀孕了,我都腾不出时间陪她去检查。直到有一天,我从实验室回来,看见了留在桌上的医疗报告。她打了胎,带走了她自己所有的东西,把我送给她的礼物、我们的合影全都扔进了垃圾桶。"

我震惊地看着他。

"我发狂了。我去找她,痛哭流涕地忏悔,求她回来。她坚决不同意。两个月之后,她结婚了。她说,她和那人已经好了半年了,周围的朋友全知道了,我居然还没有察觉。"他拍拍我的肩,"我从没有怪过她。结婚的那天,我还送了礼物。我祝她幸福,因为我实在不配做她的丈夫。你看,每个人都会从自己的过去学到点什么。我从自己故事里学到了如何去爱,不一定是指爱一个女人,而是爱任何一个在你心中有位置的人。我也从我的故事里学到了放弃。不属于你的爱,它会走,你抓也抓不住,不如让它走。"

我从艾松的故事里得到了某种启示。

第三个月刚过,我已能拄着拐杖走路了。医生说,从X光片上看,腿骨恢复得很好,只是肌肉有些萎缩,得加强承重训练。钢板还留在骨内,要等一年之后再拆除。

出院前,我悄悄地回过一次公寓,痴心不改地去查电话和手机的留言记录、我的电子邮箱、MSN的短信。

我悄悄告诉自己,只要沥川给我留过一次言,哪怕只是问个"how are you",我都会原谅他。

可是,什么也没有,一个字母也没有。

我想起了艾松喜欢说的一个词:黑洞。强大的能量、强大的引力,什么都掉进去,什么都逃不掉,什么都被吸走。可是,其实里面什么也没有。

我的心彻底地灰掉了。

我通知房东,从下个月起,我不再租用他的公寓。

我请来民工帮我将所有的书和衣物全部打包。

我订了回昆明的机票。单程。

我取消了在北京所有的资金账户。

我把汽车卖给了二手车商。

艾松帮我办好了出院手续。次日他要去加州开会,祝我一切顺利。

回到家里,我打印了两份辞职报告,一份给九通,一份给CGP。

周一是我留在北京的最后一天。我的书和大件行李,艾松已替我办好了托运手续。

我换了一身非常随便的衣服。天气很热,本来我是肯定要穿裙子的,但我不想让人看见我腿上的伤疤,便穿了一条长裤,拄着一支铝合金的腋拐,坐着出租车,去了香籁大厦。

重要人物从来不错过历史性的时刻。

在楼下等电梯的时候,我碰见了沥川。两个人,三支拐杖,我有点想笑,觉得一切很虚妄,又很滑稽。

沥川帮我按住电梯的门,然后,我们同时走了进去。

他一直低着头,不敢看我。

他要替我按第十九层,我说:"不用,我去二十层。"

"你还没有完全好,就来……咳咳……上班吗?"他一边说话,一边轻轻地咳嗽,头还是没抬起来。

"不,我不上班了。"我面无表情地宣布。

微微一怔,他正想说话,"叮"的一声,电梯到了二十层,门开了。

他按住电梯的门,让我先出去。我到了走廊的一角,看见江总的门关掉了,便叫住他:"沥川,有件事要拜托你。"

他终于抬起头,凝视我的脸,眼底波澜骤起:"什么事?"

我从口袋里掏出两个信封:"这是我的辞职信,CGP一份,九通一份,请你代我转交给江总。"

他显然料到了什么,没有伸手去接:"辞职? 为什么辞职?"

"我累了,想休息一段时间。"我淡淡地说,"然后,再出来找工作。"

一切还用得着解释吗? 沥川应该看得出我脸上的恨意吧。

他的腮帮子动了动,似乎咬了咬牙,却又很克制地公事公办地说:"也好,休息一下也好。"

我转身要走,他忽然又问:"那你还会待在北京吗?"

"不会,"我听见自己冷冷地说,"我明天就离开北京。"

他的脸有点发青:"那你打算去哪里?"

"沥川,"我抬头看着他,笑得像一把刀子,"你不是要我离开你吗? 现在我终于要消失了,你不觉得可喜可贺? 又何必多此一举关心我的下落?"

我把信封狠狠地塞到他的手中,回到电梯,按第十八层楼,去收拾我在办公室里的东西。

在关门的一瞬间,沥川忽然挡住电梯。

我抬头看他,心跳如鼓。他的眼神里有我无法承受的凄楚。

我暗暗地想,如果他要挽留我,哪怕只是一点暗示,哪怕口气稍微松动一下,我就原谅他,立刻原谅他。

不料,他只是深深地吸了一口气,平静地说:"小秋,祝你一路平安。"

然后,电梯的门,缓缓地关掉了。

我心中的另一扇门,也同时关掉了。

我失魂落魄地回到自己的办公室,来不及收拾烦乱的心绪。我花了一个小时发邮件交代我的工作,然后清理内存、删除文件,将电脑交回行政部。我的最后一个E-mail是请求艾玛将Mia送给沥川,说他肯定会收养。然后,我将沥川的咖啡杯用一张纸包着,塞进他的邮箱,将自己的东西装进一个纸盒。下楼,叫出租车,回家。

到了公寓旁边的小卖部,我买了一盒烟。

回到公寓,一根接着一根地抽。

往事不堪回首,我的心千疮百孔,我的灵魂彻底幻灭。

日影渐渐西斜,月影渐渐高升。

明早的飞机,行李已经收拾好了。公寓的钥匙我留在了桌上。

我睡不着,一直坐在床上流泪。

凌晨两点,我的手机忽然响了。

我看了一眼手机的显示,一个陌生的号码。

手机只响了一声就挂掉了。

Chapter ·45·

> 沥川,我给你最后一次机会。最后一次!只要你要我回来,哪怕只是一个眼神,我就回来!

可能是拨错了号码吧。

我有一点点怀疑是沥川。将手机捧在手心里等待。

足足一个小时过去了,电话再也没有响过。

不知道为什么,我的心却越跳越快。虽然这最有可能是沥川的电话,我却告诉自己不要接。

我已经给了他三个月的时间,我们已经结束了。

沥川,你知道结束这一切,对我来说有多难吗?难道为了一个电话,一切又重新开始?

又过了十分钟,还是没有任何动静,我莫名其妙地焦虑起来,心跳如狂,烦躁不安。终于,我无法克制地将这个号码回拨了过去。

沥川,我给你最后一次机会。最后一次!

只要你要我回来,哪怕只是一个眼神,我就回来!

铃声响了三下,没人接。我大怒,怀疑是不是有人恶意骚扰。紧接着,进入自动留言信箱,中文的、英文的、法文的、德文的,重复着同一句话:"你好,我是王沥川,我现在不方便接电话,有事请留言。"

磁性的中音,充满魅力的声音。

那么,是他。

我挂掉电话,再拨。一连拨了十次,终于接通了。

那边传来嘈杂的声音,一个很粗的男声冲着话筒大声说:"你是谁啊?"

"我找王沥川先生!请问您是哪位?"

"我不知道谁是王沥川,"那人说,"只知道这里有个喝醉的人,电话不停地响。他是你的朋友吧?"

"喝……喝醉?"我的头一下子大了,"请问您在哪里?这人是我的朋友,非常重要的朋友!请告诉我您的地址!"

"狼欢酒吧,H大街上的那个,你知道吗?"

怎么不知道?就在我第一次遇到沥川的那个咖啡馆附近。纪桓是那里的常客,沥川以前也常去。

"知道知道!"

"你快来接他吧,看样子他醉得不轻。"

沥川绝对不能饮酒,一滴也不行,不然会有性命之忧。这是René和霁川反复告诉我的。我已吓得一佛出世、二佛升天,抓起手袋,冲出大门,忘记带拐杖,差点摔个跟头。我到大街上拦出租车。一进车门就交给司机两百块钱,让他到了狼欢酒吧在门外等我。

司机在我发狂的催促下,十五分钟之内赶到了狼欢酒吧。

酒吧不大,灯光昏暗,人声低喁,人来人往。清一色的男人,有老有少,连服务生都是男的。前台乐队的鼓声覆盖了一切,有个学生模样的歌手,用醇厚的中音唱一首古老而伤感的英文情歌。很多人围在一边,给他鼓掌。

服务生带着我在一个靠墙的角落找到了沥川。他趴在桌子上,旁边放着一小杯酒,当中有一颗橄榄。

我问服务生:"这杯酒有多少?他全喝了吗?"

服务生摇头:"这是马提尼,度数不高,也没多少,给他送来的时候就只有这么多,他最多喝了一口。"

沥川酒量不差,绝不至于喝一口酒就醉掉。可是沥川趴在桌上,一动不动,好像真是醉了。

我轻轻地推了推他,在他耳边叫道:"沥川,沥川!"

他没有醒。

我又用力地推了推,他猛然抬起头,目光散乱。

"沥川?"

他微微睁开眼,迷离地看着我,好像不认得我。

我拍拍他的脸,又摸摸他的额头,有点烫,但不算是发烧:"沥川,沥川,你怎么啦?"

沥川还是不理我,又趴回桌子上了。倒是一旁的服务生说:"醉了的人都是这样,你把他带回家,喝点浓茶醒醒酒就好了。"

"不对吧,他连一杯酒都没喝完,怎么可能醉了呢?"

"他是来这里找朋友的嘛,不一定只喝自己杯中的酒啦……肯定是醉了,我百分之九十九地肯定。"

我把另一张桌上的蜡烛拿过来,在沥川的脸前晃了晃。他正在出汗,满头大汗。我握了握他的手,手心是湿的。我又去推他,他忽然开始说话了,呓语一般,法语混着德语……好几国语言,都乱了套了。

"我说是醉了吧,都说醉话了。"服务生在一旁说。

总之,得先把人弄走。我说:"我已经叫好了出租车,能不能麻烦你帮我把他扶到车上?"

"他……还没付账。"

"多少钱?我来付吧。"

"我去查一下。"

过了一分钟,他走过来说:"对不起,他是VIP客户,用的是年卡。你不用替他付账。"

说罢他去叫来两个大块头的保安,将沥川连扶带抱地送上了出租车。

"小姐,去哪里?"司机问。

"港澳中心瑞士酒店。"

车稳稳地开了,可是沥川的样子却越来越不对劲。他原本一直胡言乱语,渐渐地开始急促地喘气。渐渐地,话说不出来了,只剩下了沉重、吃力的呼吸声。

我拼命敲司机的椅背,对着他大喊:"大叔!不去瑞士酒店了!他……他不行了!得马上去医院!越快越好!"

"最近的医院是协和。"司机回头看了我们一眼,也觉得情况严重,"别是酒精中毒,这可是会死人的!"

我心跳如狂,紧紧地抱着沥川,喃喃地,一遍一遍地叫他的名字:"沥川,沥川,沥川……"

他浑身软绵绵的,像婴儿一样无助地靠着我。

我用手试探他的呼吸,非常急促、非常吃力。

这当儿,我想起来一个人,连忙打手机找René。

电话响了一声就通了。

"安妮!"

"René!沥川出事了,他不对劲,我正送他去医院急救,你快来!快点来!"

"沥川在你那里?我正四处找他呢!哪家医院?"

"协和。"

"安妮,保持镇定,我马上就到。"

到达医院时,沥川已经完全昏迷了。

一群人将他送进急救室抢救。为首的是一个中年医生,非常干练,迅速检查了他的身体,对手下的人吩咐:"急性呼吸衰竭。马上做气管插管,上呼吸机。"

说完这话,我便被一个护士拦到了门外,她问我沥川的病史,我把我知道的全告诉她了,急性肺炎、严重贫血、血型、呕吐……她给了我一堆表,要我填写。

我双腿发软,浑身不由自主地颤抖起来。几年前父亲病危的情景再次浮现眼前。我拄着拐杖,退到墙边,紧张地大口喘气。

神色未定,急救室的门忽然开了,那个中年医生叫道:"哪一位是谢小秋?"

我冲过去应道:"我……是我……"

"我是倪医生。请问,你和病人是什么关系?"

"女……女朋友。"

"是这样,我们刚给病人做了气管插管,上了呼吸机。在拍胸片确认插管位置时,发现他的胸口有内植式中央静脉导管,单侧肺组织形态不整。这些都不在你写的病史上,请问他的病情你了解多少?"

我傻掉了,结结巴巴地问:"什么内植……导管?我……我不知道他的病史。他不肯告诉我。"

"对不起,我现在没时间解释。他还有没有别的家属?"

"有,有,是个外国人,正往这儿赶!我这就打电话!"

我拿出手机准备拨号,看见René从门外一头大汗地跑了进来。我向他招手大叫:"René!快过来!这位医生需要知道沥川的病史!"

René急切地用英文问我:"那个……医生懂英文吗?"

"我是翻译,你说,我来译。"

"对,对,我糊涂了。"

"Alex是Osteosarcoma二期。"

天啊,哪壶不开提哪壶。其实医学词汇多年前我有专门背过,进了CGP之后,脑子就被建筑学词汇塞满了,一时转不过弯来。所幸我还知道分析词根,"Osteo"是骨,"Sarcoma"是恶性肉瘤,结合在一起指的是什么,有没有专门术语来指称,就不知道了。

René见我迟疑,补充了一句:"Bone Cancer.(骨癌。)"

我的身子猛地一晃,"当"的一声,拐杖掉到地上,他及时地扶住了我:"你不要紧吧?"

我摇了摇头。René也太小看我了。这种时候的我岂敢昏厥?

定了定神,我对医生翻译:"病人曾患有骨癌,Osteosarcoma,二期。"我把英文重复了一遍,协和是北京最好的医院,这里的医生对医用英语应当不陌生。

"Alex十七岁查出骨癌,做了截肢手术和化疗。二十五岁那年发现肺转移,做了肺叶切除。"René继续说。

我麻木地翻译着,好像一个死刑犯在听最后的宣判。

"经过三年的化疗,癌症暂时控制住了,没有复发。"他顿了顿,看了我一眼,说,"可是,在化疗的过程中,医生又发现他白细胞减少,免疫力降低。后来红细胞也渐渐减少,贫血症状明显。"

翻译到这里,那个医生已知道了大半,问道:"是不是MDS?"

我不知道什么是MDS,看了看René。René显然知道这个词,他点头:"是的。"

"哪个型的?"

"RA。"

医生神情凝重,将我拉到一边,递给我一张纸,沉声说:"病人病情很危险,你们要有心理准备。这是病危通知书,你签个字吧。"

说完,他就回急救室了。

我接过那张纸,只觉金星乱冒,半天都看不清上面写的字。我揉了揉眼睛,逼着自己往下读:

病危通知书

诊断:感染性休克、急性呼吸衰竭。

尊敬的患者及家属:

您好,您的家人现在在我院治疗,目前病情严重,随时可能进一步恶化,危及生命,特此告知。请予以理解并积极配合医院的抢救治疗。尽管如此,我们仍会采取有效措施积极救治,如果您还有其他要求,请在您接到本通知书后立即告诉医生。

患者或家属签字:

交代病情医生签字:倪永康

我将通知书逐句译给René听。René苦笑,说沥川像这样的病危也不是一次两次了。他们家人、朋友的神经,除了老人之外,已被锻炼得很坚强了。

我倒在守候室的椅子上,身子不断地发抖,震惊得半天说不出一个字。

René一直紧紧地拥抱着我,用断断续续的中文安慰我:"Alex不会有事的,Alex福大命大,一定不会有事的。"

我凝视着急救室里隐约的灯影,心中默默祈祷。

无论如何,这样的等待都太可怕了,里面传来的每一个响动都让我惊恐。门上的挂钟无声地移动,每根指针都是一把剑,向我刺来。

等了很久很久,几乎半个世纪吧,墙上的指针却告诉我只过了十分钟。

觉察到我的身体仍在不停地颤抖,René去买了一瓶果汁递给我,让我喝一口,说这样可以减轻压力。

我满头冷汗地看了他一眼,神经已紧绷得快要断掉了。我摇头拒绝,什么也不想喝,甚至感到胃部在不停地翻腾,有一种呕吐的感觉。

为了转移注意力,我深呼吸一口,捅了捅正在用含糊不清的法语念着某种经文的René:"哎,René,沥川的病,你再讲详细点。"

他回过神来,反问:"刚才那些,你听了还不够?还不怕?"

"不够。你说了一大堆术语,我对付着听了个半懂。"我说,"这么说,沥川的腿,不是因为车祸?"

"是车祸发现的。"René说,"那年沥川的妈妈开车带他去买东西,半道上出了车祸。他妈妈死掉了,他的大腿受了轻伤,可是好久也不好,还痛得要命,接着就查出了骨癌,恶性的。当时医生说,情况太严重,就算做手术也没什么机会。于是就进行了保守的化疗。"

"……"

"那时,大家都以为Alex只有几个月的活头了,一家人伤心得要命。想不到化疗之后,运气不错,Alex的病情竟然迅速好转。于是他父亲就带他到美国去看一位名医。那位名医认为还有机会做一个大胆的手术尝试。于是,Alex做了高位截肢。手术之后继续化疗,恢复得很好。有整整八年没有复发。在这些年里,连医生都告诉我们,Alex的癌症已经根治。虽然走路不方便,可是他可以像一个常人那样生活,不必成天担心死神的降临了。"

霎时间,故事所有的环节在我的记忆中一环一环地扣上了:"六年前,沥川突然离开我,是不是因为他的健康再次恶化?"

René点头:"沥川每半年都会回医院做例行的检查。那一年回瑞士,他被查出癌症转移到了肺部。你知道,骨癌肺转移的成活率非常低。这等于向他宣判了死刑。他说,你当时正在热恋之中,只有十八岁,不忍心告诉你,怕你伤心。他更不想让你看见他受苦的样子,宁愿你恨他一辈子。所以,他下定决心离开你。"

我咬着牙,不让自己抽泣出声:"那他……那五年……是不是过得很苦?"

René叹了一口气,点点头:"医生对转移的病灶进行了肺叶切除,之后他经过了整整三年的化疗。人瘦得脱了形,头发也掉光了,非常虚弱,连站起来的力气都没有。说真的,他的样子完全变了,就算你见了,也不会认得他。化疗的副作用很可怕。此外,他还有骨痛和幻肢痛,有几次实在太痛苦,他想一死了之,却又怕他父亲和爷爷奶奶们伤心。总之……那三年,若不是有你的E-mail,我真不知道他是怎么熬下来的。"

不知不觉,我的脸上满是泪水:"那他为什么不给我回信?至少我可以劝劝他,陪他说说话,替他宽宽心也好啊!"

"Alex下了决心的事,是不会改变的。"René叹道,"Alex的意志无比坚强,不然也不可能和癌症斗争那么多年。安妮,你做好准备,等一会儿他醒了,知道你已经了解了一切,他还是不会改变主意,还是会要你走。"

我看着René,吸了一口气,继续问:"René,什么是MDS?"

"Myelodysplastic Syndrome.(骨髓增生异常综合征。)"他说,"是一种造血细胞异常增生分化所导致的造血功能障碍。我不知道中文应当怎么翻译。"

"造血功能障碍?"我还是不懂。

"简单地说,就是一种非常难治的贫血症。可能是由于Alex的长期化疗引起的。这种病有百分之三十的可能性会转变成急性白血病,所以Alex的免疫力特别低,生活需要特别小心,任何一次感染或出血都可能导致死亡。"

我想起了那次沥川跳下垃圾箱,手臂流血,他哥知道之后,像发了疯似的骂他。

"因此沥川每天都要吃药?吃那些让他呕吐的药?"

"是啊。他每天早上要吃一种药,防止骨质疏松。因为骨癌和化疗使他的骨质产生了变化,很容易骨折。每天饭前三十分钟他还要空腹吃下另一种药,排铁。"

我觉得René对这些术语的了解,只怕已让医学院的学生们羞愧了。

"排铁?为什么要排铁?"

"为了治疗MDS,Alex需要定期输血。长期输血会导致体内的铁超负荷。为了防止铁中毒,Alex需要服用排铁剂。这种药叫作Deferasirox,对胃和消化道的刺激很大。吃下之后很容易恶心、呕吐。"他再次叹气,"Alex特别不想你知道他有MDS,因为你有晕血症,而他动不动就要去验血、输血,严重的时候每周一次。"

"就没有一种可以完全根治的办法吗?"我着急地问,想起以前看过的各种悲情电视剧,《血疑》之类,"比如骨髓移植什么的?他不是有哥哥吗?"

"骨髓移植讲究的是HLA的位点配型。霁川很愿意捐献骨髓,可是他的骨髓不合适。就算移植了,成功率也很低。Alex已经申请了骨髓移植,可是到目前为止,一直没有找到理想的配型。"可能是被我问累了,René眼观鼻、鼻观心,专心看自己的大拇指去了。

我在病危通知书上签了字。看见一个六十岁左右的男人，满头银发，匆匆向急救室走来，边走边穿白大褂。René站起来，向他迎了过去："Dr.Gong!"

那人似曾相识，仔细再看时，我猛然想起他就是几年前和沥川在咖啡馆里喝咖啡的老人，我还记得沥川叫他龚先生。

那人站住，冲我点了一下头，对René直接说英语："怎么样？正在抢救？"

"嗯，"René说，"是感染性休克，急性呼吸衰竭。"

"是呼吸道感染引起的吗？"

"可能是。这一段时间他咳嗽得很厉害，我让他去医院，他不肯，还冲我发火。估计是心情不好。"

"我先进去看看再说。"说完，他就到急救室去了。

我问René这人是谁。

"哦，他是协和医院的龚启弦教授，著名的肿瘤专家，是沥川在北京的主治大夫。以前沥川的父亲在中国心脏病发作，龚教授曾救过他的命，所以结下了很深的友谊。刚才你给我打电话之后，我立即给他打了一个电话，让他过来一下。他对沥川的病情非常熟悉——"

正说着，急救室的门忽然打开了，龚启弦走了出来。

我和René同时从椅子上跳起来："怎么样？"

"情况暂时稳定，已经把他送进ICU继续观察。目前沥川靠呼吸机维持呼吸，靠升压药维持血压。为了上呼吸机，我们用了镇静剂，所以他还是不省人事。这回幸亏送来得及时，不然小命就交代了。"

我和René更换了衣服，戴上了口罩，经过一道道严格的消毒程序，一起进入ICU病房。果然和我梦见的一样，沥川半躺着，脸色苍白，双目紧闭，全身上下插满管子。

"你们可以在旁边陪伴，不过不要动他，也不要碰他。会有专门的护士来护理。我建议你们坐一会儿就走，明天再来。反正不撤掉呼吸机，他不会清醒，你们也帮不上任何的忙。"他指着一旁的两个沙发，示意我们坐下，"我还有一个病人在二楼，过一会儿再来，有急事给我打电话。"

大家都松了一口气，René看着我的腿，终于问："安妮，你的腿怎么了？"

"我出了车祸，骨折。沥川没有告诉你，是吗？"

"没有。"René说,"难怪他这段时间心情不好,跟吃了火药似的。天天晚上拉我去逛酒吧。他又不能喝酒,就坐在酒吧里发呆,整晚整晚地不说话。后来我要读资料就没再陪他,他经常自己去。"

"我知道,"我叹息,"他的心很苦,他太会折磨自己了。"

ICU病房只允许有一个陪客,René对我说:"你的伤没完全好,不如我们都回去,明天早上再来看他吧。"

"René,你先回去吧,我在这里待一会儿。每次见到沥川,沥川都让我走。现在,让我好好地陪陪他吧。"

我在沥川的身边,一直坐到天亮。其实,我没什么可担心的。护士每隔十分钟过来看他一次,检查输液和排尿的情况。每隔三个小时,灌一次鼻饲。每隔两个小时,还会替他翻一次身。沥川的嘴半闭着,一根四十厘米长的软管从口腔一直插到气管的底端,胸膛在呼吸机的支持下,缓缓起伏。我看见一个医生走进来,检查了他的情况,又将另一根几乎同样长短的软管插进去,定期吸痰。这么痛苦的程序,床上的沥川看似毫无知觉。他只是静静地躺着,肌肤苍白得近乎透明,甚至发出幽幽的蓝光。

过了好长一段时间我才意识到,蓝光其实来自呼吸机上的显示器,上面的字数不断地跳动着,很生动,很欢快,好像某个动画片。这一夜,我的眼睛几乎是一眨不眨地看着沥川,看着他蜡像般地躺着,生命的迹象仿佛消失了一样。我忍不住每隔一个小时,用戴着手套的手轻轻地摸摸他的头发,又摸摸他的脸,以确信他还好好地活着。

早上五点,那个龚医生进来了,对我说:"你还是回去休息一下吧,或者至少吃点东西。二楼有餐厅。"

我对他笑了笑:"不了,我不饿。"

从小到大,我都不怎么相信机器。我仔细聆听呼吸机的声音,怀疑它会出故障,不再供给沥川氧气。又怀疑那个四十厘米长的软管会不会被堵住,让沥川窒息。我观察点滴的数量,怕它太快,又怕它太慢。每次蜂鸣器一响,我都以第一速度冲向护士,弄得她们有点烦我……

沥川在ICU里一共躺了七天。第三天血压才开始稳定,医生撤掉了升压药。第七天呼吸功能才有好转,撤掉了呼吸机。镇静剂一停,沥川很快就苏醒了。可是他一时还不怎么能说话。看见了我,指尖微动,我紧紧地握住他。

陪了沥川七天七夜,除了吃饭、上厕所,我没离开过ICU,每天睡不到三个小时,都是在沙发上打盹。René白天过来看我,觉得我不可理喻。他说沥川在瑞士一切都有护士,家里人和亲戚不过是轮流地去看他,陪他说说话什么的。大家都很忙,沥川住院又是家常便饭,看完病人大家就各忙各的去了。没有谁像我这样,不分昼夜、寸步不离地守在床前。他说我纯粹是瞎操心、浪费时间。

"咱这叫'中国式关心',你懂吗?"我抢白了一句。

"所以我每天都来看你。我觉得Alex不需要我看,你需要。"René调侃。

我问René:"霁川知不知道沥川又病了?"René摇头:"我可不敢告诉霁川,那个暴君。如果他知道Alex又躺进了ICU,肯定在第一时间把他弄回苏黎世软禁起来。他们哥俩又要大吵大闹。以前大家都还向着沥川,这一回肯定不会了,全家都要对Alex宣战。"

我迷惑了:"为什么呀?"

"你们这对傻鸳鸯,Alex为了你,向全家人宣布他决定不再回瑞士了。他说他自己时日不多,愿意死在中国,葬在北京。他已选好了墓址,连墓碑上的话都想好了。"René闭上眼,好像面前有一具棺材,然后用牧师的声音说,"这里睡着王沥川,生在瑞士、学在美国、爱上了一位中国姑娘,所以,死在中国。阿门。"

仿佛为了配合René的剧情,床上的沥川一动不动,双眸紧闭,平静安详。

我无限心酸。

苏醒的时候,沥川很虚弱,还不怎么能说话。虽不需要呼吸机,仍需要吸氧。护士在他身边忙来忙去。我双腿盘着,坐在一旁的沙发上,继续打盹。

大约过了一个小时,ICU里送进来一个病人,大声地呻吟,把我吵醒了。

睁开眼,看见护士正在帮沥川翻身。他的皮肤苍白得没有半分生气,身上缠绕着各种管子,他好像被卷在一团乱麻之中。翻完身后,护士用凡士林擦拭他身体受压的部分。我过去将床铺弄平整,协助护士将几个枕头塞在沥川的背后。

正在此时,沥川忽然张口对着护士耳语了几句,护士没听清,他又说了一次,护士就离开了。我们相互对视着,一时间都不说话。

过了一会儿,他说:"So,你是,我的家属?"话音很轻,声音嘶哑,几乎每个字都有重音,"Since when?(从何时开始的?)"

没想到一睁开眼的沥川就那么咄咄逼人,我蓦然失语了。

"不是说,你要离开北京吗?"他上气不接下气地说,"为什么还没走?"

"你能少说几句不?"我没心情也没胆子和刚刚抢救过来的病人斗嘴。

护士长来了,尴尬地对我说:"对不起,谢小姐。这位病人说你不是他的家属,要求你立即离开ICU。"

我站起来,怒火攻心,几乎想掐他。只觉眼前一阵发黑,身子不由得晃了晃。

护士长及时地扶住了我,将一旁的拐杖递过来。我气得手直哆嗦,拾起沙发上的手袋,将床边小柜上我的手表、手机、钥匙、口杯一股脑儿地收进袋中。

护士长忍不住替我解释:"王先生,您可能不大了解情况。您是这位女士送来急诊的。她在这里守了您七天七夜,几乎没合眼。您说,她不是家属……"她指着对面房间里躺着的一个老人,嗓音有点激动,"看见那位老爷子了吗?他的三个儿子都来了,在病床前面,为医药费吵得不可开交,最后跺跺脚,一刻钟工夫,全走光了。他们倒真是亲人,您说是家属吗?"

沥川不为所动,双目直视天花板,沉重地喘气:"我要她……立即离开。"

他的脸痛苦地抽搐了一下。蜂鸣器顿时一阵乱叫。一群护士冲进来,为首的是值班医生。

护士长连忙对我说:"谢小姐,病人情绪不佳,情况也不好,你还是回避吧。"

说罢,不由分说地将我拉出了ICU。

过了一个小时,护士长出来了,见我仍旧守在门外,也不坐,拄着拐杖伸长脖子往里看,苦笑着摇头。

"他怎么样?没事吧?"我赶紧问。

"暂时脱离危险。我们已经把他转入普通病房了。你还是回家歇一会儿吧,至少好好地睡一觉。"

"哪个病房?"我问。

"407。"

"我去看看。"我拔腿就走。

"唉——"身后再次传来护士长的叹息。

407是单间隔离病房。

我悄悄地走进去,以为沥川睡着了。不料,他竟睁着眼,迅速地发现了我。

迟疑片刻,我走上前去,轻轻地摸了摸他的额头。

"Hi——"我心疼坏了,顾不得生气,声音不知不觉地温柔了,"你觉得好些了吗?"

他张嘴说了几个字,我听不清,把耳朵凑到他面前。

他说:"回去……睡觉。"

到底还是顾念我,心头微微一暖,我的眼眶顿时发红:"我哪儿也不去,就在这里陪着你。"

"我有……护士。"

"我知道。"

不知哪里闪过一阵疼痛,他用力咬了咬牙,身子蜷起来,手紧紧地拽住床单,出了一头冷汗。

"不舒服吗?"我紧张地看着他,"我去叫医生。"

"不……"

他急促地喘气,又似被痰堵住,想咳嗽,又咳不出,胸口发出嘶鸣之声,脸顿时憋得通红。

我冲出去叫护士,护士进来摇高了床背,半抱着他,轻轻地拍打他的背,助他排痰。折腾了十几分钟,他精疲力竭,昏沉沉地睡过去了。

我本已疲惫不堪,见他像婴儿般虚弱无助由人摆布,仿佛随时都可能出事,一时间又急又怕,睡意全无。我去二楼餐厅吃了点东西,又喝了杯滚烫的咖啡。回来时,在病房里看见了René。他的身边还站着一个二十七八岁的小伙子,穿着护工的衣服。

"René,这位是?"我端着咖啡,顾不得礼貌,指着那个小伙子问道。

"江浩天先生给介绍的一位护工,叫小穆。江先生父亲病重时是他照料的,非常专业,也非常仔细。我怕护士们忙不过来。再说,Alex病起来不好伺候,脾气特大还别扭。在苏黎世的时候就把Leo和他爸折腾得够呛。就他爷爷有时过来吼他两句,还管用。"

我莞尔。这段描述完全符合沥川在我心中的印象。沥川不想让任何人看见他的虚弱,尤其是我。在这一方面,他异常顽固,我已领教多次了。

"嗨,小秋,你的黑眼圈太吓人了,快回家睡一会儿吧。这里有我,你明天再来。"

我坚决摇头:"我不放心,哪儿也不去,就在这儿待着。"

"你已经七天七夜没好好睡了。"René观察我的脸,"别等沥川的病好了,你却倒下了。"

"不是我不想睡,可是,万一发生了什么意外……"我的嗓音不自觉地颤抖起来,"我是不会原谅自己的!"

René想了想,说:"这样吧。ICU房外有家属休息室,你去那儿休息吧。"

"René,"我忽然说,"我得洗个澡。"

Chapter ·46·

> 霁川与沥川相貌很相似,可从没有像今天这么相似过,以至于一眼看见他,一直保持镇定的我立即泪流满面,痛哭失声。

René开车送我回沥川的宾馆。在路上,我随便买了几件换洗的衣服。在浴室里匆忙地洗浴了一番之后,又被René送回了医院的家属休息室。

我和衣而卧,睡了整整十六个小时。睁开眼,发现René一动不动地坐在我的床边。

他的眼光是湛蓝的。

奇怪,这人怎么擅离职守? 不去守着沥川,到我这里来做什么?

"René?"

"我需要和你谈一谈。"他说,"不代表我自己,代表Alex。"

我坐直起来,找了一把梳子梳头。

"Alex希望你立即离开北京,由我来送你去机场。"

这话的口气好像是警方人员要把间谍递解出境,我心一烦,手用力一拽,拽断一小把头发,语气强硬了:"你打算怎么送我去机场? 绑架?"

"安妮,Alex的意志不是轻易可以改变的。如果他能改变,你们俩也不会受这么多年的罪。"

"我的意志也是不可以轻易改变的。"

"他不愿见你,也没力气争论。我想,"他的目光不知何时,变得很莫测,"在这种时候,你还是不要和他争辩了。你的公寓在哪里? 行李早已准备好了吧? 你打算去哪个城市? 我给你买机票。还有……"

"你别劝我了。沥川现在这样子,随时都可能挂掉。你想让我这时走?不可能。"我尽量保持镇定,"活着,我要等到他康复;死了,我也要跟尸体告别。"

René一脸的无可奈何:"你知道,病人有权利不让你探视。"

"我也有权利在门外等着。"

说罢,我拿着洗漱用品去了洗手间,洗脸、梳头、化妆、更衣。然后,我去餐厅吃了一顿饭,香辣鸡块加红烧牛肉。吃完了,我端着一大杯浓咖啡,拿了一本杂志,盘腿坐在407病房门外的地板上。

René看见我,恨不得拔自己的头发:"你这是干什么?静坐示威?"

"练瑜伽。你不让啊?"

他长长地叹气,将我从地上拉起来:"进去吧,他要见你。"

推开门,我看见小穆正用轮椅将沥川从洗手间里推出来,送回床上。护士进来换了一袋药水,检查点滴的情况。

不知是错觉还是窗外的阳光太明媚,沥川的气色比在ICU时好了很多。只是衣服空荡荡的,七天粒米未进,瘦得有些刺目。他的胸口半敞着,一个纽扣型的针管直接插在锁骨下方一个微微鼓出的、硬币大小的肿块上。在ICU时,René告诉我,这个就是"内植式中央静脉导管",是手术植入皮下的一个输液装置。以前用于化疗,现在沥川有凝血功能障碍,需要长期输血,传统软针穿刺会对身体造成伤害,也靠这个来输液。其实在瑞士时我就发现了这个肿块,因为当时沥川不那么瘦,所以不那么明显。而且,沥川很容易过敏,我还以为是过敏引起的大包,不敢多碰。问过他,他遮掩过去了。

我想起刚才吃的红烧牛肉,也许沥川能喝点粥,便问护士:"他能吃东西吗?"

护士摇头,用一种专业的语气说:"病人吞咽有困难,不能吃饭,也不能喝水,靠营养液维持。你没看见他还插着胃管鼻饲吗?"

看得出沥川想和我单独说话,他的眼光闪了闪,默默地等待护士离开。偏偏那个护士不肯走,把他身上的管子、针头检查了一遍又一遍,又给他量耳温、量血压。她问他冷不冷,不顾沥川摇头,给他换了一条刚刚烘暖的毯子,又细心地替他掖好。

没办法,沥川就是长得太好看了,不放电也有电。

我在一旁站着,耐心地等着护士照料完毕,做了记录,终于离去。

"Hi,"一直垂眸若睡的他，忽然抬起头来凝视我，"昨天睡得好吗？"

我觉得，他的口气有些生疏。这种时候，沥川绝对不愿意看见我。

"挺好，睡了十六个小时。刚才到餐厅里好好地吃了一顿，红烧牛肉。"我还为刚才的事生气，脸上不知为什么，竟挤出了一个笑容。

眸中掠过一丝怀疑，他反问："你不是吃素吗？"

"改了。吃太多素，人会……会没力气。"没油没盐的句子，我居然都说得嗓音发颤，好像当庭作证似的。生怕说错一个字，他听了生气，会昏厥过去。

他的目光落到我的腿上。

"腿好些了吗？"他黯然地说，"为什么……"

他突然垂下头，没说下去。

"已经好了，只是肌肉还需要锻炼一段时间。别盯着这拐杖，我是觉得很酷才用的，其实没它我也能走。"

"别骗我了，"他说，"就你骨折过啊。"

我愣了愣，既而释然。沥川的心态和我是一样的，不是吗？我们谁也不愿意让对方知道自己有病，看见自己受罪。

"难受吗？"他又问。

"什么难受？"

"一个人独自住在医院里。"他喃喃地道，"像我这样，一袋又一袋地吊着点滴。我以为，这回你总该恨我了吧。"

"不难受，也不恨。呵呵，我天天看《雍正王朝》来着，还复习了全套的金庸。对了，那电视剧挺好看的，我买了全套的碟子，等你出院了我陪你再看一遍，好不好？"我想让语气显得快活点，说出来又嫌夸张了。

"出院？"他哼了一声，嘴角漾出一丝苦笑，"这些年，我住院的时间比出院的时间还长。我爷爷居然对我说，在家养病也是一种重要的工作。"

"……"这话有点逗，我想笑又不敢笑，终究还是笑了。

"这么说，那个博士，对你还不错。"

"是啊，对我挺好的。"我开了半天玩笑，其实说的也是实话。

他的腮帮子动了动，手用力拧着床单，仿佛咬牙切齿："不会骑摩托就别骑，我真想揍他！"

我苦笑了一声,心里说,你不来看我,我也想揍你!

"过来,小秋,"他轻轻伸出手,"我有话要和你说。"

我们的距离很近,我却走了好几步。到了床边,他握住我的手,将它放到自己的怀里。

微微的心跳闪电般传入我的指尖。他的额头淡然无光,几缕被冷汗浸湿的头发耷拉下来,气息微弱地拂着,那样稀薄,那样无力,带着几分消毒水的味道。

"离开这里,好吗?"沥川很少求我,这种纯粹乞求的语气,从来没用过。

"不好。"我的回答坚决又果断。

他当然预料到了,无奈地看着我,目光在我的脸上停留:"René已经告诉了你我的病情,对吗?"

我点点头。

"他说的,其实只是阳光的那一面。"

"什么?"我傻眼了。

骨癌、MDS、截肢、肺叶切除、化疗……这还叫阳光啊?

"他没有告诉你,我的癌症复发的可能性很大。我是混血的亚洲人种,骨髓配型也非常难找。现在我的抵抗力几乎全线崩溃,已经支撑不了多久……别瞪我,跟我没关系。我真的已经很小心了,按时吃药,定期输血,注意营养,医生说什么我听什么。可是,情况仍然在恶化。你千万不要对我的未来抱太多乐观的想法。"

沥川的语气非常漠然,好像他自己是医生,在说别人的病情。我暗暗地想,这么多年病下来,一波又一波的治疗,一次又一次的打击,承受这一切,需要一个多么强大的意志啊。而我和他的那一点点短暂的欢乐,又该是多么的珍贵。沥川那么地需要爱和支持,却又那么坚决地拒绝我,他的固执,真是到了不可思议的地步。

我忍不住嚷嚷:"小心?你这叫小心啊?你跳垃圾箱割破手,冒雨和我吵架,去酒吧喝酒,吐得要死还要逞强——这一切都说明,你根本不会照顾自己。"

"小秋,"大约说多了话,他疲惫地咳嗽了一声,眸光转暗,"如果癌症转移,继续转移到肺,我已经切除了大半个肺,没有什么退路了。MDS继续恶化,是急性白血病,死亡率很高。等待骨髓配型,遥遥无期。就是配上了,也不是一了百了,还会有层出不穷的并发症。你还想听更多吗?"

"继续说……"

他低头沉默半晌,定定地看着我:"治疗期间,我们不能要孩子,也许永远也不能有。经过多次化疗……我可能……可能会令你生出外星人。"

我终于明白了。

这一定是沥川最大的心结。我一直和沥川说我喜欢孩子,喜欢很多孩子,发誓要给他们足够的母爱。

"不要就不要,咱们可以领养。我还省事儿呢,我特怕疼!"我再笨也知道保住了分母才有分子。没有沥川,我什么都没了,还谈什么孩子。

"怎么?"他张口结舌了,"听了这么多,你一点也不害怕?"

"不害怕。"

"我答应你,小秋,如果你……"说得太急,他不得不停下来喘气。过了十秒钟,方能继续,"如果你现在离开北京,我一定努力地活下去。"

"不,我不离开北京,我喜欢北京。"

"那好,你留在北京,我去别的城市。"

"你去哪儿我都跟着,别想甩掉我。"

他苦恼地看着我,脸是灰色的,头大如斗的样子。

"小秋,"他抚摸着我的脸,蒙住我的眼睛,用催眠术般动听的声音在我耳边说,"你还很年轻啊。年轻的女孩子,如花似玉,多少男人愿意珍宝般地把你捧在手心里。你不必跟着我这半死的人去混日子。除了痛苦、担心和恐惧,我什么也不能给你。你应当有个幸福完整的人生,一份长久的爱,嫁一个可以呵护你一辈子的男人。或者至少你受欺负了,他可以为你去打架……"

"沥川,"我瞪着他,"既然知道'如花似玉'这个词,你少耽误我点,好不好?再说,我本来已是要走的,是你自己给我打的电话。所以,是你求我留下的。"

"我?"他眉头拧成一团,"我什么时候给你打过电话?"

"辞职的那天晚上。"

"那天晚上我没给你打过电话。"他肯定地摇头。

"你打了。"

"我没打,"他说,"绝对没打。"

我给他看来电显示:"这是不是你的号码?"

他看看我,又看看手机,愣了愣,说:"我真的没打。当时觉得有点不舒服,想给René打电话。刚按下键就觉得反胃,于是挂掉手机去了洗手间。回来的时候我不大舒服,趴在桌上睡着了,以后发生了什么事,我就不知道了。"

我张大嘴,额头亮晶晶的,被打击了:"这么说,你是按错了键?"

他的眼睛像两只冰雹子:"恐怕是的。"

"我问你,René是R,我是X,中间差多少个字母?"

"在我的手机里,你是Q,秋。"

找到他的手机,打开通讯簿,果然,我的名字是Qiu,正好排在René的前面。两个号码挨在一起。

我气馁了:"沥川同学,你就不能浪漫点? 就算不浪漫,你也得给我一个浪漫的回忆,不是吗?"

"我觉得,得实事求是。"

他疲惫地应付着我们的谈话,疲惫地呼吸着。握着我的手的那只手,渐渐地变得没有任何力道,最后,像一块石子似的坠在我手中。

"歇一会儿吧,"我托着他的腰,给他垫了一个枕头,"等你好些了,咱们再讨论吧。"

他闭上眼,静静地喘息了十分钟,忽然说:"这样吧,如果我还活着,你跟我在一起;如果我死了,你答应我以最快的速度move on。这个你总不难做到吧?"

哦! 沥川!

我的脸绯红了,拼命地点头:"我答应你!"

他的头微微侧过来,目光停留在我的脸上:"你说话算话?"

"我发誓! 如果你死了,我马上move on,两年之内就把自己嫁掉,决不当寡妇!"

他默默地笑了,笑容里有一丝安慰,又藏着一丝不易捕捉的忧伤:

"小秋,我累了,想休息了。"

接下来的那三天,我天天陪着沥川,他睡着了我才离开医院,他还没醒我又赶过来了。大约是觉得我不可救药,那天谈话之后,沥川忽然变得寡言少语,像个小孩子一样由着我和小穆照顾。在床上躺了十来天，手脚都纤细了，坐起来都会头昏。医生说他的病情没什么大的起色，又说这回的感染大伤了元气，他几乎没有什么抵抗力了。除了输液之外，他还需要输红细胞和血小板。终于一天里有那么一两个小时不用输液时，我推着沥川到楼下花园去散步，晒晒太阳。

每天我和小穆都会在床边帮助沥川活动活动关节。依照护士的指点，认真地活动他的胳膊和腿。沥川一直拒绝让我干这些事，我不理他，他没办法，眉头就一直皱着，满心地不情愿。之后，他又坚持独自去洗手间，被医生劝了一番，终究敌不过他的固执，改由小穆陪着进去。小穆只好将他抱上轮椅，然后将氧气、点滴、鼻饲等仪器搬出来，挂在椅后。等到好不容易进了洗手间，没过一秒钟，沥川就昏迷了。护士们赶紧进来将他送回床上，一群人围着他忙乱了好一阵子，他才苏醒。看见我，神态漠然，眼底里尽是难堪和恼怒。他还是会礼貌地说话，声音却是虚无缥缈的。听了的人都知道，他不想理睬任何人。

我心里明白，沥川一直拒绝我，因为他宁死也不愿意我看到这一切。

所以，每到这个时候，我都找理由去餐厅喝咖啡，让小穆独自护理他。

到了周四，沥川忽然问我："那个《雍正王朝》真的好看吗？"

除了躺着还是躺着，沥川这十天无一事可干，可能就是太无聊了吧。

我灵机一动，说："想看吗？碟片就在我公寓里。在电脑里就能放呀！我这就去取！咱们一起看，不懂的地方我来翻译！"

他用力地点头："想看。"

我拿着手袋出了医院，打出租车，去了我的公寓。

沥川出事的第二天，房东打电话来问我，为什么他的房子里还有我的行李。我连忙托René去帮我多交了两个月的房金。回去打开行李才想起来，那套碟子和我所有的书，已经装箱运到昆明我姨妈那儿去了。我只好拿着电脑，打出租车去另一条街上的电子商厦买新的。所幸《雍正王朝》是畅销剧，到处都有卖。买了它，我同时还买了一些别的连续剧，统统装进一个大包里，兴冲冲地赶回医院。

打开407病房的门，沥川的床是空的。

我立即去护士值班室问沥川的去向。她们说，可能是小穆推着他到花园散步去了。

我下楼去花园，花园很大，里面有很多人，不少病人都由家属或护工陪着在晒太阳。沥川应当很显眼,我通常一眼就能看见他。可是我找了一大圈,没找着。

可能正好他们回病房,错过了吧。

我坐电梯赶回407,病房仍然是空的。这回护士也着急了,问我:"病人马上要打点滴了,小穆怎么去了那么久还没回?"

另一个护士说:"会不会去了活动室?"

康复活动室在二楼,里面有人打牌、下棋、看电视,是病人娱乐的地方。可是,沥川和我一样,从来不爱凑热闹。

我口里虽说不会,还是和两个护士去活动室里找了一圈。果然不在。

末了,她们又说:"会不会去了哪一层楼的洗手间?"

这倒是有可能。

也许沥川在半路上突然想方便,即使有小穆的照顾,他也需要花很长时间来完成。

我们检查了每一个厕所,仍旧没有下落。

意识到情况不妙,大家面面相觑,脸都青了。

我们冲回到值班室查小穆的手机,发现小穆没有手机只有BP机,怎么呼叫也没有回音。

一个人说:"门房进出有记录,快去门房查一下。"

我们以第一速度冲到了住院部的门房。

在那里,查到了沥川的签名。在出门原因那一栏里,有一行字:外出十五分钟购物。病人,王力川。护工,穆小柱。

简体中文,还有一个错别字,绝对不是沥川的手迹。

女护士跺跺脚,说:"购物?这两人究竟想买什么啊!"

我打René的手机,响了五声才接通。

"小秋?"

"René,沥川在你这儿吗?"

"沥川?怎么可能?我在国家图书馆。"

"沥川不见了!"

"什么?不可能!他现在根本不能走路!"

"小穆也跟着失踪了。"我带着哭腔简要地说了大致的情况。

"你继续找,我马上赶过来。"

赶过来的还有CGP的两位老总,江浩天和张少华。

"医院里找遍了,没人。"我说,"护士组派人去附近的商场也找过了。"

江浩天点点头:"小秋,你先别着急。我打了电话给小穆的室友,他说他什么也不知道,小穆没和他谈起任何可疑的事。"

"会不会是绑架?"René在一旁插话,急得满头大汗。

"小穆的人品非常可靠,不然我也不会介绍给你。他在我家照顾我父亲,酬劳不低。在这里照顾王先生,你们开的工资更是高于他的想象。他不会铤而走险。如果真是绑架,他也会留言勒索。"

René对着手机用法语急切地说了很多话后,挂上手机,问我:"小秋,沥川最近有什么不寻常的举动？比如情绪低落、烦躁不安。他说过什么不寻常的话了吗？"

我闭上眼睛,回忆：

"如果我还活着,你跟我在一起；如果我死了,你答应我以最快的速度move on。这个你总不难做到吧？"

"我累了,想休息了。"

我抬起头,呆呆地看着René,舌头打战："是的。他说,他有一次说,如果他死了,希望我答应他以最快的速度move on。又说他累了,想休息。"

René怔怔地看着我："什么时候说的？"

"三……三天前。"

"你答应了？"

"我发了誓……"

突然间,金星乱冒,面前的人影变得模糊起来,René一把抓住我,吼道："小秋！你得镇定！如果这时还有人能找到沥川,这个人只可能是你！"

我定了定神,心跳太快,出了一身冷汗。

看到我脸色不对,几欲崩溃,张少华到餐厅去给我买了一杯又浓又苦的咖啡。

René说："Alex不可能走太远,他基本上不能动。小穆带着他走,也不会很方便。他们现在,一定还在附近。"

这个道理谁不知道?可是,这是北京啊!

北京太大了。出门就是出租车和地铁,四通八达;饭店、旅馆不计其数。如果沥川选择一个地方藏起来,几乎是不可能在几个小时之内找到的。

只有江浩天最沉着:"现在我们兵分几路。少华,你去报警,看看警方可不可以帮忙查找各个旅馆近一个小时内的登记情况。我和王先生的秘书小薇分头给王先生认识的所有客户及往来友人打电话,询问线索。小秋和René,你们回忆一下,按照王先生的生活习惯,他在北京还有什么熟人和朋友,有什么地方他最有可能去。此外,清理一下他的衣物,他带走了些什么。钱包带了吗?手机带了吗?护照带了吗?"

我听罢直奔沥川的病房,到衣柜里一找。果然,沥川带走了他的一个包,里面有他的护照、钱包和手机。

那么,我猜对了。沥川是故意要走的了。

我呆呆地看着点滴架上吊着的药液,旧的一瓶滴完了,新的一瓶还没开始。中间有两个小时的休息时间,同时,护士换班。

他支开了我。我真傻,不知是计,还在商场里挑了半天,想多给他买些影碟。

我立即给龙璟花园打电话。保安说,没见到过沥川。沥川从龙璟搬走已经好几年了。我不相信,请求他亲自到最顶层去查看。他带着手机上去,查了第五十层,又查了第四十九层,都说没有。

我给纪桓打电话,问他最近是否和沥川联系过。他说一个月前倒是和他一起在狼欢酒吧喝过一次茶。最近没有他的任何消息。

我从电话本上查到了江横溪和叶季连的号码,那对开画廊的夫妇。他们是我唯一知道的除了纪桓之外,沥川在北京的熟人。打电话一一询问。他们都说有好几年没见到沥川了。他们俩实际上是霁川的朋友。

René不怎么会说中文,着急起来错得更多,他只好一边看我打电话。

一小时之后,张少华打电话过来,说他找公安局的朋友查了,附近五公里以内所有的旅馆都没有一个叫王沥川或者穆小柱的客人前来登记。

过了一会儿,沥川的主治医生龚启弦亦闻讯而来,René跟他说了发生的事。他问:"龚医生,您看以Alex目前的情况,如果他不治疗、不打点滴、不输血、不进行鼻饲,可以维持多久?"

龚启弦沉默了片刻,摇摇头:"你们最好今天就找到他。以沥川的情况,绝对挺不过三天。他自己的病就不用说了,吞咽还成问题,不能吃饭,也不能喝水。你说说看,一个人不能喝水,能挺几天?"

我颓然坐倒。

又过去了一个小时。

江浩天过来说,查了沥川留给小薇的通讯录,没有任何有用的消息。沥川有五年不在北京,回来的时候一直生着病,几乎没跟什么人联系过。为防遗漏,他们连关系很远的、平时不怎么和CGP联络的客户都问过了。

忽然想起了什么,我问René:"沥川有没有可能给苏黎世的家人打电话?"

René摇头:"我让霁川侧面地询问过了,都没有。他父亲目前在香港,心脏不太好。爷爷奶奶的身体这几年也不行,我们还不敢通知他们。霁川明早到北京。"

我拿了手机,开着René租来的车,在北京城的大街上乱逛。

我去了一切曾经和沥川一起走过的地方:我们一起散步的公园,买菜的商场,喜欢去的咖啡馆、电影院、餐厅及图书城,没有他的影子。沥川坐着轮椅,而且还有人推着,如果他真的在这些地方出现,很容易被我找到。

夜晚悄悄来临,仍然没有任何进展。沥川也根本没有回医院。

我加满汽油,在夜色中,一趟一趟地在大街小巷里彷徨。

我找到了小穆在北京的住处。他的室友让我查看了他的卧室。小穆很爱干净,卧室整整齐齐,生活非常节俭。室友说他挺能干,就是家里穷,高中没毕业。他的家在陕西的一个偏远农村,有一个妹妹务农。妈妈改嫁了。父亲重病在床,由他妹妹照顾着。巨大的医药费像一个无底洞,压得他喘不过气来。他很需要钱,马不停蹄地工作着。

显然,小穆也是有准备的。他的房间里没有留下任何通讯录或地址,连垃圾桶都是空的。早上,他一如既往地去医院上班,就再也没回家。

出了小穆住处,我开车继续在大街上转。直到凌晨,回到医院,发现江浩天、张少华、René和龚先生都在那里等着我。

大家互相看了看,又互相摇了摇头。

没有新的消息,只有更多的绝望。

龚先生说:"我托人查了北京所有医院的急诊室,没有沥川的下落。"

René苦笑:"沥川如果决定离开医院,就不会再进任何急诊室了。"

上午十点,霁川到了。

他从罗马赶过来,只带了一个随身的小包,一脸的疲惫和憔悴。

霁川与沥川相貌很相似,可从没有像今天这么相似过,以至于一眼看见他,一直保持镇定的我立即泪流满面,痛哭失声。

他过来拥抱我,在我耳边轻轻地说:"小秋,别放弃。就算倾其所有,我们也要找到沥川!"

大家继续商量。

霁川说,他打电话去银行查了沥川的信用卡和银行卡。在离开医院不久,沥川在北京的几个提款机里取出了大量的现金。显然,他不想让人知道他的去向。如果直接用信用卡消费,很快就会被查出来。

虽然毫无线索,我们又开始了新一轮的猜测和新一轮的搜索。大家兵分四路,寻找各种可能性,一直忙碌到晚上,仍是一无所获。

回到医院碰头,人人面色沉重。

就在这时,我忽然想起了一个人——陈东村。

我不知道陈东村与沥川是什么关系,可是沥川让他经手自己的房产和支票,显见是非常信任的。沥川时时提醒我不要每月再交钱给他,显然,这个陈律师和他保持着相当稳定的联系。我一直以为沥川认识陈东村是因为他的事务所与CGP有业务关系,相信江浩天早已打电话问过他了。

当我问起江浩天是否打过电话时,他却微微一愣,说他从来没听说过这个人,也从来没沥川提起过。CGP和陈东村没有任何业务关系。

我立即拨通了陈东村的手机。

"你好。"

"陈先生,我是谢小秋。"

"啊,小秋,怎么样? 好久不见。"他的声音听起来很愉悦。

"是这样,您最近和沥川有联系吗?"

"有啊,昨天他还给我打过电话呢。"

我的心咚咚直跳,不敢相信自己的耳朵:"什么?他给你打过电话?"

"是啊。我一直以为他在瑞士,想不到他在北京。"

"打电话找你什么事?"

"他让我帮他订一趟商务专机。"

"商务专机?去哪里?"

"他说有个紧急的业务,要在一两个小时之内赶去昆明。"

"你……你帮他办了?"

"不是很好办,不过,我有个朋友专干这个的,沥川又出了很好的价钱,所以很快就谈妥了。支票都是从我这儿出的。怎么,出什么事了吗?"

"沥川是癌症病人,最近抢救过一次,几乎病危。他昨天从医院失踪了。"

"我的天!他不会是……"

"请你告诉我你那位朋友的电话,我要向他打听沥川的下落。"

从话筒里听到我的问答,大家的脸上均现喜色。

陈东村立即告诉了我他的朋友老蔡的手机号。打电话去问时,那位蔡先生说,沥川和小穆的确是坐商务包机去了昆明。沥川看上去病得不轻,在飞机上一个字也没说,什么也没吃,一切交接均由小穆代理。他们下了飞机就不知道去了哪里。

霁川夺过话筒问道:"老蔡,你的包机能马上再去一趟昆明吗?价钱你说了算。"

早上七点,我们一行人到了昆明。

已是立秋天气,初晨的薄雾中带着一丝寒气。

昆明虽然比北京小,可也是大城市,有六百万人口。

霁川和René则更加茫然,他们从没来过昆明。在机场时,他们双双问我:"小秋,你说,沥川会去哪里?"

我想了想,说:"个旧。"

沥川是个浪漫的人,曾多次问起我的家乡,问起我小时候的生活。他说,他来过个旧,去过我的高中,从我家门口路过,可惜没有机会拜访我的家、认识我的父亲和弟弟。为此,他特地复制了很多张我小时候的照片以及和家人的合影。

我想,如果他还有什么未了的心愿,也许就是这个吧。

昆明距个旧有三百一十八公里。我们租了一辆小巴,走石林高速公路转326国防公路,三个半小时到达个旧。

一路上龚先生都在摇头。说以沥川的身体,挺得过三个小时的飞机,绝对挺不过三个小时的长途汽车。何况,地方小,医院也小,抢救病人很成问题。

汽车将我们带到金河宾馆。放下行李,我们就借了一本厚厚的电话簿,查问每一家宾馆和酒店,是否有一个叫王沥川的人入住。半个小时之内,所有大的宾馆全部问遍,查无此人。我又发动舅舅替我四处打听小一点的旅店。

怀疑沥川会借住小镇上的私人房屋,我和霁川在我家附近的街道上一家一家地敲门询问。

没有消息。

我只好又带他去了南池高中的那条街,一家一家地打听。

也没有结果。

一趟趟地敲门问下来,就已经到了黄昏。虽然沥川极不可能坐长途客运,我还是去了长途客运站,一个一个地问司机有否看见像沥川那样的人乘车。

大家都说没有。

晚上,龚先生带我去了附近医院的急诊室,看看小穆有否良心发现,送沥川去医院。

没有。

大家心急如焚,不敢看龚先生的脸。他的脸越来越阴沉。

沥川失踪两天半了。我想,龚先生已在怀疑他可能不在人世了。

夜里,除了我和霁川,所有的人都疲惫不堪地睡着了。

我独自在街上徜徉,霁川不放心,一直紧紧地跟着我。

大街上,走来走去的只有我们两个孤独的身影。

"就算沥川真的来了个旧,这个时候他也不会在大街上逛。"霁川拍了拍我的肩,"你还是回去睡一会儿吧,积蓄力量,明天继续寻找。"

我不知道为什么我那么肯定沥川会来个旧。

也许我根本就错了。

我试图想起点什么,可是大脑已经麻木,不能思考了。

我像一个幽灵灰溜溜地在夜半的街头游荡。凌晨四点,霁川强行将我拉回宾馆。我倒在床上,半梦半醒,直到天亮。

我以为,像章回小说写的那样,沥川会托梦来见我。

沥川没有出现。

醒来我暗自庆幸。这至少说明,沥川还没有变成鬼。

早上七点,大家在餐厅里碰头。江浩天提议报警,然后在报纸和电视台刊登和播放寻人启事。虽然知道这样做找到的可能性也不大,但目前没有别的法子。我们分头去了公安局、当地报社及电视台。霁川甚至提出巨额悬赏,给任何一个通报重要线索的人。

中午大家再次到餐厅碰头,仍旧一无所获。

我头痛欲裂,独自去楼下的小卖部买了一包烟,在大门口猛抽。

忽然有人从背后拍了拍我的肩:"谢大侠!"

叫我外号的人,只可能是我的高中同学。我一回头,看见了齐涛,高二(7)班的体育委员,也有六七年没见了。他没考上大学,留在个旧做服装生意。

"嗨!"我没精打采地打了一个招呼。

"怎么抽起烟来了?"他大吃一惊,"三好学生也抽烟?"

这个时候,我哪有心情开玩笑,便随口问了一句:"你怎么在这里?"

"我陪朋友来吃饭。小冬好吗?你家人好吗?"大概是随意寒暄,他忽然意识到我父母已经去世,连忙改口,"你姨妈好吗?"

我呆呆地看着他,半天没说话。

"你怎么啦?大白天跟见了鬼似的。也不是见鬼,我看你跟鬼差不多。"他还像以前那样跟我打趣。

我拔腿就跑,去敲霁川的房间。

霁川和René正在低声说话,见是我,齐声问:"有消息?"

我颤声道:"沥川……他在昆明。翠湖宾馆。"

"你确信?"

"百分之九十。"

我们以飞快的速度赶到昆明,直奔翠湖宾馆。到了服务台,说明来意,给工作人员看了医院开出的证明。工作人员说,最近客人比较多,宾馆非常忙碌,但表示一定配合我们寻找。

我直截了当地说:"请先查709号房间。"

服务员在电脑里打了几个字,立即抬头:"住着两个人。其中一个是外国护照,L.C. Wong。"

龚先生马上打医院的急救电话,我们拿过备用钥匙就冲进了电梯。

楼道里静悄悄的。七楼是昂贵的套房区,住的人不多。

龚先生在电梯里叮嘱我们,要安静地进入房间,不能引起病人的惊慌。他说沥川的血小板太低,又有肺部感染,他会咳嗽,咳嗽会导致胸腔出血。出血占据了肺部,肺部无法张开,极有可能出现呼吸衰竭。

转过一道走廊,霍然看见709号房间的门口静静地站着小穆。

大家看着他,很愤怒,却都不敢动气。

他的神情非常肃穆,我的脊背一阵发寒,浑身不由自主地发起抖来,只觉得双腿有千斤重,半天挪不动步子。蓦然间,手臂被人一挽,霁川半扶半抱地将我拉到小穆的面前。

"小穆,沥川他……还好吗?"我柔声地问,生怕惊吓了他。

"我想,"他安静地看了一眼大家,"他是在弥留之际了。他让我出来,在外面等他结束。"

Chapter ·47·

> 我感到幸福,也深深感谢上苍。
> 毕竟,我所爱的人还活着。

我抽出电子钥匙,轻轻地打开门。

六年前,我在这间房里照顾过沥川,至今还记得枕头和被套的颜色,一切还是那样熟悉。

沥川静静地躺在床的中央,盖着一块浅绿色的毯子。小穆将他擦洗得很干净,他的脸毫无生气,双目微合,又没有完全闭上,仿佛无力睁开,却又要透过一条缝隙,再看一眼这个世界。

一缕阳光照在他的额头上,苍白的肌肤几乎是圣洁的。他的嘴角残留着一丝微笑,仿佛陷入了某个美好的回忆之中。

沥川还是那么美,那么英俊,哪怕是在他最后的时刻。

我在他床前跪下来,拉着他的手,一连叫了几声"沥川",他都没有反应。

我不禁失声哭泣。

龚先生听了听他的呼吸,又按了按他颈上的脉搏。他掀开毯子,我看见沥川的身上有一片一片皮下出血导致的淤青。

"沥川,是我,小秋!"我将他的手放在我的脸上,轻轻摩挲着,手迅速被泪水打湿了,"你醒醒!我求你醒醒!"

龚先生把我拉到一边,拍了拍我的肩,半是安慰半是警告:"他命悬一线,已失去了抗争的意志。这个时候,你要尽量鼓励他。"

我含泪点头。

"他最想听什么,你就说什么,让他高兴、让他放心。"

我将嘴轻轻地凑到他的耳边,柔声地呼唤:"沥川,我在这儿!你别离开我……我求你别离开我……我再也不逼你啦!你放心,等你好些了,我马上就move on。我会离开北京,我会去别的城市,我不会给你打电话,也不会再来找你啦。这一次是真话,我说到做到,再也不变卦了!你答应我,一定努力活下去,好不好?"

那一刻,我觉得,我的话他听进去了。

因为他的眼皮终于轻轻地动了一下。

抢救病人的平车进来了。

随行的医生说:"救护车就在楼下,医院那边已经按您的要求准备好了。病人情况如何?"

"严重脱水,低血容量性休克,呼衰,我怀疑还可能有血胸和急性肾衰。到医院后立即拍胸片、抽血。先给他五百毫升生理盐水扩容。请通知医院准备全红细胞和血小板各四个单位。我得现场插管,准备好呼吸气囊手动通气。"龚大夫果然是名医风范,临危不乱,井井有条。随行医生应声忙碌开了。

消毒程序开始后,龚大夫让我和霁川到门外回避。

过了一会儿,门猛地开了。插着气管的沥川被医务人员推入电梯,救护车风驰电掣般冲向医院。我和霁川、René,以及江、张两位老总紧随而至。

沥川这回在ICU里待了整整十七天。龚大夫说得不错,由于凝血功能障碍,肺部出血,造成大量血胸,他被插了胸管。撤掉呼吸机之后,胸管还是不能拆除,一直插着,每天都有粉红的血从管子里流出来,呼吸时痛得浑身打战。越是如此,医生反而越要鼓励他咳嗽、深呼吸,以便尽早排出肺内痰液和血块。见沥川如此痛楚不堪,我请求医生给他注射吗啡或者杜冷丁。医生说这些止痛药都会抑制呼吸,不能用。

那段日子,连我的头发也稀疏了。每次握着沥川的手都能感到他的痛,身子痉挛着,冷汗湿遍全身,连一旁的我都跟着发起抖来。

苏醒之后,沥川不和任何人说话,包括我在内,仿佛意识已离他而去了。大多数时候他都在昏睡,很痛的时候会醒,谁叫他都不理睬。

沉睡的时候他会拉着我的手,任何时候都紧紧地拉着,仿佛那是自己的手。

如果轻轻用十指抚摸他的头,他会睡得很快,好像婴儿一样。

一个月之后,沥川略有好转,霁川坚持要送他回苏黎世治疗和疗养,毕竟那里的医生更加熟悉他的病情。临行前,龚先生坦白地告诉我,两次抢救,沥川的身体已垮掉了大半,健康正在迅速恶化。如果不及时进行骨髓移植,前景非常不乐观。

沥川去苏黎世时我没跟他告别。霁川请求我陪他们一起去,我也没答应。

我履行自己的诺言——Move on。

事实证明,我不在的时候更有利于沥川养病。他一连为我三次病危,我不能再让这种情况发生了。

我回北京继续托运行李,到昆明找了一个小的翻译公司,继续干我的本行。

一切终于烟消云散了。

我感到幸福,也深深感谢上苍。

毕竟,我所爱的人还活着。

番外一：你好，《沥川往事》

我在业余时间写完了《沥川往事》，出版后的一天，被邀请去一个书店签名售书。

虽然沥川看过这本书的头几章，他坦白地承认：第一，他认识的汉字有限，又懒得查词典，所以基本上没怎么看懂；第二，他看懂的那部分令他非常脸红，他拒绝继续看下去……

"那你介意书的名字叫《沥川往事》吗？好像你已经……嗯……不在了似的。"

"不介意。"

"要不我给男主人公另起个名字吧，不叫沥川了？"

"不要紧。"

不对呀，沥川一贯是注重隐私权的呀，我纳闷了。

"为什么不要紧？"

"如果你问我爸，他会告诉你'沥'字不是那么写。我护照的正式姓名是韦氏拼音，'沥川'这两个字本来就是你自己起的。"

"什么？什么？"我跳起来了！搞了半天，结婚一年了，我连老公的中文名字都写错了！

"是啊，"沥川笑着说，"你第一次写这两个字是你头一次住在龙璟的时候。你给我留下一个字条，说'沥川，我回学校去了，不用送我'。上面就是这样写的，三点水的'沥'。说实话，当时我还不认得这个字，又是简体，我还跑去查了词典呢。"

"那你究竟是哪个'沥'字?"

"嘿嘿,不告诉你,这是一辈子的把柄。"

我去书店时,沥川也去了。因为我告诉他我怕见读者。沥川说他陪我去,他会悄悄地坐在远处罩着我。

那天我穿得挺正式,坐在那儿一本正经地签字。书店里的人挺多,可我签了十分钟就签完了。抬头一看,我的面前排起了另一条长队,队里的人每人都捧着一本《沥川往事》。奇怪了,我是作者,怎么没人找我签字呢?

我问其中一个高中生模样的女孩子:"请问……你是在等作者的签名吗?"

那人看了我一眼,点点头,又摇摇头。

我赶紧对她笑:"那个……我……就是作者,真的,如假包换。"

她很客气地和我握手,打开书,请我签了字。然后就不理我了,继续排队。

窘掉了。我踮起脚往前看,那队一直排到门口,长得不见尽头。

"请问,这个队是干什么的?"我礼貌地问。

"我们在等沥川哥哥的签名。"

呜呼!本末倒置,我傻眼了。

我沿着长队走到尽头,果然看见沥川正坐在一张桌子旁边给一个小女生签字,一面签,还一面说:"希望你不要介意我签英文,我的中文字写得不好,怕你见笑。"

小女生通红的脸,傻呵呵地笑,眼睛里居然还含着泪:"不,不,沥川哥哥,看见你好好地活着,我好为你高兴!"

"嗯……你们的'大人'是不是在书里把我整得死去活来?"

一群女孩围着他,拼命地点头:"是啊,是啊,是这样啊,我们的眼泪都流光了!"

"沥川哥哥,请问你是不是真的只有一条腿?"另一个女生怯怯地问。

"是啊,"沥川一脸的好脾气,"想过来证实一下吗?"正说到这里,看见了我,把头一低,"Oops!(哎哟!)"然后他抬头对大家说:"作者大人在这里,请大家给我一个面子,多多请她签字,好不好?"

"好哦好哦!"大家终于把我围住了。

出了书店,在一个寂静的街角,沥川忽然叫住我。

他从包里拿出一个古典式样的木函,打开木函,拿出一本比我的书还要厚两倍的册子。那册子看上去远比我的书要精致,装订成一本书的模样,却有画册那样的大小。他吻了我一下,将册子递到我的手中:"今天是我们的生日,这是你的生日礼物。"

那本书的封面上写着:

"Letters to Xiaoqiu"(给小秋的信)

翻开第一页,我看见一封中文的信:

Hi 沥川:

期中考试的成绩出来了,我考得不错,连最差的精读都考了86分。你喜欢吗?中午我和安安去北门的小店吃牛肉拉面,我放了很多的香菜,味道真好。晚上我去晚自习,带上一杯浓茶,我在那里看完了最后一本《天龙八部》。是的,我不好好学习,想休息一下。小秋。

下面是他的回信,我的译文:

Hi 小秋,考试考得那么好,真为你骄傲。北门的牛肉拉面,是我们去过的那家吗?我还记得你说那里的牛肉汤是白的,清浊分明,色香味醇。对不起,小秋,分别的那天我什么也不能说,只能飞快地逃走了。当时我真觉得自己是个胆小鬼。我带走了一个你的枕头,里面残存着你剩余的气息、隔夜的味道。现在我在医院里,依然枕着它,好像你还在我身边。我的手术安排在明天上午十点。家人们齐齐去了教堂,为我祈祷。幸好你不在,也不知道,我不用看见你伤心难过。无论如何,你都会祝我好运,是吗?爱你的,沥川。

我从头一直翻到尾,从一半开始,我的E-mail就结束了,他仍然接着往后写,长长的独白,英文夹着中文。

我默然地看着他,深深地感动。

他摸了摸我的脸,柔声地说:"我其实回了你的每一封信。没有力气打字,我悄悄地录在录音笔里了。后来,你没再给我来信,我仍然经常写,没有告诉René,不过已成了习惯。"他将我的手捧到他的胸口,继续说:"本来我打算在遗嘱里将这些信委托给René保存。如果有一天,你出了什么事,或将不久于人世,René会把这些信寄给你,让你知道在这个世界上,曾经有人深深地爱过你。"

我把那本厚厚的册子抱在怀中,促狭地笑了:"难道你从没想过,我若真的出了什么事,也多半是因为你;我若真的要死了,也多半是被你气死的?"

沥川凝视着我,目光深沉而专注,仿佛在我的瞳孔中寻找他的影子,"小秋,手术以后,我不敢看自己,从不照相,家里也没有穿衣镜。我一直以为,美的东西永远离我而去了,等待着我的,只有死亡和腐朽。不是吗?如果你手里拿着一把锤子,什么东西看上去都像是钉子。可是,"他的目中有阳光,也有雨滴,"我却在你这里看见了久违的美。在你的眼中,我是如此可爱。"

番外二：缘起初识

多年之后的某个圣诞夜。我和沥川坐在沙发上看电视。

夜深人静，沥川忽然问："我们认识的那一天，你还记得吗？"

"记得，记得挺清楚的呀！"

"那我就考考你，是你的记性好还是我的记性好。"

"我的。我年轻，当时正是记忆力最旺盛的时候，一天能背一百个单词。"

"那天，"沥川说，"你把咖啡泼到我身上的时候，咖啡厅里放的是什么音乐？"

"……让我想想。嗯，放的是收音机里的音乐。"废话。

"收音机里的什么音乐？"

"……流行歌曲。"

"哪一首？"

"嗯。"我说，"嗯……"

"男的唱的还是女的唱的？"

"女的，肯定是女的。王菲。那时最火的人就是王菲，电台天天放王菲的歌。"

"王菲的哪首歌？"

"……《容易受伤的女人》。"

"不是。"

"不是？哎，沥川，你听不懂中文就承认好了。是王菲，她正在唱那首《容易受伤的女人》，然后，我给你端咖啡，我还记得那句呢：'留着你隔夜的吻，感觉不到你有多真。想你天色已黄昏，脸上还有泪痕。'"

"你的想象力真丰富。"

"不是的?"

"不是。"

"那是什么?"

"*Rhapsody in Blue*.(《蓝色狂想曲》。)"

"就是那个爵士风格的,有点靡靡之音的曲子?"

"靡靡之音是什么意思?"

"这典故太深,译成英文,就是 Decadent music。"

"No。"

"好吧。难怪每次咱们生日你都弹这支曲子,我还觉得挺奇怪的呢!"

"多少年了,我一直想唤起你的回忆,你就是一次也想不起来。郁闷啊!"苦恼的人说。

"那天是我第一次打工,很紧张嘛!我只光顾着记 menu 和学习收银机,没留意音乐的事儿。你问别的,别的都记得。"

"别的都记得,真的?"

"当然!那一天对我来说,也很重要啊。"

"那么我问你,那天,我的领带是什么颜色的?"

"褐色的。"

"不对。"

"不对?不可能!我记得很清楚,褐色。"

"你是不是把咖啡倒在我身上了?"

"是呀。"

"咖啡是什么颜色?"

"咖啡色。"

"那我的领带是什么颜色呢?"

"褐色。"

"真是……榆木……"

"你说什么?"

"什么也没说。"

"不是褐色?"

"不是。当然,咖啡泼上去了就变成褐色了。我问的是在那之前的颜色。"

"不记得了,你告诉我吧。"

"不告诉你,慢慢想。"他有点沮丧了。

"问个简单点的吧……不能搞得我不及格呀,老公。"

"好吧,问你一个简单的。那天,我的手上有什么。"

"哪只手?"

"左手。"

"你的手上……肯定没有结婚戒指。"

"没有。"

"好像……也没有大包。"

"没有。"

"没戴手套?"

"没戴。"

"你在用电脑,所以手上肯定也没有铅笔。"

"没有。"

"那你手上有什么?"

"你是想不起来,还是根本没有注意?"

"……没注意。"

"我的手指上,贴着一个白色的邦迪。那天我削铅笔,把手指削破了。"

"好吧,我不及格。"

"你为什么不及格?这说明,你根本没注意到我。"

"真是天大的冤枉,不注意到你会把咖啡泼你身上?问题在于,我当时就只注意到了你的脸。"

"好吧。那我就考一个关于我的脸的问题,你一定得答出来,答不出来就要休妻了。"

"你问,你问。只要是你脸上的问题,我绝对能答出来。"

"真的?"

"真的!"

"那天,我对你笑过没有?"

"答案非常肯定。没笑过,你一直板着脸。"

"不对。"

"你绝对没笑。"

"咖啡泼了之后我当然没笑。可是,抬头看你的时候,我是笑着的。"

"没有。"

"有。我要是不笑,你肯定不会把咖啡泼到我身上。"

"你的嘴角好像是弯了一下,不明确。"

"谢小秋同学,那就是笑。你一个也不对,得了零分,怎么罚你?"

我大声说:"等等,不能光是你考我,我也要考你,没准儿你也得零分呢。"

他吃了一口爆米花,说:"你考,我肯定是满分。"

"那天,我穿的是什么衣服?"

"黑色T恤,墨绿色的围裙,黑裤子、黑皮鞋。"

"我的发型……"

"马尾辫,绿色皮筋,上面还有两个蓝色的玻璃珠子。"

"涂了口红没?"

"涂了,樱桃色的,对吧?"

"我和你说的第一句话是……"

"俺们跳来不里烧来,蛇!"他学我的口音,女声的,挺像。我跳起来拧他。

"噢!噢!"他叫,"又来搞家庭暴力!你以前蛮温柔的呀。"

"刚才那几道是基础题,下面开始问难的了。"

"问吧问吧。别拧我就行。"

"那天,除了工作服之外,我还穿过什么衣服?"我存心难为他,因为那天我进门之后,过了不到十分钟就换了工作服。沥川不可能注意到这一点。

"你穿的是一件粉红色的毛衣,紧身的那种。双肩背包,包上吊着一串钥匙。胸口挂着一串珠子,什么颜色的都有。下面是绿格子的迷你裙,白球鞋,像隔壁邻居家上初二的小女生。"

这回轮到我震惊了:"你怎么知道得这么细?"

"你对着一辆车的车窗理裙子,又掏出镜子理头发。你对着镜子咧嘴笑,看看牙齿白不白,还把脸蛋揪了揪,想弄红润一点。头发有点乱,你对着手心倒了一点矿泉水,把头顶的几根头发弄顺。然后,你背对着车,把手伸到毛衣里整理里面的胸衣。为了看清自己的背影,你还把人家的车镜拧了拧。"

我怔怔地看着他,傻了。

"总之,虽然你没发现,你已经对我搔首弄姿、春光大泄。"沥川的黄色词汇特丰富,古典现代后现代一应俱全。

"胡说……你胡说!"我恼羞成怒了。

"因为我的车窗是挡光的那种,傍晚时分从外面看不见里面的人。当时我正坐在车里,怕你尴尬,吓得不敢出来了。"

"王沥川!你敢偷窥!"

"哦!哦!对不起!我不是故意的……俺们跳来不里烧来!(I'm terribly sorry!)"

# 番外三:"沥秋夫妇"日常

沥川回到昆明的第二周就收到几个从瑞士寄来的巨大包裹：他的常用药品、各种文具和四季衣物。然后几乎每隔一两周我们就得跑一趟邮局，寄来之物包括餐具、书籍、床单、轮椅和巧克力。沥川的奶奶甚至寄来了一个沥川常用的单人沙发。我们不断地在工作人员好奇的眼光中将各种形状的包裹领回来，东西堆满了各个角落，轮椅在拆包的第一天就直接塞进了床底。

以前工作时，因为经常开会、谈判和见客户，沥川一天八小时都会用义肢。对于高位截肢的人来说，这是一件需要毅力的事情。他的身体会大量出汗，若不小心摔倒，还会有骨折的危险。但是，只要还能站起来，沥川绝对不用轮椅。他说坐在轮椅上让他看上去很像个残疾人。

听见这话我微微发窘。沥川继而纠正说，他是残疾，但他不想看上去很残疾。

我继续窘。

沥川说虽然这么多年他早已接受了自己的样子，也知道有些事不方便去做，但他不喜欢接受特别关注或特殊照顾，哪怕是口风里不自觉地透露出来也会让他不自在。他只想做个普通人，只想让大家以平常心来对待他。而我，谢小秋，在这方面是个坏典型。

回来后的第三天，他水土不服发过一次高烧，我送他去医院，紧张得就好像到了世界末日。沥川打了一剂退烧针就回家了，死活不肯住院。他不敢在医院里待太久，怕我会崩溃。

我说我的神经没那么脆弱，他还是花了一晚上的时间安慰我。告诉我他的

病情好转了很多,目前没有恶化的迹象,让我尽管放心。接着,他又详细地向我解释了一个又一个的医学名词,还把常用的药拿出来给我看。尽管如此,我还是度过了两个不眠之夜。

我怕沥川死在我怀里,比他活着离开还要害怕。从那天起,沥川开始叫我"Honey(甜心)"。

我们打开的第二个包裹里装满了沥川的衣物:成套的西装、领带、衬衣、T恤、牛仔裤、鞋子、内衣……袜子。我猜想,可能是霁川和René将沥川的衣柜倒了个儿,里面有什么东西也不细看,一股脑儿地都塞进了这个足有小型冰箱那么大的纸盒里。

衣物全部掏出来,堆了满满一床。

"沥川,"我叹气,"中国是个纺织大国,我不明白为什么你哥还要给你寄衣服,这里又不是买不到。"

"纺织大国?我怎么不知道?"

"丝绸之路你总该知道吧?"

他顿了顿说:"Honey,我不随便买衣服的。"

"那还买了那么多——"

"我向来买一件是一件。这里的每一件衣服都很合身,有一大半是量身定做的,特别是裤子。"

"这也不难,难道昆明就没有裁缝了吗?"

"昆明有裁缝,不过我不喜欢被人家量身体。"

"呵,还说你没有少爷脾气——你非常小资!"

十年来我并没有和沥川共同生活过很长时间,我们住在一起的日子加起来不超过一个月,住的都是设施完善的宾馆和公寓。我们从没住过这种黑暗陈旧、走道肮脏的老式楼房。

沥川到这里的头一天就开始做清洁,每天都要洗碗、洗锅、洗锅盖,连酱油瓶也不放过,然后擦桌子、拖地板、洗马桶、倒垃圾。我戏称他为"清扫狂"。他说德语里还真有这个词,叫"Putzteufel(清扫魔鬼)"。沥川还将清扫的范围扩大到一楼的整个楼道,受到左邻右舍的一致好评。

沥川有着令人惊讶的平衡能力。他可以单腿独立，长时间地站得笔直，昂首挺胸，一动不动。如果不看下身，你甚至猜不出他只有一条腿。沥川说，他是滑雪高手，差点被教练怂恿着参加残运会。当时他一心一意想当建筑师，就放弃了。

说到这里，我问他："你不是学经济的吗？怎么又转行了？"

回答出乎我的意料："因为我哥哥。"

"你哥哥？"

"手术后，他担心我在大学里不能照顾自己，决定转校到芝加哥。芝大也有建筑系。我想了想，与其他转校不如我转校，我就去了哈佛。"

"啊……哈佛！"我想起那个著名的电影《爱情故事》，"你有没有追过女孩子？"

"头几年我很少参加社交活动，"他说，"学业很重，压得人喘不过气来，我日日学习到凌晨。"

"要这样拼命吗？"

"系主任是我爷爷的老朋友，不想太丢他的脸。"

"哎，沥川，瞧你这经历，怎么说也算一部励志小说啊！"

他拧我的耳朵："这么优秀的励志青年，却被你写进了低俗的言情小说里！"

我大笑。

将卧室唯一的一个五斗柜腾出来，我把自己的衣服塞进了纸盒。

沥川拦住我："嗳，我不是这个意思嘛。"

"你的衣服这么贵，得小心存放。我的衣服很便宜，随便塞哪都可以。"

"不行，一人一半，要不明天再买个衣柜。"

"别买了，房子太小装不下，那就一人一半吧。"

我们坐在床上，花了一个多小时将每件衣服叠成很小的一块，一点一点地塞进抽屉里。

过了一会儿，沥川站起来找拐杖，我到客厅将他常用的一对肘拐递给他。

这对钛合金的双拐是按照他的身高定制的。黑色的手柄，天然钛色的光泽，轻若无物却无比坚硬。我拿在手上掂了掂，又比了比，忽然发现了大问题："嗳，沥川你看，你们瑞士也有假冒伪劣产品呀！这两支拐杖的长度不一样！"我忍不住替他委屈，"你用了这么久都没发现吗？发票还留着吗？"

其实沥川有好几对这样的拐杖,刚认识他的时候他用的就是这个牌子的,我帮他递过很多次,从未关心过长度问题。

"来来来,honey,"他拿出一张纸一支笔,"让我向你普及一下拐杖的基本知识。"

我坐到他的身边,看见他在纸上画了一个小人:"我左边少了一条腿,所以站起来重心会向左边偏移,对吧?"

"对。"

"我的肩也会向左倾斜。"

"对。"

"为了保持重心和行走的舒适,左边的拐杖会略高一点。"说完他用拐杖轻轻地敲了敲我的头,"所以不是假冒伪劣。"

我呆住了,问道:"一直是这样的吗?从我认识你的那天起,你的拐杖就是这么一高一低的吗?"

"是啊。"

"而我居然从没有发现?"

"这很正常啊,你又不用拐杖。"

"至少说明我是个很粗心的人!"

"我没这么说啊……"

"难怪这么多年你都不理我!"

"不是这样的……"

"我粗心了,我才是假冒伪劣呢!"突然间我就哭了。

"Honey——"他将我从床上拉起来,紧紧地拥抱我,"天下没有谁比你更合格。"然后他开始发誓:永远和我在一起,长命百岁、白头偕老,今生今世永不分离……

沥川不是个喜欢发誓的人,尤其不喜欢对拿不准的事情承诺。可是一旦发现我情绪失控,发誓成了安慰我的最后一招,他就开始重复这些漫无边际的甜言蜜语。用呓语般低沉的嗓音在我耳边娓娓絮絮,如同佛唱。我便在这佛唱中安详沉静,恢复本性。我渐渐相信之前沥川毅然离开我的决定是正确的。我对情感危机的处理能力远比我想象的要差,虽然我对回避这些危机的能力远比我想象的要强。

"告诉我,沥川,当你被确诊为癌症时,你父亲可曾向你隐瞒过真相?"

"没有。"他说,"他第一时间就告诉了我。还告诉我这种病五年之内的存活率只有百分之三十。"

我唏嘘:"那时的你只有十八岁,你父亲就那么确信你能承受这个真相?"

"可能是我父亲认为我比较tough(坚强)吧。如果是我哥,他会考虑隐瞒一部分。"

我抱起了胳膊:"可是,你却觉得我不可以承受这个真相?"

"……你又来了。"

"因为我是女人,女人是情感脆弱的动物?"

"女人也有坚强的。"

"但我不坚强?"

他看着我,不知道如何回答。

"我什么地方不坚强?"

"……"

"举个例子看看?"

"比如说,我已经告别了,你还写了一千封信。"

"这就是坚强,锲而不舍就是坚强。"

"Come on."

"这说明我的神经无比坚韧,无论你怎么甩都甩不掉我。"

"……"

"所以你错了,当时你应当告诉我真相。"

他摸了摸我的脸,想了想,忽然说:"既然你想知道真相,那我就告诉你一件事。"

"说吧。"

"昨天有个人给我打电话,是你接的,对吧?"

"对。他说德语我听不懂。"

"他是我的医生。"

我的脸立即白了。

"在来昆明之前,我去拍过胸透,在我的肺部又发现了三个很小的点。他们怀疑有转移,但不能确信,要等六周后再去胸透……"

我呆呆地看着他,大脑一片空白,顷刻间不能呼吸,然后我就直直地倒了下去。

醒来时我发现自己躺在沥川的臂弯里,嘴里有一股浓浓的辣味:是酒,烈酒。

我迷惑地看着他,他指了指桌上的二锅头:"我相信你无比坚韧的神经没有昏厥,只是你的头昏厥了。"

然后我的眼泪开始哗哗地往下掉,浑身发抖地看着他:"这是真的吗?"

"当然不是。"他叹了一口气,掏出手机,拨了一个电话,"这是我的主治医生,会说英语,不信你亲自问他。"

沥川的医生叫Herman,他用带着浓重德国口音的英语向我解释了沥川目前的病情。他说沥川的身体虽未恢复到理想的状态,但比去年进步了很多,没有查出任何新的转移。但他又说像他这样的病人,转移的可能性随时存在。So, just live with it. (因此,只好与它共存。)

Just live with it.

我忧心忡忡地看着他,半天没有说话。

"Honey,好些了吗?"他捧住我的脸,讨好地笑,"对不起,不该开这么大的玩笑。你真的是'咕咚'一声地倒下了。我还以为你能挺住几秒呢。头还晕吗?想喝点什么吗?我去给你倒果汁。"

"王沥川……你敢耍我!"

听见我的咆哮,他拾起拐杖一溜烟地去了厨房。

沥川把果汁装在一个密封的瓶子里带给我,我灌了一大口,将满嘴的酒味压了下去,然后我不依不饶地问道:"医生都说你没事,为什么你一大早要在洗手间里待两个小时?是不是有什么新情况?"

沥川早起,我喜欢睡懒觉,以前我俩从来不抢洗手间。现在他回来了,我认为我们需要更多的时间在一起,于是也开始了早起。

问题就来了。

"OK,以下是我的汇报。我起床吃药,进洗手间方便两分钟。然后刮胡子七分钟,刷牙两分钟,洗澡三十分钟。出来梳头五分钟,穿衣服五分钟。我想想还干了什么？哦,对了,某人说耳环坏了,我修你的耳环三十分钟,修得太专心,一不留神,另一只耳环掉进了洗手池,为了捞出那只耳环,我用了……不知道,大约四十分钟吧——"

"知不知道你很唠叨？"

"没说完呢,继续说。我出去买豆浆和煎饼,忘记带你的钱包。我问老板收不收瑞士法郎,老板说他怕是假钞,又说认识你可以赊账。他问我要什么样的煎饼,我说一般的就可以了。可他说武大郎煎饼最好吃。我问他谁是武大郎,他说武大郎是《水浒传》里的人物。我说我听说过《水浒传》,为什么我就不知道武大郎呢？他说如果我不知道武大郎这说明我没听过《水浒传》。我说我听过我女朋友讲《水浒传》,她绝对没提武大郎。他生气了,说你的女朋友要么是个骗子要么是个外国人。我说她就是云南人,他不信,怀疑我有脚踏几只船,还说下回你去买豆浆他一定要问个清楚……"

"你说累了没有？"

"……然后我就回来了,半路遇到隔壁的老太太。她说那家的豆浆掺水,不如自己磨,向我推荐了九阳牌豆浆机。我说我一定会买一台……"

"求求你别说了,我要抓狂了！"

"那你告诉我,为什么我不知道有个武大郎？"

"好吧,我跟你讲的那个故事不是《水浒传》,是《金瓶梅》。"

"《金瓶梅》里没有武大郎？"

"有,不过我没提,一提你准觉得潘金莲是个坏女人。"

"她究竟坏还是不坏？"

"嗯,这个嘛……沥川,咱祖国文化博大精深,光这个就够写一篇博士论文的。现在嘛,咱们不讨论这个,一起出去买菜吧。"我拍了拍他的肩,"以后你早上爱干啥都行,千万千万别向我汇报了。"

菜市并不远,步行的话二十分钟就到了。我们沿着一条小街向东走,沥川没戴义肢,我提着购物袋在一旁陪着他。我有点怀念以前他只用一支手杖行走的时光,我们可以像热恋的情侣那样手牵手。现在他用两支拐杖,我试图挽住他的胳膊,发觉这样只会阻碍他的行动。我甚至不能离他太近,因为使用拐杖的人需要比常人更宽的空间。So, live with it. 学会适应。能和沥川一起生活我已经很满足,我不可能得到所有的东西。我们走了大约十分钟,路过一个水果摊,沥川忽然停了下来。

我以为他要买水果,对他说:"还是回来再买吧。想想看如果现在买了,我们得提着它们去超市,存包,再提着它们走回来,多麻烦啊。"

他没有回答,只是松开一只手,自然地搂住了我的腰,搂得很紧,下巴挨在我的额上。以前他就喜欢用下巴蹭我的额头,尤其是有胡茬儿的时候,好像要在上面写字那样故意弄得我很痒。我抬起头,诧异地看着他。

他的手垂下来,找到我的手,紧紧地握住,低头察看摊上的水果,问:"这些是红富士苹果吗?"

"嗯……是吧。"我心不在焉地说。

我正在享受这一刻的幸福时光。

沥川回来了,我不敢相信这是真的。下意识地扣住他的手,下意识地倚向他的胸膛,下意识地聆听他的心跳,我需要很多迹象来证明他的存在。我们的掌心都有汗,湿湿地绞在一起,刹那间我猛然一怔,身子不禁晃了一下。

"怎么了?"他一把扶住我,"不舒服?"

"不知道。"我靠在他身边,冷汗湿背,"我突然做了一个梦。"

"你?"他拧起眉头,"大白天做了一个梦?"

"对。"

"梦见什么了?"

"我梦见……我梦见我们俩站在一起……买苹果。"

他沮丧地看了我一眼,确信我说的是人话而不是鬼话,叹了一口气,想说什么,终于又闭了嘴,只是紧紧地搂住我。

老板娘过来打招呼:"两位早!这是刚到的红富士,又大又新鲜,想要的话可以便宜一点。"老板娘的个头是我的两倍不止,穿着鲜艳的毛衣。手指上戴了一排金戒指,胸前还挂着一条沉沉的金项链。

沥川从里面挑出了一个最大的:"可不可以只买一个苹果?"

老板娘愣了一下,点点头:"可以。这个挺大,我得称一下。算了,两块钱你拿去吧。"

他掏出钱包,递给她一百块。

"哟,这么大的票子。你们都没零钱吗?"

我们异口同声地说:"没有。"

"那劳驾替我看着摊子,我去找人换一下。"

"没问题,不着急。"

她去了老半天,我也不说话,仍然倚在沥川的身上发呆。过了一会儿,沥川低声问:"Honey,你的梦做完了吗?"

"没……还没呢。"

"行了小姐,你刚才的表情够拍一部言情剧的片头了。喏,就是这个样子。"他做少女捧腮、憧憬未来状。

我被逗笑了:"是吗? 不会吧! 我有那么天真吗?"

沥川看了看我,又看了看天,长长叹息:"God! What have I done to this woman...(上帝啊,我对这女人都做了些什么……)"

我作色要怒。他赶紧说:"今天晚上我服务。"

老板娘将一大把零钱找给我们。

"劳驾,这里有水池吗? 我得洗洗这个苹果。"沥川问。

"店里有,你走路不方便,让她去洗吧。"老板娘盯着他的腿,眼光和话都很直白。

"不不不,当然是我洗。"沥川去店里洗苹果,我留在摊前等他。老板娘似笑非笑地打量我:"他真照顾你。"

"是啊。"

"他长得真不错。"她又说。

"同意。"

"你会嫁给他吗?"她突然问。

"会。"

"你父母会同意吗?"

这个答案很复杂,简而言之:"会。"

她忽然掏出手绢抽泣:"以前有个男人也对我这么好,我为了钱嫁了别人。呜……呜……我从没像今天这样后悔!"

我赶紧拥抱她。

她在我身上号啕大哭了十分钟,泪水淋湿了我的衬衣。

沥川洗完苹果回来,老板娘还在哭泣,他觉得莫名其妙,只得给我打手势,用英语问:"What happened?(发生了什么?)"

我无奈地看着他,细语低声,安慰那个伤心的妇人。

末了,她情绪终于稳定,我们跟她握手告别。沥川将苹果塞到我手上:"两个女人就是一部言情剧,不管认识不认识。昆明,你真是个情感丰富的城市!"

"别这么说,人家只是想起了伤心事。"

"你把这苹果吃了吧。"

"好好的吃什么苹果?"

"这不是让你在路上有点儿事干吗?"他苦笑,"不然你净做白日梦,迟早要掉进沟里去。"

东街的超市,沥川回来之前我经常去,主要是买方便面。沥川回来之后,我就再也没去过。因为他喜欢早上买菜,说早上的菜新鲜。他还学会了做面食,从网上下载了一大堆菜谱,给我做过一次生煎包子。

我们买了一些蔬菜和水果。沥川饮食清淡,控制得十分严格,而我的口味很重,无辣不欢。为了让他不必每天特意做一份只有我才吃的菜,我也学会了清淡。可他执意要买些辣椒,就是那种四川人喜欢的海椒。

结果就在卖辣椒的地方,沥川被一位五十来岁的大婶拦住了。

她先是站在一旁打量沥川,过了一分钟,表情严肃地走到我们面前。我觉得大婶很眼熟,一定在哪里见过,想来想去没认出来,但大婶一脸悲痛的神情还是把我们怔住了。

她的嘴唇哆嗦了一下,问道:"小兄弟,那边的情况怎么样?大家都好吗?"

沥川提着一包辣椒,看着她,有点摸不着头脑:"大婶,您说的是……哪边的情况?"

"汶川啊。你刚从灾区回来吧?那边重建的情况如何?我们居委会捐了一大车冬衣。我一个老婆子也帮不上大忙,就捐了五百块钱。我老家是四川的啊,我的一个侄儿也残疾了,作孽啊……他岁数和你差不多,还没娶上媳妇哪。小兄弟,看你精神这么好,恢复得挺不错哟!"

这都是哪儿跟哪儿啊!

我立在那里,石化了。

沥川啊沥川,你干吗一定要买那个辣椒,让人家误认你为四川人呢?

那场地震,沥川当然知道,我们也都捐过款。我这才想起这位大婶就在居委会工作。那时我的户口在北京,还在她那里办过暂住证呢。

我瞅了瞅沥川,他的表情很古怪,那种你只有在外国人身上才会看见的尴尬神色。

沥川看了看我,向我求救,我双手一摊,爱莫能助。我能说什么?难道我会说大婶您认错人了,这位兄弟的残疾不是因为地震,而是因为得了癌症?

这样说肯定不会吓到她,但肯定会吓到我。因为我对"癌症"两个字十分过敏。如果能够,我愿意一辈子都不提起。

僵持几秒,沥川轻轻咳嗽了一下,然后很大方很慎重地伸出手,和那个大婶握了握,很真诚地对她说:

"大婶,谢谢您的关心。我代表灾区人民感谢您。"

番外四：生命的延续

结婚后六个月，沥川的健康状况渐趋稳定，开始恢复工作。我们仍然住在昆明，沥川每周会有两天飞往北京打理CGP的业务。但他的大多数设计稿是在昆明的家中完成的。我的翻译公司业务也很繁忙，笔译减少了，口译的任务却加重了，我亦频频出差。

结婚后，同事们都以为我会放弃工作做个全职太太，我一向做不惯闲人，沥川亦表示尊重我的选择。

那年七月，沥川应邀去意大利西西里岛参加一个建筑界的年会。在此之前，他先赶往瑞士完成了一个商业中心的设计案。我则因为公司接了一个政府旅游团无法抽身，我们于是分别了整整两个月。旅游团的任务刚一结束，我便请了两个月的长假回瑞士。彼时沥川已交完图纸在西西里开会，他吩咐司机费恩来机场接我，让我在家中等待四天，他开完会立即飞回来相聚。其实他很想偷溜，可是他的报告偏偏安排在最后一天，而且几位难得一见的合作伙伴听说他"出山"了，纷纷请他吃饭，他实在无法抽身。

苏黎世机场没什么大的变化。

飞机准点到达。为了避免等行李，我只带了一个最小尺寸的行李箱，里面装着我的电脑、未完成的译稿和几本刚刚上市用来打发时间的小说。家里什么都有，我连换洗的衣服都没拿。

过关顺利，我在出口处黑压压的人群中寻找费恩，没看见他。眼前站着清一色的瑞士人，我有点记不得费恩的长相。

蓦然间，我却发现了一张中国人的脸。

那眸子本来是漠然的,一见到我,笑意便如一杯水满满地漾了出来。

居然是沥川!

我惊讶地飞奔过去,扑到他身上。

他将我用力一搂,在我额上重重地吻了一下,上上下下地打量:"是什么旅游团啊?晒得这么黑?"

"不能用'黑'这个词,得用麦色。"

"好吧,晒得这么麦。"

"'麦'不能做形容词——"我打趣。

他穿着一套纯黑色的西装,系着一条细细的银灰色领带,头发梳得一丝不乱。

不是说抽不了身吗?他居然早我一天赶回苏黎世。

"会开完了?"我问。

"没呢,我溜出来接你。跟我去西西里好不好?"他拉住我的手,"宾馆楼下有很大的游戏机室,你可以天天打游戏。得空我带你去看火山——活火山,还冒着烟呢。"

他像个小孩子那样央求我,我看着他连连苦笑。

沥川是个实实在在的工作狂,一旦接了活就开始日夜颠倒、饮食混乱,忙起来的时候只记得不停地吃一种东西:吞拿鱼三明治。有我监督的时候他的作息还算正常,我会劝他不要太熬夜。这两个月我不在身边,他果然瘦了一圈。

沥川知道我不喜欢陌生的环境,尤其是会议、晚宴这类正式的社交场合。我对他在欧洲的工作一无所知,只看过一些他设计的建筑图片。CGP的总部就在苏黎世,结婚后沥川一直没上班,我只陪他参加过一次公司的年终晚宴。许多人操着流利的英文和我聊天,我像尾巴那样紧紧地跟着沥川,应酬几句便疲于应付,沥川常常主动将话题接过去。

我叹了一口气:"不用特意来接我,给我买张票我转个机不就成了?你什么时候到的?"

"比你早到三十分钟。"他微笑,"正赶上接你,早上的会我溜掉了。"

沥川的作风相当德国派,是个非常有计划的人。大病一场之后变得容易改主意了,偶尔会心血来潮地做一些没头脑的事儿。他这一趟一定赶得很急,差不多是争分夺秒的。我脑子一闷,想起以前他说过自己过海关的一些事儿。残疾人安检特别麻烦,特别是"9·11"以后的美国。尽管携带了各种证件,沥川仍被要求和所有的男人一样,脱下鞋子检查。对高位截肢的人来说,脱鞋是特别艰难的动作。脸皮薄的沥川每次讲到这里都要抱怨:"This is so embarrassing!(窘死我啦!)"戴义肢过金属探测器必然会响成一片,遇到格外多疑的安检员还会被请入单间脱衣检查。经常旅行的沥川已习惯了这些程序,大多数机场人员亦相当和善,极个别人怀疑义肢里藏有炸弹或毒品他亦表示理解。这年头人肉都可以当炸弹,何况是义肢?

我四下一看,发现了问题:"咦,你的行李呢?"

"没行李。"他拍拍口袋,"就带了护照和钱包。"

果然是临阵脱逃,逃得这么仓皇,额头上全是汗。我摸摸他的脸,心疼了:"累不累?"

"还好。"说罢,执意拿过我的行李箱,我没和他抢。

看了看手表,沥川拉着我快步向候机厅走去:"快点,要登机了。"

到达西西里的卡塔尼亚是下午两点。宾馆里面静悄悄的。沥川说会议方下午安排了旅游活动,客人们都出去游览了。

用房门卡刷开房间,沥川放下行李就将我按在门背上了。

"嗳——"

他堵住了我的口,深深地吻我,动作有些猛烈。我的头拧来拧去,险些窒息,在他的怀里挣扎。他放开我,给我时间喘息:"小秋,好久不见,你得乖一点。"

"不乖!要挑战你!"我嚷嚷道。

我们倒在坚硬的地板上。

沥川的身上总有一股新鲜而又难以捉摸的香气。空调吹出一道冷风,天花板的风扇缓缓转动,房间里弥漫着地中海特有的橄榄味。微凉的身躯渐渐发烫,汗水在身下打滑。过了一会儿,他放松下来,若有所思地抚摸我的脸。我闻着他手指上的松木气息,轻轻地说:"沥川,这次我们可能会有孩子呢。我现在不是安全期。"

他的身子微微一怔。

沉默片刻,他摇摇头:"不会的。我接受过很多次放疗,腺体早已损伤了。活的精子会很少,你受孕的机会……几乎等于零。"

其实这话没结婚的时候沥川就说过了,我一直心存侥幸。这只是无意的一提,顿时触到了他的伤心处。

"没事没事,我才不在乎呢,"我连忙改口,"不一定非要我生,喜欢孩子的话我们可以领养嘛!"

他躺在地上,呆呆地看着天花板,半天没说话。我爬起来到卧室里找来拐杖递给他,然后去浴室放水。

水放好了,我去找沥川,发现他披着睡衣斜靠在墙边仍在想着心事。

"水好了。"我搂住他,将脸贴在他的胸前。

"小秋,"他忽然低声说,"我也很想要孩子。"

我掩住了他的嘴,用手轻轻抚摸他身上那道细长的伤疤。

"对不起——"我喃喃地说。

除了医护人员和他的父亲,沥川从没有让任何人看见过自己的伤痕。出事那年,他先是失去了母亲,紧接着失去了腿,之后一直放疗,失去了头发和胃口,身心承受着巨大的打击。直到现在他仍然觉得自己的伤疤很可怕,除我之外,不愿让任何人看见。

"小秋——"他的声音变得很严肃,"我们需要谈一谈。"

"你谈,我听着。"

"不许胡闹,"他摸了摸我的头顶,"到沙发上坐着说。"

我老老实实地坐下来,沥川坐到我的身边。

"我得跟你说一说孩子的事儿。"

"说吧。"

"也不是完全没可能。"

我眼睛一亮。

"十七岁我第一次化疗的时候,考虑到未来的生育问题,我接受了医生的建议,预先储存了一批精子。如果你执意想要孩子,可以试试IVF。"

"IVF?"

"In-vitro Fertilization,中文怎么说?"

"体外受精,或者试管婴儿。"我开始算算数,"十七岁的精子,天啊,都过了十九年了,还管用吗?冰冻酸奶过一月就不能吃了呢。"

"一般来说,保存得当的话,精子的存活期有三十年。"

我的心一阵打鼓:"那……嗯……质量能保证吗?"

他趴在我肩上,不吭声了。过了一会儿才慢吞吞地说:"我怎么知道?实在想要就将就着用呗。想想看,如果我是九岁得的癌症,咱们就彻底没指望了。不过,别抱太多希望,新鲜精子在你这个岁数体外受精的成功率也只有百分之三十。"

我咧嘴傻笑,开始臭美:"啊……十七岁的精子,那就是十七岁的沥川啊!天啊!十七岁的沥川那可是如花一般的少年啊。"我承认我很花痴。我见过少年沥川打网球的照片,那样漂亮俊秀的男子,眉宇间充满了信心和骄傲。十七岁以后的沥川饱受疾病折磨,他再也没拍过全身照。我与他在昆明的合影便是唯一的一张。

"别高兴得太早,"他拧了拧我的耳朵,"IVF的过程很烦琐,你的情绪会大受折磨。"

他的笑容里藏着一丝抑郁,口气并不热情,甚至是清冷的。

回答得这么专业,他一定做过详细的研究。

我的心暗暗发寒。沥川不想要孩子,虽然他也极度渴望一个完整的家庭。是啊,一个不知道自己能活多久的人,会愿意给自己的孩子留下丧父之痛吗?

我笑了笑,没再说下去。

会议有正式晚宴及酒会。洗完澡后沥川带着我出去买了一件黑色的晚礼服,我们在大教堂广场以北的艾特街逛了一圈,吃了本地特产柑橘和甜瓜,买了一包开心果。回到宾馆时,晚宴已经开始了。沥川将我一一介绍给他的同行,大家操着各种语言聊业界新闻,我一路陪着笑着听下来,又吃力又摸不着头脑,还要跟各路大神应酬。过了一会儿,沥川终于理解地放开我的手:"Honey,那边吧台里有咖啡和冰激凌,你先去喝点什么,我聊一会儿就过来陪你。"

我如获大赦般地逃走了。

吧台在大厅的西南角,我要了一杯当地的葡萄酒,轻轻地抿了一口,果然香醇无比。过了片刻，一个栗发的欧洲女人走过来，要了一杯威士忌，坐在吧台的高椅上和我攀谈。

她很美丽，衣着考究，胸前的宝石闪闪发光。

"我是米芙。"她说，"我是建筑师。"

"我是小秋。"我说，"我先生是建筑师。"

她举目一望，笑问："你先生是织田君吗？"

"不是，"我说，"我先生是瑞士人。"

我没提沥川的名字，因为我对建筑界太不了解，好不容易寻了个空休息休息，不想和人大谈业界新闻。

"我是英国人。"

我微笑，这还用说吗？她的英伦口音太明显了。

"我来自中国。"

"你是台湾人，对吗？"

"不是，我来自大陆云南。"

"你看上去像台湾人，"她显然没听说过这个地名，"你的衣服很漂亮。"

"你的也是。我喜欢你的披肩。"

"噢，真有眼力，相信吗？这是从柬埔寨买的，手工织的。我见到它第一眼就被迷住了。"她展开披肩比画，"这会开得真没意思，全是男人，百分之九十九的男人。亲爱的，相信我，男人们互相吹捧起来比女人还要肉麻。"

真幽默，我不禁问道："难道你是这里唯一的女建筑师吗？"

她笑得很得意："对啊。英国的注册建筑师有百分之十二的女性，美国只有百分之九。实际上大学里建筑专业的女生占百分之四十。奇怪，这些女人毕业之后都到哪里去了？"

我捻着酒杯说："多半是嫁给建筑师了。"

"亲爱的，你住在瑞士的哪个城市？"她说，"我和瑞士的好几家设计公司有合作，没准儿和你先生认识呢。"

"我先生是 Alex Wong。"我指着沥川的背影，"那个黑头发的。"

她吸了一口气，瞪圆了眼睛："Oh My God. 你是 Alex 的太太！"

"是啊。"

"Alex就是为了你藏在中国整整一年不出来！"

"我有些工作脱不开身，他愿意在中国陪着我。"我没提他生病的事儿。在国外谈他人的疾病是社交的一大忌讳，沥川有癌症的事儿也只有极少的几个朋友知道。

"Alex是我见过的最不好打交道的男人！"米芙半笑含嗔，"我勾引了他很多次都没得手。他只请我喝过一杯酒，第二天照样和我抢生意！也不是很大的生意，我说Alex，这次你让我一回，他说对不起，我看中了一枚戒指。"

她指着我的手说："这戒指一定就是那笔钱买的，××××年，对不对？我吐血三个月画出来的图，累得差点胃穿孔，最后给他夺了标。Alex这坏小子，次次打破我的计划，我要找他算账。"

其实戒指是沥川和我第一次分手之前在瑞士买的。那时他对自己的健康很有信心，以为不过是例行检查，就专程到一家珠宝店买了这只订婚戒指。结果医院的一个电话粉碎了他的希望。他说当时一听就傻掉了，几乎不敢相信老天会这么残忍。医生说最多只有三个月的时间，他恨不得立即去死。

我其实对沥川离开我的那六年有很多的好奇，他的心境、他的生活、他的工作、他的治疗……数不清的疑问。可这也是我们俩最伤痛的一段时光，想必沥川对我也有同样的好奇。

可是我们居然默契地对这段历史保持沉默，让它一直处于未开垦状态。

闲谈间，沥川会偶尔透露一些真相，比如知道病情复发的那天他痛苦不堪，独自坐在苏黎世河边沉思，然后去教堂待了一夜，虔诚祈祷。收到确诊的电话之后他被霁川和René强拉去滑雪。他一次又一次地从高山上冲下来，在速度中寻求死亡的感觉。回到苏黎世医院，他选择了一个非常冒险的治疗方案，即便是在专家看来也没什么胜算，而他居然又奇迹般地从死神的怀里逃脱了。

我看着手指上的戒指，笑而不答。米芙怎么可能明白其中的周折和惊心动魄呢？

所幸，沥川已经向我走来了。

"嗨，米芙！"他说，"见到你真高兴！我以为你还在德国忙你的设计呢。小秋，我来介绍一下，米芙是ROB建筑公司的首席设计师，曾经与我合作设计过好几个项目。我非常喜欢她的设计,合作也十分愉快。"

沥川在社交场合相当老练。毕竟几代家学已给他构筑了强有力的社交网络。参加这次大会的除了沥川,还有他的一个叔叔和两个堂兄,因有项目缠身先一步离开了,不然王家人可以在这里搞一次家族会餐了。

我觉得米芙看沥川的目光从头到尾都充满了爱怜与挑逗。她的话音一下子软了几分,头偏过去又偏过来,笑得天花乱坠。这当然不是我见过的第一个在沥川面前失态的女人,但我还是有一点点吃醋。

他向她介绍我:"这是我的妻子谢小秋,她是位非常优秀的职业翻译。"

"我们已经互相认识了。"

"米芙,我的堂妹莫亚大学二年级,寒假想到你那里实习一下,可不可以?"

"打住,Alex,你该不是想送个小间谍过来刺探军情吧?"

"怎么会呢?本来也有别的去处,只是她太崇拜你了。小姑娘刚上大二,什么也不懂,你让她打打杂、学点基础知识就好。"

"她会说英语吗?"

"会法语和德语,英文能听懂,只是说得不太流利。你不是会法语吗?"

"我的天,我那点法语只够看个时装杂志。要不你付钱,我替她请个翻译?"

"行,我让她哥付钱吧。"

"真小气,还是堂兄呢,这点钱也不舍得出。"

"我应该让她用自己打工的钱请翻译,都这么大了还好意思花家里的钱。"

"我知道一家宾馆对外国学生优惠。"

"哦,不麻烦了。我会替她订一家离你们公司最近的宾馆。"

"离我们公司近?那个黄金地段?"她忽然咯咯地笑起来,"你这堂兄可真要破费了哦。"

"毕竟是女孩子,出门在外,安全第一。再说干我们这一行,休息好、吃好很重要。"

"好吧,让她给我打电话,剩下的我来安排,你就放心吧。"她目色含嗔,胸脯挺得高高的,"真是的,Alex,你结婚这么大的事儿也不告诉我。"

沥川连忙解释:"很抱歉,我们是在中国举行的婚礼。你什么时候有空来苏黎世,小秋和我一定好好请你吃饭。"

"最近不去瑞士，Alex，孩子出生摆酒时别忘了我就行。"话说完，意味深长地扫了一眼我的小腹。

我有点窘，仿佛被刺到痛处，窘迫地看着沥川。

他倒是淡定自如："当然。"

晚宴很丰盛，我却吃得毫无滋味，满脑子都在想IVF。沥川慢慢地喝果汁，我捧着一杯酒在一旁赔着笑，心底藏着重重的心事，一不留神喝了个半醉，一回房间就躺下了。沥川还要见一个朋友，送我回来，叮嘱我先休息，转身出去了。

过了一个多小时他再次回来时，我抱着被子坐在大床的中央，认真地对他说："沥川，我打算进行IVF。"

我没说"问一问"，或者"试一试"，没给他任何争辩的余地。而且我也没用"我们"这个词，因为这件事——若是纯粹从程序上说——不需要他的参与。

他将房门卡往桌上一放，神色微微惊异，低头想了想说："我能不能劝你放弃？"

他改主意了。

"为什么？"我尽量让自己的口气显得有商量，"这事儿其实不需要你参与。冷冻的精子闲置多年，我不过顺手拿来用一下，浪费了岂不可惜，你说呢？"

他叹了一口气，坐到我的身边："第一，做IVF你会被抽很多次血，你有晕血症。"

"我不晕自己的血，我不怕。"

"第二，过程烦琐，成功率小，心理压力大，很多人最后都要见心理医生。"

"成功率小？那就多试几次呗。"

"第三，也是最重要的，我的基因很不好。"

我皱起眉，从头到脚打量他："你的基因挺好的啊，英俊漂亮，智商也高。"

"我的基因里恐怕含有癌症。"

"嗳，别想太多。我的伯父还死于胃癌呢，我外婆还有关节炎呢。相信我沥川，这只是偶然现象。"

"小秋，"他默默地看了我一眼，"你的心是无比坚强的。我若有什么不测，你不会过不下去。可是，如果让我的孩子在童年时代面对这些——无论是对他还是对我——都太残忍。你想过了吗？"

我一时沉默,觉得难以回答。

可是我梗着脖子说:"我为什么要想消极的事呢?我又不是个消极的人!难道你每画一张图、每设计一栋大楼都会想到它被地震震垮吗?"

"我当然会想!我的所有设计都强调防震能力。"他忽然换成乞求的语气,"我们能不能过几年再考虑这个问题?"

"可是——年纪越大怀孕的可能性就越小,要试就得趁早啊。"

"再等三年,行吗?"他拉着我的手,放到唇边轻轻地吻了吻,"让我确信我的健康足以承担一个父亲的责任……"

"不!这不是时间的问题啊,你任何时候都可以做父亲的。就算你出了事,我也可以独自抚养孩子长大的。沥川,你想想看,如果咱们有个孩子,那生活……"

"小秋,请顾及一下我的感受好吗?"他打断了我的话,声音有点闷,明显地生气了。

我凝视他的眼睛,坚决地说:"沥川,我要孩子,这一点你无法改变。"

因为这句话,沥川郁闷了整整一晚上,几乎不和我说话。

我没料到他会有如此强烈的反应。婚后我们也偶尔拌嘴,从未认真吵过什么。我们都无比珍惜这份难得的时光。

第二天沥川作会议报告,我则到楼下游戏机室打了一天的电子游戏,回来时见他一脸苍白,似乎一夜没睡好,我就没再提这事儿。

会议闭幕之后我们去了陶尔迷小镇,住在一个面朝大海、后靠悬崖的宾馆里。沥川带我去看了这里驰名的火山和海滨浴场。小镇上山石荦确,小巷穿梭,到处是石块垒砌的层层台阶。我们特地参观了古希腊剧院的遗迹,古壁坍塌了,新的剧目仍然上演。美丽的海湾、慵懒的街道、四处奔跑的孩童、戴着帽子的老人,沥川全程陪我,这地方他以前来过,所以又当解说又当向导,累得够呛。

我心软了,回到瑞士整整两周,没提IVF。

一日黄昏,我开车回家,买了一大堆菜,给沥川烧了一碟他爱吃的鱼,见他还未下班,便拿着水壶到门前的草坪浇花。

我们的邻居安吉抱着自己三个月的女儿苏菲跟我聊天。

"安妮,"她说,"苏菲今天可惨了,一整天都在哭,起了一脸一身的疹子,你看看,我心疼坏了。"

小苏菲脸上红红的,满是小疙瘩,涂了一层厚厚的凡士林。

"可怜的苏菲,会很痒吗?"我将孩子接过来,抱在怀里仔细地看,捏住她乱动的小手,"你看她老想抓自己的脸。"

"是啊,给她剪了指甲,想给她戴个手套,天气太热,她万分不乐意呢。"安吉是本地人,在英国读的大学,虽有浓重的德国腔,英文很灵光。

"要不把家里的空调开冷一点?"我建议。

"不成啊,怕她感冒。昨晚她闹得可凶了,我和她爸一夜都没合眼。"

"原来养孩子这么辛苦啊。"我看着安吉脸上的黑眼圈,叹了一口气。心里却想,怎么辛苦我都愿意啊。可是,养孩子毕竟不是一个人的事,沥川的支持也很重要。我越想越纠结。接下来,安吉说了一大堆如何起夜如何喂奶的细节,我一个字也没听进去,只听见了最后一句。

"……现在累是累,三岁以后就好多了。到时候你还嫌他们长得太快了呢。"

手臂里那柔软的小东西动了动,扑闪着绿色的大眼睛,长着金黄小卷毛的脑袋软软地贴在我的胸前,嘴里啊啊地叫着,我逗她笑,她也冲我笑,又将自己的手指塞到嘴里吮。我忍不住亲了亲她的小脸,低头一看,胸前的衣服被她的涎水弄湿了一大块。

我连忙说:"嗳,你看她是不是想吃奶了?"

"刚刚喂过,"安吉说,"其实你家Alex也特别喜欢小孩子。苏菲的姐姐小时候,只要沥川在家就往他家跑,不知道从他那里骗了多少个冰激凌和巧克力呢。"

"是啊。"我说。不由得又叹了一口气,我何尝不知道沥川喜欢孩子。

可是回来之后沥川再也不提孩子的事情了。显然,最近几年内他不打算要小孩。而我则偷偷地在网上查信息,我猜得没错,IVF的产妇年龄越大,成功率越低。

顿了顿,安吉偏偏又问:"那你们打算什么时候要孩子? 嗯,如果现在就要的话,他们可以和苏菲一起玩儿。咱们两家都省事儿了。养孩子可是体力活,生得越早越好。"

"是啊。"我含糊地说。

"王家就俩儿子,老大是不生的,老二也没迹象,Alex的爷爷只怕是急坏了吧?"

还真懂得中国文化,我看着她,哭笑不得。

因为身上的病,关于孩子的事,全家人都替沥川敏感,闲谈间大家自觉避开这个话题。王家倒不愁有第四代,我们在这里参加了好几个满月派对,送出了一个又一个的礼包。正不知如何作答,安吉忽然移目:"哎,你家 Alex 回来了。"说罢向我的身后招招手,将孩子接了过去。

我回过头,沥川不知何时已开车回来了,似乎在车边已站了一会儿,我赶紧奔过去,替他接过装笔记本电脑的皮包。

"今天这么早到家? 没堵车啊?"我问。

"没有。"

"饭菜都做好了,等着你吃呢。"

"不是说等我回来再做吗?"

"不行,这回我得露一手给你瞧瞧。咱们吃正宗的云南菜,我特意去中国店买了年糕。"

沥川笑了笑,摸摸我的脸:"安吉的女儿可爱吗?"

"太可爱了!"我脱口而出,"恨不得天天抱在怀里。"

语气太兴奋透露了我的心事,怕他发现,我赶紧将话题岔开:"快进屋吧,汤还在炉子上炖着呢!"

换了鞋,直奔饭厅坐定,沥川喝下一口汤,忽然说:"小秋,如果你实在喜欢孩子就去IVF吧。我今天刚好有事找医生,顺便问了问。"

"……"

"小秋?"

"……嗯?"

"干吗发呆?"

"你找医生? 有什么事? 你不舒服吗?"我嗓音干涩,神经紧张地看着他。

"不不不,别乱想。是我的药吃完了,让他替我再开两瓶。"

我松了一口气:"哦。"

"关于IVF,你是想去苏黎世的诊所,还是美国的诊所?"

"那个……不是说……再等几年吗?"

"小秋,别太在意我的感觉,你自己的感觉也很重要啊。"

我怔怔地望着他,心咚咚直跳:"这么说,沥川,你同意IVF?"

"嗯。"他抚了抚我的肩,"我只是担心你会受折磨。做IVF要去很多次诊所,要做很多的检查,还要吃很多的药,不少药有副作用,这些也就罢了,成功率又这么低——我不想看见你失望。"

我咧嘴一笑,向他做了一个OK的姿势:"没关系的。这段时间我正好有空,老板说既然我不在昆明,会尽量少安排我一些活儿,剩下的时间我就专心造人啦。"

见我这么开心,他也笑了:"那我们去加州的西奈山吧,那里有很好的诊所。只是——医生说,他担心精子在运输过程中会出问题。"

"咱这儿——苏黎世——就没有诊所了?能不能就在这里做呢?"

"他倒是向我推荐了一位辛格医生,他的诊所目前是瑞士IVF最高成功率的保持者。"

"那是多少?"

"百分之三十九。当然,如果算上精子的活力,还要打很大的折扣。"

"嘿嘿!"我拍了拍他的脸,"不要紧,一次不行就两次嘛,你有钱,我有身体,早晚会成功的。"

"……"

沥川没有告诉我更多。我在因特网上做了进一步的研究。数据显示,IVF对夫妇的情绪和心理会有很大的冲击。如果失败,百分之六十的夫妇会出现情绪失控:忧郁、焦虑、愤怒、失眠、争吵……百分之十三的女性会产生自杀念头。且不说由此付出的职业、时间、经济、情感和夫妻关系上的种种代价。

我拒绝想这么多。在我谢小秋的幸福蓝图中始终有沥川和我们的孩子,不然就不是一个完整的家庭。这个观点有点老旧,但我决不放弃任何机会。

我想了想,对沥川说:"那你有辛格医生的电话吗?"

他点点头。

"我马上和他约时间,尽快开始。"我说,"这事从头到尾你都不要参加,我一个人可以承受失败的压力。如果加上一个你就扛不住了。"

"那怎么行?这是咱俩的事儿。"他的脸硬了硬,"我不会让你一个人去诊所的。"

"哎,你这么忙,没有那么多时间陪我。IVF的周期很长的。"

"不长。一次大约三周的样子。"

"那还不长吗?你手头上有多少个项目?都是有截止期的吧?这种事很让人分心的。"

"没事,我若不陪着你,万一不顺利,你会想不开的。"

这话又戳中了我,我一跳三尺高:"哈,又来了!我有这么脆弱吗?"

"你有。"

我不服气,过去掐他的脖子,不让他说话:"说定了,我一个人去,成不成的一定告诉你结果。"

"你去不了,没我不行。"沥川说,"这医生的英文只怕你听不懂。我已答应你做IVF了,你也要让一步,让我陪你去。"

"不。我一个人去,我会向你汇报进展。"

"小秋……"

"别再说了,沥川,我意已决。祝贺你找到了一位意志坚强的妻子。"

翌日,我独自驾车去见辛格医生。沥川说得没错,辛格能说流利的英语,却带有浓重的德国口音。常人多半听不懂,可是我不一样啊。我是训练有素的翻译,交谈片刻就掌握了他的发音方式。比如好多w的音你要理解成v,d要理解成th,f打头的单词要换成v,"fery good"就是"very good"了。简单换算几次,我们已能交谈无碍。

详细地询问了我的健康状况和病史之后,辛格医生发给了我一套检查LH激素分泌的试条,让我测算自己的排卵期。我同时开始吃避孕药,据他说是为了提高卵巢的反应性,以便月经准时来临。

一切顺利,月信初至,我去诊所进行了抽血和超声波检查。医生对我的健康十分满意。我的子宫也没有任何问题。于是他们开始在我身上注射促排卵药。这种注射需要一天三次,持续十天,由沥川请护士在家中完成。此外,还有相当频繁的血液和B超检查。

卵子在严密的监控中逐渐成熟。

时机一到,医生给我注射了一种简称HCG的激素,告诉我三十六个小时之后开始进行穿刺取卵。名字听起来吓人,由于使用了麻醉药,整个过程我基本上是睡过去的,没有任何感觉。完成之后只是觉得小腹微微有些疼痛,医生说这是正常现象。

由于好奇和信心十足,所有的检查我都积极配合。IVF的过程果然烦琐,有时一天要去几趟,有时天天都要去。我让沥川仍旧去公司上班,不必次次陪我。有时检查完毕,我会在停车场上见到等我的沥川,但我拒绝他陪我见医生和做各项检查。辛格告诉我,沥川对我的情况了如指掌,因为他一天至少打一次电话,询问所有的细节和程序。穿刺的那一天,他一直守在手术室的门外,见我衣冠楚楚地出来,笑而不语。后来的几天他都显得很轻松,大约是被我满不在乎的精神感染了。

三天后,三个健康的胚胎被植回我的子宫。这次不算外科手术,不需要麻醉,我也不觉得很痛。结束后医生让我在床上静静地躺几个小时,沥川给我带了一本侦探小说,我读了几页,看不进去,和他聊天。

看得出他的淡定是装出来的,因为他不肯安安静静地坐下来,而是拄着手杖在病房里走来走去。我悄悄地想,十四天之后的孕检他会不会更紧张?

"哎,沥川,别担心,我们一定会成功的!"我信心十足地向他举拳。

他抓我的手,放在自己的脸上摩挲:"答应我,小秋,就试这一次好吗?如果不成功就不再试了。"

"为什么?"

"看见你天天这样又是打针又是抽血,我快崩溃了。"

"奇怪,打针和抽血,这不是以前你经常干的事吗?我觉得你至少比我习惯啊!"

"我不习惯。"他轻声说,"上次你的腿手术,我在医院外面站了一夜。后来你越病越重,我每次看见那个艾松都想掐死他,到现在一想这事儿我还恨他。"

"那你当时进来看我嘛,真是的,那么狠心。我当时可是恨死你啦。"

"对不起,都是我的错。我想……也许那样你会快些move on,投入到艾松的怀抱。"

"你少来啦!像我这样意志坚定的人,是不会轻易改弦易辙的。"

"改什么?"他没听懂。

"改变目标的。"

"小秋,你的意志真坚定,我真是太佩服你了,放在革命年代你就是个英雄了。我惨淡凄凉的人生,就靠你来指点我前进了。"

"沥川,你什么时候变得这样贫嘴了?"

回家的时候我拉着沥川拐进一家婴儿用品商店,买了一套粉红色的小衣服。我们都喜欢女孩。

沥川一声不响地去柜台交钱,热情的售货员向我积极推销:"这位太太,你们的婴儿车买了吗?奶瓶买了吗?初生婴儿的尿布买了吗?还有包婴儿的小棉毯、小帽子、小手套呢?电动吸奶器呢?婴儿床?全套的发声小玩具?"

沥川神色极淡:"不着急。"

"本店这周有酬宾活动,所有的商品一律八折,不要错过时机哟!"

"嗯,"我笑了笑,将一对玻璃奶瓶扔进购物车,"那就再买一对奶瓶吧。"

"好哪!"

沥川瞪了我一眼。

"瞪什么,实在生不出孩子,这瓶子也可以用来装酱油的。"

转眼到了第十四日,晨起用试纸验孕,我失魂落魄地从洗手间走出来。

没有我期待的符号。

沥川上前拥抱我,低声安慰。

"先别气馁,试纸会有失误,血检的结果才最可信。"我看着纸盒上大大的几个"99.9%的准确率"不信邪地说。

沥川没说什么,驾车带我去诊所,去得太早没开门,我们在门外的咖啡馆里枯坐,等了足足一个半小时。

抽完血后,沥川带我去了附近的一家法国餐馆。我并不是很喜欢法国菜,不是因为不好吃,而是因为量太少。我怀疑法国厨师都是练过太极的,偌大一个白色的碟子,当中一小块鱼,配上各种颜色的汤汁,堆成很艺术的形状,很别致地呈上来。味道不错,就是吃完了还饿,不得不用甜点塞肚子。

可是吃法国菜的确能耗时间,开胃菜、汤、鱼、烧烤、沙拉、甜点一道一道地上,我强掩着心底巨大的失落和焦躁,保持镇定地和沥川闲扯。

我甚至给他讲了三个国产小笑话。

沥川不怎么听得懂,我一个一个地解释给他听。

"别着急,小秋。"他握了握我的手,"等会儿我去看看新闻,看什么地方有龙卷风了,水灾了,地震了,咱们可以去领养几个孤儿,也算做了一件好事。"

"谁说我着急了?我有打持久战的准备。"

过了一天,血检结果出来了,没有怀孕。

辛格说,失败是很正常的,毕竟IVF的成功率真连一半都没有,何况沥川的精子质量并不是特别好。他建议我先休息一段时间,心态和体力都调整好了再说。

他没有建议我做第二次,看来沥川给他施加了压力。

我坚决摇头:"我不等,马上开始第二轮。"

辛格看了看沥川,说:"你太太很有主见。"

沥川苦笑:"是的,没人能改变她的决定。不过,凡是我妻子想要的东西,最后都能得到。"

直到第四次IVF我才得到怀孕的消息。那时沥川已开始了他的第二轮心理治疗。屡次失败对他来说打击惨重。而我在失败之后的强颜欢笑和伪装乐观更让他心如刀割。他开始频繁失眠、皮肤过敏,而且越来越沉默寡言。霁川怀疑他得了抑郁症,强拉着他去看了几次心理医生。

其实沥川的心理素质极其坚强,不然早就被癌症击垮了。可是他同时又是个情感丰富、善于内省的人,尤其不能看见亲人受苦。他总把这一切都想成是自己的过错,然后沉浸在不安和自责之中。霁川和René开始轮流劝我放弃IVF:"你们可以收养孩子嘛,想要几个都可以,沥川绝对支持你。"

我知道,他们担心沥川的健康,怕他承受不了IVF失败的打击而出现病情恶化。

于是我说:"这样吧,我对沥川宣布放弃IVF。然后你们俩将他弄到别的国家去住两个月。"

两个人看我的眼神好像我是个疯子，齐齐地说："那你呢？你究竟是什么打算？"

我一抱胳膊："留在这里，换一家诊所，继续做IVF。只是一切都向他隐瞒，免得他过度担心。"

"小秋，"霁川气得直咬牙，"你就不可以改变主意吗？"

"不可以。"

人的忍受力真是有弹性。沥川如此紧张，明明从头到尾受折腾的人是我，我却感觉麻木。

霁川勉强配合我的计划，找个工程将沥川诓到巴西住了两个月。而我则声称自己不适应巴西的气候，且手头接了一本书的翻译，宁愿在家里等他回来。

René连忙也说，我刚做完IVF，需要多多休息，不适合跟着沥川坐飞机东奔西走。

就这么瞒天过海了两个月，沥川从巴西回来，我在机场上喜滋滋地向他报告了怀孕的消息。

天天跑工地，晒得黑头黑脑，我差点没认出他。但这消息让他吓了一跳，兴奋得脸都红了，将行李往地上一扔，悄悄将我拉到一边，问道："小秋，你不听我的话又去做IVF了？"

"是的，原谅我吧，阿门。"

"医生……他怎么说？"

"我换了一个医生，一切正常。还有，把耳朵低下来，"我小声说，"是双胞胎。"

"真的吗？"他一把搂住我，"天啊！这不是梦吧！"

"当然不是！"

就怀孕的过程来说，除了需要注射一段时间的孕酮以及不时需要进行血液和B超检查之外，通过IVF怀孕和一般的怀孕并无很大区别。这期间我们的各种担心——担心我的健康、担心IVF引发的综合征、担心流产、担心胎儿异常——一切的担心在医疗数据都指向正常之后渐渐消失。像所有将要做父母的夫妇一样，我们进入了兴奋的待产期。

八周之后，我离开了IVF的专门诊所，被转入到一位普通的妇科医生手中。

"沥川,现在我是普通孕妇了。"我激动地说,"我终于成了普通孕妇!"

是啊,此时此刻,我什么也不想要,只想做个普通人,拥有普通人该有的一切。

我们很快知道那是一对女儿,给她们起名为安安和宁宁。

健康和幸福,这是我们对孩子此生的最大期望。

沥川和我一起去上了一门"如何第一次当父母"的课。这是政府资助的项目,我们和许多同样的夫妇在一起学习分娩的技巧和新生婴儿的常识,一起看分娩的录像。回家的路上我问沥川有何感想,沥川说:"嗯,过程相当血腥。"

"是的,我本来不害怕的,现在有些怕了。"

"或许你愿意考虑剖腹产?"他建议说,"毕竟这是你的第一次,又是两个孩子。"

"我可以正常生产,要相信大自然的力量嘛!"

"那就——早点打麻药?要不你会像电视里的女人那样惨叫的。"

"不要麻醉。我姨妈说,麻醉有副作用,对胎儿不好,产妇恢复得慢。"

"小秋,自从做IVF之后,你觉不觉得自己变得很霸道?"

"哼,我霸道有资本呀!我成功啦!"

"那你能让我来开车不?这么大的肚子你也不嫌开车累得慌?"

"不累。我喜欢开车,这车大,开着也舒服。你老实坐着,好好休息。"

"你真是变成女王了……"

没想到分娩的日子提前到来。

那天离预产期还差五天,吃完晚饭我们一起出去散步,走着走着我突然停了下来。

"怎么了?不舒服?"

"我想……可能是破水了。"我吐了吐舌头。

"我去叫救护车。"他掏出手机。

"别叫了,咱们自己走回去,你开车送我不就成了?"我说,"老师说,就算破了水,离生孩子也还差得远,去了医院没准儿还会被请回来呢。"

沥川紧张地看着我:"你……你还能走?"

"能啊。"

"会不会现在就要生了？"

"哪有那么快？医生不是说第一胎特别慢吗？一般都要七八个小时的。"

"双胞胎会快点吧？"

我拉着他飞快走回院子，坐上车。沥川说："等等，我去拿准备好的东西。"

我们将新生儿用品准备好了一个大包，就放在门口，随时待命。

沥川拎着一个大包出来，我发现他在包里还塞了三个网球。

车开得飞快，我问他："你带网球干吗？"

"不是说背痛的时候可以用这个按摩吗？"

"有这种说法吗？"

"那堂课你没去。讲如何给孕妇按摩减轻疼痛的。"

"就靠这三个小球？你也信？"

"总之，你肯定会痛，我就用这个给你按按。"

进了医院，产科医生曼菲尔先生已经到了，寒暄了几句，做了检查，说既然破了水就今天生吧，先打催产素。

那是一位男医生，长得五大三粗，说话不紧不慢，看形象特像码头工人。

宫缩开始的时候，我痛得乱叫，坚持不打麻药。

"天啊，怎么能这么痛呢？"见我阵阵哀号，女护士看了我一眼，笑道："才开一指就痛成这样，你还坚持不要麻醉。"言下之意，自找苦吃。

"那就请麻醉师来吧。"沥川说，"请他立即来好吗？我觉得我太太快受不了了。"

"不要！啊……我可以再忍受一下……"看到沥川抓狂，我立即安静。

趁着护士忙着填表，我用中文低声问沥川："怎么这里就她一个人啊，难道没别人了吗？医生呢？"

"是这样，现在产道还没完全打开，这位助产士帮你用力，快要出来的时候她会通知医生的。"

"这样啊……太不重视了……我这可是双胞胎啊。"

"这个过程很长的，有时要花好几个钟头，没理由让医生大人干等着啊。再说，他很大牌的，一般最后几分钟才会来。当然，中间他会来查房，看看表格什么的。我堂姐生孩子的时候就是这样。"

"那他现在干什么？睡觉吗？"

"可能在打游戏。我刚才看见他在办公室里玩PSP。"

"闹心死了,遇见这种不务正业的医生!"我低声骂道。

过程果然漫长。

一直到半夜三点四十分,曼菲尔医生才姗姗来迟。而此时此刻,最心急等待自己孩子降临人间的沥川,却因为连日劳累,突然昏迷被送进了抢救室。

三点五十七分,老大安安出来了。四点零六分,老二宁宁也出来了。

一切顺利。

产房里万事有条不紊地进行着。而我却因为大出血而感到虚脱,只觉得浑身寒冷,不由得紧紧地拽住了身上的毯子。我以为我会看到沥川,映入眼帘的却是窗隙一角墨蓝色的星空,以及四周医生、护士忙碌的身影。

我听见婴儿呱呱的啼声,听见护士们告诉我婴儿一切正常,非常健康。

我看见两张手掌大小的脸蛋。

"恭喜你！王太太！是一双美丽的女儿。"医生对我说。

霁川及时地赶过来告诉我沥川已经脱离危险。

我轻轻地松了一口气。

是我太贪婪了吗？是我向老天要得太多了吗？

如果我不要,这些会得到吗？

安安和宁宁,谢谢你们给了我和沥川做父母的机会。感谢苍天,送来这份珍贵的礼物！

番外五：真爱永恒

不知道天下所有的兄弟是不是都这样，从小到大争吵不断。

我逛了商场拎着一大堆东西到家，在玄关里就听见沥川和霁川的争吵声。两人的声音都不高，语速都不快，一人手上端一杯咖啡坐在沙发上似乎在聊天。可是，他们的确在吵架。

"……霁川，你不能买那家酒店，太贵。如果酒店的年平均房费是每天每间一百块，那么每间房的投资要低于十万才能挣到钱。"沥川说。

霁川不以为然地摇头。

"当初迪士尼在Anaheim（安纳海姆）建迪士尼乐园，他就只建了一个公园，结果发现公园带动周边宾馆财源滚滚。我看中的这家酒店在儿童主题公园附近，入住率不会低于百分之八十。"

"一般来说，酒店入住率保持在百分之六十五才能收支平衡，这么高的入住率，人家还不赚疯了，还会卖给你？"沥川的眉头打着结，冷笑。

"他看中了一家石油公司，想把钱弄出来转手做石油。而我超喜欢这家店的装修风格，我们接手之后都不用大改。"霁川的嗓音颇具诱惑，"沥川，你应当明白，无论我们接多少个酒店设计，都不如开酒店挣得多、挣得快。"

"二十年前，四季酒店的每间房平均投资近一百万，意味着住一晚要交一千块，酒店才能运营。这可是二十年前，够高端够豪华吧！结果呢？破产了！"

"那是个案，个案。这家给我们的价格真的很好！"

"那是给你的价，我不买。"

"沥川，钱你已经借给我了。"

沥川目瞪口呆地看着霁川:"Oh,My God!你说你是去买块地建酒店——这我没意见。"

"我改主意了。"

"我要给银行打电话。"

"钱转账了。"

"I can't breathe!(我没法呼吸了!)"

"Come on,沥川,拿出点投资的胆量来。"

"我要参与谈判!"

"谈判我主持就行了,你坐在旁边妨碍我杀价。"

"王霁川!钱是我的!"

"沥川,听我说……"

他们终于看见了我,两个人同时闭嘴,站了起来。沥川走过来接过我手里的购物袋,端详了我一下。

"怎么了?"他问。

"没、没什么。"

"你的脸为什么这么白?"

"扑了粉。"

"声音也哆嗦……"

"感冒……"

他摸了摸我的额头:"还好,没发烧。"

霁川拍了拍我的肩,笑:"晚上去我家,René做烤鱼。沥川——刚才的事,你可以听听René的意见。"

"我的钱需要听别人的意见吗?"沥川的嗓音不高,但明显地不耐烦。可霁川的脸上依然有笑,只当没听见。

我知道这兄弟俩常常吵架是嫁给沥川以后的事。在这个问题上,无论是沥川还是霁川都不肯发扬一下绅士风度,不得不说,沥川气焰尤盛,从来不让霁川。

见沥川一脸不悦,霁川脑袋一缩,假装看表:"我有个会,先走了!"

他忙不迭地溜了。

我到沙发上坐了下来,静静地看着沥川。

沥川很少发脾气,也不爱争论。不过他爱较真,一旦触到底线他比谁都难说服。他递给我一杯咖啡,忽然说:"别担心。"

"担心什么?"

"我在投资上十分谨慎,这不是一笔大钱,就算有去无回也不会影响到我们退休。"

"哦。"

"晚上别去霁川那里了,去看看爷爷奶奶吧。"

"改天行吗?我,头昏……"

沥川吓了一跳:"头昏?要不要看医生?"

"不要紧的,可能是累了,躺一会儿就好了。"

沥川凝视着我的脸,问道:"出什么事了吗?"

我的心咚咚乱跳:"没有。"

其实我想说,是的,出事了,我把订婚戒指弄丢了。

按照西方惯例,沥川送给我的订婚戒指之价值大约等于他一个月收入的三倍。可按照王家的传统,这不是真正意义上的订婚戒指。有一天,沥川的奶奶神神秘秘地将我带入一间装满古董家具的房间,掏出一把古铜钥匙,打开了一个枣红色的描金漆盒。

我发现漆盒上密密麻麻地画着很多嬉戏打闹的小男孩。

"这叫'百子漆盒',"奶奶说,"是我的爷爷留给我的。"

沥川的奶奶是位慈祥微胖的老太太,话不多。听 René 说,沥川的好脾气主要受她的影响。她郑重地从漆盒里拿出一枚绿玉戒指,亲自戴到我的手指上。

"这是上一代的老物件,别看它土气,比沥川送你的那个值钱。"

我打量了一眼手上的戒指,当中一块翠玉,纯金的托子刻着一只凤凰,式样精致繁复如宫廷饰物。"有钱不识金镶玉"就是指这个吧。

后来爷爷告诉我,奶奶是特地去银行将这个首饰盒从保管箱里取出来的,可见价值不菲。我戴给沥川看,沥川不以为然:"你会喜欢这种样子的戒指吗?"

"喜欢啊,"我说,"戴上去有一种历史感,一种皇贵妃的感觉油然升起……"

"至少说明奶奶喜欢你,"沥川说,"因为这个戒指她经常提起,我却从没见过。我一直以为它只是一个传说……"

而这传说中的戒指居然、居然就被我弄丢了！我甚至不知道它是什么时候不见的。早上我戴着它去购物，在商场里乱转买东西，其间上过一次厕所，做过一次头发。可是等我回到车上，就发现戒指消失了。于是，我报了警，商场的保安陪着我找了三个半小时还是一无所获。他们就事论事地做了登记，说若有发现一定第一时间通知我云云。当地人可能不了解玉的价值，但那纯金的托子，气度不凡的工艺，一见即知是个值钱的艺术品。

我开着车失魂落魄地回家，差点闯了红灯。

躺在床上闭眼回忆丢失戒指的点滴细节，一无所获，惆怅得胃疼。沥川坐在床边的一张书桌上，正专心地画着设计图。

"沥川，你去上班吧！"

"那怎么行，你不舒服，我在家里陪你，已经请假了。"

"我其实只想睡一会儿……"

"睡吧，保证不吵你。"

我闭上眼，沥川忽然想起了什么："对了，奶奶下周八十大寿，买什么礼物？我已经订好了蛋糕，霁川说请厨师到家里来做家宴，你看好吗？"

我惊恐地看着他。

"奶奶说，她那里还有一对玉镯，和送你的戒指是从一块玉料上切下来的。她一定要送给你……"

我目瞪口呆地看着沥川。

是的，我想死，现在就想去死！

"嗯。"

当我悄悄找到霁川，把这一切全部告诉给他之后，霁川也就"嗯"了一声。

"哥，我该怎么办？"我可怜兮兮地看着他。

"丢个戒指有什么了不起的，不用怕，你要不好意思说，我来帮你告诉沥川好了。他不会介意的。奶奶那我也可以帮你去说。"

"他是不会介意，我介意，奶奶也会很介意的。这戒指是你们的传家宝，就算拿去卖,也不便宜啊!"

"已经丢了你还想它值多少钱干吗,不是平白添堵吗?"

"可是,没有这个戒指我真的不敢去奶奶家,真的!哥,你给想个办法吧……先别告诉沥川……"

霁川皱着眉头想了想,眼睛一亮。

"其实这戒指不止一个,而是有一对。"

"有一对?另一个在哪儿?"

"在我这儿。"

"哥,借我戴一天成不?我就戴着它去参加奶奶的寿宴,寿宴结束立即归还!我发誓,我会像爱护生命一样爱护它!"我觉得我的声音有点神经质,而且说这话时,紧紧抓着霁川的袖子,仿佛他不解决这个问题我就不放过他的样子。

"嗯……"他的脸色忽然腼腆了起来,"我说它在我这儿,其实也不是在我这儿。"

"啊?"

"我把它送给René了。"

"真的?"

"你知道这戒指是奶奶打算送给孙媳妇的,她送给我,是为了让我找个女人……你知道的,她一直不接受René。"

这个我知道。爷爷和奶奶都不大接受René,一直不让René进家门,说起René在沥川家的血泪史,那也是比天高比海深哪。

"那我……去找René说说?"

"去吧,他肯定会借给你的。"

"太好啦!哥,太谢谢你啦!"

我噔噔噔地往外跑,被霁川一把揪住:"往哪里去,他就在书房。"

René在书房里打游戏,正玩得热火朝天,看见我,将耳机拿掉。我三言两语说明来意,René不屑地哼了一声:"那个戒指啊。"

他随手从桌上翻开一只大大的笔盒,里面放着一大堆铅笔、裁纸刀、橡皮之类,那只戒指很随便地扔在一个脏兮兮的角落里。

我瞪大眼睛:"René,奶奶给你的价值连城的翡翠戒指你就这么扔在笔盒里吗?"

他将戒指扔给我:"更正一下,首先,奶奶没有给我,只是给了霁川。奶奶一点也不想送这个给我。她想用这个逼霁川去娶一个女人回来。"

我刚想接话,他打断我继续说:"既然你的丢了,就送给你。"René的嗓音里有一股悻悻之意。

我连忙摆手:"只是借用,这么贵重的东西我可不敢收!就用一天,奶奶大寿一过一定完璧归赵!"

看见我紧张的样子,René拍了拍我的肩:"不要紧张,小秋,奶奶眼花,她不会看出这两只戒指的区别的。"

区别?有区别?我的心咯噔一沉。

"等等!这两只戒指不是一对吗?应当是一模一样的吧!"

"差不多是一样的,只是……一只是龙,一只是凤。"

我快哭了:"这叫差不多?龙和凤有天壤之别好吗!就跟我和你的区别那么大!"

"金子那么闪,看着都眼晕,谁会细看?"

"奶奶不是工笔画家吗?"我欲哭无泪,一口气憋在胸前,差点晕倒。

戒指拿到眼前,果然,金托子上刻的是一条张牙舞爪的龙。虽然围绕着那块玉,但熟悉的人一眼就能瞧出形状有异。

我沮丧了,将戒指还给René,低头往外走。

"哎,小秋……"

"我还是向沥川坦白了吧……希望奶奶能原谅我……"

可是,我的眼泪还是忍不住流了出来。

我郁闷地回到家中度过了一个不眠夜,沥川以为我感冒未愈,心情不佳,也不敢打扰我,逗我说话我也不敢多答,生怕无意间带出了这个话题。

就这么过了三天,周五沥川去了公司,我打开电脑却无心工作,心中思忖如何向奶奶交代,René突然造访。

"给,你要的戒指。"René将一只锦盒递给我,"我找人把那上面的龙给熔掉了,改成了一只凤。我有个朋友是珠宝设计师,专干这个,我特地对了照片,应当看不出差别了。"

我怔怔地看着René："可是，你的戒指就没了……"

René苦笑："这戒指本来就不属于我，奶奶也从没说过要给我，你要喜欢，就留着吧。"

"不不不，只是借用！奶奶年纪大了，我怕她难过。"我小心翼翼地将戒指戴到手上，轻轻地叹了一声，丢失了才觉得它真好看，金凤环抱中有一点通透欲滴的翠色，制作它的人想必也费尽心思吧，"后天的寿宴……你会去吗？"

"我没有收到邀请。"他淡淡地说，"Enjoy.(玩得愉快。)我和霁川都不希望你因为一件小事不开心。"

父亲从小就告诉我，不要撒谎。因为一个谎言会导致另一个谎言，最后形成无法控制的局面。虽然危机暂时免除，我仍然十分提防沥川看出端倪。所幸手里的这只"仿制品"并没引起沥川更多的注意。我们一起商量了奶奶寿宴的各种细节，准备好了送给奶奶的礼物。就在去爷爷家的路上，沥川忽然不经意地说："你相信吗，小秋，爷爷奶奶终于想通了。这一次他们居然邀请了René！"

我一下子呆住了。

在门廊遇到了一身正装、一脸紧张的René，我一把将他拽到一边，将戒指脱下来，塞到他手中："René，头一回正式见奶奶，戴上这个！"

"不用，你比我更需要！"

"奶奶好不容易邀请你，这说明了她的态度，戴上这个可以讨好她。"

"那你怎么办？"

"奶奶要是问起来，我只好承认。"

"别、别、别，千万别！老一代人很看重这些，她会生气的。"

"再怎么生气我也是她的孙媳妇，生米煮成熟饭了，你就不一样了……"

"我是男人，带这个东西干吗，也不像嘛！"

我把戒指强行套进了René的指头："戴上，本来就是你的！"

就在我们鬼鬼祟祟、推推搡搡之际，沥川看见了，诧异地走过来。他的目光已经注意到了René手中的戒指。我还没来得及张口就听见René说：

"沥川，我借一下小秋的戒指。我的那个弄丢了……你介意吗？"

沥川微笑摇头："怎么会？戴上吧，奶奶会高兴的。"

René戴上，向我看了一眼，深吸一口气，我佯装平静："是啊……就是要你戴上嘛，一定会有好效果的！"

沥川揽住我的腰，指了指戒指："可惜是只凤凰，希望奶奶不要看出来。"

"不会的啦，老人家眼花啦……"

我的腿在发抖，身子也在发抖。沥川担心地看着我："小秋，你的感冒还没好吗？"

我绝望地摇了摇头。

老人家这回没有眼花。

餐桌上，奶奶让我和René一左一右坐在她身边。在头顶的一只射灯下，René的这只戒指十分吸引眼球。

"René，不要戴小秋的戒指，这是我送给小秋的。"

René尴尬地一笑，正要回答，奶奶又说："你看我送给小秋的那对镯子，是一块玉料上切下来的，她戴上去，正好一套，多好看啊。"

"奶奶，请听我解释。"我终于鼓起勇气承认，"这只戒指的确是René的。"

"不对，这是你的，上面是一只凤凰。这是一对龙凤戒，沥川的那只上面是一条龙。"奶奶说。

René连忙说："我的那只丢了，所以只好借了小秋的这只。"

"不不不，是我的丢了，René好心借给我……"

"不，是我的丢了！"René说。

"我的丢了！"我大吼一声，"是我——"

"你们不要争了，"沥川忽然插口，"是我一不小心把小秋的戒指弄丢了。"

所有的人都看着沥川，包括奶奶。

沥川眨眨眼："是这样，我去一家餐厅吃饭，吃到一半，头昏了一下，醒过来就发现戒指没了，手表没了，钱包也没了……"

奶奶的脸色变了："头昏？沥川，你没事吧？什么时候发生的？看医生了没有？要不要紧？"

然后奶奶那双手就在沥川的脸上摸来摸去，仿佛他的头上有一个洞……

"不要紧，药物副作用而已。"沥川沉痛地说，"可是，一想到丢失了奶奶心爱的戒指,我还是挺难受的。"

演得太像了,隔着桌子我不由自主地拧了一下沥川的胳膊。

沥川似笑非笑地看了我一眼。

"难怪这几天沥川你都没有笑容……"我加了一句。

"可怜的孩子,戒指值几个钱呀,哪有你的命值钱啊!"奶奶的声音都急了,"所幸他只是图财没有害命!会不会得忧郁症?嗯?"奶奶关切地看着沥川,掏出手机,"我认识一位心理医生,打个电话,你见见他……"

"不用!"

"沥川,千万别想这只戒指,奶奶还有别的戒指,你等等,我那儿还有一对蓝宝石的……"

大家面面相觑地看着奶奶一阵风地消失了,又一阵风地出现了。

她从一只锦盒里拿出一对戒指,给了我和René一人一只:"好吧,戴上这个,就别担心那个了,好吗?这世上总有些东西会消失的,但亲人的关心和爱永远不会!"

我看着沥川和René,还有不远处不动声色的霁川,笑了。

编辑后记

时光荏苒,"沥秋夫妇"的故事在大家的陪伴下已经走过了十年。我们欣喜于《沥川往事》这部作品已成为广为流传的爱情经典,有那么多的读者朋友与我们分享着这份真挚情感,因此希望在出版的十周年为读者朋友们献上一份感恩回馈。为此,我们恳请作者施定柔老师为《沥川往事·十周年纪念版》作序,将十年间与读者们共同成长的青春记忆写于卷首,同时设计了纪念性的周边产品,期待"沥秋夫妇"的爱情能为这个寒冷冬日带来浓浓的暖意。

然而,即将付印之际,噩耗传来。高以翔先生一直是谦和有礼的,对于我社的一些图书宣传请求,他都积极配合,他就是我们心目中最美好的沥川先生。每当在编辑中心提及"王沥川",我们脑海中浮现的都是高以翔先生谦逊中带一丝羞涩的笑脸,我们在痛惜那么好的一个人遭逢不幸的同时,也暂停了手头上关于沥川纪念版的工作。

几天之后,定柔老师主动联系我们,询问是否能在序言之后增加一篇关于高以翔先生的纪念性文章,她希望这次作品的出版不仅仅是《沥川往事·十周年纪念版》,也是属于"王沥川"的纪念版,而这恰好也是我们的心愿。或许我们都在巨大的悲痛中企图做些力所能及的事来好好告别,就像沥川去了苏黎世,高以翔先生也去了一个遥远的地方,那些来不及说的话,这次我们在书里一一说给他听。

所有的纪念都在书里。

最后借用"小秋"的一句话:愿星河徜徉,一路有光。我们下一个十年再见。

浙江文艺出版社

2019年12月16日

免责声明

《沥川往事》是一部虚构小说。小说中所提及的姓名、地点、事件、机构或为作者想象之产物,或被虚构性地使用。若与现实中的人(无论生者、死者)、事件、机构或地点发生相似,皆纯属巧合。作者无意伤害或打扰他人生活。如小说与现实生活发生相似皆非作者故意,由此对相关当事人所产生的困扰与不便,作者深表歉意。

版权合同登记号:图字:11-2017-188

图书在版编目(CIP)数据

沥川往事:十周年纪念版/(加)施定柔著.—杭州:浙江文艺出版社,2020.1(2025.8重印)
ISBN 978-7-5339-5902-9

Ⅰ.①沥… Ⅱ.①施… Ⅲ.①长篇小说—中国—当代 Ⅳ.①I247.5

中国版本图书馆CIP数据核字(2019)第217576号

沥川往事:十周年纪念版
[加]施定柔 著

出版发行	浙江文艺出版社
地　　址	杭州市环城北路177号
邮政编码	310003
网　　址	www.zjwycbs.cn

策划统筹	柳明晔
责任编辑	张　可
封面绘图	徐文金
苏黎世绘图	Molly墨鱼
装帧设计	仙境 WONDERLAND Book design
责任印制	张丽敏

制　　版	浙江新华图文制作有限公司
印　　刷	浙江新华印刷技术有限公司
经　　销	浙江省新华书店集团有限公司
开　　本	710毫米×1000毫米　1/16
字　　数	514千字
印　　张	31.5
插　　页	6
版　　次	2020年1月第1版
印　　次	2025年8月第7次印刷
书　　号	ISBN 978-7-5339-5902-9
定　　价	89.00元(全二册)

版权所有　违者必究

(如有印、装质量问题,请寄承印单位调换)